DUMONT

Algerien: Afrikas größtes Land, mit Reichtum gesegnet, im Innersten zerrissen. Hier wird ein deutscher Rüstungsmanager entführt, von islamistischen Terroristen, so der algerische Geheimdienst. Doch für BKA-Mann Ralf Eley, an der deutschen Botschaft in Algier stationiert, passen zu viele Puzzlestücke nicht zusammen. Allerdings kann er nicht ermitteln, ohne die Ausweisung zu riskieren. Also tut er es diskret, mithilfe der algerischen Untersuchungsrichterin Amel, seiner heimlichen Geliebten.
Bald wird klar, dass es um viel mehr geht als um das Leben eines Entführten. Denn zahlreiche Spuren führen nach Deutschland, zu einem schwäbischen Waffenhersteller. Und Eley begreift: Wenn er die Wahrheit ans Licht bringen will, muss er alles aufs Spiel setzen.
Auf virtuose Weise verwandelt Oliver Bottini das Thema Rüstungsexporte in einen mitreißenden Kriminalroman. Präzise lotet er die Untiefen von Macht und Unterdrückung aus und führt mit eindrucksvoller Intensität vor Augen, woran das System immer kranken wird – an einem Mangel an Menschlichkeit.

Oliver Bottini wurde 1965 geboren. Für seine Kriminalromane erhielt er zahlreiche Preise, unter anderem viermal den Deutschen Krimi Preis, den Krimipreis von Radio Bremen, den Berliner »Krimifuchs« sowie zuletzt den Stuttgarter Krimipreis für ›Ein paar Tage Licht‹ (DuMont 2014). Der erste Band der Louise-Bonì-Reihe, ›Mord im Zeichen des Zen‹, wurde 2014 mit Melika Foroutan in der Hauptrolle für die ARD verfilmt, weitere sollen folgen. Oliver Bottini lebt in Berlin.

Oliver Bottini

Ein paar Tage Licht

Kriminalroman

DUMONT

Von Oliver Bottini ist im DuMont Buchverlag außerdem erschienen:

Der kalte Traum

FSC
www.fsc.org
MIX
Papier aus verantwortungsvollen Quellen
FSC® C083411

Juni 2015
DuMont Buchverlag, Köln

Umschlaggestaltung: Lübbeke Naumann Thoben, Köln
Umschlagabbildung: © plainpicture/Robert Harding und plainpicture/Johannes Caspersen
Gesetzt aus der Adobe Garamond Pro, der Trade Gothic und der Trajan Pro
Druck und Verarbeitung: CPI books GmbH, Leck
Gedruckt auf säurefreiem und chlorfrei gebleichtem Papier
Printed in Germany
ISBN 978-3-8321-6322-8

www.dumont-buchverlag.de

In Algerien haben wir eine lange Tradition des Scheiterns. Es ist einfach, wir haben alles vermasselt, obwohl das Land reich ist und das Volk ziemlich aufgeweckt. Wir hätten es zum Guten wenden können, stattdessen haben wir alles viel schlimmer gemacht. (…) Wir haben bei der großen Frage unseres Lebens, der Unabhängigkeit des Landes, versagt. Im Juli 1962 wurde die Freiheit von ihrem Weg entführt, und wir sind wie Blinde in das schwarze Loch der Diktatur gestürzt.

BOUALEM SANSAL,
POSTLAGERND: ALGIER, S. 58 (2006)

ALGIER, ALGERIEN
27. SEPTEMBER 1995

An dem Tag, als sein Vater verschwand, spielten sie im Stadion von Bologhine, Djamel und ein Dutzend Freunde aus dem Viertel und noch einmal so viele aus dem nahen Bab el Oued. Schweigend waren sie über die Mauer geklettert und auf dem Kunstrasen ausgeschwärmt wie sonst die Spieler von USM Alger und deren Gegner. Die Mannschaften standen seit jeher fest: die aus Bologhine gegen die aus Bab el Oued. Während über der Bucht von Algier die Dämmerung heraufzog, rannten sie zwischen den Toren hin und her, Djamel so stumm wie die anderen, nur hin und wieder waren ein leiser Ruf oder ein verhaltenes Stöhnen zu hören. Seit die bewaffneten islamischen Gruppen und die Islamische Heilsfront den Kampf gegen den Staat aufgenommen hatten, verhielt man sich beim Spielen besser still.

»Und dein Vater?«, raunte Aziz, der Torwart. »Kommt der heute nicht?«

Djamel zuckte mit den Schultern.

Manchmal kam der Vater nach, dann ertönte irgendwann ein Pfiff, und oberhalb der Mauerkrone winkten seine energischen Hände. Sie mussten ihm hinüberhelfen, drei auf der einen, drei auf der anderen Seite, und Aziz sagte dann immer: Uff, Sie sind aber schwer geworden, *ya si-Mouloud*, und Djamels Vater erwiderte: Das ist das Alter, du Nichtsnutz, das zerrt an mir und wiegt für zwei. Das Alter war rund wie ein Fußball, nur deutlich größer, und sprengte dem Vater die Knöpfe von den Hemden.

Auch Djamels Großvater war ein paarmal mitgekommen, um zuzusehen, wenn er hier spielte, im Stadion zwischen dem Meer und den Toten vom europäischen Friedhof, der sich jenseits der Westtribüne am Hang hochzog bis zur katholischen Basilika. Der fremde Großvater, der vor drei Jahren vom Himmel gefallen und vor einem Jahr dorthin zurückgekehrt war … Eines Tages hatte der Vater gesagt: *Sie töten auch die Ausländer, ich flehe dich an, verlasst Algerien!* Und so war der Großvater mit seiner deutschen Frau über das Meer zurückgeflogen nach Deutschland, das in ganz Bologhine und sicher auch in Bab el Oued verehrt wurde, weil es den Volkswagen Golf erfunden hatte.

»Schnell, Djamel, schnell!«, stieß Aziz hervor, und er rannte, was die dünnen Beine hergaben. Wie so oft reichte es nicht. Keuchend blieb er stehen, während sich die aus Bab el Oued schweigend in die Arme sanken.

Niemand machte ihm einen Vorwurf. Er war noch nicht zwölf, das war das Problem. Seit jeher wuchsen den Benmedis erst mit zwölf Muskeln und Fleisch und Kraft an den Knochen, hatte sein Vater gesagt, *und keinen Tag früher, da kannst du unsere Ahnen durchgehen bis zum Jahr 960, als Bologhine ibn Ziri das schöne Algier gegründet hat: Alle sind sie auf zwei Streichhölzern über die Fußballplätze der Zeiten gelaufen, bis sie zwölf waren, und erst dann zu unbezwingbarer Pracht erblüht.*

Und der Großvater hatte gesagt: *Ein Benmedi hat es sogar in die erste algerische Nationalmannschaft geschafft.*

In die Nationalmannschaft? Wer?

Na, ich, Djamel. Und einmal hätte ich beinahe ein Tor geschossen.

Der Vater und der Großvater waren nicht die Einzigen, die hin und wieder zuschauten bei seinen Spielen im »kleinen San Siro«. Auf den beiden Tribünen sah Djamel an manchen Tagen die Toten vom europäischen Friedhof sitzen, die Christen und die Juden. Aber sie klatschten und jubelten nicht, auch sie blieben stumm.

Heute waren die Toten in ihren Gräbern geblieben, die Tribünen leer, und der Vater kam nicht.

Draußen, auf dem Boulevard de l'Emir Khaled, stockte der Verkehr. Erschöpft trotteten sie an den Autos entlang, die sich nicht einen Millimeter voranbewegten. Die stadteinwärts führende Spur war dagegen verwaist. Vielleicht ein Unfall, wie so oft, oder einer der Mächtigen kehrte nach ein paar luxuriösen Tagen im Club des Pins mit Eskorte in die Stadt zurück.

Rechts begann die lange Promenade, hinter der nachts die Welt zu enden schien. In der Dunkelheit dahinter leuchteten die Positionslichter geheimnisvoller Schiffe, darüber die Sterne. Unter dem am weitesten entfernten Stern, so stellte Djamel es sich vor, wohnten der Großvater und seine deutsche Frau.

Die Stimme eines Muezzins erklang, und sie beschleunigten ihre Schritte. Sie hätten längst zu Hause sein müssen, in der Dunkelheit wurden die Straßen gefährlich. In Bologhine hatten die Bärtigen noch nicht zugeschlagen, aber in Bab el Oued war vor wenigen Wochen eine Bombe explodiert. Djamel kannte einen, der einen kannte, der dabei Freunde verloren hatte.

Zehn Tote im August in Bab el Oued.

Zweiundvierzig in Alger Centre im Januar.

Neunzehn im vergangenen Jahr in Les Eucalyptus drüben beim Flughafen.

Sein Vater flüsterte Zahlen und sagte: *Man darf das alles nie vergessen!*

Also merkte Djamel sich die Zahlen.

Zweiundsiebzig Leichen auf der Autobahn bei Lakhdaria, eine Stunde von hier. Vierzehn in Blida hinter den Hügeln. Dann vierundfünfzig im November, sechzig im Dezember. *Aber Blida,* hatte sein Vater gesagt, *das waren nicht nur die Bärtigen. Die Ersten in Blida, das haben andere getan.*

Andere?

Soldaten. Aber sprich nicht darüber!

Zwanzig Tote in Cherarda, später noch einmal einundvierzig. Auch darüber sollte er nicht sprechen.

Die Freunde blieben stehen, verabschiedeten sich.

»Beim nächsten Mal machen wir sie fertig«, sagte Djamel.

Aziz nickte und klopfte ihm auf die Schulter und eilte mit den anderen hügelwärts davon.

Allein ging er weiter. Noch immer bewegten sich die Autos nicht. Einige Fahrer waren ausgestiegen und sprachen miteinander. Manche hatten einen Gebetsteppich auf den Gehweg gelegt und verrichteten das Nachtgebet.

Ab der Rue Hamoua sei der Boulevard gesperrt, sagte ein alter Mann.

»Die Abdelaziz Hamoua?«, fragte Djamel.

Obwohl die Beine schmerzten, begann er zu rennen. Dort wohnte er, in der Rue Abdelaziz Hamoua.

Kurz darauf sah er die Sperren, Soldaten blockierten den Boulevard. Kein Unfall, kein Mitglied von *le pouvoir*. Aus der Hamoua kam ein Konvoi von Militärfahrzeugen – Laster, Jeeps, Transportpanzer. Im Schritttempo bogen sie nach Süden in den Boulevard ein und fuhren an Djamel vorbei in Richtung Bab el Oued. Die Läufe von Gewehren und Maschinenpistolen glitten über ihn, er spürte feindselige Blicke, die vielleicht für einen Moment in ihrer Wachsamkeit nachließen, als sie ihn sahen, den Jungen mit den dünnen Beinen im gefälschten Milan-Dress von George Weah.

An der Kreuzung wartete er, bis das letzte Militärfahrzeug die Hamoua verlassen hatte. Die Soldaten auf der Straße stiegen in ihre Jeeps und folgten dem Konvoi. Die Fahrer stiegen in ihre Autos und fuhren weiter.

In der Rue Abdelaziz Hamoua war kein Mensch zu sehen. Die Fensterläden der Häuser waren geschlossen wie immer nach Einbruch der Dunkelheit, doch manche Eingangstüren standen offen. Obwohl drinnen Licht war, drang kein Laut an Djamels Ohr.

Er ging an der Moschee vorbei, auch dort war niemand zu sehen. Vor dem einstöckigen ockerfarbenen Eckhaus mit den hohen Fenstern, in dem er mit seinem Vater und seiner Mutter und deren Eltern wohnte, blieb er stehen.

Die Fensterläden zu, die Tür geöffnet, das Flurlicht war eingeschaltet.

Auf einer der beiden Steinstufen funkelte etwas im Schein der Lampe – die silberne Brille seines Vaters. Vorsichtig hob er sie auf. Eines der Gläser hatte einen Sprung, ansonsten war sie unversehrt.

Er fand seine Mutter und deren Eltern im Wohnzimmer. Eng aneinandergedrängt saßen sie auf dem Sofa, ihre Blicke folgten ihm, während er vor sie trat. Die Mutter keuchte, als wäre sie gerannt, und doch hatte Djamel den Eindruck, dass die drei schon seit Ewigkeiten hier saßen und Schreckliches mitangesehen hatten, ihre Augen sagten ihm das, die ihn beobachteten wie die Augen der Toten auf den Tribünen des Stadions von Bologhine, Kriege und Blut hatten die gesehen und Mörder und Ermordete.

Ein Stuhl war umgefallen, der Teppich verrutscht. Der Fernseher lief. Vor einem der Fenster lag umgedreht ein felliger Hausschuh seines Vaters, den zweiten entdeckte er nicht.

Bevor die auf dem Sofa die Sprache wiederfinden würden, verließ Djamel das Zimmer und das Haus.

Als er einen schwachen Ruf hörte, hielt er inne. Die Mutter war ihm zur Tür gefolgt, dort stand sie nun, das Haar ohne Kopftuch lang und wirr. Sie duckte sich, als fürchtete sie, in ihrer Nacktheit gesehen zu werden, und flüsterte Dinge, die er nicht hören wollte. Die Soldaten hatten seinen Vater mitgenommen und gesagt, es sei nur für einen Tag oder zwei, falls sich nichts Schwerwiegendes ergebe, man wolle mit ihm über ernste Belange der nationalen Sicherheit sprechen, doch in einem Tag oder zwei werde er zurückkehren, man werde kaum länger mit ihm sprechen, im Gefängnis von Serkadji, auch Barberousse genannt, oberhalb der Kasbah … Kein Grund also, flüsterte die Mutter, sich Sorgen zu machen.

»Komm wieder rein, ja? Kommst du? Komm.«

»Aber er braucht seine Brille.«

Djamel drehte sich um und machte sich auf den Weg, es war weit bis zum Gefängnis von Serkadji oberhalb der Kasbah, man musste durch ganz Bab el Oued und dann den Hügel halb hinauf.

Unterwegs fragte er sich wieder und wieder, weshalb ihm dieser Name so bekannt vorkam, Serkadji.

Schließlich fiel es ihm ein.

Im Februar hundert Tote im Serkadji, aber sprich nicht darüber …

I

Hoffnung

1

CONSTANTINE, ALGERIEN
OKTOBER 2012

In der Ferne kam die Stadt in Sicht, auf die er sich seit Wochen freute, Constantine, auf einem sechshundert Meter hohen Plateau gelegen. Eine Stadt der Schluchten und Hängebrücken, wie ihm die Algerier in Lüneburg erzählt hatten, mit römischen Ruinen und einer eineinhalb Kilometer langen Gondelbahn, gebaut von einer österreichischen Firma. *Dafür*, hatten sie gescherzt, *baut ihr Deutschen die Panzer.*

Peter Richter lehnte sich im Fond zurück. Er wurde erst morgen früh in der Produktionsstätte erwartet, und so nahm er sich vor, am Abend dort oben zu bummeln und zu essen, in der Altstadt auf dem Plateau, und vorher ein wenig Gondel zu fahren. Einsamkeit würde vermutlich kein Problem werden. Vier Polizisten in zwei Streifenwagen – VW Caddys – eskortierten die gepanzerte Limousine des algerischen Verteidigungsministeriums, die ein ausgesprochen freundlicher und humorvoller Fünfzigjähriger namens Sadek Madjer fuhr. Und im Gästehaus, so hatte er erfahren, arbeiteten neben einem Koch und Servicepersonal zwei Wachmänner, ein Deutscher und ein Algerier, die ihn auf Schritt und Tritt begleiten würden.

Bodyguards?

Die haben einen Al-Qaida-Ableger da drüben, Peter.

Richter hatte beschlossen, sich mit dem Unvermeidlichen abzufinden. Wenn ein Land wusste, wie es sich und seine Besucher vor Islamisten schützte, dann Algerien, so viel war ihm klar.

Und die Algerier meinten es ernst. Nach der Landung in Algier vor einigen Stunden hatte ihn noch in der Lufthansa-Maschine ein Geheimdienstmann in Empfang genommen, durch den Transitbereich geführt und in einen Kellerraum gebracht, wo sie gemeinsam auf den Anschlussflug mit Air Algérie gewartet hatten. Gemeinsam hatten sie das Gate passiert, gemeinsam die Maschine betreten, gemeinsam waren sie nach Constantine geflogen. Dort hatten zwei Polizisten und der kleine, quirlige Sadek Madjer gestanden, der sich ein handgeschriebenes Schild mit der Aufschrift MONSIEUR ATLAS vor die Brust gehalten hatte. Richter hatte noch geschmunzelt, als sich der Geheimdienstler verabschiedete.

Au revoir, Monsieur.

Au revoir et merci beaucoup.

Allah yehfadek, Monsieur.

Merci, merci beaucoup.

Jetzt bremste das Polizeifahrzeug vor ihnen, auch die Limousine wurde langsamer. Im Schritttempo ging es weiter, alle Autos ordneten sich in die rechte Spur ein.

»*Un barrage*«, sagte Madjer, der ein hartes, verschliffenes Französisch sprach.

»*De la police?*«

»*Oui, oui.* Sie suchen Bomben und Terroristen.« Madjer kicherte, salutierte dann aber doch, als sie an den Polizisten vorbeifuhren. Einer von ihnen hielt ein helles, schachtelartiges Ding mit kurzer Antenne in der Hand, das Richter wenig vertrauenswürdig vorkam.

Während Madjer beschleunigte, erzählte er vergnügt, er habe gehört, dass die Amerikaner die Detektoren vor einer Weile »getestet« hätten, indem sie mit einem mit Sprengstoff beladenen Wagen durch Algier gefahren seien. Keines der Geräte habe angeschlagen. Nun wolle der algerische Staat den Hersteller verklagen.

»Mit Ihren Panzern wird das nicht passieren, oder? Der ›Atlas‹ wird funktionieren.«

Richter erwiderte Madjers Lächeln. »Natürlich.«

Im Konvoi fuhren sie ins Tal hinunter, das Gästehaus befand sich in einem Vorort westlich der Altstadt. Richters Blick blieb auf den Häusern oben haften, die im weißlichen Licht der Oktobersonne leuchteten. Unterhalb einer viaduktähnlichen Straße fiel die Felszunge steil und grün ab. Richtung Küste wurde der Hang immer felsiger, bis er an der Schlucht des Flusses Rhumel abrupt nach Osten abbog.

Er lehnte sich vor. »Was bedeutet *Allah yeh … yehfa …*«

»*Allah yehfadek?* ›Gott möge Sie schützen.‹«

Wenige Minuten später hatten sie das von einer strahlend weißen Mauer umgebene Gästehaus erreicht. Die Streifenwagen entfernten sich. Ein Stahltor glitt zur Seite, Madjer lenkte die Limousine in den Hof, wo zwei Männer warteten, ein Algerier im schwarzen Anzug, ein Europäer in heller Hose und weißem Hemd.

Der Europäer öffnete die Fondtür, und Richter stieg aus.

»*Ahlan wa sahlan,* Herr Richter. Ich bin Toni.«

»Guten Tag, Toni.«

Sie reichten sich die Hand. Tonis Alter war schwer zu schätzen, er mochte wie er selbst Ende vierzig sein. Kein Gramm Fett, der Haaransatz kaum einen Millimeter zurückgewichen, die Augen voller Energie. Doch die Falten darum waren tiefe, ausgetrocknete Kerben.

»Sie sprechen Algerisch?«

»Arabisch. Ich bin schon lange im arabischen Raum unterwegs. Bundesgrenzschutz, Fremdenlegion, seit einer Weile privat.«

»Klingt spannend, Fremdenlegion.«

Toni zuckte mit den Schultern. »Fünfzehn Jahre, Bosnien, Kosovo, Irak, Maghreb.« Er wies auf den Mann im schwarzen Anzug. »Ahmed. Er spielt Tennis, falls Sie mal Lust haben.«

Richter nickte. »Warum nicht?«

Ahmed war deutlich größer und muskulöser als Toni, ein schlanker, leicht nach vorn geneigter Hüne.

»Ahlan wa sahlan«, sagte Richter.

»Choukran djazilan.« Ahmed ergriff seine Hand und sprach mit leiser Stimme weiter. Er wirkte schüchtern, beeindruckt von der offiziösen Umgebung, dem mehr oder weniger bedeutenden Gast des Verteidigungsministeriums. Als er schwieg, gestand Richter auf Französisch, er habe nur das wiederholt, was er eben bei Toni gehört habe.

Sie lachten.

»Ich hoffe, es war keine Beleidigung.«

»Nein, nein«, sagte Sadek Madjer, der mit dem Koffer zu ihnen getreten war. Während sie hineingingen, erklärte er, mit diesem Satz heiße man den anderen als Angehörigen der Familie willkommen und wünsche ihm einen leichten Weg. Lächelnd hob er den freien Arm. »Wir sind eine große Familie, und hier wohnen wir.«

Richter kam das Gästehaus weitläufig und luxuriös vor. Unten Bedienstetenzimmer, die Küche und ein Wohnzimmer mit Essbereich, Bar, Fensterfront, einer zweiten Treppe nach oben. Draußen eine Terrasse, ein Garten mit Tennisplatz, akkurat gepflegt. Im oberen Stockwerk lagen Schlafzimmer und Bäder, ein Arbeitszimmer mit Computer, eine kleine Bibliothek; im Keller, ergänzte Madjer, ein Raum mit Billardtisch sowie ein kleiner Swimmingpool und ein Gebetszimmer. Die Böden waren aus hellem Naturstein, die orientalischen Teppiche ein Vermögen wert, in allen Räumen nur die feinsten Stoffe und Dekors, Mahagoni, dunkelbraunes Leder.

»Ja, Algerien ist ein reiches Land«, sagte Madjer.

Und ein neugieriges, dachte Richter. Er zeigte auf eine der Kameras an der Decke im oberen Flur. »Schutz oder Überwachung?«

»Schutz.«

»Wer sitzt vor den Monitoren?«

»Das Verteidigungsministerium.«

»Das ist in der Tat beruhigend.«

Madjer deutete eine Geste der Entschuldigung an. »Leider sitzt es vier Kilometer entfernt.«

»Dann ist es also zu spät, wenn die Bösen erst mal drin sind.«

»Sie sagen es, Monsieur.« Madjer stieß eine Tür zu einem im Halbdunkel liegenden Raum auf. »Ihr Zimmer.«

»Ohne Kameras, hoffentlich.«

»Nein. Sie sehen sie nur nicht.«

Richter hielt auf der Türschwelle inne, Empörung wallte in ihm auf. Dann sah er Madjers Mundwinkel zucken.

»So haben wir auch eine Beschäftigung für die Bärtigen in unseren Reihen, Sie verstehen.« Kichernd legte Madjer den Koffer auf die Ablage, dann zog er die schweren, bunt gemusterten Vorhänge zur Seite und sagte: *»Ahlan wa sahlan, ya si-Peter.«*

Unten auf der Terrasse warteten Kaffee, Erdnüsse und algerisches Gebäck. Richter hatte sich umgezogen, trank und aß im Stehen. Toni war bei ihm, sie sprachen über die Abläufe. Jeden Morgen pünktlich um halb acht Abfahrt nach Ain Smara zur künftigen »Atlas«-Produktionsstätte etwa zehn Kilometer westlich des Flughafens. Madjer würde fahren, Richter saß hinten, Toni vorn, zwei Streifenwagen begleiteten sie, Ahmed blieb im Gästehaus. Auf dem Firmengelände von Elbe Algérie würde Toni keinen Zentimeter von Richters Seite weichen. Nachmittags pünktlich um halb fünf würden die Streifen sie dort abholen.

»Sicher wie in Abrahams Schoß«, sagte Richter.

»Hier sind Sie in Ibrahims Schoß«, erwiderte Toni.

Die Sonne stand tief, Garten und Tennisplatz lagen im Schatten irgendeiner Erhebung im Westen. Constantine hoch über ihnen hatte noch Licht. Vielleicht übte es deshalb eine derart starke Anziehung auf ihn aus, dachte Richter. Die spektakuläre Lage und so viel Licht. Licht beruhigte ihn.

Er gähnte verhalten, schenkte sich Kaffee nach. Auch Toni nahm eine zweite Tasse. Aus dem Obergeschoss war das Brummen eines Staubsaugers zu hören. Madjer hatte ihm den Koch und zwei Dienstmädchen vorgestellt. Die Frauen trugen hellblaue Kleider, weiße Kopftücher und glichen Krankenschwestern. Der Koch war ein französischstämmiger Italiener aus dem Aostatal und hatte versprochen, ihn fünf Tage lang zu verwöhnen.

»Ich würde später gern in die Altstadt hochfahren.«

»Das geht leider nicht«, erwiderte Toni.

»Warum nicht?«

»Außerhalb des Hauses dürfen Sie sich nur mit Polizeieskorte bewegen. Die müssen wir beantragen, und das dauert ein paar Stunden. Nichts liebt die algerische Bürokratie weniger als Spontaneität.«

»Dann fahren wir ohne Eskorte. Sie wollen mir doch nicht erzählen, dass Constantine gefährlich ist.«

»Für Sie ist jeder Ort in Algerien gefährlich.«

»Sie übertreiben.«

»Immer«, erwiderte Toni. »Deshalb bin ich noch am Leben.«

Richter hob den Blick zu den Häusern in der Sonne. Ob heute oder morgen, spielte natürlich keine Rolle. Aber es ging ums Prinzip. Er war doch Geschäftspartner der Algerier, nicht ihr Gefangener. »Sie würden mich wohl nicht daran hindern, allein loszufahren?«

»Nein, aber ich würde an Ihr Gewissen appellieren. In dem Moment, in dem Sie nächste Woche ins Flugzeug steigen, wären Ahmed und ich unsere Jobs los. In Algerien könnten wir in unserer Branche nicht mehr arbeiten.« Toni deutete in Richtung Constantine. »Ahmed hat Familie da oben. Kleine Kinder, alte Eltern. Sechs Menschen sind von ihm abhängig.« Er zog einen Sessel unter dem Tisch hervor. »Setzen Sie sich.«

Richter gehorchte, langte nach den Erdnüssen, streckte die Beine von sich.

Toni ließ sich neben ihm nieder und stützte die Ellbogen auf die Knie. »Sie haben von AQMI gehört? AQM, wie die deutschen Behörden sagen.«

»Al-Qaida im islamischen Maghreb.«

»Entführungen, Anschläge, Drogenschmuggel, Waffenhandel, Schleusung.«

»Ein paar Hundert Krieger in der Wüste, Toni, zweitausend Kilometer entfernt.«

»Sie lesen die falschen Zeitungen.«

Tonis Stimme wurde leise und eindringlich. AQMI sei 2007 aus der GSPC hervorgegangen, erklärte er, der Groupe salafiste pour la prédication et le combat, einer der brutalsten islamistischen Terrorbanden Algeriens, 2003 verantwortlich für die Entführung der zweiunddreißig europäischen Sahara-Reisenden. Mit dem Segen der damaligen Al-Qaida-Führung dann die Umbenennung und offizielle Einbindung in den weltweiten Dschihad. Heute gehe man von zwölfhundert bis zweitausend AQMI-Kämpfern aus, etwa die Hälfte davon zurzeit in Mali aktiv, andere in Libyen und Mauretanien, viele jedoch in Nordalgerien, vor allem in der Berberregion Kabylei, keine dreihundert Kilometer von Constantine entfernt.

Pro Jahr verübe die Gruppe in Algerien fünf- bis sechshundert Anschläge. Ihre Spezialitäten im Norden: falsche Straßensperren, bei denen Angehörige der Sicherheitskräfte aus Autos oder Bussen gezogen und erschossen würden, sowie Sprengstofffallen. 2007 seien bei drei Anschlägen in Algier über sechzig Menschen getötet worden, darunter Mitarbeiter der UNO. Die Amerikaner stuften AQMI als eine der gefährlichsten Terrorgruppen überhaupt ein.

»Kein Deutscher, der in offizieller Funktion in Algerien ist, sollte ohne Eskorte über Land fahren. Das gilt für den Botschafter genauso wie für den Leiter des Goethe-Instituts und die Mitarbeiter der Deutsch-Algerischen Handelskammer. Keiner von ihnen verlässt Algier ohne Eskorte.«

Richter hob träge eine Hand. »Ich will nicht über Land, nur da rauf.«

»Nicht heute.«

»Schon gut, schon gut. Buchen Sie die Eskorte für morgen, achtzehn Uhr dreißig. Schafft die algerische Bürokratie das?«

Toni nickte. »Danke.«

»Sie übertreiben überzeugend.«

»Ich habe gute Quellen.«

»Die Algerier?«

»Von denen erfahren Sie nichts.« Toni zuckte gleichmütig mit den Schultern. »Das Bundeskriminalamt hat einen Verbindungsbeamten an der Botschaft, Ralf Eley. Er gibt Antworten, wenn man ihm Fragen stellt. Sie lernen ihn am Dienstag kennen, er kommt mal rüber nach Constantine, will Sie kennenlernen, sich ein bisschen genauer informieren über das, was Ihre Firma so plant.«

»Um anderen Antworten auf deren Fragen geben zu können?«

»Das ist sein Job.«

Für eine Weile fiel kein Wort. Richters Blick lag auf Constantine, in das Licht dort oben hatte sich ein zartrosa Schimmer geschlichen. Er war in einem südbayerischen Tal ohne Sonne aufgewachsen, deshalb die Sehnsucht nach Helligkeit. Bei Meininger Rau in Altniederndorf hatte er zwei zusätzliche Fenster in die Büromauer einsetzen lassen. Bei Elbe Defence in Lüneburg waren die Mauern auf drei Seiten aus Glas.

»Und Sie«, sagte er, »haben Sie auch Familie da oben?«

»*Sie* sind meine Familie, Herr Richter, zumindest für die nächsten fünf Tage.«

Gegen sechs ging Richter mit Ahmed und Madjer zum Tennisplatz. Sie spielten im Flutlicht, die Dämmerung kam rasch, mit ihr ein kühler Wind. Madjer betätigte sich als Schiedsrichter. Mit Ernst und Hingabe überwachte er das Spiel von einem Stuhl aus, der Kopf flog mit dem Ball hin und her, der Blick war beinahe unbestechlich. Ahmed spielte besser und schneller als Richter und verlor doch knapp den ersten Satz. Er hätte auf diesem Platz mit diesem Schiedsrichter jedes Match der Welt verloren – Madjers Version der algerischen Gastfreundschaft.

»Out!«, schrie Madjer und sprang auf. *»Advantage Richter!«*

Richter sah Ahmed grinsen und musste lachen.

Im zweiten Satz wurden Madjers »Fehlentscheidungen« zunehmend grotesker. Ahmed achtete nun darauf, den Ball nicht mehr platziert in die Nähe der Linien zu spielen, sondern mitten ins Feld. Madjer behalf sich, indem er Fußfehler oder »bewusste Irritation des Gegners« beanstandete. Hin und wieder rutschten Ahmeds Bälle durch ein winziges Loch im Netz, von dessen Existenz nur der Unparteiische wusste.

Richter gewann auch den zweiten Satz.

»Gratulation«, keuchte er beim Handschlag am Netz, und Ahmed strahlte über das ganze sanfte Gesicht.

Auf der Terrasse trank Richter zwei Gläser Wasser, setzte sich, um zu verschnaufen, die Hände auf dem weichen, zitternden Bauch. Ihm war ein wenig übel, vor Erschöpfung vielleicht oder vor Hunger. Constantine war in der Finsternis nur noch zu erahnen, vereinzelte Lichter schwebten in der Höhe, Straßenlaternen, Lampen hinter Fenstern. Die Nächte in seinem südbayerischen Tal hatten selbst im Sommer von sechzehn Uhr bis elf am nächsten Tag gedauert, die Winter waren höchstens einmal hellgrau geworden.

Er wusste nicht, weshalb er ausgerechnet hier, in Nordafrika, so oft über die Dunkelheit nachdachte. Als würde sie von innen in seine Gedanken kriechen.

Toni trat neben ihn, eine Tasse in der Hand, plötzlich roch es nach starkem Kaffee.

»Könnte ich auch eine Tasse haben?«, fragte Richter.

»Nehmen Sie die.«

Toni ging, kehrte mit einer weiteren Tasse zurück. »Und Sie? Haben Sie Familie?«

»Frau und zwei Töchter.«

»Drei Frauen.«

»Die alle drei seit einer Weile pubertieren.«

Toni lachte leise.

In den Büschen und Bäumen surrten Zikaden. Ein feiner, süßlicher Geruch lag in der Luft, Nachtjasmin, hatte Madjer erklärt. Richter gähnte, leerte seine Tasse. Die Töchter gingen auf Demonstrationen gegen Rüstungsexporte und verlangten von ihm »moralisches Verhalten«. Sie hatten keine Ahnung von der Welt. Davon, wie wichtig Stabilität war.

Vor allem Algeriens Stabilität.

Ein demokratischer arabischer Mittelmeerstaat mit europäischer Vergangenheit, immensen Öl- und Erdgasvorkommen, reich und quasi ohne Auslandsschulden, mit der Sahara, in der in ferner Zukunft durch Solarkraftwerke ein Gutteil des europäischen Stroms produziert werden könnte. Doch Algerien war umgeben von Krisenländern wie Libyen, Tunesien, Mali, Westsahara, von innen bedroht durch al-Qaida, islamistische Parteien, Autonomiebestrebungen der Berber, Unruhen im Gefolge des Arabischen Frühlings in anderen Ländern. Sicherheit entstand hier nicht durch fromme Wünsche. Das verstanden die Töchter noch nicht. Und so forderten sie den Vater heraus, wie man es in der Pubertät eben tat.

Und seine Frau …

Seine Frau besuchte an den Wochenenden Reiki-Seminare. Kürzlich war sie in den Dritten Grad eingeweiht worden und konnte nun auch im astralen Bereich arbeiten. Richter hatte ihr so begeistert wie möglich gratuliert und ihr auch die Ausbildung zum Vierten Grad geschenkt.

Die Töchter hatten gefragt, wie man mit Blutgeld spirituelle Reinheit erreichen wolle. Seine Frau hatte erwidert, auf diese Weise bringe das Blutgeld wenigstens Gutes. Richter hatte schweigend auf seine bloßen Unterarme gestarrt und verfolgt, wie die Gänsehaut kam. Noch nie hatte er sich so verletzt gefühlt.

Er wandte sich Toni zu. »Wohin gehen Sie, wenn Sie frei haben?«

Toni lächelte. »Was genau wollen Sie wissen?«

»Wovon Sie abhängig sind. Wen Sie brauchen, um leben zu können.«

»Niemanden, der nicht austauschbar wäre.«

»Heute Abend ich, heute Nacht eine Prostituierte?«

Toni nickte.

»Und beide Namen haben Sie in ein, zwei Wochen vergessen.«

»Ist nichts Persönliches.«

Richter hob die Brauen. »So oder so.« Er stand auf, streckte sich. Das Tennismatch hatte ihn über alle Maßen erschöpft. Was für eine dumme Idee, nach einer achtstündigen Reise Tennis zu spielen.

Und in ihm rumorte die Finsternis.

Als Kind hatte er Steine in die Nacht geworfen, um die Geister zu vertreiben. Sie sollten wissen, dass er wehrhaft war. Mit fünfzehn hatte er sich eine Steinschleuder gebastelt. Mit Anfang dreißig war er in die Rüstungsindustrie eingetreten.

Er lächelte flüchtig ins Nichts.

»Wollen Sie's wirklich wissen?« Toni zog eine dunkelgraue Automatikpistole mit schwarzem Griff aus dem Holster und legte sie auf den Tisch.

Richter trat näher. Im kargen Schein der Terrassenbeleuchtung waren Hersteller und Modell nicht zu erkennen.

»Eine MAC-50.«

»Eine Französin«, sagte Richter, beugte sich über die Waffe. »Eine alte Dame, auch wenn man es ihr nicht ansieht.« Die MAC-50 wurde seit 1978 nicht mehr hergestellt.

Toni lächelte. »Wir kommen bestens miteinander klar.«

»Die Pistole der algerischen Armee. Neben der chinesischen Tokarew.«

»Sie sind gut informiert.«

»Ich war lange bei Meininger Rau.«

Toni steckte die Waffe wieder ein. »Von ihr bin ich abhängig. Seit dreißig Jahren habe ich keinen Tag ohne Pistole verbracht. Seit acht Jahren keinen Tag ohne sie.« Er klopfte sich auf die Hüfte. »Nicht weil ich Angst hätte. Sie macht mich zu dem, der ich bin. Ohne sie würde nichts bleiben. Kein Verwendungszweck für den alten Toni. Sie sind also mit Waffen vertraut?«

»Nur vom Schießstand.«

»Beneidenswert.« Toni erhob sich, unterdrückte ein Gähnen.

»Verzeihen Sie. In zwanzig Minuten gibt's Abendessen. Falls Sie noch duschen wollen.«

Richter ging hinauf. Jeder Schritt fiel ihm schwer, als wären die Gelenke aus Blei. In seinem Zimmer ließ er sich auf die Seidendecke des Doppelbettes nieder, sank tief in blumig duftende orientalische Gemütlichkeit. Er hätte einen Stapel Algerische Dinare gegeben für ein Zimmermädchen, das ihm die Schnürsenkel löste, ihm Schuhe und Socken auszog, Madjer konnte er nicht darum bitten, der war heimgefahren und würde erst am Morgen zurückkommen, hockte jetzt oben im lichtdurchfluteten Constantine, wo man einen wie ihn ohne halbe Kompanie nicht einmal Gondel fahren lassen wollte …

Toni weckte ihn.

Er hob den Kopf, setzte sich verwirrt auf. Als er die Turnschuhe an seinen Füßen sah, begriff er. »Tut mir leid, ich bin ein bisschen müde, die Reise …«

»Kein Problem. Sie können das Essen ausfallen lassen.«

»Nein, nein, ich komme. Geben Sie mir zehn Minuten.«

Er duschte rasch, zog sich an, ging den Flur entlang, noch müder als zuvor.

Auf der Treppe ins Wohnzimmer hinunter nahm er den Geruch von gebratenem Fleisch und Gewürzen wahr. Stimmen drangen an sein Ohr, Toni und Ahmed, die auf Arabisch miteinander sprachen, merkwürdig angespannt klangen. Sie standen mitten im Raum, schwiegen abrupt, als sie ihn bemerkten. Ihre Blicke folgten ihm, und er spürte, dass sich etwas verändert hatte.

»*Qu'est ce qui se passe?*«

»*Le café*«, sagte Ahmed. »Ich trinke keinen Kaffee.«

»Hast du Wasser getrunken?«, fragte Toni.

»Nicht das draußen auf dem Tisch.«

»Ich verstehe nicht …«, sagte Richter.

»Die Müdigkeit«, erwiderte Toni. »Nur Ahmed ist nicht müde.«

Richter spürte, wie sich sein Puls beschleunigte. Er verstand immer noch nicht, aber die Angst war schon da. Rasch trat er in den durch ein hüfthohes Mäuerchen abgetrennten Essbereich und setzte sich an den Tisch, der für eine Person gedeckt war. Jenseits der raumhohen Fensterwand lauerte das Schwarz der Nacht, diesseits glitten Schemen hin und her, Ahmed hatte den Vorhang aus einer Kordelschleife gelöst, zog ihn hastig über die ganze Breite zu, in der anderen Hand ein Telefon. Er hob es ans Ohr, sagte zu Toni: *»Toujours rien.«*

»Le portable!«

»Dans ma chambre.«

»Non, reste ici, on doit rester ensemble.«

Plötzlich stand Toni neben ihm, stützte sich schwer auf den Tisch.

»Ich möchte gern essen«, stieß Richter heiser hervor.

»Zu spät.«

Erst jetzt bemerkte er, wie blass und erschöpft Toni aussah, bemerkte den dünnen Schweißfilm auf seiner Stirn, das Zucken der Augenlider.

Da verstand er. Der Kaffee, das Wasser draußen auf dem Tisch, versetzt mit … irgendetwas.

»Passiert das *wirklich*?«, flüsterte er.

»Sieht so aus.«

»Und … wer?«

»Wollen Sie eine Waffe, Herr Richter?«

»Aber es ist doch niemand hier!«

»Es wird jemand kommen.«

»Wer, Toni? Al-Qaida?«

Toni nickte, es schien ihn Kraft zu kosten. »Sie müssen sich entscheiden. Wer eine Waffe hat und schießt, auf den wird auch geschossen.«

Richter spreizte abwehrend die Finger. Seine Arme waren schwer, ließen sich kaum noch bewegen, sein Puls raste. Er hörte Ahmeds Stimme, der wieder Algerisch sprach, mitten im Raum stehend, den Blick nach oben gerichtet, als betete er zu seinem Gott. Aber er sprach nur zu dem halbrunden Kameraauge, das über ihm in der Decke eingelassen war.

Vier Kilometer, dachte er. Ein paar Minuten, und alles ist gut.

Ahmed verschwand hinter seinen Lidern.

Er wurde hochgerissen und hart gegen die Wand gestoßen.

»Nicht ohnmächtig werden!«, sagte Toni.

Er schüttelte den Kopf, wollte wach bleiben, aber er spürte seine Beine nicht mehr, sank wieder zu Boden. Die Dunkelheit übermannte ihn, alles wurde still.

Ein Schlag ins Gesicht holte ihn zurück, er riss die Augen auf. Wieder zerrte Toni ihn hoch. »Sie sind da!«

Ein Ruf erklang, gedämpfte Schüsse fielen. Ahmed hockte jetzt unter dem Gottesauge auf den Fersen, der Kopf hing reglos nach vorn, ein letztes Gebet. Tonis Gesicht schob sich in sein Blickfeld, die Augen kalt und leer. Die Hände lagen an seinen Wangen, er spürte Lauf und Kolben der MAC. Ewigkeiten schienen zu verstreichen. Tonis Gesicht verschwamm immer mehr, der Griff wurde fester, hielt ihn im Licht.

»Die wollen Sie lebend, okay?«

Richter schüttelte den Kopf, konnte nicht aufhören damit. Ein Traum, er träumte.

»Ihre Firma wird zahlen, Sie werden freikommen.«

»Wer?«, hörte er sich krächzen.

Über ihnen waren Schritte zu hören, jemand rannte dort oben. Von der Wohnzimmertür erklang die Stimme eines Mannes, der etwas auf Arabisch rief. Toni schien antworten zu wollen, aber dann sagte er: »Denken Sie dran, die brauchen Sie lebend. So finanzieren sie sich, durch Entführungen. Ihre Firma wird zahlen, Sie werden freikommen. Vergessen Sie das nicht. Sie werden es durchstehen.«

»Und Sie?«

Richter spürte ein Achselzucken. »Ich muss jetzt arbeiten.«

»Nein!« Es gelang ihm, die linke Hand zu heben, auf die Pistole zu legen. Er spürte Tonis knochige Finger, das kühle Metall. Er sah nichts mehr, hatte vielleicht die Augen geschlossen, vielleicht waren es Tränen. »Lassen Sie mich nicht allein, bitte ...«

Wieder die fremde Stimme, diesmal von weit her, fast genauso weit entfernt Toni, der auf Arabisch antwortete.

»Bitte, Toni ...«

»Richten Sie Sadek aus, dass ich aus der Hölle zurückkomme, um ihn zu holen.«

»Nein!« Er presste die Hand auf die Waffe, ließ den Kopf schwer dagegen sinken. »Toni, bitte ...«

Die letzten Kräfte waren verbraucht, die Beine gaben nach.

Die Dunkelheit holte ihn.

2

BERLIN

Fünfzig also. Der Countdown hatte begonnen.

Sein Urgroßvater war mit neunundfünfzig gestorben. Der Großvater mit siebenundfünfzig. Der Vater mit vierundfünfzig. Die Wegners des 20. Jahrhunderts gingen in ihren Fünfzigern, und sie gingen immer früher.

Reinhold Wegner öffnete die Augen, sog den Duft des doppelten Espresso ein, den die mächtige Maschine vor ihm zubereitete. Er stand in der Küche der Firmenvilla in Lichterfelde West, ließ den nackten, von Alkohol und sechs Stunden Schlaf erhitzten Körper in der Zugluft auskühlen, sein Wundermittel gegen den Kater: Kälte.

Fünfzig Jahre.

Mit fünfzig hatte sein Vater schwarze Steine ausgehustet.

Er selbst war anders. Lebte nicht wie seine Vorväter, die sich und die Ihren mit Schwerstarbeit durchgebracht hatten, Kohle gefördert oder Steine aufeinandergeschichtet oder Bäume geschlagen hatten.

Doch das war es nicht allein. Im selben Moment, als die Grube über ihnen geschlossen worden war, hatte die Welt ihre Gesichter vergessen, und ihre Namen waren verklungen. Niemals hatten sie mehr als das Nötigste besessen, niemals Anerkennung erfahren. Vom ersten bis zum letzten Atemzug bedeutungslos, fünfzig Jahre und ein paar wenige mehr. Die Welt hatte sie nicht gebraucht, und wer nicht gebraucht wurde, der starb eben früh.

Ihn dagegen brauchte man.

Man kannte ihn in aller Herren Länder, besonders den sandigen, windigen, heißen. Nicht in der Öffentlichkeit natürlich, sondern dort, wo es drauf ankam: in den schattigen, schallisolierten Hinterzimmern der Macht. Die Ströme der Waren und des Geldes mussten gelenkt werden, und darauf verstand er sich bestens. Wohlwollen war die Währung, eine knappe Devise, die er ein ums andere Mal generierte, was allerdings nicht weiter verwunderlich war. So, wie die harten Jungs mit den gebügelten Uniformen und den verspiegelten Sonnenbrillen deutsche Autos liebten, so liebten sie deutsche Waffen. Und weil er, Reinhold Wegner, schneller, fantasievoller und lösungsorientierter vorging als die Konkurrenz, liebten sie vor allem die Waffen von Meininger Rau.

Ja, man brauchte ihn, und deshalb würde er im Gegensatz zu seinen Vorvätern alt werden, würde Seniorenausweise, Rollatoren und Pflegepersonal kennenlernen, dritte Zähne, künstliche Hüftgelenke, den grünen Star. Er würde seine letzte Erektion beim Anblick eines Geriatriestudentinnenhinterns bekommen, seinen letzten Furz in einem blühenden Hospizgarten auf einem bayerischen Hügel lassen.

Ein sanfter Gong erklang, der Espresso war fertig. Wegner nahm die Tasse, hielt sie sich unter die Nase, schloss die Augen.

Fünfzig Jahre also. Er fröstelte.

Nackt, die Tasse in der Hand, Hausschlappen an den Füßen, ging er durch das Chaos in Richtung Wohnzimmer. In zwei Stunden kamen die Putzkolonnen, sie hatten viel zu tun. Zersplittertes Glas knirschte bei jedem Schritt, es stank nach Fleischresten, Knoblauch, dem kalten Rauch von Zigaretten und Zigarren. Das Büfett im Esszimmer ein vielfarbiges Schlachtfeld, der Teppich darunter für alle Ewigkeit verdorben. Überall lagen und standen leere Flaschen, auf dem Parkett im Wohnzimmer trockneten Alkoholpfützen, er stieß gegen achtlos abgestellte, verschmutzte Teller. An einer Stuhllehne ein vergessenes Jackett, auf dem Kaminsims ein hauchdünner braungelber Damenschal.

Hermès, ein Geschenk aus Paris.

Ach, das ist doch viel zu teuer, Reinhold.

Steht dir wunderbar. Wie für dich gemacht.

Aber ich will solche teuren Sachen nicht. Ich weiß ja nicht einmal, wann ich ihn tragen soll.

Morgen zum Beispiel. Ich bringe zwei Saudis mit, Generäle.

Also gut, machen wir es so: ein Dienstschal, für solche Gelegenheiten.

Er trat an den Kamin und schlang sich den Schal um den Hals. Seine Frau war für eine Stunde gekommen. Lange genug, um da gewesen zu sein. Lange genug, um den Schal zu vergessen.

Ein Höflichkeitsbesuch.

Darin war sie unschlagbar, in Höflichkeit. Kein Abgeordneter, kein General, kein Minister, dem sie nicht durch einen freundlichen Plausch für Minuten die Sorge um den Zustand seiner Welt nehmen konnte. Eine unbezahlbare Fähigkeit.

Er ging weiter. Der Duft ihres Parfüms überlagerte den Gestank.

Er war zufrieden. Eine gelungene Feier.

Neunzig Gäste, die meisten mit dem Vorsatz, sich zu benehmen, unter ihnen die Geburtstagsdelegation von Meininger Rau und seine Frau. Der Rest hatte gewartet, bis man unter sich war. Ein Ministerialbeamter, ein Staatssekretär, ein paar Hinterbänkler, ein paar Firmenbosse, zwei Georgier, ein Mexikaner, ein Spanier, Hostessen, Wegner selbst, der fortan nichts anderes mehr getan hatte, als sich bis acht Uhr morgens um die Zufriedenheit seiner verbliebenen Gäste zu kümmern.

Nun gab es ein paar Geschichten mehr, über die man nur mit ihm sprechen konnte. Das schuf Verbundenheit.

Er ließ die Terrassentür zur Seite gleiten, folgte dem Kiespfad, der sich durch den Garten schlängelte. Der Dienstschal flatterte im Morgenwind, der Duft seiner Frau verflog.

Sein Sohn war gar nicht erst erschienen.

Selbst seine Frau hatte versucht, ihn zu überreden. *Ach komm, nur ein Stündchen, es ist deinem Vater wichtig. Bestimmt werden hübsche Mädchen da sein. Vielleicht leiht er dir den Jaguar.*

Anderes war wichtiger gewesen.

Am Rand des Swimmingpools schlüpfte Wegner aus den Hausschuhen, stellte die Tasse ab, ließ den Schal auf den Kies gleiten. Über die Beckenleiter stieg er ins kalte Wasser. Er folgte der Bodenschräge, bis er nicht mehr stehen konnte, dann ließ er sich treiben, spielte müde toter Mann.

Später schwamm er ein paar langsame Bahnen, tauchte vom einen Ende des Pools zum anderen. Fünfzig, dachte er unter der Wasseroberfläche. Bestimmt kam ab fünfzig die eine oder andere Vorsorgeuntersuchung dazu. Am Montag würde er seinen Hausarzt fragen. Untersuchen lassen, was mit fünfzig anfällig wurde. Endlich abnehmen.

Er holte Luft, tauchte weiter. Auf halber Strecke meinte er Stimmen zu hören. Er öffnete die Augen und hielt erschrocken inne. Schräg über ihm, am Beckenrand, schwebten zwei dunkle Gesichter. Zwei dunkle Hände winkten.

Prustend kam er hoch. Die Liberianer.

Sie lachten, er lachte mit. Mr. Reinhold, sonst im feinsten Zwirn, nun nackt und bleich und unrasiert, die Augen schattig, die schütteren dunklen Haare an der Kopfhaut klebend.

Er schwamm ein Stück auf sie zu, bis er stehen konnte, hielt sich die Linke vors Geschlechtsteil und sagte: »*My friends, how nice to see you again!*«

Kniend reichten sie ihm die Hand. Sie seien, sagte Joseph in seinem perfekten Oxford-Englisch, auf dem Weg zum Flughafen. Hätten ihn noch einmal sehen, sich noch einmal bedanken wollen.

Wofür? Er hatte nichts für sie tun können. Nach Liberia durfte Meininger Rau nicht liefern, weder die gewünschten MRG 45 noch die Lizenz für deren Nachbau. Natürlich war das von vornherein klar gewesen. Für Liberia galt ein striktes UN-Waffenembargo.

Zwei Tage lang hatte man Anfang vergangener Woche die Lage in Berlin besprochen, hier in der Villa, im abhörsicheren Kellerraum. Wegner hatte empfohlen, über Spanien oder, vielleicht einfacher noch, über Jordanien oder Saudi-Arabien zu kaufen, die alle die MRG-45-Lizenz erworben hatten. Er hatte angeboten, Kontakte zu vermitteln. Andere, inoffizielle Wege zu eruieren. Die Algerier hätten gerade gekauft, eventuell gebe es da Möglichkeiten? Joseph und Luseni hatten gesagt, sie müssten überlegen, sich »mit dem Chef« besprechen.

Sie standen jetzt hoch über ihm vor dem weißlichen Himmel, er kniff die Augen zusammen. Beide waren Ende dreißig, Joseph schlank und klein, der linke Arm gelähmt, Luseni größer, breiter, untersetzt. Wegner mochte sie, sie behandelten ihn freundlich und respektvoll. Sie trugen die schwarzen Caps und die grauen T-Shirts, die er ihnen geschenkt hatte. HK stand in Rot darauf, auf den Shirts dazu in Schwarz quer über der Brust der Heckler & Koch-Slogan, *no compromise*. Es war ihm lieber, wenn Meininger Rau nicht mit Liberia in Verbindung gebracht wurde.

»Ist Phil auch da?«

»Isst Ihren Kuchen auf«, erwiderte Luseni.

»Kommen Sie aus dem Wasser, Mr. Reinhold«, sagte Joseph, streckte ihm die Rechte entgegen. »Sonst verschrumpeln Sie.«

Wegner wehrte lächelnd ab. Er sah Phil auf die Terrasse treten, zum Pool kommen, ein Stück Kuchen in der Hand. Phil, einer der Mittelsmänner, der letzte vor Joseph und Luseni. Er war in Deutschland geboren, in London aufgewachsen, in der Welt zu Hause, so zumindest wollte es die Legende. Ein schöner, wilder Mann mit blondem Zopf, flog in Cessnas über die afrikanische Savanne. Wegner hatte Fotos gesehen und an Robert Redford gedacht.

»*Tried to call you*«, sagte Phil, der immer nur Englisch sprach. »Ging keiner dran.«

»Ich muss es überhört haben.«

»Die Jungs hier wollten noch mal danke sagen. Sie einladen nach Monrovia, Ferien mit der Familie.«

»Sie müssen kommen«, sagte Luseni.

»Gern!«, sagte Wegner. Niemals würde er nach Liberia reisen. Kaum ein Land ängstigte ihn mehr. Das Charles-Taylor-Land. Er konnte das nicht vergessen, auch wenn seit Jahren eine gewählte Präsidentin regierte. Mit Ruanda ging es ihm ähnlich. Elfenbeinküste. All die Gemetzel. Nein, es war ihm lieber, Interessenten aus diesen Ländern kamen zu ihm. »Sehr gern.«

»Sie sind schon ganz blau im Gesicht, Mr. Reinhold«, sagte Joseph, der sanfteste Offizier, dem er je begegnet war. Er hatte ein buntes Kleid für Wegners Frau und eine Jägerstatuette aus Mahagoni für seinen Sohn mitgebracht. Söhne mit achtzehn seien schwierig, hatte er gesagt. Sie wollten so gern etwas sein, aber sie seien noch nichts. Traurige Jäger, die noch keine Beute erlegt hätten, zwischen Jugend und Männlichkeit erstarrt.

Seine Frau liebte das bunte Kleid. Sein Sohn lockte Mädchen mit dem Mahagoni-Jäger nach Hause.

»Da liegt was im Pool«, sagte Phil und deutete neben Wegner.

Er bückte sich, fischte den Gegenstand heraus, hielt ihn hoch –

sein neues, wasserdichtes Smartphone. Er hatte es im Morgengrauen testhalber in den Pool geworfen und dann dort vergessen.

Sie lachten.

»Wilde Party«, sagte Phil anerkennend.

Wegner winkte ab. »Feier im Familienkreis.«

»So eine Familie wünscht man sich.« Phil tippte sich zum Abschied an die Stirn. »Wir müssen weiter, der Taxameter läuft, der Pilot wartet nicht. Die Frau hinter dem Sofa, ich hoffe, Sie haben sie nicht totgevögelt?«

Wegner öffnete den Mund, klappte ihn zu, starrte Phil nach, der lachend davonging. Welche Frau?

Joseph und Luseni reichten ihm die Hand, wiederholten Dankesworte, Einladungen, beste Wünsche.

»No compromise«, raunte Luseni.

»No compromise«, flüsterte Joseph.

»No compromise«, wisperte Wegner.

Erneuter Handschlag, diesmal alle drei gleichzeitig, einer rechts, der andere links, während Wegner an die mysteriöse Frau hinter dem Sofa dachte.

Die Liberianer lächelten, neue Freunde fürs Leben.

Dann zogen sie ihn schwungvoll aus dem Pool.

3

ALGIER

Ralf Eley kam in diesen Monaten oft nach Bologhine, meistens am Wochenende, meistens zu Fuß. Nur das letzte Stück, den Hang hinauf zur Basilika, fuhr er mit dem blau-weißen *téléphérique*, der über den europäischen Friedhof nach oben schwebte und kaum zwei Minuten später unterhalb von Notre-Dame d'Afrique hielt. Ein, zwei Stunden lang saß er dann auf dem Vorplatz auf einer Bank, die sandsteinfarbene Kirche mit dem Band aus blau-weißen Mosaiken im Rücken, umgeben von arbeitslosen Jungs und verschleierten Frauen. Er sah auf das Meer, die weiße Stadt, die mäandernde Küstenlinie hinunter und fragte sich, was mit ihm geschehen würde, wenn er Algerien im nächsten Sommer nach fünf Jahren verlassen musste.

Mit ihm, mit Amel.

An diesem Sonntagnachmittag war er aus einem anderen Grund zur Basilika gekommen.

Auf einem anderen Weg.

Vierhundert Kilometer mit dem Mietwagen bis Casablanca, eineinhalb Stunden Flug mit Royal Air Maroc nach Algier in einer riesigen Boeing, die zu drei Vierteln leer gewesen war. Sie hatten weit voneinander entfernt liegende Plätze gebucht, sicherheitshalber, man wusste nie. Ein letzter, langer Blick an der Gepäckausgabe am Flughafen, dann hatte Eley ein Taxi genommen, Amel auf einen verspäteten Dienstwagen gewartet.

Die ganze Fahrt nach Alger Centre über hatte er sie vor sich gesehen, wie sie am Ausgang stand, Koffer und Aktentasche neben sich, in dunkelgrauer Bürokleidung und mit Kopftuch, das sie in der Öffentlichkeit trug, um nicht belästigt zu werden.

Er hatte die Reisetasche zu Hause abgestellt, war mit dem Taxi weitergefahren zur Basilika, hatte mit dem Chauffeur die letzten marokkanischen Zigaretten geteilt.

»Ah, vous êtes allé au Maroc … Avec la famille?«

»Non, seul.«

Der erste Urlaub mit Amel, Essaouira an der marokkanischen Atlantikküste, nördlich der Kanarischen Inseln gelegen. Am Ende waren es statt vier nur drei Tage gewesen. Wegen der Entführung des Elbe-Defence-Managers waren sie schon am Sonntag zurückgekehrt, nicht erst am Montag wie geplant.

Die Glocken der Kathedrale läuteten, das Portal wurde geöffnet. Zwei Männer in schwarzen Anzügen eilten heraus und liefen auf Eley zu, der an der Balustrade lehnte, Zigarette im Mund. Florian, einer der Sicherheitsbeamten der Bundespolizei, hob grüßend eine Hand, der Botschafter ergriff Eleys Arm. »Danke, dass Sie gekommen sind. Ich hoffe, Sie hatten schöne Tage.«

»Kann man sagen.«

Der Botschafter nickte, zog die Hand zurück. »Sie wissen Bescheid?«

»Nicht im Detail. Wann ist es passiert?«

»Freitagabend gegen neun, wir haben es gestern erfahren.« Aus seiner Stimme klang verhaltene Entrüstung. Knapp vierundzwanzig Stunden waren vergangen, bevor man die deutsche Botschaft informiert hatte. Die Algerier hatten eigene Vorstellungen von Kooperation, zumal mit Ausländern. Eley hatte sich daran gewöhnt.

»Constantine?«

»Ja. Im Gästehaus des Verteidigungsministeriums.«

»Was ist mit den Sicherheitsleuten?«

»Keine Ahnung.«

Eley schnippte die Zigarettenkippe weg, blickte ihr nach. Blieb nur die Hoffnung, dass Toni und der Algerier überlebt hatten.

Und natürlich Richter.

In der Kabylei und in der Sahara musste man mit Entführungen rechnen. Aber in einem bewachten Haus des Verteidigungsministeriums in Constantine? Die Täter mussten gut informiert gewesen sein. »Irgendwelche Hinweise?«

Der Botschafter schüttelte den Kopf. Kein Bekennervideo, keine Lösegeldforderung, noch keine Zeugen.

»Und die Kameras?«

»Welche Kameras?«

»Die haben da Überwachungskameras«, sagte Eley. Toni hatte ihm davon erzählt, bei einer ihrer Begegnungen im Sheraton beim Club des Pins außerhalb der Stadt, wo die Ausländer am Wochenende tanzten und tranken.

Der Botschafter erwiderte, die Algerier hätten keine Kameras erwähnt. »Ich habe mir erlaubt, für Sie einen Termin bei der DDSE zu vereinbaren. Heute, achtzehn Uhr.«

»Toumi?«

»Und eine Untersuchungsrichterin, Mademoiselle Samraoui.«

Eley schwieg überrascht.

Zündete sich eine Zigarette an, hatte sich wieder im Griff.

»Sie halten sich bitte an die Gepflogenheiten«, sagte der Botschafter.

»Wir hören zu, informieren Deutschland, beten. Alles andere überlassen wir den Algeriern.«

»Ganz recht.«

Eley nickte, beobachtete, wie gegenüber mehrere Männer und Frauen mit Fotoapparaten die Kirche verließen und sich auf dem Platz postierten. Der Priester und das Brautpaar folgten, auf dem Treppenabsatz blieben sie stehen, ließen sich fotografieren.

Nicht einmal heiraten wäre eine Lösung, dachte er. Amel würde alles verlieren. Sie müsste Algerien verlassen. Einer Muslima war die Ehe mit einem Nichtmuslim verboten.

Der Botschafter hob die Hand, winkte, seine Tochter winkte mit dem Brautstrauß zurück. Sie hatte einen Mitarbeiter der Deutsch-Algerischen Handelskammer geheiratet, einen Algerier, der in Hannover studiert hatte. Eley hatte ihn auf Empfängen getroffen, fand ihn sympathisch, bescheiden, liberal. Der Botschafter war noch skeptisch. Man wisse nicht, hatte er gesagt, ob das traditionell Muslimische nicht doch eines Tages mit ganzer Wucht durchbreche. Ob der Schwiegersohn nicht irgendwann verlange, dass die Tochter den Schleier trage, das Haus abends nicht mehr verlasse, sich nicht mehr allein mit männlichen Freunden treffe. Sie sei hübsch, die Männer mochten sie. Das müsse man ertragen können als Ehemann. Manche seiner muslimischen Bekannten und Kollegen in Kairo hätten es nicht ertragen.

»Was meinen Sie, al-Qaida im islamischen Maghreb?«

»Sieht so aus«, sagte Eley.

»Die Algerier glauben das auch.«

»Aber?«

Der Botschafter hob das Kinn, zog sich die Fliege vom obersten Hemdknopf und steckte sie in die Seitentasche. »Was ist mit den Kabylen?«

»Die haben mit Ausländern kein Problem, nur mit der Regierung.«

»Elbe Algérie repräsentiert die Regierung.«

Eley schüttelte den Kopf. Nicht die Berber im Norden, die waren politisiert, wollten Autonomie, verteidigten ihre Kultur, sie waren keine Kriminellen. Bei den Tuareg in der Sahara verhielt es sich, zumindest im Hinblick auf manche Stämme, anders. Nichts, was durch die Wüste kam, konnte da ohne deren Wissen und Unterstützung durch, weder Menschen, noch Waffen, noch Drogen. Doch die Tuareg gingen nicht nach Constantine, um jemanden zu kidnappen. Sie verließen die Wüstenregionen nicht.

»Ansar Dine? MUJAO? Irgendeine neue Scheißislamistenbande?«

Eley musste lächeln. Kein Wort, das der Botschafter, ein distinguierter Diplomat alter Schule, sonst in den Mund nahm. Für einen Moment empfand er Mitleid. Gerade mal ein Jahr in Algier – nach fünf Jahren Kairo und zwei Jahren Berlin im Auswärtigen Amt –, schon hatte er sich mit einer derart heiklen Angelegenheit herumzuschlagen. »Glaube ich nicht.«

Ansar Dine operierten vorwiegend in Mali, und weder die algerische Armee noch AQM würden sie nach Algerien lassen. AQM wollte hier vermutlich keine Dschihadisten mit eigener Agenda, und die Armee hatte wegen des Mali-Konflikts Tausende Soldaten an die Grenze verlegt. MUJAO wiederum, ein schwarzafrikanischer AQM-Ableger, konzentrierte sich auf Südalgerien und den Sahel, und von einer neuen algerischen Gruppe hätte Eley gewusst.

Der Botschafter winkte erneut, aber die Tochter sah nicht herüber. Eine Windböe zerzauste sein allzu früh weiß gewordenes Haar. Er war mittelgroß, dreiundfünfzig, hatte eine Hakennase, verwachsene Aknenarben, ein schmales Gesicht. Ein bis in die letzte Körperfaser integrer Mann, erschreckend hart gegen sich selbst, wenn es darum ging, die diplomatischen Pflichten zu erfüllen.

»Hat er eine Chance, Eley?«

»Wenn sie auf Lösegeld aus sind, und wenn sich die Algerier zurückhalten, ja. Aber es wird dauern. Rechnen Sie nicht damit, dass wir in den nächsten Tagen etwas hören.«

Der Botschafter nickte.

»Und keine Presse«, sagte Eley. »Zumindest vorerst nicht.«

Die Tochter hatte sich umgedreht, warf den Brautstrauß. Man jubelte, lachte, klatschte.

»Wer hat ihn gefangen?«, fragte Florian.

»Eine der Französinnen«, sagte Eley. »Vom Kulturinstitut.«

»Fahren wir«, sagte der Botschafter, und sie gingen zum Parkplatz hinüber. Der gepanzerte schwarze Dienstmercedes stand an der Einfahrt, draußen warteten zwei Streifenwagen, was neu war, wohl eine Konsequenz aus der Entführung.

Zwischen den Polizeiautos fuhren sie die Serpentinen durch das ausgelaugte Bologhine hinunter.

»Wie war der Urlaub?«, fragte Florian, der am Steuer saß.

»Jahre zu kurz«, sagte Eley.

4

BERLIN

Die Frau hinter dem Sofa lebte.

Wiebke Ebert, Sekretärin im Auswärtigen Amt, Referat Exportkontrolle. Anfang fünfzig, fortgeschrittene Cellulitis an den Oberschenkeln, wenn Wegner richtig interpretierte, was er da sah. Der Rock war bis zum Bauch hochgeschoben, die Bluse stand halb offen. Das aschblonde Haar zerzaust, ein Arm lag quer über den Augen. Wiebke Ebert schlief.

Wegner begann sich zu erinnern.

Ein hellbrauner Männerhintern, die Anzughose an den Knöcheln, in beiden Socken münzgroße Löcher an den Fersen. Er hatte sich noch gefragt, was der Mexikaner da tat, hinter dem Sofa.

Hatte sich mit Ausdauer um Wiebke Ebert gekümmert.

Er gönnte ihr die Freude. Eine stille Arbeitsbiene, unverheiratet, zu grau und zaudernd für diese Welt. Ohne jeglichen Einfluss in ihrem Referat, doch mit allen aktuellen Vorgängen in Bezug auf die Genehmigung von Rüstungsexporten vertraut, weil sämtliche Unterlagen zur Weitergabe an das Wirtschafts- und das Verteidigungsministerium sowie den Bundessicherheitsrat über ihren Tisch wanderten.

Wegner hob das Smartphone. Zufrieden nahm er zur Kenntnis, dass die Kamera selbst nach Stunden im Wasser funktionierte.

Sie saßen am Küchentisch, Wegner im Morgenmantel, gegenüber Wiebke Ebert, die Bluse zugeknöpft, die Frisur wiederhergestellt. Sie hielt den Kopf gesenkt, rang die Hände. Sie hatte geweint, er hatte versucht, sie zu trösten. Dann hatte er Espresso aufgebrüht und in der Mikrowelle Croissants aufgewärmt. »So was passiert eben mal«, sagte er.

»Sie werden es niemandem erzählen, oder?«

»Aber nein.« Er hob die rechte Hand, versprach es zum fünften Mal. Er tunkte die Croissantspitze in den Espresso und biss ab. »Wollen Sie seine Telefonnummer?«

»Nein!« Ebert schlug die Hände vors Gesicht.

»Nur ein Scherz.«

»Wie peinlich! Wie furchtbar peinlich!«

Das Gespräch begann ihn zu langweilen. Er musste arbeiten, sich die Geschichten notieren, die Verbundenheit schufen. Er strahlte und sagte: »Am Donnerstag geht's los?«

Wiebke Ebert trocknete sich die Wangen mit einem zerfransten Papiertaschentuch. »Ja.«

»Machen Sie Fotos.«

Als Staatsbedienstete verdiente Ebert nicht schlecht, doch alles Geld, was übrig blieb, wanderte in Bausparverträge, Lebensversicherungen, Bundesschatzbriefe und eine altersgerechte Zweizimmerwohnung in Charlottenburg. Sie war realistisch – sie war allein und würde es bleiben. Finanzielle Sicherheit bedeutete ihr alles, ausreichend Geld fürs Altern in Einsamkeit. Also sparte sie diszipliniert, fuhr im Urlaub nach Mecklenburg oder Polen. Größere Reisen samt Begleitung durch einen gemieteten Gentleman finanzierte Wegner über eines der Konten, die ihm zur Verfügung standen. Zwei Wochen Karibik vor drei Jahren, Capri vor eineinhalb, eine Pazifikkreuzfahrt ab Donnerstag. Wiebke Ebert liebte das Meer und distinguierte Charmeure, doch vor allem liebte sie Schiffe. Wenn sie von Schiffsreisen erzählte, wurde sie für Momente beinahe attraktiv.

»Gut«, sagte er. »Ich muss jetzt arbeiten.«

Sie stand auf, ging zur Küchentür, kehrte zurück, setzte sich wieder. »Gestern …«

Wegner seufzte. »Vergessen Sie gestern.«

»Gestern Morgen hatte Dr. Zimmermann … Der Leiter der Abteilung 3 im Auswärtigen …«

»Ich weiß, wer Zimmermann ist.«

»Er hatte gestern Morgen einen Schlaganfall.«

»Bedauerlich. Und?«

»Dr. Prinz wird seine Verpflichtungen kommissarisch übernehmen.«

»Prinz?«

»Katharina Prinz, die Beauftragte für Nah- und Mittelostpolitik und Maghreb, 3-B-1.«

Wegner war hellhörig geworden. Wiebke Ebert sprach hastig, fast tonlos, wie immer, wenn sie Interna weitergab. »Und was bedeutet das?«

Dr. Prinz, erwiderte sie, sei eine Gegnerin von Rüstungsexporten nach Nordafrika. 2011 und 2012 habe sie Dr. Zimmermann gedrängt, die Zustimmung der Abteilung 3 zu den Rüstungsgeschäften mit Algerien zu verweigern und dem Minister sowie dem Bundessicherheitsrat zu empfehlen, dasselbe zu tun. Doch Dr. Zimmermann habe unter starkem Druck von BMVg und BMWi gestanden. So gut wie alle bis hinauf in die Regierungsspitze hätten den Deal gewollt. Ihm habe der Mut gefehlt, sich dagegen zu stemmen. Deshalb habe die Abteilung letztlich ohne Einschränkungen zugestimmt.

Wegner verstand. Zimmermann lag auf der Intensivstation, der Weg für Prinz war frei.

Er rieb sich die Augen. Sein Pulsschlag beruhigte sich. Es war zu spät. Die Verträge waren längst unterzeichnet – zwanzigtausend MRG-45-Sturmgewehre innerhalb von fünf Jahren. Die Lieferung des ersten Loses stand unmittelbar bevor, knapp fünftausend Stück, hübsch verpackt, samt Munition. Noch ein paarmal schlafen im Schwäbischen, dann ging es via Hamburg auf die weite Reise.

»Dr. Prinz sitzt ab jetzt jeden Morgen in der Direktorenrunde«, sagte Ebert. »Sie hat direkten Zugang zur Staatssekretärin und, wenn sie will, zum Minister.«

Wegner presste die Lippen zusammen, kratzte sich die Brust. Es ist zu spät, dachte er, viel zu spät.

Doch die Unruhe blieb.

»Könnte es sein, dass sie etwas herausgefunden haben?«

»Ich glaube nicht«, sagte Ebert schnell.

»Gibt es Unterlagen? Gesprächsaufzeichnungen? Beweise?«

»Nur die Kopien, die ich damals für Sie gemacht habe.«

Wegner nickte. Hatten ein hübsches Feuerchen im Kamin ergeben, die Kopien. Das Angebot von ... Lüden? Ulmer & Tann? Er rieb sich mit zwei Fingern die Nasenwurzel. Vergessen. Das war das Problem, wenn keine Unterlagen existierten. Er sah Wiebke Ebert an, dachte, dass sie sicherlich nie vergaß. Jeder noch so kleine Gesetzesverstoß blieb ihr für immer in Erinnerung. Meißelte ein paar weitere traurige Falten in ihre Stirn.

Er beugte sich vor und tätschelte ihr Knie. »Danke.« Gähnend fischte er das Telefon aus der Tasche des Morgenmantels, bestellte ein Taxi für sie, Rechnung aufs Haus.

Kurz darauf war er mit der Unruhe allein.

Also, dachte er. Das Worst-Case-Szenario.

Schon das Wort trieb ihm den Schweiß aus allen Poren.

Er ging in den Garten hinaus, warf den Morgenmantel auf den Kies, stieg ins Wasser und tauchte zum Grund. Vor der Welt versteckt, verharrte er.

Im schlimmsten Fall würde die Exportgenehmigung widerrufen

werden. Theoretisch war das möglich, allerdings mussten gewichtige Gründe vorliegen, wie drastische Veränderungen im Empfängerland.

Die algerischen MRG 45 an die Bundeswehr umzuleiten war undenkbar. Deren Ordonnanzwaffe war das G36 von Heckler & Koch. Das Verteidigungsministerium konnte, durfte und wollte keine fünftausend oder gar zwanzigtausend Sturmgewehre des größten HK-Konkurrenten beschaffen. Meininger Rau hätte vermutlich Anspruch auf Schadenersatz. Es würde zu einem Prozess kommen, der sich über Jahre hinzöge.

Ein Desaster für die Firma, für ihn.

Noch viel schlimmer aber wäre, dass künftige Exportanfragen von Meininger Rau sicherlich wesentlich kritischer geprüft würden. Die Existenz der Firma wäre bedroht.

Er stieß sich am Boden ab und schwamm zum Bademantel. Während er eine Kurzwahl ins Handy tippte, dachte er, dass er schon das richtige Telefon gekauft hatte.

Sein Sohn hatte abgeraten.

Wozu brauchst du ein wasserdichtes Smartphone?

Wir sind in Berlin, es regnet die ganze Zeit.

Die Kamera taugt nichts.

Egal.

Kauf dir das neue Samsung Galaxy. Oder das iPhone 5.

Sind die wasserdicht?

Kein normaler Mensch braucht ein wasserdichtes Smartphone.

»Was gibt's, Wegner?«

»Guten Tag, Herr Dr. Riehle, wie war die Messe?«

»Inspirierend. Morgen früh um halb acht, falls es wichtig ist.«

Wegner stöhnte stumm. »Ist es.«

»Bahnhof Friedrichstraße, Reichstagufer, Sie können mich über die Spree begleiten.«

Er lauschte dem Freizeichen. Nicht alle Menschen, mit denen er arbeitete, behandelten ihn so respektvoll wie Joseph und Luseni.

Er stieg aus dem Wasser, ging ins Arbeitszimmer, startete den Laptop, den Browser, tippte »Katharina Prinz«.

Die Schlacht begann.

5

ALGIER

Im Verkehrschaos der Innenstadt arbeiteten sie sich im Konvoi auf den Hügel ins wohlhabende grüne El Biar hinauf, wo viele Auslandsvertretungen lagen und viele Entsandte wohnten. Auch Eley hatte sich zunächst hier oben eine Wohnung gesucht, in einem bewachten Appartementgebäude in Botschaftsnähe, mit Metallzaun und Alarmanlage. Nach einem halben Jahr war er an den Hafen hinuntergezogen, fuhr jetzt mit dem Bus zur Arbeit. In El Biar blieb man isoliert, in Centre ließ es sich leben.

Vor dem Botschaftsgebäude drehten die Streifenwagen ab. Die beiden wachhabenden algerischen Polizisten grüßten, Florian fuhr den Daimler in die Schleuse. Ein weiterer Kollege von der Bundespolizei erschien, um den Unterboden auf Sprengstoff abzusuchen.

»Man hört viel über Essaouira«, sagte Florian, während sie warteten. »Soll sich lohnen.«

»Jimi Hendrix war mal dort«, sagte Eley.

»Wenn man allein reist, meine ich. Marokko soll liberaler sein als Algerien.«

»Schon richtig.«

»Verschonen Sie mich mit Ihren Abenteuern«, bat der Botschafter.

»Bei einem Bier«, sagte Eley zu Florian gewandt.

Der Kollege winkte sie weiter. Sie rollten in die Garage, stiegen aus, eilten durch den weitgehend ungenutzten Vordertrakt, der an der viel befahrenen Straße lag. Eine Mitarbeiterin der Politischen Abteilung stieß zu ihnen, Carola Liebig, Ende dreißig, aufgequollen vom algerischen Gebäck. Sie war wie immer stark geschminkt, wollte die faltige Raucherinnenhaut verbergen. Vor dem tiefen Dekolleté tanzte an einem Band die Brille, am Gürtel steckte das Bürotelefon. Sie hatte Mühe, Schritt zu halten, keuchte ein bisschen. »Wir haben Fotos aus dem Gästehaus, vom Nachrichtendienst.« Sie hielt dem Botschafter einen Umschlag hin.

»Danke. Haben Sie Herrn Schneider erreicht?«

»Nein, er ist wie vom Erdboden verschluckt.«

Eley lächelte. Schneider, der BND-Resident, Geheimniskrämer vor Allah. Niemand wusste je, wo er war, wenn er nicht in seinem Büro saß. Meistens hockte er nur auf dem Klo. Der Botschafter hielt große Stücke auf ihn, vor dem BND hatte man Respekt. Das Bundeskriminalamt war, was das Ausland betraf, eine andere Nummer. Ein »Verbindungsbeamter« trug die Bedeutungslosigkeit irgendwie schon in der Bezeichnung, anders als ein »Resident« des BND. Dazu kam, dass ein BND-Mitarbeiter niemandem erklären musste, weshalb er in Algier saß. Eley dagegen kam aus dem Erklären kaum heraus.

»Hat er nicht neulich gesagt, er muss mal nach Islamabad?«, fragte er.

»Ausgerechnet jetzt«, erwiderte der Botschafter.

»Er wird schon wiederkommen.«

Sie passierten Räume mit offenen Türen, überall hektische Betriebsamkeit, Telefonate wurden geführt, Drucker und Kopierer lärmten. Die Maschinerie war angelaufen.

Der Botschafter zog die Fotos aus dem Umschlag, blieb stehen. Eley hörte die Stimme des Militärattachés, Oberst im Generalstab zu Geuyn, meinte, ein »Selbstverständlich, Herr Minister« zu hören. Er drehte den Kopf. Auch zu Geuyn telefonierte, groß und breit stand er vor dem Fenster seines Büros, winkte ihm zu. Goldkettchen am Gelenk und am Hals, braun gebrannt, sah fast aus wie ein Maghrebiner. Im Gegensatz zu Eley sprach er nicht nur Französisch, sondern auch Arabisch. Er wurde von den hiesigen Ansprechpartnern hofiert, man hatte großes Interesse an deutschen Rüstungsgütern, Merkel und Bouteflika hatten 2008 einiges in die Wege geleitet. Zu Geuyn erhielt Einladungen in die Villen im Club des Pins, ging auf Sahara-Rundreise mit Generälen der Armee.

Eley winkte zurück.

Der Botschafter hatte die Fotos durchgeblättert, reichte sie an ihn weiter. »Steht die Verbindung zum Krisenreaktionszentrum?«

»Seit zwei Stunden, Herr Botschafter«, erwiderte Liebig.

»Der Außenminister?«

»Weiß Bescheid und hat bereits mit dem algerischen Kollegen telefoniert. Er ist in großer Sorge und ...«

»Ja«, unterbrach der Botschafter sie.

Eley zog die Fotos aus dem Umschlag, ein gutes Dutzend. Sie zeigten zwei Motive aus unterschiedlichen Perspektiven und Entfernungen: die Leiche eines Mannes, der in einer Blutlache auf dem Bauch lag, offenbar Tonis Kollege. Und ein Projektil in der Wohnzimmerwand. Nichts weiter. Kein eingeschlagenes Fenster, kein manipuliertes Schloss, keine anderen Spuren.

Keine Antworten.

Die algerische Krankheit, hatte Amel es genannt. Fragen wurden unterdrückt, Antworten bekam man nicht. Die Wahrheit wurde für irrelevant erklärt, weil sie destabilisieren konnte. Die wenigsten Algerier wagten es, dieses System zu durchbrechen.

Auch Amel nicht.

Und Eley verstand sie. Ihr Vater und ihr Onkel waren 1996 von Islamisten geköpft worden. Zwei Dutzend Bärtige hatten das Dorf im Tellatlas überfallen, maskiert, schwer bewaffnet, im Blutrausch. Die Bewohner wurden zusammengetrieben, anhand einer Liste

FLN-Mitglieder identifiziert, darunter Amels Vater, der Bürgermeister, und ihr Onkel, der Polizist, Helden des glorreichen Befreiungskrieges der Fünfziger. In den Neunzigern knieten sie inmitten ihrer Frauen und Kinder im Staub einer Dorfstraße, eine Axt am Nacken. Starben, wie niemand sterben durfte.

Ne demande plus jamais, hatte Amel gesagt.

Und Eley hatte nie wieder gefragt.

Liebigs Telefon klingelte, sie meldete sich, reichte es an den Botschafter weiter. Eine kühle Frauenstimme drang gedämpft an Eleys Ohr. Er verstand nicht, was sie sagte, kannte die Stimme nicht, hatte sie noch nie gehört, nicht so.

»Samraoui«, flüsterte ihm Liebig zu, und er nickte.

Der Botschafter trug die fremde Stimme fort, betrat ein Büro, warf die Tür zu.

Liebig sah ihn an. »Wie war der Urlaub?«

»Erholsam.«

»Ach, ich weiß nicht, wirklich? Allein verreisen, das ist so deprimierend. Nächstes Mal nehmen Sie mich mit. Wir setzen uns an die Hotelbar, betrinken uns, sehen, was passiert.«

»Wir wissen, was passieren würde«, sagte Eley.

Liebig lächelte errötend. Zwei Ehen geschieden, nach der letzten hatte sie den ersten Auslandsjob genommen, den das Auswärtige Amt zu vergeben hatte. Eley hätte ihr Italien gewünscht, Frankreich, Spanien. Sie hatte Algerien bekommen. Eine traumatisierte Frau in einem traumatisierten Land.

»Sie werden mir fehlen«, sagte sie.

»Ich bin ja noch eine Weile hier.«

Sie rieb sich den Nasenflügel. »Ach, was ist das schon, neun Monate.«

Ja, dachte Eley. Ein paar Tage Licht, ein quälend langer Abschied.

Später brachte ihn der Botschafter auf den aktuellen Stand.

Al-Qaida im islamischen Maghreb, das stand nun wohl fest, eine Gruppe aus dem Katibat von Abdelmalek Droukdel. Kleidung, wie man sie von AQM kannte: Turbane, knielange Hemden, Militärhosen, Sportschuhe. Der Anführer hatte in eine der mit Mikrofonen ausgestatteten Überwachungskameras im Gästehaus gesprochen. Ihr hört von uns, hatte er gesagt, wir nennen uns Mutaridu al-kuffar, »Vertreiber der Ungläubigen«, Allah ist groß.

»Vertreiber der Ungläubigen?«

»Auch die Algerier kennen sie nicht«, sagte der Botschafter.

»Was wollen sie? Lösegeld?«

»Das hat er nicht gesagt. Nur dass er sich wieder melden wird.«

Sie standen im Innenhof mit der hohen, von Tauben bewohnten Palme, Eley rauchte, der Botschafter hielt eine Tasse Tee in der Hand. Die Hofleuchten brannten, der Himmel war dunkel geworden, Regen zog herauf. »Wie sind sie ins Haus gekommen?«

»Der Chauffeur hat sie reingelassen.« Sadek Madjer, der kurz zuvor Feierabend gemacht und plötzlich mit einem halben Dutzend vermummter, mit Pistolen bewaffneter Dschihadisten wieder im Haus gestanden hatte. Der Koch und das Serviermädchen waren gefesselt und geknebelt worden. Madjer war bei ihnen in der Küche geblieben, hatte sie beruhigt, man wolle nur »den Deutschen«. Seit dem Überfall war er verschwunden, seine Wohnung seit ein paar Tagen aufgelöst. Sie waren laut Aussage des Kochs mit zwei Autos gekommen, starke Motoren, hatten sie während des Überfalls laufen gelassen. Sie hatten die Telefonleitung außerhalb des Hauses gekappt, die Überwachungskameras hatten zwar aufgezeichnet, aber nicht mehr übertragen.

Lange vorbereitet und perfekt organisiert, dachte Eley. »Die haben einen Spitzel im Verteidigungsministerium.«

»Samraoui sagt nein«, entgegnete der Botschafter.

»Das muss sie.«

»Sie sagt, sie hätten einen Spitzel bei Elbe Defence.«

Eley fragte sich, ob sie wirklich so dachte. Vielleicht waren Angehörige der DDSE im Raum gewesen, während sie mit dem Botschafter telefoniert hatte. Andererseits war die Armee in Algerien sakrosankt, sie war die Nachfolgerin der legendären Armée de libération nationale des Unabhängigkeitskrieges gegen die Franzosen. Amels Vater und Onkel hatten in der ALN gekämpft.

Eley kannte viele junge Algerier, denen die Mythen des Befreiungskrieges nichts bedeuteten. Was zwischen 1954 und 1962 geschehen war, spielte für sie keine Rolle. Sie lebten heute und hier, viele lebten schlecht. Sie wurden von alten Männern regiert, die als Helden jener Zeit galten und sie noch immer repräsentierten, wie Abdelaziz Bouteflika, der Präsident. Greise Politiker, Militärs, Geheimdienstler, Ölоligarchen, die meisten von ihnen im Inneren des Apparates verborgen, nicht greifbar und doch einflussreich, Mitglieder von *le pouvoir*, »der Macht«, überwiegend groß geworden im Front de libération nationale.

Es war an der Zeit, dachten viele, die heute jung waren, dass diese Leute abtraten. Der FLN hatte die Unabhängigkeit von Frankreich erkämpft, nun war er ein unbrauchbares Relikt.

Amel dachte anders. Ihr gab der FLN-Staat Sicherheit. Hielt alles einigermaßen im Gleichgewicht. Die Armen, die Unzufriedenen, die Berber, die gemäßigten Islamisten, die Dschihadisten, sie selbst.

»Was ist mit Toni?«, fragte Eley. »Der deutsche Sicherheitsmann.«

»Sie haben ihn mitgenommen, er hat sich mit Richter ergeben.«

»Unsere Chance. Er ist ein Profi.«

»Ich habe die Nase voll von Profis dieser Art.«

Eley lachte düster. »Bekommen wir die Aufnahmen?«

Der Botschafter schüttelte den Kopf. »Nationale Sicherheit.«

»Was ist mit dem Koch und dem Mädchen?«

»Es geht ihnen halbwegs gut.«

»Wo sind sie?«

»Sie können nicht mit ihnen sprechen, Eley.«

Er seufzte, drückte die Zigarette im Aschenbecher aus. Zeit, die Amerikaner anzurufen. Aktiv zu werden.

Hoch über ihnen gurrte es, die Tauben regten sich. »Vorsicht, Herr Botschafter.« Harte Palmenbeeren prasselten herab, auf seine Schulter, auf die Terrasse.

Sie gingen wieder ins Gebäude.

»Hatten Sie so was hier schon mal?«, fragte der Botschafter. »Eine Entführung?«

»Nein.«

Vier Jahre lang hatte Eley den Alltag eines deutschen BKA-Verbindungsbeamten in Algier erlebt. Ein Hippie-Pärchen, das sich für ein paar Tage in der Wüste verlaufen hatte. Diebstahl an Touristen. Betrunkene Mitarbeiter deutscher Konzerne. Bestechung in der Konsularabteilung. Visafälschung. Kindesentzug durch einen algerischen Elternteil. Auswertung der nordafrikanischen Presse. Hin und wieder die feierliche Präsentation des neuesten Kampfhubschraubers oder der Fähigkeiten einer Eliteeinheit in für die Öffentlichkeit unzugänglichen militärischen Einrichtungen. Dazu die Berichte und Analysen, die das BKA und das Außenministerium benötigten, Terrorismusgefahr, Rauschgiftwege, Migrationsströme, Schmuggel durch die Wüste, soziale Unruhen. Jetzt, in seinem letzten Jahr, wurde es auf einmal ernst.

Der Botschafter nickte. »Halten Sie sich bitte zurück.«

»Na klar«, sagte Eley.

6

PESSIN, BRANDENBURG

Der Sonntagnachmittag im Havelland, für Youcef Benmedi auch im Ruhestand die schönste Zeit der Woche, wenn man spürte, dass das Leben draußen faul und müde war und die Gedanken der Menschen seitwärts trieben. Kein Laut drang durch die beiden kleinen, vom Efeu verschatteten Küchenfenster. Nur das Ticken und Rasseln der Standuhr im Wohnzimmer war zu hören, ein Erbstück Paulines, das 1970 von Pessin nach Spremberg in der Niederlausitz und 1990 von dort zurückgewandert war, mit Kisten und Möbeln auf den Anhänger geschnallt, nachdem sie beschlossen hatten, dass fast zwanzig Jahre in der Schwarzen Pumpe genügten, wo man ja ohnehin nicht wusste, wie es weitergehen würde.

Er hob die Tasse mit dem Verbenentee, trank einen Schluck, räusperte sich. »Und dann«, sagte er, »was tust du dann?«

»Ich leg Sie so hin, dass Ihr Kopf nach Mekka zeigt.«

»In welcher Richtung ist Mekka?«

»Da.« Hamit wandte sich der Herdwand zu, zeigte auf die Kachel mit dem arabischen Wort für »Mekka«, das er vermutlich nicht entziffern konnte, die Familie stammte aus der Türkei.

Benmedi nickte, kaute Gebäck, ließ sich Zeit. Sein Blick folgte einer Zigarettenrauchschwade, die in anmutigen Bewegungen auf Hamit zuschwebte. »Und dann?«

»Wasche ich Sie.«

»Einfach so? Einmal waschen, fertig?«

»Drei Mal waschen.«

»Drei Mal«, bestätigte Benmedi. »Mit heißem Wasser, Waschlappen und Seife. Der ganze Dreck muss weg.«

Hamit senkte den Blick auf die Tischkante. »Auch das da unten?«

»Meine Füße riechen schlimmer.«

Sie kicherten, fummelten erneut Zigaretten aus der Packung. Benmedi rauchte mit halb geschlossenen Augen, betrachtete den Jungen durch den Qualm. »Und vergiss die Ohren nicht. Ich will was hören im Paradies.«

»Auch die Ohren«, sagte Hamit gehorsam.

Benmedi schenkte ihm Tee nach, Hamit löffelte Zucker in die Tasse. Sie tranken, rauchten, ein alter Mann, ein junger Mann, verstanden sich prächtig, wenn es ums Sterben ging.

Benmedi war im Kopf zum gutmütigen Nihilisten geworden in vier Jahrzehnten Deutschland. Der Kern und der Körper aber waren muslimisch geblieben, und so war es ihm ein Anliegen, dass alles nach den Vorschriften geschehen würde am Ende seiner Tage. Doch es war weiß Gott nicht einfach für einen Muslim im havelländischen Pessin, auf korrekte Weise hinüberzugehen.

»Was tust du dann?«

»Ich trockne Sie ab und wickle Sie in weiße Tücher.«

»Die Tücher, wo sind die?«

Hamit zeigte auf die Vitrine. »Da drin. Die gebügelten.«

Benmedi lächelte. »Und dann?«

»Fahre ich Sie zum Friedhof rüber.«

»Sorg dafür, dass Benzin im Tank ist.« Er zog einen gefalteten Fünfzigeuroschein aus der Hemdtasche, schob ihn über den Tisch. Der Tod, dachte er, war teuer. Schon vier Fünfziger waren im Laufe der vergangenen Monate in Hamits Hosentasche verschwunden, einige mehr würden folgen, bis es so weit war.

Aber das Geld war gut angelegt. Abgesehen davon, dass Hamit

als Muslim der Einzige in Pessin war, der ihn für das Grab vorbereiten durfte, war er zuverlässig. Ein ernsthafter, pickliger Neunzehnjähriger, der sich vorgenommen hatte, etwas aus sich zu machen, eines Tages aus Berlin-Spandau herauszukommen, wo er geboren war und noch immer lebte. Nicht unbedingt nach Pessin natürlich, das war nur eine Zwischenstation, er arbeitete für eine kleine Baufirma aus dem Ort und pendelte täglich. Er wollte in die Türkei, wollte für die Landbewohner Häuser und Staudämme und Straßen bauen. Die Fünfziger wurden gespart.

»Im Februar hab ich drei Wochen Urlaub«, sagte Hamit.

»Im Februar ist es mir zu kalt zum Sterben«, sagte Benmedi.

Mit dem Lieferwagen der »Baufirma Petra Glisewitz« fuhren sie zum evangelischen Friedhof, der kaum vierhundert Meter von Benmedis Haus entfernt war, im Trauertempo, auch das wollte geübt werden. Vielleicht das Schwierigste, Hamit war ein Junge mit Tatendrang. »Nein, nein, *langsamer*«, sagte Benmedi. »Feierlicher, bitte.«

Der kleine Friedhof hatte ihm von Anfang an gefallen. Ein verträumter, stiller Ort, von Gras, Gebüsch und schlanken Bäumen bewachsen, die den Wind abhielten, ihn in ihren Kronen säuseln ließen.

Laub knisterte unter ihren Schuhen, als sie dem gepflasterten Hauptweg folgten. Hamit ging voran, führte ihn an der schlichten Trauerhalle mit dem für die Christenheit typisch überdimensionierten Kreuz auf der Stirnseite vorbei. Vor dem für eine islamische Bestattung ausgewiesenen Grabfeld, das Benmedi sich in langen Gesprächen mit den zuständigen evangelischen Stellen erstritten hatte, blieben sie stehen. Es bot gerade genug Platz für einen toten Muslim.

Paulines Grab befand sich unmittelbar daneben auf evangelischem Boden, sodass sie sich, wenn ihnen danach war, über die Grenzen der Konfessionen hinweg die Hand reichen konnten. Benmedi tätschelte ihren Grabstein, wischte ein paar Zweige von der steinernen Platte. Blumen brachte er nie, Pauline hatte für Pflanzen nichts übrig gehabt. Sie war eine Frau der festen, künstlichen Dinge gewesen, am Liebsten aus Stahl, Eisen oder Blech, gern verrostet, verbogen, verbeult. Darin, hatte sie gesagt, erkenne man einen Menschen, liege sein Wesen: in dem, was er gefertigt und benutzt habe.

»Denk dran, ich will ohne Sarg da rein.« Benmedi deutete auf die Wiese neben Pauline. »Du fährst mich im Sarg her, aber ins Grab komme ich ohne Bretter vor dem Kopf.« Weitere lange Gespräche mit dem Pastor waren nötig gewesen, bis man ihm das gestattet hatte. Die Christen erleichterten den Würmern die Arbeit ungern.

»Ist klar«, sagte Hamit. »Ich leg Sie ohne Sarg da rein, und dabei spreche ich die Basmala, richtig?«

»Aber nicht die Kurzform, ich will die ganze.«

»›Im Namen Gottes, des Erbarmers, des Barmherzigen.‹«

»Ja«, sagte Benmedi. »Auf welche Seite legst du mich?«

»Auf die rechte.«

»Die rechte, das Gesicht nach Mekka. Wo ist Mekka?«

Hamit deutete auf den rechten der beiden am nächsten stehenden Bäume.

»Nein, da ist Algerien. *Da* ist Mekka, hinter dem linken.«

»Ich leg Sie auf die *rechte* Seite, aber der *linke* Baum ist Mekka«, murmelte Hamit.

»Nicht durcheinanderbringen. Sonst komme ich nicht ins Paradies, sondern nach Grönland, und das würde ich dir nicht verzeihen.«

Hamit schlug vor, auch an dem Baum ein Mekka-Schild anzubringen wie in Benmedis Küche, nur zur Sicherheit, Grönland sei ein zu großes Risiko. Benmedi versprach, darüber nachzudenken. Halb Pessin zierten seine Kacheln mit bunten Ornamenten, Vor- und Nachnamen, arabischen Sinnsprüchen und einzelnen Wörtern in »Schnörkelschrift«, warum nicht auch den Friedhof? Niemand musste ja erfahren, was darauf stand.

Sie kehrten zum Eingang zurück.

»Und was passiert, wenn ich vor Ihnen sterbe?«

»Dann wasche *ich dich*«, erwiderte Benmedi, zeigte auf Hamits Mitte, »und der da unten kommt in Sagrotan, damit er auch ja sauber wird.«

Er ging allein zurück, über die Bundesstraße, bei Rot, kein Auto weit und breit. Er folgte dem Knick der Dorfstraße, bog gegenüber von dem eingerüsteten Kirchlein ab, immerhin die älteste Kirche des Westhavellandes, er war Mitglied im Förderverein und unterstützte die Sanierung nach Kräften.

In der Straße der Jugend kam ihm auf dem Fahrrad die ehrenamtliche Bürgermeisterin entgegen, Dani Janke, eine tatsächlich jugendlich wirkende Frau Anfang fünfzig, die Haare kurz und rostrot gefärbt. Vorgebeugt mühte sie sich gegen den Wind, der aufgekommen war. Benmedi winkte, sie winkte zurück.

Sie verstanden sich gut, aus mehreren Gründen. Als junge Politologiestudentin in Halle-Wittenberg hatte Dani Janke ein paar Monate lang für einen algerischen Kommilitonen geschwärmt, *der hatte Augen wie Sie, Youcef, so groß und melancholisch und weise, und er wollte mich heiraten.* Doch sie entschied sich für die Augen eines weniger weisen Thüringers, der im April 2002 im Vollrausch mit dem Motorrad gegen einen Baum krachte – zwei Tage vor Paulines Tod. Innerhalb derselben Woche hatten sie ihre Liebsten zu Grabe getragen.

Dani Janke bremste und rutschte vom Sattel. Sie reichten sich die Hand, plauderten über Belangloses. Nach einer Weile nahm Benmedi die Wärme ihres Körpers wahr, der sich die Frische und Unbekümmertheit bewahrt hatte. Ein fröhlicher, flirrender Körper, ganz anders als der Paulines, weiblich und immer in Bewegung. Wie schade, dachte er, dass es unmöglich war – es wäre ihm eine Freude gewesen, als Toter von Dani Janke gewaschen zu werden, wenn er schon als Lebender aufgrund des Altersunterschiedes dafür eher nicht infrage kam.

Er lächelte, machte die Augen groß und melancholisch und weise, er liebte es zu sehen, wie Dani Janke errötete.

Sie hüstelte. »Und das Transparent, Youcef?«

»Ist fertig, meine Liebe.«

»Perfekt!«, sagte Dani Janke strahlend. Immer sagte sie »perfekt« und strahlte dabei, als wollte sie das Schicksal auf diese Weise zwingen, ihr keine zweite Katastrophe aufzubürden. Ein verzweifelter Versuch, der ihn ein ums andere Mal berührte. »Dann lasse ich es morgen holen.«

»Nicht vor neun, bitte. Eher gegen zehn.«

»Gegen zehn, perfekt!«

Sie fuhr davon, im Stehen ging es des Windes wegen auf und ab. Benmedi folgte ihr mit dem Blick. Ihre Konturen verschwammen schnell, die Augen konnten mit den Gelüsten nicht mehr mithalten.

Langsam ging er weiter. Er fröstelte jetzt, in der Luft lag schon die kühle Dämmerung.

An der Kreuzung Ratzower Weg bog er ab, wenige Meter vor seinem Haus hielt er inne. Der Wind trieb ihm auf der Straße etwas Weißes entgegen, ein Stück Papier, nein, einen Brief, der aus irgendeinem Postkasten gefallen sein mochte.

Er hob ihn auf. Schmutzspuren hafteten an der Vorderseite, ein

Reifenprofil, jemand war darübergefahren. Doch der Adressat war gut lesbar.

Der Brief war für ihn.

Ein Brief aus Algerien.

7

ALGIER

Eley hatte die Bürotür geschlossen, gab sich am Schreibtisch düsteren Gedanken hin.

Constantine lag weit entfernt von den üblichen AQM-Operationsgebieten Sahara und Kabylei. Die Entführer waren mehrere Hundert Kilometer angereist, entweder aus dem Süden oder aus dem Westen, hatten vermutlich mindestens einen oder zwei Tage in der Nähe verbracht. Sie mussten dort über sichere Rückzugsmöglichkeiten verfügen, über ein Netzwerk aus langjährigen, unauffälligen Unterstützern. Schläfern wie Sadek Madjer, der die Gäste des Verteidigungsministeriums über zwei Jahre gefahren hatte, ohne in irgendeiner Weise aufzufallen. Sie brauchten einen Unterschlupf in der Nähe von Constantine, wo sie nach dem Überfall zur Not bleiben konnten. Ein Versteck für die Geiseln.

Zwei Geiseln, die eine Gold wert, die andere kaum einen Cent. Trotzdem hatten sie Toni mitgenommen. Dabei war er ein Ungläubiger, wie der Koch, der aus einer französisch-italienischen Familie stammte.

Warum hatten sie die beiden nicht getötet?

Abdelmalek Droukdel kannte man, er war einer der Emire von AQM. In den Neunzigern hatte er aufseiten der Groupe islamique armé gekämpft, dann in Afghanistan für die Taliban, nach seiner Rückkehr bei der GSPC, die vor allem auf sein Bestreben hin – mit Erlaubnis von Osama bin Laden – Anfang 2007 in al-Qaida im islamischen Maghreb umbenannt worden war.

Eine Splittergruppe namens Vertreiber der Ungläubigen allerdings war unbekannt. Keine Informationen im Internet. Kein Hinweis bei den gewöhnlich gut informierten *Sahara Media*, *Jeune Afrique*, der mauretanischen Nachrichtenagentur ANI, die direkte Drähte zu AQM unterhielt, bei anderen.

In den schwarzen Neunzigern hatte der militärische Geheimdienst Algeriens die islamistischen Terrorgruppen infiltriert. Manche Massaker an der Zivilbevölkerung wurden mittlerweile dem Militär zugeschrieben, Fallschirmjäger und Spezialeinheiten, als Islamisten getarnt, man wusste das heute. Selbst was die Mörder der französischen Mönche aus Tibhirine betraf – vermeintlich eine GIA-Zelle –, waren Zweifel aufgekommen. Genauso bei der Entführung der zweiunddreißig europäischen Sahara-Reisenden 2003 durch die GSPC. Die geheimen Militäraktionen der Algerier damals in der Sahara, die Nachrichtensperre, die vagen und widersprüchlichen Informationen. Immer wieder hatte es geheißen, es gebe allzu viele Verbindungen zwischen Islamisten, Geheimdienst und Militär.

Bis heute.

Eine Mail traf ein, der Chef, Harry Landrich, Leiter des Verbindungsbeamten-Referats in Berlin. *Bist du da?*

Ja, schrieb Eley.

Das Telefon klingelte, Landrich sagte: »Zurück aus tausendundeiner Nacht, ja? Hast die Geishas tüchtig tanzen lassen, hoffe ich.«

Landrich lachte, Eley nicht. Er hatte einen vertrauten Anblick vor Augen: der Chef am Schreibtisch, der linke Ellbogen auf der Tischplatte, der rechte Arm lag ausgestreckt, der lange Rücken gekrümmt.

»Hier ist der Teufel los«, sagte Landrich.

»Glaube ich gern.«

»Die fragen sich, wie so was passieren konnte.«

»Das wissen sie«, sagte Eley. »Falls sie meine Analysen gelesen haben.«

»Na ja, sie suchen eben jemanden, den sie verantwortlich machen können.«

»Jemanden wie AQM?«

»Jemanden wie dich.«

Eley schlug mit der Faust auf den Tisch. »Ich habe sie gewarnt. Ich habe geschrieben: ›Algerien ist Al-Qaida-Land.‹«

»Ja, hast du.«

»War sogar mal der Titel einer Analyse, ›Algerien ist Al-Qaida-Land‹. Zwanzig Seiten, einzeiliger Abstand. Alles, was wir und die westlichen Geheimdienste wissen und rausgeben dürfen, Stand April 2011. Nur für Elbe Defence und die anderen und den Bundessicherheitsrat. Titel: ›Algerien ist Al-Qaida-Land‹.«

»Ich erinnere mich. Das war ein bisschen übertrieben, oder?«

»Natürlich. Sonst kapiert's ja keiner.«

»Wenn es um Geld geht, wird man begriffsstutzig.«

Eley ließ sich gegen die Lehne sinken. Er sehnte sich nach einer Zigarette, doch Rauchen war im Gebäude verboten. Es ging um *viel* Geld. Knapp eine Milliarde war allein das »Atlas«-Geschäft von Elbe Defence Systems wert. Die Deutschen lieferten die Technologie, das Gemeinschaftsunternehmen Elbe Algérie Spa. produzierte: eintausend Panzerspähwagen innerhalb von fünf Jahren. Ein Joint Venture der deutschen Elbe Defence mit den algerischen Ministerien Verteidigung und Industrie sowie einer Investmentgesellschaft aus den Vereinigten Arabischen Emiraten.

Dazu kamen Geschäfte weiterer deutscher Rüstungsfirmen mit Algerien im Umfang von rund zehn Milliarden Euro. Beteiligt waren Rheinmetall MAN Military Vehicles, ThyssenKrupp, Daimler, Cassidian, Rohde & Schwarz, Carl Zeiss, Meininger Rau und andere. »Fuchs«-Transportpanzer, Fregatten, Mercedes

Sprinter, Unimogs, Überwachungselektronik für die Landesgrenzen, Sturmgewehre. Alles, was man so brauchte als ambitionierte Regionalmacht im Maghreb gegen die inneren, die äußeren und die eingebildeten Feinde.

Alles genehmigt vom Bundessicherheitsrat.

»Das Blöde ist, dass du im Urlaub warst, als es passiert ist«, sagte Landrich.

»War mit AQM so abgesprochen.«

Landrich lachte gekünstelt.

»Verdammt, Harry, ruf noch mal an, fang noch mal von vorn an«, sagte Eley wütend und legte auf.

Das Telefon klingelte.

»Ich habe ein paar Infos über Richter für dich«, sagte Landrich freundlich.

Richter war achtundvierzig, verheiratet, hatte zwei Töchter. Diplomierter Wirtschaftsingenieur, erst seit ein paar Monaten bei Elbe Defence Systems tätig, stellvertretender Vertriebsbeauftragter für Afrika im Bereich Wheeled Vehicles. Er hatte sich in Ain Smara nahe Constantine informieren wollen, wie weit die Algerier mit dem Umbau der ehemaligen Traktorenfabrik waren, in der neben dem »Fuchs« von Rheinmetall MAN auch der »Atlas« von Elbe produziert werden würde.

»Und«, sagte Landrich, »wie weit sind sie? Wird da schon gearbeitet?«

»Elbe hat ein paar Dutzend Schweißer und Mechaniker eingestellt«, erwiderte Eley. »Das Goethe-Institut hat ihnen ein bisschen Deutsch beigebracht, jetzt sind sie in Lüneburg, werden dort ausgebildet.«

»Und die Fabrik?«

»Wurde bis jetzt nicht renoviert. Da hausen noch die Straßenkatzen.«

»Mann, muss das stinken«, sagte Landrich. »Die ganze Katzenpisse, kriegst du doch nie mehr raus. Panzer, die nach Katzenpisse stinken.« Er lachte. »Richter war früher bei Meininger Rau, fünfzehn Jahre, die letzten Jahre im Vorstand. Da stinkt's auch, bei Meininger Rau. Verdacht auf illegale Lieferungen, Bestechung ...«

»Hab's gelesen. Steckt Richter mit drin?«

»Elbe Defence hat ihn überprüfen lassen. Eidesstattliche Erklärungen und so. Er scheint sauber zu sein.« Landrich seufzte. »Seine Frau kommt rüber, Ralf.«

»Richters Frau?«

»Ja. Sie klingt schwierig. Sie sagt, sie kann helfen. Irgendwas mit Energie, ich hab nicht so genau zugehört. Sie will nach Constantine, irgendwas mit Energie veranstalten. Das Auswärtige Amt bemüht sich bei den Algeriern um ein Visum, wenn wir Pech haben, bekommt sie es. Ich schicke jemanden mit, der sie betreut, ja?«

»Nein, ich kümmere mich um sie. Ich will hier keinen von deinen Aufpassern.«

»Simon ist schon beim Packen, Ralf.«

Sie schwiegen.

»Ist besser so«, sagte Landrich. »Wir zeigen, dass wir uns kümmern. Die Sache ernst nehmen. Ist schließlich unsere Aufgabe.«

»Ihr zeigt, dass ihr mir in den Rücken fallt.«

»Nein, nein, Ralf. Keiner fällt dir in den Rücken. Im Gegenteil. Wir halten dir den Rücken *frei.*« Landrich lachte, schien mit seinem Wortspiel zufrieden zu sein. »Das kannst du doch jetzt nicht brauchen, eine hysterische Ehefrau, die nach Constantine will, dort irgendwas mit Energieströmen veranstaltet. Simon kümmert sich um sie. Hält dir den Rücken frei, damit du deinen Job machen kannst.«

»Harry, Harry«, sagte Eley.

»Nicht wieder wütend werden, ja? Du wirst mir zu oft wütend in letzter Zeit.«

Eley verkniff sich eine Antwort.

Immerhin, Simon war eine gute Wahl. Er war fünf Jahre BKA-Verbindungsbeamter in Paris gewesen, sprach fließend Französisch, später in Kairo, kannte den Botschafter aus dieser Zeit; und er kannte Algier, hatte Eley zweimal während dessen Urlaub vertreten.

»Ist noch was, Harry?«

Landrich gurrte. »Erzähl mir von den Schönen aus tausendundeiner Nacht, ja?«

8

PESSIN

Verehrter Großvater,

durch die Erinnerungen an meine Kindheit schwebt ein Schemen mit sanfter Stimme und einem melancholischen Lächeln, der von einem Tag auf den anderen in mein Leben getreten und zwei Jahre später genauso abrupt daraus verschwunden ist. In der Zeit dazwischen wurde er mir vom Fremden zum Freund und schließlich zum Helden.
Doch von Jahr zu Jahr verliert dieser Schemen mehr an Kontur, und schon bald werde ich mich nicht mehr an seine Gesichtszüge erinnern können. Dabei ist er der Einzige, der mir von meiner Familie, den unglücklichen Benmedis, geblieben ist, und ich möchte ihn, wenigstens für ein paar Augenblicke, noch einmal festhalten, bevor er für immer verschwindet.
Weil dieser Schemen nicht mehr in unser beider Heimat kommt, werde ich nach Deutschland kommen. Ich hoffe, er wird nicht erschrecken, wenn irgendwann Ende Oktober dieses Jahres ein algerischer Fremder vor seiner Tür steht und sagt, er sei Djamel Benmedi, sein Enkel.

Ich grüße Dich von Herzen,
Djamel

9

ALGIER

Nur *eine* Schöne aus tausendundeiner Nacht, Harry, und sicher nicht auf die Art schön, wie du es dir vorstellst – ein kleines, irgendwie kantiges Gesicht, selten einmal weich, nur wenn sie lächelt, ist da etwas Sanftes, aber man muss schon sehr genau hinsehen, Harry, und die Haare nicht lang und seidig und gelockt, wie du es vermutlich magst, sondern jungenhaft kurz. Unter dem linken Auge liegt eine schmale weißliche Narbe, vier Zentimeter lang, von einem Gewehrkolben, denn als vor sechzehn Jahren zwei Köpfe in den Sand fielen, da sprang sie vor, ohne nachzudenken, eine Neunzehnjährige, Harry, um bärtige Gesichter zu zerkratzen, mit bloßen Händen Schwerbewaffnete zu töten, und hätte dabei fast selbst das Leben verloren. Während sie im Straßendreck neben den beiden Köpfen lag, auf einem Auge blind vom Blut, drückte sie ein Stiefel auf ihrer Brust nieder, und über dem freien Auge schwebte die Mündung eines Gewehrs. Es ist eines der Geheimnisse des algerischen »schwarzen Jahrzehnts«, weshalb sie dennoch überlebte, Harry. Von den bewaffneten islamischen Gruppen weiß man, dass sie Frauen und Kinder nicht verschonten, man weiß aber auch, dass sie vom Militär unterwandert waren und manche Überfälle auf dessen Konto gingen. So ist das hier in Algerien, Harry, man muss schon sehr genau hinsehen, sonst entgeht einem das Wesentliche, und man muss mit allem rechnen, auch damit, dass man auf wundersame Weise überlebt, weil ein Gewehrlauf plötzlich zurückgezogen wird. Aber man vergisst so etwas nicht, Harry, schon gar nicht, wenn der Staat die öffentliche Erinnerung, die Aufarbeitung und die Strafverfolgung durch Gesetze unmöglich macht wie hier in Algerien. Man bleibt traumatisiert, im »schwarzen Jahrzehnt« gefangen, hat für immer die Mündung eines Gewehrs vor Augen, *ne demande plus jamais*.

Sie heißt Amel Samraoui, Harry, und weißt du, was *Amel* bedeutet?

Hoffnung.

10

PESSIN

Zum ersten Mal seit dem Tod Paulines lüftete Benmedi das Zimmerchen im Obergeschoss, das ihres gewesen war und in dem sie hin und wieder Gäste beherbergt hatten, als noch Gäste gekommen waren. Mit zitternden Händen wischte er die dunklen Holzdielen, entstaubte den Sekretär vor dem Fenster, die Metall- und Bronzeskulpturen, die sie gesammelt hatte, rätselhafte, abstrakte Werke einer havelländischen Künstlerin, die sich ein paar Jahre nach dem Mauerfall erhängt hatte. Aus den Deckenwinkeln holte er Spinnennetze, ungeschickt jagte er ein paar Fliegen aus dem Fenster. Den türkischen Läufer warf er wegen Mottenbefalls in den Garten hinunter, um ihn am Abend zu verbrennen.

Die ganze Zeit über sah er einen dünnen, stillen Jungen vor sich, der an einem Strand im Wasser planschte, gebannt auf dem Fußboden vor dem Fernseher saß, durch die Straßen Bologhines rannte, einen Fußball unter dem Arm, ihn, den Großvater, mit sich ziehend, ins Stadion, wenn die aus Bologhine gegen die aus Bab el Oued antraten. Mit zwei Dutzend Kindern in gefälschten Trikots kletterte er über eine Mauer, feuerte sie flüsternd an, während sie genauso leise spielten aus Angst vor den bewaffneten Islamisten, die Algerien heimgesucht hatten wie die Motten den Läufer.

Der Einzige, der mir von meiner Familie, den unglücklichen Benmedis, geblieben ist.

Er hielt inne, wischte sich Tränen aus den Augen.

Plötzlich sah er einen anderen Mann an der Seite des Jungen.

Ein bisschen dick war er geworden, der Mouloud, hatte sich einen buschigen Schnurrbart wachsen lassen, verbrachte zu viel Zeit in der Moschee, mit den Islamgelehrten. Er war dem Jungen so ähnlich, auch ihm, dem Vater, obwohl er ganz anders geworden war, ruhig und phlegmatisch. Statt für die Freiheit zu kämpfen, hockte er da und betete, statt wütend zu protestieren, schrieb er poetisch-religiöse Texte, die Intellektuelle begreifen mochten, niemand sonst.

Mouloud, ich verstehe das nicht, bitte erklär es mir.

Gern, es ist ganz einfach …

Mouloud, ich hab das immer noch nicht verstanden, der Koran und die Liebe und der Frieden, es ist schon sehr kompliziert, was du da geschrieben hast.

Ganz ruhig, Vater, komm, setz dich, wir gehen es Satz für Satz durch.

Lieber Wort für Wort, Mouloud, ich bin bloß Maschinist, vergiss das nicht.

Nur einmal hatte Mouloud die Ruhe verloren.

Eines Abends war er in das Zimmer gelaufen, in dem Pauline und er wohnten, und hatte voller Angst geflüstert: *Sie töten auch die Ausländer, ich flehe dich an, verlasst Algerien!* Der Junge hatte zwischen ihnen gelegen und war halb auf ihn gekrochen, als wollte er ihn festhalten und zugleich beschützen.

Benmedi eilte die Treppe hinunter, floh die Erinnerung. Er wusste schon, weshalb er all das verdrängt hatte, sein unseliges erstes, sein algerisches Leben.

Das Klingeln des Telefons half.

Im schmalen Flur nahm er den Hörer ab. »Ja, bitte?«

Keine Antwort, nur ein leichtes Rauschen, statische Geräusche, doch er glaubte zu spüren, dass da jemand war. Schauer jagten ihm über die Arme.

»Djamel?«, flüsterte er.

Das Besetztzeichen erklang.

Wieder kam die verfluchte Erinnerung, ein Anruf im September 1995, ein Jahr nach ihrer Rückkehr aus Algier. Pauline war im Garten gewesen, er selbst hatte genau hier gestanden, den Hörer am Ohr, in der Ferne Djamels helle Stimme: *Sie haben den Papa geholt und ins Serkadji gebracht, aber das war schon vor neun Tagen, und jetzt sagen sie, sie wissen nicht, wo er ist, sie haben ihn vor einer Woche nach Hause geschickt, ist er vielleicht bei dir in Deutschland?*

Nein, Djamel … Was sagst du da? Er ist …

Kannst du herkommen? Wir gehen zusammen ins Serkadji, er muss noch dort sein, sie haben ihn bestimmt bloß vergessen.

Er hatte ein Visum beantragt, es war abgelehnt worden. Immer wieder hatte er es versucht, drei Jahre lang, hatte telefoniert, war nach Bonn gefahren; vergeblich.

Seine Verzweiflung hatte Pauline krank gemacht.

Und so hatte er eines Tages beschlossen, mit seinem algerischen Leben abzuschließen, um das deutsche nicht zu verlieren.

Aber es war zu spät gewesen.

11

ALGIER

Ein seltsam unpassender Name, dachte Eley – »Hoffnung«. Amel empfand keine Hoffnung. Sehnsucht, ja, Hoffnung, nein.

Sie hatten um einen Couchtisch Platz genommen, Amel, die als Untersuchungsrichterin die Justiz vertrat, Abderrahmane Toumi, Gastgeber und Mitarbeiter der DDSE, jenes dem Militär zugeordneten Nachrichtendienstes, der für alle Vorgänge mit Terrorismusbezug zuständig war, und in perfekt sitzender Uniform der legendäre greise General Soudani, Repräsentant des Verteidigungsministeriums; dazu eine weibliche Schreibkraft und Eley.

Amel hatte auf Französisch zusammengefasst, was am Freitag in Constantine geschehen war. Jetzt sagte sie: »Wir gehen davon aus, dass in den nächsten Tagen oder Wochen eine Lösegeldforderung gestellt wird. Selbstverständlich werden wir Ihre Botschaft und Ihr Außenministerium auf dem Laufenden halten.«

Eley wandte den Blick ab, die kühle, scheinbar unbeteiligte Stimme im Ohr, die ihm so schmerzhaft fremd war.

Er griff nach einer Zigarette, zündete sie an.

Bonjour, chéri, et au revoir, chéri, hatte dieselbe Stimme vor nicht einmal zwölf Stunden in einem Hotelbett in Essaouira dicht an seinem Ohr geflüstert.

Dieselbe andere Stimme.

»Wir möchten betonen, dass die Unversehrtheit der Geiseln für uns höchste Priorität hat«, fuhr Amel fort, »dass wir mit Terroristen aber grundsätzlich nicht verhandeln. Außerdem möchten wir Sie höflich daran erinnern, dass Sie in Algerien keine Ermittlungsbefugnisse haben. Wir bitten Sie deshalb, Algier in den nächsten Tagen nicht zu verlassen.«

Eley sah auf. »Ich möchte morgen nach Constantine. Mir den Tatort ansehen.«

»Die Spurensicherung ist noch nicht abgeschlossen. Wir haben der Botschaft Fotos zukommen lassen. Vielleicht genügen sie?«

Er hielt ihrem Blick stand. Die Augen wie die Stimme, fremd und kühl. Er wusste, dass sie über dem Abgrund balancierte. Sowohl Toumi als auch General Soudani konnten ihre Karriere mit einem Wort beenden. »Kann ich die Aufnahmen der Überwachungskameras sehen?«

»Leider nicht.«

»Sie unterliegen der Geheimhaltung, Monsieur Eley«, sagte Toumi und lächelte. »Sie kennen das bestimmt von den Amerikanern.« Er senkte die Stimme, ahmte mit künstlichem Bass »die Amerikaner« nach: *»National security. Top secret.«*

Eley lachte höflich.

Toumi, sein Ansprechpartner bei der DDSE, war jung, blass, hochintelligent. Kein Paranoiker wie viele seiner älteren Kollegen, er hatte sich Funktion und Vorgehensweise eines Geheimdienstes nicht bei der Staatssicherheit der DDR abgeschaut, die nach der Unabhängigkeit 1962 zum sozialistischen Bruder geworden war. Aber auch er war höchst empfindlich, was Einmischung von außen betraf. Die kollektive Erinnerung an die Kolonialherrschaft Frankreichs saß tief, selbst bei den Spätgeborenen. Nur Algerien bestimmte, was in Algerien geschah.

»Auf den Aufnahmen ist nichts zu sehen, was Sie nicht ohnehin schon wissen«, sagte Toumi tröstend.

»Verstehe.«

Toumi, Eley, Amel griffen fast gleichzeitig nach ihren Teetassen, tranken, nahmen sich eines der kleinen, süßen Gebäckstücke, die in so gut wie jeder algerischen Behörde auf den Tisch kamen. Nur General Soudani verharrte unbewegt. Er pflegte keinerlei Laster, im Gegensatz zu Toumi, der ohne Zigarette nicht vorstellbar war, ohne den Griff zum Gebäck, ohne das Gel, das die schwarzen Haare auffällig glänzen ließ.

»Diese Gruppe«, sagte Eley, »Vertreiber der Ungläubigen, haben Sie von denen schon mal gehört?«

Toumi machte eine bedauernde Geste, antwortete nicht.

Himmel noch mal, dachte Eley.

Soudani ergriff das Wort, sagte schnarrend: »Mutaridu al-kuffar, eine kleine neue AQMI-Gruppe aus dem Katibat von Droukdel, den Sie wohl kennen. Acht, neun Mann stark, sagen unsere Quellen. Alles Ausländer, Libyer, Mauretanier, Marokkaner. Sie sind in Libyen stationiert, von dort nach Algerien eingedrungen, vielleicht auch über Tunesien.«

»Libyen?«, sagte Eley. »Eintausend Kilometer Luftlinie?«

»Ja«, erwiderte Soudani ungerührt.

Auch ihm war Eley ein-, zweimal begegnet, ein kleiner, versteinerter Krieger der alten Garde, Mitglied von *le pouvoir*, einer der starken Männer des Militärs. Volles, eisgraues Haar, Ende siebzig, unverwüstlich. Im Algerienkrieg hatte Soudani der »Grenzarmee« des FLN in Marokko angehört, die von dem späteren Präsidenten Boumedienne geführt worden und 1962 im Triumphzug in Algier eingezogen war. Auf einer Schwarz-Weiß-Aufnahme von diesem Tag war Soudani neben Boumedienne, damals Generalstabschef der FLN-Truppen, zu erkennen. Drei Jahre später hatte er ihn beim Staatsstreich gegen den ersten gewählten Präsidenten des unabhängigen Algerien unterstützt.

»Wir gehen davon aus, dass sie mit den Geiseln dorthin zurückkehren werden«, sagte Toumi, Zigarette und Feuerzeug in den Händen.

»Nach Libyen«, sagte Eley.

Soudanis Augen lagen auf ihm, gerötete, strenge Augen, die ihn in seine Grenzen verweisen wollten. Er spürte, dass ihn der General nicht respektierte. Er war ihm zu sehr Westler, zu dekadent, zu emotional. Nicht diszipliniert genug.

»Was für Autos haben sie?«

»Vans«, sagte Toumi.

»Sie müssen lokale Unterstützer gehabt haben, wie den Chauffeur. Leute, die sie für eine Weile verstecken und versorgen. Irgendwo müssen andere Autos bereitstehen.«

»Auch unsere Polizei beherrscht ihr Handwerk, Monsieur Eley«, warf Amel ein.

»Das bezweifele ich nicht.«

»Sie sind selbst Polizist«, sagte Toumi freundlich, stieß Rauch aus. »Sie fühlen sich verantwortlich, wollen auf die Straße, selbst ermitteln. *Cop work.* Wir verstehen das. Leider ist es nicht möglich. Es würde gegen algerische Gesetze verstoßen.«

Eley nickte. Die Warnung war deutlich genug.

»Noch Tee?«

»Ja, bitte.«

Toumi schenkte allen nach, wieder trat eine Gesprächspause ein, ein kurzer Waffenstillstand.

Toumi hatte recht, er fühlte sich verantwortlich. Er *war* doch auch verantwortlich, irgendwie. Die Sicherheit deutscher Staatsbürger in Algerien fiel in seine Zuständigkeit.

Er dachte an die vielen offenen Fragen. Eine war wichtiger als alle anderen: Falls das Militär in irgendeiner Form in die Entführung involviert war – wusste Amel dann Bescheid?

Er musterte sie über seine Tasse hinweg. Sie hatte die Beine eng übereinandergeschlagen, saß leicht nach vorn gebeugt, rührte Zucker in ihren Tee. Die dunkelgraue Hose und die gleichfarbige Jacke standen ihr, passten wunderbar zum schwarzen Haar. Sie hatte sie vor wenigen Wochen zusammen mit ihrer Mutter gekauft, in einem Geschäft in der Rue Didouche Mourad, Haupteinkaufsstraße im Zentrum Algiers.

Auch er war dort gewesen.

Draußen sintflutartiger Regen, der alltägliche Verkehrshorror, drinnen algerische Popmusik und der gefährliche, heimliche Tanz, der für beide immer mehr von seinem spielerischen Charakter verlor. Sie hatten über Kleidungsständer hinweg mit Blicken kommuniziert, über Spiegel, eine schlanke, elegante Algerierin, ein hagerer Ausländer mit wilden Augen und grauem Stoppelhaar. Hatten sich kurze Sätze zugewispert, wenn sie sich in den engen Gängen begegnet waren, den anderen flüchtig berührt. Von Weitem hatte Eley beobachtet, wie sich der geschlossene Vorhang der Umkleidekabine bewegte und seine Form veränderte, wenn ihr Körper ihn von innen berührte. Ein spitzer Ellbogen, eine Schulter, eine Hüfte …

Monsieur? Puis-je vous aider?

Merci, je cherche un blazer pour ma femme.

Les blazers sont là-bas.

Aussi un pullover.

En face de vous.

Er hatte einen zu dem dunklen Grau passenden blauen Pullover genommen, Amels Blick gespürt, ihr unauffälliges, müdes Lächeln gesehen.

Sie waren beide müde geworden in diesen dreieinhalb Jahren.

Plötzlich hatte ihre Mutter neben ihm gestanden, eine kleine Frau mit dunklem Kopftuch, bodenlangem, hellbraunem Hidschab, geröteter Nase. Sie war stark erkältet, roch nach Pfefferminz. Lautlos hatte sie die Kleidung durchgesehen, lautlos war sie weitergegangen, in einer Aura aus Unruhe und konservierter Trauer.

Sie war ein Teil des Problems. Solange sie lebte, würde Amel Algerien auf keinen Fall verlassen.

Der blaue Pullover … Erst jetzt fiel ihm auf, dass sie ihn an diesem Sonntagabend in Toumis Büro trug.

Sie sah auf. Ihr Blick begegnete seinem, glitt weiter zu Toumi, zu Soudani, die leise auf Algerisch miteinander sprachen. Kehrte zu ihm zurück.

Sie lächelte kaum merklich.

Ich liebe dich, dachte Eley. *Je t'aime.*

Zum ersten Mal fragte er sich, weshalb sie bei dieser Besprechung dabei war. Wenn er Termine bei algerischen Behörden hatte, traf er immer auf Männer, nie auf Frauen. Hin und wieder telefonierte er mit Frauen, las Dokumente und Schriftstücke von Sachbearbeiterinnen, Untersuchungsrichterinnen. Aber er begegnete ihnen nie. Die Algerier hätten es als anstößig empfunden, wenn er mit Frauen zusammengearbeitet hätte.

Also war Amel aus strategischen Gründen hier. Man brauchte ein gefälliges Gesicht. Die Rüstungsgeschäfte mit den Deutschen waren zu wichtig.

Sie benutzten sie.

»*Monsieur?*«

Er sah Toumi an. »*Oui?*«

»Haben Sie noch Fragen?«

Ja, er hatte viele Fragen, stellte keine, *non, merci.* Er wurde höflich verabschiedet, schüttelte Toumi und Soudani die Hand, nicht den beiden Frauen, das hätte sich nicht geziemt.

Wenig später stand er auf dem Parkplatz, schloss in der mildfeuchten Oktoberluft die Augen, erste Regentropfen fielen, in seinem Kopf sagte Amel: *Bonjour, chéri, et au revoir, chéri.*

12

BERLIN

So also endete dieses Leben, dachte Katharina Prinz. Sauerstoffmaske, Schläuche, Sabber.

Ein Plastikbeutel mit Urin. Andere Plastikbeutel mit Flüssigkeiten, die in den Körper hineinliefen. Gestank nach Exkrementen, irgendetwas war mit dem Darmkatheter schiefgegangen.

Stumme, übermüdete Menschen, die Stunde um Stunde am Krankenbett saßen, ineinandergesunken, ohne Zuversicht. Manchmal standen sie auf und holten Kaffee. Manchmal weinten sie zusammen. Beteten. Sprachen mit dem Menschen, der nichts hörte und nichts sah.

Sie hatten vergessen, dass noch jemand anwesend war, im Halbdunkel an der Wand, der nicht zur Familie gehörte, nicht einmal ein Freund war, nur eine Protegée im viel zu fröhlichen gelben Kleid …

Heinrich Zimmermann war achtundfünfzig, vierzehn Jahre älter als sie. Sie dachte, dass sie auf dem besten Weg in dasselbe Krankenbett war. Zu wenig Schlaf, zu viel Stress. Das Bedürfnis nach Verantwortung und Einfluss.

Immerhin würden an ihrem Sterbebett keine weinenden Menschen sitzen. Sie hatte keine Kinder, und ihr Lebenspartner war an diesem Wochenende ausgezogen.

Lautlos stand sie auf und verließ das Krankenzimmer.

Manche Eigenschaften liebte man, manche schätzte man. Michaels Gründlichkeit hatte sie am meisten geschätzt. Nichts war je unerledigt geblieben. Nichts angefangen und dann vergessen worden.

Nun war er gründlich gegangen.

Er hatte die Namensschilder »Prinz/Schüring« an Haustür, Briefkasten und Wohnungstür durch mit »Prinz« bedruckte Aufkleber ersetzt. Hatte alles mitgenommen, was ihm gehörte.

Natürlich, dachte Prinz, während sie erschöpft durch die halb leere Wohnung hoch über dem Landwehrkanal ging. Aus diesem Grund hatte sie das Wochenende bei ihrer Schwester in Steglitz verbracht. Damit er genug Zeit hatte, ganz zu gehen.

Er musste ein phänomenales Gedächtnis für Dinge haben, die er mitgebracht oder angeschafft hatte.

Das Sofa, die Sesselgruppe, ein Teil der Regale. Bilder, überhaupt fast die ganze Kunst und alle Pflanzen. Der Flachbildfernseher, ein weißes Rechteck an der minimal dunkleren Wand.

Sämtliche Dockingstationen für iPods und iPhones. Immerhin, die Hi-Fi-Anlage gehörte ihr. Der Plattenspieler, siebenhundert Schallplatten, Schätze ihrer Jugend, ohne die sie nicht hätte leben wollen, alles da. Die Lautsprecher allerdings waren fort.

Das Bett. Handgearbeitet, Loom, sah aus wie Rattan, war aber aus Papierfasern. Wundervoll. Fort. Die teuren Esstischstühle, achtmal Charles Rennie Mackintosh. Sie hätte bei Ikea eingekauft. Nicht Michael. Alles hatte schön, teuer, besonders sein müssen.

Für uns, Kati, wir wollen es doch schön haben.

Der massive Holztisch, von ihren Eltern geerbt, wirkte deplatziert ohne Stühle, ohne Teppich. Auch der tiefblaue Egg Chair in ihrem Zimmer war noch da.

Für dich, Kati.

Ein Geschenk zu ihrer Rückkehr aus Algier.

Sie hatten zwanzig Jahre überstanden, darunter fast acht Jahre Distanzbeziehung. Zweimal Rabat, zweimal Algier, verteilt auf eineinhalb Jahrzehnte, er war währenddessen in Berlin geblieben. Keine leidenschaftliche Liebe, aber ein Gefühl tiefer Verbundenheit und Vertrautheit. Man gehörte zusammen, komme, was da wolle.

Dann, vor ein paar Monaten, urplötzlich Diskussionen über ein Thema, das nie eine Rolle gespielt hatte. *Ich möchte Kinder,* hatte er gesagt. Und sie hatte erwidert: *Ich nicht, ich bin zu alt für Kinder.*

Also war er gegangen.

Sie setzte die Wanderung durch ihr skelettiertes Leben fort. Einhundertfünfzig Quadratmeter Altbau, die einmal geschmackvoll reduziert eingerichtet gewesen waren. Jetzt wirkten die Räume kahl und öde.

Selbst die alten Geräusche hatte er mitgenommen. Die Wohnung klang anders ohne die vielen Teppiche. Sie war nicht mehr diskret und heimelig, sondern laut und anstrengend. Von allen Seiten Hall, und überall knarzte das Parkett ungedämpft. Sie hasste dieses Knarzen. Es gab ohnehin zu viele Nebengeräusche in der Welt.

Sie trat an die Fensterwand, blickte auf Landwehrkanal und Maybachufer hinunter. An ihren Schläfen kribbelte es, hinter den Wangen wuchs der Druck. Sie sehnte sich nach Schlaf, nach Wärme und den glücklichen Jahren.

Unvorstellbar, mit vierundvierzig neu anzufangen.

Zwei der für sie wichtigsten Männer waren am selben Wochenende aus ihrem Leben verschwunden. Heinrich Zimmermann würde vielleicht eines Tages zurückkehren. Michael nicht.

Anfangs hatte sie noch Hoffnung empfunden. Dann nicht mehr. Er war sich so sicher gewesen.

Sie betrat die Weinkammer, die von der Küche abging. Rotwein war ihre Sache gewesen, er trank nur weißen. Minutenlang stand sie im Halbdunkel vor den gefüllten Flaschenregalen, ohne sich zu bewegen. Matt lag der Widerschein der Küchenlampe auf den Glasleibern, den helleren Schrumpfkapseln.

Hier drin war alles wie immer. Kein Laut, keine Leere.

Sie würde, dachte sie, gern hierbleiben, in dieser kleinen, stillen Kammer, in der nichts knarzte und nichts Wesentliches fehlte. Wenn nur der Korkenzieher nicht in einer der Küchenschubladen liegen würde.

Nein, auch er war vermutlich fort. Chateau Laguiole, einhundertvierzig Euro, der Griff aus schwarzem Horn. *Ein erlesener Wein braucht einen erlesenen Korkenzieher, Kati.*

Sie weinte lautlos, um die friedliche Ruhe nicht zu zerstören.

13

IRGENDWO IN ALGERIEN

Dunkelheit, seit vierzig, fünfzig Stunden. Während der Fahrt und des anschließenden, schier endlosen Fußmarsches eine Kapuze, dann das fensterlose Verlies. Wieder eine Kapuze, wenn sie ihn zur Toilette führten.

Nur mit dem Essen brachten sie ihm Licht – eine Kerze. Er aß so langsam wie möglich, doch die Flamme blendete ihn. Seine Augen verloren das Verständnis für Licht.

Selbst die Gespräche hatten sie in der Dunkelheit geführt. Zwei Männer, Madjer war nie dabei gewesen. Er wusste nicht, wie sie aussahen, wer sie waren. Konnte nicht in ihre Augen sehen, um zu wissen, wie gefährdet er war.

Er machte sich keine Illusionen. Zu viele Al-Qaida-Geiseln waren ermordet worden.

Nur reden, Monsieur, nichts weiter. Ihnen wird nichts geschehen.

Bislang hatten sie Wort gehalten und ihm nichts getan. Abgesehen davon, dass sie ihn in der Finsternis wahnsinnig werden ließen.

Ich kann nicht mehr, ich ertrage die Dunkelheit nicht, bitte, lassen Sie mich ans Licht, nur für ein paar Minuten …

Es ist Nacht, Monsieur.

Immer war es Nacht. Immer hieß es: *Morgen, als Belohnung. Jetzt müssen wir noch einmal über die Abläufe sprechen.*

Aber das ist Monate her!

Sie erinnern sich bestimmt, Monsieur.

Natürlich erinnerte er sich.

Anfangs hatte er sich in Ausflüchte gerettet, ins Vage. Hatte ein bisschen Held sein wollen. Man durfte es ihnen doch nicht zu einfach machen.

Inzwischen sagte er, was er wusste. Er war kein Held.

Sind die Fahrer bewaffnet?

Nein.

Die Lkws werden nach Bedarf angemietet?

Ja.

Werden die Transporte vom Sicherheitsdienst begleitet?

Ja.

Wie viele Leute?

Ein Fahrzeug, zwei Mann. Bitte, lassen Sie mich hinaus …

Es ist Nacht, Monsieur.

Er erhob sich von der Matratze, begann von Neuem, was er schon Dutzende Male getan hatte: Zentimeter für Zentimeter tastete er sich an den Steinwänden entlang in der Hoffnung, eine zugemauerte Öffnung oder ein verbarrikadiertes Fenster zu finden, wenigstens einen Lufthauch zu spüren.

Er suchte Licht. Die *Möglichkeit* von Licht.

Die Chancen, das wusste er, standen schlecht. Er befand sich unter der Erde. Vier Meter auf vier Meter, als Lager oder Keller angelegt, vielleicht auch als Gefängnis. Daneben waren höchstens andere, ähnliche Räume, aber kaum das Freie.

Nicht einmal eine Tür gab es, nur eine Falltür in der Decke. Keine Treppe, lediglich eine Leiter. Wenn sie den Raum nach einem der Gespräche verlassen oder ihn von der Toilette zurückgebracht hatten, zogen sie sie nach oben.

Er suchte weiter. Seine unsichtbaren Finger glitten über rauen Stein, Mörtel, Stein. Er stellte sich auf die Zehenspitzen, klammerte sich an die Hoffnung. Falls es hier drin jemals Licht gegeben hatte, würde er den Weg, den es gegangen war, finden.

Später lag er auf der Matratze, die Augen geschlossen. Sah Constantine im weißlichen Oktoberlicht. Die Häuser färbten sich zartrosa.

Lüneburg, das Büro sonnendurchströmt, Glas auf drei Seiten. Das Haus, das sie für sich hatten bauen lassen, ein Haus aus flirrendem Licht. Zu hell für seine Frau und seine Töchter. Im Sommer standen die Lamellen der Jalousien in ihren Zimmern schräg.

Altniederndorf. Sie hatten umziehen müssen, die erste Wohnung im Tal am Neckar zu finster, die Hügel brachten allzu früh Schatten. Anders in dem Haus auf der Höhe. Man öffnete die Eingangstür und stand im Licht, blickte über Wälder und Felder in der Helligkeit.

Es fiel ihm zunehmend schwer, sich zu konzentrieren. Dass die Augen nur alle paar Stunden für wenige Minuten etwas zu sehen bekamen, machte die Gedanken sprunghaft. Es nahm ihnen die Präzision.

Die Dunkelheit zersetzte die Seele, den Körper.

Er öffnete die Lider.

Sah nichts.

Berührte mit der Handfläche die Nase.

Sah nichts.

Toni.

Sie hatten ihn erschossen.

Gegen Ende der Fahrt hatten sie Tonis wegen gestritten. Er hatte den Wortwechsel nicht verstanden.

Sie haben mit einer Geisel geplant, hatte Toni auf Französisch erklärt. *Sie haben keine Lust auf zwei. Keinen Platz.*

Sie werden Ihnen nichts tun, hatte Richter geflüstert, halb besinnungslos. *Es gibt keinen Grund.*

Es gibt keinen Grund, mir nichts *zu tun.*

Schluss mit dem Gerede, hatte Madjer gesagt.

Toni hatte etwas auf Algerisch erwidert, zornig, höhnisch. Jemand hatte ihn geschlagen. Richter hatte seinen Namen gerufen, er hatte nicht geantwortet.

Nach der Ankunft hier waren sie getrennt worden. Stunden später waren draußen zwei Schüsse gefallen, unmittelbar nacheinander.

Keine Lust. Keinen Platz.

Sie sind meine Familie, zumindest für die nächsten fünf Tage, hatte Toni gesagt.

Er setzte sich auf, verschränkte die Hände ineinander, sprach ein Gebet.

Ein Gebet für einen Toten.

II

Der Namenlose

14

ALGIER

Der Morgen nach dem Regen war traumhaft schön, ein weiter, lichter Himmel über der Bucht, ohne die rostfarbenen Schleier des Smogs. Die Sonne erzeugte lange Schatten, aus denen Eley blind in die Helligkeit taumelte.

Er kam ein paar Minuten zu spät, fünf nach acht. Steve war schon da, hielt eine Mokkatasse in der Hand, draußen unter der Markise der »Milk Bar«. Place de l'Emir Abdelkader, ein Schmuckstück in Alger Centre, herausgeputzte weiße Kolonialbauten, ein paar Palmen, in der Mitte die begrünte Insel mit dem Reiterstandbild des Emirs.

Er reichte Steve die Hand, setzte sich. »Danke, dass du gekommen bist.«

»Mächtig was los«, sagte Steve. »Und ich werde das Gefühl nicht los, du weißt, warum.«

Eley hob die Brauen.

Sie beugten sich vor, brachten die Köpfe nah zusammen. Sie sprachen Englisch, wechselten für harmlose, lautere Sätze ins Französische.

»Was habt ihr beobachtet?«

»Jede Menge Truppenbewegungen in der Kabylei und im Süden, Tamanrasset, Djanet, an der Grenze zu Libyen«, sagte Steve. »Aber auch hier in Algier. Die halbe Hubschrauberstaffel und ein paar Kampfjets sind in der Luft. Noch mehr Straßensperren und Razzien. Überall werden Islamisten verhört, manche werden verhaftet. Irgendwas ist passiert. Oder wird passieren.«

»Könnte mit Mali zusammenhängen.«

»Oder mit was anderem.«

Eley lächelte düster. »AQMI hat am Freitagabend einen Manager von Elbe Defence Systems entführt.«

Steve pfiff durch die Zähne. »Wo?«

»Constantine, ein Gästehaus des Verteidigungsministeriums.«

»Auch das noch. Kein Wunder, dass die Algerier sauer sind. Elbe Defence, das sind die Transportpanzer?«

»Nein, das ist Rheinmetall. Elbe baut die Spähpanzer.«

Sie lehnten sich zurück. Mehdi, einer der Kellner, war neben sie getreten, stellte Kaffee und Croissant vor Eley, legte eine Hand auf seine Schulter, *Ralf, comment vas-tu, mon ami?* Sie wechselten ein paar Worte, Mehdis kleine Hand blieb, wo sie war, warm und väterlich, dabei war er höchstens fünf Jahre älter. Er entstammte einer FLN-Familie, war stolz darauf, seit vielen Jahren in der legendären »Milk Bar« zu arbeiten. Im September 1956 hatten drei FLN-Aktivistinnen in der Stadt Bomben platziert, eine davon im Innenraum dieses Cafés, das damals fast ausschließlich von Franzosen besucht worden war. Mit drei Toten in der »Milk Bar« und fünfzig Verletzten hatte die »Schlacht von Algier« begonnen. Ein Jahr lang Morde und Bombenattentate durch den FLN und Massenverhaftungen, Folterungen, Verschleppungen, extralegale Hinrichtungen durch die französischen Soldaten. Am Ende hatte der FLN die Schlacht verloren, doch die Welt hatte nun gewusst, was in Algerien geschah.

Mehdi ging, und Eley berichtete.

»Vertreiber der Ungläubigen? Nie gehört«, sagte Steve.

»Ich dachte, du kennst sie alle.«

»Ich kenne sie alle. Und noch ein paar mehr. Habt ihr das richtig übersetzt?«

»›Mutaridu al-kuffar‹. So ungefähr jedenfalls.«

Steve – der fließend Arabisch sprach – zog eine Grimasse. »Ich müsste raten, deine Aussprache ist grauenhaft. Sag deiner Sekretärin, sie soll es aufschreiben.«

Eley lachte leise.

»Und wer soll das sein?«

»Ehemalige Leute von Droukdel. Marokkaner, Mauretanier, Libyer.« Er wiederholte, was General Soudani berichtet hatte.

Steve schüttelte den Kopf. Strähnen der halblangen Haare lösten sich hinter den Ohren, er steckte sie zurück, kratzte sich den Bart. Eine Gruppe, die niemand kannte, eine Überlandreise, die angesichts zahlreicher Straßenkontrollen fast unmöglich erschien, Insiderwissen, das aus dem Verteidigungsministerium oder dem Geheimdienst stammen musste, eine Logistik, die ein hohes Maß an Disziplin, Organisation, Planung erforderte, eine derart präzise, schnelle Durchführung. Ein »Ungläubiger«, der unversehrt überlebt hatte. »Das stinkt, wenn du mich fragst.«

»Ja«, sagte Eley. Er leerte die Tasse, wurde diesen einen Gedanken nicht los: Und wenn Amel die Wahrheit kannte?

Steve berichtete von einer anderen Zelle ehemaliger Droukdel-Leute, die gerade gegründet worden sei, unter Mokhtar Belmokhtar. Muwaqiun bi-l dam, »Die mit dem Blut unterschreiben«. Eley kannte die Gruppe nicht, wusste aber natürlich, wer Belmokhtar war. »Der Einäugige«, ehemals einer der Anführer von AQM, hatte sich von Droukdel losgesagt und führte eigene Zellen. Veteran eines der afghanischen Kriege, Schmuggler, Waffenhändler, Terrorist, Menschenräuber. Die Algerier hatten ihn mittlerweile zweimal zum Tode verurteilt.

Steve nahm einen Schluck aus einer kleinen Wasserflasche, lachte freudlos. »Diese Verrückten mit ihren Scheißnamen. Die mit dem Blut unterschreiben, Vertreiber der Ungläubigen. Was für ein Scheißpathos.«

Wieder unterbrachen sie das Gespräch, ein halbes Dutzend Schülerinnen zwängte sich zwischen den parkenden Autos und den Tischen hindurch, die auf dem Gehsteig kaum Raum für Passanten ließen. Helle Stimmen überlagerten den Straßenlärm. Ein paar der Mädchen trugen Jeans, andere bunt flatternde, knöchellange Gewänder, Kopftücher in leuchtenden Farben, manche farblich auf die Schuhe oder die Schultasche abgestimmt.

Steve hatte das Smartphone auf den Tisch gelegt, tippte Buchstaben ein, die Finger lang und elegant.

Eley wartete schweigend.

Bis Anfang der sechziger Jahre hatte in der Mitte des Platzes eine Statue des französischen Generals Thomas Bugeaud gestanden, der um 1840 den militärischen Widerstand der algerischen Stämme gegen die Besatzer gebrochen hatte. Nach der Unabhängigkeit, so hatte Mehdi einmal erzählt, hatten die Algerier ihm die Landesflagge in die Armbeuge gesteckt. In Paris war man empört gewesen. Schließlich einigte man sich darauf, dass die Statue des Generals nach Frankreich »heimgeholt« wurde. Die listigen Algerier postierten an seine Stelle den berittenen Emir Abdelkader, jenen Stammesführer, der Bugeaud jahrelang erfolgreich Widerstand geleistet hatte.

Was man hier sah, verwies eben immer auch auf das Gegenteil.

Oder war Fassade, wie Steve. So cool, so lässig in Jeans und Hemd und Cordjacke, Anfang vierzig, erfolgreicher, aber ausgebrannter Schriftsteller auf dem Selbstfindungstrip. Algier wegen Camus, und weil Tanger und Casablanca nur noch Klischees seien. In der Kulturabteilung der amerikanischen Botschaft hatten die um sein Seelenheil besorgten Landsleute einen Schreibtischjob für ihn geschaffen, Bürokram, halbtags, da blieb viel Zeit fürs Brüten, Meditieren, für Taiji.

CIA-Tarnung. Wer er wirklich war, wusste Eley nicht.

Er lehnte sich zurück, spürte, wie der Kaffee Energien weckte. »Im Gästehaus gibt es Überwachungskameras. Kommst du an die Aufnahmen ran? Verteidigungsministerium, DDSE.«

Steve sah auf. »Leichter wäre es mit den Aufnahmen vom Flughafen.«

Eley nickte, an die Flughafenkameras hatte er nicht gedacht. Auf deren Aufzeichnungen war vielleicht Sadek Madjer zu sehen. »Ich nehme alles, was ich kriege.«

»Und dann, Ralf?«

Er zuckte mit den Schultern.

»Bleib in Deckung. Was kannst du allein schon erreichen?« Steve erhob sich, wollte Geld auf den Tisch legen, doch Eley winkte ab.

Sie schüttelten sich die Hand.

»Du hast was gut bei mir«, sagte Eley.

»Ja«, erwiderte Steve lächelnd.

Mehdi kam mit der zweiten Tasse Espresso, tätschelte Eleys Schulter.

Und dann?, dachte er.

Weitersuchen. Weiterfragen.

Amel konfrontieren.

15

BERLIN

Reinhold Wegner hatte schlecht geschlafen, hatte sich mit Albträumen herumgequält, in denen Tuareg vorgekommen waren. Auf Kamelen hatten sie ihn über die Dünen vor sich hergetrieben, geführt von Charles Taylor, der ihm schließlich Arme und Beine abgehackt hatte, mit den Worten, für einen Wegner sei das Leben mit fünfzig vorbei. Joseph und Luseni hatten sich über ihn gebeugt, hatten gesagt: *No compromise, my friend, why didn't you come to Monrovia?*

Halb acht Uhr morgens, Bahnhof Friedrichstraße, Reichstagufer. Er stand am Fuß der Spreebrücke im böigen Wind, umgeben von Tauben, Passanten, Pennern. Ein schwarzer BMW fuhr vor, Riehle sprang aus dem Fond, eilte auf ihn zu. Dunkler Anzug, Aktentasche und Schuhe aus hellbraunem Glattleder, die Trenchcoatschöße flatterten.

»Also, worum geht's?«

»Meininger Rau und Algerien, Herr Dr. Riehle.«

»Drücken Sie sich bitte deutlicher aus.«

»Das AA könnte Schwierigkeiten machen.«

Im Weitergehen reichte Riehle ihm die Hand. Sein fast brutaler Griff vertrieb die letzten Reste Müdigkeit. Der ganze Mann bestand von Kopf bis Fuß aus Kraft, Gesundheit, Bräune, obwohl er gut zehn Jahre älter war als Wegner. Hobby-Kanute, von Wind und Wetter gegerbt, sehnig, hart. Jurist und passionierter Orgelspieler, auch eine sanfte Seite gab es, nützlich in seiner Position.

Ernst Friedrich Riehle war einer der zehn stellvertretenden Vorsitzenden der CDU/CSU-Bundestagsfraktion, zuständig für »Wirtschaft, Mittelstand, Tourismus, Petitionen«. Seit die Menschheit wählen durfte, gewann er für die CDU als Abgeordneter den Wahlkreis Rottweil-Tuttlingen. Dort lagen Oberndorf mit Heckler & Koch und Rheinmetall Waffe Munition – den ehemaligen Mauser-Werken – sowie Altniederndorf mit der Meininger Rau Gewehrfabrik 1889.

»Aber die Genehmigungen sind doch längst erteilt, die Verträge unterschrieben.«

»Und die ersten fünftausend Stück werden demnächst ausgeliefert«, ergänzte Wegner.

»Also, was für Schwierigkeiten?«

»Kennen Sie Katharina Prinz?«

»Unsere ehemalige Botschafterin in Algier?«

»Ja.«

Sie stiegen die stählernen Stufen hoch, Riehle immer einen Schritt voraus, Kopf gedreht. Doch der Blick ging an ihm vorbei auf den schmutzig grünen Fluss. Über ihnen ratterte ein Zug, Bremsen kreischten. Passanten stießen von der Seite, von hinten gegen ihn, alle in Eile, auf dem Weg von einem belanglosen Ort zum anderen. Voller Sehnsucht dachte Wegner an die Lichtenberger Firmenvilla in ihrer ruhigen Allee, an die elegante Siebenzimmerwohnung in Dahlem, das repräsentative Büro am Potsdamer Platz. Wie froh er war, dass er die Niederungen der Politik hinter sich gelassen hatte, nach fünfzehn Jahren als SPD-Hinterbänkler im Strudel der Termine, im Gezerre verschwitzter Hände, in der Bedeutungslosigkeit. In fünf Minuten würde das Mitte-Gehetze vorüber sein, in zwanzig würde er an seinem Schreibtisch hoch über Berlin sitzen und in der klimatisierten Stille die nächsten Schritte im Feldzug gegen Katharina Prinz ausarbeiten.

Er erklärte, welche Position Prinz im AA mittlerweile innehatte, was sie nach dem Schlaganfall von Heinrich Zimmermann, Leiter der Abteilung 3, werden würde, vielleicht tun würde.

»Vielleicht?«

»Ich wurde vorgewarnt«, sagte Wegner.

Riehle blickte zurück, die Stirn gerunzelt.

»Sie scheint Algerien für problematisch zu halten.«

»Wer tut das nicht?« Riehle lachte schwer.

Sie hatten die Mitte der schäbigen schwarzen Brücke erreicht. Dicht über ihren Köpfen fuhr der nächste Zug, Reden war für Sekunden unmöglich. Riehle streckte die rechte Hand aus, ein roter Schein flatterte in den Hut eines Obdachlosen, der Preis für ein paar Tage gutes Gewissen. Er war bekennender Katholik, verbrachte, wo immer er war, den Sonntagvormittag in der Kirche, die gerade auf dem Weg lag.

Wegner schloss zu ihm auf. Nebeneinander hasteten sie weiter, Riehles Kopf jetzt dicht an seinem. Er hatte Alpenbräune im Augenwinkel, den Duft von kühl-herber Männlichkeit in der Nase.

»Ich habe mir den Arsch aufgerissen für dieses Geschäft«, zischte Riehle. »Für die Firma, für die Menschen in der Region, für Baden-Württemberg!«

Wegner nickte, dachte: für deine Wähler. Für die Spenden der Firma an deinen Kreisverband, zehntausend Euro pro Jahr seit 2004. Peanuts, wenn man das Geschäftsvolumen des Algerien-Deals betrachtete. Für einen Kreisverband Rottweil aber ein verlässlicher Geldsegen.

»Und es ist durch, verdammt. Vorabgenehmigung durch den Bundessicherheitsrat, Produktionsgenehmigung nach Kriegswaffenkontrollgesetz, Transport- und Exportgenehmigung durch das BAFA. Mehr geht nicht. Es ist durch.«

Wegner nickte erneut, vielleicht auch immer noch. Er kam wie so oft aus dem Nicken nicht mehr heraus.

»Wie sollen Unternehmen wirtschaften, wenn sie nicht irgendwann die Sicherheit haben, dass die staatlichen Genehmigungen dauerhaft sind? Wie sollen Kommunen planen, wenn sie nicht wissen, ob sie die eingenommen Steuern irgendwann zurückzahlen müssen?«

Wegner nickte.

»Wie sollen wir unserer Wirtschaft neue Märkte erschließen, wenn wir Geschäftsbeziehungen davon abhängig machen, ob ein Staatspräsident zu hundertzehn Prozent demokratisch legitimiert ist? Ob das Militär auch garantiert nicht zu viel Einfluss auf die Politik hat? Ob Frauen auch wirklich ohne Kopftücher auf die Straße dürfen, wenn sie wollen? Die haben da die afrikanische Sonne, verdammt, da ist man froh über ein Kopftuch!«

Wegner nickte.

Das Angenehme an der Zusammenarbeit mit Ernst Friedrich Riehle war, dass er sich in Rage denken und reden konnte. Wies man ihn auf eine Wolke hin, bereitete er die Truppen auf einen Jahrhundertsturm vor.

Sie hatten die Spree überquert, stiegen die Treppe zum Schiffbauerdamm hinunter, begleitet vom Geklackere zahlreicher anderer Schuhe auf den von Taubenkot verunzierten Stiegen. Wegner keuchte, hatte zu transpirieren begonnen, unangenehm kühle Feuchtigkeit hatte sich unter seinen Achseln gebildet. Er war gestresst.

»Sie wissen, wie es um Meininger Rau steht«, sagte Riehle, »die brauchen das Algerien-Geschäft.«

»Ich weiß, ja.«

Die Auftragsbücher voll, aber die Schulden hoch wie nie. Abschreibungen, Fehlinvestitionen, Altlasten. Dazu Anzeigen und laufende Ermittlungen durch zwei Staatsanwaltschaften – Verdacht auf Bestechung, auf illegale Waffenlieferungen. Kürzlich war der

Firmensitz zum zweiten Mal innerhalb eines Jahres durchsucht worden. Tauchte in irgendeinem unter Embargo stehenden Schurkenstaat der Welt ein Gewehr von Meininger Rau auf, stand ein Strafverfolger in Altniederndorf, und die Öffentlichkeit schrie Zeter und Mordio. Es war zum Verzweifeln. Als trüge Meininger Rau die Schuld an allem Bösen dieser Welt. Depots wurden eben geplündert. Waffen wanderten nun einmal und gerieten in die falschen Hände. Wie auch nicht? Sie waren dreißig, vierzig, fünfzig Jahre im Umlauf! Auch Stühle, Autos und Küchenmesser wechselten den Besitzer. Auch mit Stühlen, Autos und Küchenmessern konnte man töten.

Zu allem Überfluss machten die Rüstungsgegner mobil, hatten sich organisiert, die Kirchen ins Boot geholt, bliesen zum Feldzug. Wie die Kreuzritter zogen sie mit gewaltigem Mediengedonner durch die Lande, um von den schwäbischen Hügeln über einen Sechshundert-Mann-Betrieb herzufallen, der in aller Welt größtes Ansehen genoss.

Wegner grinste. Auch er konnte sich in Rage denken und reden.

»Sagen Sie, das Geschäft ist doch nicht etwa … anfechtbar?«

»Nein.«

»Sie wissen, was ich meine?«

»Ich weiß, was Sie meinen, Herr Dr. Riehle.«

»Keine Schmiergelder, kein Geheimnisverrat?«

Wegner schüttelte den Kopf, eine wohltuende Abwechslung für den Hals. »Alles legal.«

»Was zum Teufel will diese Frau dann?«

»Karriere machen.«

»Nicht auf unsere Kosten!« Riehle blieb stehen. Die Augen waren konzentriert, die Wangenfalten scharf. »Haben Sie schon irgendwelche Ansatzpunkte?«

»Bis jetzt nicht.«

»Uneheliche Affären? Swingerklubs? Schulden? Privatreisen mit dem Dienstwagen? Ein Fehltritt mit einem Scheich?«

»Einem Wüsten*prinz*?« Wegner kicherte.

Riehle schien der Witz entgangen zu sein. »Suchen Sie, Wegner. Finden Sie was. Und sprechen Sie mit dem Kollegen Berghammer. Sie kommt aus seinem Stall.«

Wegner nickte.

Siegfried Berghammer, Parlamentarischer Staatssekretär im Bundesministerium für Wirtschaft und Technologie. Seit Jahrhunderten Bundestagsabgeordneter für die FDP aus demselben Wahlkreis wie Riehle, Rottweil-Tuttlingen. Man kannte sich gut, hielt die schützenden Hände gemeinsam über Meininger Rau, kreuzte gern mit dem Verteidigungsminister in Altniederndorf auf. Und man erfreute sich gemeinsam an Spendengeldern – der FDP-Kreisverband hatte seit der Regierungsbeteiligung 2009 fünfundzwanzigtausend Euro von Meininger Rau bekommen.

»Ich treffe ihn morgen in Baden-Württemberg. Sein Schützenverein feiert.«

»Er soll Prinz abschießen«, sagte Riehle.

Wegner lachte.

»Was kann *ich* tun?«

Na endlich, dachte er. »Hören Sie sich unauffällig um, Herr Dr. Riehle. Sobald Prinz Schritte unternimmt, wird es die Runde machen. Sie wird im BMWi Unterlagen anfordern, wird Mitstreiter suchen, wahrscheinlich sogar bei SPD, Grünen und den Kommunisten. Sie muss laut werden, sonst hat sie keine Chance. Wir müssen unter den Ersten sein, die es hören. In der Zwischenzeit bringen wir die Truppen in Stellung. Sprechen Sie mit Ihren Strategen, Ihren Juristen, mit dem Verteidigungsministerium. Bereiten Sie die Wirtschaftsverbände vor, BDI, BDA und so weiter. Die Gewerkschaften. Sechshundert Arbeitsplätze und zahlreiche mehr bei den Zulieferern sind in Gefahr! Ein ganzer Ort steht vor dem Ruin! Altniederndorf darf nicht sterben! Lassen Sie ein Wort fallen, wenn Sie der Kanzlerin begegnen. Unauffällig. Sie verstehen.«

Riehle sagte nichts, die Kiefer mahlten. Erneut zerquetschte er Wegner die Hand. Dann eilte er davon.

Wegner wusste, dass er den Ernst der Lage begriffen hatte. Falls es Prinz gelang, mit ihrer Zündelei einen Brand zu entfachen, ginge es um alles. Für Meininger Rau stünde dann die entscheidende Schlacht bevor. Für Altniederndorf. Vielleicht ja auch für die Herren Riehle und Berghammer.

Und natürlich für ihn.

16

PESSIN

Benmedi saß wie auf heißen Kohlen. *Ende Oktober,* hatte Djamel geschrieben. Der Oktober war bald vorbei.

Am Vormittag hatte Dani Jankes Tochter Jenny das Transparent für das Erntefest im »Pessiner« abgeholt, sechs auf zwei Meter, Datum, Uhrzeit, Programm, Mitwirkende in »arabischer Schnörkelschrift«, wie man es hier nannte, dazu ein paar Dreifachspiralen und Palmetten. Seit acht Jahren war die Gestaltung des Transparentes Benmedis Aufgabe – Dani Jankes Idee, um ihn ein Stück weit aus der inneren Lähmung zu holen, die nach dem Tod Paulines von ihm Besitz ergriffen hatte.

Auf den Mittagsschlaf hatte er verzichtet, aus Sorge, die Klingel nicht zu hören.

Statt Djamel war eine energische Frau aus Ribbeck erschienen, hatte ihm eine breite weiße Kachel in die Hände gedrückt, der Hund habe im Garten eine neue Hütte bekommen, brauche ein hübsches Namensschild in so arabischer Schrift, bitte schön, ein Foxterrier, falls das für die Gestaltung wichtig sei, eine Dame, sieben Jahre, der Name: Lady.

»Lady liebt Blumen.«

Floral also, hatte Benmedi festgelegt, fünfzig Euro, Abholung ab Donnerstag, zwölf Uhr.

Dann hatte er auf der Bank vor dem Haus Platz genommen, die Hände vor der Brust verschränkt und die Augen auf die Kirche am Anfang der Straße der Jugend gerichtet. Von dort musste er kommen, sein Enkel Djamel.

Später schreckte er hoch, sein eigenes Schnarchen hatte ihn geweckt. Er blinzelte, die Augenlider klebten.

Im Gegenlicht näherte sich eine verschwommene Gestalt.

Benmedis Herzschlag beschleunigte sich, wieder brach sich die Erinnerung Bahn. Er hockte an einem Tisch in einer gekachelten Küche, den Jungen auf dem Schoß. Schweigend durchblätterten sie ein Buch mit arabischen Ornamenten, das Mouloud Djamel zum Geburtstag geschenkt hatte. Ein auf traurige Weise fehlgeleitetes Geschenk. Nur aus Höflichkeit betrachtete Djamel die Abbildungen, fuhr mit dem Finger Spirallinien nach, während sich seine Füße unruhig vor- und zurückbewegten. Benmedi dagegen war fasziniert.

Eine Papyrusblüte, sieh mal, wie schön.

Mhm.

Und hier, eine Palmette, ach, eine Palmenspitze.

Mhm.

Und das hier, wie heißt das, Dreifachspirale, das sieht aber hübsch aus.

Gehen wir in den Sportpark, Fußball spielen?

Ein paar Monate später, als Benmedi und Pauline Algier überstürzt verlassen hatten und nach Pessin zurückkehrten, fand er das Buch obenauf in einem der beiden Koffer. Auf das leere Vorsatzblatt hatte der Junge in krakeliger Ornamentalschrift geschrieben: *Für meinen Großpapa.*

Das einzige Geschenk von Djamel.

Das Einzige, was Benmedi von Mouloud geblieben war.

»Youcef?«

Der Blick klärte sich, in Wellen kehrte das Bewusstsein in die Gegenwart zurück.

Vor ihm stand im Fußballdress ein anderer Elfjähriger, ein blonder: Robin, Linksaußen der D-Junioren Spielgemeinschaft Friesack/Pessin I, vor Kurzem zum »Spieler des Monats« gewählt, Pessins große Fußballhoffnung. Der rechte Fuß ruhte auf einem Ball.

Benmedi begriff – der Sportpark. »Nein, heute nicht. Ich muss hierbleiben, mein Enkel kommt bald, ich möchte ihn nicht verpassen.«

Robin zog die Nase kraus, setzte sich neben ihn. In Pessin war man der Ansicht, dass Benmedi keine Kinder hatte, folglich konnte er auch keine Enkel haben.

»Mein algerischer Enkel.«

Der Junge nickte. Schulterlange Haare verbargen das Gesicht zu drei Vierteln. Er versteckte sich gern dahinter, war noch nicht so weit, dass er dem Leben schutzlos entgegentreten konnte. »Spielt er auch Fußball?«

»Als Kind hat er gespielt. Wie es heute ist, weiß ich nicht. Ich habe seitdem nichts mehr von ihm gehört.«

»Erkennst du ihn dann überhaupt?«

Benmedi lachte. »So viele Algerier gibt es nicht in Pessin.«

Er stand auf, winkte Robin an den Straßenrand, sie konnten auch hier ein wenig kicken. Feierlich schritten sie auseinander, Duellanten vor der entscheidenden Konfrontation, dann schossen sie sich den Ball aus zehn Metern Entfernung zu. Benmedi begann zu summen, trippelte nach rechts, nach links, Innenrist, Außenrist, die alten Füße machten noch immer alles mit.

»Wann erzählst du mir von deinen Spielen?«, rief Robin.

»Ach, das ist so lange her, ich habe alles vergessen.«

»Aber du hast es mir versprochen.«

»Wirklich? Na, vielleicht beim nächsten Mal.«

»Das sagst du immer.«

»Ist das so?«

»Wahrscheinlich stimmt es ja gar nicht.«

»Was soll nicht stimmen?«

»Dass du in eurer Nationalmannschaft gespielt hast.«

Benmedi stoppte einen härteren Schuss, auch das verlernte man nie. »Natürlich stimmt das! Ich war Verteidiger in der ersten algerischen Nationalmannschaft. Glaubst du mir etwa nicht?«

»Ich weiß nicht.«

Benmedi lupfte den Ball, ließ ihn vom Fußrist nach oben prallen, einmal, zweimal, dreimal, fing ihn mit der Hand.

»Das kann jeder«, sagte Robin.

Benmedi musterte ihn. Na gut, dachte er. Er hatte Beweise. *Einen* Beweis. Ein Foto von 1958.

So also endete es, das Leben – indem es von vorn begann.

Sie saßen wieder auf der Bank, blickten auf das Schwarz-Weiß-Foto, das er seit Jahrzehnten nicht in den Händen gehalten hatte. Sein Finger wanderte über die zwölf stehenden und knienden Spieler, ein paar Namen hatte er vergessen, doch an die meisten erinnerte er sich. Rachid Mekhloufi von Sainte-Étienne, der war sogar französischer Nationalspieler gewesen, genauso der große Mustapha Zitouni vom AS Monaco, den hatte Real Madrid haben wollen, stell dir das vor, ein Algerier für Real! Der Kräftige im schwarzen Trikot, das war Boubekeur, der Torwart, ebenfalls Monaco, und der links mit dem schmalen Schnauzer Kermali von Olympique Lyon. Alle hatten ihre französischen Klubs 1958 heimlich verlassen, um für Algerien zu spielen, weißt du, sie hatten sich entscheiden müssen, Frankreich oder Algerien, wie heute der Özil, der Sahin, Deutschland oder Türkei, na ja, fast.

»Und ihr habt wirklich 11:0 gegen Jordanien gewonnen?«

»Beinahe sogar 12:0. Ich wurde in der 83. Minute eingewechselt und hätte auch fast ein Tor geschossen.«

»Cool, als Verteidiger.«

»Eigentlich war ich Stürmer, aber da bei uns fast jeder Stürmer war, wurden ein paar zu Verteidigern umgeschult. Wir waren eine gute Mannschaft. Im Irak haben wir 10:1 gewonnen und in Nordvietnam 7:1.«

»Hast du auch mal gegen uns gespielt?«

»Nein. Algerien hat erst gegen Deutschland gespielt, als ich nicht mehr dabei war.«

»1982 bei der WM. Ihr habt 2:1 gewonnen.«

»Und 1964, da haben wir auch gewonnen, 2:0, ein Freundschaftsspiel in Tunesien.«

»Ihr habt zweimal gegen uns gespielt und immer gewonnen?«

»Mach dir nichts draus. Heute ist Algerien nicht mehr gut, und Deutschland wird bald Weltmeister.«

Robins Finger schob seinen beiseite. »Das bist wirklich du?«

»Ja, das bin ich.«

Benmedi blickte auf den Dreiundzwanzigjährigen, der neben Abdelhamid Bouchouk vom FC Toulouse stand, stolz die Arme vor der Brust verschränkt hatte, man konnte den wenige Monate alten Ehering erkennen. Ein halbes Kind, dachte er, und hatte damals doch schon Blut an den Händen gehabt. Hatte Bomben gelegt, Autos in die Luft gesprengt, französische Polizisten und Soldaten getötet. Französische Zivilisten.

Hatte am 30. September 1956 eine für die »Milk Bar« bestimmte Bombe in eine Handtasche gebettet – drei Tote, zwölf Verletzte, weitere kamen dazu bis zum 19. Mai 1961, jenem Tag, der alles änderte. Blutverschmiert lag dieselbe Hand, die den Fotoapparat auf ihn, Zitouni und die anderen Spieler gerichtet hatte, in seiner, zuckte in Krämpfen, die sich in seiner Hand, in seinem Arm fortsetzten, in seinem Gesicht, als er sie hochnahm und verzweifelt an die Wange drückte, bis es vorbei war, Dihias Ring kühl an seiner Haut.

17

FLUGHAFEN PARIS-ORLY

Akribisch hatten sie seinen Pass und das Schengenvisum überprüft, seine Reisetasche durchsucht. Am Ende ließen sie ihn mit misstrauischer Miene ins Land.

La Grande Nation, dachte Djamel. Konnte ihre Gewohnheiten nicht ändern, wenn es um Algerier ging.

In einem Stehbistro nahe dem Ausgang trank er einen Espresso, aß etwas, während er ohne Interesse in einer Zeitung blätterte. Auf dem Weg durch die Ankunftshalle hatte er Aziz vor einem Blumengeschäft gesehen. Als er jetzt dorthin blickte, war er verschwunden.

Sonst hatte er niemanden bemerkt.

Er ging davon aus, dass Aziz nicht allein gekommen war. In der Halle waren Hunderte Menschen unterwegs. Aziz brauchte Unterstützung, mindestens drei, vier Leute.

Eine halbe Stunde, nachdem er bestellt hatte, ging er weiter. Fünf Minuten in einer der Toiletten, fünf Minuten an einem Zeitungskiosk, wie vereinbart. Am Infoschalter, so lange es eben dauerte. Ein paar Broschüren in der Hand, *Le Monde* unter dem Arm, verließ er die Halle. Er wandte sich in Richtung Regionalbahnhof, blieb nach vierzig Schritten stehen, drehte um und strebte auf die Taxis zu.

Aziz war aus einer anderen Tür ins Freie getreten. Rauchend stand er auf dem Gehsteig, sprach ins Handy. Sein Blick streifte Djamel und glitt weiter. Laut sagte er auf Französisch: »Niemand hier, Schatz, bis jetzt jedenfalls.«

Djamel nickte kaum merklich, musste ein Schmunzeln unterdrücken.

Schatz.

Der Fahrer des vordersten Taxis nahm ihm die Reisetasche ab.

»Tigery«, sagte Djamel. »Über die A6 und Évry.«

»Über Montgeron geht es um die Zeit schneller.«

»Egal, wir fahren über die A6.«

»So«, brummte der Fahrer, »tun wir das?«

Fünfundvierzig Minuten später stieg er im Zentrum des kleinen Ortes südöstlich von Paris aus. Einstöckige Häuser aus dunklem Stein, die Flanken vom Regen geschwärzt, diesige Stille. Er hatte Fotos von Tigery gesehen und fand sich problemlos zurecht. Die Tasche über der Schulter, betrat er die Place Liedekerke-Beaufort, einen Park mit hohen Bäumen, und folgte einem der Wege. An der Holzbank mit dem eingeritzten, verwitterten Herzen auf der Lehne blieb er stehen. Er stellte die Tasche ab und setzte sich.

Er wusste, dass es dauern würde. Aziz würde sich Zeit lassen.

In seiner Vorstellung fuhren Landsleute in unauffälligen Autos durch die Straßen des Ortes. Sie waren dem Taxi auf der A6 gefolgt, suchten noch immer nach Beschattern, die es vermutlich nicht gab. Er hatte aufgepasst, in Tizi Ouzou, in Algier.

Er schlug die Zeitung auf, tat, als läse er.

Das Gespräch mit dem Zollbeamten, der seine Tasche durchsucht, die Schachtel mit den Fotos geöffnet hatte … Ein blasser Glatzkopf mit wulstigen Augenlidern, abgekauten Fingernägeln, kaum älter als er. Sie waren sich nie begegnet und durch die Vergangenheit doch miteinander verbunden.

Und das, wer ist das?

Meine Großmutter.

Mann, war die hübsch! Wie heißt sie denn, deine Großmutter?

Sie ist tot.

Das war nicht die Frage.

Dihia.

Siehst ihr ja nicht sehr ähnlich. Kein Wunder, ihr habt ja da die Polygamie. Und noch mal die Dihia … Wer ist der mit dem Ball in der Hand?

Mein Großvater.

Und die da … leck mich am Arsch, die kenne ich, das sind Zitouni und Mekhloufi … Das ist die FLN-Mannschaft!

Ja?

Mann, lauter Revolutionäre, schau sie dir an, mit ihren niedlichen Schnauzern, ein bisschen schwul waren die schon, wenn du mich fragst. Bist du auch ein Revolutionär?

Nein.

Stimmt ja, du bist ein Ökonom. Ah, noch mal die Dihia … Wer ist das hässliche, runzlige Baby? Dein Papa?

Ja.

Na, dem siehst du schon ähnlicher … Wieder die Dihia … Und noch mal … Leck mich am Arsch, die Dihia mit MP! Die war eine kleine Terroristin, was? Eine von den FLN-Mörderinnen, die nachts Jagd auf Franzosen gemacht haben? Lass mich deinen Pass noch mal sehen, ja?

»Djamel.«

Er sah auf. Aziz im feinen Mantel, frisiert, als hätte er vor fünf Minuten noch beim Friseur gesessen, mit einem geöffneten Regenschirm, obwohl es höchstens nieselte. Das strahlende Lächeln, das die Welt so freundlich erscheinen ließ.

Er stand auf, und sie umarmten sich.

Ein Jahr war vergangen, seit Aziz zum letzten Mal in Tizi Ouzou gewesen war, zwei, seit Djamel ihn in Paris besucht hatte. Inzwischen war Aziz mit dem Studium fertig, arbeitete für einen algerischstämmigen Abgeordneten der Sozialisten, lernte, beobachtete, bereitete sich vor.

Die Jahre in Paris hatten ihm gutgetan, die Freiheit, der Erfolg. In jedem seiner unbekümmerten Briefe war ein anderer Frauenname aufgetaucht, bunte Postkarten aus Kanada, Spanien, England, Belgien, Deutschland, Italien, hin und wieder ein fröhlicher Anruf bei dem alten Kameraden aus Bologhine.

»*Mon Président*«, sagte Djamel.

Aziz hob erschrocken die Hände. »Ich bin zu jung, Djamel, ihr müsst einen anderen finden.«

»Wir sind ein junges Volk.«

»Nein, wirklich, ich bin noch nicht so weit.«

Djamel klopfte ihm auf die Schulter. »War nur ein Scherz.«

»Präsidentenberater, das könnte ich mir vorstellen.«

»Müssen Berater nicht älter und weiser sein als die, die sie beraten?«

»Na, dann werde du Präsident, dann stimmt es.«

Lachend folgten sie dem Weg durch den Park. In der Ferne war Hundegebell zu hören, Menschen sah Djamel nicht. Aziz hatte ihn untergehakt, hielt mit der anderen Hand den Regenschirm tief über ihre Köpfe. Jenseits der Bäume schimmerten Lichter in den kleinen Häusern, leuchteten warm ins Grau des Nachmittags. Djamel fühlte Ruhe in sich, die Anspannung war von ihm abgefallen, zum ersten Mal seit Monaten. Aziz nahm den Dingen die Schwere, verströmte Freude und Zuversicht, wo er selbst nur an Gefahren und Konsequenzen dachte.

Der Rand des Regenschirms senkte sich vor seine Augen. »Sag, mit Constantine hat alles geklappt?«

Djamel nickte. »Sadek ist ein Meister der Vorbereitung.«

»Und die DDSE?«

»Hat keine Ahnung.«

»Haben wir jemanden dort, der mit Constantine befasst ist?«

»Ja«, sagte Djamel. »Erinnerst du dich an Abderrahmane?«

»An Dutzende.«

»Toumi.«

Aziz schüttelte den Kopf.

»Aus Bab el Oued, er hat manchmal gegen uns gespielt. Vierundneunzig hat er in Blida zwei Onkel verloren.«

»Die Verhaftungen durch die Soldaten?«

»Ja.« Am Tag nach den Festnahmen hatten vierzehn Tote in den Straßen der Stadt gelegen. Abderrahmane Toumi, damals zwölf oder dreizehn, war mit seinem Vater von Leiche zu Leiche gegangen und hatte mit ihm seine Onkel heimgetragen.

»Aus Bab el Oued«, murmelte Aziz. »So ein großer, mürrischer?«

»Nein, groß ist er nicht, mürrisch auch nicht. Er hatte immer selbst gemachtes Gebäck dabei, Makrouts und ...«

»Ah, Makrouts mit Datteln und diese herrlichen Blätterteig-Mcheklas ...«

»Genau. Er leitet die Ermittlungen für die DDSE.«

Aziz stieß ein Raunen aus, und Djamel lächelte, ja, das mit Toumi war ein großer Wurf. Ein bisschen Strategie und Manipulation, dazu Glück, wie so oft. Die Planung war entscheidend, dann kam das Glück schon nach, und das hieß: Am Wichtigsten war immer die Geduld.

Deshalb hatten sie Aziz vor vier Jahren nach Frankreich geschickt. So intelligent und weitsichtig er war, es fehlte ihm an Geduld.

Der Rand des Regenschirms hob sich, sie hatten das Auto erreicht.

»Wir sollten uns einen Namen geben«, sagte Aziz.

»Wozu?«

»Für die Medien, die Öffentlichkeit. Für uns. Namen sind wichtig, sie schaffen Identifikation, Zugehörigkeit. Sie signalisieren Homogenität.«

»Aber es gibt keine Homogenität.«

»Es gibt Gemeinsamkeiten. Wir sind Algerier, und wir haben ein gemeinsames Ziel.«

»Ein Name …«, sagte Djamel zweifelnd.

»Am besten einer, den man abkürzen kann.«

»Wie FLN?«

Aziz lachte. »Ja, wie FLN. Das ist griffig und stabil.«

»Wollten wir nicht anders sein als der FLN?«

»Wir sind anders.«

»Abkürzungen stehen für das System«, sagte Djamel. »Wir sind nicht das System. Wenn wir unser Ziel erreicht haben, zerfallen wir und werden wieder viele.«

Aziz seufzte. »Dann eben keine Abkürzung. Nur ein Name.«

»Kein Name«, sagte Djamel.

Aziz klatschte in die Hände. »Treffen wir uns in der Mitte. Wir nennen uns Die Namenlosen.«

Die Namenlosen, dachte Djamel. Er nickte. Das gefiel ihm.

Der Name kam vom Vater. Sein Vater war fort. Seiner, der vieler Tausender anderer Algerier.

Ein Vaterloser war ein Namenloser.

18

ALGIER

Spätnachmittag, der Himmel wieder bewölkt, ein eisiger Wind ging, die ersten Tropfen fielen. Eley hatte das Fenster gekippt, hörte den dumpfen Donner über den Bergen und immer wieder kurze, schrille Pfiffe der Verkehrspolizisten auf dem nahen Boulevard Krim Belkacem.

Keine Neuigkeiten von Amel oder Toumi.

Keine Nachricht von Steve.

Er saß auf dem Trockenen, schnappte nach Luft wie ein Fisch.

Am Morgen die tägliche Besprechung mit dem Botschafter, den Leitern der Abteilungen, Carola Liebig, den Übrigen. Die Großfamilie. Nur Schneider, der BND-Mann, war noch immer nicht aus Islamabad zurückgekehrt.

Hier machte niemand Eley für das Geschehene verantwortlich. Sie wussten, dass er die Gefahren nicht unterschätzt hatte. Oft genug hatten sie seine Ratschläge und Warnungen belächelt. Fahrt nur mit Eskorte über Land. Informiert die Behörden, wenn ihr Algier verlasst. In die Kabylei? Dann nehmt unbedingt einen der gepanzerten Wagen. Elbe Defence, das BKA und er selbst sahen das anders. Verantwortung erwuchs eben auch durch die Position. Die Sicherheitslage in Algerien fiel in seinen und Schneiders Bereich, also waren sie mitverantwortlich, wenn Besuchern wie Peter Richter etwas zustieß.

So war es nun einmal.

»Ich hätte Ihnen neun ruhige letzte Monate gewünscht«, sagte Carola Liebig, legte die Hand flüchtig auf seine.

Im Anschluss an die Besprechung ein Telefonat nach dem anderen. Harry Landrich, das Krisenreaktionszentrum im Auswärtigen Amt, erneut Landrich. Mittags Katharina Prinz, die dem erweiterten Krisenstab angehörte und sich auf den aktuellen Stand hatte bringen lassen. Die Einzige in Deutschland, in deren Stimme kein Vorwurf mitschwang.

Und sonst, Ralf? Wie geht es dir?

Gut.

Jetzt sind es nur noch ein paar Monate …

Und wie geht's dir?

Später hatte er mit Simon gesprochen, der auf gepackten Koffern hockte und Landrichs Sätze wiedergekäut hatte. *Nimm es nicht persönlich, wir wollen dir nur den Rücken frei halten.*

Schließlich, vor zehn Minuten, noch einmal Harry Landrich.

Egal, Ralf, egal, egal, egal! Du tust nichts, was Richters Leben gefährden könnte, klar?

Richters Leben ist *gefährdet, Harry. Er wurde entführt.*

Keine eigenen Ermittlungen! Nichts, was die Algerier anpissen könnte!

Ich denke bloß nach, Harry, Nachdenken ist okay, oder?

Solange du dabei auf deinem Arsch in deinem Büro sitzt.

Eley rollte mit dem Stuhl zum Fenster, legte die Füße aufs Sims. Der Donner war lauter geworden, der Himmel fast schwarz. In den Nachrichten war für den frühen Abend Hagel angekündigt worden.

Er schloss die Augen, dachte über General Soudani nach.

Soudani kannte Richter; er war in die Beschaffung militärischer Güter für die Armee involviert und bei mehreren Gesprächen mit Elbe Defence und Meininger Rau dabei gewesen. Das Haus in Constantine gehörte seinem Ministerium. Soudani war bei der Besprechung mit Amel und Toumi dabei gewesen, also in die Ermittlungen eingebunden. Er verfügte im Gegensatz zu Eley, zur CIA, der nordafrikanischen Presse über Informationen zu der mysteriösen Zelle Vertreiber der Ungläubigen.

Soudani, der überall war, mehr wusste als jeder andere.

Oberst zu Geuyn, der Militärattaché, war noch in seinem Büro, hatte eben den Computer heruntergefahren. »Fünf Minuten«, sagte er, »ich werde zum Aperitif erwartet.«

Eley folgte ihm mit dem Blick, als er zum Spiegel trat, den Scheitel nachzog. Goldenes Funkeln am Handgelenk, am Hals, die Haut von herbem Braun. »Soudani«, sagte er.

»General Soudani?« Zu Geuyn lächelte ihm im Spiegel zu.

»Wie schätzen Sie ihn ein?«

»Ich fürchte, ich weiß, worauf Sie hinauswollen.«

»Und?«

»Er ist durch und durch loyal.«

»Loyal gegenüber der Regierung?«

»Der Regierung, dem Militär, seinem Land.«

»Kein Islamist?«

»Gott bewahre, nein. Ein ganz normaler Muslim.«

»Halten Sie ihn für korrupt?«

»Nein. Er ist Soldat, Herr Eley.« Zu Geuyn kämmte den Schnurrbart, dann schob er den Kamm in ein Herrentäschchen und richtete die Krawatte. Er war Mitte fünfzig, Witwer, hatte seine Frau vor dreizehn Jahren in Kiew verloren. Autounfall, vermutlich ein Mord durch ukrainische Waffenschmuggler, man hatte es nie herausgefunden. »Aperitif« bedeutete eine Stunde mit den Damen und Herren der feineren ausländischen Gesellschaft auf der Terrasse der Bar vom Hotel Aurassi, eine Anmutung von kolonialer Aura in den Stimmen, Gesten, Blicken. Gelegentlich speiste man anschließend zusammen, wenn nicht, fuhr zu Geuyn wieder hoch nach El Biar in seine Hundertdreißig-Quadratmeter-Wohnung, hängte sich eine Schürze um den Hals und kochte zwei Stunden lang ein exquisites orientalisches Abendessen, das er vor dem Fernseher zu sich nahm. Nur algerische oder arabische Sender, hatte er einmal gesagt, alles andere interessiere ihn nicht. Später ein gutes Buch, vielleicht von Sansal, Djaout, Mammeri, um zehn ging das Licht aus.

So, dachte Eley, sah kontrollierte Einsamkeit aus.

Er trat ganz in den Raum. »Soudani ist also auf Einkaufstour.«

Zu Geuyn schlüpfte ins Jackett und knöpfte es zu. Sein Blick lag fragend auf Eley, der fieberhaft versuchte, aus einem Gefühl einen Gedanken zu machen. Dem Gefühl, dass es irgendwie auch um Soudani ging, dass Soudani eine Spur war.

»Kauft deutsche Panzer, Sturmgewehre, Fregatten, Geländewagen, Grenzelektronik.«

»Nicht die schlechteste Idee aus algerischer Sicht.«

»Hat er auch woanders eingekauft?«

»Das weiß ich nicht.«

»Aber?«

»Nichts aber, Herr Eley. Stochern wir im Nebel?«

»Ein bisschen, ja.«

Zu Geuyn nickte freundlich.

Im selben Moment setzte der Hagel ein. Eiskörner knallten auf das Hausdach, gegen die Fenster, auf den Boden des Innenhofs. Eley sah sie vom Beton abprallen, nach oben springen, kleine, boshafte Querschläger. »Wird wohl nichts mit der Terrasse.«

Zu Geuyn lachte. »Nein.« Er zog den Mantel an, griff nach Aktentasche und Regenschirm. Sie traten in den Flur und gingen nebeneinander zur Treppe.

»Hat Soudani alles bekommen, was er von uns wollte?«

»Fast alles.«

»Was nicht?«

»Die RPB 110 von Elbe Defence, eintausend Stück.«

»Erwarten Sie nicht, dass ich rate«, sagte Eley.

»Reaktive Panzerbüchsen. Eine Art Panzerfaust.«

»Und warum hat er sie nicht bekommen?«

»Lieferengpass.«

Eley blieb an der Treppe stehen. Zu Geuyn stieg ein paar Stufen hinunter, wandte sich um.

»Wofür braucht Soudani Panzerfäuste, Oberst?«

»Für den Krieg gegen den Terror, vermute ich.« Die RPB 110 von Elbe Defence sei keine Panzerfaust im eigentlichen Sinne, sondern speziell für den Einsatz gegen teilgepanzerte Autos, Pickups und Ähnliches entwickelt worden, also Fahrzeuge, wie sie auch die Terrorgruppen in Sahara und Sahel bevorzugten. Sie sei kleiner und leichter als eine herkömmliche Panzerfaust, habe eine geringere Durchschlagskraft und nur eine Reichweite von etwa einhundertfünfzig Metern.

»Und woher bekommt er die Dinger jetzt?«

»Ich habe nicht die leiseste Ahnung.« Bedauernd runzelte zu Geuyn die Stirn, deutete nach unten. Er musste los.

»Helfen Sie mir, Oberst. Wen kann ich fragen?«

Zu Geuyn seufzte, kam wieder ein paar Schritte nach oben. »Vor zwei Jahren bin ich in Darfur einem Kleinwaffenexperten der UN begegnet, Lyon Rigal …«

»Darfur im Sudan?«

»Er ist zurzeit in Algier.« Zu Geuyn schmunzelte.

Eley mochte dieses Schmunzeln, es kam ihm zufrieden und zugleich verschworen vor. Ein Mann, der mit sich im Reinen war und eingeweiht, ließ ihn für ein paar Momente in seine Welt der Militärgeheimnisse hinein. »Ist er Algerier?«

»Franzose.«

»Damals in Darfur also«, sagte Eley.

»Rigal war in einem Panel of Experts, hat Waffen- und Munitionsfundorte analysiert. Die Chinesen haben mittlerweile dafür gesorgt, dass er ausgetauscht wurde, sein letzter Bericht hat ihnen nicht geschmeckt. Er und seine Leute haben in Darfur chinesische Patronen gefunden, die bei Schießereien mit afrikanischen Blauhelmen verwendet wurden.« Zu Geuyn machte zwei weitere Schritte in Eleys Richtung, stand jetzt unmittelbar unter ihm. »Das Problem war, die Chinesen durften an die Regierung in Khartoum liefern, nicht jedoch nach Darfur.« Rigal habe nie behauptet, Beijing habe das Darfur-Embargo gebrochen. Trotzdem habe sein Bericht für größere diplomatische Verwerfungen innerhalb der UN gesorgt.

»Und dann hat man ihn fallen gelassen«, sagte Eley.

»Die Chinesen hätten die Arbeit des Panels sonst blockiert.«

»Verfluchte Diplomatie.«

Zu Geuyn lächelte schmal. »Sie ähneln ihm ein bisschen, Eley. Sie haben beide das Gute im Blick und verlieren das Maß aus den Augen.«

»Das Maß? Was hat Rigal noch angestellt?«

»Bei einer Sitzung haben die chinesischen Diplomaten ihm vorgeworfen, sein Bericht enthalte keine aussagekräftigen Beweise. Rigal sagte: Sie wollen Beweise? Hier sind Beweise. Er zog ein paar Exemplare besagter Munition aus der Tasche und warf sie auf den Tisch. Die Chinesen waren sehr gekränkt, heißt es.«

Eley lachte. »Er gefällt mir, Ihr Freund aus Darfur.«

»Trinkgenosse, nicht Freund.«

»Kennt er sich mit Panzerfäusten aus?«

»Allerdings. Und mit General Soudani.«

Eley war in sein Büro zurückgekehrt, das im Zentrum des Unwetters zu liegen schien. Minutenlang übertönte das Trommelfeuer des Hagels alle anderen Geräusche, beinahe auch das dezente Klingeln des Telefons.

Wieder Landrich.

Simon und Richters Frau hatten Visa bekommen, würden am Nachmittag des nächsten Tages in Algier eintreffen.

»Die Algerier werden sie nicht nach Constantine lassen«, sagte Eley.

»Ich weiß. Sie werden sich Algier ansehen. Das Haus, in dem Camus lebte. Das Haus, in dem die Bardot wohnte. Den Knast, in dem Cervantes eingebuchtet war.«

Eley kicherte lustlos. Hatte Reiseführer gelesen, der Chef.

»Vielleicht diese tollen römischen Ruinen in … in …«

»Tipasa.«

»Tipasa, ja.«

»Was werden sie noch machen, Harry?«

»Na ja, Frau Richter würde natürlich schon ganz gern mit dir zur DDSE fahren, selbst mit den Verantwortlichen sprechen und so. Wäre wichtig, Ralf, das weißt du selbst. Die Algerier sehen eine in Tränen aufgelöste Ehefrau und nehmen sich vor, alles dranzusetzen, dass sie nicht als Witwe in die Heimat zurückkehren muss.«

Eley seufzte. »Wir werden sehen.«

»Hab ich schon erwähnt, dass die Töchter mitkommen?«

»Nein.«

»Na, jetzt hab ich's erwähnt.«

Eleys Blick glitt zum Fenster, das Geprassele war vorbei, der Hagel versiegt. Über die Scheibe mäanderten Wasserlinien, dahinter die verschwommenen Lichter der Büros jenseits des Palmenhofs. Er bekam Lust auf eine Zigarette im Hof, rauchen und allein sein, der Freude auf den Abend nachspüren, die schon den ganzen Tag lang unter seiner Haut kribbelte.

Montagabend, Essen mit Amel.

Du erinnerst dich, Harry, die Frau mit dem Namen, der so gar nicht zu ihr passt.

»Also dann, Harry.«

»Nicht auflegen«, sagte Landrich. »Lass uns plaudern.«

Eley stellte auf Lautsprecher, trat zum Aktenschrank und öffnete den kleinen Tresor. Eine Walther P5, eine Heckler & Koch P2000, für alle Fälle. Der Anschlag auf das amerikanische Konsulat im libyschen Bengasi im Vormonat hatte auch die Diplomaten in Algier alarmiert. Er entschied sich für die HK.

»Keine Zeit«, sagte er.

»Du bist schon wieder wütend.«

»Noch nicht.«

»Ermittelst du, Ralf?«

Er schloss den Tresor, setzte sich, griff nach dem Hörer. »Nein. Ich hocke in meinem Büro auf meinem Arsch.«

»Und tust was?«

»Und telefoniere mit meinem Chef.«

Landrich kicherte. »Soll ein umgänglicher Mensch sein, dein Chef.«

»Meistens. Manchmal nervt er.«

»Wie alle Chefs und alle Mitarbeiter.«

Ein sanfter elektronischer Gong erklang.

»Bonnnng«, sang Landrich nach.

»Bis morgen«, sagte Eley und legte auf.

Die E-Mail, auf die er gewartet hatte, von Steve, Betreff: *Book*.

Er griff nach der Jacke.

Die Aufnahmen aus Constantine.

19

NAHE REIMS, FRANKREICH

Sie waren von Tigery aus nordwärts gefahren, dann nach Osten in Richtung Reims. Aziz rauchte viel, lachte viel, die Hände immer in Bewegung. Sie sprachen über Belangloses, der Wagen war gemietet, doch man wusste nie. Was es zu sagen gab, sollte nicht hier drinnen ausgesprochen werden.

»Ein paar Wochen war ich mit ihr zusammen, Djamel, dann konnte ich nicht mehr, sie wollte es jeden Tag fünfmal, sechsmal, ich bitte dich, das schafft keiner! Jetzt habe ich wieder eine Neue, eine Politikstudentin aus Indien, Amita. Sehr clever, süße indische Titten. Mit der lasse ich's langsam angehen. Und bei dir?«

Djamel lächelte nur, wie immer, wenn Aziz diese Frage stellte.

»Mich mögen die Frauen«, sagte Aziz, »aber dich lieben sie.« Er zündete die nächste Zigarette an der vorherigen an, stieß Rauch aus, während er die Kippe aus dem einen Spalt geöffneten Fenster warf. »Sie lieben dieses Melancholische, dieses Unzähmbare. Sie sehen dich an und glauben, du galoppierst auf schwarzen Pferden durch die Wüste, das Gewehr in der Hand, und wenn es dunkel wird, legst du dich zu den Schlangen und Skorpionen in den Sand und schaust zu den Sternen hoch und denkst dir Gedichte aus für eine schöne Targia am Wegesrand.«

Sie lachten.

»Dabei suchst du deinen Vater, da oben bei den Sternen … Vor ein paar Wochen war ich im San Siro, Djamel, dem echten, der AC Milan hat gespielt, und ich musste die ganze Zeit an unser kleines San Siro in Bologhine denken, und wie wir ihm über die

Mauer geholfen haben, dem dicken Mouloud Benmedi. Ach, Bologhine … Manchmal wünsche ich mir die einfachen Tage der Kindheit zurück, aber dann fällt mir ein, dass es auch damals selten einfache Tage gegeben hat.«

Ja, dachte Djamel, wer Anfang der achtziger Jahre in Algerien geboren worden war, hatte kaum einfache Tage erlebt. 1988 der Streik der Schüler, der zu den Oktoberunruhen mit Demonstrationen, Brandanschlägen, Hunderten Toten führte, als das Militär zurückschlug. Dann Ansätze einer Liberalisierung, ein zarter algerischer Frühling mit einer neuen, wenn auch islamischen Verfassung, der Zulassung von Parteien, Pluralismus. 1991 der Sieg der Islamisten bei den Kommunalwahlen, wenige Monate später auch im ersten Durchgang der Parlamentswahlen, im Januar 1992 der Abbruch der Wahlen und der Putsch durch das Militär. Das »schwarze Jahrzehnt« Algeriens begann. Am Ende hatte es fast zweihunderttausend Menschen das Leben gekostet.

»Warst du mal wieder dort?«, fragte Aziz. »In Bologhine?«

»Gestern Abend.« Ein Abschiedsbesuch vielleicht, wer wusste schon, was in den nächsten Tagen geschehen würde. Er war mit der Seilbahn hochgefahren, hatte Minuten auf dem Platz vor Notre-Dame d'Afrique verbracht, hinabgeblickt auf das Stadion, das mittlerweile Omar Hamadi hieß und um eine Tribüne erweitert worden war. Zu Fuß war er hinuntergegangen, dann den Boulevard de l'Emir Khaled entlang, wie früher auf dem Heimweg zur Rue Abdelaziz Hamoua. Das Haus seiner Familie stand noch, aber es war nicht mehr ockerfarben, sondern schmutzig weiß. Fremde wohnten darin, frühere Bauern aus den Bergen. Den Block, in dem Aziz aufgewachsen war, gab es nicht mehr, man hatte das Gebäude gesprengt, um eine Straße zu bauen.

»So«, sagte Aziz, »gesprengt …« Er langte nach der nächsten Zigarette, entzündete sie mit dem Feuerzeug. »Gesprengt also.«

»Entschuldige, ich hätte es dir nicht erzählen sollen.«

»So ersparst du mir den Anblick.«

Nach einer weiteren halben Stunde deutete Aziz nach rechts. Ein paar einsame, nebelumhüllte Gebäude am Waldrand – Restaurant, Werkstatt, eine Zapfsäule.

Sie verließen die Autobahn, folgten einer kurvigen Landstraße, bogen auf den Parkplatz vor dem schlichten Restaurant ein. An der Zapfsäule stand ein Auto, eine ältere Frau ging auf die Verkaufsstelle zu. Andere Kunden waren nicht zu sehen.

Sie stiegen aus. »Mohamed«, sagte Aziz, »die zweite Station.«

»Ein Harki?«

Aziz nickte. »Ein Harki.«

Sie saßen in einer Ecke des Restaurants im Halbdunkel. Die Mehrzahl der Deckenlampen war defekt, draußen kam die Abenddämmerung, durch die verstaubten Fenster drang kaum noch Licht. Sie hatten gegessen, Couscous mit Lammfleisch und Gemüse, zu scharf und zu fettig, jetzt tranken sie zu dünnen Tee.

»Eine halbe Million unserer Leute hier in Frankreich sind Harkis oder deren Nachfahren. Es wird Zeit, dass Algerien ihnen verzeiht.«

Djamel lächelte flüchtig. Aziz, der Politiker. Schnell wurde das große Ganze bemüht.

Mohamed, der Harki, kam und räumte den Tisch ab. Er hatte bislang kaum etwas gesagt, wartete vielleicht, bis sie ihn zu sich riefen, um mit ihm zu sprechen. Ein alter Mann, groß und hager, dunkles, rundes Gesicht, mit tief im Schädel liegenden Augen, kantiger Nase, kurzem weißem Haar. Er ging ein wenig gebückt, doch die Unterarme waren muskulös, die Schultern breit. Ein Mann, der sich ins Grab schuften würde.

»Vertraust du ihm?«, fragte Djamel.

»Wie meinem eigenen Bruder.«

»Du hast keinen Bruder.«

»Du bist mein Bruder.« Aziz strahlte, eine Zigarette im Mund, jetzt zündete er sie an.

Vertrauen, dachte Djamel, das war das Problem.

Die Harkis hatten Algerien verraten. Hatten sich in den fünfziger Jahren für ein paar Algerische Francs von den Franzosen kaufen lassen, ihnen als Hilfssoldaten, Milizen und in den Ämtern gedient, insgesamt mehr als zweihunderttausend. Viele von ihnen hatten den Franzosen im Kampf gegen den FLN geholfen, die eigenen Landsleute in den Bergen aufgespürt und verraten.

Die Franzosen hatten es ihnen nicht gedankt. Der FLN hatte ihnen nicht verziehen.

Nach der Unabhängigkeit galten die Harkis als Kollaborateure. Wer konnte, floh nach Frankreich, das jedoch nicht einmal seine heimatlosen Algerienfranzosen willkommen hieß, die *Pieds-noirs*, schon gar nicht die Harkis. Bis weit in die siebziger Jahre hinein hausten viele von ihnen in Lagern und Waldcamps, die unwillkommenen Algerier, schwärende Erinnerung an ein düsteres Kapitel der französischen Geschichte.

La Grande Nation, dachte Djamel. Wie erbärmlich.

Doch um Frankreich ging es nicht.

Einem Verräter vertrauen?

»Du weißt, was du tust?«

Aziz nickte, die Arme gerieten in Bewegung, er lehnte sich vor. »Eine halbe Million, Djamel! Sie können uns helfen, wenn wir ihnen eine Chance auf ein besseres Leben geben. Mohamed war siebzehn, als er Harki wurde, jetzt ist er über siebzig. Seit mehr als fünfzig Jahren war er nicht mehr in der Heimat. Er bekommt nicht mal ein Touristenvisum, um seine Geschwister zu besuchen. Tausenden geht es wie ihm. Ist es nicht Zeit, das zu ändern?«

»Nein«, sagte Djamel. »Nicht jetzt, nicht in den kommenden Monaten. Aber wenn du dich für Mohamed verbürgst, bin ich einverstanden.«

»Das tue ich.« Aziz sprang auf und winkte in Richtung Theke, wo Mohamed auf einem Schemel saß. Er trat zu ihnen, setzte sich ans Kopfende, wurde sehr klein, der Rücken krumm. Aziz schob ihm die Zigarettenschachtel hin, er lehnte ab.

»Mein Freund weiß nicht, ob er dir vertrauen kann«, sagte Aziz.

»Und ich«, entgegnete Mohamed, »weiß nicht, ob ich ihm vertrauen kann.« Seine Stimme war feindselig, der Blick unnachgiebig. Djamel spürte den mühsam unterdrückten Zorn, der sich in einem halben Jahrhundert angesammelt hatte. »Ich gebe ihm meinen Sohn und meinen Enkel, ohne ihn zu kennen.«

»Sie fahren einen der Transporter«, erklärte Aziz.

»Ich verstehe«, sagte Djamel. »Den für Le Havre?«

»Sprich mit niemandem darüber, bevor es nicht so weit ist, hat Aziz mir befohlen«, sagte Mohamed. »Also frag ihn.«

»Le Havre«, bestätigte Aziz mit einem Schmunzeln.

Mohamed ergriff Djamels Handgelenk, drückte es leicht. Selbst in seinen kalten Fingern meinte Djamel den Zorn, die Verbitterung zu spüren. »Aziz hat mir gesagt, dass ihr anders seid. Dass für euch keine Rolle spielt, was vor sechzig Jahren geschehen ist. Der FLN, der Krieg, die Harkis. Reden wir darüber, hat er gesagt. Und dann sehen wir nach vorn, schließlich sind wir alle Algerier.«

»Er hat recht«, sagte Djamel.

»Ihr wollt ein *freies* Algerien, hat er mir gesagt.«

Djamel nickte.

»Und dennoch vertraust du mir nicht, weil ich ein Harki bin.«

Die Finger drückten erneut zu, dann zog Mohamed die Hand zurück. Die wässrigen Augen ruhten auf Djamel, während er sich eine Zigarette nahm.

»So ist es.«

Djamel hatte bis zu diesem Tag nie einen Harki getroffen, aber er war mit dem Misstrauen gegen sie aufgewachsen wie mit den Mythen um den FLN: die Harkis Verräter und Kollaborateure, der FLN Algeriens ewiger Heilsbringer.

Die Mythen waren längst zerstört.

»Erzähl mir, was damals passiert ist«, sagte er.

20

ALGIER

Es war für Ende Oktober ungewöhnlich kalt, vor den beleuchteten Schaufenstern Atemschleier, im Rinnstein lagen erbsengroße Hagelkörner. Wenn der Verkehr in der Rue Didouche Mourad für Momente ruhte, hörte Eley die Geräusche der Feuchtigkeit, das Gluckern in den Wasserrohren der düsteren Kolonialgebäude, in den Gullys und Abflüssen, als hätte die Stadt die Nässe noch in den Gelenken. Schwermütige Geräusche in einer schwermütigen Stadt.

Der Spätnachmittagskaffee an der Bar des »L'Espagnol«, Small Talk mit dem desinteressierten Kassierer, einem einfachen, untersetzten Mann, auf dem grünen Poloshirt Fettflecken und ein paar Teigkrümel. Tag für Tag stand er an der Kasse, auch er wirkte schwermütig, alles geschah in Algier irgendwie leiser, langsamer, furchtsamer als anderswo. An der Wand hinter ihm hing ein vergrößertes Schwarz-Weiß-Foto, ein schmaler FLN-Kämpfer, auf ein Gewehr gestützt, die Hosen leicht ausgebeult. Ein unschlüssiger Mensch, fand Eley, ein Familienvater im Krieg, man konnte sich kaum vorstellen, dass er mit dem Gewehr umzugehen wusste.

C'est l'Espagnol?

Oui, oui, c'est l'Espagnol.

Er ging hinaus, auf die neumaurische weiße Grande Poste zu, an den Schläfen ein vertrautes Pulsieren. Allen Wegen, denen er in Algier folgte, folgte er ohne Amel, alle Straßen, Gebäude, Parks sah er ohne sie. Seit Essaouira war das noch schmerzhafter. Seit dem Gespräch in Toumis Büro am Vortag. Je näher er ihr kam, je häufiger er sie ansah, desto größer wurde die Sehnsucht.

Am Südende der Place de la Grande Poste eine Handvoll Soldaten in Jeeps, ein Panzer.

Er bog in seine Straße ein, ging unter den Arkaden der Promenade weiter. Eine prächtige, einen Kilometer lange Reihe französischer Stadthäuser aus dem frühen 20. Jahrhundert, herrschaftlich anzusehen, wenn man sich der Stadt vom Meer her näherte, obwohl das Weiß der Fassaden verblasste, der blaue Lack an den Balkongeländern abblätterte, dazwischen neumaurische Regierungsgebäude in Altweiß. *Ist sie nicht wunderschön, meine schreckliche, traurige Stadt?,* hatte Amel geflüstert, in einem Sommer auf einem Ausflugsboot in der Bucht, im Pulk der Fahrgäste hatte sie dicht neben ihm gestanden.

Über der Bucht rissen die Wolken auf, die Nacht quoll heraus. Weiter vorn im Laternenlicht Soldaten mit Maschinenpistolen, mehr als üblich, bewachten Parlament und Rathaus. Gegenüber ein Panzer, der Verkehr war ins Stocken geraten.

Eley schloss die Flügeltür seines Gebäudes auf und trat ins feuchtwarme Treppenhaus. Hinter einem verschmierten Fensterchen saß mit krummem Rücken die Concierge, Erinnerung an die französische Zeit wie das Haus, wie so vieles in Algier. Sie telefonierte, der Niqab hielt das Telefon an ihrem Ohr, beide Hände sprangen durch die Luft.

Er nahm das Buch aus dem Briefkasten, Camus' *L'Étranger*, eine Hardcoverausgabe, die schon ein paarmal hin- und hergewechselt war zwischen Steve und ihm.

Im Aufzug klappte er es kurz auf, im Buchdeckel lag eine CD.

Langsam wurde er in den dritten Stock transportiert, begleitet von Geräuschen aus einer anderen Epoche.

Die Wohnungstür ein mächtiger Schutzwall aus Stahl, der Anfang der neunziger Jahre angebracht worden war und den damaligen Bewohnern vielleicht das Leben gerettet hatte. Die Islamisten waren nachts in die Häuser gestürmt, hatten »Feinde« auf die Straßen gezerrt, um sie dort zu erschießen. Islamisten, Scheinislamisten.

Er hängte die Jacke an die Garderobe, streifte die Schuhe ab, hielt inne.

Salut, chéri, bonsoir, je suis dans la cuisine.

Er schaltete das Licht an.

Barfuß saß er an dem langen Holztisch im Esszimmer, den Laptop vor sich, im Laufwerk arbeitete die CD aus der Innenseite des Buchdeckels.

Zwei Dateien, »Airport« und »Guesthouse«.

Er begann mit »Airport«. Zweieinhalb Minuten ohne Ton, Flughafen Constantine, Innenkamera, Außenkamera. Richter in der Ankunftshalle, wurde von Sadek Madjer, dem Chauffeur, und zwei Polizisten empfangen, im Konvoi fuhren sie davon.

Nichts Auffälliges, bis auf Madjer. Kein Libyer, Mauretanier, Marokkaner, darauf hätte Eley gewettet, sondern Nordalgerier, eher Stadt als Land, eher Mittelschicht als Unterschicht. Klein und schmal, Anzug, Krawatte, Schnurrbart, volles schwarzes Haar, um die fünfzig. Ein Mann mit Humor, hatte ein Schild mit der Aufschrift MONSIEUR ATLAS mitgebracht und lächelte oft. Er wirkte sympathisch, auf eine unprätentiöse Art weltgewandt. Eley hätte ihn sich als Lehrer oder Universitätsdozenten vorstellen können, ganz sicher nicht in einem Wüstenversteck neben fanatischen Schlächtern wie Abdelmalek Droukdel oder Mokhtar Belmokhtar.

Das Funktelefon klingelte, die Nummer, die er eine Stunde zuvor gewählt hatte. Lyon Rigal, raue Stimme, redete langsam. Er bot ein Treffen Ende der Woche an.

»Morgen, wenn's geht«, sagte Eley.

»So wichtig?«

»So wichtig.«

»Sie kennen das ›Tantonville‹ beim Nationaltheater?«

»Natürlich.«

»Morgen, sechzehn Uhr. Von wem haben Sie meinen Namen gleich noch mal?«

»Oberst zu Geuyn.«

»Sagt mir nichts.«

»Darfur vor ein paar Jahren, Sie haben miteinander getrunken.«

Rigal lachte heiser, verabschiedete sich.

Die zweite Datei, »Guesthouse«. Sieben Minuten vierzig, aus unerfindlichen Gründen ebenfalls ohne Ton. Verschiedene Kameras, irgendjemand – die DDSE, Steve – hatte sich die Mühe gemacht, die relevanten Szenen aneinanderzukopieren.

Eine Entführung, wie sie kaum perfekter ablaufen konnte. Sechs Mann, schallgedämpfte Pistolen, die Gesichter verdeckt von Turbanschals. Dazu Sadek Madjer im Anzug, nicht vermummt. Sie kamen in zwei Vans, kletterten über die Hofmauer, verschwanden zu einem Seiteneingang, dann waren sie im Haus. Jeder wusste, wohin, kannte das Innere des Gebäudes. Zwei der Vermummten folgten Madjer in die Küche, gemeinsam fesselten und knebelten sie den Koch und das Serviermädchen. Keine Brutalität, nur Effizienz. Im hellen, künstlichen Licht der Küche waren die beiden Bewaffneten deutlicher zu sehen. Sie waren kräftig, nicht allzu groß. Militärische Ausbildung, geübt, aber nicht, wie Eliteeinheiten geübt waren, die seit Jahren im Training standen und Einsätze dieser Art gewöhnt waren. Man sah ihnen, fand Eley, einen Rest Nervosität an.

Das Wohnzimmer. Toni und der Algerier sprachen miteinander. Auf der Treppe erschien Richter. Richter mit Toni am Esstisch, Richter, der zusammensackte, Toni riss ihn hoch.

Der Algerier starb.

Toni und Richter, die Hände über dem Kopf, auch sie wurden gefesselt und geknebelt, bekamen Kapuzen über den Kopf gezogen. Richter schien der Ohnmacht nahe, musste beim Gehen gestützt werden.

Sekunden später hatten die neun Männer das Gästehaus verlassen.

Die Hände, dachte Eley fiebrig und klickte sich in die einzelnen Szenen. In der Küche und einmal im Flur fiel Licht auf die Hände mit den Pistolen. Normale Hände, nicht dunkel, nicht hell. Männer, die aus der Wüste stammten oder dort untergetaucht waren, mussten doch andere Hände haben, dunkler, trockener.

Ganz abgesehen davon, dass er islamistische Terroristen bislang nie mit Schalldämpfern hatte vorgehen sehen.

Noch etwas, viel wichtiger.

Er suchte die Szene, schon gegen Ende. Der Moment, bevor Richter ins Wohnzimmer herunterkam. Toni und der Algerier standen in der Mitte des Raumes und redeten zunehmend aufgeregter miteinander. Richter tauchte auf, sah matt und verschlafen aus, dann, von einem Moment auf den anderen, völlig verstört.

Der Algerier, der in die Kamera sprach.

Sie hatten etwas geahnt.

Eley ging zu den einzelnen Sequenzen, notierte sich die eingeblendeten Uhrzeiten und ordnete sie chronologisch.

Dann war er sich sicher.

Kaum drei Minuten, nachdem Toni und der Algerier Verdacht geschöpft hatten, waren die Geiselnehmer eingetroffen. Sie mussten in der Nähe gewartet haben.

Jemand hatte sie informiert.

Jetzt, schnell, sie wissen Bescheid.

An den Überwachungsmonitoren hatte ein Spitzel gesessen.

National security. Top secret. Natürlich.

Eley rieb sich die Augen mit den Handballen, die Fingernägel kratzten über die Kopfhaut. Einen Moment lang wusste er nicht, wohin mit der Verbitterung. Toumi, Soudani, vielleicht Amel logen, und niemand durfte es erfahren, schon gar nicht die Deutschen.

21

NAHE REIMS

Draußen das flache, dämmrige Land und der Nebel, der darauf lastete wie eine Decke aus dunklem Stein. Drinnen hörte Djamel eine Geschichte, wie er sie noch nie gehört hatte.

Mohameds Familie hatte auf dem Land gelebt, in einem Dorf in Westalgerien, zwei Brüder, drei Schwestern, Eltern, Großeltern. Der Boden war steinig, der Ertrag des winzigen Grundes gering, den die Franzosen sie bewirtschaften ließen, obwohl sie keine Besitzurkunde vorweisen konnten. Sie mussten nicht hungern, doch nur, weil alle von Sonnenaufgang bis Sonnenuntergang arbeiteten, die Mehrzahl auf den Feldern oder in den Häusern der Kolonisten.

Eines Tages tauchten französische Soldaten auf und sagten, der Krieg komme näher. Die FLN-Terroristen würden nun auch Dörfer überfallen und alle töten, die für Franzosen arbeiteten und ihre Kinder in französische Schulen schickten. Wir geben euch Gewehre, sagten sie, für eine Dorfmiliz, dann könnt ihr die Euren verteidigen, wenn die Terroristen angreifen, und ihr bekommt auch noch Sold. Mohamed und seine Brüder willigten ein.

So fing es an. Später gingen sie für die Franzosen nachts auf Kundschaft oder schlossen sich zum Schein Widerstandszellen an.

Am Ende, nach den Verträgen von Évian und der Unabhängigkeit 1962, entwaffneten die Franzosen sie, und der FLN und dessen Sympathisanten nahmen Rache. Ein Bruder Mohameds wurde zu Tode gefoltert, dem anderen schnitt man die Zunge heraus und schlug ihm die Hände ab. Den Vater stellte man als Verräter an die Wand, die Mutter starb am Schock. Nur die Schwestern ließ man unversehrt.

Mohamed selbst konnte fliehen und ging wie neunzigtausend andere Harki-Familien nach Frankreich. Nach einem Jahr in einem ehemaligen Internierungslager aus dem Zweiten Weltkrieg floh er erneut, diesmal nach Reims. Dort fand er Arbeit und wurde Mechaniker.

»Das ist meine Geschichte«, sagte er, »und sie ist wahr.«

Er stand auf, brachte Kaffee, starken algerischen Kaffee, dessen Duft die schalen Essensgerüche vertrieb.

Eine Geschichte der Gewalt, dachte Djamel. Wie so oft, wenn es um Algerien ging.

Auch er selbst hatte die Gewalt gewählt und war bereit zu töten. Vielleicht war sie notwendig, bis sich ein Land, ein Volk auf seinem ureigenen Weg befand und sich ohne Gewalt weiterentwickeln konnte. Freiheit schien nur durch Gewalt zu verwirklichen zu sein.

Nachdem sie den Kaffee getrunken hatten, sah Mohamed ihn an und sagte: »Jetzt erzähl du.«

Djamel warf einen Blick auf Aziz, überrascht und belustigt. Aber er verstand den Harki. Auch Mohamed wollte vertrauen können.

»Wir müssen weiter«, sagte Aziz.

»Du kannst es kurz machen.«

Kurz, dachte Djamel. Wie machte man neun unendlich lange Tage und vier Jahre kurz?

Er stützte sich auf die Ellbogen, erzählte seine Geschichte, die knapp vierzig Jahre später begann als die Mohameds. Die Razzia durch das Militär im September 1995, der Vater verhaftet, neun furchtbare Tage des Wartens, dabei war er angeblich nach zwei Tagen freigelassen geworden. Mit sechzehn begann Djamel, ihn zu suchen. Jeden noch so vagen Hinweis überprüfte er, überall im ganzen Land. Es gab viele Hinweise – Tausende Männer waren während des »schwarzen Jahrzehnts« verschwunden. Vormittags ging er in die Schule, anschließend suchte er seinen Vater. »Ich war ein schlechter Schüler«, sagte er.

Mohamed nickte lächelnd.

Längere Reisen hatte Djamel sich für die Ferien aufgehoben, entlang der Küste nach Ost und West, tief in die Kabylei hinein, in die Sahara. Er sprach mit Hunderten Menschen, die einen Vater oder Bruder verloren hatten, sah zahllose Fotografien von Verschwundenen oder Toten, ließ sich trösten und tröstete selbst. Er lernte die wahre, inoffizielle Geschichte seines Landes kennen.

Mit zwanzig akzeptierte er, dass er seinen Vater nicht wiedersehen würde.

»Ich denke, sie haben ihn im Serkadji getötet, einen oder zwei Tage nach der Razzia. Sie werden ihn gefoltert haben, und vielleicht ist er gestorben, ohne dass es beabsichtigt war.«

»Ich verstehe es bis heute nicht«, sagte Aziz. »Keiner war harmloser als Mouloud Benmedi.«

»Er war oft bei den Imamen, er war sehr gläubig, schrieb theoretische Abhandlungen über den Koran. Sie dachten, er sympathisiert mit den Bärtigen. Sie hätten seine Texte lesen sollen.«

»Es war ihnen egal«, sagte Aziz. »Einer mehr oder weniger, das spielte keine Rolle.«

Mohamed hob eine Hand, deutete auf Djamel, Aziz, sich selbst. »Und deshalb all das? Um dich an ihnen zu rächen?«

»Nein, so einfach ist es nicht«, erwiderte Djamel.

»Rache hat damit nichts zu tun«, sagte Aziz. »In unserem Land sollen endlich das Volk und seine Vertreter bestimmen, nicht mehr das Militär und der Geheimdienst und die Ölbonzen. Die, die gewählt wurden, nicht mehr *le pouvoir*. Deshalb all das.«

Sie schwiegen.

»Wir müssen weiter«, sagte Aziz.

Wieder ergriff Mohamed Djamels Handgelenk. »Jetzt haben wir uns einander erklärt und können einander vertrauen. Ich gebe dir und deinen Leuten meinen Sohn und meinen Enkel, und ihr führt sie in ein neues Algerien, in dem wir Harkis und unsere Nachfahren willkommen sind.«

»Ja«, sagte Djamel und legte seine Hand auf die Mohameds.

Sie verließen das Restaurant durch den Kücheneingang, gelangten in einen ummauerten Hof. Es war jetzt dunkel und feucht, Nebelschwaden zogen über ihnen dahin. Djamel dachte, dass dem Harki die algerische Sonne guttun würde, er würde in der Sonne vergessen können, vielleicht mit einem Lächeln sterben, nicht mit dem Zorn und der Verbitterung.

Mohamed zeigte auf einen mächtigen alten Citroën. Ein Mann um die fünfzig stand davor, der Sohn. Er hatte ein faltiges, helles Gesicht, einfache Augen, und die Hand, die Djamel ergriff, war breit und kräftig und kühl wie die des Vaters.

Sie setzten sich im Fond vor die Rückbank, zogen die Köpfe ein. Aziz knurrte, der Anzug bekam ein paar Falten, die Hose ein paar Flecken. »Ich will eine saubere Revolution«, murmelte er.

Djamel lächelte.

Während sie aus dem Hof rollten, dachte er an Mohameds Worte. *Deshalb all das? Um dich zu rächen?*

Am Anfang hatte die Sehnsucht gestanden, in einem Land zu leben, in dem Menschen nicht zu Tausenden verschwanden, ohne dass ihr Schicksal jemals aufgeklärt wurde. In dem die, die sie hatten verschwinden lassen, nicht ohne Strafe davonkamen.

Erst später, als die Regierung Bouteflika Nachforschungen nach den Verschwundenen quasi unter Strafe gestellt hatte, war in ihm das Bedürfnis nach Rache entstanden. Der Staat hatte ihm den Vater genommen und nahm ihm nun auch noch das Recht, sich Gewissheit zu verschaffen. Ein Verschwundener hatte keine letzten Worte hinterlassen, er hatte kein Grab, keinen Todestag, man konnte seiner nicht gedenken. Man konnte nicht Abschied nehmen.

Dafür wollte er sich rächen.

Weil er die Namen der Mörder und jener Männer nicht kannte, die in den letzten Momenten bei seinem Vater gewesen waren, würde er sich an dem einzigen Beteiligten rächen, dessen Namen er herausgefunden hatte: jenem General, der mit einem Dutzend Soldaten am Spätnachmittag des 27. September 1995 die Wohnung der Benmedis in der Rue Abdelaziz Hamoua betreten hatte, um den Vater zu holen.

General Ibrahim Soudani.

22

IRGENDWO IN ALGERIEN

Richter saß auf dem Boden, aß salziges Couscous von einem Aluteller, mit dem Löffel, eine Gabel bekam er nicht. Er hatte die Kerze zur Seite geschoben, hielt die Augen halb geschlossen. Die Flamme blendete ihn immer stärker, sein Körper sehnte sich nach vollkommener Dunkelheit.

Am Fuß der Leiter hockten die beiden Aufpasser. Er spürte, dass sie ihn beobachteten.

Er hatte die Mahlzeiten gezählt, um einen Anhaltspunkt zu haben, wie viel Zeit verstrich. Couscous süß, Suppe, Couscous salzig, wieder von vorn. Also gaben sie ihm drei Mahlzeiten täglich.

Dreimal süß, Suppe, salzig. Drei Tage. Dazu der Abend der Entführung. Um die zweiundsiebzig Stunden. Er tastete den Boden nach einem Steinchen ab, schob es in die Hosentasche zu den beiden anderen. Drei Steinchen, drei Tage.

Drei pubertierende Frauen.

»*Trois*«, sagte er und lächelte und hielt drei Finger hoch. »*Trois femmes, trois jours.*«

Die Wärter sagten nichts.

Erst drei, dachte er. Er hätte schwören können, dass er sechsmal, siebenmal, achtmal süß, Suppe, salzig bekommen hatte. Vielleicht hatte er ein Steinchen zu wenig gesammelt? Zwei?

Letztlich war es gleichgültig. Es war erst der Anfang.

Seine Frau, seine Töchter …

Er dachte selten an sie. Wenn doch einmal Gedanken kamen, waren sie unangenehm. Er konnte es ihnen seit Langem nicht mehr recht machen. Sie verachteten ihn, kritisierten ihn, mieden ihn.

Er schob den Teller zur Seite.

»Toilette?«

»Oui«, erwiderte er.

Die beiden Männer traten zu ihm, stülpten ihm die Kapuze über, halfen ihm hoch. Aufstehen und laufen fiel ihm immer schwerer. Der Körper zog sich zurück. Wollte aufgeben. Mit jeder Mahlzeit nahm er sich vor zu trainieren. Liegestütze, Situps, wie er es aus Filmen kannte. Aber dann fehlten ihm die Energie und die Hoffnung.

An der Leiter ergriff einer der Wärter sein Handgelenk und ging voraus. Der andere schob von hinten. Es dauerte eine Weile, bis er es nach oben geschafft hatte.

Einmal hatte er um Hilfe gerufen, als er zur Toilette gebracht worden war. Er hatte sich zu Boden fallen gelassen und *»Au secours!«* und *»Help!«* geschrien. Natürlich hatte es nichts gebracht.

Erstaunlich war nur, dass die Wärter nichts unternommen hatten. Sie hatten ihn rufen lassen, bis er erschöpft verstummt war. Niemand in der Nähe, der ihn hätte hören können. *Hilfe wird nicht kommen,* hatten sie gesagt und ihn hochgezogen und zur Toilette gebracht.

Ein kurzer Weg von seinem Verlies. Sie folgten einem schmalen, kühlen Gang, bogen einmal rechts ab, einmal links. Eine quietschende Tür.

Er hockte da, wusste nicht, ob sie zusahen. Auch das war ihm mittlerweile egal.

Auf dem Rückweg war etwas anders. Er glaubte die Anwesenheit eines weiteren Menschen zu spüren. Doch die Wärter und der dritte sprachen nicht.

Dann hörte er einen unterdrückten Schrei hinter sich. Instinktiv ließ er sich fallen. Jemand sprang über ihn, eine Fußspitze berührte seine Seite. Vor ihm erklang ein dumpfer Ruf, Körper prallten auf dem Boden auf, ein Röcheln, das nicht enden wollte. Durch die Kapuze drang der Geruch von Blut und Exkrementen.

Jemand packte ihn an den Schultern.

»Herr Richter!«

Toni?

Die Kapuze wurde ihm vom Kopf gerissen. Der Gang lag im Halbdunkel, trotzdem schlossen sich die Augen automatisch. Nach einem Moment konnte er sie einen Spalt öffnen.

Toni, der angespannt lächelte.

Sie hielten sich an den Armen, starrten sich an. Entsetzt begriff Richter, dass er vermutlich noch viel schlimmer aussah als Toni, fahl, verzweifelt, verdreckt, mehr Gespenst als Mensch.

»Wird Zeit, dass wir abhauen, finden Sie nicht?«

Richter nickte. Ihm war schwindlig. Zu viel Licht, zu viele Gefühle. »Ich dachte, die hätten Sie erschossen!«

»Haben sie nicht.«

»Ich habe Schüsse gehört ...«

»Vielleicht haben Sie geträumt.«

Sein Blick fiel auf Tonis Wange. Da war Blut, auch am Hals.

Die Hände, troffen von Blut.

Er wandte sich den beiden Toten zu. Toni hatte dem ersten die Kehle aufgeschlitzt, dem zweiten ein Messer ins Herz gerammt.

»Sie müssen sich zusammenreißen, Herr Richter.«

Er brachte ein Nicken zustande, schluckte die Übelkeit hinunter.

Toni kniete sich neben den vorderen Toten, zog den Turbanschal von dessen Gesicht. Dann tat er dasselbe bei dem anderen. »Sehen Sie.«

Richter bückte sich widerstrebend. Beide um die dreißig, ganz normale algerische Gesichter. Normale tote Gesichter.

Er wusste nicht, worauf Toni hinauswollte.

»Keine Islamisten. Die gehören nicht zu AQMI.«

»Weil sie keinen Bart haben?«

»Auch das.«

»Was sind sie dann?«

Toni half ihm auf. »Soldaten? Irgendeine Spezialeinheit.«

Nein, dachte er, das war unmöglich. Er wusste doch jetzt, weshalb er entführt worden war. All das, was sie über Meininger Rau wissen wollten, war der algerischen Armee längst bekannt. »Nein«, sagte er.

Toni hatte sich wieder gebückt, durchsuchte die Leiche, fand eine Automatikpistole, ein Messer, eine weitere Pistole bei dem zweiten Mann, hielt sie ihm hin. »Die nehmen Sie.«

Richter starrte auf die Waffe. Eine chinesische Tokarew – Standard bei der algerischen Armee. Der Griff war feucht von frischem Blut.

»Denken Sie dran, Sie müssen sie entsichern.«

»Das Militär *kann* nicht dahinterstecken.«

»Los jetzt, verschwinden wir.«

»Warten Sie. Denen geht es nicht um Lösegeld.«

Tonis Blick ungeduldig, die leise Stimme scharf: »Es geht ihnen darum, Verunsicherung zu erzeugen. Angst vor AQMI zu schüren. Vor dem Islamismus. Wie in den Neunzigern.«

»Nein …«

»Später, Herr Richter, wir müssen weg!«

Toni schob ihn voran, hielt ihn mit hartem Griff aufrecht, während sie in den Raum eilten, unter dem das Verlies lag, ein großes, niedriges Zimmer. Teppiche auf dem Boden, Kissen entlang der Wände, Matratzen, ein Sofa, geschlossene Fensterläden, die Deckenleuchte war eingeschaltet. Er musste den Kopf senken, die Augen zusammenkneifen. Das Licht löste Wellen scharfen Schmerzes hinter seiner Stirn aus.

Durch eine Tür gelangten sie in einen kleinen Vorraum, von dem zwei weitere Türen abgingen, eine angelehnt, die andere geschlossen. Hinter der ersten war eine Männerstimme zu hören. Die andere musste nach draußen führen.

Der Mann lachte, schwieg, dann sprach er wieder, Algerisch.

Toni hob eine Hand ans Ohr. *Er telefoniert.*

Ein Stuhl knarzte, Papier raschelte. Das Klicken eines Feuerzeugs. Kurz darauf drang Zigarettenrauch an Richters Nase. Sein Herz schlug dröhnend, sein Atem beschleunigte sich, am Haaransatz kribbelte es. Die Panik kam.

Er blickte auf die Tür nach draußen. Raus, dachte er. Ans Licht. Frei sein, schauen können, gehen können. Atmen.

Toni berührte seinen Arm, schüttelte den Kopf.

Natürlich, sie konnten es nicht riskieren. Vielleicht quietschte das Scharnier der Tür. Entstand Zug, wenn sie sie öffneten. Und was würden sie tun, falls der Mann etwas rief? Er nickte kraftlos.

Toni trat dicht zu ihm. »Es gibt zwei …«, flüsterte er, brach ab.

Der Mann in dem Raum hatte aufgehört zu sprechen.

Sie warteten. Doch das Telefonat schien beendet. Zwei was?, dachte Richter verzweifelt.

Wieder das Rascheln, ein tiefes Brummeln.

Toni hob den Zeigefinger. *Erstens.* Er deutete auf sich, auf den Boden. Auf Richter, die Tür.

Ich warte hier, Sie gehen.

Richter schüttelte den Kopf.

Toni hob zwei Finger. *Zweitens.* Berührte das Messer im Hosenbund, deutete auf die angelehnte Tür.

Ich töte ihn.

Erneut schüttelte Richter den Kopf. Er schluckte schwer. Der Schwindel war wieder da, plötzlich war ihm eiskalt, die Angst übermächtig. Verzweifelt hob er zwei Finger.

Toni zog das Messer, lächelte, ein schreckliches Lächeln, erschöpft und maskenhaft. Dann trat er vor die Tür, das Messer in der erhobenen rechten Hand, schob sie mit der linken auf. Ein Tisch wurde sichtbar, dahinter auf einem Stuhl der Mann, der aufschaute, und im selben Moment dachte Richter, wo ist die Zigarette, er hielt keine Zigarette in der Hand, rauchte nicht … Da fuhr das Messer in den Oberkörper des Mannes, stieß ihn gegen die Lehne zurück, stumm sackte er im Sitzen in sich zusammen, während Toni auf ihn zurannte. Ein Aufschrei erklang, eine Frauenstimme, und Toni wandte den Kopf, wollte wohl die Richtung ändern, da krachte ein Schuss, er wurde zur Seite gestoßen, fiel, kam halb hoch, ein weiterer Schuss, die Kugel zerriss ihm das Gesicht.

Wieder die Stimme der Frau, sie schien um Hilfe zu rufen.

Richter wandte sich ab. Eisige Kälte erfüllte ihn, lähmte seine Gedanken, seine Glieder. Er dachte nur noch an die Tür nach draußen, fragte sich, was dahinter liegen mochte, er hatte vorhin Couscous salzig gegessen, also vielleicht das milde bläuliche Licht des Abends, wie angenehm es für seine Augen sein würde, die das Morgen- oder Mittagslicht jetzt nicht ertragen hätten …

Er hob die Hand, um die Tür zu öffnen, es war die rechte, die Hand mit der Pistole. Er wechselte sie in die linke, drückte endlich die Klinke hinunter.

Trat ins Freie.

23

ALGIER

Die Geschäfte in der Rue Didouche Mourad waren geschlossen, die Atmosphäre verändert, angespannt wie immer, wenn sich der Abend über Algier senkte. Auf den Gehsteigen und Straßen überwogen jetzt die Männer, in zwei Stunden würden sie unter sich sein, einzeln oder in Gruppen an den Hauswänden stehen, »Mauerstützer« im Volksmund, die meisten zwischen zwanzig und dreißig und arbeitslos, verbrachten ihre Tage und Abende und besten Jahre an den Mauern von Alger Centre.

Eley bog ab, stieg glitschige Treppenstufen in eine kaum beleuchtete Seitenstraße hinunter. Die steilen Gassen der Stadt in Richtung Bucht kamen ihm wie tiefe Falten in einem Gesicht vor. Algier mit seinen Hügeln, Senken, Einkerbungen – ein zerfurchtes Antlitz voller Wunden, fahl und müde und uralt.

Zwei gelangweilte Polizisten am U-Bahn-Zugang, er spürte ihre Blicke im Rücken, als er vor dem »Zohra« stehen blieb. Die Tür war verschlossen wie bei allen Restaurants, die Alkohol ausschenken durften. Er klingelte, musste schmunzeln, als sich ein Fensterchen im Türblatt öffnete, viel Bart und Brauen, dazwischen abgrundtief böse schwarze Augen.

»Bonsoir, Faruk.«

»Monsieur Eley, bonsoir, ça va?«

Die Tür schwang auf, seine Hand verschwand in Faruks Pranken, wurde gegen den prallen Bauch in Hemd und Dienstweste gedrückt. Er ging die Stufen in den Gastraum hinunter. Die Wände mit dunkelrotem Samt ausgekleidet, zahllose kleine Gemälde mit algerischen Motiven, Pflanzen, die Tische voller Tand, die Farben zu intensiv, von allem zu viel.

Derselbe Tisch wie immer, links der Durchgang zu Toiletten und Innenhof, rechts ein mannshoher Paravent aus besticktem Stoff als Raumteiler. Als er sich setzte, hörte er seinen Namen, hinter dem Bartresen winkte Madame Zohra, eine Frau in den späten Sechzigern, gefärbtes Haar, gefärbtes Gesicht, bunte Gewänder umwallten sie, der eine oder andere falsche Edelstein blitzte auf. Eine resolute *grande dame* der algerischen Gesellschaft mit FLN-Familienstammbaum, in dem ungeheuerliche Namen verzeichnet waren – eine ihrer Tanten angeblich Zohra Drif, die die Bombe in der »Milk Bar« platziert hatte. Ins »Zohra« trauten sich auch Frauen, mit und ohne Kopftuch, allein oder in Begleitung, Madame hielt die kampferprobten Hände schützend über sie.

Er winkte zurück.

Ein Kellner zündete die Kerze an, brachte Brot und Olivenöl, Rotwein, alles wie immer am Montagabend, bis auf die Angst.

Die Angst, dass ihn auch Amel belog.

Sie kam eine Viertelstunde später, wie immer mit Laia, einer älteren Kollegin. Ein kurzer, heimlicher Blick, dann setzte sie sich an den Tisch auf der anderen Seite des Paravents, schwarze und dunkelrote Rosetten legten sich über ihr helles Gesicht.

Laia sprach mit gesenkter Stimme, hatte irgendeine längere Erzählung noch nicht beendet. Sie saß vornübergebeugt, mit dem Rücken zu ihm, der graue Schopf zuckte vor und zurück wie bei einer aufgebrachten Taube. »Aber das geht doch nicht!«, sagte Amel auf Französisch.

Eley lächelte, wusste nicht, warum.

Er begann sich zu entspannen.

Kurz darauf trafen die beiden anderen ein, Dinah und Naoual,

Juristin die eine, Politikwissenschaftlerin die andere. Naoual, Ende dreißig, hatte die Scheidung gewagt, hatte versucht, allein zu leben. Mittlerweile war sie zu ihren Eltern zurückgekehrt, die Anfeindungen waren zu empörend und bedrohlich gewesen.

Die Minuten verstrichen, gelöste Stimmen, im schnellen Wechsel Algerisch und Französisch, Lachen, Kleidung raschelte, unterschiedliche Parfüms drangen an Eleys Nase, klar und kühl der Duft von Amel, warm ihre Stimme, ein wenig lauter als die der anderen, damit er jedes Wort verstand.

»Und Essaouira?«

»War traumhaft, wirklich traumhaft.«

»Was hast du denn in Essaouira gemacht?«

»Also, den ganzen Tag in Konferenzräumen hocken, na, ich weiß nicht …«

»Ach, die Konferenz, ehrlich gesagt …«

»Was hat Amel in Essaouira gemacht? Welche Konferenz?«

»›Ehrlich gesagt‹, was heißt denn das nun wieder?«

»Stimmt, du warst krank letzten Montag … Sie haben mich auf eine Konferenz in Essaouira geschickt, es ging um die internationale …«

»Also, ›geschickt‹ ist gut, sie hat darum gebettelt, weiß der Himmel, warum, so toll ist Marokko auch nicht.«

»Na ja, ich musste mal wieder raus.«

»Internationale was?«

»*Du* führst ein Leben, *chérie,* gestern Essaouira, morgen Tamanrasset …«

»Erzählt es ihr, ja? Entschuldigt mich für einen Moment.«

Eley sah sie aufstehen, um den Paravent herumkommen, diesmal kein Blick, kein Risiko. Ein Luftzug, als sie die Tür zum Toilettengang öffnete, das gedämpfte Klacken ihrer Absätze. Er wartete einen Moment, dann folgte er ihr in den schmalen, schlecht beleuchteten Flur, der an einer Metalltür endete. Jedes Mal klopfte sein Herz bis zum Hals aus Furcht, sie wäre verschlossen, jedes Mal war sie offen, natürlich, die Tür zu den Mülltonnen, die in einem quadratischen Schacht standen. Keine Fenster in den Mauern, nur diese Tür, eine nackte Glühbirne an der Wand und hoch darüber der Himmel und seine Sterne.

Amel kam Sekunden nach ihm, glitt in seine Arme, eng umschlungen taumelten sie in die Dunkelheit hinter den Tonnen. Der Geruch ihrer Haut, ihrer Haare, Koseworte, die Wärme ihres Körpers kroch in seine Finger, nie mehr loslassen, dachte er.

Ein hastiger erster Kuss, dann löste Amel sich, flüsterte an seiner Wange: »General Soudani will, dass du überwacht wirst, er sagt, du hast dich mit einem Agenten getroffen, einem Amerikaner, den sie observieren.«

»Einem Amerikaner?«

»Heute morgen, ›Milk Bar‹.«

»Ein Freund, Steve, wir frühstücken manchmal zusammen.«

Sie erzählte, ein Soudani unterstellter Colonel habe ihr und Toumi am Mittag Fotos gezeigt. Eley und der Amerikaner in der »Milk Bar«, Eley im Bus hinauf nach El Biar, beim Betreten der deutschen Botschaft. Sie habe vorgeschlagen, sie werde mit ihm telefonieren, ihm drohen. Das müsse vorerst genügen, man könne einen deutschen Diplomaten nicht so ohne Weiteres observieren lassen.

»Droh mir«, sagte er.

Sie hob die flache Hand, runzelte die Stirn, sah furchterregend aus. »Ist er bei der CIA? Dein Freund Steve?«

»Vielleicht ein bisschen.«

»Merde!«

Sie küsste ihn, fluchte an seinen Lippen, küsste ihn voller Hingabe, ihre Augen im Halbdunkel groß und verärgert und verliebt.

Plötzlich war Eley erfüllt von Glück, ein völlig überraschendes, dummes Gefühl, er legte die Wange an ihre Schläfe, schloss die Augen, dachte, ich werde sie nie mehr loslassen.

»Du fliegst nach Tamanrasset?«

»Morgen Nachmittag, mit ein paar anderen, deine Kollegin kommt auch mit, Carla Liebig …«

Er sah sie an. »Carola …«

»Carola, ja. Wir treffen einen Mittelsmann, dann irgendwo in der Wüste einen Tuareg, der Kontakt zu der AQMI-Zelle hat.«

Eley zögerte. »Richter wurde nicht von AQMI entführt, Amel. Du kennst die Aufnahmen aus dem Gästehaus?«

Sie schüttelte kaum merklich den Kopf, kleine Falten an der Nasenwurzel, die alles Mögliche bedeuten konnten, Zweifel, Ärger, Verwunderung oder alles zusammen. »Kennst du sie?«

»Ja.«

»Woher hast du sie? Von Steve?«

»Frag nicht, bitte.«

»Sie sind geheim, Ralf. Ihr stehlt Geheimunterlagen meines Landes.«

»So geheim, dass die zuständige Untersuchungsrichterin sie nicht sehen darf?«

Sie hob die Schultern, verzog den Mund. Er nahm ihr die Gleichgültigkeit nicht ab.

»Die Entführer sind keine Ausländer, sondern Algerier. Keine Islamisten. Toumi und Soudani wissen das.« Er sprach jetzt schnell, die Zeit lief ab, Amels Freundinnen warteten.

Ein Spitzel im Verteidigungsministerium, der die Geiselnehmer informiert hatte; die Vertreibung Ungläubiger nicht das Ziel, Richter war aus einem anderen Grund entführt worden; Toumi und Soudani, die ganz offensichtlich mehr wussten und logen.

Er schloss die Arme um sie, sein Mund dicht an ihrem Ohr, ließ ihr jetzt keinen Millimeter. Er wollte sie fragen, brachte es nicht über sich. Und du, Amel? Wie viel weißt du wirklich? Lügst du auch? Vertrau ihr, dachte er. Du musst vertrauen.

»In einem hast du recht«, flüsterte sie. »General Soudani verhält sich seltsam.«

Er wartete.

»Es scheint nicht nur um Richter zu gehen, sondern um mehr, um … viel mehr. Soudani informiert uns nicht, nicht einmal Toumi weiß genau, was los ist, alles ist plötzlich als streng geheim klassifiziert. Überall ist Bewegung, Hektik, Soudani ist meistens nicht erreichbar, Soldaten rücken aus, nicht nur im Süden, auch in der Kabylei und in Algier.«

Ihre Arme um seinen Hals waren schwer geworden, er spürte ihre Anspannung unter seinen Händen, der Körper fest und unbewegt.

»Aber warum Tamanrasset«, sagte sie, »wenn alles anders ist?«

»Soudani will den Schein wahren. Ihr sollt glauben, dass AQMI Richter hat. Ihr, wir.«

Sie nickte, senkte den Kopf, die Stirn fast an seiner Schulter.

»Wer hat ihn, Amel?«

»AQMI«, murmelte sie.

Er sagte nichts, wusste, was er ihr zumutete.

Amel sah auf. »Ralf, du darfst nicht selbst ermitteln.«

»Ich ermittele nicht. Ich … treffe Freunde.«

Sie lachte bitter. »Wenn es herauskommt, weisen sie dich aus. Wir würden uns nicht wiedersehen.«

»Wir würden Wege finden. Wie Essaouira.«

Sie schüttelte den Kopf.

»Im Juli …«, begann er.

»Im Juli finden sich vielleicht Wege, wer weiß. Aber nicht, wenn du nie mehr einreisen darfst.«

»Ich bin für Richter und Toni verantwortlich. Dafür, dass sie am Leben bleiben.«

»*Wir* sind verantwortlich. Richter ist unser Gast. Toni arbeitet für unser Verteidigungsministerium.«

Er schüttelte den Kopf, spürte ihre Hand im Nacken, warm, zärtlich, als wollte sie ihn trösten.

»Doch«, sagte sie. »*Wir* sind verantwortlich.« Sie küsste ihn, löste sich sanft. »Bis später, *chéri*.«

Ihr Gesicht hatte die Blässe verloren, ein rötlicher Schimmer lag jetzt darauf, vom Wein, vom Lachen, von intensiven Gesprächen, den Küssen im Hof. Glühende Augen, die Hände in Bewegung, voller Lust am Leben. So müsstest du sie sehen, Harry. So würde sie auch dir gefallen.

Eley schob den Teller mit den Hammelknochen von sich, trank einen Schluck Rotwein.

Momente auf dem schmalen Grat.

Ich wollte aufstehen, zu dir gehen, dich küssen, Ralf. Jeden Montagabend bin ich kurz davor, es zu tun. Sollen sie es erfahren. Sollen sie mit mir machen, was sie wollen.

Tu es, dachte er.

Nein, tu es nicht.

Eine uneheliche Affäre, noch dazu mit einem Ausländer, einem Christen, einem deutschen Polizisten – sie würde ihren Job verlieren, wäre gesellschaftlich geächtet. Als Angehörige der Justiz stünde sie sofort unter Spionageverdacht. Durchaus denkbar, dass sie für lange Zeit in einem Gefängnis verschwinden würde. Er wiederum würde abgelöst werden und müsste Algerien verlassen, die Botschaft würde diplomatische Schwierigkeiten um jeden Preis vermeiden wollen.

Plötzlich hielt Amel ihr Telefon in der Hand, stand auf, entfernte sich ein paar Meter. Die Mutter, vermutete Eley, diese verstörte, in ihren Albträumen erstarrte Frau, eine Fremde im eigenen Leben, die Mann und Bruder verloren hatte und nun von der Angst besessen war, auch die Tochter zu verlieren. Vergiss nicht das Kopftuch, Amel! Um Himmels willen, heirate den Murad, dann bist du sicher! Keine Jeans, Amel, du darfst die Bärtigen nicht provozieren! Denk an Hassi Messaoud, Amel!

Hassi Messaoud, Zentrum der algerischen Öl- und Gasindustrie in der Wüste. 2001 hatte ein konservativer Imam rund einhundert Männer aufgehetzt, sie hatten Jagd auf alleinstehende und unverheiratete Frauen gemacht, hatten sie nackt durch die Stadt getrieben, andere auf der Straße, in ihren Wohnungen geschlagen, vergewaltigt.

Das Telefonat war beendet, Amel kehrte zu den Freundinnen zurück, das Gesicht ernst. Als sie das Portemonnaie aus der Handtasche zog, legte Eley Scheine auf den Tisch und erhob sich, getrieben von einer plötzlichen Ahnung.

»So früh, Monsieur Eley?«

»Ich muss noch mal in die Botschaft, Faruk.«

Seine Hand wieder in der Wärme von Faruks Pranken, an dessen Bauch, dann stand er draußen, glitt in den Eingang des nächsten Hauses. Er zog das Handy heraus, tippte auf Französisch eine SMS an Lyon Rigal: *Geht es heute noch?*, erhielt gleich darauf eine Antwort: *22.30 Uhr, Nationaltheater.*

Kurz darauf verließ Amel das »Zohra«, fand ihn gleich. »Komm«, sagte sie, zog ihn um die Häuserecke, in einen kaum mannsbreiten Durchgang. Treppen führten nach oben, an einem aufgerissenen Müllsack hockten Katzen, sahen mit leuchtenden Augen auf und wichen zurück.

»Toumi hat einen Wagen geschickt, ich muss zur DDSE«, sagte Amel an seinem Ohr.

»Haben sich die Entführer gemeldet?«

Er spürte sie nicken. »Per E-Mail, vor einer halben Stunde.«

Sie verlangten fünfzig Millionen Dollar und den Rückzug von Elbe Defence aus Algerien.

»Fünfzig Millionen?«, sagte Eley. »Keine Chance.«

»Wir müssen eben verhandeln.«

Ja, dachte er. Tagelang, wochenlang, vielleicht über Monate – wie kürzlich im Fall der drei europäischen MUJAO-Geiseln, für die anfangs dreißig Millionen Euro verlangt worden waren und die nach neun Monaten gegen Zahlung von achtzehn Millionen freikamen. »Und Tamanrasset?«

Sie hob die Schultern. »Ich gehe davon aus, dass es dabei bleibt.«

»Die wollen Zeit gewinnen«, sagte er.

Sie hörten den Wagen kommen, der Fahrer hupte ein paarmal.

»Bis bald«, sagte Amel, und Eley küsste sie und dachte aufgewühlt: nie mehr loslassen.

Ließ los.

Dann war sie fort, und die Katzen kehrten zurück, und die Sehnsucht wuchs für einen Augenblick ins Unermessliche.

24

BERLIN

»Oh, *Katharina*«, sagte Konrad Ost, Beauftragter für Exportkontrolle und Technologie, Abteilung 4 des Auswärtigen Amtes, mit einem Kopfschütteln. Dann sagte er nichts mehr.

Auch Katharina Prinz schwieg. Sie wusste, dass Ost jetzt Zeit brauchte, um eine Entscheidung zu treffen. Ein paar Schlucke grüner Tee, eine Handvoll Wasabi-Nüsse aus der Schale auf seinem Schreibtisch. Ein aufmunterndes Lächeln.

Konrad Ost war ein Mann mit Prinzipien. Doch er war auch ein Mann der Hierarchie.

Wie sie hatte er sich 2011 und 2012 dafür ausgesprochen, dass das Amt dem Bundessicherheitsrat empfahl, den Export von Rüstungsgütern nach Algerien nicht oder nur mit Einschränkungen zu genehmigen, im Gegensatz zu den Ministerien Verteidigung und Wirtschaft. Anders als sie hatte Ost sich widerspruchslos gefügt, als das Amt den Geschäften schließlich zustimmte. Der Druck aus der Führungsebene war zu groß, die Verträge politisch gewollt gewesen.

Ost war ein Denker, kein Kämpfer. Ein kluger Wirtschaftswissenschaftler, Theoretiker, Analyst im Haifischbecken Politik. Er trennte fein säuberlich zwischen seinen Erkenntnissen und dem, was die Dienstherren damit machten. Überzeugungen, die sich nicht durchsetzen ließen, kamen in die Schublade mit dem Etikett *Ich wollte, aber ich konnte nicht*.

Dort blieben sie, verstaubten, veralteten. Aber sie wurden nicht vergessen. Das gute Gewissen war immer griffbereit.

Nun hatte sie die Schublade wieder geöffnet.

An Osts reglosen, nachdenklichen Augen hinter der Goldrandbrille erkannte sie, dass die Überzeugungen von damals Laut gaben. *Algerien! Ein halbdemokratischer Überwachungsstaat! Ein Pulverfass angesichts der hohen Jugendarbeitslosigkeit, der ungerechten Verteilung der Ölrente, der Wohnungsnot, der Armut! Ein Staat, der die juristische und publizistische Aufarbeitung des Bürgerkriegs verhindert und den staatlichen und islamistischen Mördern von damals Straffreiheit garantiert! Der die Polygamie erlaubt! Einen Al-Qaida-Ableger im Land hat! Und die Razzien in der Kabylei! Die vielen Selbstverbrennungen! Die willkürlichen Festnahmen und Verschleppungen! Eingeschränkte Presse- und Versammlungsfreiheit! Und jetzt das neue NGO-Gesetz, das selbst von der UNO kritisiert wird! Man kann doch keine Panzer in dieses Land liefern! Tausende Sturmgewehre!*

»Oh, Katharina …« Ost schob die Brille auf die Stirn, rieb sich mit den Zeigefingern die Augen.

Komm schon, Konnie, dachte sie. Du, ich, der Bundespräsident.

Zwei Tassen Tee und ein Dutzend Wasabi-Nüsse später traf Konrad Ost seine Entscheidung. Mit der linken Hand strich er sich über den grauen Bürstenschnitt, dann sagte er: »Gut. Ich unterstütze dich. Aber wir konzentrieren uns auf die Sturmgewehre.« Fregatten, Grenzelektronik, Geländewagen halte er nach wie vor für vertretbar. »Fuchs« und »Atlas« seien hochproblematisch, Rheinmetall und Elbe als Gegner jedoch zu mächtig, die würden sich die Genehmigungen nicht entreißen lassen. Blieben die MRG 45 von Meininger Rau, genehmigt erst vor einigen Monaten.

Prinz nickte. Exakt so hatte sie es vorhergesehen.

»Auf in den Kampf«, sagte sie und nahm sich eine Nuss.

Vor dem Kampf standen die Planungen. Konrad Ost wollte sich absichern und plädierte für ein stufenweises Vorgehen. Er hatte ein Blatt Papier aus der Gewissen-Schublade gezogen und malte Kreise und Krakel. »Du und ich und der Bundespräsident reichen nicht«, sagte er.

»Ich weiß«, erwiderte Prinz.

Sie brauchten den einen oder anderen Bundesminister, einflussreiche Ministerpräsidenten und natürlich wenigstens einen Staatssekretär aus dem Amt. Den Außenminister.

»Das wird ein Problem«, sagte er. »Ein Jahr vor der Wahl.«

»Wenn der Druck aus der Öffentlichkeit groß genug ist, bekommen wir ihn«, erwiderte sie. »Siebzig Prozent der Deutschen sind gegen Rüstungsexporte. Das ist unser Mantra. Ich singe es ihm so oft vor, bis er es in Dauerschleife hört. Siebzig Prozent der Wähler sind gegen Rüstungsexporte, lalala. Die FDP braucht neue Freunde, sonst fliegt sie aus der Regierung.«

»Die FDP?«

»Na ja, wir.«

Ost lächelte. »Ich möchte ja noch eine Weile in der Regierung bleiben.«

Sie hörte eine Drohung mitschwingen. Erwiese sich das Risiko als zu groß, würde er einen Rückzieher machen.

Ich wollte, aber ich konnte nicht.

»Ich dachte, du möchtest nach Japan«, sagte sie.

Er musterte sie, die Brille auf der Nasenspitze. Die misstrauischen Stirnfalten gefielen ihr nicht.

»Ich meine nur. Tokio wird doch Ende nächsten Jahres frei.«

»Oh, *Katharina*.«

Sie winkte ab. »Kein Bestechungsversuch. Ich könnte es ohnehin nur ein bisschen forcieren. Du weißt schon, als Abteilungsleiterin.«

Ost hatte im Nebenfach Japanologie studiert, sprach fließend Japanisch, war fasziniert von Zen-Buddhismus, Bogenschießen, Nō-Theater, all dem exotischen Kram für intellektuelle Jungs, er hielt sich für einen Eugen Herrigel des 21. Jahrhunderts. Vor längerer Zeit war er für drei Jahre Referatsleiter an der Botschaft in Tokio gewesen, dorthin wollte er zurück, als Botschafter, das war sein Traum. Er war dreiundfünfzig, allmählich wurde es Zeit. Doch er hing im Amt fest, weil er kein Mann der Seilschaften war.

Sie lächelte charmant. »Annemarie würde sich freuen.«

Die Falten auf seiner Stirn vertieften sich. Ein bisschen Empörung, ein bisschen Sehnsucht. Sie würde sich noch ein paar Manöver einfallen lassen, um die Sehnsucht zu stärken.

»Vergiss es, Konrad. Zurück zu deinem Plan.«

»Meinem Plan?«

»Deinem Vorschlag in Bezug auf meinen Plan.«

Ost krakelte von Neuem, eifriger jetzt, als würde ihn der Gedanke an Tokio beflügeln. Sie nippte an ihrer Tasse, griff in die Nüsse. Männer, dachte sie. Die meisten hatten kein Rückgrat, waren nicht bereit, konsequent zu sein. Das galt für Konrad Ost, für Heinrich Zimmermann, viele andere über, neben, unter ihr. Nicht unsympathisch, aber eben schwach. Am Ende passten sie sich der Mehrheit oder den Mächtigeren an.

Auch das hatte sie an Michael geschätzt: seine Robustheit, wenn es darum ging, Ideen durchzusetzen. Für die eigene Überzeugung einzutreten.

Es hatte natürlich auch Nachteile.

Ich möchte Kinder, Kati.

Ich nicht. Auf gar keinen Fall.

Dann muss ich gehen.

Sie fixierte den Knoten von Osts Krawatte, hielt den Atem an. Jetzt keine Tränen, dachte sie. Ist alles nicht so schlimm, bloß eine

Frage der Umstellung, von zwei Menschen auf einen. Es konnte nicht so schwer sein, das Ende des Gewohnten als das zu sehen, was es war: nur das Ende des Gewohnten.

Sie atmete leise ein, hatte die Gefühle wieder unter Kontrolle.

Ralf Eley in Algier war auch so einer, konsequent bis zur Widerborstigkeit, zum Untergang, wollte sich nicht mit Dingen abfinden, die ihm missfielen. Eine muslimische Untersuchungsrichterin, dachte sie. Ausgerechnet in Algerien.

Natürlich Lyon. Der Widerborstigste im Bunde.

Ost sah auf. »Es wird Geld kosten.«

»Die Abteilung 3 leistet sich viele unnötige Ausgaben.«

Er lächelte, drehte das Krakelpapier endlich um, sodass sie einen Blick darauf werfen konnte. »Stufe 5 ist die Kanzlerin, 4 sind Niebel, Leutheusser-Schnarrenberger, Bahr und die Ministerpräsidenten, möglichst nicht nur SPD und Grüne, sondern auch Union. Stufe 3 ist der Minister. 2 ist unser Haus. Die anderen Abteilungsleiter, die Staatssekretäre. Stufe 1 sind die Rüstungsexportgegner und die Menschenrechtler. Kirchen, Aktion Aufschrei, Amnesty, Human Rights Watch und so weiter. Die sind vermutlich kein Problem. Und natürlich der Bundespräsident. Ohne den mache ich nicht mit.«

»Den haben wir in jedem Fall«, log Prinz.

25

NAHE METZ, FRANKREICH

Sie waren wieder allein, Mohameds Sohn war nach einer halben Stunde Fahrt an einer Raststätte ausgestiegen. In seinem Citroën hatten Djamel und Aziz die Reise fortgesetzt. Sie hatten den Nebel hinter sich, der Blick ging trotz der Dunkelheit weit in alle Richtungen. Das Land war dicht besiedelt. Wohin Djamel auch sah, überall schimmerten Lichter, unterbrochen von einzelnen Wäldern. Er fand das einladend, all die Lichter, stellte sich Familien in kleinen Häusern vor, hörte sie miteinander sprechen, das Französisch vielleicht ungewohnt wegen des lothringischen Dialekts. Aber er verstand sie, so wie sie ihn mit seinem algerischen Französisch verstanden hätten. Durch die Sprache waren sie miteinander verbunden – durch alles andere getrennt.

»Rache«, sagte Aziz, den Kopf schüttelnd. Seine Arme flogen durchs Dunkel, die glühende Zigarettenspitze sprang herum. »Wir müssen unbedingt verhindern, dass unsere Leute sich am Regime rächen. Es darf keine Lynchjustiz geben.«

»Du meinst die Harkis?«

»Die Harkis, andere. Die politischen Gefangenen, die Gefolterten, die Familien der Ermordeten. Die Kabylen, die Tuareg, die Bärtigen. Alle hätten Gründe genug. Aber wenn wir die neue Epoche mit Rache beginnen, werden wir scheitern. Aus Rache entsteht keine Demokratie.«

Djamel nickte, wandte den Blick nach vorn.

»Keine Lynchjustiz, keine Generalamnestie, keine Militärgerichte. Wir stellen die, die Verbrechen begangen haben, vor zivile, demokratische Gerichte. Wir arbeiten die Vergangenheit auf demokratische Weise auf. Der zweite algerische Frühling, Djamel ... Diesmal wird es gelingen!«

»Man kann keinen demokratischen Krieg führen, Aziz.«

»Nein, aber wir werden nicht foltern, nicht vergewaltigen, keine Zivilisten ermorden. Eine Revolution auf Basis der Genfer Konventionen und des Haager Rechts!« Aziz' Stimme war voller Begeisterung, er schlug mit beiden Händen aufs Lenkrad, Zigarettenglut stob aufs Armaturenbrett.

Djamel lächelte. Aziz, der Idealist, der Theoretiker, so mitreißend in seiner romantischen Energie. Wollte nicht wahrhaben, dass auch sie nicht ohne Gewalt auskamen. Dass sie einen Menschen entführt und in einen Raum ohne Licht gesperrt hatten, um Informationen zu bekommen. Er tätschelte ihm den Oberschenkel. »So wird es geschehen, Aziz.«

Sie hatten die Autobahn verlassen, folgten einer Landstraße, kamen durch kleine Dörfer, auch hier ein Licht neben dem anderen. Väter brachten ihre Kinder zu Bett, erzählten ihnen Geschichten, später saßen sie ermattet auf weichen Sesseln, um endlich Zeitung zu lesen, schliefen ein, die Füße in felligen Hausschuhen.

Sieh dir den an, Djamel, nach acht ist er zu nichts mehr zu gebrauchen, der Herr des Hauses.

Er ist eben müde.

Müde? Wovon? Sag mir das, du Sohn eines Nichtsnutzes!

Von der Enttäuschung. Die aus Bab el Oued haben gewonnen.

»Und einer der Ersten, die wir vor Gericht bringen«, sagte Aziz, »wird Ibrahim Soudani sein. Das verspreche ich dir.«

»Ich kann den Tag kaum erwarten.« Djamel drehte den Kopf zur Seite, blickte auf die kleinen, vorbeihuschenden Lichter.

Soudani würde nie der Prozess gemacht werden. Er würde vorher sterben.

Djamel hatte seine Rache zurückgestellt, um die Bewegung nicht zu gefährden. Nun wollte es der Zufall, dass er Soudani an einem Ort begegnen würde, wo er, anders als in Algier, nicht von Sicherheitsleuten umgeben und deshalb leichter zu töten sein würde.

In Deutschland.

Als sie das Dorf erreichten, in dem sie übernachten würden, änderte sich die Atmosphäre abrupt. Dabei sah es aus wie all die anderen Dörfer. Kleine, erleuchtete Häuser entlang der Durchgangsstraße, die schmalen Seitensträßchen still, kaum Autos unterwegs, ein Fußgänger mit zwei Hunden. Und doch war hier etwas anders. Nichts, was zu sehen gewesen wäre, nur ein unbestimmtes Gefühl. Djamel spürte das Heimelige, Gemütliche nicht mehr.

Hamza aus Oran, dachte er. »Wo wohnt er?«

»Ein paar Hundert Meter außerhalb.«

»Erzähl mir von ihm.«

Hamza war Mitte vierzig, ehemaliger Fallschirmjäger der algerischen Armee, in den neunziger Jahren desertiert, weil er die offizielle Politik der *éradication*, der Ausrottung der Islamisten, nicht mehr mitmachen wollte. Über Tunesien war er nach Italien geflohen, hatte dort eine Weile gelebt, dann in Paris. Schließlich hatte er eine Französin geheiratet und einen Sohn mit ihr bekommen. Er verfügte über zahlreiche Kontakte zu den Algeriern in Italien, wo etwa fünfzigtausend Landsleute lebten, hatte dort Kämpfer für die Revolution rekrutiert.

»Wann hast du ihn zum letzten Mal gesehen?«

»Vor ein paar Wochen.«

»Und telefoniert?«

»Vor zwei, drei Tagen. Warum?«

»Irgendetwas stimmt nicht.«

Aziz räusperte sich, verzog das Gesicht. »Was heißt das, irgendetwas stimmt nicht?«

Djamel zuckte mit den Schultern.

Sie näherten sich dem Ende des Dorfs, die Straße führte in einen Wald.

»*Was* stimmt nicht, Djamel?«

»Ich weiß es nicht.«

Die letzten Häuser, dann verschwand das Land zu beiden Seiten in der Nacht. Der Wald begann. Nach wenigen Minuten bremste Aziz und bog ab in eine geteerte, aber einspurige Straße.

»Ich gehe davon aus, dass du ihm vertraust«, sagte Djamel.

»Hundertprozentig.«

»Wie deinem eigenen Bruder?«

Aziz grinste. »Richtig.«

»Du könntest dich täuschen.«

Aziz warf ihm einen Blick zu, murmelte: »Was hast du nur? Kommst nach Frankreich und stellst alle infrage, die ich ausgewählt habe. Mohamed passt dir nicht, weil er ein Harki ist, Hamza passt dir nicht …«

»Schon gut, entschuldige.«

»Du machst mich nervös, weißt du?« Aziz deutete auf das Handschuhfach. Djamel fand eine neue Packung Zigaretten darin, riss das Zellophan ab, öffnete sie.

Aziz inhalierte hastig und tief. »Seine Frau weiß von nichts, wir können in ihrer Gegenwart nicht reden. Vielleicht beunruhigt dich das.«

»Vielleicht täusche ich mich ja auch.«

Der Wald endete.

»Das Haus da«, sagte Aziz.

Die Scheinwerfer glitten über eine graue Seitenwand, Erdgeschoss, oberer Stock, nur ein Fenster erleuchtet, unten. Das Haus lag fast unmittelbar an der Straße, ein schmaler, nicht asphaltierter Streifen trennte es davon, zwei Autos parkten dort.

»Fahr weiter«, sagte Djamel.

Aziz hatte zu schwitzen begonnen, seine Stirn glitzerte feucht, jetzt roch Djamel den Schweiß, Zigarettenrauch und Schweiß.

Sie passierten das Haus, nichts zu sehen, nichts geschah.

»Wem gehören die Autos?«

»Der Familie. Eines fährt Hamza, das andere seine Frau.«

Erneut Wald, die Straße beschrieb eine Kurve, einhundert Meter weiter das nächste Dorf. Sie hielten, stiegen aus, liefen zur Biegung zurück, dann zum Anfang des Waldes. Djamel wünschte, er hätte eine Waffe bei sich gehabt. Aber sie waren beide der Ansicht gewesen, dass das zu gefährlich gewesen wäre, falls sie angehalten wurden. Erst in Deutschland lagen Waffen bereit.

Hamzas Haus von der anderen Seite, alle Fenster dunkel.

Eine Falle?

Sie warteten zehn Minuten, nichts geschah. Dann ging im oberen Stockwerk ein Licht an. Das Fenster wurde geöffnet, eine Frau erschien, verschwand. Stimmen erklangen, die Frau, der Sohn. Beide waren wütend, schrien sich an. Der Sohn wollte in seinem Zimmer schlafen, nicht bei den Eltern. Die Frau rief, nur für eine Nacht, das wird doch für eine Nacht mal möglich sein.

»Komm«, wisperte Djamel.

Die Familie im Haus, keine Falle.

Der Küchentisch war für zwei gedeckt, Lamm, Kartoffeln, Bohnen in großen Schüsseln, die Familie hatte schon gegessen. Djamel und Aziz tranken Tee, Hamza Rotwein.

Er hatte ihnen seine Frau und den zehnjährigen Noureddine vorgestellt, jetzt waren die beiden wieder oben. Der Junge lief polternd herum, während die Frau die Betten bezog.

»Wir haben nur ein Gästezimmer«, sagte Hamza. »Einer von euch muss im Kinderzimmer schlafen.«

Djamel lächelte. »Gern, wenn das Bett lang genug ist.«

»Ist es.«

An den Wänden der Küche hingen Algerien-Poster, wie man sie in Reisebüros sah, traumhaft schön in ihren Farben und Motiven, doch beliebig. Der Alltag fehlte natürlich, Schmutz, Zerfall, der Schmerz, die Angst. Die weiße Stadt Algier, Tipasa mit den römischen Ruinen und azurblauem Himmel über dem Mittelmeer, die grüne Kabylei, Constantine mit seinen Schluchten und Brücken, die Felsmalereien in den Bergen von Tassili n'Ajjer, Tuareg auf Kamelen in der goldenen Sahara.

»Bologhine«, sagte Aziz kauend, deutete hinter Djamel.

Er wandte sich um. Notre-Dame d'Afrique, aufgenommen mit dem Weitwinkelobjektiv, fast irreal.

»Ich war lange nicht dort«, sagte Hamza. »In der Heimat.«

»Ist nicht so schön wie auf den Plakaten«, erwiderte Djamel.

»Sogar noch schöner!«, rief Aziz.

Man sah Hamza die Vergangenheit beim Militär an, er schien sie zu kultivieren. Er war nicht allzu groß, aber breitschultrig, durchtrainiert, streng, die Haare kurz. Das Gesicht war hager, fast asketisch, die Augen bewegten sich kaum. Djamel fand ihn klar und entschlossen in allem, was er tat. Kein Zögern, keine Verschlagenheit, dafür Selbstdisziplin. Er trank den Wein langsam, ein kleiner Schluck alle paar Minuten genügte. Frau und Sohn gegenüber hatte er sich distanziert verhalten, doch Djamel hatte die Zuneigung gespürt. Keine Unsicherheit, keine Irritation, nicht einmal, als Hamza bemerkt hatte, dass Djamel ihn beobachtete.

Er war sich jetzt fast sicher, dass sie ihm vertrauen konnten. Aber das Gefühl blieb, das Misstrauen war nicht verflogen. Es hatte, dachte er irritiert, nichts mit Hamza zu tun.

Aziz war nach draußen gegangen, um zu rauchen. Hamza sah ihn abwartend an.

Djamel nickte. »Reden wir.«

»Ich bringe euch etwa zweihundert Landsleute aus Italien«, sagte Hamza. »Die Hälfte ist um die zwanzig, viele um die vierzig, ungefähr ein Zehntel sind Frauen. Sie trainieren seit ein, zwei Jahren, Boxen, Kickboxen und so weiter, alles, was man üben kann, ohne Aufsehen zu erregen. Ein paar sind in Schützenvereinen, aber nicht viele, es wäre zu auffällig. Das Schießen müssen wir ihnen also noch beibringen.«

»Wir haben Ausbildungslager in Ägypten, Libyen und Marokko«, sagte Djamel. »In Algerien bei unseren Tuareg.«

Aziz kam zurück, leise hustend, setzte sich.

Hamza fuhr fort. »Wenn es so weit ist, reisen wir einzeln und in kleinen Gruppen, schlage ich vor. Die besten Routen überlegen wir kurz vorher. Libyen vielleicht. Mali wird nicht mehr möglich sein.«

»Mach dir wegen der Routen keine Gedanken«, sagte Djamel.

»Wir kümmern uns darum«, erklärte Aziz. Er selbst, Hamza, die anderen Gruppenführer aus Frankreich, Kanada, Spanien, England, Italien, Belgien, Deutschland würden sich zu gegebener Zeit in Paris treffen. Jemand, der wisse, auf welchen Wegen die Emigranten zu welchem Zeitpunkt unauffällig einreisen könnten, werde sie instruieren. Auch die Größe der einzelnen Gruppen und ihre Tarnung würden dann festgelegt. »Wir sind vorbereitet. Wir haben …«

Djamel unterbrach ihn. »Noch nicht, Aziz. Es reicht, wenn Hamza in Paris mehr erfährt.«

Hamza schmunzelte.

»Wie viel weiß deine Frau?«

»Nichts.« Hamza stellte die Weinflasche in ein Regal, holte sich ein Glas Leitungswasser, lautlos setzte er sich. »Es ist gefährlich, wenn die, die man liebt, zu viel wissen.«

»Weil sie einen verraten könnten?«

»Wenn sie unter Druck gesetzt werden, ja.«

»Wann wirst du es ihr sagen?«

»Wenn alles vorbei ist. Und irgendwann später …« Er wandte den Kopf, blickte für einen Moment schräg nach oben, von wo sie Noureddine poltern, die Frau lachen hörten. »Irgendwann später werde ich die beiden nachholen.«

An Hamzas plötzlich müden Augen erkannte Djamel, dass dies nie geschehen würde. Die Frau war Französin, der Junge ging hier zur Schule. Hamza würde seine Familie für Algerien verlassen.

Auch Noureddine würde ein Namenloser werden.

Später stiegen sie die schmale, steile Treppe hinauf. Ein kleiner, stickiger Flur, der Teppich ausgetreten, die Ränder eingerissen. Durch eine halb geöffnete Tür drang aufgeregtes Wispern, Hamzas Frau antwortete ruhig und ebenso leise.

Djamel berührte Hamzas Arm. »Ich möchte deinem Sohn gute Nacht sagen.«

Der Junge lag im Elternbett, die Frau saß neben ihm. Beide blickten ein wenig furchtsam drein, als sie eintraten.

»Gute Nacht, Noureddine.«

»Ja«, sagte Aziz, »auch von mir.«

Der Junge sah den Vater an, die Mutter, die ihm etwas zuflüsterte, schließlich murmelte er: »Gute Nacht.«

»Danke, dass ich in deinem Zimmer schlafen darf«, sagte Djamel.

»Ja«, sagte Noureddine.

Hamza zeigte ihnen das Bad, die Zimmer, am Ende des Flurs zwei Türen, links Aziz, rechts Djamel.

»Kein Balkon«, sagte Aziz, im Gästezimmer stehend.

»Nein«, entgegnete Hamza, »du musst vor die Tür. Vergiss nicht, wieder abzuschließen.«

Im Kinderzimmer war es kalt, die feuchte Luft roch nach Laub. Ohne das Licht einzuschalten, ging Djamel zu einem der beiden Fenster. Dreißig Meter weiter begann der Wald, von dort hatten sie das Haus beobachtet. Er wechselte zum Fenster an der Frontseite, sein Blick folgte dem Verlauf der Straße. Gegenüber von Hamzas Haus eine Wiese, die einhundert Meter weiter am Wald endete. Nichts, was das Unbehagen erklären würde.

Er legte die Hand an die Wand zu Aziz' Zimmer.

Nein. Undenkbar. Sie waren seit zwanzig Jahren Freunde.

Er kniete nieder, um zu beten, anschließend zog er sich aus und legte sich ins Bett. Erst jetzt bemerkte er die Wandtattoos, um ihn herum lauter Fantasy- und Science-Fiction-Figuren, bunte Wesen in traumartigen Landschaften. Beide träumten von der Zukunft, der Sohn und der Vater.

Als er die Augen schloss, sah er andere Wände, grauweiß, rissig, mit Feuchtigkeitsflecken, und unmittelbar neben seinem Bett einen Vorhang, der so schwer war, dass ihn kein Luftzug bewegen konnte. Dahinter die ganze Nacht lautes Schnarchen, der Vater, leises Schnarchen, die Mutter, und manchmal Stille bis auf ein heiseres Brummen, wenn der Vater der Mutter zeigte, dass er sie lieber mochte als alle anderen Frauen der Welt.

Dann machst du so? Chrrrr – chrrrr – a-h-arrrr?

Hahaha! Genau so!

Und das versteht die Mama?

Glaub mir, das versteht sie. Das verstehen alle Frauen.

Aber wenn man ihnen sagt, *dass man sie lieber mag als alle anderen, das verstehen sie nicht?*

Worte sind kompliziert, Djamel, sie bedeuten für eine Frau oft et-

was ganz anderes, als man gesagt hat, weil sie auf dem langen Weg in ihr Ohr ungeschützt sind und sich verändern, zum Beispiel durch die Stimmen aus dem Fernseher oder einen Duft oder das Wetter, und in ihrem Ohr verändern sie sich dann noch mal, und wenn man zum Beispiel sagt: Ich mag dich lieber als alle anderen, dann erhält man zur Antwort: Wie, du magst *mich, also* liebst *du mich nicht mehr! Bist schon auf dem Sprung, was? Hältst schon Ausschau nach einer Neuen, Jüngeren, Hübscheren, die noch fruchtbar ist und dir noch ein paar Nichtsnutze gebären kann, was?*

Also macht man besser chrrrr – chrrrr – a-h-arrrr.

Ganz richtig, mein Sohn, ich sehe, du verstehst mich.

Dann, schon im Einschlafen, dachte Djamel, wie merkwürdig es war, dass ausgerechnet er in Noureddines Bett lag. Einer der Benmedis, die den Vater verloren hatten.

26

ALGIER

Kurz vor halb elf, die Place Port Said unterhalb der Kasbah, fast menschenleer. Die zahlreichen *trabendistes* mit ihren Waren fort, auch die chinesischen Händler mit ihrem Plastik, die Cafés unter den Arkaden geschlossen. Ein paar letzte »Mauerstützer«, mit den Wänden verwachsen, und in den dunklen Gassen in Kachabias gekleidete Männer, geisterhafte Gestalten, tauchten lautlos auf, verschwanden wieder.

Über der Bucht hing der Mond, kraftvoll und fern.

Eley überquerte den Platz, blieb in der Nähe einer fünfköpfigen Straßenlaterne vor dem Nationaltheater stehen, den Geruch des Verfalls in der Nase, der aus der Kasbah herunterströmte. Er zündete sich eine Zigarette an, musste nicht lange warten.

»Eley?«

Lyon Rigal war Ende dreißig, kräftig, verwahrlost. Sweatshirt und Jeans ausgefranst, die Stoffjacke löchrig, die Füße steckten in Plastiksandalen. Sein Teint war dunkel, die Haare schwarz und ungekämmt, dichte Brauen, lange Koteletten. Auf den ersten Blick ein Mann, dem vieles egal war, nur weniges nicht.

Sie gingen zum Wasser hinunter, setzten sich am Fischereihafen auf ein Mäuerchen. Bei den Booten waren Männer, Autos kamen an, fuhren weg, hier fielen sie nicht auf. Draußen vor der Bucht lagen Containerschiffe, einsame dunkle Wesen im silbrigen Wasser.

»Ich habe Sie schon mal gesehen«, sagte Rigal. »Auf einem Botschaftsempfang.«

»Ihre Botschaft oder meine?«

»Meine. Ist schon eine Weile her, gut drei Jahre. Sie waren mit Ihrer früheren Botschafterin dort.«

»Katharina Prinz.«

Rigal nickte. »Wir sagen du, *d'accord?*«

»Ralf.«

»Lyon.«

»Wie die Stadt?«, fragte Eley.

»Wie ein Dorf ein paar Hundert Kilometer südwestlich von hier, das nach der Stadt benannt wurde. Warum interessierst du dich für Soudani?«

»Wir haben ein Problem in der Botschaft. Er ist involviert.«

Rigal musterte ihn fragend, sagte dann: »Er war jahrelang abgetaucht. Seit einer Weile ist er wieder da. Mischt sich ein, zieht wieder mit an den Strippen. Schließt einen Rüstungsdeal nach dem anderen ab. Man scheint ihn zu brauchen. Kein gutes Zeichen. Irgendwas … passiert gerade.« Er redete schnell, scherte sich nicht um eine deutliche Aussprache, und Eley musste sich konzentrieren, um alles zu verstehen.

»Die Rüstungsgeschäfte sind nicht neu. Bouteflika und Merkel haben sie schon vor Jahren angebahnt, 2008. Panzer von Rheinmetall, Fregatten von Thyssen, Unimogs und Geländewagen von Daimler, Grenzelektronik und so weiter.«

»Die Gewehre und die Panzerbüchsen sind neu.« Rigal gähnte, rieb sich die Augen, als hätte er bis vor wenigen Minuten geschlafen. »Der Westen rüstet Algerien hoch, erst Russland, jetzt der Westen.«

»Die RPB 10 von Elbe?«

»Für den Kampf gegen Pick-ups ausgelegt. Der moderne arabische Terrorist fährt Toyota Hilux. Vielleicht will Soudani AQMI auslöschen. Mali liefert ihm die ideale Gelegenheit. Die Franzosen treiben AQMI, MUJAO, Ansar Dine nach Norden. Die Algerier müssen nur warten. Du weißt, wie sie vorgehen?«

»Ja.« Die berüchtigten *ratissages*, Strategie vor allem in der Kabylei und anderen gebirgigen Regionen. Vermutete das Militär Terroristen oder Terrorverdächtige in einem Waldgebiet, in Berghöhlen, in scheinbar verlassenen Häusern, kamen Hubschrauber und feuerten Raketen ab. Dann folgte ausführlicher Granatbeschuss, wegen der Minengefahr. Am Ende durchkämmten Soldaten das Gelände. Zivile Opfer waren einkalkuliert.

»Die RPB 10 bekommt Soudani nicht«, sagte Eley, »Lieferengpass.«

Rigal streckte den Rücken, sank wieder in sich. »Er kriegt sie auf anderen Wegen. *Phil is in town.*«

»Phil?«

»Ein Landsmann von dir.«

»Phil wie Philip?«

»Keine Ahnung«, sagte Rigal. Phil war Phil. Niemand wusste, wie er vollständig oder wirklich hieß. Er flog in Privatjets ein und aus, in Militärmaschinen, kam auf Jachten über die Meere. Er sprach fließend Englisch, Französisch, Spanisch, Italienisch, Russisch und hielt sich meistens in Ländern auf, in denen Geld wichtiger war als ein Pass. »Er hat sich in den Jugoslawienkriegen einen Namen gemacht, es gab da viel zu tun für Leute wie ihn. Waffen für die Kroaten aus dem Westen, für die Muslime aus islamischen Ländern. Iranische G3, die gute alte Heckler & Koch-Erfindung. Sie waren als Teppiche deklariert, wie man so hört. Vierzig Tonnen Teppiche für Bosnien, 1994.« Rigal lachte leise. »Sie haben sich gestern getroffen, Phil und Soudani und ein paar andere Militärs.« Phil habe vor einer Weile für Elbe Defence mehrere Hundert RPB 10 an ein anderes arabisches Land vermittelt. Von dort, vermutete Rigal, würden sie nun nach Algerien geliefert, inoffiziell, unter arabischen Brüdern. Trotz Endverbleibserklärung, die solche Drittgeschäfte verbiete. »Alltag im Betrieb«, sagte er lakonisch.

Eley bemerkte eine Narbe seitlich an seiner Wange, ein breiter Fleck. Am Rand der Ohrmuschel fehlte ein Stückchen.

Rigal tippte mit dem Zeigefinger dagegen. »Irak. Ist lange her.«

»Eine Kugel?«

»Eine M43 aus einer Kalaschnikow. Ein Scharfschütze, hat verzogen. Fünf Stunden habe ich gebraucht, um sie zu finden, sie stak in einer Hauswand. Phil ist noch hier, er wohnt im Sofitel. Gestern Abend war er mit seinen Leuten drüben im Sheraton tanzen. Heute hat er sich mit Militärbürokraten getroffen. Sie müssen jetzt komplizierte inexistente Verträge schließen. Viel Geld in große Koffer packen.«

»Kennst du ihn?«

»Wir sind uns in Elfenbeinküste und Liberia begegnet. Man trinkt in denselben Hotelbars, unterhält sich, verachtet einander, zahlt die nächste Runde.« Rigal schlug ein Bein übers andere, ließ die Sandale gegen den Fuß flappen.

»Und wie ist er so?«

»Süchtig nach Abenteuer, Macht und Spaß. Narzisstisch, profilneurotisch. Geld ist längst nicht mehr das Wichtigste. Er sucht die Schlangennester, springt rein und freut sich darüber, dass er heil rausgekommen ist. Er hat gesagt, dass er früh sterben wird, keine fünfzig wird. Ich hatte das Gefühl, der Gedanke gefällt ihm. Er sieht darin etwas Märtyrerhaftes, Tragisches.«

»Macht er nur mit Regierungen Geschäfte?«

»Er macht jedes Geschäft, das ihn reizt.«

»Mit wem außer Soudani könnte er hier noch abschließen?«

Rigals Fuß hielt still, die Brauen hoben sich. »Interessanter Gedanke. Keine Ahnung. AQMI.« Der Fuß bewegte sich wieder, die Sandale flappte dagegen, ein trockenes, gleichgültiges Geräusch.

Der Mond war in Wolkenschleier hineingewandert, die Containerschiffe waren jetzt unsichtbar, das Meer schwarz. Unter dem grellen Licht der Laternen bereiteten die Fischer Netze und Boote vor, hin und wieder drangen Stimmen zu ihnen herüber, meistens herrschte Schweigen.

Eley spürte, dass Rigal ihn musterte, sah ihn an.

»Jemand wurde entführt. Ein Deutscher, heißt es.«

Er ließ den Atem langsam ausströmen. »Sagt wer?«

»Sagen Stimmen.«

»Was sagen sie noch?«

»Rheinmetall MAN oder Elbe Defence Systems.«

Volltreffer, dachte Eley. Natürlich war es nur eine Frage der Zeit gewesen, bis Informationen nach außen drangen. Zu viele Menschen involviert, in Algerien, in Deutschland.

»Die einen sagen AQMI, die anderen …« Rigal brach ab.

»Was sagen die anderen?«

»Sie hätten gehört, es gebe Gerüchte.«

»Gerüchte worüber?«

»Eine neue Bewegung.«

»Ja«, sagte Eley, spürte das Adrenalin.

»Du weißt was darüber?«

Er schüttelte den Kopf. »Ich glaube nur nicht, dass AQMI dahintersteckt.«

»Das Militär? Der Geheimdienst?«

»Du meinst Soudani?«

Rigal nickte.

»Nein. Passt nicht«, sagte Eley.

Wieder nickte Rigal. »Soudani verteidigt das, was ist. Er würde es niemals aufs Spiel setzen oder zerstören. Er steht für *le pouvoir*, für das Algerien des FLN.«

»Andere Islamisten? Frühere AQMI-Leute?«

»Die Leute reden anders«, sagte Rigal. »*Andere* Leute reden. Wenn du verstehst, was ich meine. Studenten, Intellektuelle, Angestellte. Frauen. Sie sagen, sie hätten gehört, irgendwo entstehe eine demokratische Bewegung. Genaueres weiß niemand.«

»Eine Partei?«

»Möglich.«

Eley zog eine Zigarette aus der Packung, entzündete sie, die Finger klamm. Er spürte, wie er allmählich auskühlte. Der Mauerstein war kalt, die Luft.

Die Vertreiber der Ungläubigen waren keine demokratische Partei, sondern eine Terrorgruppe. Sie entführten, töteten, erpressten Lösegeld.

Nichts schien zusammenzupassen.

»Was könnte es sonst sein?«

»Ein Aufstand«, erwiderte Rigal.

»Dafür bräuchten sie Geld und Waffen. Womit wir wieder bei Soudani wären. Er hat Geld und kauft Waffen.«

»Nein, vergiss Soudani.«

»Ja«, sagte Eley, suchte nach der Entsprechung für »anders wird ein Schuh draus«, aber sie fiel ihm nicht ein. »Soudani weiß Bescheid. Er weiß, dass irgendetwas vor sich geht. Deswegen ist er wieder da. Deswegen die Gewehre und die Panzerbüchsen.«

Und die anderen?, dachte er. Das Lösegeld für Richter, fünfzig Millionen Dollar. Damit konnte man eine Menge Waffen kaufen. Doch fünfzig Millionen waren viel zu viel. Weder Elbe Defence noch die deutsche Regierung oder die Algerier würden Richter für einen derart exorbitanten Betrag freikaufen.

Plötzlich war er sicher, dass die Forderung und das Bekenntnis Ablenkungsmanöver waren. Eine Art Bestätigung. Ja, Richter ist von einer islamistischen Terrorgruppe entführt worden. Ja, der Kampf gegen die Ungläubigen. Stellt euch auf lange, schwierige

Verhandlungen ein. Alles wie immer im islamistischen Entführungsbusiness. Kein Anlass, sich über anderes Gedanken zu machen.

Aber warum ausgerechnet Richter?

Die Entführer waren Risiken eingegangen und hatten strategische Vorteile aufgegeben. Sadek Madjer hatte sich zu erkennen gegeben. Soudanis Misstrauen war geweckt oder bestätigt worden.

Richter musste wertvoll sein.

Wenn es nicht um Geld ging, worum dann? Informationen?

Richter war Elbe Defence. Und Meininger Rau, früher. Beide lieferten Rüstungsgüter an Algerien, Spähpanzer und Sturmgewehre. Die ersten Panzer allerdings würden frühestens in ein, zwei Jahren in Ain Smara gebaut werden. Und sie *würden* gebaut werden, egal was mit Richter geschah. Ein Geschäft mit einem Volumen von einer Milliarde Euro gab man nicht wegen eines einzelnen Mannes auf.

Und die Gewehre?

»Woran denkst du?«, fragte Rigal.

»Meininger Rau«, sagte Eley.

»Liefern das MRG 45, zwanzigtausend Stück. Ein hübsches, robustes Teil, stabiler als das G36 von Heckler & Koch. Außerdem geht die Munition auf größere Distanz verlässlicher durch den Körper, bessere Mannstoppwirkung. Die erste Lieferung steht demnächst an, soweit ich weiß. Meininger Rau hat sich angestrengt, hat Sonderschichten eingelegt. Aber lass uns hochgehen, ich habe oben einen algerischen Pinot Noir, hält jedem Vergleich stand.«

»Oben?«

Rigal deutete auf den dunklen Hang, die Kasbah.

Sie standen auf, streckten sich, rieben sich grinsend den Hintern, alternde Europäer in der algerischen Nacht.

Sie gingen zur Place Port Said zurück.

Rigal sagte: »Falls du mal im Sofitel bist, Phil besuchen willst oder so was, frag nach Foued. Ein Bekannter, tut mir gelegentlich einen Gefallen. Er wohnt mit fünf Kindern und zwei jüngeren Brüdern in Diar-el-Mahçoul, sie wollen da weg, du verstehst.«

Eley lächelte, merkte sich den Namen, Foued.

»Also stimmt es?«, fragte Rigal. »Ein Deutscher wurde entführt?«

»Zwei«, sagte Eley.

27

BERLIN

Reinhold Wegner war hin- und hergerissen zwischen Sorge und Zufriedenheit: Prinz joggte nicht, sie rannte. Drehte wie von Sinnen Runde um Runde, ohne auch nur einmal anzuhalten. Keine Pause, sie hatte nicht einmal Wasser dabei. Eine Besessene. Wer so rannte, würde irgendwann entkräftet aufgeben oder tot umfallen.

Zweiundzwanzig Uhr dreißig, ein Spielplatz in Kreuzberg am neonbunten Kottbusser Damm. Zwei Pärchen saßen auf den Bänken, einige wenige Spaziergänger tauchten auf und verschwanden, es war kühl geworden. Gelegentlich hörte Wegner einen Hund kläffen und sah durch die Windschutzscheibe hektische Bewegungen um Prinz' Beine, während sie um den Spielplatz rannte.

Er lehnte sich im Fahrersitz zurück. Den Döner in beiden Händen, folgte er den gelb reflektierenden Streifen auf ihrem Sportpulli mit dem Blick, so gut es ging.

Lernte die Gegnerin kennen.

Er war seit zwei Stunden an ihr dran, war ihr gegen halb neun vom Auswärtigen Amt zu einem Elektromarkt am Alexanderplatz gefolgt. Prinz hatte eine Liste abgearbeitet, Angestellte hatten an die Kasse gebracht, was sie zu kaufen gedachte: einen Vierzig-Zoll-Fernseher, mehrere Dockingstationen, zwei Lautsprecher, in der Verpackung jeweils gut einen Meter hoch, elektronischen Kleinkram. Starke Männer trugen ihr die Waren in die Tiefgarage.

Wegner folgte ihr nach Hause, Paul-Lincke-Ufer am Landwehrkanal. Vierstöckige Gründerzeithäuser, saniert und angesagt, der eine oder andere Politiker wohnte hier. Prinz und ihr Lebensgefährte wohnten im Dachgeschoss.

Sie parkte in zweiter Reihe, Wegner tat es ihr in sicherem Abstand gleich. Entspannt schaute er ihr beim Ausladen zu. Sie gefiel ihm. Feines Gesicht, braune Locken, auf eine dezente Weise weiblich gekleidet. Körperbewusste Bewegungen, elegant, stilsicher, schlank. Die Brüste versteckte sie nicht, betonte sie nicht, natürliche Sinnlichkeit. Das sanfte Licht der Gaslaterne tat ein Übriges.

Das Smartphone schoss stimmungsvolle Fotos.

Schon auf Google hatte er sich ein bisschen in sie verguckt. UNSERE SCHÖNSTE DIPLOMATIN, hatte die Boulevardpresse 2008 getitelt, als sie nach Algier gegangen war. Und 2010, nachdem Zimmermann sie ins AA zurückgeholt und zur Beauftragten für Nah- und Mittelostpolitik und Maghreb gemacht hatte: MISS EMBASSY – ZU GUT FÜRS AUSLAND. Angeblich fragte der *Playboy* Jahr für Jahr an. Angeblich antwortete sie nie. Schade, dachte Wegner.

Nachdem sie zum dritten Mal am Auto gewesen war, tauchte sie nicht wieder auf. Er stieg aus und schlenderte zu dem Volvo. Im Fond lagen noch die Lautsprecher.

Am Klingelschild klebte ein Stück Papier, »Prinz« stand darauf. Er stutzte. Kein »Schüring«, der Mann mit dem sie seit zwanzig Jahren liiert war. Stimmten seine Informationen nicht? Er hatte gedacht, sie lebten seit Prinz' Rückkehr aus Algerien hier.

Das Treppenhauslicht sprang an, er eilte zum X5 zurück. Kaum saß er, trat sie wieder auf den Gehsteig. Energie und Wille schienen ungebrochen. Die schwersten Lasten, dachte er fast ein bisschen stolz, hatte sie sich für den Schluss aufgehoben.

Sie zog einen der Lautsprecher heraus, umklammerte ihn mit beiden Armen und hievte ihn hoch. Zwölf bis fünfzehn Kilo, schätzte Wegner, eine veritable Gefahr für die Bandscheiben. Er kannte solche Boxen, hatte mehrere davon in Dahlem und Lichterfelde West und sicherheitshalber seinem Sohn den Triumph gewährt, sie im Gegensatz zum Vater tragen zu können.

Und plötzlich begriff er. Das Namensschild, die Unterhaltungselektronik – Schüring war ausgezogen und hatte den kompletten Gerätepark mitgenommen.

Wenig später trat sie in Sportkleidung aus dem Haus, schwarze Leggins, blauer Kapuzenpulli, auf den Armen reflektierten gelbe Streifen. Sie parkte den Wagen, lief in gemäßigtem Tempo los. Auch die ersten Runden im Hohenstaufenpark bewegte sie sich ruhig und locker. Dann wurde sie immer langsamer, blieb schließlich stehen. Stand da, Kopf gesenkt, Hände in den Pullitaschen, umgeben von Dunkelheit und Schatten.

Ein Geruch, dachte Wegner. Bärlauch. Sonst etwas, was da so wuchs und erinnerte. Oder ein besonderes Geräusch.

Prinz und Schüring und der Hohenstaufenpark.

Nach ein paar Sekunden setzte sie sich wieder in Bewegung.

Seit diesem Moment rannte sie.

Rischa rief an, auf dem Handy mit der Prepaidkarte.

»Schwierig.«

»Ja?«, sagte Wegner.

»Wär besser, wenn ich rüberfliegen könnte.«

Die übliche Leier. Rischa wollte immer »rüberfliegen« oder »hinfahren« oder »vor Ort checken«. Die Knastneurose. Hatte viele Jahre lang keine Sekunde außerhalb von Mauern verbracht. Nur Zellen, Flure, Höfe auf einem knappen Quadratkilometer. Klar träumte er von Mexiko, Südkorea, Algerien.

»Vor Ort fragen und so.«

»Kein Budget«, sagte Wegner.

»Ist schwierig von hier aus.«

»Deswegen arbeite ich mit dir. Weil es schwierig ist.«

Wegner hatte keine Ahnung, wo »hier« war. Aber er ahnte, dass »hier« seit Rischas Entlassung vor fünf Jahren gleich geblieben war. Er war im Knast klein, brüchig, soziophob geworden, war dort furchtbar unter die Räder gekommen. »Hier« war vermutlich eine Hütte auf irgendeiner einsamen Lichtung mit Blick bis zum Horizont und Glasfaserkabel. Natürlich wäre er nie nach Mexiko, Südkorea, Algerien geflogen. Nie in ein Flugzeug oder einen Zug gestiegen, in dem andere Menschen saßen.

Beide wahrten den Schein.

»Also?«, sagte Wegner.

»Eine E-Mail an sie, Elfenbeinküste, Juli 2009. GMX-Account auf einen Emir Abdelkader, nur diese eine Mail. *Ich denke Tag und Nacht an dich,* auf Französisch. *Je pense à toi jour et nuit.*«

Kein Wüstenprinz also, dachte Wegner, sondern ein Emir. »Sonst noch was?«

»Bedenken.«

»Bedenken?«

»Hat einer aus der Botschaft in Algier an einen im Außenministerium in Berlin geschrieben. Januar 2010. *Bedenken wegen KP. Scheint privat in etwas verwickelt.* Auf Deutsch.«

Rischa nannte Namen. Den Absender kannte Wegner nicht, ein Referent, zurzeit Brasilia. Der Adressat war Dr. Heinrich Zimmermann, zurzeit Charité, Intensivstation.

»Bleib am Ball«, sagte Wegner und warf das Handy auf den Beifahrersitz.

Ich denke Tag und Nacht an dich.

Vielleicht hatte Zimmermann Prinz ja nicht nur wegen ihrer diplomatischen Qualitäten aus Algier zurückgeholt.

Er hatte den letzten Dönerbissen hinuntergeschluckt, säuberte Hände und Lippen mit einem Taschentuch. Fasziniert beobachtete er, wie Prinz ihren Körper an dessen Grenzen trieb. Schmerzen provozierte, um andere Schmerzen zu betäuben.

Zwanzig Jahre, dachte er. Eine Ewigkeit, schiere Unendlichkeit. Längst verließ man sich darauf, dass es für immer war. Und dann, eines Tages, war es doch vorbei. Am schlimmsten musste es in der einst gemeinsamen Wohnung sein. Die permanente Erinnerung daran, dass der andere nicht mehr da war. Nur noch eine Zahnbürste im Becher. Der Kleiderschrank halb leer. Der Fernseher, die Lautsprecher fort. Beim Abendessen allein.

Die Stille, dachte er. Die entsetzliche Stille.

Schauer liefen ihm über den Rücken.

Er sah den Hermès-Schal vor sich, auf dem Kaminsims der Lichtenberger Villa, sorgfältig zusammengelegt, damit er keinen Schaden nahm. Man ließ Dinge liegen, das kam vor. Es war warm gewesen im Wohnzimmer, sie hatte ihn abgenommen und im Trubel vergessen. Bestimmt war es ihr im Auto eingefallen, aber sie hatte nicht umdrehen, nicht stören wollen. Dann hatte sie nicht mehr daran gedacht, sie hatte ihn ja nicht gebraucht. Keine weiteren Dienstgespräche gerade im Auftrag des Gatten.

Seine Gedanken kehrten zu Prinz zurück. Er hatte sie aus dem Blick verloren, fand sie nicht wieder. Egal, dachte er, es war spät, Zeit nach Hause zu fahren. Ein paar eheliche Worte mit seiner Frau zu wechseln.

Da bemerkte er in der Mitte des Parks im Licht einer fernen Leuchte einen länglichen gelben Schimmer. Sie war noch da, hatte sich auf dem Spielplatz hingesetzt. War sie am Ende doch kollabiert? Er stieg aus, hastete unter den Bäumen hindurch und betrat den Weg, der um das Sandareal herumführte. Ein unerklärliches Geräusch war jetzt zu hören, eine Art Quietschen …

Er blieb stehen. Prinz war nicht in den Sand gesunken, sondern hockte auf einem quergelegten Baumstamm neben einer Schaukel, auf deren Sitz ein Mann saß. Die Füße am Boden, bewegte er sich langsam vor und zurück. Dadurch entstand das Quietschen.

Michael Schüring? Hatte es auch ihn zur gewohnten Zeit hierher getrieben? Zwanzig Jahre, da waren die Gefühle und Gewohnheiten nicht so einfach zu tilgen.

Doch dann wären sie anders miteinander umgegangen, dachte Wegner. Lauter, melodramatischer, emotionaler. Du fehlst mir so … Wollen wir es nicht noch mal versuchen … Du Scheißkerl … Aber sie wirkten ruhig, erhoben die Stimmen nicht. Kein Weinen, kein Lachen.

Da begriff er.

Ein konspiratives Treffen. Der Mann war einer ihrer Mitstreiter. Ein wichtiger, ein prominenter Mensch, der sich nicht tagsüber in der Öffentlichkeit mit ihr zeigen wollte.

Wegner eilte in die entgegengesetzte Richtung, um den neuen Feind von vorn sehen zu können. Ein Baum bot ihm Schutz, unermüdlich schoss das Smartphone Fotos von der Dunkelheit.

Wenige Minuten später verabschiedeten sich die beiden mit Wangenküssen voneinander. Prinz lief in Richtung Neukölln davon, der Mann entfernte sich in Richtung Kreuzberg.

Wegner folgte ihm parallel, überholte ihn, wartete am Ausgang.

Doch der Mann kam nicht.

War in der Nacht verschwunden.

Viel Schwarz, wenig Haut. Längliches Gesicht, randlose Brille. Das Haar hell, unauffällig. Ohren. Nase. Kinn. Ein Mensch.

»Verflucht«, sagte Wegner.

»Schlechte Kamera«, sagte Sobich.

»Besser kriegst du es nicht hin?«

»Doch, doch.«

Etwas mehr Haut, etwas mehr Brille. Das Gesicht friedfertig, intellektuell, lustfeindlich. Kariertes Sakko, Jeans bis zum Nabel hochgezogen. Ein Spießer. Mehr schaffte der Rechner nicht.

»Reicht das für die Gesichtserkennung?«

»Denke schon.« Sobich ließ sich im langlehnigen Arbeitssessel zurücksinken und schloss die Augen. Im Licht des Monitors sah Wegner die Pupillen unter den von Adern durchzogenen Lidern wandern. Pupillen, die beinahe jedes halbwegs öffentliche Gesicht Deutschlands und der industrialisierten Welt schon einmal gesehen hatten, in Zeitungen, Magazinen, online, im Fernsehen.

Zutiefst beunruhigt war Wegner nach Pankow gefahren, in Sobichs unterirdisches Reich hinabgestiegen und hatte ihm das Smartphone in die arthritischen Hände gelegt, die unter Adenauer Ruinen abgetragen und seit Willy Brandt Prominenz fotografiert hatten, bis ihm das digitale Zeitalter und all die jungen, schnellen Nachwuchsknipser den Garaus gemacht hatten. Seitdem verkaufte er Gesichter.

Nach zehn Minuten schlug Sobich die Augen auf. »Roland Grunow, Chef des Bundespräsidialamtes.«

Wegner fuhr der Schreck in die Glieder.

Katharina Prinz hatte Zugang zum Bundespräsidenten.

28

ALGIER

Die Straßen den Hang hinauf wurden zu Gassen, Wegen, Pfaden. Treppen zweigten ab, nach unten, nach oben, unbeleuchtete Durchgänge taten sich auf, Pforten in die Eingeweide dieser fast hermetischen Welt. Die Häuser rechts und links standen eng zusammen, über sich sah Eley einen Streifen schwarzen Himmels, fingerbreit. Aus dem Nirgendwo erklangen die Stimmen von Frauen und Kindern, von oben, durch Fensterritzen vielleicht. Männer kamen ihnen entgegen, beachteten sie nicht. Eine Handvoll Jugendlicher, die lauernd verstummten, verspielte Aggressivität. Sie schienen ihnen folgen zu wollen, trauten sich dann nicht.

Streunende Katzen, wie überall in Algier.

Rigal sagte: »Hast du mal wieder was von ihr gehört? Von Prinz?«

»Heute Nachmittag, sie ist im Krisenstab. Sonst ruft sie alle paar Wochen an und fragt, was sich so tut in Algier.«

»Ich hatte den Eindruck, dass sie gern hier war.«

Eley ließ sich die Überraschung nicht anmerken. »Sie wollte bleiben, aber sie wollte eben auch Karriere machen.«

»Und? Hat's geklappt?«

»Kann man sagen. Sie leitet jetzt die Politische Abteilung. Afrika, Asien, Lateinamerika. Du hast sie damals kennengelernt?«

»Wie man sich auf einem Empfang eben kennenlernt.«

Sie überquerten einen kleinen, länglichen Platz, gelangten in eine schlauchartige Gasse, dicht über ihren Köpfen Stromkabelwirrwarr, Balken stützten Häuserwände, von ein paar Gebäuden standen nur noch die Gerippe. *Le pouvoir* lasse die Kasbah verfallen, sagte Rigal, Stätten des UNESCO-Weltkulturerbes seien ihr nicht geheuer, internationale Aufmerksamkeit. Wahrscheinlich hänge es auch damit zusammen, dass die Islamisten in den Neunzigern hier viele Rückzugsbasen gehabt hätten wie schon die FLN-Kämpfer in den Fünfzigern. Die Kasbah, das ideale Versteck für Staatsfeinde.

Eley hörte nur mit einem Ohr zu, dachte an etwas anderes, ein Gespräch mit Katharina Prinz gegen Ende ihrer Zeit in Algier, nach irgendeinem aufreibenden islamistischen Terrortag, an irgendeinem der wenigen Bartresen der Stadt.

Und ich dachte, du verlangst, dass ich es beende.

Dann tu so, als würde ich es verlangen, Ralf.

Warum sprichst du es nicht aus?

Was, verdammt?

Dass ich die Beziehung mit Amel beenden muss.

Bestell mir noch ein Glas Rotwein, ja?

Liebst du ihn?

Was? Wen?

Den, mit dem du nie was hättest anfangen dürfen und den du in ein paar Wochen verlassen musst.

Du mit deinen Scheißpolizistenfragen und deinem Scheißpolizistengrinsen.

Die Gasse mündete in Stufen, die in rechten Winkeln in die Höhe führten. Oben wieder ein Platz, eine unscheinbare Moschee, Ornamente auf Kacheln, azurblau. Rigal ließ die Hand darüber gleiten, als wäre es ein Ritual.

Ein paar Schritte weiter blieb er vor einer verbeulten Metalltür stehen und schloss auf. Das Licht einer schwachbrüstigen Glühbirne, fünfundzwanzig Watt, kam kaum bis in die Ecken. Ein fensterloser Raum aus Stein, Kochecke, ein weißer Plastiktisch mit zwei weißen Plastikstühlen, an der Wand eine Matratze, daneben auf dem Boden ein paar Bücher. Vor einer schmalen Öffnung hing ein Holzperlenvorhang, dahinter zeichneten sich die Konturen von Waschbecken und Toilette ab. Keine Wohnung, dachte Eley. Eine Höhle, Rückzugsbasis eines vereinsamten Weltenretters.

Er trat in die Mitte des Raums, hörte, wie Rigal die Tür schloss. Plötzlich war da eine seltsame Empfindung, der Körper von einer unerklärlichen Schwere ergriffen, nahm etwas wahr, jemanden. Er hätte sogar sagen können, wo – links hinter ihm.

»Man spürt sie, oder?«, sagte Rigal.

Langsam wandte Eley sich um.

In der Ecke der Außenwand lagen und standen im Halbschatten Waffen auf dem Boden, bildeten einen fast tischhohen Stapel. Pistolen, Gewehre, Maschinenpistolen, die meisten schwarz, ein paar wenige glänzten silbern.

»Was man so findet bei der Arbeit«, sagte Rigal.

Eley näherte sich dem stählernen Haufen, der einen dumpfen Geruch verströmte, eine Mischung aus Metall, Schmierfett, verbranntem Pulver. »Wo findet man eine MP5?«

»Überall. Heckler hat die Lizenz in vierzehn Länder verkauft, in vierzig weiteren wird sie verwendet. Die hier kommt aus der Kabylei, ist einem Freund von mir neulich bei einer Demonstration vor die Füße gefallen. Ein Polizist ist im Regen ausgerutscht, die Leute haben sich auf ihn geworfen, die Maschinenpistole lag im Rinnstein.«

»Heckler hat nach Algerien geliefert?«

»Es gab drei Genehmigungen für die MP5, kleine Stückzahlen, ein- oder zweistelliger Bereich. Ist lange her, noch vor dem ›schwarzen Jahrzehnt‹. Das gute Stück hier wird seine fünfundzwanzig Jahre auf dem Buckel haben.«

Eleys Augen, die sich an das Dämmerlicht gewöhnt hatten, glitten über die Waffen, an die hundert würden es schon sein. Manche erkannte er an der Form, einige Pistolen hatte er selbst in Händen gehalten, hin und wieder war der Herstellername zu entziffern. Alles dabei, Kalaschnikow, Walther, Heckler & Koch, Meininger Rau, FN Herstal, Glock, andere mehr.

»Sieht nicht so aus, als wären sie unbrauchbar.«

»Sind sie auch nicht«, sagte Rigal. »Die meisten jedenfalls.«

»Du hast hier Dutzende funktionierende Schusswaffen rumliegen?«

»Reg dich nicht auf, sie sind nicht geladen. Trinken wir was.«

Eley ging zum Tisch, setzte sich. Immer noch meinte er die Waffen zu spüren. Kein Wunder, dachte er, der ganze Stahl. »Hast du keine Angst, dass die Polizei mal vorbeischaut?«

»Dann hätte ich jede Menge Geschenke.«

»Und wenn Kinder zu Besuch kommen?«

»Ich kenne keine Kinder.«

»Jugendliche, die einbrechen?«

Rigal hob die Schultern. »Dann passiert das, was überall auf der Welt passiert. Jugendliche laufen mit Waffen herum. Wollen wir über Verantwortung reden? Über Moral? Schuld?«

»Nein«, sagte Eley.

Waffen gehörten in die richtigen Hände, das war unabdingbar. Die richtigen Hände brauchten Waffen, auch das war unabdingbar. Mehr gab es dazu aus seiner Sicht nicht zu sagen.

»Die richtigen Hände«, wiederholte Rigal spöttisch, kratzte sich mit beiden Zeigefingern die Koteletten.

Er hatte eine Weinflasche vom Boden neben dem Spülbecken genommen, zwei Gläser von einem Wandbrett, großzügig eingeschenkt. Der Plastiktisch wackelte, war von der Sommerhitze verzogen, Eley ließ die Hand am Sockel des Glases, damit es nicht davonrutschte.

»Du kannst rauchen, wenn du willst«, sagte Rigal, schob ihm mit dem Fuß einen roten Aschenbecher hin, der unter dem Tisch gestanden hatte.

Eley bückte sich danach. »Danke.«

Er starrte auf die Glut, lauschte dem Knistern. Der Rauch überlagerte den Geruch, den die Waffen ausströmten. Das unangenehme Gefühl im Körper blieb.

»Zwischen 1961 und 1981«, sagte Rigal, »ging die Lizenz für den Nachbau des G3 von Heckler & Koch an mehr als ein Dutzend Staaten, darunter eure demokratischen Vorbilder Iran, Pakistan und Saudi-Arabien. Das Gewehr ist einer der Exportschlager des Iran. Damals herrschte dort der Schah, ein Freund des Westens. Heute will Iran Israel auslöschen. Die falschen Hände haben die richtigen abgeschlagen, *mon ami*. Falls es jemals die richtigen waren.«

»Irgendjemand wird draus gelernt haben«, sagte Eley.

»Heckler hat die Lizenz für das G36, den Nachfolger, vor ein paar Jahren nach Saudi-Arabien verkauft. Rüstungskonzerne lernen nicht. Regierungen lernen nicht.«

»Menschen lernen.«

»Menschen sind irrelevant. Rüstungskonzerne und Regierungen arbeiten nicht nach den Werten und Idealen von Menschen, sondern nach wirtschaftlichen Zwängen. Die Abläufe sind automatisiert. Du willst in meinem Land investieren? Gut, ich will deine Panzer! Du willst unser Öl? Unser Gas? Unsere Sonnenenergie? Gut, ich will deine Sturmgewehre!« Rigal schwenkte das Glas langsam hin und her, den Blick darauf gerichtet, sprach nicht weiter. Er hatte sich schon nachgeschenkt, Eley war noch nicht so weit. Der Wein stieg ihm zu Kopf, er spürte die Müdigkeit, ein langer, intensiver Tag. Wollte nicht enden, dieser Tag.

»Wie schläft man neben so viel Stahl?«

»Ich hab noch nie gut geschlafen.«

Rigal stand auf, ging ins Bad, Eley sah und hörte ihn pinkeln. Er lehnte sich zurück, spürte die Verwringung des Stuhls, musste das Gleichgewicht justieren. »Hübsche Geschichte, Darfur und die Chinesen«, sagte er laut.

Rigal lachte. Die Spülung rauschte, der Wasserhahn. Er kam zurück, barfuß, hatte die Sandalen auf halbem Weg liegen gelassen. »Eine meiner Lieblingsgeschichten. In meiner Branche strickt man pausenlos an der eigenen Legende, man könnte sonst nicht weitermachen. Ein neuer Tag im Leben des selbstlosen Helden, ohne den es noch mehr verkrüppelte Kinder und tote Väter gäbe. Jeden Morgen sehe ich die empörten Gesichter der Chinesen vor mir, die Zufriedenheit reicht bis zum Abend, dann fange ich an zu trinken.«

»Ich dachte, du hast ihretwegen den Job im Panel verloren.«

»Egal, es gibt genug zu tun. Andere NGOs, andere Länder. Nach Darfur war ich in Elfenbeinküste, in Kambodscha, in … vergessen.«

»Um Munition und Waffen zu suchen?«

»Um den Dreck einzusammeln, den die Amerikaner, die Russen, die Chinesen, die Deutschen, die Franzosen herstellen und über die ganze Welt verbreiten, bis die UN beschließen, dass sie diesen Dreck nicht mehr über die *ganze* Welt verbreiten dürfen, zum Beispiel für eine Weile nicht mehr in Darfur oder Elfenbeinküste oder Libyen, weil es plötzlich Gerüchte gibt, dass dort Menschen den Dreck, vulgo: Waffen und Munition benutzen, um andere Menschen umzubringen. Also schicken die UN, sprich: die Amerikaner, die Russen, die Deutschen und so weiter Verrückte wie mich nach Darfur oder Elfenbeinküste oder Libyen, um diese Gerüchte zu überprüfen und den Menschen die Waffen wegzunehmen, bevor sie damit noch mehr andere Menschen umbringen oder bevor die Waffen ins nächste Krisengebiet weiterwandern, wie es so ihre Art ist, sie sind wie Sand – mit dem nächsten Wüstensturm wandern sie ins nächste Land, das Krieg führen will, und so geht das dreißig, vierzig Jahre lang, bis sie auseinanderfallen oder explodieren oder unbrauchbar gemacht werden. Die deutschen Waffen halten mit am längsten, die Qualität eures Drecks ist beeindruckend. Wer mit Heckler & Koch oder Meininger Rau schießt, der schießt besonders effizient und lange. Noch Wein?«

»Ja.«

Rigal goss nach, rote Spritzer landeten auf dem weißen Plastik, er fuhr mit der Hand darüber.

Eley trank, rauchte, trank, wurde den Gedanken an die Waffen nicht los. Daran, dass er sie spürte, links hinter sich drüben im Eck, dass er sie lauern spürte, als wäre der Haufen eine Art künstlicher Organismus, der in sich zusammengesunken auf den richtigen Moment wartete, um sich zu erheben, sich ihm zu nähern. Sein Körper schien mit dem Stahl zu korrespondieren, die linke Seite kam ihm schwer und unbeweglich vor, im Nacken meinte er Kühle wahrzunehmen.

Vielleicht lag es auch nur am Wein.

Sein Blick fiel auf den Perlenvorhang, der ein hübsches Muster hatte, leuchtend blaue Wellen verliefen von einer Seite zur anderen. Der einzige Gegenstand in der Wohnung, der ein bisschen Fröhlichkeit und Natürlichkeit ausstrahlte.

Plötzlich wusste er Bescheid.

Sie war hier gewesen. Der Vorhang ein Versuch, dieses Loch ein kleines bisschen erträglicher zu gestalten.

Lyon Rigal und Katharina Prinz.

»Ich bin der Sohn einer stolzen Kolonistenfamilie«, sagte Rigal. Seine Arme lagen auf dem Tisch, beide Hände am Glas. Die zweite

Flasche war zur Hälfte geleert, seine Stimme klang nach Bronchitis, nach Trübsinn, langsam abklingender Wut.

Seine Urgroßeltern waren in den zwanziger Jahren aus Lyon nach Algerien gekommen, hatten südlich von Oran ein Stück Land erhalten und ein großes Haus aus Holz bauen lassen. Sie hatten jene Araber zur Bewirtschaftung von Haus und Hof angestellt, deren Vorfahren das Stück Land urbar gemacht und jahrhundertelang bearbeitet und für ihr Eigentum gehalten hatten – sie hatten eine falsche Vorstellung von Eigentum gehabt.

»Auf einem Foto steht mein Urgroßvater auf der Veranda seines großen Hauses, Gewehr unter dem Arm, Reitstiefel an den Füßen, einer der bleichen Herren Algeriens, er trägt lange Unterhosen und ein gebügeltes Unterhemd, auf der Nase eine Sonnenbrille, die algerische Sonne hat ihn fast blind gemacht. Ein lächerlicher *Colon*, die Araber haben sich hinter seinem Rücken totgelacht. Er hatte noch ein paar Brüder in Lyon, die hat er nachkommen lassen, und auch die Brüder bekamen Land und bauten Häuser, und so entstand ein Dorf, und sie tauften es auf den Namen der alten Heimat. Nach der Unabhängigkeit jagte die neue Heimat sie fort, die alte wollte sie nicht wirklich. Ihr Trost waren die guten alten Zeiten in der Stadt Lyon und später dem Dorf Lyon im verlorenen maghrebinischen Departement, ich bin die Erinnerung daran, ich bin die gute alte Zeit, ein sepiabrauner, ferner Klang der Freude.« Er hob das Glas. »Auf gebügelte Unterhemden.«

Eley lachte lautlos, stieß mit ihm an.

Mit Zehntausenden anderen *Pieds-noirs* waren die Rigals im Sommer 1962 nach Frankreich geflohen. Fast eine Million Exilanten kamen übers Mittelmeer, hatten kaum mehr bei sich als einen Koffer und heiße Wut – und Sympathien für die OAS.

Die meisten Algerienfranzosen hatten die Unabhängigkeit abgelehnt, viele hatten sich der terroristischen Organisation de l'armée secrète angeschlossen, die Ende 1960 von französischen Offizieren und Generälen in Algier gegründet worden war. Tausende waren ihren Anschlägen zum Opfer gefallen, vor allem Muslime. Ein paar entfernte Rigals waren Mitglieder der OAS gewesen, ein Cousin hatte in Algier muslimische Staatsangestellte erschossen, Roger, Schande seiner Asche. Auch beim Putschversuch der französischen Generäle in Algier war er dabei gewesen und später, im August 1962, beim Attentat auf Charles de Gaulle bei Paris, als elf OAS-Fanatiker auf dessen Wagen gefeuert hatten.

Rigal hob das Glas. »Auf die Schande.«

Eley begann zu verstehen. Die Waffen, dieses Loch.

»Die Rigals und der Krieg«, sagte er.

»So ist es.«

»Und hier tust du Buße für deine Familie.«

»Wenn du es so sehen willst.«

Eines blieb noch zu sagen.

»Katharina. Was war mit ihr?«

»Katharina …«, sagte Rigal.

Eley beugte sich vor, hielt dem betrunkenen, düsteren Blick stand. »Sie war hier, oder?«

»Oft. Sie kam nachts, deine Botschafterin, in einer schwarzen Burka, Spazierstock in der Hand, eine alte, gebeugte Muslima. Dann zog sie die Burka aus, deckte das Schießzeug damit zu, stand da, so stark, lebendig, so …« Er brach ab, räusperte sich.

Eley zog eine Zigarette aus der Packung, war ein bisschen erschrocken. Auch Amel verbarg sich unter Kopftüchern, Schleiern, Gewändern, wenn sie nachts zu ihm kam. Aber sie kam nicht oft, es war zu gefährlich. »Wie lange lief das zwischen euch?«

»Was geht's dich an, *mon ami?*«

»Nichts. Möchtest du, dass ich sie von dir grüße?«

»Nein.«

Eley erhob sich, stützte sich für einen Moment auf den Tisch, bis der Schwindel verflogen war.

»Bring sie nicht in Verlegenheit, Eley, hörst du?«

Er schüttelte vorsichtig den Kopf, ging zur Tür, fand den Griff im Dämmerlicht nicht gleich. »Du brauchst mehr Helligkeit hier drin«, murmelte er.

»Draußen ist genug Helligkeit«, sagte Rigal. »Pass auf, draußen. Sie mögen keine Betrunkenen. Ich glaube, sie verachten sie.«

»Ich passe auf. Spiele nüchtern.« Eley warf einen letzten Blick auf den Haufen aus kantigem, schlankem Stahl. Er war froh, dass er die Waffen loswurde, dass sie gleich aus seinem Körper weichen würden wie bleierne Müdigkeit nach einer durchschlafenen Nacht. »Sie lebt jetzt allein, Lyon«, sagte er.

Draußen empfingen ihn Katzenaugen, der kühle Geruch des Meeres, das Flüstern der Kasbah. Mit der Zigarettenhand strich er über die azurblauen Kacheln, fühlte sich mit irgendetwas verbunden, auch wenn er nicht wusste, womit. Dann übereignete er sich der Schwerkraft, die ihn durch das Gassengewirr hinunterziehen würde zum Hafen, dort würde man weitersehen, irgendeine andere Kraft würde ihn schon nach Hause schieben.

29

NAHE METZ

Djamel erwachte, fuhr hoch. Im Schein des Mondes sah er, dass die Zimmertür geöffnet wurde.

Kein Licht im Flur.

»Djamel?«

Hamza trat ein, in dunklem T-Shirt, Shorts. Bedeutete Djamel, ihm zum Fenster zu folgen. »Jemand ist in eurem Wagen.«

Er sprang aus dem Bett, schlüpfte in die Unterhose.

Die drei Autos auf dem Vorplatz, Mohameds Citroën direkt unter ihnen. Auf den ersten Blick war nichts Ungewöhnliches zu erkennen. Dann bewegte sich hinter der Windschutzscheibe eine Hand. Ein Körper, zur Seite geneigt.

Sein Gefühl hatte ihn nicht getrogen.

Er zog Hose und Hemd an, eilte zur Tür.

»Warte!«, flüsterte Hamza.

Djamel deutete nach nebenan.

Als er die Tür zum Gästezimmer öffnete, hielt er den Atem an. Doch Aziz lag im Bett und schlief.

Verzeih, dachte er erleichtert und beschämt.

So leise wie möglich stiegen sie die Treppe hinunter. Hamza berührte ihn am Arm, eilte in die Küche. Mit zwei kleinen Gemüsemessern kam er zurück. »Keine Schusswaffen im Haus, wegen dem Jungen«, wisperte er.

Djamel war in seine Turnschuhe geschlüpft, Hamza ging voran, barfuß, in den Keller. Vorsichtig tasteten sie sich im Dunkeln an der rauen Wand entlang. Djamel hielt den Oberkörper zur Seite gedreht, das Messer stoßbereit. Er achtete darauf, nicht zu dicht bei Hamza zu sein, falls es doch um ihn ging.

Dann hörte er, wie Hamza einen Schlüssel im Schloss herumdrehte. Kalte Luft strömte herein, das Blau der Nacht. Sie stiegen eine Treppe hoch, befanden sich auf der Rückseite des Hauses. Ein Gemüsegarten, Obstbäume, dann der Wald. Unmittelbar vor der Ecke knieten sie sich hin.

»*Le pouvoir?*«, flüsterte Hamza an seinem Ohr.

Djamel nickte. Er glaubte nicht an Zufälle. Ein Dieb, ein Betrunkener, der seinen Rausch ausschlafen wollte? Nein, der Mann im Auto hatte andere Absichten.

»Dann muss er euch gefolgt sein.«

Er schüttelte den Kopf. »Wir haben aufgepasst. Das Auto gewechselt. Er ist an dir dran. Wegen Italien?«

Ihre Blicke begegneten sich.

»Oder weil du damals desertiert bist«, sagte Djamel.

»Sie dürfen nicht wissen, dass ich zu euch gehöre.«

Hamza hatte recht. Seine Frau und sein Sohn wären in Gefahr. Die ganze Operation. »Wir müssen herausfinden, ob er allein ist.«

»Ich kümmere mich darum.«

»Lass mich das machen.« Djamel hatte an Noureddine gedacht, daran, dass er, ein Benmedi, vielleicht ein Omen war, das Unglück brachte. Der Vaterlose im Bett des Jungen.

»Wir brauchen dich«, sagte Hamza. »Gib mir fünf Minuten.«

Dann war er um die Hausecke verschwunden.

Mit halb geschlossenen Augen lauschte Djamel. Schließlich nahm er ein leises, metallisches Klicken wahr – die Autotür. Er legte sich auf den betonierten Weg, der um das Haus herumführte, schob sich zur Ecke. Hamza hockte weiter vorn an der Mauer, kaum sichtbar vor deren dunkelgrauem Sockel. Zwei Meter weiter stand eines der Autos der Familie.

Jetzt huschte Hamza auf Händen und Füßen zu dem Wagen, blieb für einen Moment tief geduckt an der Stoßstange hocken. Langsam kroch er weiter, verschwand hinter der Hauswand.

Im selben Moment erschien jenseits des Autos eine Gestalt, die sich rasch in Richtung Dorf entfernte. Ein mittelgroßer Mann, bewegte sich nahezu geräuschlos. Er drehte sich ein-, zweimal um, hatte den Wald erreicht, verschwand darin.

Weitere Sekunden verstrichen, ohne dass Djamel Hamza sah oder hörte. Plötzlich tauchte er auf der anderen Straßenseite auf. Er rannte auf die Wiese, die Dunkelheit verschluckte ihn.

Djamel wartete fünf Minuten, dann erhob er sich. In der Mitte der schmalen Straße laufend, folgte er den beiden. Immer wieder hielt er kurz inne, konzentrierte sich auf Geräusche. Ein Motor in der Ferne, ein Knacksen irgendwo zwischen den Bäumen, sonst war nichts zu hören. Die Kreuzung, sie waren von links gekommen, vom Dorf, instinktiv rannte er in diese Richtung. Sein Atem ging schnell, kam ihm zu laut vor in der Stille.

Weiter vorn wurde es heller, das Waldstück endete, hell lag das Mondlicht auf den Wiesen, auf den Dächern des Dorfes. Als er keine dreißig Meter mehr vom Waldrand entfernt war, bemerkte er die Umrisse eines Wagens, der in einem Forstweg stand, mit der Front zur Straße. Er lief darauf zu.

Die Türen geschlossen, im Inneren saß niemand. Als er die Hand auf die Motorhaube legte, spürte er einen Rest Wärme.

Plötzlich hörte er keuchende Atemzüge.

Das Messer stoßbereit, ging er um das Auto herum.

Hamza und der Mann lagen nebeneinander auf dem Rücken, der Fremde reglos, sein Kopf war weit zur Seite gedreht, der Bauch aufgerissen, schwarz glänzend von Blut. Ein Algerier, Ende zwanzig, schmales Gesicht, die Haut weißlich, eher ein Junge aus der Banlieue von Paris als aus Algier.

Djamel kniete nieder, suchte den Puls, fand ihn nicht. »Bist du verletzt?«

Hamza schüttelte den Kopf, blieb liegen, schwer atmend. Auch er war voller Blut, an Armen und Händen, das Blut des Toten, am rechten Bein hatte er tiefe Kratzer vom Knie bis fast zum Becken hoch, die Wange blutete ebenfalls.

»Ein Straßenkämpfer«, stieß er hervor.

Djamel half ihm aufzustehen, stützte ihn.

»Geht schon«, sagte Hamza, und Djamel ließ los.

Was geschehen war, änderte vieles. Hamza war draußen. Sie mussten jemand anderen für Italien finden. Den Kontakt zu Hamza abbrechen.

»Das Auto muss weg«, sagte Djamel. »So schnell wie möglich.«

»Ich sorge für alles.«

»Wie?«

Hamza sah ihn an, sagte lange nichts, die Augen plötzlich müde wie am Abend in der Küche. »Ein paar Kilometer nördlich von hier ist ein Steinbruch im Wald, fünfzig Meter hoch. Hin und wieder springt jemand hinunter. Einer aus dem Dorf ist mit dem Auto über die Klippe gefahren, er hatte Krebs. Er ist samt dem Auto verbrannt. Sie haben ihn nur identifiziert, weil die Leute das Auto kannten.«

»Fahren wir«, sagte Djamel.

»Ich war so lange nicht dort«, sagte Hamza, »in der Heimat.«

»Du musst Geduld haben.«

Hamza durchsuchte die Hosentaschen des Toten, fand den Autoschlüssel. Djamel beobachtete, wie er den Kofferraum vorsichtig öffnete.

Als er sich wieder dem Jungen zuwandte, lag dessen Kopf anders. Die Augen starrten ihn an. »Hamza«, sagte er.

Schweigend standen sie da, blickten auf den Spitzel hinab. Er konnte sich nicht bewegen, konnte nur starren und blinzeln, schlucken.

»Ein Straßenkämpfer«, sagte Hamza voller Respekt.

»Ja«, sagte Djamel, kniete sich hin, brachte es zu Ende.

III

Phil

30

ALGIER

Ein Mann und eine Frau liefen über einen weiten Platz, vielleicht die Place des Martyrs, verschwommen die Konturen französischer Stadthäuser, grell das Weiß einer Moschee. Der Mann war er, die Frau kannte er nicht. Die Bewegungen zäh und mühsam, die Geräusche dumpf und tief, wie unter Wasser, alles war wie unter Wasser, schwerelos und zugleich schwer, sie kamen kaum voran, doch das war wohl auch nicht das Ziel, vorankommen. *»Chéri …«*

Er wollte den Traum nicht verlassen, wollte unter Wasser bleiben, schwerelos bleiben, das Zähe, Dumpfe so angenehm. *»Mon amour …«*

Er schlug die Augen auf, atmete Amels Duft ein, erschrak nicht einmal, zu viel Wein, um zu erschrecken. Ihr nackter Körper berührte seinen Rücken, ihre Brüste, sie war schon unter die Decke gekrochen, küsste seine Schulter, während ihre Hand über seine Taille fuhr, sein Becken, ihn ein Stück zu sich drehte. Sein Schwanz wuchs ihrer Hand entgegen. Fley drehte sich weiter, bis er ihr Gesicht sah, ihr Lächeln.

»Bonjour, chéri.«

Er nickte, alles war jetzt leicht und klar.

Er stand am Fenster des Esszimmers, blickte auf Cap Matifou jenseits der Bucht, das wie das Meer draußen im weichen Grau der Morgendämmerung lag, die Bucht selbst noch dunkel. Im Hafen dockte eine Fähre an, in der Ferne unbewegt die Containerschiffe, kamen ihm vor wie Beobachter, unbarmherzige Wächter.

»Kein Ton?«

»Nein«, sagte er.

Er ging zum Tisch, setzte sich, der Laptop zwischen ihnen, die Aufnahmen aus Constantine. Amel war in Unterwäsche, die Spaghettiträger verdreht, das Haar verstrubbelt und noch feucht vom Duschen. Ihre Augen erschienen ihm matt und kraftlos, darunter Schatten der Müdigkeit. Sie hatte die DDSE nachts um eins verlassen, war um fünf aufgestanden, um zu ihm zu kommen. Deutlicher als sonst zeichnete sich die lange, schmale Narbe ab.

Minuten verstrichen, hin und wieder schabten ihre Finger über das Touchpad. An ihrem Blick sah Eley, wie die Zweifel kamen und mit ihnen Angst.

Amel war ins dunkle Wohnzimmer gegangen, wo sie sich am frühen Morgen ausgezogen hatte. Er hörte Kleidung rascheln, sah sie nicht. Sie musste ins Büro, um halb acht die erste Besprechung, um zwölf mit dem Botschafter und ihm, am Nachmittag die merkwürdige Reise nach Tamanrasset. Ein, zwei Tage mit Toumi, Carola Liebig, anderen in der Wüste, um einen falschen Mittelsmann zu treffen, der sie zu einem falschen Tuareg-Informanten führen würde.

»Es muss eine andere Erklärung geben«, sagte sie.

»Ich habe keine.«

»Warum sollten Toumi und Soudani in Bezug auf AQMI lügen? Was hätten sie davon?«

»Zeit«, sagte Eley. »Sie brauchen Zeit.«

»Ich kann das nicht glauben.«

»Ich weiß.«

»Wenn es nicht um Geld geht, worum dann?«

»Wahrscheinlich um Informationen.«

»In Bezug auf was?«

Eley griff nach den Zigaretten, riss sich zusammen. Er rauchte nicht, wenn Amel in der Wohnung war.

Sie trat in den Türrahmen und lehnte sich dagegen, wartete auf eine Antwort. Ihre Lippen waren leicht geöffnet, an der Nasenwurzel die kleinen, scharfen Falten, ihre Augen glänzten. Er wusste nicht genau, was es war, Erstaunen, Enttäuschung, Verärgerung, nur dass ihr sein Misstrauen wehtat.

Vertrau ihr, dachte er. Du musst doch vertrauen.

»In Bezug auf Meininger Rau«, sagte er. »Aber das ist nur eine Vermutung. Richter hat bis vor ein paar Monaten für die gearbeitet. Die ersten Gewehre werden demnächst geliefert. Vielleicht hängt es damit zusammen.«

»Deutschland.« Sie kehrte ins Wohnzimmer zurück, verschwand wieder im Dunkeln, die Fensterläden dort waren noch geschlossen. Ins Esszimmer dagegen kroch erstes Sonnenlicht, helle Linien an der Decke, den Wänden. Cap Matifou war im Ursprung gleißenden Lichts verschwunden.

»Amel …« Erneut griff Eley nach den Zigaretten. In plötzlicher Wut knüllte er die Packung zusammen und warf sie von sich.

»Soudani fliegt heute Abend nach Deutschland«, sagte Amel.

Er ging zur Tür, entdeckte sie nicht sofort. Sie lehnte an der Zwischenwand neben einem der Regale, die Hände hinter dem Rücken, der Kopf leicht zur Seite geneigt. Etwas war vom Zusammenbruch bedroht, er wusste das.

»Zu Meininger Rau?«

Sie zog die Schultern hoch, ließ sie fallen.

Deutschland, dachte er. Es konnte alles bedeuten und nichts. Weitere Geschäfte mit Meininger Rau oder Elbe Defence. Vielleicht fehlten Unterschriften. Oder Elbe hatte Richters wegen bei Soudani vorgesprochen, nun musste einer der wichtigsten Rüstungspartner beruhigt werden, also flog er rüber.

»Es ist kein Beweis«, sagte Amel.

»Nein, ist es nicht.«

»Es gibt keine Beweise. Du musst dich irren.«

Er trat zu ihr, streckte die Hand aus, sie reichte ihm ihre. Die Finger waren kühl und ohne Kraft, wollten sich nicht mit seinen verbinden. Eley spürte, dass sie weit weg war, die Angst bekämpfte. Belogen Toumi und Soudani sie? Wurde sie von *le pouvoir* verraten? Fragen, die das akribisch austarierte Konstrukt der Stabilität zerstörten. Sie wollte keine Antworten, nur dass er sich irrte. Sie brauchte die Sicherheit, dass nie wieder passieren würde, was passiert war, 1996 in einem Dorf im Tellatlas, in den Jahren davor und danach, überall im Land.

Als sie sich ihm zuwandte, war ihr Blick entschlossen. Sie hatte die Fassung wiedergewonnen, den Glauben an *le pouvoir*. Was nicht sein durfte, konnte nicht sein.

»Ich muss los.«

Im selben Moment klingelte es, nicht unten, sondern oben, an der Wohnungstür. Sie sahen sich an, warteten.

Erneut die Klingel, lang und hoch und aggressiv, dann ein Klopfen, kaum zu hören durch die Stahltür. Wie aus weiter Ferne erklang eine hohe Frauenstimme, rief seinen Namen.

»Die Concierge«, sagte Eley.

»Was will sie?«

»Keine Ahnung.« Er ging die Möglichkeiten durch, Wasserschaden, Brand, Einbruch, vielleicht brauchte sie Hilfe? Aber dann hätte sie doch angerufen.

Wieder die Klingel, noch länger und giftiger. Amel schloss die Augen, ihre Ohren bewegten sich nach hinten wie die einer von Lärm gepeinigten Katze.

»Ich rede mit ihr.«

»Nein«, flüsterte sie, »mach nicht auf!«

Das Klopfen, lauter diesmal. Erneut die Stimme, Ärger und Furcht und Hysterie.

Plötzlich herrschte Stille.

Als sie dachten, es sei vorbei, hörte Eley einen Schlüssel ins Schloss gleiten.

Er lief zur Tür, hielt die Klinke fest, spürte den Gegendruck. Amel war ihm gefolgt und zerrte Mantel und Kopftuch vom Haken, ihre Schuhe, die sie neben seine unter die Garderobe gestellt hatte. Lautlos rannte sie den Flur hinunter. Vor dem Schlafzimmer blieb sie stehen und wandte sich um.

Eley nickte, rang sich ein Lächeln ab.

Aber er ahnte jetzt, dass die Concierge nicht allein war. Irgendjemand stand dort draußen bei ihr.

Jenseits der Stahltür erklang ihre Stimme, ein leises Jammern auf Algerisch. Eine ruhige Männerstimme antwortete. Eley brauchte ein paar Sekunden, bis er sie erkannt hatte.

Die Stimme von Abderrahmane Toumi.

31

IRGENDWO IN ALGERIEN

Peter Richter sah das Licht über die Hügel kommen. Wie eine träge, lautlose Flut kroch es heran und holte vor seinen Augen Hänge und Kuppen aus der Dunkelheit, ein steinernes Dorf an einer Bergflanke, vereinzelt Wachen mit Gewehren. Ließ Farben entstehen, Grün, Grau, Ocker, Braun in allen Varianten, mattes Rot, das Blau des Himmels. Und Schmerz, von seinen Pupillen bis tief in den Schädel hinein.

Als der Schmerz übermächtig wurde, schloss er die Augen, wandte sich von dem kleinen Fenster ab, begann darauf zu warten, dass seine Nerven zur Ruhe kamen und er dem Licht wieder zusehen konnte.

Der Tod der vier Männer hatte manches geändert.

Keine Kapuze mehr.

Vor allem aber hatten sie ihn nicht in die Finsternis unter dem Erdboden zurückgebracht, sondern in das andere Gebäude geführt. Er »wohnte« im oberen Stockwerk in einem Raum, der an eine Klosterzelle erinnerte. Ein schmales Bett, Tischchen und Stuhl aus Holz, ein Waschbecken.

Tageslicht.

Doch die Tür war verschlossen und das Fenster nur ein gut handbreiter Schlitz in der Mauer, zu schmal, um hindurchzukriechen. Er wäre ohnehin nicht weit gekommen. Eine Mauer umgab das Gelände, ein ehemaliges christliches Kloster. Er hatte ein Tor mit Wachposten gesehen. Mofas unter einem Wellblechdach. Die

Bewaffneten jenseits der Mauer, halb verborgen hinter Felsbrocken, in dem gewellten Tal, das sich bis zum Horizont zog.

Das Couscous dagegen war geblieben. Couscous süß, vor wenigen Minuten. Der vierte Tag in Gefangenschaft hatte begonnen. Dazu der Abend der Entführung und die erste Nacht. Vierundachtzig, fünfundachtzig Stunden.

Auch hier, in der Klosterzelle, lagen auf dem Boden Steine, allerdings wenige. Mehr Erdbröckchen, weniger Steine. Vier, dachte er und befühlte die Hosentasche von außen.

Sie müssen sich beruhigen, Monsieur Richter, bald sind Sie frei, hatte Madjer am späten Abend gesagt. *Nur noch ein paar Tage. Und jetzt versuchen Sie zu schlafen.*

Für ein paar Tage würden die Steinchen in seiner Zelle reichen. Auch für eine Woche, falls Madjer log. Danach würde er sich ein anderes System überlegen müssen.

In den ersten Minuten nach der gescheiterten Flucht war Madjer voller Zorn gewesen. *Wie oft haben wir Ihnen gesagt, dass Ihnen nichts geschehen wird? Dass wir nur mit Ihnen reden wollen? Weil Sie uns nicht glauben wollten, mussten vier Männer sterben!*

Richter hatte verwirrt geschwiegen. Aus dem Opfer war ein Täter geworden.

Er hatte im orangefarbenen Abendlicht im Hof gesessen, umgeben von einem Dutzend Männer und Frauen, deren Gewehre auf ihn gerichtet waren. Andere hatten die Leichen herausgetragen. Er hatte versucht, nicht an Toni zu denken. An den Anblick, als dessen Kopf von der zweiten Kugel zerrissen worden war.

Die Gewehre hatten ihm dabei geholfen. Neun AK-47, unterschiedliche Produktion. Zwei amerikanische M16. Ein G3 von Heckler & Koch, Lizenzfertigung. Er hatte lange abgewogen, bis er sich festlegte. Pakistan Ordnance Factories, Lizenz seit Anfang der sechziger Jahre.

Neun, zwei, eins. Er hatte Steinchen gesammelt, Häufchen gebildet: neun, zwei, eins.

Plötzlich war Madjer vor ihm auf die Knie gefallen, hatte ihn an den Armen gepackt, das Gesicht von Wut und Bestürzung verzerrt. *Sie müssen Geduld haben, Monsieur Richter! Nur noch ein paar Tage! Hören Sie?*

Ja.

Wenn Sie noch einmal zu fliehen versuchen, wird man Sie erschießen! Verstehen Sie mich?

Ja.

Madjers Knie hatten die Steinchenhaufen zerstört.

Er hatte begonnen, neben den Knien nach neuen Steinchen zu suchen.

Ein Kopf zerplatzte, kam in einer Blutlache zur Ruhe.

Er hatte die Hände vors Gesicht gehoben, zu weinen begonnen.

Die Hügel jenseits des Fensters färbten sich rötlich, als das nächste Verhör begann. Dieselben Fragesteller, dieselben Fragen. Er wusste, dass sie prüfen wollten, ob er dieselben Antworten gab. Falls nicht, wüssten sie, dass er log.

Er log nicht.

»Hat Meininger Rau eigene Lkws, oder werden sie angemietet?«

»Sie werden angemietet.«

»Welche Spedition?«

»Talheim Transport in Frankfurt.«

Das rötliche Licht fiel auf die Gesichter der beiden Männer, die nicht vermummt waren. Er sah Bartstoppeln, Müdigkeit. Entbehrungen. Der eine mochte dreißig sein, der andere Anfang fünfzig. Er fand sie noch distanzierter als sonst, was nach den Ereignissen vom Vorabend nicht verwunderlich war. Sie sprachen kühl, ihrer selbst gewiss, und zum ersten Mal wurde ihm bewusst, dass sie Erfahrung besaßen im Fragenstellen. Sie mussten Kriminalbeamte sein oder dem Geheimdienst angehören.

Keine Islamisten. Al-Qaida war nur Tarnung. Wie Toni gesagt hatte. *Soldaten, irgendeine Spezialeinheit.* Doch warum dann die Fragen?

»Wie sind die Gewehre verpackt?«

»Einzeln in … in Polyethylentaschen. Fünf Gewehre in einem Karton, zwei Kartons in einer Holzkiste.«

»Die Maße der Kisten?«

»Hundertdreißig mal fünfundsechzig mal sechzig Zentimeter.«

»Wie schwer ist eine Kiste?«

»Siebzig Kilo.«

»Wann findet der erste Transport statt?«

»In der zweiten Novemberhälfte.«

»Wie viele Gewehre?«

»Viertausendachthundert.«

»Wie viele Lkws?«

»Vier.«

»Sattelzüge oder Zugfahrzeuge und Anhänger?«

»Das weiß ich nicht.«

»Wie viele Kisten pro Lkw?«

»Einhundertzwanzig.«

Sie wollten die Gewehre, das war gewiss. Alle Fragen drehten sich um die Auslieferung des ersten Loses. Viertausendachthundert von zwanzigtausend Sturmgewehren für die algerische Armee. Sie wollten sie zwischen Altniederndorf und Hamburg abfangen. Deshalb hatten sie ihn entführt, den ehemaligen Vertriebsbeauftragten von Meininger Rau, der so viele Details kannte und für seinen neuen Arbeitgeber Elbe Defence Systems geradewegs zu ihnen gekommen war, nach Constantine. Aber sie gehörten weder AQM noch den algerischen Sicherheitskräften an.

»Sie wollen die Gewehre«, sagte er.

Die beiden Männer antworteten nicht. Fragten weiter.

»Wie viel wiegt eine Kiste?«

»Siebzig Kilo.«

»Wie groß sind die Kisten?«

»Hundertdreißig mal fünfundsechzig mal sechzig.«

Das MRG 45, der Verkaufshit von Meininger Rau. Ein fabelhaftes Gewehr, besser als das G36 von HK. Ein Gewehr für die Ewigkeit. Er war noch immer stolz darauf, stolz auf den Erfolg. Geliefert unter seiner Ägide in rund ein Dutzend Länder, die Lizenz verkauft an Spanien, Jordanien und Saudi-Arabien. Auch das Algerien-Geschäft hatte er noch in die Wege geleitet.

Madjer trat ein, schickte die beiden Männer hinaus. Er wirkte ernst und gefasst, aber sehr müde. »Konnten Sie schlafen, Monsieur?«

»Sie werden mich nicht freilassen«, sagte Richter. »Nicht bevor Sie die Gewehre haben.«

»Ja.«

Madjer trug den Stuhl vor ihn und setzte sich. Richter dachte, dass er sich den alten Madjer zurückwünschte, den aus Constantine, der so freundlich und humorvoll gewesen war. Wir sind eine große Familie, und hier wohnen wir. Das Schild – MONSIEUR ATLAS.

»Sie werden in der zweiten Novemberhälfte ausgeliefert«, sagte er. »In drei Wochen, nicht in ein paar Tagen.«

»Das Datum wurde geändert. Am Montag sind Sie frei.«

Er schüttelte den Kopf. Das Datum geändert? Sie konnten doch nicht wissen, was er nicht wusste.

Madjer lächelte sanft. »Wie haben jetzt jemanden bei der Spedition. Bei Talheim Transport. Sie kann nachts in die Auftragsbücher sehen.« Er tätschelte ihm das Knie. »Montag, Monsieur Richter.«

Richter wandte sich dem Fenster zu, dem Licht. Aber es war zu hell geworden. Vor seinen entwöhnten Augen tanzten Flecken, und der Schmerz pochte in seinem Kopf. Er senkte den Blick. »Noch eine Woche Couscous.«

»Wir fahren heute in die Stadt. Falls Sie etwas Bestimmtes wollen ...«

»Fleisch. Und ein kühles Bier. Bekommt man hier Bier?«

»Hier?«

»In der Kabylei.«

Madjer lächelte. »Ja, hier bekommt man Bier.«

»Sind Sie Kabyle?«

»Nein.«

»Und Ihre Leute?«

»Manche sind Kabylen, andere Tuareg, die meisten Araber. Aber wir haben auch Christen unter uns. In der Kabylei gibt es eine Menge Christen, wussten Sie das?«

»Nein.«

»Eine Viertelmillion«, sagte Madjer.

Zweihundertfünfzigtausend, dachte Richter. Eine Menge Steinchen. Er unterdrückte ein Kichern. Fragte sich, wie lange er durchhalten würde. Bei klarem Verstand bleiben würde.

Madjer sprach weiter, täuschte eine Unterhaltung zwischen Gleichberechtigten vor, ein informatives Gespräch zwischen Einheimischem und Ausländer. »Nominell herrscht in Algerien Religionsfreiheit, wie Sie vielleicht wissen. Trotzdem werden immer wieder christliche Kirchen geschlossen, und die Missionierung ist verboten. Eine Schande, wenn Sie mich fragen.«

Richter begann zu begreifen. »Und Sie wollen das ändern.«

»Das und vieles andere.«

»Deshalb die Gewehre.«

»Es ist besser für Sie, wenn Sie nicht zu viel wissen.«

»Ich weiß bereits zu viel, Madjer.« Richter hob die Hand, bewegte sie im Halbkreis, während ihm Tränen in die Augen schossen. »Ich weiß, was Sie wollen, wer Sie sind, dass Ihre Gruppe existiert, dass wir in der Kabylei sind. Ich weiß viel zu viel, und deshalb werden Sie mich nicht freilassen. Sie werden mich töten.«

Es klopfte, eine Frau trat ein. Sie sagte ein paar Worte auf Algerisch und reichte Madjer ein Fernglas. Er ging zu dem Fensterschlitz, der kaum breiter als das Fernglas war. Lange stand er dort, beobachtete.

Richter musste nicht fragen, er hörte das Geräusch in weiter Ferne. Ein Hubschrauber.

Er blinzelte die Tränen weg, wischte sich die Wangen trocken. Als er den Blick der Frau auf sich spürte, sah er sie an. Eine einfache Frau, Anfang dreißig, Haare und Teint dunkel, die Augen schwarz. Mit einem leeren Lächeln trat sie zu ihm. Plötzlich hielt sie eine Pistole in der Hand. Sie setzte ihm die Mündung an die Stirn und sagte: *»Pow.«*

Madjer drehte sich um. »Karima.«

Richter schloss die Augen, ließ den Kopf nach hinten sinken. Die Mündung blieb an seiner Stirn.

»Pow«, sagte Karima.

Dann war die Waffe fort. Karima schien die Zelle verlassen zu haben, er hörte, wie sich die Tür schloss.

Madjer hatte sich wieder gesetzt. Kleine, warme Hände schlossen sich um seine. Er öffnete die Augen nicht.

»Einer der Toten war ein Cousin von ihr.«

Richter schluckte Tränen, nickte. Vier Tote, dachte er. Vier Steinchen. So viele Tote wie Tage. Er wollte die Hände aus Madjers Griff lösen, um vier Steinchen für die Toten zu suchen. Konnte sie nicht befreien.

»Hören Sie mir zu«, sagte Madjer dicht vor ihm.

Sie würden ihn am Montag mit einem Schiff nach Süditalien bringen und zur Botschaft in Rom fahren. Von dort werde er nach Deutschland fliegen. Auf diese Weise bekämen die algerischen Geheimdienste keine Möglichkeit, ihn zu verhören. Den deutschen Behörden werde er erzählen, was alle glaubten – dass er von al-Qaida im islamischen Maghreb entführt worden sei. Dass er ununterbrochen eine Kapuze getragen und nichts und niemanden gesehen habe. Dass sie ihn wahrscheinlich in der Wüste versteckt gehalten hätten. Es sei am Tag sehr heiß gewesen und nachts sehr kalt. »Sie werden nie nach Algerien zurückkehren. Das ist die Bedingung.«

Richter öffnete die Augen. »Sie werden mich hier töten.«

Madjer löste den Griff, stand auf. »Nein. Vertrauen Sie mir.«

»Karima. Sonst jemand.« Fünf Steinchen, dachte er, hob eine Hand und spreizte die Finger. *»Cinq, Madjer. Cinq morts.«*

»Wir sind nicht so, Monsieur.« Madjer stellte den Stuhl an den Tisch zurück und ging zur Tür.

Richter folgte ihm mit dem Blick, nahm ihn nur verschwommen wahr.

Fünf Steinchen.

Eine Portion Fleisch, ein Bier – die Henkersmahlzeit.

32

ALGIER

Eley und Steve in der »Milk Bar«, sprachen, die Köpfe dicht beieinander. Steve, mit dem Smartphone beschäftigt. Eley und Steve, reichten sich zum Abschied die Hand …

Die Fotos, von denen Amel gesprochen hatte.

»Sie haben gefährliche Freunde, Monsieur Eley.«

»Steve? Was macht ihn gefährlich?«

»Dass er für die CIA arbeitet.«

Toumi saß auf dem Sofa, vorgebeugt, Ellbogen auf den Oberschenkeln, wirkte in dieser jovialen Pose, als hätte er schon oft dort gesessen. Auch ich bin ein Freund, besagte sie, aber ein ungefährlicher. Wie Amel sah man ihm die Müdigkeit und den Druck an. Die Haare glänzten nicht, kein Gel heute, keine Zeit für Eitelkeit. Er wirkte noch blasser, noch jünger als sonst. Noch intelligenter und mysteriöser.

Er war nicht allein gekommen. Im Treppenhaus warteten zwei DDSE-Schläger. *Nur Sie,* hatte Eley gesagt. *Sonst gibt es kein Gespräch.* Lächelnd hatte Toumi akzeptiert.

Eley hatte im Wohnzimmer Läden und Fenster geöffnet, in der Hoffnung, dass Toumi den Duft von Amels Parfüm nicht wahrnahm. Dann hatte er auf der anderen Seite des Glastisches Platz genommen, Toumi die Zigaretten hingehalten, schweigend hatten sie die ersten Züge genommen.

Von draußen drang der Lärm des Morgenverkehrs herein. Möwen schrien.

»CIA? Das wüsste ich.«

»Scott Deveraux«, sagte Toumi. »Moskau, Riad, Djakarta, dann Algier. Ein erfahrener Mann.«

»Und doch offensichtlich enttarnt.«

»Nicht von uns, leider, so gut sind wir nicht.«

»Ihre französischen Freunde?«

Toumi zuckte mit den Schultern. »Gelegentlich brauchen sie etwas von uns.«

»Überflugrechte nach Mali zum Beispiel?«

»Oder einen Namen. Wir kennen die Banlieue von Paris besser als sie.«

Eleys Blick kehrte zu den Fotos zurück. Plötzlich war er sicher, dass Toumi nicht ihretwegen gekommen war. Er wusste mehr. Wollte etwas. Hatte ein Ass im Ärmel.

»Warum haben Sie sich mit Mr. Deveraux getroffen?«

»Wir frühstücken manchmal zusammen.«

»Bitte«, sagte Toumi gelangweilt.

»Die Expats mögen die ›Milk Bar‹, Toumi. Die Italiener gehen hin, die Franzosen, die Amerikaner. UN-Leute. Ich bin jeden Morgen dort.«

Toumi nickte, hielt die gespreizten Finger vor sich, beruhigend. Bot einen Deal an, wie Eley es erwartet hatte. Tun wir so, als dürftest du in Algerien ermitteln wie in Deutschland. Könntest dich bewegen, wie du wolltest. Fragen stellen, Zeugen suchen, Informationen beschaffen. Tun wir so, als würde dich niemand dafür zur Rechenschaft ziehen.

»Tun wir so«, sagte Eley.

»Gut. Worüber haben Sie mit Mr. Deveraux gesprochen?«

»Über einen seiner Romane. *Algerian Rhapsody.*«

Toumi lächelte. »Kein schlechtes Buch.«

»Ein bisschen kitschig, wenn Sie mich fragen.«

»It's all about love«, sagte Toumi mit tiefer, »amerikanischer«

Stimme. Ein Achselzucken, ein Lächeln, er schien sich verdammt sicher zu fühlen. »Hat Mr. Deveraux Ihnen Informationen gegeben?«

»Worüber?«

»Über die Entführung von Monsieur Richter.«

»Ich bin nicht befugt, mit Freunden über dienstliche Belange zu sprechen.«

»Ja«, sagte Toumi sanft, fingerte sich eine Zigarette aus der eigenen Packung, zündete sie an.

Du bist zu jung, dachte Eley. Du kriegst mich nicht. Nicht so.

Wäre Amel nicht in der Wohnung gewesen, hätte er das kleine Scharmützel genossen. Toumi war ihm nicht unsympathisch. Kein Staatssicherheitsmann, kein Opportunist, sondern von Stolz auf das unabhängige Algerien motiviert, von der Sorge um dessen Zukunft. Dass er sich wie der halbe Staatsapparat totalitärer Mittel bediente, gehörte zur Tragik dieses Landes, zum elenden Erbe des Kolonialismus. Was die Franzosen in den fünfziger Jahren algerischen Zivilisten und FLN-Kämpfern angetan hatten, das hatten die Militärs in den Neunzigern im Krieg gegen die Islamisten wiederholt – Repression, Denunziation, Morde an Unschuldigen, extralegale Hinrichtungen, Folter, Vergewaltigung. Auslöschen statt verhandeln. Wie Amel war Toumi in einem Klima der Angst erwachsen geworden. Nur war sein Vater vielleicht nicht Opfer, sondern Täter gewesen.

»Was wollten Sie in meiner Wohnung?«

»Antworten auf meine Fragen, Monsieur Eley.«

»Ohne Durchsuchungsbeschluss? Einbruch in die Wohnung eines Diplomaten? Das deutsche Außenministerium hätte bei Ihrer Regierung protestiert.«

Toumi schürzte die Lippen, seine Augen leuchteten. Ein hübscher Scherz, besagte seine Miene, kennen Sie noch so einen?

Eley steckte die Fotos in den Umschlag, warf ihn mit einer flüchtigen Handbewegung auf den Glastisch. »Ist sonst noch was?«

Toumi lehnte sich zurück, wirkte mit einem Mal nachdenklich. »Vertrauen Sie mir, Monsieur Eley. Wenn Sie etwas wissen, sagen Sie es mir. Niemand würde erfahren, dass es von Ihnen kommt.«

»Nicht einmal General Soudani?«

Toumi schüttelte den Kopf. »Sehen Sie, General Soudani hat das Wohl unseres Landes im Blick. Das ist seine Priorität, seine Aufgabe. Eine immense Verantwortung. Der Kampf gegen al-Qaida ist für ihn von so großer Bedeutung, dass er einzelne Aspekte, wie die Entführung von Monsieur Richter, gelegentlich aus dem Auge verlieren mag. Meine Aufgabe dagegen ist es, Monsieur Richter wohlbehalten zurückzuholen. Nur das. Um sie zu erfüllen, werde ich jede Information nutzen, die ich bekomme, selbst wenn sie von einem deutschen Polizisten stammt, der in Algerien nicht ermitteln darf. Das mag General Soudani stören – doch wissen Sie was?« Er lächelte. *»I don't care.«*

Eley rang sich ein Schmunzeln ab. Er spürte das Ass in Toumis Ärmel lauern, wollte es endlich sehen. »Ich weiß nur das, was Sie und der General mir mitgeteilt haben. Dass Richter von einer AQMI-Splittergruppe aus Libyen entführt wurde. Von Ausländern.«

»Ich verstehe.« Toumi beugte sich vor, eine Hand in der Innentasche des Jacketts. Hielt inne, drückte die Zigarette aus, machte es spannend.

Ein weiterer Umschlag, weitere Fotos: Eley und Lyon Rigal vor dem Nationaltheater, am Hafen, auf dem Weg durch die Kasbah. Vor Rigals Wohnung.

Sie sahen sich schweigend an. Das alte Machtspiel, lächerlich, aber es half Eley, seine Gedanken zu sortieren. Die Unruhe zu bekämpfen. Die Einschläge kamen näher.

»Lyon Rigal«, sagte Toumi schließlich.

»Lassen Sie ihn in Ruhe. Er ist harmlos.«

»Ich weiß. Monsieur Rigal arbeitet für die UN, für verschiedene NGOs. Hier könnte es allerdings Probleme geben. Sie kennen das neue NGO-Gesetz.«

Eley nickte. Anmeldepflicht, Genehmigungspflicht. Keine Finanzierung durch ausländische Organisationen. Keine Verstöße gegen algerische Werte, keine Einmischung in die inneren Angelegenheiten Algeriens. Wer sich nicht daran hielt, musste mit einer Haftstrafe rechnen. NGOs *konnten* sich nicht daran halten.

»Andererseits ist er Franzose. Im Augenblick wollen wir die Franzosen nicht provozieren. Die alte Hassliebe.« Toumi lächelte. »Oder besser: gegenseitige Abhängigkeit.«

Eley klopfte sich eine Zigarette aus der Schachtel. »Sie lassen ihn observieren?«

»Ja. Und ich lasse *Sie* observieren.«

Er zündete sie an, konnte das Zittern der Hände nicht ganz unterdrücken. »Seit wann?«

»Seit Monsieur Rigals Anruf bei Ihnen.«

Eley zog an der Zigarette, inhalierte tief. Er hatte drüben am Esstisch gesessen, am späten Nachmittag, als Rigal angerufen hatte. Er war die Fliege in Toumis Netz, hatte das zu spät begriffen. Hatte zu spät begriffen, dass es längst ums Ganze ging. Kurz nach dem Gespräch mit Rigal war er ins »Zohra« aufgebrochen.

Er sah Toumi an, dessen Augen ruhig und unergründlich waren, nein, dachte er, eigentlich war es ganz einfach, sie zu lesen: Toumi wusste, was ihm durch den Kopf ging. Amel.

Toumi zog zwei einzelne Fotos aus der Innentasche und legte sie auf den Tisch. Eley mit Amel, unmittelbar nachdem sie das »Zohra« verlassen hatten. Amel, als sie hier unten die Tür aufschloss, wohl an diesem Morgen.

»Es ist mein Wunsch, mit Ihnen zusammenzuarbeiten«, sagte Toumi. »Als Zeichen meines Vertrauens werde ich die Observierung einstellen lassen.«

Eley brachte kein Wort heraus, nickte nur, der Blick auf den beiden letzten Fotos, Tränen in den Augen.

»Sie haben meine Telefonnummer.« Toumi stand auf. »Rufen Sie mich an. Mein Angebot gilt.«

33

BERLIN

Ein grauer Raum, unerträglich heiß, so heiß, dass ihr das Atmen schwerfiel. Auf dem Steinboden saß ein Mann, der ihr vage bekannt vorkam, blickte sie an, als wartete er auf eine Antwort. Er hatte etwas gesagt; was, war ihr nicht klar, oder sie hatte es mit dem Aufwachen vergessen.

Sie hatte lange nicht von Lyon geträumt.

Vorsichtig richtete sie sich auf, wie erschlagen nach nicht einmal drei Stunden Schlaf auf der Yogamatte.

Halb sechs, jenseits der deckenhohen Fenster Finsternis.

Sie hatte sich mitten im Wohnzimmer eine Insel auf dem Parkett gebaut, die blaue Matte, Arbeitsunterlagen, iPad, eine Dockingstation mit dem iPhone, das Tablett mit Teller und Besteck und Pizzaresten und einer leeren Flasche sizilianischem Syrah. Eine Rettungsinsel.

Sie ging ins Bad, kehrte auf die Yogamatte zurück, begann mit ihrer Praxis. Sie war steif, kraftlos, unkonzentriert. Nach einer Stunde, bei den Dropbacks, kamen die Tränen. Erst die Angst, dann die Tränen. Beim Kopfstand wurde alles für Momente gut.

Sie duschte, verließ die Wohnung mit der Insel und allem anderen, Michael, Lyon.

Für die Kinder war es zu früh, am Krankenbett saß niemand.

Heinrich Zimmermanns Atem ging regelmäßig, doch hin und wieder kam ein ungeduldiges, kehliges Röcheln, als wollte er endlich hier raus, zurückkehren in den Betrieb, der ihn fast umgebracht hätte. Seine Gesichtshaut war transparent, Adern schienen hindurch, ein Netz aus blauen Linien, gespenstisch. Die Augen waren geschlossen, öffneten sich nicht, als sie sich setzte, den Stuhl quietschend näherschob. Sein ernster Blick hätte ihr jetzt gutgetan. Ein paar Worte.

Ich sehe nicht, wohin das führen soll, Frau Prinz.

Sie haben dieses Leben gewollt, halten Sie sich also bitte an seine Regeln.

Vergessen Sie nicht, welche Verantwortung Sie tragen. Sie sind Repräsentantin eines Landes und seiner Menschen.

Sie hatte ihn enttäuscht, immer wieder, weil sie so anders war als er. Idealistischer, hartnäckiger, jünger. Eine Frau. Und weil sie die Ansicht vertrat, dass auch Diplomaten das Recht aufs Menschsein hatten. Niemandes Leben musste derart korsettiert verlaufen, dass er die eigene Persönlichkeit verlor.

Heinrich Zimmermann hatte die Enttäuschungen hingenommen, die nächsten einkalkuliert, sie weiter gefördert, weil er von ihren Fähigkeiten und ihrer Intelligenz überzeugt war. Gerade das, was sie von ihm unterschied, brachte Erfolg. Sie konnte skrupellos sein, wenn es darauf ankam, und konsequent bis an die Schmerzgrenze. Aber sie besaß auch ein Gespür für Befindlichkeiten, die eigenen und die anderer, im Gegensatz zu ihm.

Sie werden scheitern, hatte er gesagt, *oder eines Tages einen Staatssekretär beerben.*

Sie hatte sich, dachte sie, fürs Scheitern entschieden. Die letzten Monate in Algier hatten sie verändert. Die Nächte in Lyon Rigals dunklem Abgrund, wo sie einer Unbekannten begegnet war.

Sie sah auf Zimmermanns linke Hand hinab, die vor ihr auf der Bettdecke lag. Hier waren die Adern noch deutlicher zu erkennen. Die Finger waren gestreckt, nicht gekrümmt, eine letzte Kraftanstrengung des Körpers, der sich Lässigkeit nicht verzieh.

Sie hatte ihn nie berührt, ihm höchstens einmal die Hand gereicht. Alles, was ihre Beziehung ausmachte, wurde durch Worte, Mimik und Gestik transportiert. Man fiel Heinrich Zimmermann nicht spontan um den Hals, wenn eine Krise ausgestanden, ein Krieg zu Ende, eine Abstimmung gewonnen war. Er legte niemandem zum Trost oder zur Ermunterung die Hand auf die Schulter. Körperkontakt war ihm suspekt. Nähe. Weshalb, wusste sie nicht.

Nicht einmal die Kinder am Krankenbett hatten ihn berührt.

Vielleicht, dachte sie, hätte ihm hier ein wenig Nähe gutgetan. Ihr selbst. Aber es erschien ihr unmöglich, seine Hand zu halten, zu streicheln.

Sie eilte durch den langen, neonbeleuchteten Gang, der den Neubau am Werderschen Markt mit dem Gebäude der alten Reichsbank verband, betrat den Lombard-Tresor, in dem sich das Krisenreaktionszentrum befand. Knapp zwei Dutzend Mitarbeiter des Krisenstabs waren anwesend, darunter Vertreter von BKA, BND und GSG9, dem BMWi, dem Kanzleramt, natürlich Leute aus dem AA, vor allem aus dem Maghreb-Referat. Auch die Staatssekretärin war bereits eingetroffen. Prinz hatte im Lauf der Jahre einige Tage und Nächte hier unten verbracht, umgeben von Hightech-Rechnern und in die Wand eingelassenen Panzerschränken, dicht am Geschehen und doch schmerzhaft weit davon entfernt. Das grelle Deckenlicht blendete, es roch nach Kaffee, nach Schweiß und Müdigkeit, die Atmosphäre geprägt von Sorge und dem Gefühl der Ohnmacht.

Die Staatssekretärin winkte sie zu sich, ungeduldig, ein bisschen herrisch. Die Last des Amtes prägte ihre Gesten, hatte ihre Augen starr und lauernd gemacht. »Endlich sind Sie da«, sagte sie.

»Ich rufe zurück, Katharina.«

»Nein, die Staatssekretärin wartet.«

»Verdammt, ich bin im Auto.«

»Dann halt an.« Aus dem Headset-Hörer drang das Tuten eines Schiffshorns, drang Gehupe, eine vorbeifliegende Männerstimme, Algerisch. Sie erkundigte sich, wo er sei, er erwiderte, gerade von zu Hause losgefahren, Place de la Grande Poste. Flüchtig hatte sie die ansteigende, von Palmen gesäumte Grünfläche vor Augen, um die der Verkehr toste. Die Ampeln, fast die einzigen, die es in der Innenstadt gab, das wunderschöne Postgebäude mit den schmalen, oben abgerundeten Fenstern, den beiden Kuppeln. Eley in seinem mittlerweile zwanzig Jahre alten weißen Peugeot 504, Sonnenbrille, höchstens drei Finger am Lenkrad. Es musste der Peugeot sein, der Dienstmercedes klang anders, dezenter, kein Röhren, nur ein Surren. Sie lächelte wehmütig. Die Erinnerung begann nachzulassen. Die Bilder von Algier in ihrem Kopf fransten aus, wurden brüchig, legten sich übereinander. Die Bilder von Lyon. Nur die wirren Gefühle blieben wach.

»Stehst du endlich?«

»Nein«, sagte Eley. »Egal.«

»Fünfzig Millionen Dollar, Ralf?«

»Und der Rückzug von Elbe aus Algerien.«

Er schwieg, ließ sie warten. Plötzlich waren die Ahnungen da, irgendetwas geschah dort in Algier, geriet außer Kontrolle. Sie stützte die Ellbogen auf die Tischplatte, machte sich klein, die Hände auf den Hörmuscheln. »Ralf?«

»Es kommt noch schlimmer: Wir wissen nicht, wer ihn hat.«

Die Staatssekretärin war zu ihr getreten, blickte auf sie herab. »Es wird Zeit.«

Die Direktorenrunde. Prinz hob eine Hand, gleich. »Was soll das heißen, Ralf?«

»Dass es keine Islamisten waren. Keine Dschihadisten. Und Soudani weiß Bescheid. General Ibrahim Soudani, du erinnerst dich.«

»Und die Bekenner-Mail?«

»Ist ein Fake.«

»Ein Fake?« Unwillkürlich dachte sie an 2003, die Sahara-Entführungen durch die GSPC, den AQM-Vorläufer. Sie war damals stellvertretende Leiterin des Nah-Ost-Referates 310 und nicht unmittelbar an der Krisenbewältigung beteiligt gewesen. Aber sie erinnerte sich gut daran, welche düsteren Vermutungen die Runde gemacht hatten, nicht zuletzt wegen der ungewöhnlichen Algier-Reisen der Minister Fischer und Schily sowie des BND- und des BKA-Präsidenten. Bis heute war der Verdacht nicht ausgeräumt, dass das algerische Militär und der Geheimdienst die Finger auf irgendeine Weise im Spiel gehabt hatten. »Ich habe eben mit dem Botschafter telefoniert, er …«

Eley unterbrach sie. »Ich weiß, er ist anderer Meinung.«

»Erklär mir das bitte.«

»Kann ich nicht, ich habe keine Beweise.«

Vielleicht, dachte sie, war Eley das Problem. Vielleicht geriet er außer Kontrolle.

»Ich hab jetzt zu tun, Katharina.«

»Warte.«

Er fluchte, laut und unbeherrscht, sodass sie zusammenzuckte. Am Motorengeräusch erkannte sie, dass er angehalten hatte. Für einen Moment erklang ein hohes Summen, der Rückwärtsgang. Dann verstummte der Motor, Stille trat ein.

»Was ist passiert, Ralf?«

Sie hörte ihn atmen, hörte, wie der Atem allmählich ruhiger wurde.

»Sie wissen von Amel und mir.«

Sie waren die Letzten, die im Bismarckzimmer zur Direktorenkonferenz eintrafen. Die Staatssekretärin blieb bei einer Pressereferentin stehen, Prinz ging weiter und setzte sich auf einen einzelnen freien Platz. Ihr zweiter Tag in der D-Runde, da konnte allzu viel offensichtliche Nähe zur Chefin für den falschen Eindruck sorgen. Lächelnd grüßte sie nach allen Seiten. Der Staatssekretär, die Leiter der Abteilungen und des Ministerbüros, die Referenten der Staatsminister, andere hochrangige Kollegen, knapp zwei Dutzend Personen, gestern auch der Minister selbst. Sie war, ohne es wirklich zu wollen, oben angekommen.

Pünktlich um halb zehn wurde die Sitzung eröffnet.

Jens Carlsen, der Pressesprecher des Amtes, fasste zusammen, welche Themen für den Tag relevant sein würden, darunter Mali, der Krieg in Syrien natürlich, Wahlkampf in den USA, andere. Mali wurde wieder aufgegriffen, die Kanzlerin und der Außenminister hatten sich für eine europäische Ausbildungsmission stark gemacht. Allen Anwesenden war bewusst, dass womöglich ein weiterer Auslandseinsatz der Bundeswehr bevorstand. Man diskutierte Zeitfenster, Konsequenzen für die Botschaften in der Region, Sprachregelungen.

Dann kam Algerien, dessen Haltung zum Mali-Konflikt, schließlich die Entführung. Der Leiter des Krisenreaktionszentrums informierte über den Stand der Dinge: die Bekenner-Mail der AQM-Zelle, deren Forderungen. Im Krisenstab werde die Entsendung eines GSG9-Teams vorbereitet, ein zweiter BKA-Beamter reise später am Tag nach Algier. Man sei froh, dass die frühere Botschafterin Katharina Prinz im Krisenstab sei, deren Kontakte und Einschätzungen von großer Bedeutung seien.

Aller Augen richteten sich auf sie, sie lächelte ernst. Die Augen wanderten weiter, nur der Blick der Staatssekretärin blieb auf ihr liegen. Sie konnte ihn nicht recht deuten. Sollte sie von Eleys

Zweifeln berichten? Fragend hob sie die Brauen. Die Staatssekretärin schüttelte den Kopf.

»Vielleicht sollte ich zu Algerien noch etwas anfügen«, sagte Jens Carlsen, ein vollbärtiger Endvierziger, dichtes schwarzes Haar, modische Hornbrille, ein nachdenklicher, konzentrierter Mann, Jugend in der Friedensbewegung, doch das wusste von den Anwesenden vermutlich nur sie.

Ein Landesbischof der evangelischen Kirche, fuhr er fort, habe in einem TV-Morgenmagazin ein aktuelles Rüstungsgeschäft Deutschlands mit Algerien kritisiert – eine Sturmgewehr-Lieferung der Firma Meininger Rau Gewehrfabrik 1889. Für den Mittag seien dazu vom Moderator Äußerungen eines Rüstungsexperten der Linken angekündigt. Carlsen sah in die Runde. Das AA und die deutsche Botschaft müssten sich auf verärgerte Reaktionen der Algerier und der Öffentlichkeit einstellen, schloss er.

»Die Linken sehen zu viel fern«, brummte der Leiter der Abteilung 4, Wirtschaft und nachhaltige Entwicklung.

Ein paar Lacher, ein paar Kommentare.

Prinz wartete angespannt. »Was genau hat der Bischof kritisiert?«, fragte sie, als wieder Ruhe eingekehrt war.

Suchend glitt Carlsens Blick über die Anwesenden. Sie hob die Hand, bekam seinen Blick. »Er verurteilt Rüstungsexporte allgemein, hält sie für unchristlich. Deutschland unterstütze andere Staaten dabei, Menschen zu töten oder zu unterjochen. In Bezug auf Algerien komme hinzu, dass dort Christen an der freien Religionsausübung gehindert würden und man …«

»So?«, sagte jemand verwundert.

»Erlass 06-03«, erklärte Prinz. »Unerlaubte Ausübung religiöser Praktiken.«

»… und man von einer christlichen Regierung erwarten müsse, dass sie für die Glaubensbrüder weltweit eintrete.«

»Haben wir dem Geschäft zugestimmt?«, fragte der Leiter der Abteilung 6, Kultur und Kommunikation.

»Ja«, erwiderte Prinz.

»Ich wäre für eine Formulierungshilfe dankbar«, sagte Carlsen.

»Verweis auf den Bundessicherheitsrat, wie immer«, sagte die Staatssekretärin.

»Und den Kollegen der Linken ignorieren, wie immer?«

»Warten wir ab, was er zu sagen hat.«

Carlsen blätterte in einer Mappe. »Ich habe hier eine Pressemitteilung seines Büros, Stand neun Uhr dreizehn. ›Händler des Todes‹, ›menschenverachtende Politik‹, ›Deutschland hilft bei der Niederschlagung des Arabischen Frühlings‹, ›Korruption‹, ›Bestechung‹ …«

Wieder brandeten Stimmen auf, diesmal empört. Wieder wartete Prinz. Als sich die Unruhe gelegt hatte, sagte sie kühl: *»Bestechung?«*

34

ALGIER

Das Gesicht fahl, glänzte vor Schweiß, dunkle Flecken im hellblauen Hemd, geballte Fäuste auf dem schwarzen Marmor, als wollte er dem Kerl da vor sich im Spiegel an die Gurgel, und so war es auch, zeitweise.

Die Fliege in Toumis Netz.

Eley zog die Jacke aus, wusch sich Hände und Gesicht. Er hatte Toumi auf sträfliche Weise unterschätzt.

Rufen Sie mich an. Mein Angebot gilt.

Ein einfacher Deal. Du sagst mir, was du weißt, und ich schweige in Bezug auf Mademoiselle Samraoui. Er hatte es für ein paar Momente in Erwägung gezogen. Aber er konnte nicht. Er wollte nicht zusehen, wie Richter und Toni im Lügengespinst geopfert wurden.

Er richtete sich auf, griff nach einem der weißen Frotteehandtücher und trocknete sich ab. Toumis Besuch hatte eines klar gemacht: Was er wusste, war wertvoll. Was er zusätzlich herausfinden würde, wäre noch wertvoller.

Nicht, hatte Amel geflüstert, ihm die Tränen von den Wangen gewischt. Tränen der Wut, der Hilflosigkeit. *Nicht, chéri …*

Sie selbst hatte gefasst reagiert. Der Glaube an ihren Staat, ihren FLN war unerschütterlich. Sie war nicht lange nach Toumi gegangen, mit dem Vorsatz, sich wie immer zu verhalten. Was blieb ihr auch anderes übrig? Sie hatte die Angst und die Zweifel weggeredet. Toumi gehöre der jungen Generation an, denke modern, nicht traditionell. Was sie privat tue, sei ihm gleichgültig.

Er will mir nicht schaden. Er hat keinen Grund dafür.

Er benutzt dich, weil er mich unter Kontrolle haben will.

Dann gib ihm, was er verlangt. Sag ihm, was du denkst. Na ja, nicht alles, bitte.

Ein verunsichertes Lächeln, der Abschied angespannt. Rein theoretisch, wirklich nur rein theoretisch, er wusste das, war er der Feind, Eley. Er tat Dinge, die er nicht tun durfte, brachte alles durcheinander mit seinen Ermittlungen und Unterstellungen, seinem Verdacht.

Seinen Lügen.

Und du? Fährst du in die Botschaft?

Gleich, ja.

Im Gang zu den Toiletten näherten sich geschäftige Schritte. Eley schlüpfte in die Jacke, begann wieder zu schwitzen.

Toumi geben, was er verlangte? Nein, dachte er. Noch sah er in ihm, trotz allem, einen Handlanger Soudanis. Und in Bezug auf Soudani *war* er sich sicher. Der General war das, was er zu sein vorgab, nichts anderes: ein Vertreter des Regimes, im Moment der Gefahr zurückgekehrt, um sein Land gegen unsichtbare Feinde zu rüsten. Mehr noch. Soudani war ein Vertrauter von General Mediène, seit 1990 Direktor des Geheimdienstes und nach Einschätzung vieler die Spinne im Zentrum von *le pouvoir*.

Die Tür öffnete sich, Foued trat ein, Lyon Rigals Bekannter, klein, übergewichtig, Anfang dreißig, fünf Kinder und zwei jüngere Brüder in Diar-el-Mahçoul oben auf dem Hügel, nicht weit vom Sofitel entfernt, das unten in Wassernähe lag. Eley wusste nicht, welche Funktion er im Hotel hatte, irgendeine mittlere Ebene, nicht unbedeutend jedenfalls.

Foued reichte ihm eine Schlüsselkarte und mehrere gefaltete Fotokopien, sagte in geschliffenem Französisch: »Suite 909, Monsieur. Sie sind jetzt auf dem Weg zum Frühstück.«

»Auch die Leibwächter?«

»Ja.«

Eley gab ihm das Bündel abgezählter Geldscheine, zehntausend Algerische Dinar, knapp einhundert Euro.

»Er hat einen Mietwagen bestellt«, sagte Foued, während er das Bündel in die Livreetasche schob und die Jacke glatt strich, »ab zehn Uhr dreißig, Rückgabe bis Mitternacht. Wohin sie fahren, entzieht sich leider meiner Kenntnis.«

»Danke.«

Foued nickte. »Sie wissen, warum ich das tue, Monsieur. Vergessen Sie es bitte nicht, wenn Sie später einmal an diesen Tag zurückdenken.«

Das war ihm wichtig, die Integrität war den Umständen zum Opfer gefallen, dem Betonslum Diar-el-Mahçoul. Überfüllte, winzige Zimmer, Probleme mit der Wasserversorgung, mit Armut, Gewalt. Man brauchte Beziehungen und Geld, um an bessere Wohnungen zu kommen. Seine Kinder sollten sauberer und sicherer aufwachsen, seine Frau »auch die schönen Seiten des Lebens« kennenlernen, seine jungen Brüder aus den Gangs raus. Einen Bruder hatte er schon verloren, bei den Straßenblockaden vom März 2011, mit denen vor allem Jugendliche die versprochene Umsiedlung in bessere Wohnungen hatten erzwingen wollen. *Ich möchte nicht eines Tages auch eines meiner Kinder an Diar-el-Mahçoul verlieren,* hatte Foued bei ihrer ersten Begegnung eine halbe Stunde zuvor gesagt.

»Ich werde es nicht vergessen«, versprach Eley.

Auf dem Weg zu den Aufzügen überflog er die Kopien: Reisepässe, Anmeldung im Hotel. Philip Stewens, 1967 in Würzburg geboren, lebte in Frankfurt. Ehefrau Giulia, 1975, Turin. Anreise Samstag, Abreise Freitag.

Auf dem alten Passbild wirkte Phil verunsichert, die Augen fast besorgt. Lange dunkelblonde Haare, zum Zopf gebunden. Glatt rasiert, die Oberlippe stand ein bisschen vor. Ein fränkischer Spät-hippie, mochte man denken, der sich als Realschullehrer in der Provinz Mühe gab, Jahr für Jahr ein kleines Stückchen Welt zu retten. Ein harmloser, unbedeutender, mittelintelligenter Mensch. Ein Schauspieler, dachte Eley.

Er faltete die Kopien, betrat mit anderen den Lift, überließ sich dem Gefühl zunehmender Schwere, der Irritation des Gehirns, während die Kabine nach oben beschleunigte.

Im neunten Stock stieg er aus. Galerien führten um den weiten, rechteckigen Lichtschacht im Inneren des Gebäudes. Der Blick fiel hinunter bis in die Lobby, unten weißer Marmor, dunkelbraunes Leder, Grünpflanzen, ein Wirrwarr bunter, murmelnder Menschen und goldene Lampenschirme, die an zehn Stockwerke langen Stahlseilen hingen. Eine Handvoll Gäste kamen ihm entgegen, Geschäftsleute, eine Gruppe englischer Männer mit vom Alkohol aufgeschwemmten, von der Sonne geröteten Gesichtern, rochen nach Erdöl. Ein paar dezente Chinesen, die vielleicht den Bau der Großen Moschee in der Nähe des Flughafens oder der Ost-West-Autobahn überwachten, ihre vielen Tausend Landsleute auf Algeriens Großbaustellen. Niemand schien von ihm Notiz zu nehmen.

Das Schloss zu Suite 909 schnappte fast lautlos auf.

Ein großer Vorraum, links das Bad, leer, das Wohnzimmer mit Aussicht über die Bucht und den Jardin d'essai, auch hier niemand. Flüchtig registrierte Eley die Farben, während er leise zum Schlafzimmer hastete, Braun herrschte vor, die Lederbezüge und der Boden dunkel, die Vorhänge heller. Braun und ein buntes Chaos.

Auf der Türschwelle blieb er stehen. Er war allein.

Er kehrte ins Wohnzimmer zurück. Auf den Ablageflächen standen Flaschen und Gläser, zum Teil halb voll, Wasser, Champagner, Bier, Rotwein, Cola. Dazwischen lagen Essensrechnungen, Zeitungen, Papiermüll, leere Kaugummiblister, ein paar Quittungen, zusammengeknüllt, anschließend glatt gestrichen. Sie hatten algerischen Kitsch gekauft, in Tüten fand er Lederwaren und Berberschmuck, eine Handtasche, Keramikbecher.

Keine Unterlagen, kein Kalender, Laptop, Smartphone.

Der Schrank im Schlafzimmer war unbenutzt, die Schubladen leer, ebenso die Nachttischchen. Vor dem Fenster zwei geöffnete Koffer, Luxusdesign. Frisch- und Schmutzwäsche eines Mannes, einer Frau, ein kolossales Durcheinander.

Er kniete nieder, ging vorsichtig zu Werke, auch dem Chaos wohnte manchmal Ordnung inne. Auf dem Boden des einen Koffers wurde er fündig – ein verknitterter Computerausdruck, ein Plan des Zentrums von Tizi Ouzou in der Kabylei. Keine Markierungen, keine Notizen.

Er legte das Blatt zurück, suchte weiter.

In der Hosentasche einer zusammengeknüllten Frauenjeans knisterte Papier, ein Zettel. Zwei Nachnamen, zwei algerische Handynummern, im Stift war kaum noch Farbe gewesen, der Schreiber hatte mehrfach angesetzt, vielleicht bei einem Telefonat mitgeschrieben.

Der erste Name sagte Eley nichts, der zweite alles: Djamel Benmedi, Sadek Madjer.

Sie saßen an vier Tischen, Phil mit Giulia, die Bodyguards einzeln, einer direkt neben dem Chef, der zweite schräg gegenüber, ein Stück entfernt, abgewandt, der dritte. Zwei Amerikaner, ein Russe, vermutete Eley, ruhige, beherrschte Profis, fast unsichtbar.

Phil und Giulia dagegen sprachen ununterbrochen, lachten, gestikulierten, flirteten, als wären sie allein in der Welt des Sofitel. Auf dem Tisch stand eine Champagnerflasche, trotzdem dachte Eley an Koks, zu aufgedreht und eruptiv für Alkohol allein.

Er hatte an einem Zweiertisch Platz genommen, nicht nah genug, um etwas zu verstehen, abgesehen von gelegentlichen Rufen der beiden, *Dio!, Non ci posso credere!,* dem begeisterten Gelächter.

Er las *El Watan*, trank Espresso, versuchte, nicht an Toumi zu denken.

Toumi, dachte er.

Der Blick, als die Fotos von Amel auf dem Tisch gelegen hatten. Überlegen, machtbewusst, mit einem gewissen Bedauern. Noch nie hatte Eley sich einem Menschen so ausgeliefert gefühlt.

Rufen Sie mich an. Mein Angebot gilt.

Toumi und Soudani, spielten *good cop, bad cop.*

Vielleicht auch nicht, dachte er. Vielleicht war alles anders. Er musste das in Betracht ziehen.

Giulia stand auf, trat in den Gang zu den Toiletten. Einer der Amerikaner folgte ihr, ohne zu verbergen, dass er ihr folgte. Eley rechnete, kam auf siebenunddreißig, eine schmale, dunkelhaarige Schönheit, bis in die Zehenspitzen obere Zehntausend. Traumhaftes Kleid, bunt, die einzelnen Farben verliefen horizontal. Eley kannte diese Art von Muster aus seinen Jahren in Rom, Missoni.

Phil sah ihr nach, reglos für einen kurzen Moment, fast andächtig, und Eley begriff überrascht, dass diese Frau kein Spielzeug für ihn war. Er liebte sie.

Das Kleinbürgerliche auf dem Foto war unter Bräune verschwunden, unter Muskeln und Energie. Die Outdoor-Kleidung zu teuer, ein paar Hemdknöpfe zu viel geöffnet, der blonde Zopf zu ungepflegt. Spielte den harten Mann, den Welteneroberer, Phil, aber die Rolle stand ihm, und er füllte sie. Die Mischung stimmte:

Nonchalance, Skrupellosigkeit, Vermögen. Und durchaus Charme, wie Eley zugeben musste.

Giulia und der Amerikaner kamen zurück, setzten sich, der Spaß ging weiter.

An Eleys Rippen vibrierte das Telefon, zwei Mal, lautlos, eine SMS. Amels geheime Nummer.

Jardin d'essai, Allée des Dracénas, in 10 Min.

Eley spürte, wie die Körpertemperatur wieder hochschoss, spürte den Schweiß, zuerst an der Stirn, dann an den Schläfen. Der Jardin d'essai lag kaum fünf Fußminuten entfernt. Woher wusste sie, dass er hier war, im Sofitel?

35

BERLIN

»Bestechung?«

Katharina Prinz hob die Schultern. »Ich kann dazu nicht viel sagen.«

»Aber?«

»Die Gerüchte sind nicht neu.«

Die Staatssekretärin schloss die Tür ihres Büros, deutete auf einen Stuhl vor dem Schreibtisch. Ihr Gesicht war kantig, kalt, das »Amtsgesicht«. Draußen, mit den Ausländern und den Journalisten, überwog in ihren Zügen die andere Seite ihres Charakters, Humor und Milde.

Sie setzten sich.

»Was für Gerüchte genau?«

»Ursprünglich haben die Algerier bei Ulmer & Tann bestellt«, erwiderte Prinz, »die Verträge waren wohl schon unterschriftsreif. Meininger Rau war bis zu diesem Moment überhaupt nicht im Spiel. Trotzdem haben sie am Ende den Vorzug erhalten.«

»Na und? So etwas passiert dauernd.«

»Ja«, sagte Prinz.

»Aber?«

»In einem Blog wurde die Vermutung geäußert, Meininger Rau habe Einblick in die Unterlagen von Ulmer & Tann gehabt und das eigene Angebot entsprechend formuliert.«

»Und jemanden geschmiert, um an die Unterlagen zu kommen?«

»Zum einen. Zum anderen, und das wäre noch prekärer, hat

Meininger Rau möglicherweise einen der algerischen Entscheider bestochen.«

»Das schreibt der Blogger? Was ist das für ein Kerl?«

»Es sind zwei, ein Er, eine Sie, freiberufliche Journalisten.«

Die Staatssekretärin lehnte sich im Schreibtischsessel zurück, langsam, nachdenklich, zehn Finger rangen miteinander. »Falls das zutrifft, haben der Bundessicherheitsrat und drei deutsche Ministerien ihre Zustimmung zu einem Geschäft gegeben, das durch Bestechung zustande gekommen ist. Kann man das so sagen?«

»Es ist nicht Aufgabe der Regierung zu prüfen, ob ein Geschäft legal …«

»Spielt keine Rolle«, fuhr die Staatssekretärin dazwischen. »Sie wussten von dem Verdacht?«

Prinz nickte.

»Sonst noch jemand?«

Sie hatte Zimmermann in ihrer Analyse darauf hingewiesen. Hatte auf den Blog verlinkt, die Glaubwürdigkeit der Blogger bewertet. Die Wahrscheinlichkeit, dass deren Vermutung zutraf.

»Und? Auf wie hoch haben Sie die Wahrscheinlichkeit geschätzt?«

»Auf fünfzig Prozent.«

»Das hat dem Kollegen Zimmermann offenbar nicht gereicht.«

»Nein.«

Schon als Mitte dieses Jahres die Vorabanfrage von Ulmer & Tann eingetroffen war, hatte Prinz dafür plädiert, dem Bundessicherheitsrat zu empfehlen, das Geschäft nicht zu genehmigen. Nach Panzern, Fregatten und Grenzelektronik auch noch Sturmgewehre? Für ein scheindemokratisches, korruptes Regime wie das algerische? Sie war fassungslos gewesen.

Zimmermann hatte sich die Mühe gemacht, mit ihr zu diskutieren.

Die Stabilität Algeriens ist für Nordafrika, für den ganzen arabischen Raum und damit auch für den Westen von größter Bedeutung, Frau Prinz.

Wir kämpfen gegen den Terror, Frau Prinz.

Wir dürfen Algerien nicht den Chinesen und den Russen überlassen, Frau Prinz.

Solange wir an Saudi-Arabien liefern, können wir auch an Algerien liefern, Frau Prinz.

Als sich das Ganze ein paar Wochen später mit Meininger Rau wiederholt hatte, hatte sie es erneut versucht. War erneut gescheitert.

Die Staatssekretärin lehnte sich vor, schlug die Handflächen auf den Tisch. »Ich muss den Minister vorbereiten, er muss wissen, was da heute Mittag auf uns zukommt. Zur entscheidenden Frage: Treffen die Gerüchte zu oder nicht?«

»Wie gesagt, fünfzig Prozent.«

»Das war damals. Wie sieht es heute aus?«

Prinz strich sich über den Rock, bemühte sich um eine kühle, sachliche Stimme. Sie hatte lange an dieser kleinen Rede gefeilt, irgendwann zwischen elf und zwölf am Vorabend, als die Rotweinflasche noch zu drei Vierteln voll war, die verhaltene, ungeheuer reine Stimme von Kiri Te Kanawa mit den *Chants d'Auvergne* die Wände entlangschwebte, als sie sicher war, dass Jens Carlsen sich die Scharade für die Direktorenrunde zutrauen würde.

»Experten schätzen, dass vierzig Prozent aller Bestechungsgelder weltweit beim Handel mit Rüstungsgütern gezahlt werden. Das sind Transparency International zufolge über zwanzig Milliarden Euro jährlich. Es gibt Hinweise darauf, dass die wenigsten Rüstungsgeschäfte *ohne* Schmiergeldzahlungen vonstattengehen. Außerdem hat Transparency kürzlich die Anfälligkeit einzelner Staaten für Korruption im Rüstungssektor untersucht ...«

»Ich ahne Schlimmes.«

Prinz lächelte flüchtig. »Algerien hat mit ein paar anderen afrikanischen und arabischen Ländern am schlechtesten abgeschnitten.«

»Und wir?«

»Wurden mit Australien am besten bewertet.«

»Immerhin etwas. Wir sind unbestechlich! Wir nehmen kein Geld, wir geben nur, richtig?«

»Das hat die Studie nicht untersucht.«

»Nein, das tun die Staatsanwälte.«

Prinz nickte. Staatsanwälte bei Meininger Rau, bei Heckler & Koch, bei ThyssenKrupp, bei Rheinmetall, bei EADS, Ulmer & Tann.

»Ich fasse zusammen«, sagte die Staatssekretärin. »Es liegt nahe, davon auszugehen, dass auch bei dem Meininger-Rau-Deal mit Algerien illegal Geld geflossen ist.«

»So ist es.«

Die Staatssekretärin griff zum Telefon, sagte, während sie eine Kurzwahl eingab: »Man könnte fast meinen, Sie haben das vorbereitet.«

»Ich bin immer vorbereitet, Frau Staatssekretärin.«

»›Mona‹, falls wir gut durch diesen Mist kommen, ›Bastard‹, falls nicht.«

Prinz stand lächelnd auf, wollte die Faust ballen, tat es nicht.

36

ALGIER

Der Jardin d'essai, Algiers grünes Schmuckstück, Mitte des 19. Jahrhunderts vom Botanischen Garten zum Park gewachsen, mit Brunnen, Fontänen, Teichen, grandiosem Blick aufs Mittelmeer und die besiedelten Hügel. In der Allee der Drachenbäume ein paar wenige Spaziergänger, verschleierte Frauen mit Kindern, alte Männer. Amel saß auf einer Steinbank, dort, wo Eley sie vermutet hatte, wo sie sich vor dreieinhalb Jahren kennengelernt hatten. Ein Bein übergeschlagen, Kopftuch, Handtasche, Sonnenbrille mit großen, runden Gläsern, eine elegante, fast mondäne Araberin. So schien sie ein anderes Algerien zu repräsentieren als das heutige, eines der starken, freien Frauen. Und sie war stark, ihre Sehnsucht nach Sicherheit und Geborgenheit ließ ihn das manchmal vergessen. Sie hatte sich auf vermummte Mörder gestürzt, allein mit ihrer Mutter ein neues Leben in der Stadt aufgebaut, studiert. Hatte sich auf ihn eingelassen, den Nichtmuslim, den Ausländer.

Als sie ihn bemerkte, stand sie auf.

Sie wahrten Abstand, lächelten unbeholfen.

»Ihr lasst das Zimmer überwachen?«

»Nicht wir. Soudanis Leute in der DDSE.«

Eley versuchte zu begreifen. Alles schien vorbereitet zu sein, nach einem bestimmten Plan zu verlaufen, Soudanis Plan. Hatte sich dieselben Gedanken gemacht wie er – Phil, der vielleicht nicht nur an die Armee verkaufen wollte. Falls Soudanis Leute das Zimmer durchsucht hatten, wusste auch er nun, dass Phil mit Madjer in Kontakt stand.

»Soudani wird verlangen, dass du abgezogen wirst.«

»Ja.« Eley zuckte mit den Schultern. »Vielleicht auch nicht.«

Sie sahen sich schweigend an, nein, er sah dunkle Kunststoffflächen an und wusste nicht, wohin die Augen dahinter gerichtet waren.

»Ich möchte alles vergessen«, sagte er, »alles, was nicht dich und mich betrifft. Mit dir sein. Allein.«

Sie lächelte. »Essaouira, das war schön.«

»Zu kurz.«

»Ja, zu kurz.«

»Ich möchte dich heiraten, Amel. Ich weiß nur nicht, wie das gehen soll. Wo.«

Sie nickte, ohne etwas zu erwidern. Ihre Lippen waren angespannt, die Wangen zitterten, in den Brillengläsern erkannte er für einen Moment sich selbst. Er sah sie schlucken, den Atem anhalten. Langsam gewann sie die Fassung zurück.

»Wir reden, wenn das vorbei ist.« Eine leichte Bewegung der Hand, das alles, Richter, Soudani, Toumi.

»Ja«, sagte er.

Kinder näherten sich, hüpfende, ärmlich gekleidete Zehnjährige in Sandalen. Auf dem Hügel über dem Park lag Diar-el-Mahçoul, manchmal kamen die Kinder, die Jugendlichen herunter, klauten, wenn sich die Gelegenheit ergab, wenn die Ausländer nicht aufpassten, wie Eley vor dreieinhalb Jahren, im April 2009. Harry Landrich hatte angerufen, die Verbindung schlecht, die Funkwellen waren nicht recht durch das Schrägdach aus knorrigen Drachenfingern hindurchgekommen, also war Eley aufgestanden und ein paar Schritte gegangen. Soeben war Bouteflika zum dritten Mal zum Präsidenten gewählt worden, nachdem der Ministerrat die Beschränkung auf zwei Kandidaturen aufgehoben hatte, der Chef wollte das erklärt bekommen, wollte wissen, welche Konsequenzen die Wahl habe und weshalb die Algerier wegen AQM Waffen an Mali lieferten, was ausgerechnet Mali mit AQM zu tun habe.

Nicht heute, Harry, heute ist hier Wochenende. Morgen, okay? Der Sonntag ist hier wie euer Montag.

Morgen sitze ich in einem Kanu und paddele durch den Spreewald und höre mir das Gejammer meiner Kinder über ihre Eltern an und lasse mich dabei von Mücken zerstechen. Reden wir jetzt, Ralf, dann kann ich morgen im Kanu darüber nachdenken und habe wenigstens ein bisschen Spaß.

Amel räusperte sich. »Wer ist dieser Philip Stewens?«

»Ein deutscher Waffenhändler, macht mit Soudani Geschäfte.« Eley sah den hüpfenden Kindern nach. »Sie haben dich nicht informiert? In Bezug auf Stewens?«

»Nein. Weder mich noch Toumi. Soudani hat einen Dienst im Dienst geschaffen, vielleicht auch Mediène selbst, einen exklusiven inneren Zirkel. Toumi hat einen Kontakt dort, einer der Techniker, aber es ist schwierig, an Informationen zu kommen.«

»Informationen über Stewens.«

»Oder weshalb sie ihn überwachen. Alles streng geheim. Toumi hat nur erfahren, dass sie dich identifiziert haben.«

»Und es dir gesagt.«

»Ja. Warum warst du in Stewens Zimmer?«

Er erklärte es ihr, erzählte von Tizi Ouzou, den beiden Namen – Djamel Benmedi und Sadek Madjer.

Dass er Phil später folgen würde, erwähnte er nicht.

Amel war ein Stück nähergetreten, vage erkannte er ihre Augen, noch dunkler als die Gläser. »Er verkauft gleichzeitig Waffen an unsere Armee und an AQMI?«

»Nicht AQMI. Madjer hat mit AQMI nichts zu tun. Frag Soudani, frag Toumi, sie müssen es wissen.«

»Fragen wir Toumi, er ist hier.«

»Er ist *hier*?«

Sie deutete in Richtung Südausgang. Ein paar Bänke weiter saß ein einzelner Mann, den Kopf abgewandt, zu weit entfernt, als dass Eley ihn erkannt hätte. Aber er erkannte die Haltung, vorgebeugt, Ellbogen auf den Oberschenkeln, rauchend.

»Keine Lust«, sagte er.

»Bitte. Er möchte mit dir sprechen.«

Eley lachte leise. Musste den deutschen Polizisten fragen, der algerische Geheimdienstler, weil Soudani ihn vom Informationsfluss abgeschnitten hatte. Er verstand nur nicht, weshalb Toumi den General nicht einfach machen ließ. Warum war er so erpicht auf die Informationen, die Soudani ihm vorenthielt?

»Tu es für mich. Ich arbeite mit ihm.«

Eley nickte.

Sie gingen auf Toumi zu, der Schatten der Äste von zahllosen kleinen Flecken Licht durchbrochen, schwermütig tanzende weiße Punkte auf dem Boden. Er spürte Amel neben sich, obwohl sie Abstand hielt, spürte sie wie immer, wenn sie da war.

Was ist das für ein Geschrei da bei dir?

Nichts weiter, Harry. Ein paar Jungs wollten meine Tasche klauen. Eine Frau verteidigt sie.

Sag ihr, sie soll sie ihnen geben. Weniger Ballast auf der langen Reise durchs Leben.

Weniger Laptops. Weniger Reisepässe.

Genau, Ralf. Ist sie hübsch?

Ich sehe sie nur von hinten.

Schade. Burnus und so?

Der Burnus ist für Männer, Harry. Jeans, Blazer, Kopftuch.

Details, bitte. Fang unten an, bei den Waden. Ich liebe Frauenwaden.

Ich lege jetzt auf, Harry. Jemand muss die Jungs retten.

Dem einen hatte Amel eine Ohrfeige gegeben, weil er erneut nach der Tasche gegriffen hatte, die auf der Steinbank lag, ein anderer, der Kleinste, hatte ein Taschenmesser gezückt und sich beim Öffnen in den Finger geschnitten, ein dritter war schon zurückgewichen. Mit scharfer Stimme hatte sie auf sie eingeredet, hatte es später für Eley wiederholt, schämt euch, was sollen die Ausländer von uns Algeriern denken, dass wir Abschaum sind, keine Ehre besitzen? Was habt ihr von euren Eltern gelernt? Allah wird euch in Stücke reißen, falls *ich* es nicht tue …

Sie war wunderbar gewesen in ihrem Zorn. Leidenschaftlich, kühn, voller Überzeugung. Er hatte die Narbe gesehen, bevor er ihren Blick erwidert hatte. Das Oszillieren zwischen Unbeugsamkeit und Verunsicherung.

Ihre Stimme holte ihn in die Gegenwart zurück. »Was für Waffen, Ralf?«

»Was sie brauchen, nehme ich an.«

»Brauchen? Wofür? Für Anschläge?«

Er spürte ihre Angst, hörte sie. »Ich weiß es nicht. Es gibt Gerüchte über eine neue Bewegung. Eine demokratische Bewegung, vielleicht eine Partei.«

»Und Soudani weiß das?«

»Ja.«

»Deshalb die deutschen Gewehre und Panzerbüchsen?«

»Ich kann es nicht beweisen, aber … ja.«

Toumi wandte sich ihnen zu, erhob sich.

»Warte, Ralf.« Sie blieb stehen, legte die Hand auf seinen Arm, ließ sie dort. »Sie haben Toni erschossen.«

Eley schwieg, fühlte sich mit einem Schlag kraftlos, ausgelaugt.

Die DDSE habe am Morgen eine E-Mail bekommen, berichtete Amel, der Inhalt, wie man es von Dschihadisten kenne: Mutaridu al-kuffar machten Ernst, den einen Christen hätten sie getötet, der andere werde folgen, falls die Forderungen nicht erfüllt würden. Die Leiche des »Christensöldners« liege östlich von Ouargla an der N3, die Geier und Hyänen labten sich an ihr. »Toumi hat einen Hubschrauber geschickt, sie bringen Toni nach Algier.«

»Ouargla«, sagte Eley irritiert. Eine Wüstenstadt, schon auf halbem Weg nach Libyen, gut sechshundert Kilometer südlich von Constantine, achthundert von Tizi Ouzou.

Nichts passte zusammen.

Er sah zu Toumi hinüber, der wartete, die Hände in den Jacketttaschen, die Miene betrübt und ernst, immer das zur Situation passende Gesicht.

Sie gingen weiter, Amel hatte die Hand zurückgezogen, der Abstand war wiederhergestellt.

»Sag ihm nichts«, bat Eley. »In Bezug auf Stewens.«

Soudani gegen Toumi, dachte er, und umgekehrt. Vielleicht auch nicht. Vielleicht war alles ganz anders. Madjers Bewegung hatte das Verteidigungsministerium infiltriert – warum nicht auch den Geheimdienst?

37

BERLIN

Reinhold Wegner lag in seinem Büro hoch über dem Potsdamer Platz auf dem griechischen Flokati, die Hände unter dem Kopf, die Beine ausgestreckt, ließ die Gedanken strömen und die Bilder rasen. Ein Landesbischof mit Tränensäcken und Bulldogenbacken, puterrot im Gesicht, moralische Empörung im Blick, winselte, gackerte, die sollten ihn statt nach Waffen lieber nach den Knaben aus dem Priesterseminar fragen, nach schweißtreibenden Minuten im geblähten Talar ... Diesen Linken lassen sie in ein Fernsehstudio?, er gehört in den Knast, ein IM, wie er im Buche steht, dreister Lügner, das karierte Sakko sagt alles, jemand müsste sich mal die Mühe machen, die Stasi-Akten zu durchwühlen ... Katharina Prinz ... Glaubt man, ihr einen Schritt voraus zu sein, geht sie einfach seitwärts weiter ...

Zu allem Überdruss wurde Altniederndorf nervös. *Reinhold, kannst du das stoppen ... Reinhold, ist der Mann im algerischen Beschaffungsamt ein Risiko ... Reinhold, hast du die Schotten dicht gemacht* ... Ja, die Schotten waren dicht, niemand würde reden. Wiebke Ebert nicht, die ihm vor Monaten das Angebot von Ulmer & Tann zugespielt hatte, Phil ohnehin nicht. Von dem Mann im algerischen Beschaffungsamt kannte er nicht einmal den Namen.

Er seufzte verärgert.

Immer wenn er das Gefühl hatte, die Kontrolle über die Ereignisse zu verlieren, zog er die Schuhe aus und legte sich auf den Flokati in der Mitte des Raums, schwebte weich gebettet hoch über allem Unerfreulichen.

Dreitausend Gramm Wolle pro Quadratmeter, wassergerieben in den Bergen um Trikala. Er hatte zugesehen, wie der Teppich im Strudel des Wasserbottichs entstand. Für ein paar anstrengende Minuten hatte er sogar mitgearbeitet, hatte gemeinsam mit seiner Frau das Gewebe mithilfe einer langen Stange vom Zentrum des Bottichs ferngehalten, wo es von der Wasserkraft zerrissen worden wäre. Anschließend hatten sie die feuchten Schuhe zum Trocknen in die Sonne gestellt und waren barfuß zu einer nahen Taverne gegangen, immer in Begleitung eines knurrigen Majors der griechischen Marine, der sie eine Sommerwoche lang durchs Land geführt hatte.

Glückliche Tage … So gelassen und innig, als hätten sie beide elf Jahre lang darauf gewartet, sich für ein paar heiße Tage und milde Nächte wieder jung fühlen zu können. Seine Frau ließ die Haarspangen im Kulturbeutel, er das Rasierzeug. Sie parkten den Oberst in Hafencafés und schlenderten in Espadrilles durch die duftenden Dörfer, ohne Ziel, ohne Uhrzeit. Alles, was sie früher aneinander geliebt hatten, war für kurze Zeit zurückgekehrt, auch die Sanftmut im Umgang mit dem anderen.

Auf dem Rückweg in die Entfremdung holten sie den mittlerweile luftgetrockneten Flokati ab, ein weißes Ungetüm, das den Wagenfond bis unters Dach füllte. Sie legten ihn ins Wohnzimmer, tägliche Erinnerung an das Glück. Ihr damals zehnjähriger Sohn hatte eigene Vorstellungen von Glück, er stellte fingergroße Zinnsoldaten in den wogenden Teppich, Schiffe mit Kanonen, Männer, die die schneeverwehte Arktis erobern und kartografieren wollten. Der eine oder andere Held ging im Flor verschollen und tauchte erst in der Reinigung oder am bloßen Fuß des Vaters hängend wieder auf, in dessen Sohle er ein Bajonett gebohrt hatte. Bald war die Arktis von Blut gesprenkelt. Der Flokati kam ins Büro.

Ein griechischer Teppich, ein französischer Schal, dachte Wegner, Nähe und Entfremdung, die beiden Pole ihrer Ehe.

Er setzte sich auf, von plötzlicher Panik ergriffen.

Neunzehn Jahre, und wenn er abends heimkam kaum ein Wort, Berührungen gleich gar nicht. Ohne es zu merken, hatten sie die gemeinsame Welt verlassen, lebten längst jeder für sich in unterschiedlichen Welten. Da war es beinahe egal, wie viele Zahnbürsten im Becher standen.

38

AUF DER AUTOBAHN NACH TIZI OUZOU

Ein Abend in der Bar des Sheraton draußen beim Club des Pins, zwei betrunkene Deutsche, hatten sich Geschichten aus dem Polizisten- und Soldatenleben erzählt, anfangs noch ein Wettkampf um den Heldenlorbeer, breites Grinsen, die Stimmen heiser vor Testosteron. Dann waren die anderen, die elementaren Geschichten gekommen, die von Schmerz, Versagen, Angst, Verlust. Am Ende der Nacht hatten sie geschwiegen, die Glieder schwer und zittrig vom Alkohol, und hatten nicht gewusst, was sie mit den vergangenen Stunden anfangen sollten. Etwas schien zu fehlen – Trost, ein Hoffnungsschimmer, ein Segen. Schließlich stand Toni wortlos auf und wankte ins Morgengrauen hinaus, und Eley folgte ihm. Zu Fuß kehrten sie nach Algier zurück, knapp fünfundzwanzig Kilometer, immer an der Küste entlang, der aufgehenden Sonne entgegen, während um sie herum der algerische Tag begann. Die Sprechgesänge der Muezzins, Wochenmärkte in den Dörfern, Schulkinder, der Geruch nach frisch gebackenem Brot, Fisch und Feigen, nach Abgasen und Müll. In einem Hafenort tranken sie Kaffee, leerten gierig kleine Wasserflaschen. Sie gingen weiter, die Hügel hinauf, zum Meer hinunter, schweißgebadet, zwei lächerliche, zerschlagene Männer in einer Welt, zu der sie nicht gehörten.

Als sie Alger Centre nach sechs Stunden Fußmarsch erreichten, war etwas anders. Was sie erlebt und sich in der vergangenen Nacht erzählt hatten, hatte in diesen Stunden der Quälerei auf unerklärliche Weise einen Sinn bekommen. Katharsis in Schweiß und Dehydrierung.

Musste mal raus, hatte Toni gesagt.

Jetzt ist wieder Platz, hatte Eley erwidert.

Ein Hupkonzert riss ihn aus der Erinnerung. Die Autos vor ihm bremsten, eine Baustelle, zäh ging es weiter. Im Norden matt das Meer, im Südosten die Erhebungen der Kabylei, noch sechzig, siebzig Kilometer bis Tizi Ouzou.

Er kurbelte das Fenster herunter, warf die Zigarette hinaus, ließ die Hand verbittert auf das alte Türblech klatschen.

Murmelte: »*Au revoir, Toni.*«

Kurz darauf eine *barrage*, ein Dutzend Polizisten mit Maschinenpistolen, Detektoren. Häufig kamen an den kabylischen Kontrollposten Soldaten und ein Panzer dazu, die Region eine einzige Hochsicherheitszone. Zahlreiche AQM-Dschihadisten verbargen sich im Schutz der schwer zugänglichen Berge, Seriate von fünf bis zehn Mann, insgesamt etwa vierhundertfünfzig Kämpfer. Immer wieder schlugen sie zu, legten Bombenfallen, errichteten falsche Straßensperren, erschossen Sicherheitskräfte. Ein paar Kilometer weiter, in Issers, hatte ein Selbstmordattentäter vor vier Jahren eine Polizeischule überfallen und mehr als vierzig Polizisten und Zivilisten getötet.

August 2008, ein blutiger Monat für die Kabylei.

Dreizehn Tote in Skikda im Osten, wenige Tage später elf in Bouira im Süden. Fünfundzwanzig Verletzte in Tizi Ouzou, sieben Tote in Boumerdès an der Küste. Eley und Katharina Prinz, beide damals erst wenige Wochen in Algerien, waren nach Boumerdès, Issers und Bouira gefahren, hatten sich von den Behörden informieren lassen. Die aufreibende Anfangszeit. Im Juli der Staatsbesuch Angela Merkels, im August die Attentate.

Er reihte sich in die rechte Spur ein. Zehn, elf Autos vor ihm passierten Phil und die beiden Bodyguards den Kontrollpunkt.

Ein brauner Porsche Cayenne, sicherlich der einzige, der im Augenblick auf einer algerischen Autobahn fuhr.

Der Cayenne beschleunigte.

Im Schritttempo näherte Eley sich der Absperrung. Ein Pick-up wurde herausgewunken. Ein Motorradfahrer. Dann kam der weiße Honda mit Soudanis Beschattern. Eley sah eine Hand aus dem Fahrerfenster ragen, etwas blitzte im Sonnenlicht auf, Metall oder Plastik, ein Dienstausweis. Mehrere Polizisten salutierten. Der Honda schoss davon.

Es war Eley nicht schwergefallen, sie in Algier zu identifizieren. Zwei Männer in einem geparkten Auto nahe dem Sofitel, mit Funkgerät und Telefon beschäftigt. Hatten dem Cayenne ein paar Meter gelassen, dann waren sie losgefahren.

Er atmete tief ein. Bislang hatte er bei den Kontrollen Glück gehabt, war wegen oder trotz des grünen Diplomatenkennzeichens nicht angehalten worden. Falls Soudani ahnte oder wusste, dass er Phil folgte, wäre es an einer der *barrages* ein Leichtes, ihn auszuschalten. Er hatte die Fahrt nicht angemeldet und weder eine Genehmigung, den Bezirk Algier zu verlassen, noch eine Polizeieskorte. Die Beamten könnten darauf bestehen, dass er wartete, bis Begleitschutz nachkam, was dauern würde. Hinterher könnten ihm die Behörden in Algier, wenn sie wollten, die Hölle heiß machen.

Doch auch diesmal ließ man ihn nach einem Blick auf sein Gesicht passieren.

Nach Issers weitete sich das Tal, ein paar karge Ortschaften, Felder, auf beiden Seiten bräunliche Erhebungen. Eley hatte den weißen Honda im Blick, sah den Cayenne weiter vorn immer dann, wenn die Nationalstraße einen Bogen beschrieb.

Zwanzig Kilometer bis Tizi Ouzou.

Er dachte an das Gespräch mit Toumi im Jardin d'essai. Ein

paar merkwürdige Minuten, zwei Männer, eine Frau, hatten dicht beieinander gestanden, mit gedämpften Stimmen gesprochen. Amel hatte nicht mehr viel gesagt, mit gerunzelter Stirn zugehört, die Sonnenbrille hatte ihre Gedanken verborgen. Toumi hatte wie ein Verzweifelter gewirkt, der sich die Verzweiflung unter keinen Umständen anmerken lassen durfte. Hatte zu viele Fragen gestellt, um Eleys Unbehagen zerstreuen zu können. Wie sind Sie auf Monsieur Stewens gestoßen? Wonach haben Sie in seinem Zimmer gesucht? Haben Sie etwas gefunden? Namen, die uns weiterhelfen? Steht Monsieur Stewens auf irgendeine Weise mit der Entführung von Monsieur Richter in Verbindung?

Eley hatte ihn auflaufen lassen.

Zufall, Toumi.

Keine Ahnung, Toumi.

Schmutzwäsche, Toumi.

Er fand es nicht auffällig, dass Soudani Toumi ganz offensichtlich nicht auf dem Laufenden hielt. Ein Dienst im Dienst, der vielleicht direkt Mohamed Mediène, dem mächtigen DRS-Chef, unterstellt war – warum nicht? Irritierend war, dass Toumi sich nicht damit abfand, sondern versuchte, auf anderen Wegen an die Informationen zu kommen.

Der General sei auf den Kampf gegen den Terror konzentriert, hatte Toumi gesagt, Richter habe keine Priorität für ihn. *Deshalb ist es so wichtig ... für Monsieur Richter so wichtig, dass Sie mit mir zusammenarbeiten. Dass Sie mir sagen, was Monsieur Stewens ... Ob Sie auf Namen gestoßen sind ...*

Zufall, Toumi. Keine Ahnung, Toumi. Schmutzwäsche.

Eley lächelte grimmig. Sie hatten sich im Kreis gedreht. Bis er sich am Ende Gewissheit verschafft hatte. *Demokratie, Toumi, wäre das nicht was für Algerien? Eine neue Volksbewegung, die die Macht übernimmt und die Demokratie installiert.*

An Toumis überraschtem, fiebrigem Blick hatte er erkannt, dass seine Vermutung wohl zutraf. Djamel Benmedi, Sadek Madjer, Abderrahmane Toumi.

Er hatte ihm die Zigarettenschachtel hingehalten, Feuer gegeben. Schweigend hatte Toumi den Kopf zur Seite gewandt, die Anspannung war plötzlich von ihm abgefallen, das Gesicht leer, erschöpft. *Aber wir leben in einer Demokratie, Monsieur Eley.*

Natürlich konnte er Eley gegenüber nicht offen sprechen. Seine Leute hatten Richter entführt und Toni ermordet.

Und immer wieder das Telefon. Eley hatte es leise gestellt, sah die Anrufer auf dem Display, ging nicht dran. Der Botschafter, mehrfach. Zweimal Carola Liebig. Einmal Simon, wohl aus dem Flugzeug, kurz vor dem Start. Ein Dutzend Mal Harry Landrich. War hartnäckig, der Chef. Erbost. Hinterließ atemlos Nachrichten.

Ralf, geh dran, du gehst jetzt endlich dran, hörst du?

Ralf, der Botschafter ist sauer … Er sagt, wo steckt Eley, ich sage, Herr Botschafter, vertrauen Sie ihm, er weiß, was er tut, er sagt, wo steckt er, ich sage, Herr Botschafter, er hat viel um die Ohren, er sagt, wo steckt er, ich sage, Herr Botschafter, das weiß ich nicht, er sagt, wer weiß es, ich sage, Herr Botschafter, wohl zurzeit niemand.

Ralf? Ralf!

Ralf, der Botschafter ist außer sich, er sagt, die Algerier sagen, du begehst Straftaten, er sagt, die sagen, du bist in ein Hotelzimmer eingebrochen, und wir sollen dich aus Algier abziehen, ruf ihn an, damit er sie beruhigt, hast du das getan, bist du in ein Hotelzimmer eingebrochen, was um Himmels willen ist in dich gefahren?

Die Wahrheit, Harry, dachte Eley. Die Wahrheit ist in mich gefahren.

Das Display leuchtete auf. Der Botschafter.

Nur Amel rief nicht an.

39

BERLIN

Das Wesentliche vergessen …

Reinhold Wegner saß mit seiner Frau vor einem guten Dutzend Aluschalen am Küchentisch. Er hatte auf der Heimfahrt bei einem griechischen Lokal gehalten, gierig auf alles gedeutet, was ihn an die duftenden Dörfer erinnert hatte – Gyros, Souvláki, Choriatiki, Dolmades, Tsatsiki, Pita-Brot, dazu ein harziger Rotwein und für den Nachtisch … wie hieß das noch, Valva.

Halva.

Ja, ja, Halva.

Das Wasser war ihm im Mund zusammengelaufen. Ein kleines Hotel über einem Olivenhain, ein nacktes Ehepaar, ein süßer Nachmittag im Bett mit kräftigem Kaffee und Halva.

Calamari! Habe ich schon Calamari bestellt?

Nein.

Und Moussaka, noch eine Portion Moussaka.

Daheim hatte er an der Tür geklingelt und ungeduldig gewartet, bis seine Frau endlich öffnete. Er hatte die Arme gehoben, die weißen Tüten schwingen lassen.

Griechisch zum Mittagessen. Sogar Calamari habe ich.

Ach, wie schön, Reinhold. Ich leiste dir gern Gesellschaft.

Er hatte vergessen, dass sie seit Montag auf Saft war. Wie in jeder letzten Oktoberwoche seit fünfzehn Jahren.

»Es sieht wirklich sehr gut aus«, sagte sie.

Er nickte.

»Und du hast den Schal mitgebracht. Wie lieb von dir.«

Er nickte erneut, vielleicht auch immer noch. Vielleicht, dachte er, hatte er seit dem Gespräch mit Ernst Friedrich Riehle über der Spree am gestrigen Morgen nicht aufgehört zu nicken. Nickte seit Wochen. Seit Jahren. Seit dem Tag, an dem seine Frau beschlossen hatte, in der letzten Oktoberwoche nur noch Saft zu sich zu nehmen.

Sein Blick glitt von dem Souvlákispieß in seiner Hand zu dem Hermès-Schal. Die Putzkolonne hatte ihn am Swimmingpool gefunden und an der Garderobe deponiert. Nun hing er ein wenig verknittert am anderen Ende des Tisches über einer Stuhllehne, als wäre er ein stummer dritter Anwesender. Die schmerzhafte Erinnerung an die verlorene gemeinsame Welt.

Seine Frau sagte: »Die Firma war im Fernsehen.« Ihre Hand bewegte sich über den Tisch, rubbelte unsichtbare Flecken fort.

Überrascht sah er sie an.

»Im Morgenmagazin.«

Der Landesbischof. »Die üblichen Verleumdungen«, sagte er.

»Ja.«

Die Flecken schienen hartnäckig zu sein.

»Entschuldige mich.« Sie stand auf und ging in den Vorraum.

Er hörte, wie sie die Toilettentür verschloss, den Klodeckel hob und sich übergab. Kein Wunder, dachte er. All die Gerüche, während man selbst nur Saft zu sich nahm. Er legte den Spieß auf den Teller und starrte auf seine gespreizten, fetttriefenden Finger. Es ging nicht ums Essen. Eher um alles andere.

Eine Weile war aus der Toilette nichts zu hören. Dann lief das Wasser, und sie räusperte sich. Sie kam zurück und setzte sich und sagte lächelnd: »Der Schal ist wirklich schön.«

Wieder fiel sein Blick auf die Stuhllehne gegenüber. Da saß nicht die Welt von damals, dachte er, da saß die Welt von heute.

Telefonate, die erledigt werden mussten, bevor er zum Flughafen fuhr.

Seine Frau hatte sich hingelegt. *Ein halbes Stündchen, dann packe ich den Koffer für dich. Schützenverein, Gaststätte, nicht wahr?*

Er hatte genickt. Und dabei gedacht: Ich weiß, wir lieben uns nicht mehr so wie früher, aber ich brauche dich, ich brauche dich in dieser Wohnung, dass du immer hier bist und jeden Tag hier ein Mittagsschläfchen machst und jedes Jahr für eine Woche Ende Oktober hier nur Saft zu dir nimmst … dass du immer den Koffer für mich packst … dass du für all die Generäle und Minister mit den unaussprechlichen Namen kochst und ihnen mit deiner Freundlichkeit für ein paar Stunden die Sorgen nimmst … dass du unseren zwischen Jugend und Männlichkeit erstarrten Sohn bittest, zu meinen Geburtstagsempfängen zu kommen … Ich brauche das alles … Lass uns wieder Urlaub in Griechenland machen …

»Reinhold?«

»Phil, dear friend, finally!«

Das Rauschen des Mistrals, des Mittelmeers, heißer Wüstenwinde aus dem Süden erfüllte das Arbeitszimmer, dazu der Lärm von Autohupen. Er saß am Schreibtisch im Ohrensessel, gehalten von drei Seiten, fühlte sich im duftenden, kühlen Leder geborgen. Das Einzige von Wert, was sein Großvater und dann sein Vater hinterlassen hatten. Erinnerung an die frühen Jahre. Er kannte keinen Menschen so lange wie diesen Sessel.

»News about the woman behind the couch?«

Wegner rang sich ein Lachen ab und hörte zu, während Phil die Geschichte im Auto erzählte. Eine Familienparty, eine halbnackte Frau hinter dem Sofa, ein Tantchen von Reinhold oder so. Ein tiefes Lachen, John, der texanische Bodyguard, dazu ein weiterer Mann.

»*How can I help you, Reinhold?*«

»Unser Freund in Algier«, sagte Wegner auf Englisch.

»Wir haben viele Freunde in Algier.«

»Der, dessen Namen Sie mir nicht nennen dürfen.«

»Da gibt es einige, Reinhold.«

Alle lachten. Vier fröhliche Männer, dachte Wegner angespannt, wie schön. »Der, der seit ein paar Monaten reich und glücklich ist.«

»Was ist mit ihm?«

»Ist er noch reich und glücklich? Sollten wir ihn vielleicht noch reicher und glücklicher machen? Nur zur Sicherheit. Damit er uns gewogen bleibt. Keine Dinge erzählt.«

»Ach, Geld, Reinhold. Geld ist nicht so wichtig.«

»Nein?«, sagte Wegner erschüttert.

»Geld beruhigt nicht, verstehen Sie?«

»Ist er beunruhigt?«

»Ein bisschen. Die Lage ist unübersichtlich, sagt er. Wer kommt '14 nach dem kranken Bouteflika? Und wenn die Jugend doch revoltiert? Wenn Tunesien an die Islamisten fällt, Libyen nicht stabilisiert wird, Ägypten kippt? Er träumt von der Sicherheit Europas, von Wäldern ohne Terroristen, von blonden Frauen ohne Schleier. Schweden fasziniert ihn.«

»Ein Visum.«

»Er möchte bleiben, Reinhold.«

Wegner seufzte lautlos. Ein EU-Pass für einen Offizier im algerischen Beschaffungsamt. Schwierig, schwierig, hörte er Rischa sagen. Schwierig gibt es nicht, nur teuer, hörte er sich selbst antworten.

Nachdem die Winde und der algerische Lärm verstummt waren, gab er eine Kurzwahl ein.

»Ich rufe zurück!«, flüsterte Wiebke Ebert.

Drei Minuten später bekam er seinen Zwischenbericht. Er machte sich klein im Ohrensessel, so klein wie möglich. Der Kampf war in vollem Gange.

Eine Mitarbeiterin von Prinz hatte sich von Ebert Kopien aller verfügbaren Unterlagen zu den Exportanfragen von Ulmer & Tann und Meininger Rau geben lassen. Vom Beauftragten für Exportkontrolle und Technologie, Konrad Ost, Abteilung 4, kamen eine Information und Stellungnahme nach der anderen. Tenor: Die damaligen Vorbehalte seien nun bestätigt worden. Man müsse die Haltung zu Algerien grundsätzlich überdenken. Halbdemokratischer Überwachungsstaat, unsichtbare, korrupte Elite, soziales Pulverfass et cetera pp. Die Staatssekretärin, sagte Ebert, habe den Minister informiert. Wie man höre, sei er empört. Er habe angeordnet, dass die zuständigen Referate im BMVg und BMWi kontaktiert würden. Der Verdacht der Bestechung sorge für allergrößte Unruhe. Dazu die Äußerungen des Landesbischofs. Aus dem Bundespräsidialamt – dem Bundespräsidialamt! – seien inoffiziell erste Rückfragen eingegangen, auch im Kanzleramt sei man hellhörig geworden.

»Ich muss ins Büro zurück«, flüsterte Wiebke Ebert.

Wegner hörte die Toilettenspülung. Ins Rauschen hinein sagte er: »Sie können jetzt nicht fort.«

Ebert hatte nicht verstanden. Er wartete, bis der Wassertank gefüllt war, und wiederholte es langsam, Wort für Wort, die Wut und die Panik mühsam unterdrückend. Sie – konnte – jetzt – nicht – fort.

»Ich verstehe nicht …«

»Keine Reise«, sagte er. »Kein Pazifik. Nicht jetzt. Ich brauche Sie im Ministerium. Regeln Sie das. Erfinden Sie was. Der Veranstalter ist pleite. Der Pazifik ist ausgetrocknet. Egal. Kein Urlaub. Sie – können – jetzt – nicht – fort.«

Stille am anderen Ende der Leitung. Nicht einmal ihr Atem war zu hören.

»Wiebke.«

»Aber mein Flug geht doch schon übermorgen …«

»Ist storniert.«

Stille.

»Wiebke.«

»Mein Flug ist storniert?«

»Sie hatten einen Herzinfarkt«, sagte Wegner. »Man wünscht gute Besserung.«

Stille.

»Wiebke. Ich brauche Sie im Ministerium. Wenn das alles vorbei ist, schenke ich Ihnen die größte, schönste und längste Schiffsreise der Welt und den bestaussehenden Begleiter …«

Er hörte sie weinen.

»Wiebke.«

Sie legte auf.

Eine Stunde später saß er im Fond eines Taxis, die Aktentasche auf dem Schoß. Der Koffer war verstaut, der Taxifahrer trommelte mit den Fingern aufs Lenkrad, der Taxameter lief.

Er blickte auf das Haus, die Tür, die Fenster. Seine Frau hatte sich in der Küche auf die Wange küssen lassen, war ihm nicht in die Diele gefolgt wie früher, stand nicht an der Tür wie früher.

Sie stand nicht einmal an einem geöffneten Fenster oder hinter einem Vorhang.

Winkte nicht.

Er *brauchte* ein Winken.

Ein Winken war wie ein unsichtbares Band, das sie und ihn zusammenhielt. Die Gewähr, dass sie noch da sein würde, wenn er zurückkam.

Natürlich würde sie noch da sein, dachte er, verärgert über sich selbst. Er kam ja schon morgen zurück.

»Fahren Sie«, sagte er und warf einen letzten Blick auf das Haus und dachte, dass sie morgen noch da sein würde und doch längst fortgegangen war.

40

BERLIN

»Klingt nach Autobahn«, sagte Katharina Prinz, während sie die abgerundeten Spitzen der Sushi-Stäbchen betrachtete.

»Nationalstraße.«

Sie zwang die Spitzen um ein Maki. Ingwer, Wasabi, Sojasoße dazu und langsam hoch damit. Das Maki bekam keine Luft, die Mitte grotesk zusammengequetscht, der obere und der untere Teil weiteten sich, drohten sich zu drehen. Der Ingwer fiel ins Plastik zurück. Sie hielt die Hand unter das Maki, Sojasoße tropfte darauf. »Surfen in Annaba?«

Eley lachte lustlos.

Sie beugte den Kopf vor, bugsierte das Maki in den Mund und leckte sich die Soße vom Handballen.

Sie saß in ihrem Büro am Fenster auf dem Boden, hatte sich eingesperrt, eine halbe Stunde Alleinsein.

Allein mit Eley und der Erinnerung.

Der Betriebsausflug im Mai 2009, mit dem Bus übers Wochenende nach Annaba im äußersten Nordosten Algeriens. Die Botschaft – sie – hatte eingeladen, dazu einen kleinen Surfkurs spendiert. Am Strand hatte sie an Sex mit Eley gedacht, nun ja. Ein schlanker, gewandter Vierzigjähriger auf einem Surfbrett, man bekam das nicht alle Tage zu sehen.

Zum Glück war es bei dem Gedanken geblieben. Ein paar Wochen später war Lyon gekommen. Ganz abgesehen davon, dass Eley nicht darauf eingegangen wäre. Im April hatte er, wie sie viel später erfuhr, Amel kennengelernt.

»Müssen wir uns Sorgen machen, Ralf?«

»Wer ist wir?«

»Der Krisenstab, die Botschaft, ich.«

»Ja«, sagte Eley.

Das nächste Maki, sie beugte den Kopf tief. Diesmal klappte alles. »Wohin fährst du?«

»Nach Tizi Ouzou.«

»Ohne Anmeldung und Eskorte vermutlich.«

»Ja.«

»Wegen Richter?«

»Ja.«

Sie öffnete die Wasserflasche, trank einen Schluck. »Erklär es mir.«

»Ein deutscher Waffenhändler ist da möglicherweise mit einem Mann verabredet, der in die Entführung von Richter involviert ist. Der Deutsche hat Soudani Panzerbüchsen besorgt, das war einfach, jetzt braucht er noch ein bisschen Aufregung und Wahnsinn.«

»Und was willst du machen? Ihn verhaften?«

Eley lachte nicht. »Das wird Soudani tun. Ich will dabei zusehen.«

Sie legte die Stäbchen zur Seite, behielt die Flasche in der Hand. Der Hunger war fort, in ihrem Magen saß plötzlich Angst. Angst um Eley, um Richter. Dass da drüben in Algerien alles außer Kontrolle geriet. »Und der Botschafter?«

»Sitzt gerade allein bei der DDSE und verflucht mich, schätze ich.«

»Ruf ihn an.«

»Wenn ich mehr herausgefunden habe.«

Sie erhob sich und trat ans Fenster. Mit der Hand fuhr sie über die kühle Scheibe, über den blauen Himmel dahinter.

»Sie haben Toni erschossen«, sagte Eley.

»Ich weiß. Tut mir leid.« Carola Liebig hatte den Krisenstab informiert. Toni, der Fremdenlegionär aus dem Westen. Der Ungläubige, den die Entführer nicht gebraucht hatten. Die Islamisten, Ralf. Sie sagte es nicht.

Sie leerte die Flasche, dann ging sie zur Tür und öffnete. Ein paar Köpfe wandten sich ihr zu, sie spreizte die Finger, in fünf Minuten. Das nächste abteilungsinterne Briefing. Drei ihrer Mitarbeiterinnen und ein Dutzend andere Leute in unterschiedlichen Referaten waren mit Algerien und Meininger Rau befasst. Sie mussten schnell sein, die Welt bestand auch aus anderen Regionen und Krisen.

»Landrich hat vorhin angerufen. Er sagt, er erreicht dich nicht, hat es tausendmal versucht.«

»Öfter«, sagte Eley.

»Richters Familie und ein Kollege von dir landen am frühen Nachmittag in Algier. Du sollst sie abholen.«

»Wird schwierig. Zum Glück gibt es da Taxis.«

Sie musste schmunzeln, trotz der Angst. So kannte sie Eley. Im Dienst der Sache auf dem radikalen Egotrip.

Sie war zum Schreibtisch gegangen, saß jetzt. Der E-Mail-Eingang war voll, über dreißig Mails in einer halben Stunde. Sie überflog die ersten. Die Staatssekretärin wollte am frühen Nachmittag ein weiteres Gespräch. Eine Mitarbeiterin der »Freunde Algeriens« hatte das Programm für das heutige Treffen geschickt und noch einmal herzlich um ihre Teilnahme anstelle »des bedauerlicherweise erkrankten Dr. Zimmermann« gebeten. Jens Carlsen, Pressesprecher und heimlicher Komplize, wollte mit ihr reden, *dringend!!!*

»Eine *barrage*«, sagte Eley. »Ich muss Schluss machen.«

»Pass auf dich auf.«

»Und du auf dich.«

Sie beendete die Verbindung. Wie unterschiedlich die Wege verlaufen konnten, dachte sie. Eley und sie hatten fast am selben Tag in Algier begonnen, Anfang Juli 2008. Er war noch dort, liiert, mit dem Land verwachsen, würde die vier Jahre plus eins voll machen. Sie war Anfang 2010 auf die Bitte Heinrich Zimmermanns hin nach Berlin zurückgekehrt.

Das Telefon klingelte.

»Ja, Jens?«

»Haben Sie ein paar Minuten? Aber nicht am Telefon.«

»Tiefgarage? Ein Scherz, kommen Sie rüber.«

Sie klickte sich durch weitere Mails, aber die Gedanken kehrten nach Algerien zurück. Sie war nicht Zimmermanns wegen gegangen, sondern aus Angst vor der Unbekannten in Lyon Rigals dunklem Abgrund.

Außerdem hatte sie begriffen, dass sie als Botschafterin in Algier fehl am Platz war. Schon zwischen 2004 und 2006, als sie dort die Politische Abteilung geleitet hatte, war das absehbar gewesen, doch sie hatte es nicht wahrhaben wollen. Sie hatte geglaubt, als Chefin einer Auslandsvertretung eigene Schwerpunkte setzen zu können, die sich nicht um den Fokus Wirtschaft/Energie/Rüstung drehten.

Natürlich, eine Botschaft war keine Spielwiese für individuelle Fantasien, sondern eine Repräsentanz. Doch sie wollte Repräsentantin eines demokratischen Rechtsstaates in einer arabischen Scheindemokratie sein, nicht Wegbereiterin deutscher Investitionen, Erfüllungsgehilfin der deutschen Wirtschaft.

Beim Staatsbesuch der Kanzlerin im Juli 2008, als sie kaum zwei Wochen im Amt war, musste sie sich eingestehen, wie naiv und blind sie gewesen war. Algerien war ins Blickfeld der gierigen Bundesrepublik geraten. Sprachlos verfolgte sie die Pressekonferenz, hörte Merkels Rede vor der Deutsch-Algerischen Handelskammer, las die Kommuniqués, ertrug die Anbiederung ihrer Kanzlerin, die sich als »Türöffnerin« für deutsche Unternehmen sah. Man wolle, sagte sie, die »Herzen, Köpfe und Genehmigungen« der Algerier gewinnen, »die Chancen nutzen«, »ein wenig mehr Dynamik« in die Wirtschaftsbeziehungen bringen, und man schaue »mit Interesse auf Ihre Rohstoffe«: »Wir wollen Win-win-Situationen.« Die Auftragsvergabe in Algerien, einem von Transparency International als reichlich korrupt bewerteten Staat, wurde für »transparent« erklärt. Die hochproblematische Realität des Landes wurde beiseitegewischt und mit mahnenden Untertreibungen übertüncht wie der, den algerischen Frauen würden immer noch »Steine in den Weg« gelegt.

Hochrangige Vertreter von Rheinmetall, RWE, ThyssenKrupp, Elbe Defence und anderen Unternehmen gehörten der Delegation an, auch der deutsche Architekt, dessen Büro die Große Moschee in Algier entworfen hatte. Es war bereits von den Fregatten die Rede, deren Export drei Jahre später im Bundessicherheitsrat vorabgenehmigt werden würde, von Ausrüstung und Fahrzeugen für Polizei und Militär.

Wirtschaft, Energie – und um zu bekommen, was man wollte, bot man fahrlässig das an, was die in Algier herrschende Clique alter Männer wollte: Rüstungsgüter.

Es klopfte. Jens Carlsen trat ein, in der Hand ein Blatt Papier.

»Die Große Moschee«, sagte sie, eine Ahnung von Unheil verdrängend.

»Algier?«

Sie nickte. »Eine Milliarde Euro. Drei Milliarden, wenn man die Kosten für die notwendige Stadtentwicklung dazurechnet. Drei Milliarden Euro, damit Abdelaziz Bouteflika sich ein Denkmal für die Ewigkeit setzen kann. Und wer baut das alles? Wer baut die Ost-West-Autobahn? Die anderen großen Infrastrukturprojekte? Falls Sie vom Glauben abfallen.«

»Von welchem Glauben?«

»Von meinem.«

Carlsen legte das Blatt auf den Schreibtisch. Die Augen hinter der Hornbrille blickten düster, zeigten deutlich, dass er keine Lust auf Scherze und Small Talk hatte. »Die Chinesen?«

»Richtig. Bei der Moschee haben sie erst algerische Arbeiter eingesetzt, aber die waren ihnen zu langsam. Jetzt hausen viele Tausend chinesische Arbeiter in Metallcontainern neben der Baustelle und ziehen die drittgrößte Moschee der Welt nach Mekka und Medina hoch. Die Algerier dürfen zahlen und beten, arbeiten und Geld verdienen dürfen sie nicht. Setzen Sie sich, Sie machen mich nervös.«

»Das ist meine Absicht.«

»Wollen Sie unser kleines Geheimnis verraten?«

Carlsen drehte das Blatt in ihre Richtung, schob es vor sie. Ein paar Zeilen, nicht allzu viele, fünf vielleicht. »Nein. Jemand anders hat *Ihr* kleines Geheimnis herausgefunden.«

»Welches?«

»Haha.«

»Setzen Sie sich, sonst entlasse ich Sie«, murmelte sie.

Er schnaubte, lachte traurig, so schlimm also. »Lesen Sie.«

»Lesen Sie's mir vor.«

»Mein Französisch ist nicht so gut.«

Sie schwieg.

Carlsen setzte sich, drehte das Blatt wieder herum, las langsam vor: *»Je pense à toi jour et nuit.«*

41

TIZI OUZOU

Tizi Ouzou, »Hügel der Ginster«, neunzigtausend Einwohner, eine vernachlässigte Universitätsstadt am Fuße des Sidi Belloua, 1858 von den Franzosen gegründet, bewohnt überwiegend von Kabylen, den Berbern Nordalgeriens. Die Architektur war funktional und ohne Pomp, die Straßen und Gehwege in schlechterem Zustand als in Algier. Überall lag Müll herum, aufgeplatzte Plastiksäcke, dafür viel Grün, Bäume, Efeu. Und immer wieder die bunte Berberflagge, drei horizontale Rechtecke in den Farben Blau, Grün, Gelb, darauf in Rot das Zeichen der berberischen Symbolschrift für »freier Mensch«.

Eley war ein paarmal hier gewesen, konnte sich halbwegs orientieren. Im dichten Verkehr folgte er dem Honda und dem Cayenne in Richtung Zentrum. Er hatte in einem Dorf Wasser und Brot gekauft, aß und trank beim Fahren. Die vorderen Fenster standen offen, die Luft stank nach Abgasen, war dafür angenehm kühl. Immer wieder schnappte er im Verkehrslärm Wortfetzen von Passanten auf, häufig in Taqbaylit, der Sprache der Kabylen, manchmal Französisch, Algerisch, die Araber waren in der Minderheit.

Auch in Tizi Ouzou prägten zahlreiche Soldaten und Polizisten das Stadtbild. Eine unruhige, renitente Region, dazu arm. Alle, die von weither gekommen waren, um sie zu unterwerfen, hatten sich schwergetan: Phönizier, Römer, Türken, Araber, Spanier, Franzosen, nach 1962 die FLN-Politiker aus Algier, die sich die Arabisierung auch der Berber auf die Fahne geschrieben hatten. Die Kabylen, Geschwister der Tuareg, verlangten schon seit der Unabhängigkeit mehr Rechte und kulturelle Autonomie. Immer wieder hatten sie gegen die Arabisierungspolitik der algerischen Regierungen demonstriert, hatten dabei Tote zu beklagen gehabt, vor allem im »Berber-Frühling« 1980 und im »Schwarzen Frühling« 2001.

Wenige Autos hinter dem Honda passierte Eley den Busbahnhof, das Rathaus, bog mehrere Male ab. Die Straßen wurden schmaler und stiller, waren jetzt von einstöckigen sandfarbenen Häusern gesäumt, die Gehwege lichteten sich. An einem kleinen Platz unterhalb des Sidi Belloua hielt der Cayenne und setzte in einen Parkplatz am Straßenrand zurück. Während der Honda in einer Seitengasse verschwand, fuhr Eley um den Brunnen in der Mitte herum und blieb auf der gegenüberliegenden Seite stehen, kaum dreißig Meter Luftlinie entfernt.

Phil und seine Leibwächter – der Russe und einer der Amerikaner – gingen auf ein Café zu, eine Handvoll Tische unter einer löchrigen Markise in den Farben Blau, Grün, Gelb. Kleine, alte Männer saßen dort, die den Cayenne betrachteten, die Ankömmlinge keines Blickes würdigten, wachsame Fremde mit einschüchternden Sonnenbrillen, die Bewegungen angespannt, signalisierten Gefahr. Phil setzte sich an einen freien Tisch, die Leibwächter blieben in seiner Nähe stehen.

Eley warf einen Blick auf die Uhr – zwanzig vor eins.

Er zog die unter dem Fahrersitz befestigte Pistole hervor, steckte sie ins Schulterholster und stieg aus.

Die Gebäude auf seiner Seite des Platzes waren ein Stück zurückgesetzt, ein Imbiss, ein paar Wohnhäuser, eine Bäckerei, an der nächsten Ecke ein Friseurladen, hinter der Fensterscheibe Topfpflanzen und die Köpfe Wartender. Er betrat den Imbiss, trug einen Pappteller mit Brot und Lammfleischwürstchen zu einem Stehtisch, aß langsam, während er das Café gegenüber im Blick behielt, verborgen hinter großen gelben arabischen Schriftzeichen, die sich quer über die Scheibe zogen. Phil hatte inzwischen eine Tasse vor sich stehen, hantierte mit dem Mobiltelefon. Der Honda mit Soudanis Leuten war nicht wieder aufgetaucht. Andere, die unsichtbar blieben, hatten übernommen.

Die Minuten verstrichen. Eley spürte, wie die Nervosität kam.

Ein Uhr.

Als sein Blick erneut auf die gelben Schriftzeichen fiel, kam ihm ein Gedanke. Er nahm das letzte, kalte Würstchen in die Hand und trat auf den Gehsteig hinaus.

Das Schaufenster des Friseurladens reflektierte Sonnenlicht, spiegelte Bewegungen, Autos, ihn selbst. Am Ende des hell erleuchteten Raumes stand der Friseur, über einen Kunden gebeugt, vorn am Fenster die Topfpalmen, mehrere Hinterköpfe. Und an der Seitenwand ein Gesicht, das Eley sofort erkannte.

Ein kleiner, sympathisch wirkender Mann um die fünfzig, Schirmmütze auf dem schwarzen Haar, Schnurrbart.

Sadek Madjer.

Eley überquerte die in den Platz einmündende Straße, warf einen Blick zurück. Das Gebäude, in dem sich der Friseurladen befand, schloss an weitere Häuser an. Kein Hinterausgang, zumindest nicht ins Freie.

Er ging weiter. Im Schatten von Arkaden eine Pension, daneben ein kleiner Laden, überfüllt mit verstaubten Waren, Spielzeug, Haushaltsdingen. Er ließ sich Zigaretten geben, die *El Watan* des Tages. Er war jetzt ruhig, bewegte sich langsam und konzentriert.

Draußen war alles unverändert. Er setzte sich auf den Sockel eines Arkadenpfeilers, Zigarette im Mund, schlug die Zeitung auf. Mehr als die Überschriften las er nicht.

Viertel nach eins.

Ein Mann verließ den Friseursalon, nicht Madjer. Gegenüber telefonierte Phil. Nein, etwas klappte nicht, er sprach nicht. Tippte erneut, hob das Handy zum Ohr, sprach nicht.

Natürlich nicht, dachte Eley. Djamel Benmedi und Madjer waren gewarnt, ihre Nummern wurden nicht mehr benutzt. Er fragte sich, wann Phil begreifen würde.

Links von ihm eilte eine Frau mit einem Jungen auf den Friseurladen zu. Sie schob ihn hinein, rief etwas mit heller Stimme, winkte, ging weiter, das bunte kabylische Kleid schwang im Rhythmus ihrer Schritte.

Rechts lag das Telefon auf dem Tisch.

Zwanzig nach eins.

Der Russe begriff als Erster. Er beugte sich zu Phil hinunter, sprach auf ihn ein, die Hand unter dem Jackenrevers. Phil nahm das Telefon, hielt es sich wieder ans Ohr, während er aufstand und Geldscheine aus der Hosentasche zog.

Auch Eley erhob sich. Die Zeitung faltend, schlenderte er zurück in Richtung Friseur. Egal, was geschah, er durfte Madjer nicht verlieren.

Rechts begann der Amerikaner zu laufen, der Russe und Phil folgten.

Es war zu spät.

Motoren heulten auf, die ganze Stadt auf einmal ein einziges wütendes Grollen und Kreischen. Zivile Fahrzeuge rasten auf den Platz, Streifenwagen im Gefolge. Die Zufahrten wurden blockiert, auch in der Straße unmittelbar vor Eley stellten sich Autos quer, sprangen Polizisten mit Maschinenpistolen ins Freie. Zivilfahnder und Uniformierte rannten über die Gehsteige auf das Café zu. In der Gasse, die Phil und dessen Leute auf dem Weg zum Cayenne überqueren mussten, wimmelte es plötzlich von Streifenpolizisten. Stimmen wurden laut, Französisch, Englisch.

Eley hörte Phil über den Lärm hinweg lachen, Rufe übertriebener Bewunderung ausstoßen, der blonde Zopf schwang hin und her. Er hatte die Hände gehoben, nahm eine wieder herunter, um dem Amerikaner und dem Russen zu signalisieren, dass sie sich ergeben sollten. Sie gehorchten, Pistolen fielen aufs Pflaster, Hände hoben sich.

Eley war stehen geblieben, jetzt bewegte er sich weiter, atmete durch. Ein nahezu perfekter Zugriff, ohne dass ein einziger Schuss gefallen war.

Aber es war noch nicht vorbei.

Auch die kleinen, alten Männer an den Cafétischen waren aufgestanden. Einer von ihnen machte ein paar schleppende Schritte auf Phil zu. Drei, vier Meter hinter ihm blieb er stehen und zog eine Pistole.

Phil sah es nicht, sah den Tod nicht kommen.

Zweimal schoss ihm der Alte in den Hinterkopf. Dann hielt er sich die Pistole an die Schläfe und drückte erneut ab.

Ein Schrei, der Amerikaner: *»No! Phil!«* Er riss sich los, verschwand hinter Sicherheitskräften.

Das trockene Echo der Schüsse war verhallt. Stille senkte sich über den Platz.

Eley wandte sich dem Friseurladen zu, sein Puls raste. Der Junge und ein paar Männer waren ins Freie gerannt. Madjer war nicht zu sehen. Die Polizisten an der Absperrung vor ihm hatten die Waffen gehoben, manche knieten schussbereit. Vorsicht jetzt, dachte er. Er suchte den Blick eines Uniformierten, zeigte auf den Jungen. Hektisch sagte er: *»Puis-je? Mon fils!«*

»Oui, oui!«

Rufe erklangen, während er sich zwischen den Streifenwagen hindurchzwängte, auf dem Platz brach verspätet Hektik aus. Aus dem Augenwinkel bemerkte er Madjer, der hinter der Fensterscheibe stand. Eine Hupe erklang, ungeduldig, aggressiv, immer wieder. In der Gasse gegenüber näherte sich eine dunkle Limousine. Langsam passierte sie die Absperrung, die Dutzenden Polizisten, bog auf den Platz ein. Unmittelbar vor dem Café hielt sie. Zwei Männer stiegen aus, Soldaten. Den einen kannte Eley nicht, der andere war Soudani. Ein Polizeioffizier trat zu ihnen. Soudani sprach, wandte sich halb um, bewegte die Hand über den Platz.

Zeit zu verschwinden, dachte Eley.

Madjer musste dasselbe gedacht haben – er war fort.

Eley ging die wenigen Schritte zur Ecke, zwang sich zu warten.

Sekunden später trat Madjer aus dem nächsten Hauseingang und wandte sich in die entgegengesetzte Richtung. An einer Kreuzung bog er nach rechts ab.

Eley kehrte zu dem Imbiss zurück, parallel zu Madjer, theoretisch zumindest, fünfzig Meter südlich von ihm. Er stieg in den Wagen, verstaute die Pistole unter dem Sitz, ließ die Scheibe herunter. In aller Ruhe parkte er aus, fuhr ein paar Meter rückwärts zur Kreuzung.

Diplomatenpass und Diplomatenkarte in der Hand, rollte er auf eine Gruppe Polizisten zu.

Sie ließen ihn passieren.

Etwa siebzig Meter weiter überquerte Madjer die Straße und setzte sich in ein in zweiter Reihe wartendes Auto, einen weißen R5. Während sich ein Konvoi weiterer Streifenwagen näherte, fuhren sie los.

Und Eley folgte ihnen.

42

PESSIN

Ein einfacher Grabstein auf einem Dorffriedhof irgendwo im Tellatlas, ein fremder Imam, zwei Klageweiber aus dem Dorf – und er selbst. Benmedi wusste noch, dass er lange, sehr lange an Dihias Grab gestanden hatte. Der Imam und die Frauen waren gegangen, er war geblieben. Noch heute meinte er den kühlen Nachmittagswind zu spüren, sah die Dämmerung über die Hügel kommen, die Dunkelheit, die ihn und Dihia verschluckte.

Die Morgensonne des ersten Tages im Leben ohne sie, des 20. Mai 1961.

Der Imam hatte ihm Brot gebracht, aber er war zornig gewesen. *Verschwinde endlich! Wenn dich die Franzosen hier finden, werden sie uns bestrafen!*

Verschwinde du, hatte er erwidert, *sonst töte ich dich.*

Der Imam hatte ihm die Hände auf die Wangen gelegt, ihn auf die Stirn geküsst und gesagt: *Verzeih.*

Ein seltsamer Kerl war das gewesen, dachte Benmedi. Ein großer, pickliger Mann, hin- und hergerissen zwischen Angst und Mitgefühl.

Er legte den Pinsel zur Seite, tunkte ein Tuch in die Terpentinlösung und tupfte die blauen Tropfen weg, die ihm auf die Kachel gefallen waren. Sorgfältig trocknete er die Stelle, überprüfte sie auf Farbreste und Feuchtigkeitsränder und zog eine beschädigte Linie nach. Der Foxterrier Lady hatte ein Anrecht auf ein makelloses Hüttenschild.

Wie so oft in diesen Tagen saß Benmedi auf der Holzbank vor

seinem Haus. Er hatte einen kleinen Tisch hinausgetragen, auf dem die Kachel und die Malutensilien Platz fanden. Hinter ihm im Efeu summte und surrte es, immer wieder musste er winzige Insekten und anderes, was der Wind brachte, von der Kachel entfernen. Doch so mühsam die Arbeit hier auch war, er wollte draußen warten. Djamel sollte sich willkommen fühlen, nicht wie ein Eindringling vor einem fremden Haus, dessen Tür geschlossen war und ihn zum Klingeln zwang.

Benmedi griff nach dem Pinsel, wartete, dass das Zittern der Hand nachließ.

Zwei weitere Tage hatte er am Grab Dihias verbracht. Morgens und abends war der Imam gekommen und hatte ihm Essen und Wasser gereicht.

Am vierten Tag nach ihrem Tod war er ins Dorf hinuntergegangen, in das kleine Auto gestiegen, dessen Rücksitz von ihrem Blut verfärbt gewesen war, und nach Bologhine gefahren. Er hatte den wenige Monate alten Mouloud aus dem Bettchen genommen und in die Arme seines Bruders gelegt und gesagt: *Ein Kind braucht einen Vater, der an Liebe denkt, nicht an Rache.*

Die Rache hatte ihn monatelang in Anspruch genommen. Er war in den Untergrund zurückgekehrt und hatte wahllos, blind und grausam getötet.

Ein Jahr später wurden die Verträge von Évian unterzeichnet, Algerien war frei. Innerhalb weniger Monate, ja Wochen verließen die Franzosen das Land. Benmedi hielt sich an den Harkis schadlos.

Und, geht es dir jetzt besser?, fragte sein Bruder. *Ist Dihia von den Toten auferstanden? Kannst du jetzt wieder an Liebe denken? Kannst du deinem Sohn wieder ein Vater sein?*

Sein Bruder hatte recht. Mit jedem Getöteten hatte er sich weiter von der Liebe und von seinem Sohn entfernt.

Also versuchte er es ein paar Jahre lang mit einer bürgerlichen Existenz. Arbeitete hier und dort, wohnte in Algier, in Oran, in Constantine. Aber auch das half nicht. Dihia war noch immer nicht von den Toten auferstanden.

Als er hörte, dass ein sozialistisches Bruderland in Europa Vertragsarbeiter suche und Hunderte Algerier dem Ruf folgten, beschloss er, die Heimat zu verlassen. *In zwei, drei Jahren bin ich zurück,* sagte er.

Am Ende waren es zweiundzwanzig geworden.

Gute Jahre, dachte Benmedi. Zwanzig in Spremberg, zwei in Pessin. Dann, 1992, hatte Pauline beschlossen, dass man die unruhige Zeit nach dem Mauerfall besser in der einstigen Heimat des algerischen Ehemannes verbringen sollte. Alles Sträuben hatte nicht geholfen. *Mir ist hier nicht mehr wohl zumute, Youcef,* hatte Pauline ein ums andere Mal gesagt.

Benmedis Hand zitterte nicht mehr. Erneut säuberte er den Pinsel und brachte Farbe auf, um den Vogel zu vollenden, der in der linken oberen Ecke der Kachel saß. Er hatte ihn in einem Buch über Ornamentalmalerei entdeckt, das Pauline ihm geschenkt hatte. Ein Vogel, der aus Linien zu bestehen schien. Die Linien jedoch waren artifizielle arabische Buchstaben, die die Basmala ergaben – »Im Namen Gottes, des Erbarmers, des Barmherzigen«. Er schmunzelte. Lady konnte die Gnade und den Schutz Allahs sicherlich gebrauchen.

Auch Dihia hatte Allah in Form eines Vogels zu schützen versucht.

Ein kleiner, stummer Vogel war über dem Gestrüpp eines Hügels Pirouetten geflogen, keine zehn Meter vom Auto entfernt, hinter dem sie mit einem Kameraden gelagert hatten. Dihia hatte sie auf den Vogel aufmerksam gemacht, sie waren ihm mit dem Blick gefolgt.

Momente der Ruhe. Unbeschwertheit, während sie an der scheinbaren Unbeschwertheit des Vogels Teil gehabt hatten.

Er hatte nicht gesungen, aber sie hatten nicht verstanden. Hatten den Gewehrlauf zwischen den Büschen zu spät entdeckt. Im nächsten Augenblick hatten Kugeln Dihia in Benmedis Arme geworfen.

Sie hatte nicht mehr sprechen können. Hatte von den vielen Tausend Wörtern, die er aus ihrem Mund noch hatte hören wollen, kein einziges mehr gesagt. Ihre blutüberströmte Hand in seiner, beide in Krämpfen zuckend …

Benmedi blickte auf den Pinsel zwischen seinen Fingern, die erneut zitterten, wie immer, wenn er an diesen Tag dachte, ein nie verhallendes Echo der Zuckungen, die Dihia in den Tod begleitet hatten.

Seufzend stand er auf und trug die Kachel ins Wohnzimmer, wo er sie auf ein Bord legte. Geräusche von draußen ließen ihn innehalten. Eine Autotür fiel ins Schloss, ein Wagen entfernte sich.

Er eilte zur Tür.

Am Straßenrand vor seinem Haus stand der algerische Fremde.

IV

Abschied

43

Sie hatten Tizi Ouzou auf Nebenstraßen verlassen, waren der N 12 in Richtung Osten gefolgt, bald nach Süden auf die N 15 abgebogen. Für ein paar Kilometer hatte die Straße an einem riesigen Stausee entlanggeführt, mittlerweile schlängelte sie sich zwischen grünen Hängen hindurch, vorbei an weitgezogenen Ortschaften, immer tiefer in die Kabylei hinein. In der Ferne sah Eley kantige graue Gipfel, manche schneebedeckt, Dörfer auf Kuppen, andere lagen halb verborgen in den Nischen und Wellen der Hügel. Das Tal und die Straße wurden schmaler, der Verkehr immer spärlicher, er ließ sich zurückfallen. In unregelmäßigen Abständen schaltete er das Licht ein, wechselte zwischen Standlicht und Abblendlicht, schaltete es wieder aus. Von einem der Pässe aus erkannte er den weißen Mond, ein lustloser, angeknabberter Fleck im Blau, der an ihm vorbeizuwandern schien. Da fiel ihm ein, dass auch er vielleicht ein wandernder Fleck war, ein Punkt auf einem Bildschirm jenes inneren Zirkels der DDSE, zu dem nicht einmal Abderrahmane Toumi Zutritt hatte. Er zog das Handy hervor, entfernte den Akku, verschwand vom Firmament.

Der Abschied im Jardin d'essai.

Ich gehe vor, hatte Toumi gesagt, müde und beherrscht Eleys Hand geschüttelt. Die Botschaft war klar gewesen: Ich verstehe euch, ich lasse euch Abschied nehmen. Ihr seht, ihr könnt mir vertrauen.

Toumi, Freund oder Fallensteller.

Egal, hatte Amel geflüstert. *Das ist doch jetzt egal.*

Ihre Augen unsichtbar hinter den dunklen Kunststoffflächen, ihre Lippen, ihre Hände kaum einen Meter entfernt und doch unerreichbar. Sanft hatte Eley ihr die Sonnenbrille ins Haar geschoben, mit den Fingern ihre Wange gestreift.

Endlich in ihre geröteten, verwirrten Augen gesehen.

Nie mehr loslassen, hatte er gedacht. Aber er hatte sie ja nicht einmal halten können im Jardin d'essai.

Eine *barrage* noch auf der N 12, eine weitere nahe des Stausees, beide hatte er ohne Probleme im Pulk verstaubter Autos passiert. An der dritten, auf tausend Metern Höhe vor dem Städtchen Larbaâ Nath Irathen, drohten Schwierigkeiten. Polizisten und Soldaten hatten die Straße am Ortseingang abgeriegelt. Jeeps, Armeelaster und Transportpanzer verengten die Fahrspuren, über ihnen kreiste ein Hubschrauber.

Eley hielt am Ende der Schlange, ein halbes Dutzend Autos hinter Madjers Renault. Er sah, dass jeder Wagen durchsucht, jeder Kofferraum geöffnet wurde, Beamte auf jede Ladefläche stiegen. Jeder Ausweis wurde geprüft, jeder männliche Insasse abgetastet. Er nahm eine Euromünze von der Mittelkonsole. Zahl: Routinekontrolle, Kopf: Sie waren seinetwegen hier, wollten ihn herausfischen, bevor er ihnen im Irrgarten Kabylei entschlüpfte.

Er setzte auf Zahl, schnippte die Münze auf den Beifahrersitz, verlor. Er warf die Münze erneut, blieb bei Zahl, gewann.

Fünfzig-fünfzig, sozusagen.

Hinter ihm wurde gehupt. Vor ihm war eine Lücke entstanden, er rollte nach, blieb wieder stehen.

Toumi, dachte er, steckte sich eine Zigarette an. Wurde immer mehr zur zentralen Figur. Niemand außer ihm konnte Madjer gewarnt haben.

Ein Schrei weckte seine Aufmerksamkeit. An der Spitze der Schlange war Bewegung entstanden, er hörte wütende Rufe. Zwei Männer schlugen aufeinander ein, Zivilisten, fielen in einer Staubwolke zu Boden. Polizisten versuchten, sie zu trennen.

Instinktiv fasste er den R5 ins Auge.

Sie warteten noch einen Moment. Dann scherte der Renault aus der Schlange aus, fuhr ein paar Meter auf dem Kiesstreifen neben der Fahrbahn und bog nach rechts in eine Gasse ein. Verschwand.

Eley fand das Sträßchen auf der Landkarte. Über zahlreiche Kehren führte es um Larbaâ Nath Irathen herum und schließlich auf die Nationalstraße zurück.

Er schlug das Lenkrad ein, gab Gas.

Vorn standen die beiden Männer wieder auf den Füßen, wurden zu Streifenwagen geschubst. Hinten verschwand ein zweiter Wagen aus der Reihe der Wartenden.

Keine weiteren Kontrollen, doch die Fahrt zog sich hin. Eine Stunde verging, dann waren es eineinhalb, erst in Richtung Sahara, später in Richtung Mittelmeer. Straßendörfer ohne Anfang, Zentrum, Ende, enge Täler, von Macchia überwucherte Hänge. Darüber Grasebenen und Geröllplateaus, Wälder, im Süden über allem die kahlen Spitzen des Djurdjura-Gebirges. Eley gingen die Zigaretten aus, das Wasser, er hatte Hunger. Kurz nach Madjer tankte er, kaufte ein, fuhr weiter, fuhr und fuhr. Mehr als einmal war er drauf und dran, das Telefon einzuschalten, um nachzusehen, ob Amel eine SMS geschickt hatte, und sich die Wut und die Verzweiflung Harry Landrichs anzuhören, großes Theater, wenn es sonst nichts zu tun gab. Er unterdrückte den Impuls, dachte stattdessen über Phil nach. Zwei Telefonnummern und eine Verabredung in Tizi Ouzou genügten doch nicht, um einen Mann erschießen zu lassen. Er musste mehr gewusst haben. Dinge, die er auf keinen Fall in einem algerischen Gefängnis hätte preisgeben dürfen. Hatte Phil, der Spieler und Abenteurer, tief in seinem skrupellosen Herzen eine Schwäche für Revolutionäre gehabt?

In der Gemeinde Bouzeguène am östlichen Ende des Bezirks Tizi Ouzou verließen sie die Hauptstraße, bewegten sich an Hügelflanken entlang auf ein dunkelgraues Massiv zu. Dörfer am Hang, die Häuser aus Stein oder Fertigbetonteilen, hin und wieder eine schlichte Moschee. An einem überdachten öffentlichen Brunnen bogen sie ab, rollten auf Schotter weiter, Staubfahnen hinter sich herziehend. Rechts und links Olivenbäume, manchmal ein paar Ziegen, Kühe, von Frauen gehütet, für einen Augenblick zog intensiv der Geruch von Eukalyptus durchs Wageninnere. Unterhalb des Grates wieder ein Weiler, die Häuser lagen zwischen einzelnen, von gelbem Gestrüpp bewachsenen Erhebungen.

Als der Renault im Schatten einer Korkeiche neben einer Steinhütte hielt, blieb auch Eley stehen. Madjer und der Fahrer stiegen aus, nahmen Rucksäcke aus dem Kofferraum. Aus dem Gebäude war ein dritter Mann gekommen, sie begrüßten sich mit Handschlag und Wangenküssen. Der Fahrer verschwand in dem Häuschen, schloss die Tür; Madjer und der dritte Mann schulterten die Rucksäcke und folgten der Straße zu Fuß.

Eley wartete, bis sie in einen Durchgang zwischen mannshohen Mauern abgebogen waren, dann fuhr er an der Hütte und der Abzweigung vorbei und parkte den Wagen dicht am Hang. Er löste die Pistole unter dem Sitz, steckte das Handy ein, betrachtete seinen Proviant: Wasser, Brot, Zigaretten. Nicht eben viel.

Dafür passte es in die Jackentaschen.

Madjer und sein Begleiter waren nicht zu sehen. So leise wie möglich folgte Eley dem Weg, der zwischen den von Gras und Gebüsch überwucherten Mauern zum Hügelkamm hochführte und kaum einen Meter breit war. In der Nähe hörte er die Stimmen von zwei Frauen, den Geräuschen nach zu urteilen zersägten und stapelten sie Holz.

Ein Baby weinte, Hunde bellten.

Wenig später lag der Weg im Schatten, der leichte Wind wurde kühler. Die Mauern endeten, liefen in entgegengesetzten Richtungen auseinander. Vor Eley weitete sich ein fahlgelbes Grasplateau, daran anschließend begann Macchia, die sich über die nächste Kuppe zog und in einen mit Felsgeröll bedeckten Hang mündete.

Auf halber Strecke des Plateaus sah er zwei Köpfe über Rucksäcken und kurzen Beinen.

Er setzte sich in den Schatten der Mauer, aß trockenes Brot, trank Wasser, dachte, dass es viele gute Gründe gab umzukehren. Die meisten davon trugen Namen: Amel, Madjer, Soudani, Harry Landrich. Der Botschafter.

Richter, den er vielleicht in zusätzliche Gefahr bringen würde. Doch Richter war auch ein Grund weiterzugehen. Der entscheidende Grund. Neben oder nach dem Grund natürlich, der »Eley« hieß.

Er steckte sich eine Zigarette zwischen die Lippen, ohne sie anzuzünden. Die Köpfe tänzelten körperlos jenseits einer leichten Wölbung. Der Wind war hier oben stärker, ließ Gras und Blätter säuseln. Als er sich für einen Moment legte, war ein anderes Geräusch zu hören, mehr eine Ahnung von einem Geräusch, ein unsichtbarer Hubschrauber.

Al-Qaida war ein Grund umzukehren.

In der Gemeinde Bouzeguène war ein paar Jahre zuvor eine AQM-Zelle ausgehoben worden. Mehrere Hundert Soldaten hatten mit Unterstützung von Kampfhubschraubern eine Handvoll Dschihadisten in der Macchia gestellt, drei davon bei der anschließenden Schießerei getötet.

Wo AQM hauste, musste man mit verminten Wegen rechnen. Mit Terroristen, die in der Abenddämmerung in die Dörfer herunterkamen, um sich mit Proviant zu versorgen. Die Kabylen unter ihnen setzten sich an die gedeckten Tische von Verwandten oder Freunden, die anderen spekulierten auf Angst oder Sympathie. Manche Berber sahen aller Logik zum Trotz in den islamistischen Fundamentalisten Mitstreiter im Widerstand gegen die verhasste arabische Regierung. Doch die meisten wollten mit Terroristen nichts zu schaffen haben, und die Mutigen unter ihnen wiesen sie ab. Verschwindet, sagten sie, wir haben selbst kaum genug. Um nicht ans Militär verraten zu werden, zogen die Bärtigen weiter, zum nächsten Haus, ins nächste Dorf. In der Dunkelheit kehrten sie über Trampelpfade in ihre abgelegenen Wald- oder Bergverstecke zurück, zu denen kein Jeep, kein Transportpanzer, kein Militärlaster je gelangen würde. Zu Fuß wagten sich die Soldaten wegen der Minen nicht dorthin.

Blieben die Hubschrauber. Die *ratissages.*

Eley stand auf. Die Ebene war menschenleer.

Zehn Minuten später hatte er die Macchia erreicht. Ein fußbreiter Weg schlängelte sich durch das dichte Gebüsch, das ihm bis zum Kopf reichte. Vage nahm er den zerfaserten Geruch von Zigarettenrauch wahr.

Auf dem sandigen Untergrund waren Schuhabdrücke zu erkennen. Er konzentrierte sich darauf, die Füße in die Umrisse zu setzen. Ein wenig üben, bevor es ernst wurde. Die Wahrnehmung schärfen.

Der Felshang war sicherlich gefährlicher als die Macchia. Solange man wie hier Fußspuren sah, hatten Minen keinen Sinn. Anders dort, wo Spuren fast unsichtbar waren und es viele Möglichkeiten gab aufzutreten.

Gelegentlich blieb er stehen, um zu lauschen. Motorengeräusche aus einem fernen Tal, ein sanftes Zischen, wenn Wind über die Büsche strich, Vögel, sonst war nichts zu hören.

Die Macchia wurde dichter, der Wind immer kühler. Seit einer Weile ging Eley im Schatten, die Sonne stand schräg hinter einem Gipfel. Er trank, ohne innezuhalten. Der Pfad war jetzt steiler, verlief in lang gezogenen Kurven nach oben. Wieder roch es nach verbranntem Tabak, dann wurde das Gebüsch abrupt lichter. In ein paar Metern Entfernung sah Eley die ersten Felsen.

Plötzlich spürte er, dass er in eine Falle lief. Vielleicht, dachte er, musste es so sein.

Als er aus der Macchia trat, schnappte die Falle zu.

»Arrêtez-vous«, sagte eine Stimme.

Links von ihm stand der Mann aus dem Steinhaus, eine Pistole auf ihn richtend.

Zögernd hob Eley die Hände.

Von rechts trat Madjer zu ihm, nahm ihm mit einem ungeduldigen Lächeln die HK aus dem Holster und sagte: »Sie suchen den Tod, Monsieur Eley?«

44

BERLIN

Ein Boulevardjournalist, verlangte einen Kommentar. Würde sich vielleicht mit einem Deal zufriedengeben. Homestory, Fotos, profunde Einblicke ins Private. So etwas.

Bekommt er nicht, hatte Prinz gesagt.

Bekommt er, hatte Jens Carlsen gesagt.

Das Problem war, dass der Journalist nicht nur den Satz kannte, *Je pense à toi jour et nuit,* die E-Mail von Lyon aus Elfenbeinküste. Ihm lag eine weitere Mail vor, Januar 2010, Absender: Ernst von Mettler, einer ihrer ehemaligen Referenten in Algier, mittlerweile an der Botschaft in Brasilia, Adressat: Heinrich Zimmermann. *Bedenken wegen KP. Scheint privat in etwas verwickelt.*

Waren Sie?, hatte Jens Carlsen gefragt.

Waren Sie nie?, hatte sie erwidert, noch unter dem Schock der Erkenntnis stehend. Zimmermann hatte sie nicht nach Berlin zurückgeholt, um ihre Karriere zu fördern, sondern weil er sie und ein bisschen auch sich selbst vor ihr hatte retten wollen.

Als sie ihren Namen hörte, zwang sie sich zur Konzentration.

»Frau Dr. Prinz' große Algerien-Erfahrung wird unserem Kreis sicherlich zugutekommen.«

Sie lächelte bescheiden.

Kurz nach sechzehn Uhr, das allmonatliche Treffen der »Freunde Algeriens«. Sie saß an einem überdimensionalen Konferenztisch im obersten Stockwerk der Hauptstadtrepräsentanz von Elbe Defence Systems und hielt dem Blick von Mareike Roth-Albig stand, die in gefühlt zwanzig Metern Entfernung auf der anderen Seite des Tisches Platz genommen hatte und sie seit Minuten mit falscher Herzlichkeit in der Stimme vorstellte und mit jedem zweiten Wort ein Stückchen mehr desavouierte.

Jahrgangsbeste beim Abitur, beim ersten Diplom, beim zweiten Diplom.

Die Promotion summa cum laude, fast möchte ich sagen: natürlich.

Protegée unseres geschätzten, schwer erkrankten Freundes Dr. Zimmermann, dessen Platz und Stuhl sie von heute an einnimmt.

Spitznamen: »Miss Embassy«, »Die schöne Diplomatin«.

In einem harmlosen Nebensatz war das böse Wort »unverheiratet« gefallen, in einem anderen hieß es: »der Partner ein erfolgreicher Hedgefonds-Manager«.

Prinz fasste im Stillen zusammen: unfähig zur verlässlichen Bindung, über alle Maßen ehrgeizig, protegiert, hatte sich also höchstwahrscheinlich nach oben gevögelt. Zumal Sex im Zusammenhang mit ihr immer eine Rolle spielte, das Aussehen. Geld. Und wo sind die Kinder? Zu egoistisch für Kinder.

Wenn du wüsstest, dachte sie.

Jour et nuit.

Jens Carlsen hatte gesagt, er werde einen Deal aushandeln. Sie bezweifelte, dass sich der Journalist darauf einlassen würde. Homestory, Fotos, Privatleben, all das war doch uninteressant. Nur eines zählte, und das würde er nicht erreichen: dass sie den Kampf gegen das Meininger-Rau-Geschäft mit Algerien aufgab.

Denn natürlich war es kein Zufall, dass die E-Mails ausgerechnet zu diesem Zeitpunkt aufgetaucht waren. Jemand hatte gezielt herumgeschnüffelt. *Wie bitte?*, hatte Jens Carlsen geflüstert. Gefasst hatte sie zugesehen, wie er erbleichte.

»Am besten«, sagte Roth-Albig fröhlich, »fand ich ja ›So sexy kann Diplomatie sein‹.« Sie hielt eine Zeitungsseite hoch. Eine

Hälfte füllte ein Foto aus, Prinz im tief ausgeschnittenen blauen Kleid mit windzerzauster Haarmähne bei einem Empfang der Friedrich-Ebert-Stiftung, neben ihr mit Kopftuch die Dolmetscherin, im Hintergrund die nächtliche Silhouette der Stadt mit den Hügeln, dem Märtyrermonument. Ein Abend unter Frauen, sie hatte einen Vortrag über die Probleme der Emanzipation im Maghreb gehalten. Was hier natürlich keine Rolle spielte.

Die Sitzung hatte noch nicht einmal richtig begonnen, da hatten die etwa fünfzig Anwesenden schon das gewünschte, desaströse Bild von ihr. Roth-Albig, Referatsleiterin im BMWi und Sprecherin der »Freunde Algeriens«, fackelte nicht lange.

Sie war Mitte fünfzig, gedrungen, hatte einen blonden Bubikopf. Das Kostüm war grau, konservativ geschnitten, das Make-up einen Tick zu grell, viel Blau um die Augen, viel Rosa darunter, signalisierte Angriffslust. Sie war nicht groß, nicht einmal besonders auffällig, doch der Raum und die Anwesenden schienen sich wie selbstverständlich um sie herum angeordnet zu haben. »Willkommen bei den ›Freunden Algeriens‹, Frau Dr. Prinz«, sagte sie.

Verhaltener Applaus.

Prinz lächelte, neigte den Kopf, erwiderte Blicke. Man wusste um ihren kleinen Feldzug gegen Meininger Rau, in den Mienen spiegelte sich Abneigung wider, gelegentlich Ekel. Sie hatten sich die Aussätzige ins Haus geholt, die Nestbeschmutzerin, um sie in den Griff zu bekommen, *embedded enemy,* ertrugen ihre Anwesenheit jedoch nur unter inneren Qualen.

Im Raum entstand Geschäftigkeit, man ging zur Tagesordnung über. Elektrische Jalousien surrten herunter, verdrängten den gemütlichen Sonnenschein des Herbstnachmittags. Ein Beamer warf grelles Licht auf eine Leinwand.

Sie ließ den Blick über die Runde gleiten, die zusehends in der Dunkelheit verschwand. Ein paar der Anwesenden kannte sie persönlich oder vom Namen her. Roth-Albig, weitere Referatsmitarbeiter aus den Ministerien Wirtschaft, Verteidigung sowie wirtschaftliche Zusammenarbeit und Entwicklung. Ernst Friedrich Riehle, einer der stellvertretenden Vorsitzenden der CDU/CSU-Bundestagsfraktion, zuständig unter anderem für Wirtschaft und Mittelstand, häufiger Gast der Rüstungsschmieden seines Wahlkreises, Rottweil-Tuttlingen. Sie hatte das braungebrannte Gesicht an der rechten Seite des Tisches dauerhaft im Augenwinkel, hin und wieder begegnete sie seinem stählernen Blick. Für Riehle musste sie eine Staatsfeindin sein, die sich die wirtschaftliche Zerstörung einer friedlich vor sich hin werkelnden schwäbischen Region auf die Fahne geschrieben hatte.

Den übrigen Namensschildern auf dem Tisch hatte sie entnommen, dass Vertreter so gut wie aller deutschen Firmen, die sich in Algerien engagierten, zugegen waren – Energie, Rüstung, Immobilien, Infrastruktur, Fotovoltaik, Fahrzeugbau, Schiffsbau, andere. Auch der CEO von Meininger Rau gehörte dem Forum an, Dr. Gerhard Wintrich. Sie hatte bislang nur das zugehörige Metallschild und eine zur Faust geballte fleischige Hand davor gesehen, er selbst saß zurückgelehnt außerhalb ihres Blickfeldes.

Ein großer, attraktiver, braungebrannter Mann trat ans Rednerpult, klappte einen Laptop auf, die Stimme tief, gelassen, zuversichtlich. Ein paar Scherze unter Freunden, man kannte sich gut, der Schöne führte eine GmbH namens EXPERTS IN EXPORTS und war Stammgast im Forum.

Prinz starrte auf Tabellen und Charts und Schlagwörter. Eine SWOT-Analyse Algeriens. Sie hörte von imposantem Reichtum, Außenhandelsüberschüssen, Erdöl- und Erdgasvorräten für die nächsten fünfzig Jahre, von Milliarden, die für die unterschiedlichsten Projekte zur Verfügung stünden. Gutes bis hervorragendes Investitionsklima, stabile politische Lage, der Arabische Frühling keine Gefahr für Algerien. Ja, die Bürokratie noch immer ein Hemmnis, die Korruption, die Behäbigkeit, Arabien eben. Aber mit den richtigen Kontakten, einer geeigneten Kommunikationsstrategie, der Unterstützung durch deutsche Ministerien und die Deutsch-Algerische Industrie- und Handelskammer könne man der Probleme Herr werden.

»Klingt fast wie Berlin«, sagte eine Männerstimme.

»Wie Berlin?«, fragte der Schöne.

»Bürokratie, Korruption, Behäbigkeit.«

»Ja«, sagte der Schöne und lachte als Einziger.

Endlich die *risks*. Hohe Jugendarbeitslosigkeit. Häufige Demonstrationen. Streiks.

Seine Stimme war noch zuversichtlicher geworden. Alles halb so wild, säuselten die Obertöne. Alles eine Frage der Kommunikationsstrategie. Prinz schaltete das Tischmikro vor sich ein. Gleichzeitig ging ein Lämpchen an, und sie spürte, wie ein sanfter Lichtschimmer ihr Gesicht erfasste und aus der Dunkelheit holte. »Darf ich?«

»Was denn?«, fragte der Schöne.

»Präzisieren.«

»Grundsätzlich … ist das ja nur ein Überblick.«

»Eben.«

Roth-Albigs Gesicht leuchtete im Dunkeln auf, über die Lautsprecher erklang ihre Stimme, etwas Lauerndes darin, eine Schlange vor dem Angriff: »Lassen wir Frau Dr. Prinz ruhig.«

Ihr Gesicht verschwand.

Prinz ließ den Blick über Köpfe gleiten, die sie nicht sah, blendete das Getuschel aus, das sie niemandem zuordnen konnte, suchte Augen, die sie nicht fand.

Präzisierte.

Häufige Demonstrationen? Ja, im Jahr 2011 landesweit etwa

elftausend, zum Teil mit Unruhen und Ausschreitungen verbunden, die Sicherheitskräfte nicht zimperlich, es habe Tote und Verletzte gegeben. Die Gründe: Mangel an Wohnungen, Arbeit, Perspektiven, die hohen Lebensmittelpreise, die Korruption. Über einhundert Selbstverbrennungen, dieselben Gründe. Hohe Jugendarbeitslosigkeit? Ja, zwei Drittel der Einwohner seien unter fünfunddreißig Jahren, davon um die dreißig Prozent ohne Job. Investitionen brächten Arbeitsplätze? Nun ja. Einer Handvoll Facharbeitern, nicht der Masse. Auf vielen Großbaustellen seien vor allem chinesische Wanderarbeiter beschäftigt.

Politisch stabil? Allein die Angst vor einem neuen Terrorjahrzehnt und vor der eisernen Hand der Sicherheitskräfte halte die Bevölkerung davon ab, Ernst zu machen, sich dem Arabischen Frühling anzuschließen. Doch wer wisse schon, wozu die Traumatisierung der Menschen führen werde? Wie lange sie sich noch von einer korrupten Elite aus Geheimdienstlern, Militärs, Ölmanagern, FLN-Erben regieren lassen wollten? Was die Auseinandersetzungen in Ägypten, die Balkanisierung Libyens, die Krise Tunesiens bewirken würden?

Sie hielt kurz inne. »AQM wollten Sie noch erwähnen?«

»Natürlich«, erwiderte der Schöne. »Später allerdings, noch nicht hier, beim … Überblick.«

»Algerien ist Al-Qaida-Land.«

»So allerdings würde ich das nicht sagen wollen.«

»Sollten Sie aber.«

Hunderte Anschläge jedes Jahr, viele Tote unter den Sicherheitskräften, aber auch unter der Zivilbevölkerung. Man vermute, dass Anschläge auf Erdöl- oder Erdgasfelder geplant seien, wo zahlreiche Ausländer arbeiteten. Die Reisewarnungen des Auswärtigen Amtes seien gerade wieder einmal verschärft worden: Mehr als zwei Drittel des Landes sollten nicht oder nur in Polizeibegleitung bereist werden. Im Norden die Kabylei, im Nordosten die Grenzregion zu Tunesien, wo auf tunesischer Seite ein neues algerisches AQM-Katibat entstanden sei, der größte Teil der algerischen Sahara, inklusive jener Regionen, in denen ausländische Firmen Öl und Gas förderten.

»Was wollen Sie in einem Land«, fragte sie die Unsichtbaren, »in dem Sie Ihre Produktionsstätten nicht ungefährdet besuchen können? In dem Sie nur mit Polizeieskorte zum Abendessen gehen können, weil Sie einen Anschlag oder eine Entführung einkalkulieren müssen? In dem Sie Ihre Gebäude und Anlagen mit immensem Aufwand schützen müssen? Wissen Sie, welche Sicherheitsmaßnahmen für die Areale von Rheinmetall Algérie und Elbe Algérie in Ain Smara bei Constantine geplant sind? In einem angeblich halbwegs sicheren Gebiet? Da entstehen Hochsicherheitsfabriken, die nach militärischen Kriterien in unterschiedliche Zonen aufgeteilt sind, mit mehreren Betonwällen, die kein Selbstmordattentäter in die Luft jagen kann.«

»Eben!«, rief der Schöne erleichtert.

Roth-Albig hüstelte fern, Prinz lachte freundlich. »Was wollen Sie in einem Land, in dem Sie in vielen Bereichen nur mithilfe von Bestechung investieren können? In dem ausländische Firmen maximal neunundvierzig Prozent eines Joint Ventures halten dürfen? Das im besten Fall scheindemokratisch ist und die Menschenrechte in vielerlei Hinsicht verletzt? In dem die Friedrich-Ebert-Stiftung ihr Büro schließen muss, weil sie aufgrund des neuen NGO-Gesetzes ihre langjährige Arbeit nicht mehr fortsetzen kann?«

Sie räusperte sich, trank einen Schluck Wasser. Wartete.

Niemand sagte etwas, auch der Schöne schwieg. Kein Widerspruch, kein Protest, keine Beschimpfungen, nur das leise Summen des Beamers und der Atem ihrer Nachbarn. Als hätte man sich abgesprochen. Lassen wir sie reden. Ins Leere laufen.

»Ich habe Ihnen ein Papier der Stiftung Wissenschaft und Politik mitgebracht«, sagte sie, »die Bundesregierung und Bundestag maßgeblich berät, wie Sie wissen. Sehen Sie sich die Kennziffern zu Algerien an. Politische Rechte: 6 von 7, 7 ist der schlechteste Wert. Bürgerliche Freiheiten: 5 von 7. Freiheitsstatus: nicht frei.« Sie klopfte mit den Fingerknöcheln auf den Tisch. »Sie kooperieren mit einem Staat, dessen Bürger von einem der renommiertesten deutschen Forschungsinstitute als *nicht frei* eingestuft werden.«

Sie hielt inne. Wartete. Spürte die Blicke aus der Dunkelheit, die Abneigung mit Händen greifbar. Widersprecht mir, dachte sie. Kämpft!

Keiner kämpfte. Keiner rührte sich. Reglose Umrisse menschlicher Wesen, wo der Lichtschein des Beamers hinreichte, alle anderen unsichtbar, auch der Schöne, der sich wieder gesetzt hatte, Roth-Albig ohnehin, die sie sich mit einem maliziösen Lächeln auf den Lippen vorstellte. Sie selbst dagegen war durch das Mikrolämpchen für alle deutlich zu erkennen. Exponiert im Scheinwerferlicht.

Das Schweigen zog sich in die Länge.

Plötzlich fühlte sie ein unangenehmes Kribbeln unter der Haut, eine Unruhe, die sich im ganzen Körper auszubreiten begann. Ihr Herzschlag beschleunigte sich, die Finger, die Hände, die Arme wurden leicht und kraftlos.

Redet mit mir!

»Sie denken, ich übertreibe?«, fragte sie atemlos.

Keine Antwort.

Also erzählte sie.

Offenbarte, was in Constantine geschehen war.

45

KABYLEI

Ein weiterer Mann war zu ihnen gestoßen, der Fahrer des Renault. Er hatte unten im Dorf die Straße beobachtet, Eleys Wagen, war ihm dann gefolgt. Ein vierschrötiger, älterer Kabyle, ein Bauer, dem von Wind und Wetter gegerbten, dunklen Gesicht nach.

»*Personne*«, sagte er knapp.

Madjer nahm einen der Rucksäcke und reichte ihn Eley. »Sie sind also ein Einzelgänger, Monsieur?«

Er schulterte das Gepäck, antwortete nicht.

»Und Sie suchen den Tod.« Madjer hob die Hand, deutete auf den Hang. »Hier finden Sie ihn.«

Eley folgte seinem Blick. »Sie haben Minen gelegt?«

»Nicht wir. AQMI. Und ein paar haben die Franzosen damals vergessen.«

Die Sonne stand jenseits der Kuppen, die Dämmerung zog herauf. Dicht hintereinander gingen sie über das steile Geröllfeld, vorn der Mann aus dem Steinhaus, dann Eley, hinter ihm Madjer und der Fahrer.

Wenig später blieb der Mann vor ihm stehen und wandte sich halb um. »Leise jetzt und schnell.«

Madjer wies nach Süden. Ein paar Bergspitzen, gewellte, von Felsbrocken gesprenkelte Ebenen, tiefe Einschnitte, Höhlen. »Eine kabylische AQMI-Zelle. Meistens lassen sie uns in Ruhe. Manchmal müssen wir teilen.«

»Teilen unter Brüdern«, sagte Eley.

Madjer lächelte. »Verwechseln Sie uns nicht mit Terroristen.«

»Entführung, Mord, das kennt man von al-Qaida.«

»Monsieur Richter wird in ein paar Tagen freikommen. Toni wurde erschossen, als sie fliehen wollten. Er hat drei unserer Männer getötet. Aber ich gebe Ihnen recht, ohne Gewalt und Tote geht es nicht.«

»Die Revolution?«

»Ein großes Wort, Monsieur Eley.«

»Zu groß. Sechshundertfünfzigtausend Sicherheitskräfte, wie wollen Sie gegen die bestehen?«

»Ein paar von ihnen sind auf unserer Seite.« Madjer lachte vergnügt. »Ganz abgesehen davon haben wir keine Eile. Wir werden erst losschlagen, wenn wir auch gewinnen können.«

»Und die Dschihadisten? Binden Sie die in Ihre Revolution ein?«

»Das ist noch nicht entschieden.«

»Sie benutzen sie längst. Verstecken sich hinter denen.«

»Ja«, gab Madjer zu.

»Vertreiber der Ungläubigen«, sagte Eley spöttisch.

»Gefällt Ihnen Die Namenlosen besser?«

»So nennen Sie sich?«

»Vielleicht. Die PR-Abteilung überlegt gerade.«

»Al-Qaida wird Algerien fluten, wenn Sie einen Bürgerkrieg anfangen.«

»Gehen wir«, zischte der Mann aus dem Steinhaus.

»Was ist mit Richter? Ist er in Ordnung?«

Madjer runzelte die Stirn. »Er glaubt, dass wir ihn töten werden. Ehrlich gesagt war ich mir heute Morgen nicht sicher, ob er durchhalten wird.«

Rasch überschritten sie den Hügelkamm, folgten einem Pfad, der schräg ins Tal hinabführte. Nachdem sie einen Wald erreicht hatten, verringerte der Mann vor Eley das Tempo.

An einem Bach rasteten sie, tranken, rauchten, umgeben von kahlen Bäumen. Eley teilte die Reste seines Brotes mit Madjer, die beiden anderen saßen ein Stück abseits. Er dachte an Amel, ein Wochenende in den Bergen südlich von Algier, zwischen Blida und Medea auf knapp eintausend Metern Höhe. Sie waren durch Bäche wie diesen gestapft, durch stumme Zedernwälder gegangen, unvermittelt den Duft einer der zahlreichen Orangenplantagen in der Nase. Zuvor hatte Amel ein unendlich kompliziertes Arrangement ausgeheckt, mit vielen Lügen und Sorgen, um das Ferienhaus entfernter Verwandter angeblich für sich und drei Kolleginnen mieten zu können, während sich Naoual um ihre Mutter kümmerte.

Sie weiß, dass da ein Mann ist, aber sie weiß auch, dass ich solche Tage brauche, und deshalb verzeiht sie mir die Lügen.

Beim nächsten Mal nehmen wir sie mit.

Wissen und sehen ist ein großer Unterschied, chéri.

Einen Tag hatte Amel benötigt, um die Lügen und die Sorgen abzuschütteln, am Morgen des zweiten Tages war ihr Blick klar und glücklich gewesen. An einem Bach hatte Eley sie auf den Rücken genommen, war mit ihr durchs Wasser gelaufen, ihre Arme um seinen Hals, ihre Wange an seiner, hatte ihren Atem gehört, ihr Flüstern. Fast eine Stunde lang hatte er sie getragen, und fast ebenso lang hatte sie ihm ins Ohr geflüstert, von ihrer Liebe zu ihm gesprochen, von ihren Fantasien für die Zukunft, ihren Hoffnungen und Ängsten und am Ende, wie so oft, von jener Nacht 1996, als die Vermummten ihr Dorf überfallen, ihren Vater und Onkel geköpft und ihr die Erinnerung daran für immer ins Gesicht geschlagen hatten. *Mit dem Schlag kam ein grelles Licht, für ein paar Tage habe ich im linken Auge Licht gehabt, obwohl ich es nicht öffnen konnte, da war ein schreckliches Licht in meinem Kopf …*

Irgendwann war Eley erschöpft ins Gras gesunken, vorsichtig, um ihr nicht wehzutun.

Ich werde nicht loslassen, hatte sie gesagt.

Ich auch nicht.

Dann wohnen wir von jetzt an hier.

Eley bemerkte, dass Madjer ihn musterte, als warte er auf weitere Fragen. Er sagte nichts, hatte die Fragen aufgeschoben, um nicht zu früh zu verraten, was er wusste oder ahnte. Die Frage zum Beispiel, wer Djamel Benmedi war. *Wo* er war. Was es mit den Meininger-Rau-Gewehren auf sich hatte.

Erst musste er mit Richter sprechen.

»Sie haben sich in Algier in Schwierigkeiten gebracht«, sagte Madjer. »Die Regierung verlangt, dass Sie abgezogen werden.«

Eley warf die Zigarette in den Bach. »Wir werden sehen.«

»Man hat Sie zur Persona non grata erklärt.«

»Das ging schnell.«

»General Soudani hat großen Einfluss, wie Sie wissen.«

»Und Sie werden mich seinen Leuten ausliefern?«

Madjers Schnauzbart zuckte, offenbar ein amüsanter Gedanke. »Nein. Sie werden Algerien am Montag zusammen mit Monsieur Richter verlassen. Wir bringen Sie nach Italien.«

Montag, dachte Eley unruhig. Alles, was Madjer und dessen Leute planten, würde also vor Montag geschehen. Er schüttelte den Kopf. »Ich muss nach Algier zurück.«

»So?« Madjer lächelte.

»Hab da noch was zu erledigen.«

Madjer zog eine weitere Zigarette aus der Schachtel, bot ihm eine an, gab ihm Feuer. Eley sah auf die kleinen, zielstrebigen Hände, sah das Schild vor sich, das sie am Flughafen von Constantine gehalten hatten, MONSIEUR ATLAS. Schmale Finger, kein Ehering, verheiratet mit einer Mission, anders war es nicht zu erklären. Madjer war ein Schläfer gewesen, hatte zwei, drei Jahre lang auf den Tag der Tage gewartet.

»Vielleicht lässt sich das telefonisch erledigen?«

Erneut schüttelte Eley den Kopf.

»Nun, wie sagten Sie eben – wir werden sehen.«

»Ich fahre nach Algier zurück, und ich werde Richter mitnehmen.«

Madjer klopfte ihm freundschaftlich auf den Arm. »Nein.«

Sie gingen weiter, ließen den Bach rechts liegen, ein winziger Pfad führte quer durch den Wald. Madjer sagte, sie müssten jetzt noch vorsichtiger sein als vorhin. Eley hielt den Kopf gesenkt, achtete darauf, die Füße exakt in die Spuren des Mannes aus dem Dorf zu setzen. Mehr als einmal meinte er, auf und neben dem Pfad etwas Metallisches zu sehen, mal dunkel, mal silbrig, aber er hätte nicht sagen können, ob ihm nicht die Angst einen Streich spielte.

Der Weg stieg leicht an, dann hatten sie einen Kamm erreicht und blickten über einen abfallenden Hang weit ins Land hinein, über das sich die farblose Abenddämmerung legte. Sie folgten dem Kamm, schneller jetzt, jeder für sich, hier lagen keine Minen.

Eley wartete, bis Madjer zu ihm aufgeschlossen hatte. »Wie haben Sie mich bemerkt?«

»Wir sind davon ausgegangen, dass Sie Phil folgen würden.«

»Toumi.«

Madjer zuckte mit den Schultern.

»Und in Tizi Ouzou haben Sie mich dann gesehen?«

»In Larbaâ Nath Irathen. Einer unserer Leute hat das Diplomatenkennzeichen bemerkt. Ein Polizist.« Madjer lächelte zufrieden.

»Die Schlägerei war inszeniert, oder?«

»Die Kabylen sind friedliche Menschen und gute Schauspieler.«

Die Hänge rechts und links fielen immer weniger steil ab, bis eine breite Grasebene entstanden war, in deren Mitte sie sich voranbewegten. Eley spürte in den Beinmuskeln, dass sie sich leicht nach oben wölbte. Der Blick reichte nicht mehr weit, man konnte jetzt fast zusehen, wie es dunkler wurde.

Er fragte, weshalb Phil hatte sterben müssen.

»Unser Freund Phil«, sagte Madjer sanft. »Er wusste viel. Entscheidendes, verstehen Sie?«

»Namen, Orte, Pläne.«

»Richtig.«

»Hat er das Geschäft mit Meininger Rau vermittelt?«

»Er war, nun ja, involviert.«

»Und von ihm wussten Sie, dass Richter kommen würde? Der ehemalige Meininger-Rau-Mann, bis vor Kurzem verantwortlich für die Auslandsverkäufe des MRG 45.«

Madjer antwortete nicht.

»Sie hatten Angst, dass Soudanis Leute Phil foltern?«

»Die Franzosen haben uns ein reichhaltiges Erbe hinterlassen, darunter ihre Sprache und die Folter. Sicher haben Sie von der ›Französischen Doktrin‹ gehört.«

Eley nickte. Eine Handvoll wirksamer Techniken im Kampf gegen Aufständische: Massenverhaftungen, extralegale Erschießungen, eben Folter. Die Doktrin hatte im Algerienkrieg Premiere, später fand sie mit französischen Veteranen eine Fortsetzung unter den Diktaturen Lateinamerikas. »Sie haben Phil hinrichten lassen, Madjer. Auch Sie wenden die Französische Doktrin an.«

»Wir führen einen Krieg. Da entscheidet der Gegner über die Wahl der Mittel.«

Eley stieß ein raues Lachen aus.

»Ich verstehe, dass Sie als Polizist dazu eine andere Einstellung haben.«

»Wann wird das enden? Das Morden in Algerien?«

»Wenn *le pouvoir* zerschlagen ist.«

»Dann liegt wieder ein Jahrzehnt des Tötens vor Ihrem Volk.«

Sie hatten einen Abhang erreicht, darunter begann ein steppenartiges Plateau. Etwa einhundert Meter vor sich sah Eley zwei größere Gebäude, von einer Mauer umgeben. Ein Kloster.

»Die Revolution entsteht unter christlicher Obhut«, sagte er.

»Mit der Zustimmung Gottes.« Lächelnd berührte Madjer seinen Arm. »Reiner Zufall.«

Sie stiegen auf das Plateau hinunter. Madjer warnte wieder, das Gelände sei vermint, nur schmale Wege seien sicher, auf denen keine zwei Personen nebeneinander gehen könnten.

»Minen der Revolution?«

»Diesmal ja.«

Kein schlechter Ort für ein Versteck, dachte Eley. Von den Hügeln im Norden und Süden konnten Scharfschützen die Ebene mit Kugeln bestreichen. Falls sie ausgeschaltet wurden, verhinderten die Minen jeden Überraschungsangriff.

Ein Versteck, ein Gefängnis. Wer einmal dort war und keinen Führer durch die Minenfelder hatte, kam lebend nicht mehr weg.

46

DENKENHEIM, BADEN-WÜRTTEMBERG

Reinhold Wegner wusste nicht, ob er lachen oder weinen sollte. Ein Staatssekretär und ein Ministerialdirigent aus Landesministerien, zwei Kleinstadtbürgermeister, Ortsverbandsvorsitzende von Freien Wählern, FDP, CDU, SPD und Grünen, rund einhundert weitere Gäste – fast alle in der kunstrasengrünen Tracht des Schützenvereins Denkenheim e.V., Männer wie Frauen. Tuchkragen, Hirschhornknöpfe, Schulterstücke, wohin er auch sah. Grünmelierte Schützenhüte mit und ohne Federbusch, schwarze Zweispitze mit Fransen und Borten, zurückgeschoben im Nacken sitzend oder auf dem Biertisch liegend. Und kaum eine Hand, die nicht ein Bier- oder Weinglas hielt.

Über allen, auf dem Podium, ebenfalls in Tracht und zünftig in Schweiß gebadet, Siegfried Berghammer, Parlamentarischer Staatssekretär der FDP im Bundesministerium für Wirtschaft und Technologie, dem der mächtige Bauch die Schützenjacke ausbeulte. Zehn Minuten lang hatte er sich lobend über die Aufrechterhaltung der Traditionen, den Geist der Kameradschaft, das familiäre Miteinander im Schützenverein geäußert. Inzwischen hielt er eine Sponsorenliste in der Hand und rief mit roten Wangen:

»Der Denkenheimer Zement GmbH!«

Jubel.

»Der Stadtsparkasse Denkenheim-Riedlingen!«

Jubel.

»Dem Reinigungsservice Pamela Beierle!«

Eine Frau hob juchzend grüne Arme, winkte.

Jubel.

»Der Meininger Rau Gewehrfabrik 1889!«

Jubel.

Jeder, der auch nur einen Euro für die neue Schießhalle des Vereins gespendet hatte, wurde, so kam es Wegner vor, von Berghammer erwähnt und von den Schützen mit Dankesbeifall bedacht.

Zum ersten Mal konnte er die Verachtung seiner Frau für seinen Beruf nachvollziehen. Für ihn. Da hockte er inmitten einer Hundertschaft halb betrunkener Freizeitcowboys in giftgrünem Polyester, strahlte, obwohl ihm längst nach Weinen zumute war, und hob alle zwanzig Sekunden das Bierglas, um dem »Familienfriseur Michael und Petra Zahn« oder dem »Brotlädle Hanni Niederreither« zuzujubeln.

Auf der Bühne des Gastsaals hatte Berghammer innegehalten, um die silberne Brille zurechtzurücken, die in der Emphase verrutscht war und ihm für einen Moment wie eine schräg stehende Spielplatzwippe auf der Nase gehangen hatte. Mit beiden Händen fuhr er sich über die Kopfseiten, wo noch raspelkurzes, hellgraues Haar wuchs, dann schrie er begeistert: »Dem Reisebüro Sebi Merkle!«

Jubel.

Ein Mann schoss in die Höhe, verbeugte sich nach allen Seiten, ein großer, dürrer Grashüpfer mit Feder im Hut. Sebi Merkle, ein netter, harmloser Kerl. Organisierte sämtliche Reisen, die Altniederndorf zu buchen hatte. Die Pazifikkreuzfahrt von Wiebke Ebert beispielsweise.

Berghammers Enthusiasmus ließ nicht nach, auch nicht bei »Fridolin – Futter für die Katz' & Co.«. Wegner sah und spürte, dass er reichlich Spaß an seinem Tun hatte. Siegfried Berghammer war mit Bauernschläue und dem Wohlwollen des Himmels gesegnet. Ein fröhlicher, durchschnittlich intelligenter Sohn der Scholle, den willige Hände aus dem Südwesten bis weit nach oben gereicht und auf der Führungsebene des Bundeswirtschaftsministeriums abgestellt hatten. Er hatte die Bodenhaftung nicht verloren, im Gegenteil die Scholle ins Berliner Büro gebracht. Daheim pflegte er die Kontakte, wob unermüdlich am schwäbischen Netzwerk. Kaum ein Verein in der Region, dem er nicht wenigstens als Förderer angehörte, wenn nicht als Vorstandsmitglied wie dem Schützenverein Denkenheim, der Narrenzunft Altniederndorf oder der Ortsjägervereinigung Klippenhofen. Wie der Kollege Ernst Friedrich Riehle für die CDU fuhr Berghammer für die FDP im Wahlkreis Rottweil-Tuttlingen seit Jahren Rekordergebnisse ein. Wie Riehle war er eine der politischen Säulen der Meininger Rau Gewehrfabrik 1889.

»Dem Skatkreis Denkenheim-Epplich!«

Jubel.

Plötzlich hatte Wegner genug. Die Verachtung seiner Frau, die er in jeder Körperzelle zu spüren meinte, war nicht mehr zu ertragen. Abrupt fuhr er hoch, zog damit glasige Augen und frenetischen Beifall auf sich, bis sich nicht weit von ihm entfernt der echte »Malermeister Maximilian Giese« erhob, ein etwas phlegmatischer Riese.

Ihre Blicke trafen sich. Maximilian Giese sah ihn mit so fundamentaler Irritation an, dass Wegner ungewollt in Lachen ausbrach. »Sie auch?«, schrie er über die Köpfe und den Lärm hinweg. Dann stieg er über die Bierbank, zwängte sich zwischen bebenden Rücken und zuckenden Beinen hindurch zum Ausgang und verließ den Saal.

Schwer atmend von der stickigen Hitze und der Verachtung trat er vor die Gaststätte ins milde Abendlicht des oberen Neckartals. Jenseits der Straße lag der Fluss, dahinter erhob sich ein Hügel, bis obenhin mit Wohnhäusern bepflanzt. Er zog ein Taschentuch hervor, wischte sich Stirn und Wangen trocken. Am liebsten wäre er noch in dieser Sekunde in den Mietwagen gestiegen, nach Stuttgart zurückgefahren und hätte das nächste Flugzeug heimwärts genommen. In ihm wucherte eine ungeheure Sehnsucht nach dem Ohrensessel in Dahlem, nach dem Flokati über dem Potsdamer Platz, dem Hermès-Schal. Leder, Wolle, Seide strichen ihm in seiner Fantasie über die Haut, ganz sanft, ein Hauch aus Liebe, warm wie die Hand einer Frau aus der verlorenen Welt.

Mit zitternden Fingern griff er zum Telefon.

Sieben Anrufe in Abwesenheit, alle von Wiebke Ebert, im Lärm der schießfreudigen Jubler untergegangen.

Er wählte die Dahlemer Nummer.

»Ich brauche dich doch«, sagte er. »Ich liebe dich.«

»Lass uns darüber reden, wenn du wieder da bist«, flüsterte seine Frau.

»Sie war hier«, sagte Wiebke Ebert. »In meinem Büro. Da. Genau da. Sie hat sich nicht mal hingesetzt. Sie stand, ich saß. Es war … demütigend.«

Wegner war zum Fluss hinübergegangen, hatte einen Fuß auf eine der Uferbänke gestellt. Mit der freien Hand wedelte er späte Mücken weg, die sich über seine schweißfeuchte Haut herzumachen versuchten. In der Brust spürte er einen ungewohnt schnellen, wuchtigen Herzschlag, die Kehle war eng. »Was wollte sie?«

»Ulmer & Tann, Meininger Rau. Die Chronologie durchsprechen. Mit Fehlzeiten im Referat abgleichen. Wer war wann krank oder im Urlaub. Wer sieht wann welche Unterlagen. Wie ist das Prozedere.«

Er fluchte stumm. Prinz wusste, dass es in ihrem Haus ein Leck gab, und hatte, hoffentlich ohne es zu wissen, direkt davor gestanden.

»Sie *weiß* es.«

»Beruhigen Sie sich, Wiebke.«

Wegner sog so viel Luft in sich, wie die enge Kehle zuließ, und dachte angestrengt nach. Aber er konnte keinen klaren Gedanken fassen.

Vor ihm zog der Fluss dahin, auf der Oberfläche spiegelte sich der Schein einer Reihe Straßenlaternen, die eben angegangen waren. Das Wasser kam ihm unnachgiebig vor und ein bisschen höhnisch. Verbarg genüsslich, was in seinem Grünschwarz lauerte, zerrte kompromisslos mit, was sich nicht wehren konnte. Wegner drehte sich der Kopf von der dauernden Bewegung, der Vorstellung, dass der Fluss niemals innehalten und zur Ruhe kommen würde. Wie Katharina Prinz.

Für Sekunden sah er ein schönes, weißes Gesicht im Fluss, die Lider geschlossen, die Beine lang. Etwas leuchtete gelb im Laternenschein, Streifen auf einem Sportpulliärmel. Erschrocken wandte er sich ab.

»Sie hat es an meinen Augen gesehen«, flüsterte Wiebke Ebert. »Sonst hätte sie sich hingesetzt und mit mir geplaudert. Aber das hat sie nicht getan. Sie stand und stellte Fragen. Sie *weiß* es.«

»Wann war sie da?«

»Von sechzehn Uhr dreißig bis sechzehn Uhr fünfundvierzig. Sie war auf dem Weg zu den ›Freunden Algeriens‹.« Eberts Stimme schoss eine Oktave nach oben. »Es ist vorbei! Sie werden mich hinausschmeißen und anzeigen! Das ist das Ende!«

Wegner suchte nach einer Antwort. Einer Floskel des Trosts. Fand keine in seinem Karussell fahrenden Kopf. »Nein, nein«, sagte er.

»Wenn ich nur hätte verreisen können«, flüsterte Wiebke Ebert stockend. »Ich hätte mich in Samoa verstecken können. Auf Fidschi. Dort hätte sie mich nicht gefunden.«

Für den Bruchteil einer Sekunde erwog Wegner, ihr die Wahrheit zu sagen. Fahren Sie, hätte er sagen können. Er hatte sich natürlich nicht die Mühe gemacht zu stornieren.

Wiebke Ebert nahm ihm die Entscheidung ab, indem sie auflegte.

»Die ganzen Lokalreporter da, du verstehst schon«, sagte Siegfried Berghammer im breitesten Schwäbisch.

»Natürlich«, sagte Wegner überrascht. Sie duzten sich?

Berghammer hatte einen Kellner nach draußen geschickt, um ihn zu holen. Der Kellner hatte zwanzig Euro und ein Augenzwinkern bekommen, Wegner einen neuerlichen Schock – ein Gespräch am Urinal einer Provinzgaststätte.

Sie stiegen die Treppe zu den Toiletten hinunter.

»Du bist blass, Reinhold, alles gut?«

»Alles gut, ja. Hübsche Ansprache, gratuliere. Siegfried.«

»Der Riehle hat vorhin angerufen. Die ›Freunde‹ sind fassungslos. Die Frau tickt aus, die ist wahnsinnig. Frauen ohne Kinder, ein Elend, da müssen sie kompensieren. Sich an der Welt rächen. Und dann säuft sie auch noch.«

»Sie säuft?«

»Ich werde nie verstehen, warum der Zimmermann sie befördert hat. Na ja, hab gehört, er hätte gern was mit ihr. Vielleicht hat er ja.« Berghammer hielt ihm die Toilettentür auf. Der Geruch von Provinzurin drang an seine Nase, Plätschern an sein Ohr.

Sie gingen durch den gekachelten Vorraum.

Vier Urinale, vor den mittleren beiden standen grüne Männer. Berghammer legte den Finger an die Lippen, öffnete mit der anderen Hand den Hosenstall der Tracht, während er nach rechts steuerte. Wegner wandte sich nach links. Das Plätschern verstärkte sich. Berghammer gab ein entspanntes »Ahhh« von sich.

»Lass' schießen, Kumpel«, sagte einer der Männer lachend, schüttelte ab und verließ den Raum.

Berghammer rückte auf.

Der zweite Mann war fertig.

Berghammer rückte auf. Linste herüber. »Kommt nichts?«

»War gerade«, log Wegner. Gemeinsam urinieren hatte seinen Harndrang noch nie befördert. Er fühlte sich nackt, begutachtet, all dies war ihm zu intim, die Blase verweigerte sich.

Er schluckte. In seinem rechten Augenwinkel wippte ein unsagbar langes, dünnes, schlaffes weißes … *Ding*. Ja, dachte er, lang schon, aber so was wollte doch kein Mensch haben.

»Ahhhh, ach«, sagte Berghammer und legte den Kopf in den Nacken.

»Sie war bei meiner Informantin«, sagte Wegner. »Scheint was zu ahnen.«

»Höchste Eisenbahn.« Berghammer pinkelte noch immer lärmend, als hätte er gerade erst begonnen.

Wegner kapitulierte und zog den Reißverschluss zu.

Am Waschbecken seifte Berghammer sich die Hände ein. »Morgen steht sie groß in der Zeitung, richtig?«

»Ja.«

»Wird sie nicht aufhalten.« Er legte die Brille ab, wusch sich das Gesicht, fuhr sich mit der Hand über die kahle Kopfoberseite.

»Nein. Aber das Amt wird Konsequenzen ziehen.«

»Vielleicht. Wenn ja, dauert's. Dann wollen sie erst mal Beweise sehen. Ein paar E-Mails, was ist das schon, wenn es um eine Abteilungsleitung geht.« Berghammer riss ein hellgrünes Papierquadrat aus dem Spender und legte es sich auf den Kopf. Das Papier sog sich mit Feuchtigkeit voll, schmiegte sich an seine Konturen. Fröhlich betrachtete er sich im Spiegel. »Das wär mal ein Pressefoto, was?«

»Was schlagen Sie … schlägst du vor?«

Berghammer nahm die Kopfbedeckung ab, zerknüllte sie für den Mülleimer. »Nichts. Da kümmern sich jetzt andere drum.«

Andere?, dachte Wegner, und ein Schauer rieselte kühl von seinem Nacken die Wirbelsäule hinunter.

»Hör mal«, sagte Berghammer, während er die Tür aufhielt, »hab da was geflüstert bekommen.«

Der nächste Schock – die Staatsanwaltschaft Stuttgart, die gegen Altniederndorf ermittelte, war nun auch auf ihn, Wegner, gestoßen und hatte Ermittlungen wegen Bestechung, Geheimnisverrats und Ähnlichem eingeleitet.

»Prinz?«, krächzte Wegner.

»Wer weiß? Vielleicht hat sie was angestoßen.« Berghammer klopfte ihm auf die Schulter, dann brachte er den Mund dicht an sein Ohr. »Aber jetzt ist das ja alles in den richtigen Händen.«

47

PESSIN

»Aziz?«, murmelte Benmedi. Ja, der Junge hatte damals oft von einem Aziz gesprochen, er war ihm wie vielen anderen auch begegnet, welcher war das gleich noch mal gewesen … Er kniff die Augen zusammen, bemühte sich, die Erinnerung heraufzubeschwören. Bologhine, das ockerfarbene Eckhaus mit den hohen Fenstern. Der Mouloud mit seiner silbernen Brille und dem sanften Lächeln, den Pausbacken.

Vater, ich erkläre dir das gern.

Ach, Mouloud, mir ist das so fremd, ich verstehe das nicht, und wenn du es mir hundertmal erklärst.

Benmedi griff nach einer Zigarette, blinzelte die Tränen weg.

Sie saßen einander am Küchentisch gegenüber, tranken Verbenentee. Benmedi hatte das Fenster geöffnet, Djamel sollte nicht im Rauch der Zigaretten ersticken. Kühl drang die Luft des Abends herein, während sich das Tageslicht allmählich verlor.

»Unser Torwart«, sagte Djamel.

»Euer Torwart.« Benmedi nickte. »So ein Kleiner, Lebendiger, war ein bisschen frech.«

Djamel lächelte. »Ist er immer noch.«

»›Sie müssen sehr reich sein, *ya si-Mouloud*‹«, sagte Benmedi mit Jungenstimme, »›wenn Sie diesen Bauch jeden Tag zu Ihrer Zufriedenheit füllen können.‹«

Sie lachten.

»Aziz«, sagte Benmedi. »Wie ein fliegender Derwisch war der in eurem Tor.«

»Wenn er nur nicht so oft in die falsche Richtung geflogen wäre.«

»Und Aziz lebt also in Paris.«

»Seit vier Jahren.«

Er sei für ein paar Wochen bei Aziz, dem Freund aus Jugend- und Studententagen, hatte Djamel erzählt. Eine wunderbare Möglichkeit, den Großvater in Deutschland zu besuchen, und für Aziz Gelegenheit, ein paar Tage in Berlin zu verbringen.

Benmedi drückte die Zigarette aus, wollte vor Rührung gleich nach der nächsten greifen, ließ es dann. Er hatte zu viel geraucht in dieser Stunde mit Djamel, um der Nervosität Herr zu werden, und wurde mit jeder Zigarette nur noch nervöser. Sentimentaler.

Saß der Junge an seinem Küchentisch! Ein prächtiger Mann, schön wie ein Schauspieler aus einem Hollywoodfilm, die halblangen schwarzen Haare gelockt, die Augen groß und melancholisch und leidenschaftlich, ein bisschen zu ernst für einen Achtundzwanzigjährigen, zu wachsam, er strahlte etwas Dunkles aus, nichts Lichtes mehr wie damals als Elfjähriger in Bologhine. Und irgendwo in seinen vagen Gesten, seinem sparsamen Lächeln, der ruhigen Stimme hatte er auch den Mouloud mitgebracht.

Rasch wandte Benmedi sich dem Fenster zu, schluckte den Kloß hinunter. Auf der Straße sah er Robin, den Ball am Fuß. »Auch ein Fußballer. Pessins große Hoffnung.«

Djamel lächelte. »Wir sollten mit ihm spielen.«

»Ja. Wie lange bleibst du?«

»Bis Freitag.«

»Bis Freitag nur … Bleib doch länger, am Sonntagnachmittag spielt Robin mit seiner Mannschaft, ich sehe ihnen immer zu.«

Djamel schüttelte den Kopf. »Am Freitag muss ich fort, Großvater.«

Später aßen sie. Benmedi hatte am Montag wie immer eine Schüssel Kartoffelsalat zubereitet, die für die halbe Woche reichte. Das Rezept stammte von Paulines Eltern, ein wenig mittelscharfer Senf, Äpfel, Zucker, Zwiebeln, Schnittlauch und anderes, keine Mayonnaise, dafür Essig und Öl, gereicht mit frischem Brot, das Dani Janke ihm aus Friesack mitgebracht hatte. Dem Jungen schien es weder zu schmecken noch nicht zu schmecken. Er aß, als wäre Essen Notwendigkeit, nicht Genuss, tief über den Teller gebeugt, gedankenverloren.

»Und deine Mutter und die Großeltern?«

Djamel sah auf. »Die Großeltern sind gestorben, und Mutter lebt bei ihrer Schwester.«

Benmedi hatte fast keine Erinnerungen an Moulouds Witwe. Undeutlich sah er eine übergewichtige, wenig zufriedene Frau vor sich, aber er wusste nicht, ob er sie nicht mit jemandem verwechselte. »Wie geht es ihr?«

»Ich weiß es nicht. Ich habe sie lange nicht gesehen.«

»Sie lebt nicht in Tizi Ouzou?«

»In Oran.«

»Besuchst du sie manchmal?«

»Nein.« Djamel nahm die Serviette, fuhr sich damit über die Lippen. »Wir waren uns nie nahe.«

Benmedi nickte betroffen. Die Mütter hatten für die Männer dieser Familie keine Rolle gespielt. Nicht für ihn, nicht für Mouloud, nicht für Djamel. Die Väter hatten sie geprägt. Die Väter, die von einem Tag auf den anderen verschwunden waren. Sein Vater beim Massaker von Sétif im Mai 1945 von Kolonisten erschlagen, er selbst im Untergrund und später ausgewandert, Mouloud vom Militär verschleppt und ermordet.

Aber es hatte nicht mit Sétif begonnen, dachte er, sondern erst mit dem Tod Dihias, dem Tag des stummen Vogels. Das Leben

Moulouds und Djamels wäre anders verlaufen, wenn er, Youcef Benmedi, in der Blindheit seines Elends damals nicht die falsche Entscheidung getroffen hätte. Wenn er sich nicht für die Rache, sondern für seinen Sohn entschieden hätte.

Djamels dunkler Blick lag auf ihm, prüfend und fern, und Benmedi spürte, dass der Moment, den er so gefürchtet hatte, eingetreten war.

»Warum bist du damals nicht gekommen, Großvater? Als sie ihn geholt haben?«

Benmedi hob die Hände vor die Augen und verbarg das Gesicht vor Scham. Wenn ein Junge den Vater verlor, dann durfte ein verweigertes Visum keine Rolle spielen, dann durfte man nicht dasitzen und auf das Wohlwollen eines Bürokraten warten, man musste sich auf die Reise machen und einen Weg finden, legal oder illegal, man musste den Jungen aus der Verzweiflung retten und ihm ein neuer Vater sein.

Er hatte sich nicht auf die Reise gemacht.

Er hatte telefoniert, war nach Bonn gefahren. Nach Pessin zurückgekehrt, in sein deutsches Leben, weil er das algerische nach Dihias Tod im Grunde seines Herzens gehasst hatte.

»Verzeih mir«, flüsterte er.

Er spürte die fremden Finger an seinen Händen, sanft lösten sie sie von seinem Gesicht, hielten sie fest. »Und du mir«, sagte Djamel.

48

KABYLEI

Ein langer Gang, zu beiden Seiten zahlreiche schmale Türen, die Mauern aus grob gehauenem, dunkelgrauem Stein. Kein elektrisches Licht, kein Strom. Auf Mauervorsprüngen standen Öllampen und warfen flackerndes Licht ins Dunkel, trocken und knapp das Echo ihrer Schritte.

Richters Zelle lag am Ende des Gangs.

»Er weiß, dass Sie hier sind«, sagte Madjer.

Eley nickte.

Er schätzte das Kloster auf einhundert Jahre. Madjer zufolge waren die letzten »echten« Trappisten während des Terrorjahrzehnts nach Europa zurückgekehrt. Die »falschen« lebten seit einem Jahr hier – ein Dutzend Männer in weißem Habit mit schwarzem Schulterüberwurf, dazu ebenso viele »Arbeiter« und weibliche »Haushaltskräfte«. Sie züchteten Gemüse, hatten Ölbäume und Dattelpalmen, ein paar Ziegen. Manchmal wanderten sie in entfernte Dörfer, kauften und verkauften. Einmal die Woche die Reise nach Tizi Ouzou, um die Lebensmittelvorräte aufzustocken und »mit Freunden« zu sprechen. Hin und wieder gab es Überflüge von Militärjets und Hubschraubern, doch bislang hatte die Tarnung ihren Zweck erfüllt. Algerien besaß keine eigene Satellitenüberwachung, war auf amerikanische Hilfe angewiesen. Madjer schien das keine Sorgen zu bereiten, und Eley ahnte, weshalb. Mitglieder der Bewegung saßen an Schnittstellen, konnten rechtzeitig warnen.

Sie blieben vor der letzten Tür des Gangs stehen. »Nur Französisch, Monsieur Eley. Und kein Wort über die Gespräche, die wir mit ihm geführt haben. Geben Sie ihm die Zuversicht zurück. Die Kraft durchzuhalten. Aber bringen Sie ihn und sich selbst nicht in Gefahr.«

Madjer klopfte und schloss auf.

Die Zelle war schmal und länglich, hatte an der hinteren Wand einen vertikalen, rechteckigen Auslass ohne Glasscheibe, etwa fünfzehn Zentimeter breit. Ein Waschbecken, ein kleiner Tisch, ein Stuhl, ein Eimer, an der Seitenwand ein Bett, auf dem Richter saß.

Eley nahm den Stuhl, ging zu ihm, setzte sich vor ihn. Im Vergleich zu den Fotos, die er kannte, sah Richter furchtbar aus, kalkweiß, der Blick verstört, die Haut unter den Augen dunkel, an der Stirn und den Schläfen hatte er verschorfte Kratzer. Seine Hände zitterten im Schoß, die rechte geschlossen, die linke geöffnet. Die Finger waren verdreckt, die Nägel abgebrochen oder abgebissen. Er trug noch dieselbe Kleidung wie am Abend der Entführung, hellblaues Hemd, beigefarbene Stoffhose, beides von zahlreichen kleinen Rissen und Schmutzflecken übersät.

»Sie sind Eley?«, fragte er auf Deutsch.

»Nur Französisch, Monsieur Richter«, bat Madjer sanft. »Wie wir es besprochen haben.«

»Oui, je suis Ralf Eley.«

Richter sah Madjer an, der an der Tür stehen geblieben war. »Wenn wir nicht Deutsch sprechen dürfen, wie kann ich dann wissen, dass er wirklich Eley ist? Dass er keiner Ihrer Leute ist?«

Madjer zog den blauen Diplomatenpass aus der Jacke und trat ans Bett.

»In Ordnung«, sagte Richter, nachdem er die Seite mit dem Foto betrachtet hatte. Er legte den Pass auf das Bett, richtete ihn mit Sorgfalt parallel zur Kante aus. »Toni hat von Ihnen gesprochen. Sie wollten am Dienstag nach Constantine kommen und mit mir sprechen.« Er öffnete die rechte Hand, in der sich ein paar Steinchen befanden, schien mit dem Finger abzuzählen. »Heute.«

»Ja«, sagte Eley. »Heute.«

»Stattdessen lernen wir uns hier kennen.«

»Ja.«

»Was wollten Sie wissen?«

»Ich wollte sehen, wie weit Elbe mit der Fabrik ist. Wie der Zeitplan aussieht. Wie es um die Sicherheitsvorkehrungen in Ain Smara steht.«

»Ich möchte heute nicht darüber sprechen. Morgen vielleicht. Mittwoch.« Richters Augen waren gerötet, tränten, er blinzelte häufig.

»Ich habe Zeit.«

»Eley ist ein seltsamer Name.«

»Hab gehört, dass er von Eligius kommt. Der Heilige Eligius, siebtes Jahrhundert nach Christus.«

»Ein Heiliger.«

»Beschützer der Goldschmiede und der Hufschmiede.«

»Eligius, das ist Lateinisch«, sagte Richter. »Ich hatte Latein in der Schule. Ich habe alles vergessen. Ich weiß nicht, was ›Eligius‹ bedeuten könnte.«

»Na ja.« Eley schmunzelte. »›Der Auserwählte‹.«

»›Der Auserwählte‹«, sagte Richter mit einem traurigen Lächeln. »Sie werden Sie töten, Auserwählter. Sie und mich. Vielleicht macht Karima das. Sie war hier, sie würde mich gern töten, ich habe es in ihren Augen gesehen.«

»Niemand wird uns töten.«

»Sie können uns nicht leben lassen. Wir wissen zu viel.«

»Nutzloses Wissen.«

»Nicht für die algerische Regierung.«

»Sie würde es zu spät erfahren.« Er berührte Richter am Arm. »Wir kommen hier raus, das verspreche ich Ihnen.«

Richter legte die Steinchen aus der rechten Hand in zwei Reihen auf die Bettdecke neben sich. »Vier Tage«, sagte er und deutete auf die obere Reihe, dann auf die untere. »Fünf Tote.«

Er bückte sich, strich mit der Hand über den Boden.

»Toni und drei von Madjers Leuten«, sagte Eley. »Und Sie?«

Richters Kopf bewegte sich, ein Nicken. Er richtete sich auf, legte ein weiteres Steinchen in die untere Reihe. »Der Auserwählte.«

»Nein«, sagte Eley. »Wir überleben das, Herr Richter. In einer Woche sind Sie zu Hause bei Ihrer Frau und Ihren Töchtern.«

»Meine Frau und meine Töchter hassen mich.«

»Sie sind heute Nachmittag in Algier gelandet. Ich glaube nicht, dass sie Sie hassen. Sie lieben Sie. Und sie werden Sie bewundern, Sie haben al-Qaida überlebt.«

»Sie sind sehr optimistisch. Aber das müssen Sie auch sein, als Auserwählter.«

Madjer nahm Eleys Pass vom Bett, setzte sich. »Sie sind ein Geschäftsmann, Monsieur Richter. Machen wir also ein Geschäft, vielleicht vertrauen Sie mir dann. Sie beide sprechen in Deutschland nicht über das, was Sie wissen. Sie sagen den deutschen Behörden und der deutschen Presse nur, dass Sie von AQMI entführt worden sind. Wir überlegen uns in den nächsten Tagen eine passende Geschichte. Im Gegenzug bringen wir Sie am Montag nach Italien und lassen Sie und die Menschen, die Sie lieben, in Frieden und in Ruhe leben.«

Eley lauschte dem Satz nach, der unausgesprochenen Drohung: Falls ihr redet, sterben diese Menschen. Die Frau, die Töchter. Mademoiselle Samraoui.

»Die Algerische Doktrin?«, fragte er.

»Nur ein Geschäft«, sagte Madjer.

In der Zelle war es fast dunkel geworden. Durch das schmale Fenster sah Eley zwischen zwei schwarzen Bergen einen Rest Sonnenglut, der rasch an Kraft und Sättigung verlor. Die Ebene davor war schon nicht mehr zu erkennen, die Nacht kroch über das Feld des Todes.

Dann war das Rot fort. Richter hatte sich erhoben und vor den Mauerauslass gestellt, blickte schweigend hinaus. Schließlich hörte Eley ihn sagen: »Setzen Sie einen Vertrag auf.«

»Das werde ich«, erwiderte Madjer freundlich.

Richter wandte sich um. »Meine Frau und meine Töchter sind wirklich nach Algerien gekommen?«

Kurz darauf verließen Eley und Madjer die Zelle, gingen den langen Gang zurück zur Treppe. Eley zählte die Türen, dann zwölf steinerne Stufen. Er nahm sich vor, nicht ans Geländer zu stoßen, das bei der geringsten Berührung knarrte, später in der Nacht, wenn er zurückkommen würde, um noch einmal mit Richter zu sprechen.

Um mit ihm die Flucht vorzubereiten.

49

BERLIN

Ein Uhr nachts, die Luft frisch und feucht und geruchlos. Weißliche Wolken zogen vorüber, hin und wieder war der kühle Mond zu sehen, von fern Gitarrenmusik und Gesang, Backpacker auf der Admiralsbrücke. Katharina Prinz hatte den blauen Egg Chair auf die leer geräumte Dachterrasse getragen, erholte sich, in eine Decke gehüllt, vom Kollaps. Sie hatte es noch in die Wohnung geschafft, dann waren alle Dämme gebrochen. Im Schneidersitz an der Tür lehnend, hatte sie es erschöpft geschehen lassen.

Ein langer Tag mit vielen Kämpfen.

Mit einem schrecklichen Fehler.

Vor den »Freunden Algeriens« von Richter zu erzählen …

Erst kurz vor Mitternacht hatte sie das Amt verlassen. Nach dem Treffen der in der Dunkelheit lauernden »Freunde« war sie noch einmal zur Staatssekretärin gerufen worden, die willens war, sich für den Widerruf der Exportgenehmigung für die algerischen Meininger-Rau-Gewehre stark zu machen, sofern Geheimnisverrat und/oder Bestechung vorlägen. Das gelte auch für den Minister. Die Rechtsabteilung habe mit der Prüfung begonnen, die Ministerien Verteidigung sowie Wirtschaft seien über den Verdacht informiert worden.

Wie sicher sind Sie wegen Ebert?

Sehr sicher.

Dann nageln Sie sie morgen früh fest.

Das war der Plan.

Prinz ging davon aus, dass es nicht schwer werden würde. Wiebke Ebert stand kurz vor der Panik. Dass sie ihre am Donnerstag beginnende Fernreise storniert hatte, sprach Bände. Prinz hatte nachforschen lassen, in den vergangenen Wochen hatte kein Pazifikveranstalter Pleite gemacht. Ebert, nahm sie an, wollte oder sollte im AA bleiben, um zu beobachten, wie sich die Dinge entwickelten.

Ein wenig drohen und provozieren morgen früh, und es wäre so weit. Dann ein Gespräch zu dritt, mit der Staatssekretärin als Furie der Hölle, sie selbst würde die tröstende Versöhnerin geben, die Auswege eröffnete. Ebert würde erzahlen, was es zu erzählen gab. Würde Namen nennen, Abläufe, Deals. Sobald dies geschehen war, würde der ganze Vorgang öffentlich gemacht werden.

Gegen halb zwölf war Jens Carlsen noch einmal gekommen, immerhin wider Erwarten mit einer guten Nachricht. Der Boulevardjournalist war tatsächlich auf den Vorschlag eingegangen: eine exklusive Homestory, »privat und persönlich«, mit Fotos, dafür würde er die Angelegenheit mit den E-Mails aus ihrer Vergangenheit nicht weiterverfolgen.

Sie stand auf und trat an die Brüstung. Tief unten der Kanal, leise Stimmen, die Gitarrenmusik ein wenig deutlicher. Jetzt erkannte sie das Stück, *Magnolia*, J.J. Cale. Da war sie, die Vergangenheit, die schwermütigen, welttrunkenen Achtziger.

Sie wandte sich um, neigte den Kopf mit geschlossenen Augen nach hinten, spürte den Wind in den Haaren. Leichter Schwindel ergriff sie, und für einen Moment fühlte sie sich, als würde sie fallen. Sie öffnete die Augen, blickte auf die Fensterwand, nichts zu erkennen im Wohnzimmer dahinter, sie hatte alle Lichter ausgeschaltet.

Sie konnte den Anblick der Leere noch nicht gut ertragen.

Nach wie vor war der Gedanke unvorstellbar, mit vierundvierzig neu anzufangen. Sie verdrängte ihn. Sie hatte sich vorgenommen, das Undenkbare nicht zu denken. Irgendwann würde es vorstellbar sein. Dann würde sie sich damit konfrontieren.

Sie setzte sich wieder in den Egg Chair.

In Algerien wurden die Dinge immer komplizierter. Eley, der seit Stunden nicht ans Telefon ging, war zur Persona non grata erklärt worden. Ein diplomatischer GAU, der Botschafter tobte, das BKA schickte eine Entschuldigungsmail nach der anderen in Richtung Algier.

So unerklärlich Eleys Verhalten auch war, sie wollte nicht ausschließen, dass er wusste, was er tat.

Aus Tamanrasset keine Neuigkeiten in Sachen Richter. Carola Liebig hatte am frühen und am späten Abend mit dem Krisenreaktionszentrum telefoniert. Sie sitze noch immer im Hotel, warte noch immer auf den Mittelsmann, der sie zu dem Tuareg mit AQM-Kontakt bringen solle.

Doch auch dort hatte sich Merkwürdiges ereignet. Toumi, der DDSE-Mann, und Eleys Amel Samraoui waren am Abend überraschend nach Algier zurückgeflogen, zum Missfallen des Obersten, der die kleine Delegation führte.

Prinz bückte sich eben nach dem Glas Syrah, das auf dem Boden neben ihr stand, als sie aus dem nahen Aufzugschacht Geräusche hörte. Der Lift hielt in ihrem Stockwerk.

Sie stellte das Glas wieder ab, richtete sich auf. Nur ihre Wohnung lag im Dachgeschoss.

Michael? Hatte keinen Schlüssel mehr. Vielleicht doch …

Sie hörte, wie die Lifttür aufglitt. Dann Stille.

Die Tür schloss sich. Jemand musste die falsche Taste gedrückt haben. Doch der Aufzug fuhr nicht hinunter, sondern blieb auf ihrer Etage.

Plötzlich beunruhigt, stand sie auf und trat ins Wohnzimmer. Obwohl sie sich Mühe gab, knarzte das Parkett unter ihren Füßen, während sie durch die dunklen Räume ging. In der Diele war es wegen der Oberlichter etwas heller. Zwei Meter von der Wohnungstür entfernt blieb sie stehen und lauschte.

Nichts.

Höchstens, kaum wahrnehmbar, ein Rascheln, aber sie mochte sich täuschen …

Da erklang ein leises, metallisches Schaben. Der Briefschlitz wurde von außen geöffnet, im Halbdunkel sah sie, wie sich der Deckel hob. Erschrocken wich sie zurück. Ein länglicher, spitzer Gegenstand erschien in der Öffnung, fiel vor ihren Augen zu Boden und prallte mit einem lauten Geräusch auf, einmal, zweimal, dreimal, dann rollte er gegen die Wandleiste und blieb liegen.

Im Treppenhaus glitt die Lifttür auf. Schloss sich. Der Aufzug setzte sich in Bewegung. Aber sie hatte keine Schritte gehört, wusste nicht, ob derjenige, der vor ihrer Tür gestanden hatte, wirklich fort war.

Rasch legte sie die Sicherheitskette vor und sperrte ab. Dann schaltete sie das Licht an und ging in die Knie.

Vor ihr lag eine golden schimmernde Patrone.

Mit dem Fingernagel drehte sie sie so ins Licht, dass sie die Beschriftung lesen konnte. Kaliber 5,56 x 45 mm NATO. Die Standardmunition für Sturmgewehre wie das G36 von Heckler & Koch und viele andere. Natürlich das MRG 45 von Meininger Rau.

Sie stand auf, von Angst ergriffen, aber auch von Wut. Eine Warnung, vielmehr: eine Drohung.

Ein Geräusch an der Tür ließ sie herumfahren. Ein leises, fast spielerisches Klopfen, als tippte jemand sachte mit dem Finger gegen das Holz.

Das Klopfen brach ab, setzte wieder ein.

Blieb aus.

Dann waren schwere Schritte zu hören, die sich auf der Treppe langsam nach unten entfernten.

50

KABYLEI

Gegen zwei Uhr stand Eley lautlos auf.

Sechs Männer schliefen in dem Raum, ein paar jüngere, ein paar ältere, alle bewaffnet. Auf dem einzigen Bett lag ein bärtiger Greis in weißer Kutte, einer der falschen Trappistenmönche. Madjer war nicht hier. Dafür der Mann aus dem Steinhaus, der sie durch die Minenfelder geführt hatte. Ihn würden sie brauchen, wenn sie flohen. Ihn und als Geisel Madjer.

Im kraftlosen Schein der Öllampe, die an der Wand befestigt war, stieg er über Beine, Kissen, Matratzen. Er hörte die Männer atmen, zwei schnarchten. Niemand bewegte sich.

Die Tür ließ sich geräuschlos öffnen und schließen.

Draußen die Dunkelheit der Nacht. Er stand eine Weile reglos da, bis sich seine Augen umgestellt hatten. Hohe Wolken, keine Sterne, kein Mond. Es war kühl, höchstens sechs oder sieben Grad.

Plötzlich ein seltsamer Geruch … Anis. Wurde dünner, war verflogen.

Er ging über den Hof, hart gestampfte Erde, zahlreiche Steinchen, lösten sich leicht, er musste aufpassen, durfte keine Geräusche verursachen. Jenseits der Mauern waren Wachposten, irgendwo im Gelände verborgen, das wusste er. Innerhalb hatte er keine bemerkt, weder am späteren Abend noch jetzt. Vielleicht hielten sie das Kloster wegen der Minen für so geschützt, dass sie hier auf Wachen verzichteten.

Linker Hand ein Blechdach, auf Holzpfosten befestigt, eine Plane verbarg jetzt das Innere, am Nachmittag hatte er dort zwei Mofas gesehen. Er ging hinüber, schob die Plane zur Seite, schlüpfte in den Verschlag. Langsam tastete er sich voran, roch die beiden Mofas in der Finsternis mehr, als dass er sie sah, Benzin, Öl, Gummi. Seine Hand berührte einen Lenker, er suchte das Zündschloss, fühlte den Schlüssel.

Er kehrte ins Freie zurück, ging weiter, auf das Haus zu, in dem Richter schlief.

Wieder der Duft von Anis. Er hielt inne.

Ein Klicken hinter ihm, der Hahn einer Schusswaffe war gespannt worden.

Er drehte sich um. Eine Armeslänge entfernt stand eine Frau, die Pistole in der erhobenen rechten Hand. Sie kam ihm wie ein Teil der Nacht vor, Haare, Haut, Augen dunkel, Hose und Jacke schwarz. Sie lächelte spöttisch.

»Karima?«, sagte Eley.

Sie nickte.

»Und jetzt?«

»Sadek wird …«

Da fiel weit entfernt ein Schuss, das Echo wiederholte den Knall.

Karima hatte den Kopf abgewandt und war hastig einen Schritt zurückgetreten. Sie schien zu lauschen, zu warten. Eley tat nichts, beobachtete sie nur. Er spürte ihre Angst.

Drei weitere ferne Schüsse, rasch nacheinander.

Plötzlich setzte das trockene Knattern eines Hubschraubertriebwerks ein, näherte sich schnell.

Wieder ein Echo, das sich in das Ursprungsgeräusch mischte. Aber, dachte Eley, die Richtung stimmte nicht.

Zwei Hubschrauber.

Karima feuerte in die Luft, rief etwas, eingebunden in algerische

Sätze ein französisches Wort, das ihm vertraut vorkam, auch wenn sein Gehirn es nicht gleich entschlüsseln konnte. Erste Gestalten rannten aus den Gebäuden, scharfe Befehle wurden gerufen. Madjers Stimme erklang, gedämpft von dicken Mauern, dann deutlicher, er stand offenbar an einem der zum Hof liegenden Fensterschlitze des zweiten Gebäudes. Eley hörte Richters Namen, seinen eigenen.

»Hier!«, schrie er.

Das Triebwerksgeräusch schien sich vervielfacht zu haben, ein dritter Hubschrauber war über einem Hügelkamm aufgestiegen, jetzt erkannte er die Positionslichter am Nachthimmel. Sie flogen tief, kamen aus Westen, Nordwesten, Norden, waren höchstens noch zweihundert Meter entfernt.

Während er auf den Hauseingang zurannte, begriff er endlich, welches Wort Karima gerufen hatte: *ratissage*.

Aus dem Gebäude strömten ihm Männer und Frauen entgegen, die Gesichter verzerrt vor Angst, vor Wut und Adrenalin. Als Letzte rannten Madjer und Richter heraus, der nur mit einer Unterhose und Schuhen bekleidet war, Hose und Hemd in der Faust hielt.

»Kümmern Sie sich um ihn!«, schrie Madjer, und Eley zerrte den taumelnden Richter zur Seite, sie mussten von den Häusern weg, von den Menschen, falls die Piloten über Wärmebildkameras verfügten. Er warf einen Blick nach oben. Die Positionslichter näherten sich nicht mehr, die Hubschrauber standen in der Luft.

»Wer sind die?«, rief Richter.

»Die Armee.«

»Die algerische Armee? Sie holen uns? Sie befreien uns?«

Eley kam nicht dazu zu antworten.

In den Triebwerkslärm der Hubschrauber hatte sich ein unheimliches Geräusch gemischt, eine Art Zischen, wie er es noch nie gehört hatte. Eine Rakete schlug in das Gebäude ein, in dem er vor wenigen Minuten gelegen hatte, und detonierte. Er riss Richter zu Boden, ließ sich mit ihm fallen. Steine und Erdbrocken prasselten auf sie nieder, er hörte Richter aufschreien, nur der Schreck, der bloße Rücken schien unverletzt. Krabbelnd zog Eley ihn auf den Mofa-Schuppen zu, änderte instinktiv die Richtung, die Piloten würden alles zerstören, was wie der Verschlag nicht einsehbar war.

Ein hohes, markerschütterndes Brüllen ließ ihn herumfahren. Das Dach des getroffenen Hauses und ein Teil der Mauer waren eingestürzt, Flammen loderten hoch, für Momente war es taghell. Unmittelbar vor der Tür kroch schreiend der alte Mann im Habit, konnte nicht aufstehen, die Kleidung brannte lichterloh. Er brach zusammen, bewegte sich nicht mehr, die Flammen verschlangen die Leiche.

Wieder erklang das kühle Zischen, eine zweite Rakete raste in den unversehrten Teil des Hauses. Eley wandte sich ab, barg den Kopf in den Händen, wurde von einem faustgroßen Gegenstand am Rücken getroffen und nach vorn gestoßen. Er rang nach Atem, die Luft wollte nicht mehr in seine Lungen strömen, irgendein Mechanismus seines Körpers war außer Gang gesetzt. Er stützte sich auf die Hände, blinzelte die Tränen weg, der Panik nahe, schüttelte nur den Kopf, als Richter nach ihm rief.

Endlich kam die Luft zurück.

Er sah zu Richter hinüber, der stöhnte, über eines seiner Beine floss Blut. »Wie schlimm?«, krächzte er. »Richter!«

Ohne zu antworten, bewegte Richter sich weiter, eine Hand am Oberschenkel, wurde von Weinkrämpfen geschüttelt.

Eine dritte Explosion, eine Rakete war inmitten der rennenden Menschen niedergegangen. Eley erkannte Madjer, der gestürzt war, sich inmitten von Verwundeten und Toten hochrappelte, eine Pistole in der Hand, die natürlich völlig nutzlos war. Ihre Blicke begegneten sich, Madjer rief etwas, doch Eley verstand ihn nicht. Madjer bewegte die Waffe, als wollte er sagen: Zum Tor, laufen Sie zum Tor!

Einzelne Schüsse fielen, im Hof blitzte entlang der Mauern Mündungsfeuer auf, dann für ein paar Sekunden Dauerbeschuss aus einem Sturmgewehr. Immer mehr von Madjers Leuten rannten mit Gewehren über den Hof, schossen auf die unsichtbaren Metallkörper der Hubschrauber.

»Zum Tor, Richter!«, schrie Eley. »Wir müssen …«

Die nächste Rakete, diesmal seitlich von ihnen, eine mächtige Explosion, brachte den Gestank von verschmortem Kunststoff. Eley musste nicht hinsehen, um zu wissen, dass der Verschlag und die Mofas zerstört worden waren.

Da kam ihm eine Idee.

Er packte Richters Arm. »Warten Sie am Tor auf mich!«

»Lassen Sie mich nicht …«

»Zum Tor, Richter!«

Gebückt rannte Eley auf Madjer zu. Schmerzen zuckten durch seinen Rücken, das Atmen fiel ihm schwer, das Sprechen. Madjer starrte ihn gehetzt an, das Gesicht schweißnass, Kratzer an der Stirn, der Schnurrbart hell vom Staub, der rechte Jackenärmel zerfetzt, Blut troff auf seine Hose. Das Funktelefon lag in seinem Zimmer, rasch beschrieb er den Weg, dann kamen zwei Männer, die ihn stützten und Richtung Tor wegführten.

Eley lief über den Hof, hastete eben in das Gebäude mit den Wohnzellen, als dessen hinterer Teil explodierte. Die Erschütterung warf ihn auf die Treppenstufen, er kam wieder hoch, zwang sich weiter. Oben sah er, dass die Quermauer eingestürzt war, ein Teil des Dachs, Richters Zelle und andere zerstört.

Auf einem Tisch in Madjers Raum fand er seine Habseligkeiten

– Handy, Akku, Diplomatenpass, Pistole, Autoschlüssel, Portemonnaie.

Rasch nahm er das Telefon in Betrieb.

Kein Empfang. Sie hatten die Netze abgeschaltet.

Der verlorene Punkt würde nicht auf die Bildschirme von Soudanis Leuten zurückkehren.

Draußen hatten sich die Gewehrschützen bewegt, die Läufe anders ausgerichtet. Einer der Hubschrauber war noch ein Stück herangeflogen, am dunklen Himmel blitzten grelle Lichtpunkte auf, ein Maschinengewehr. Immer wieder wirbelten auf dem Boden aufprallende Kugeln Steine und Staub hoch. Dann entfernten sich die Kugeln, suchten sich ihre Ziele in Mauernähe.

Eley rannte an dem brennenden Verschlag vorbei auf Richter zu, der am Tor saß, den Kopf unter den Armen verbergend. Er hatte wohl versucht, sich die Hose anzuziehen, dann aufgegeben, nur die Füße steckten darin, daneben lag das Hemd.

Ein paar Meter vor sich sah Eley plötzlich einen Schatten, eine Waffe in der Hand, hatte dasselbe Ziel: Richter.

Ein Hauch von Anis.

»Karima!« Madjer, stand gebückt in der Nähe des Tors im Halbdunkel, die linke Hand auf den rechten Arm pressend. Er rief etwas auf Algerisch.

Karima wandte ihm flüchtig den Kopf zu, blieb nicht stehen.

»Richter, Vorsicht!«, schrie Eley im Laufen, während er die Pistole hob. Er schoss, Karima stürzte, verlor die Waffe. Sie rappelte sich auf, humpelte weiter, das rechte Bein nachziehend, fiel wieder.

Dann stand Eley über ihr, griff ihr ins Haar, zerrte sie halb hoch, vor Wut und Genugtuung bebend.

Madjer trat neben ihn, sagte kraftlos: *»Monsieur.«*

Er stieß Karima zu Boden, kontrollierte den Atem.

Madjer deutete zum Tor.

Richter hockte unverändert da, nein, die Arme waren anders positioniert, hingen zu beiden Seiten herab, und der weiße Körper hatte sich rot gefärbt.

51

DENKENHEIM

Schlag zwei war der Spuk beendet. Die Grashüpfer leerten ihre Gläser, sofern sie sie noch halten konnten, erhoben sich lärmend und krochen in die Nacht hinaus.

Wegner hatte nach ein paar Minuten Panik vor den Toiletten im Untergeschoss beschlossen, alle Sorgen auf die einsamen Stunden in seinem Stuttgarter Hotelzimmer zu verschieben und sich diese Gelegenheit nicht entgehen zu lassen: betrunkene Provinzpolitiker jeder Couleur und jeden Geschlechts, Zoten reißend, Anekdoten verbreitend, im Suff bereit zur Verbrüderung. Er musste nur von Tisch zu Tisch gehen und auffangen, was ihm in den Schoß fallen wollte, *Gestatten, Reinhold Wegner, Berlin, fünfzehn Jahre mit der alten Dame verheiratet, dann kamen jüngere.* Er gratulierte zu Wahlerfolgen, an die er sich mit größter Präzision erinnerte, konnte in Sachen Siegfried Kauder mitreden, dessen Alleingang für Unruhe in der CDU in Südwest und Nordost sorgte, holte taube Kellnerinnen an austrocknende Tische, lieh dem Bürgermeister eines Schwarzwaldkurortes fünfzig Euro und durfte mit anderen Herren ein ausladendes Dekolleté kommentieren.

Immer wieder verwies er auf seine enge Verbindung zu Altniederndorf und erzählte mit leuchtenden Augen und großen Gesten von den neuesten Geniestreichen deutscher Rüstungsingenieure. Er sammelte und verteilte Visitenkarten, kündigte mindestens neun seiner neuen Freunde und Freundinnen aus der Region Besuche am nächsten Tag an und lud die beiden einflussreichsten nach Lichterfelde West in die Firmenvilla ein.

»Wo die Neonazis sind?«

»Nicht Lichtenberg. Lichterfelde. Da gibt's nur alte Bäume, keine neuen Nazis.«

Prustendes Gelächter.

An einem Tisch jedoch holten ihn die Sorgen ein, wenn auch auf erfreuliche Weise.

»Rechtsanwalt? Wo?«

»Rottweil.«

»Kennen Sie sich mit Stuttgart aus?«

»War da zwanzig Jahre in einer Kanzlei. Degerloch.«

»Wenn ein respektabler Mann, sagen wir mal, Probleme mit der Staatsanwaltschaft Stuttgart hätte …«

»Mit Riedler? Dressler? Schönlebe? Harter Knochen, der Schönlebe.«

»Sie sind mein Mann.«

»Einen besseren finden Sie nicht.«

»Morgen, vierzehn Uhr, in Ihrer Kanzlei?«

»Florian.«

»Reinhold.«

Dann sprangen grelle Lampen an, die Musik brach ab, die Feier zur Einweihung der neuen Schießhalle des Schützenvereins Denkenheim war beendet. Wenige Minuten später war der Saal der Gaststätte leer, abgesehen von ein paar Schnapsleichen, erschöpften Angestellten und Wegner selbst, in dessen Ohren der brausende Lärm nachhallte. Er kramte die Visitenkarten aus seinen Taschen, ordnete sie alphabetisch und versah sie mit kurzen Notizen zum Namensinhaber. *Lichtenberg/Neonazis! Dekolleté! Trittin-Witz!*

Schwankend verließ er das Gasthaus, euphorisiert und voller Tatendrang. Im Auto programmierte er das Navigationsgerät, nur zur Sicherheit, wegen der Dunkelheit und des Alkohols. Grundsätzlich kannte er den Weg zu den Bordellen Villingen-Schwenningens aus allen Richtungen.

»Die Bundeskanzlerin?«

»Angela, ja.«

»Wirklich? Krass! Wie ist jetzt die so?«

»Nett, sehr nett. Aber nicht so hübsch wie du. Oder du. Oder du. Oder du.«

Fröhliches Gelächter aus einem halben Dutzend Kehlen.

Er saß in einer der Nischen, hatte die Unterhaltung vor dreißig Minuten mit einem Mädchen begonnen, Linda. Irgendein diffuses Gefühl, das von Zeit zu Zeit schmerzhafte Stiche in seine Brust schickte und ihm den Atem raubte, trieb ihn an, weitere Mädchen an seinen Tisch zu winken. Komm, setz dich, wie heißt du? Was willst du trinken, Stella? Bin gerade dabei zu erzählen, wie ich mit meinem Freund Phil in seiner Cessna über die afrikanische Savanne geflogen bin ... Wir hatten da was Geschäftliches zu erledigen, in Afrika, Volumen fünf Milliarden Dollar, Riesending, mordswichtige Generäle und Minister waren dabei mit Dutzenden Leibwächtern – ein falsches Wort, und du verblutest im Staub. Aber wenn man da so mit der Cessna einschwebt, und unten stehen die alle und warten, dann ist man ziemlich entspannt, richtig tiefenentspannt, man denkt: Ich komme aus dem Himmel, was zählen da fünf Milliarden und ein paar Ganoven?

Die Mädchen staunten, lachten, rückten näher. Seine Hände waren beschäftigt, er liebte ja Taillen, bevorzugt schmale, die Handflächen an Taillen legen, das war ihm ein großer Genuss. Natürlich, Brüste nahm er auf dem Weg zu den Taillen gern mit, und er hatte auch nichts gegen die Finger in seinem Schritt.

Was ihn störte, war die Erinnerung an das lange, dünne, weiße Ding, das Siegfried Berghammer nacheinander in drei Urinale gehängt hatte. Und dieses seltsame, namenlose Gefühl, das ihn ein ums andere Mal in den Vorhof der Panik schickte.

»Setz dich zu uns, na komm, ist gerade noch Platz für eine Kollegin, kleine Tische habt ihr hier, Mensch, ihr müsstet mal mein Büro am Potsdamer Platz sehen, riesig, man könnte einen Tisch für, sagen wir, hundert Damen reinstellen.«

»Bloß, wie kriegt man den in den Aufzug?«, fragte Jessy.

Sie lachten.

»Und wie kriegt man *den* in den Aufzug?«, säuselte Leila und deutete auf Wegners höchstens halb erigierten Schwanz.

Für einen Moment verschlug es ihm vor Scham die Sprache, bis er begriff, dass der Scherz harmlos gemeint war, keine Anspielung auf fehlende Festigkeit, der Aufzug ein echter Aufzug, keine verrutschte Metapher für eine Vagina. Er lachte brüllend. Strich weiter über Taillen und Brüste, spürte die Finger arbeiten, kurz darauf zwei Zungen und sah währenddessen ein sehr langes, sehr festes, weißes Spaghetti-Ding ins rötliche Zwielicht ragen.

Spürte das Gefühl in der Brust wüten.

»Nadine, hast du Zeit, komm doch rüber zu uns!«

Mit Nadine waren es acht Mädchen, doch das genügte noch immer nicht, der Druck wollte nicht weichen. Die ganze Zeit über hörte er ein Flüstern im Hinterkopf, und es hätten zwanzig, hundert, tausend Mädchen nicht gereicht, um es zu übertönen, die Stimme seiner Frau am Telefon: *Lass uns darüber reden, wenn du wieder da bist.*

Er wusste natürlich, was das bedeutete – eine Entscheidung war getroffen worden. Ohne ihn. Ohne dass er auch nur geahnt hätte, dass ein Entscheidungsprozess im Gange gewesen war.

Sie würde ihn verlassen.

»Komm«, schnurrte Lolita unter dem Tisch, »gehen wir aufs Zimmer.«

»Ich muss telefonieren.« Panisch warf Wegner ein paar Hunderter zwischen die Gläser, verstaute sein Glied und zwängte sich zwischen bloßen Beinen und der Tischkante hindurch. Er geriet ins verstörende Flackern zweier Discokugeln, das Dröhnen harter Elektrobässe. Der Druck in seiner Brust stürzte abrupt in den Magen hinab, und er begann zu rennen, und weil er die Toiletten nicht sofort fand, eilte er hinaus ins Freie.

Vor dem Gebäude herrschte Hochbetrieb, Männer und Frauen kamen an, fuhren ab. Er lief an dem flachen Haus entlang, bog um die Ecke, während er die Maultaschen und Biere und Schnäpse schon in der Kehle spürte.

Hinter dem Bordell begann der Wald. Dankbar stieg er über einen Holzzaun, rannte ins Gebüsch und fand einen Baum, der ihn hielt, während er sich die Verzweiflung aus dem Leib kotzte.

52

KABYLEI

»Monsieur«, sagte Madjer. »Wir müssen weg.«

Eley saß vor Richter, wollte aufstehen, konnte nicht. Richters Kopf war zur Seite gesunken. Aus zahllosen Eintrittswunden in Schultern und Brust drang Blut.

Sie saßen in Blut.

Vier Tage, fünf Tote, dachte er. Am Ende hattest du doch recht.

Er spürte Madjers Hand auf seiner Schulter. »Kommen Sie.«

Zögernd stand er auf, blickte dann auf Richter hinunter.

»Nein«, sagte Madjer. »Ausgeschlossen.«

Eley nickte. Unmöglich, die Leiche zum Auto zu bringen, nach Algier.

»Sie sollten Fotos machen.«

»Ich sollte ihn beerdigen.«

»Die Armee wird dafür sorgen, dass er in Deutschland beerdigt werden kann.«

Madjer hatte recht.

Also machte er Fotos.

Karima, der Mann aus dem Steinhaus, zwei junge Kerle, Madjer und Eley. Alle anderen lebten nicht mehr.

In der Dunkelheit waren sie durchs Tor geschlüpft, hockten dicht aneinandergedrängt an der Südseite der Mauer, in der breite Lücken klafften. Im Hof brannten noch immer mehrere Feuer. Die beiden Gebäude waren zerstört, der Gemüsegarten, der kleine Ölbaumhain, die Dattelpalmen im südlichen Bereich zerschossen.

Karima und einer der jungen Männer sprachen leise miteinander. Eley erkannte an ihren Gesten und ihrer Mimik, dass sie sich einig waren. Sie würden es versuchen.

»Sie wollen los«, bestätigte Madjer. »Bevor es hell wird und die Fallschirmjäger kommen.«

Die Hubschrauber waren ein Stück herangeflogen, seitdem hatten sie ihre Position nicht verändert. Hartnäckig lauerten sie am Himmel. Wer diese *ratissage* leitete, würde davon ausgehen, dass es Überlebende gab und dass sie vor Tagesanbruch in die Berge fliehen wollten. Also wartete er darauf, dass sie es versuchen würden.

»Tut es nicht«, sagte Eley.

»Warum?«

Er erklärte es.

Madjer übersetzte, er sprach keuchend, Schmerzen in der Stimme. Niemand schien zuzuhören. »Wir können nicht bleiben«, sagte er.

»Ich weiß«, erwiderte Eley. »Wie geht's Ihrem Arm?«

Jemand hatte Handtücher um Madjers rechten Arm gewickelt und ihn mit einem Gürtel an der Taille fixiert. Die Handtücher waren durchnässt, Blut tropfte von seinen Fingern. »Ich spüre ihn nicht.«

»Sie müssen ins Krankenhaus.«

Madjer schüttelte den Kopf, sagte: nur nach Bouzeguène, dort gebe es einen Arzt, der helfen werde.

Sie teilten sich auf. Karima und die beiden Jungen in der einen Gruppe, Eley, Madjer und der Mann aus dem Steinhaus, der Yazid hieß, in der zweiten. Die erste Gruppe würde sofort aufbrechen, in Richtung Osten, Eley und die beiden anderen Männer später, in Richtung Süden, von wo sie gekommen waren.

Die fünf umarmten sich zum Abschied. Karima tippte Eley mit harten Fingern auf die Schulter, stand für Momente über ihm, das dunkle Gesicht von Schmerzen und Trauer gezeichnet. Es kam näher, ein Anflug von Zorn zog es zusammen. Mit einer Hand griff sie ihm ins Haar, krallte die Finger zusammen. *»Prends-tu soin de Sadek«,* zischte sie.

Eley unterdrückte die aufkeimende Wut, nickte nur. Ja, er würde sich um Madjer kümmern. Würde ihn nach Bouzeguène bringen, koste es, was es wolle.

Wenigstens das.

Sie liefen los, an den Resten der Mauer entlang, Karima humpelnd, einer der Jungen musste sie stutzen. Immer wieder wurden sie in den orangefarbenen Schein der Flammen getaucht, verschwanden im Dunkel, erschienen wieder.

Dann waren sie nicht mehr zu sehen.

Madjer sprach leise auf Yazid ein. »Er ist verletzt«, sagte er schließlich.

Yazids Gesicht war schweißüberströmt, er saß leicht gekrümmt. Aber er wehrte ab, sagte rasch auf Französisch: »Nicht schlimm, nicht schlimm.«

Eley wartete mit geschlossenen Augen. Er sah Richter vor sich, den blutüberströmten Körper am Fuß des Klostertors. Er dachte, dass dies nicht hätte geschehen dürfen. Er hätte es verhindern müssen.

Ein paar Minuten verstrichen. Er hörte Yazids hechelnden Atem. Madjer, der sich unablässig bewegte.

Plötzlich raste einer der Hubschrauber ostwärts, das Maschinengewehr ratterte. Dumpfe Detonationen erfolgten, vier, fünf, sechs. Landminen, ausgelöst von den Kugelgarben. Vielleicht von einem in Panik geratenen Flüchtenden.

Der Beschuss endete abrupt.

Eley öffnete die Augen, begegnete Madjers hoffnungslosem Blick.

Zehn Minuten später drehten zwei der Hubschrauber ab, nur der dritte blieb. Grelles Licht flammte auf. Sie begannen, das zerstörte Kloster mit dem Scheinwerfer nach weiteren Überlebenden oder Verletzten abzusuchen, fühlten sich inzwischen sicher, keine Gefahr mehr durch Gewehrschützen.

Als der Lichtkegel von Osten an der Außenseite der Mauer entlangglitt, krochen Eley, Madjer und Yazid durch eine Lücke in den einstigen Gemüsegarten, der von Steinbrocken, Ästen, Holzstücken übersät war. Dort warteten sie im Schutz der Trümmer, bis sich der Hubschrauber nach Norden wandte.

»Jetzt«, sagte Eley.

Yazid stolperte gebückt voran, Eley stützte Madjer, der sich anfangs leicht machte, aus eigener Kraft lief. Nach dreißig, vierzig Metern hing er schwer an seinem Hals, bekam die Füße kaum noch hoch. Zu zweit konnten sie ihn nicht tragen, der minenfreie Weg über das Plateau war nur knapp einen Meter breit. Er war, wie Madjer erklärt hatte, daran zu erkennen, dass dort in unregelmäßigen Abständen helle handtellergroße Steine lagen, wie sie hier sonst nicht vorkamen.

»Was ist mit euren Wachposten?«, fragte Eley keuchend.

»Sie sollten … untertauchen, wenn so etwas geschieht.«

Eley spürte, dass Madjer der Ohnmacht entgegentrieb. Hin und wieder knickte ein Knie weg, und der unverletzte Arm um seinen Hals war plötzlich schlaff. Aber es war nicht mehr weit bis zu dem erhöhten Abbruch, an dem das Plateau endete.

Er warf einen Blick zurück. Wieder hatten sie Glück. Der verbliebene Hubschrauber stand mit dem Heck zu ihnen über der Ruine.

Dann krochen sie den Abhang hinauf. Wortlos hockte Yazid sich an die Kante, als wollte er einen letzten Blick auf das von erlöschenden Flammen nur noch vage beleuchtete Kloster werfen, sich von den gefallenen Kameraden verabschieden. Auch Madjer wandte sich dem zerstörten Unterschlupf zu, und Eley drehte sich notgedrungen mit ihm um.

Der Helikopter war zu hören, aber nicht zu sehen, nur der lange Lichtkegel, der dem Himmel zu entspringen schien.

»Ist die Revolution jetzt abgesagt?«, fragte Eley.

Madjer bewegte die Hand in Richtung Feuerschein. »Das hat keine Bedeutung für die Revolution. Nur für Sie, für mich. Die Familien der Toten.«

»Richters Familie.«

»Ja.«

Eley spürte die Wut hochsteigen. »Soll ich der Familie ausrichten, dass es Ihnen leid tut, dass aber andere die Verantwortung tragen? Der verfluchte Soudani?«

»Ich trage die Verantwortung, Monsieur Eley, und es tut mir sehr leid. Richten Sie *das* aus.«

»Ja«, sagte Eley. »Gehen wir endlich. Yazid?«

Yazid reagierte nicht. Eley sah, dass seine Schultern zuckten, hörte ihn leise weinen. Dann brach das Weinen ab, er sank auf die Seite, den Rücken, die Augen schon erstarrt.

Schweigend waren sie weitergegangen, der Grasebene gefolgt, dem Hügelkamm, hatten kurz darauf den Wald erreicht, drohend die dunklen Bäume, der Weg dazwischen nicht zu erkennen.

»Warten Sie bitte«, keuchte Madjer.

Eley half ihm, sich zu setzen.

»Ohne Taschenlampe hat es keinen Sinn.«

»Wir müssen es versuchen«, sagte Eley.

»Es gibt andere Wege in die Dörfer, aber wir benutzen sie nicht.«

»AQMI-Wege?«

Madjer nickte.

»Kennen Sie einen davon?«

»Westlich von hier am Waldrand beginnt einer.«

»Ist er vermint?«

»Nicht hier oben, erst weiter unten.«

Eley blickte an den Bäumen entlang nach Westen in die Dunkelheit, wog die Optionen ab. Sie konnten bis Tagesanbruch warten, es dann allein durch den Wald versuchen, auf dem Pfad, den sie gekommen waren. Die Frage war, wie lange Madjer durchhielt. Er sah auf seinen rechten Jackenärmel hinab, seine Hand, die nass waren von Madjers Blut.

»Sie entscheiden«, sagte Madjer.

Eley zuckte mit den Schultern. Es gab keine Optionen, wenn er wollte, dass Madjer am Leben blieb.

Er stand auf. »Schließen wir einen Pakt mit dem Teufel.«

Der Teufel ließ nicht lange auf sich warten.

Sie waren kaum zehn Minuten am Waldrand unterwegs, als Eley einen Schatten wahrnahm. Er ging auf ihrer Höhe, parallel zu ihnen, keine zehn Meter entfernt.

Ein zweiter tauchte auf, ein Stück vor dem ersten.

»Sie sind da.«

Madjer war halb weggedämmert, schrak hoch.

»Lassen Sie mich nicht im Stich«, sagte Eley.

Sie blieben stehen. Madjer sagte etwas auf Algerisch. Die Stimme eines dritten Mannes antwortete. Er kam von hinten auf sie zu, Sturmgewehr in der Armbeuge, ein massiger Mann in Camouflagehose, langem schwarzem Hemd, das Haupthaar kurz, halblanger Bart.

Erst sprach Madjer. Der Mann hörte reglos zu, die Augen halb geschlossen. Natürlich wussten die Dschihadisten längst, was geschehen war, hatten den Angriff vielleicht sogar beobachtet. Einmal wanderten seine Augen zu Eley, Madjer sprach über ihn, der Mann fragte nach, schien mit der Antwort zufrieden. Dann entspann sich ein längerer Wortwechsel, unaufgeregt, fast freundlich. Eley hatte den Eindruck, sie feilschten, und er behielt recht.

Fünftausend Dollar, berichtete Madjer, erschöpft nach Luft ringend. Dazu Lebensmittel, fünfzig Kilogramm. Der Arzt werde sich darum kümmern.

»Gut«, sagte Eley, fragte nicht nach, kommentierte nicht. Auch militante Islamisten sprachen Französisch.

Der Anführer wandte sich nach einem knappen Befehl um und verschwand in der Dunkelheit. Sie setzten den Abstieg fort, geführt von einem der beiden anderen, der zweite ging hinter ihnen.

Eley neigte den Kopf zu Madjer. »Wissen die, wer ich bin?«

»Dann würden fünftausend nicht reichen«, flüsterte Madjer und lächelte verzerrt. Er habe gesagt, Eley sei ein zum Islam konvertierter französischer Sympathisant der Bewegung. Ein Revolutionär von Herzen gegen das korrupte, moralisch verseuchte Marionettenregime in Algier.

Auch Eley musste schmunzeln. Ein deutscher Beamter, in der Kabylei zum Revolutionär geworden.

Wenige Minuten später sank Madjer auf die Knie. Mit einem traurigen Lächeln schüttelte er den Kopf. Er konnte nicht mehr.

Die beiden AQM-Männer waren stehen geblieben, erwiderten Eleys Blick teilnahmslos. Sie würden nicht helfen.

Er hockte sich hin, Madjer kroch auf seinen Rücken. Die ersten Meter taumelte Eley mehr, als dass er ging, dann hatte er Madjer zurechtgeschoben, das Gleichgewicht gefunden.

»Ich schulde Ihnen viel«, murmelte Madjer.

»Sie schulden mir Richter.«

»Vielleicht mein Leben.«

»Bezahlen Sie in Antworten.«

»Auf was für Fragen?«

»Was soll vor Montag geschehen? Was wollten Sie von Richter wissen? Hat es mit den MRG 45 zu tun? Ist Soudani deswegen gestern Abend nach Deutschland geflogen? Soll in Deutschland etwas passieren, Madjer? In *meinem* Land? Na los, tragen Sie Ihre Schuld ab, Sie werden sich danach besser fühlen.«

Er spürte Madjer lachen, lautlos. »Algerien ist … Ich will nicht zynisch klingen, Monsieur Eley … aber in Algerien stirbt man schneller als in Deutschland. Wer hierher kommt, muss das wissen. Es ist kein Land im Frieden. Es ist ein Land der Trauer und der Schuld und des Todes.«

»Sie reden zu viel«, sagte Eley. »Heben Sie sich die Kraft auf, um am Leben zu bleiben.«

Sie wateten durch einen Bach, der den Weg kreuzte und im Wald verschwand, folgten einem für Eley unsichtbaren Pfad über eine Wiese auf einen Hügelkamm hinauf. Hin und wieder spürte er Madjer wegdämmern, dann schüttelte er ihn, sprach ihn an. Manchmal antwortete Madjer, manchmal nickte er nur. Vollkommen erschlafft hing er in Eleys Griff, der unverletzte linke Arm baumelte von seiner Schulter herab vor seiner Brust.

Sie betraten das Geröllfeld, das Eley vom Hinweg kannte. Aber sie waren, dachte er, viel weiter südlich.

»Die Sonne«, murmelte Madjer.

Eley hob den Blick, es war unverändert dunkel. »Noch nicht.«

Er blieb stehen, setzte Madjer auf einem Felsbrocken ab, hielt ihn mit beiden Händen. »Fünf Minuten«, sagte er zu einem ihrer Begleiter, einem schmalen, düsteren Kahlkopf.

Der Mann nickte.

»Kann ich rauchen?«

Der Mann schüttelte den Kopf.

Madjer stöhnte leicht, wollte nach dem verletzten Arm tasten, doch offensichtlich fehlte ihm selbst dazu die Kraft.

Eley brachte den Mund an sein Ohr und flüsterte: »Djamel Benmedi. Wo ist er?«

Madjer sank gegen ihn, schien es nicht gehört zu haben.

Sie gingen weiter.

»Djamel«, wisperte Madjer und verlor das Bewusstsein.

53

KABYLEI

Eine halbe Stunde später erreichten sie eine Schotterstraße, kurz darauf die ersten Ausläufer eines der Dörfer Bouzeguènes. Sie durchquerten es, Eley mit Madjer in der Mitte der Straße, die beiden Terrorkrieger unsichtbar und geräuschlos hinter ihnen. Ein paar Kurven weiter das nächste Dorf, auch hier waren sie noch nicht am Ziel. Dann, im dritten Weiler, hörte Eley plötzlich Schritte hinter sich. Ein Gewehrlauf tippte an seinen Arm, zeigte auf ein Haus. Der kahlköpfige Bärtige kam mit ihnen zur Tür, der andere war in der Dunkelheit verschwunden. Eley klingelte.

Im Haus sprang ein Licht an, er hörte Schritte. Ein großer, junger Mann mit Hornbrille und schütterem Haar öffnete die Tür einen Spalt. Er war angezogen, auf alles vorbereitet. Auch in Bouzeguène musste man die Hubschrauber und Explosionen gehört haben. Rasch glitt sein Blick über Eley, Madjer, den Bärtigen. Er sagte etwas zu Eley, auf Algerisch, zog die Tür auf.

»Wir brauchen fünftausend Dollar und fünfzig Kilo Lebensmittel«, erwiderte Eley auf Französisch.

Der Arzt sprach mit dem Al-Qaida-Mann, sie einigten sich rasch. Während er Eley durch den Flur in ein Sprechzimmer führte, sagte er, die Bärtigen würden morgen Mittag wiederkommen. Falls sie das Geld und die Lebensmittel dann nicht bekämen, würden sie das Haus niederbrennen.

»Haben Sie so viel Geld?«

»Ich besorge es morgen. Hier.« Der Arzt deutete auf eine aufgeklappte Trageliege.

Vorsichtig setzte Eley Madjer ab, gemeinsam legten sie ihn hin.

»Nur der Arm?«

»Soweit ich weiß.«

»Schlimm genug.« Der Arzt reichte ihm die Hand. »Ali Benhanafi.«

»Ralf Eley.«

Benhanafi öffnete Madjers Jacke, schnitt den Ärmel auf. Er arbeitete flüssig und ruhig. »Der Deutsche?«

»Ja.«

»Man hört, Sie würden gesucht.«

»Von wem?«

»Von allen.«

Benhanafi bot an, er könne im Nebenraum ein paar Stunden schlafen, wenn er wolle. Eley lehnte ab. Er wollte nach Algier.

»Die warten dort auf Sie.«

»Irgendwie wird es schon gehen.«

»Und dann?«

Abschied nehmen, dachte Eley.

Er blickte auf Madjers zerfetzten Arm, der jetzt entblößt vor ihm lag. Reste eines Arms. Benhanafi würde amputieren müssen.

»Schafft er es?«

»Wenn er die nächsten Stunden durchhält.«

»Dann werde ich so lange bleiben.«

Er wartete im Nebenraum, einem Zimmerchen mit zwei Betten, einem Schrank, einem kleinen Tisch, saß zitternd vor Erschöpfung auf der Bettkante, um nicht einzuschlafen. Unter seinen bloßen Füßen lag ein abgewetzter Teppich, auf dem Tisch stand ein Blumentopf mit einer Pflanze, es roch nach Minze, nach Kaffee. Der Schein einer fernen Straßenlaterne tauchte das Zimmer in ein milchiges Grau, unter der Tür eine grelle Linie Licht von nebenan.

Benhanafis Frau und ein weiterer Mann waren gekommen, um zu helfen. Er hörte ihre gedämpften Stimmen, Benhanafis kühle Anweisungen, hörte, wie sie amputierten. Er schloss die Augen, stützte die Stirn auf die Handballen, dachte, dass er nach Algier musste, Amel festhalten und nie mehr loslassen, wenn sie aus Tamanrasset zurück war.

Richters Familie gegenübertreten.

Eine vertraute Stimme weckte ihn. Er öffnete die Augen, lächelte, aus irgendeinem Grund erleichtert. Natürlich, bei Benhanafi liefen die Fäden zusammen, wo sonst, wenn nicht hier, nach allem, was geschehen war.

Er setzte sich auf. Draußen dämmerte es, er sah ein Stück wolkenlosen Himmels durchs Fenster. Die linke Seite seines Rückens schmerzte, wo ihn der Stein oder was auch immer getroffen hatte. Er atmete tief, zog die Schultern zurück, spürte, wie sich die Lunge und die Rippen weiteten.

»Toumi«, sagte er, erhob sich mit einem Ächzen.

»Sind Sie verletzt, Monsieur Eley?«

»Nein.«

Toumi stand auf der Schwelle zum Behandlungsraum, die Tür offen, das Licht ausgeschaltet. Eley sah die Liege, den Körper darauf.

»Er lebt«, sagte Toumi.

Eley trat an ihm vorbei und blickte auf Madjer hinunter. Die Augen geschlossen, das kleine Gesicht um den Schnurrbart herum eingefallen, der Armstumpf bandagiert. Er wollte ihn berühren, ihm den bloßen Fuß tätscheln, aber die Hand gehorchte ihm nicht, Richters Tod eine unüberwindbare Barriere.

Er ging zur Tür, hörte, dass Toumi ihm folgte. »Waren Sie doch nicht in Tamanrasset?«

»Wir sind gestern Abend zurückgeflogen.«

»Wir?«

»Mademoiselle Samraoui und ich.«

»Ist sie … hier?«

Toumi schüttelte den Kopf. »In Algier. Ich dachte, dort ist sie sicherer als in Tamanrasset. Sie weiß, dass Ihr Telefon überwacht wird, Sie müssen einen anderen Weg finden.« Er berührte Eleys Arm, geleitete ihn in die Küche. Er wirkte kleiner, als Eley ihn in Erinnerung hatte, ging zusammengesunken, unter den Augen Schatten bis hinunter auf die Wangen.

»Es tut mir sehr leid«, sagte Toumi, »dass wir Monsieur Richter verloren haben.«

»Verloren? Sie haben ihn auf dem Gewissen, Sie und Ihre Bande. Und ich habe ihn nicht gerettet.«

Toumi erwiderte nichts.

Jemand hatte Gebäck besorgt und frischen Kaffee gekocht. Sie setzten sich an den kleinen Küchentisch, aßen schweigend. Dann sagte Toumi: »Wenn Sie in Algier nur kooperiert hätten.«

»Blödsinn. Und selbst wenn es etwas geändert hätte, ich bin nicht Ihr Verbündeter.«

»Aber auch nicht mein Feind.«

Und darin, dachte Eley, lag das Problem. »Kooperieren wir jetzt. Soudani ist in Deutschland – warum?«

»Er hat dort Waffen gekauft.«

»Das ist der einzige Grund?«

Toumi runzelte die Stirn, schien abzuwägen, wie viel er erzählen sollte. »Wir hatten einen Plan, aber er lässt sich nicht mehr durchführen. Nicht nach …« Er hob die Hand in Richtung Fenster. »Bouzeguène war eine unserer zentralen Schaltstellen. Wir müssen uns darauf konzentrieren, die anderen zu schützen. Wir sind, wie sagt man, erst einmal mit uns selbst beschäftigt.«

Eley wusste nicht, was er davon halten sollte. Madjer hatte etwas anderes angedeutet.

Er stand auf. »Ich muss los.«

»Warten Sie.« Toumi erhob sich ebenfalls. »Ich bringe Sie nach Algier. Aber ich kann Sie nicht verstecken. In Ihre Wohnung und in die Botschaft können Sie nicht. Auch die Residenz wird überwacht. Der Diplomatenstatus wird Ihnen nichts nützen. Es könnte … einen Unfall geben. Nichts Dramatisches. Vielleicht auch nicht, vielleicht setzen die Sie einfach in die nächste Maschine, die Algier verlässt.«

Eley nickte.

»Haben Sie einen Ort, wo Sie für ein, zwei Tage bleiben können? Bis wir überlegt haben, wie es weitergeht?«

»Ja«, sagte er.

Einen dunklen Ort, wo andere Fäden zusammenliefen.

54

NAHE VILLINGEN-SCHWENNINGEN

Ameisen weckten Wegner. Er spürte sie auf einem Arm, einem Bein, am Hals. Ameisen im Schlafzimmer, dachte er, eine Katastrophe. Der Kammerjäger musste her.

Als er die Augen öffnete, begriff er, dass er nicht in seinem Bett in Dahlem lag, sondern im Wald bei Villingen-Schwenningen. Trübe und kraftlos hing das Licht des anbrechenden Morgens zwischen den Bäumen. Ein paar Vögel krächzten, Laub raschelte, aus der Ferne drang Autoverkehr an sein Ohr. Er lag auf einem vermodernden Baumstamm, wenigstens das, nicht auf dem feuchten Erdreich, er hätte sich den Tod geholt und mit gerade fünfzig Jahren das Schicksal der männlichen Wegners stilgetreu fortgesetzt.

Er setzte die Füße auf den Boden, erhob sich und begann, mit Armen und Beinen zu schlackern. Doch die Ameisen ließen sich nicht beirren, sie blieben, wo sie waren. Also entkleidete er sich, stand fröstelnd mit bloßem Oberkörper da, ließ die Hose herunter und wischte sich die Insekten mit den Händen von der Haut. Eine kurze, heftige Schlacht, die er natürlich gewann, wenn auch nicht unversehrt. Ein paar Ameisen hatten ihn mit Gift bespritzt, schon juckte es überall. Wenig später hatten sich ein halbes Dutzend breitflächige rote Pusteln gebildet, eidottergroße, warme Schwellungen. Entsetzt begriff Wegner, dass sein Körper allergisch reagierte. Er brauchte einen Arzt. Zumindest eine Apotheke.

Hastig schüttelte er die Kleidung aus, zog sich an und versuchte währenddessen, sich zu orientieren. In einer Richtung war zwischen den Bäumen das Ende des Waldes zu erahnen, also wandte er sich dorthin. Bald erkannte er die lang gezogene Rückseite des Bordells, Autos, die auf der Landstraße vorbeirasten. Im Laufen kratzte er sich am Hintern, am Oberschenkel, das Jucken schier unerträglich, ein einziges Brennen und Beißen.

Da fielen ihm drei Dinge ein: dass ihn seine Frau verlassen würde. Dass die Staatsanwaltschaft an ihm dran war. Dass sich jetzt andere um Prinz »kümmern« würden.

Während er über den unebenen Waldboden hastete, dachte er, dass es zwischen diesen drei Ereignissen, so wie er das Leben mittlerweile verstanden hatte, Kausalitäten geben musste. Verschlungene Verbindungen mit unsichtbaren Zwischenstationen. Das eine hing mit den anderen zusammen, wenn auch nicht offensichtlich war, wie. Jedes Einzelne konnte sich nur ereignen, weil die anderen beiden geschahen. Und die anderen beiden geschahen, weil er war, wie er war.

Eigentlich ganz einfach.

Aber, dachte er, war er wirklich so? War er wie Siegfried Berghammer, der auf einem Schützenpodium den Provinzclown gab und nur wenig später andeutete, dass irgendjemand die Kampfhunde auf Prinz losgelassen habe?

Nein, dachte er, so war er nicht. So wollte er nicht sein, nicht arbeiten, nicht siegen. So wollte er nicht alt werden. Er wollte die Gegner an seinen Strippen tanzen lassen, sie aber doch um Himmels willen nicht gewaltsam aus dem Weg räumen. Als er den Waldrand erreicht hatte, blieb er keuchend stehen und zog das Telefon hervor. Sieben Uhr, sie würde sicherlich schon wach sein.

Er unterdrückte seine Nummer, ließ die ihre wählen. Hörte ihre gehetzte, aggressive Stimme, ein Wort, kaum als »Hallo?« zu erkennen. Natürlich, dachte er. Mittlerweile musste sie von dem Artikel erfahren haben.

»Ich bin nicht so«, murmelte er.

»Wie bitte?«, sagte Katharina Prinz rau.

Er senkte die Stimme noch mehr, flüsterte tonlos seine Warnung, zweimal, damit sie auch wirklich verstand, und beendete die Verbindung fast euphorisch.

Nein, er war nicht so. Er war einer von den guten Bösen.

Er fuhr nach Stuttgart, hielt bei einer Apotheke, bekam ein paar Salben. Dann ließ er sich vom Navi zum Hotel lotsen und checkte bei einem etwas erstaunten Rezeptionisten ein, der aussah, als versuchte er zu begreifen, weshalb ein nicht mehr ganz junger Gast ein Zimmer für zweihundertsiebzig Euro buchte und die Nacht dann offenbar lieber in der Natur verbrachte.

Hoch über Stuttgart duschte und rasierte er sich, bestrich dann die roten Hügellandschaften auf seinem Körper zentimeterdick mit Salbe und trat nackt auf den sichtgeschützten Balkon, um den einsetzenden Kater wie immer mit Kälte zu bekämpfen.

Das Klingeln des Smartphones machte ihm einen Strich durch die Rechnung – die Melodie gehörte zu Altniederndorf. Er ging ins Zimmer zurück.

»Reinhold, wir haben einen Gast.«

»Einen Gast?«

»Kannst du rüberkommen? Dem Chef helfen?«

»Was für einen Gast?«

Nackt, wie er war, sank Wegner in einen Sessel.

In der Eingangsschleuse von Meininger Rau stand zu aller Überraschung General Ibrahim Soudani.

Ausgerechnet Soudani!

Wegner fuhr so langsam wie möglich. Rollte mit dreißig auf die Autobahn, machte es sich auf der rechten Spur bequem. Sollte ruhig ein wenig warten, Soudani.

In der Gegenwart keines anderen seiner zahllosen Gesprächspartner im Generalsrang fühlte er sich so wertlos, charakterschwach und lächerlich wie in der Soudanis. Die strengen, immer ein wenig geröteten Augen sahen ihn nie direkt an, schienen grundsätzlich ein paar Millimeter an ihm vorbei- oder über ihn hinwegzublicken, als wäre das, was über oder hinter ihm war, nicht ganz so unerträglich wie er.

Ein Mann aus Stahl mit einem Kern aus Stein.

Wegner hätte am liebsten einen großen Bogen um ihn gemacht. Doch was Rüstungsgeschäfte betraf, kam man nicht an ihm vorbei. Er galt als einer der wichtigsten Repräsentanten derer, die in Algier die Macht innehatten.

Auf das Alter – Soudani war neunundsiebzig – konnte Wegner nicht bauen. Von Phil wusste er, dass der General täglich frühmorgens an einem geheimen Ort ins Mittelmeer stieg und erst drei Stunden später wieder an Land kam, bereit, mediokre Weichlinge wie ihn in der kleinen, stark behaarten Faust zu zerquetschen.

Missmutig kratzte er sich am Hintern und lockerte den Druck des rechten Fußes erneut. Was zum Henker machte Soudani in Altniederndorf?

Man hatte den General und dessen Begleiter Said Moussa – Sekretär, Bodyguard, Faktotum und Geheimagent in Personalunion – aus der Schleuse geholt und ins riesige »Spanische Zimmer« geführt, einen der Repräsentationsräume der Firma. Die antike Möblierung war ganz in Kastanie, Nussbaum und Mahagoni respektive Rindleder gehalten: Stühle, Tische, Bänke, zwei Wandtische, Sessel, Couch, ein mächtiger Herrenzimmerschrank, spanische Renaissance, vor dem sich Soudani trotz Uniform und hohem Muskeltonus wie ein verlorener Winzling ausnahm.

Wegner hatte nie in Erfahrung bringen können, weshalb das

Zimmer ausgerechnet im spanischen Stil eingerichtet worden war. Vielleicht, hatte ein Kontaktmann einmal gemutmaßt, eine subtile Reminiszenz an die spanische Aufbauhilfe. Gewehrbestellungen von General Franco hatten der Firma Anfang der fünfziger Jahre den nach der Entmilitarisierung durch die Alliierten nötigen Schub zum Neustart gegeben, ähnlich wohl wie bei Heckler & Koch.

»General! Welche Ehre, welche Freude!«, rief Wegner auf Französisch, als er den Raum betrat.

Soudani erhob sich nicht aus dem Sessel, schüttelte ihm aber die Hand, nachdem er den Raum durchquert und sich hinuntergebeugt hatte. Die eisigen Augen krochen über sein Gesicht, und Wegner war plötzlich davon überzeugt, dass sie die acht Mädchen vom Vorabend darin sahen, ihn selbst mit geöffnetem Hosenschlitz, Lolitas vor- und zurückgleitenden Mund. Dass sie all das Falsche, Billige, Verlogene sahen, den Berghammer in ihm, der sich für nichts zu gut war.

Er entwand sich den Augen und richtete sich auf. »Said, wie schön, Sie wiederzusehen!«

Nicht einmal Moussa stand auf, er lächelte nur schmal, sein Händedruck desinteressiert.

Auch Gerhard Wintrich, der CEO von Meininger Rau, blieb sitzen, aber er durfte, er war der Chef. Ein kurzer Handschlag, ein knappes Nicken, verschworene Gemeinschaft. Wegner setzte sich auf die Kante der Couch und sagte: »Hatten Sie eine angenehme Reise, General?«

Small Talk mit Soudani, nichts Schlimmeres als das.

Bravourös hielt er durch, übersetzte nebenbei für Wintrich, der kein Wort Französisch sprach. Erneut stellte er, wie er fand, unter Beweis, dass er für die Firma unersetzlich war. Wintrich, ein sozial in höchstem Maße inkompetenter Ingenieur und Technokrat, begann sich zu entspannen.

Soudani dagegen blieb steif. Nicht der Hauch einer Emotion belebte das erstarrte Antlitz. Wegner hatte es nicht anders erwartet. Er vermutete, dass zum letzten Mal ein Gefühl durch diesen Körper geströmt war, als Soudani 1962 an Boumediennes Seite in Algier eingezogen war. Oder 1965, als Boumedienne den ersten Präsidenten Algeriens, Ahmed Ben Bella, weggeputscht und sich selbst für dreizehn lange, islamisch-sozialistische Jahre zum Staatsoberhaupt gemacht hatte.

Schließlich erkundigte Moussa sich, wann genau die ersten »algerischen« MRG-45-Gewehre Altniederndorf verlassen würden.

»Am Samstag um zehn, soweit ich weiß«, sagte Wintrich. »Warum?«

»*Samedi prochain, dix heures*«, sagte Wegner, rutschte unauffällig vor und zurück, die juckenden Schwellungen peinigten ihn.

»*Nous allons accompagner les camions*«, erklärte Moussa.

»Sie wollen mitfahren.«

»Aber das ist ... unüblich«, sagte Wintrich.

»*Bien sûr, c'est un honneur pour nous*«, übersetzte Wegner.

»Warum um alles in der Welt wollen sie mitfahren?«

Er zuckte mit den Schultern. »Soldaten und Gewehre, Sie wissen schon. Sie halten es vor Sehnsucht nicht mehr aus.«

»Das hat er gesagt?«

»Er hat es angedeutet.«

»*Y a-t-il un problème?*«, fragte Moussa.

»*Non, non, pas de problème.*«

»*Des nouvelles découvertes de nos services de renseignement*«, schnarrte Soudani.

»Erkenntnisse der Geheimdienste«, sagte Wegner und erntete einen irritierten Blick Wintrichs.

Moussa ergänzte, die algerischen Dienste hätten geraten, den Transport bis Hamburg unter Polizeischutz durchzuführen.

»Hm. Ich … Polizei?« Wintrich verfiel in Schweigen.

»Bien sûr«, sagte Wegner erneut, obwohl er keine Ahnung hatte, ob das so ohne Weiteres möglich war. Er versprach, die Dinge in die Wege zu leiten. Wenn Monsieur General und Monsieur Moussa am Samstagmorgen wiederkämen, werde alles zu ihrer Zufriedenheit vorbereitet sein. Sie müssten dann nur noch in einen Firmenwagen steigen und würden mit dem Konvoi zum Hamburger Hafen gebracht werden. Und bis Samstag stehe ihnen wie immer das Gästehaus der Firma im Schwarzwald zur Verfügung.

»Merci«, sagte Moussa, *»mais cette fois, le général souhaite aller à Berlin.«*

»Oh!«, sagte Wegner entsetzt. »Sie wollen nach Berlin.«

»You get the company airplane«, sagte Wintrich. *»And our Wegner here, who is the perfect guide.«*

Soudani nickte knapp. Schweigen legte sich über das Spanische Zimmer, als hinge jeder der Anwesenden eigenen Gedanken nach. Wegner hatte sich ins Unvermeidliche gefügt und stellte mechanisch ein Berlin-Programm zusammen: sein imposantes Büro, Brandenburger Tor, Reichstag, Checkpoint Charlie mit den falschen Kollegen des Generals, Alliiertenmuseum, die Sehitlik-Moschee, Ernst Friedrich Riehle. Das ehemalige Stasi-Gefängnis in Hohenschönhausen bliebe diesmal besser außen vor, genauso Jüdisches Museum und Holocaust-Mahnmal.

Einmal Essen daheim in Dahlem natürlich. Das hieß …

Nein, dachte er, und der Druck wollte ihm die Brust zerreißen, diesen vielleicht letzten Gefallen würde ihm seine Frau sicherlich tun.

55

BERLIN

»Er hat uns reingelegt«, sagte Jens Carlsen.

Dich hat er reingelegt, dachte sie. *Du* hast ihm geglaubt.

»Tut mir leid. Ich dachte wirklich …«

»Schon gut«, sagte sie. »Kommt vor, wenn man sich verstrickt.« Sie hatte in der Tiefgarage des Auswärtigen Amtes geparkt, saß noch im Auto, die Zeitung auf dem Schoß, Seite drei aufgeschlagen. Über die ganze Höhe das Foto, das Mareike Roth-Albig so gefallen hatte, sie im blauen Kleid mit dem in diesem Kontext selbstmörderischen Dekolleté. Titel und Untertitel ließen keine Zweifel. *Verstrickt in eine heiße Romanze! Unsere Frau in Algier – abberufen wegen einer Affäre!*

Darunter Andeutungen, Mutmaßungen, Behauptungen, aber nichts Konkretes. Wie auch, zu Lyon führten keine Spuren. Erneut überflog sie den Text.

Große, tragische Liebe …

Heißer Sex unter dem milden Himmel tausendundeiner Nacht …

Davon hatte sie geträumt. Doch sie hatten sich aus Vorsicht immer nur in Lyons dunkler, heißer Gruft getroffen.

»Wir reden später«, sagte sie und legte auf.

Immerhin, dachte sie, während sie ausstieg, diese Art von Krieg war ihr tausendmal lieber, als nachts ein Gewehrprojektil durch den Briefschlitz geschoben zu bekommen oder frühmorgens am Telefon bedroht zu werden.

»Interessiert mich nicht«, sagte die Staatssekretärin, den Blick auf die Zeitung in ihrer Hand gerichtet. »Zu offensichtlich. Da will Sie jemand fertigmachen. Die Leser werden Mitgefühl empfinden. Die taffe, einsame Botschafterin. Sechzehnstundentag, umgeben von Frauenunterdrückern, Islamisten, Terroristen, und dann lebt sie aus, wovon die deutsche Hausfrau träumt. Und dieses *Kleid* … Da träumen auch die deutschen Männer. Sie werden Einladungen in Talkshows bekommen, Maischberger, Illner, Beckmann. Diese Zeitungsidioten verschaffen Ihnen das perfekte Forum für Ihren kleinen Feldzug.« Sie neigte sich zu Prinz, murmelte: »Wo haben Sie dieses fantastische Kleid her?«

Sie lachten.

Halb acht, sie eilten den Gang hinunter, der den Neubau mit der alten Reichsbank verband, auf dem Weg zum Krisenreaktionszentrum. Prinz war angesichts der Haltung der Staatssekretärin erleichtert, machte sich aber keine Illusionen. Die Patrone, der Anruf, der Artikel: Ihre Gegner schossen zurück, und sie wusste, dies war erst der Anfang.

Und sie machte es ihnen leicht. Beging fatale Fehler. Was sie am Vortag vor den »Freunden Algeriens« über die Entführung Richters offenbart hatte, stand seit wenigen Minuten online. Die Internetausgabe eines Nachrichtenmagazins zitierte sie Wort für Wort, wenn auch anonym, als »hohe Mitarbeiterin des Auswärtigen Amtes«. Es war natürlich nur eine Frage der Zeit, bis sie identifiziert sein würde.

»Ich habe angerufen«, sagte der Leiter des Krisenreaktionszentrums. »Sie sind nicht bereit, es herunterzunehmen. Sie sagen, wir hätten die Informationen schließlich selbst publik gemacht.«

»Wie weit sind wir mit den Verhandlungen?«, fragte die Staatssekretärin.

Ganz am Anfang, erwiderte er. Die Delegation habe Tamanrasset vor einer Stunde verlassen, sei mit einem Mittelsmann in die Wüste unterwegs zu einem Tuareg, der wohl Kontakt zu den Entführern habe.

»Dann hoffen wir, dass es schnell geht.«

»Das bezweifle ich.« Er blickte auf den Bildschirm. »Abgesehen davon will ich wissen, wer das durchgestochen hat.«

»Lässt sich rausfinden.« Die Staatssekretärin wandte sich um, sah sie an, das Gesicht noch kantiger als sonst, der Blick stählern. »Wir brauchen Ebert.«

Prinz nickte, während sie im Geiste ihr Geständnis formulierte. Doch die Staatssekretärin schüttelte kaum merklich den Kopf. Schweigen also.

Der Leiter des KRZ wurde ans Telefon gerufen, entschuldigte sich.

»Ich habe mich hinreißen lassen«, flüsterte Prinz. »Ich war …«

Die Staatssekretärin unterbrach sie mit kühler Stimme: »Machen Sie Ebert klar. Schnell.«

Wiebke Ebert schien kaum geschlafen zu haben. Ihr Gesicht war grau wie ihr Kostüm, unter dem Make-up schimmerten dunkle Augenringe. Die Hände zitterten, ihre Stimme klang kraftlos. Aber sie kapitulierte nicht. Steif saß sie auf ihrem Schreibtischstuhl, das Kinn nach vorn gereckt, kämpfte, leugnete.

Prinz, die an der Tischkante lehnte, brauchte nicht lange, um zu verstehen. Auf einem Aktenschrank bemerkte sie die Zeitung, die entsprechende Seite oben, das blaue Kleid leuchtete im Neonlicht. Die Farbe und der sentimentale Inhalt passten, fand sie, nicht schlecht in Eberts Büro. An den Wänden hingen großformatige Poster: elegante Kreuzfahrtschiffe, weiße Atolle in azurblauer See, grüne Inselgebirge. Auf den Aktenschränken, dem Schreibtisch, der Fensterbank standen gepflegte, vor Gesundheit strotzende Zimmerpflanzen. Ein kleiner, privater Urwald in einem Refugium aus Sehnsucht und Kitsch.

Sie gingen die Chronologie durch. Die Genehmigungsanfrage von Ulmer & Tann. Die von Meininger Rau ein paar Wochen später. Stehen Sie in Kontakt zu Ulmer & Tann? Nein. Zu Meininger Rau? Nein, ich bin doch nur Sekretärin, nicht Referentin. Sie kennen keinen Mitarbeiter von Meininger Rau? Nein.

»Aber Sie kennen Reinhold Wegner. Sie waren auf seiner Geburtstagsparty.«

»Ja, Herrn Wegner kenne ich, aber was hat Herr Wegner mit ...«

Prinz schnaubte. »Verarschen Sie mich nicht.«

»Herr Wegner arbeitet für Meininger Rau?«

»Woher kennen Sie ihn?«

»Von einem Parlamentarischen Abend vor drei Jahren, Herr Dr. Ost hatte mich mitge...«

»Veranstaltet von Meininger Rau?«

»Nein, von einer Stiftung zur Förderung der japanischen Kultur in Deutschland.«

»Was wollte Wegner dort?«

Ebert lächelte altjungfernhaft. »Er hatte gehört, dass eine japanische Schauspielerin kommen würde, eine Filmschauspielerin, für die er sehr schwärmte.«

»Und dann hat er den ganzen Abend mit Konrad Ost und Ihnen gesprochen.«

»Nicht den ganzen Abend, aber ... fast.«

»Wie hat er sich Ihnen vorgestellt?«

»Er hatte so einen komischen ... einen Spruch, ich musste lachen. ›Gestatten Sie, Reinhold Wegner, fünfzehn Jahre mit der alten Dame verheiratet, dann kamen jüngere.‹«

Prinz runzelte die Stirn.

»Er meinte die SPD.«

»Schon verstanden. Er hat nicht gesagt, für wen er arbeitet?«

»Ich habe nicht so genau hingehört. Es war laut, ich hatte Kopfweh. Da war diese japanische ... Musik.«

»Natürlich.«

»Darf ich Sie etwas fragen, Frau Dr. Prinz?«

Sie hob die Brauen, wartete.

»Das Gerücht über die Entführung ... Ist das wirklich wahr? Al-Qaida hat in Algerien einen deutschen Manager entführt?«

Sie lächelte schmal, auch das wusste Ebert also. »Sie sagten, Sie haben Ihren Urlaub nicht angetreten, weil ...«

Ebert nickte, die Miene ein wenig zu unglücklich.

»Weil?«, fragte Prinz.

»Der Veranstalter ist wohl pleitegegangen.«

»Ist er nicht.« Sie schlug die Akte auf, die ihre Mitarbeiter angelegt hatten, blätterte darin. »›Die Pazifik-Weltmeister‹. Stand gestern: kein Insolvenzantrag. Der Laden brummt.«

»Wie merkwürdig!«

Sie blätterte weiter. »Gebucht wurde Ihre Reise über das Reisebüro Sebi Merkle in Altniederndorf. Wir haben dort angerufen.«

»Man weiß dort nichts von einer Pleite?«, hauchte Ebert theatralisch.

»Nein.«

»Also, das ist wirklich merkwürdig.«

»Herr Merkle geht davon aus, dass Sie die Reise antreten.«

Eberts Schultern sanken herab. »Sie wurde nicht ...«

Behutsam schloss Prinz die Akte, legte sie neben sich auf den Tisch. »Storniert? Nein. Der Flug nach Sydney nicht, die Balkonkabine nicht. Ihr Begleiter nicht.«

»Mein Be...« Rasch senkte Ebert den Kopf, starrte auf ihre Hände, das Gesicht gerötet bis zu den Haarspitzen.

Prinz ließ sie Atem schöpfen.

»Merkle in Altniederndorf«, sagte sie dann. »Meininger Rau sitzt in Altniederndorf.«

»Ja.«

»Hat Reinhold Wegner die Reise für Sie gebucht?«

»Nein.«

»Wer dann?«

»Niemand. Ich.«

»Sie fliegen Businessclass, Frau Ebert, und Sie haben eine Deluxe-Kabine auf einem Luxusschiff. Allein das sind über sechstausend Euro. Sie geben sechstausend Euro für zwei Wochen aus? Jahr für Jahr?« Ebert erwiderte etwas, sehr leise, und Prinz neigte sich vor und sagte: »Wie bitte?«

»Diese Geschichte mit Algier … was in der Zeitung steht, ist das … Sie …« Ebert sah auf. Die Augen schwammen, die Brauen waren zusammengezogen, die Lippen gespitzt, eine Mischung aus Verzweiflung und Wut.

Prinz ging zur Tür. »Sie wissen, dass es um Ihren Job geht. Reden Sie mit mir, dann helfe ich Ihnen, vielleicht können wir das Schlimmste verhindern. Ich gebe Ihnen eine Stunde. Wenn ich bis dahin nichts von Ihnen gehört habe, kann ich nichts mehr für Sie tun.« Sie zog die Tür auf, hielt inne, als sie hörte, dass Ebert sich räusperte.

»Frau Dr. Prinz?«

»Ja?«

»Ich glaube, es geht jetzt vor allem um *Ihren* Job.«

Die Stunde verstrich, Ebert kam nicht.

Alle zwanzig Minuten rief die Staatssekretärin an, machte Druck. Der Minister wolle informiert werden. Sie brauchten Beweise, endlich ein Geständnis, sonst könne die Angelegenheit nicht weiterverfolgt werden. Zu heikel, politisch wie juristisch. Bestechung der Algerier und Geheimnisverrat durch eine Mitarbeiterin des Amtes tangierten die Grundlagen der Genehmigung nicht. Also müsse man einen Widerruf mit drastischen Veränderungen im Empfängerland begründen. Ob die vorlägen, sei eine Frage der Sichtweise. Hier müsse man Überzeugungsarbeit leisten. Die Bundesregierung sehe solche Veränderungen bislang jedenfalls nicht.

»Ich schon«, sagte Prinz.

»Ich weiß«, sagte die Staatssekretärin.

Dazu der hochnotpeinliche Umstand, dass der Bundessicherheitsrat und drei deutsche Ministerien ein Rüstungsgeschäft genehmigt hätten, das vermutlich aufgrund von Geheimnisverrat und Bestechung zustande gekommen sei. Es gebe Stimmen, die rieten, dies lieber nicht öffentlich zu machen, die Reihen der Schweigenden nicht grundlos zu verlassen.

»Grundlos?«

»Im Sinne von: ohne Notwendigkeit.«

»Das Amt schaut zu, wie bestochen und betrogen wird?«

»Wir haben für solche Situationen hübsche Augenbinden.«

»Und Maulkörbe?«

»Wie gesagt: Ich bin auf Ihrer Seite. Bringen Sie mir Ebert, und wir ziehen es durch.«

Doch Wiebke Ebert kam nicht.

56

ALGIER

»Nur ein blauer Fleck. Ungefähr so groß.« Lyon Rigal streckte die Arme vor, hielt die Daumen und Mittelfinger aneinander, ein Kreis, Durchmesser einer kleinen Honigmelone. Er stand auf, verschwand hinter dem Perlenvorhang, kam mit einer Salbe zurück.

Eley, der mit bloßem Oberkörper auf der Matratze saß, unterdrückte ein Stöhnen, als er sie aufbrachte.

»Ein Glas Wein?«

Eley schüttelte den Kopf.

Rigal setzte sich an den Plastiktisch, füllte ein Glas für sich. »Kein Zweifel, dass es die Armee war?«

»Nein.«

»Diese Frau wollte ihn töten. Vielleicht auch andere.«

»Es kann nur der MG-Schütze gewesen sein.«

»Und wenn sie gar nicht wussten, dass ihr dort wart?«

»Möglich, aber nicht sehr wahrscheinlich.«

Rigal trank langsam, fast träge. »Unfassbar.«

Andererseits auch wieder nicht, dachte Eley. Man wusste, wie rigide das algerische Militär gelegentlich vorging.

»Hast du deine Leute informiert?«

»Noch nicht.«

Rigal nickte. »Der Typ, der dich hergefahren hat …«

»Gehört zu den Leuten, über die wir gesprochen haben.«

»Zu der demokratischen Bewegung.«

»Ja.« Mehr, sagte Eley, müsse er nicht wissen, zur eigenen Sicherheit. »Hast du Zigaretten?«

»Nein. Warte, vielleicht doch.« Rigal trat zur Küchenzeile, öffnete den Unterschrank und warf Eley eine Schachtel Marlboro zu. »Sind aber ein paar Jahre alt.«

Eley zog seine Jacke zu sich, nahm das Feuerzeug heraus, zündete eine der ausgetrockneten Zigaretten an. Er inhalierte flach, am Schmerz vorbei, lauschte dem wilden Knistern des Papiers nach. »Katharina hat geraucht?«

Rigal antwortete nicht.

Toumi war langsam gefahren, hatte Umwege genommen, um Straßensperren zu meiden, und so hatten sie Algier erst am Mittag erreicht. Eley hatte sich oberhalb der Kasbah absetzen lassen, von dort Rigal angerufen, der ihn kurz darauf geholt hatte. Ein Dutzend Nachrichten und SMS, Landrich, der Botschafter, Simon, Carola Liebig, im Abstand von Sekunden hatte das Handy Töne von sich gegeben. Er hatte es sofort wieder ausgeschaltet und den Akku entfernt.

Doch er bezweifelte, dass er in Gefahr war. Falls die Algerier ihn fassten, würden sie ihn höchstens verhören, dann jedoch ins nächste Flugzeug nach Deutschland setzen. Die Stärke des Regimes waren seine Erzählungen. Sie mussten ihn nicht zum Schweigen bringen, nur auf der eigenen Version der Ereignisse beharren: Richter war von Mutaridu al-kuffar, einer AQM-Gruppe, entführt und beim Versuch der Armee, ihn zu befreien, von den Geiselnehmern ermordet worden. Alles andere war Erfindung eines deutschen Polizisten, der algerische Gesetze gebrochen und sich aus unerfindlichen Gründen in einem Dschihadistenlager in der Kabylei aufgehalten hatte. Könnt ihr das Gegenteil beweisen?

Nein.

Die wenigen Fotos, die er gemacht hatte, genügten nicht.

»Bricht hier bald ein Bürgerkrieg aus?«, fragte Rigal.

Eley hob die Schultern, spürte den Schmerz in den Nacken schießen. »Ich glaube nicht. Die Bewegung ist noch nicht so weit, und sie müssen aufpassen, Soudani ist an ihnen dran.« Er rutschte nach hinten, lehnte sich mit der unverletzten Schulter an die Wand. Andererseits, dachte er, unterschätzte Soudani seine Gegner. Sie schienen den halben Staatsapparat unterwandert und überall Anhänger sitzen zu haben. Schläfer wie Madjer. Toumi.

»Gefällt mir nicht«, sagte Rigal.

»Demokratie für Algerien?«

»Revolution. Sie werden sich abschlachten wie im Befreiungskrieg und im ›schwarzen Jahrzehnt‹.«

Eley stimmte zu. Er hatte es erlebt, vor nicht einmal zwölf Stunden.

»Und wenn man an Ägypten, Syrien, Libyen denkt. An Tunesien. So viel Hass und Gewalt.« Rigal trank einen Schluck, blickte nachdenklich auf das Glas in seiner Hand. Im trüben Schimmer der Glühbirne warf sein Körper verzerrte Schatten. »Die Frühlings-Revolutionen legen nur die eigentlichen Probleme frei. Die Demokraten vertreiben die alten Diktatoren und schaffen Raum für neue, schlimmere Systeme. Das ist die Tragödie der arabischen Welt.« Er sah herüber. »Vielleicht sollte ich fortgehen.«

»Wohin?«

Rigal zuckte mit den Achseln. »Ich habe über das nachgedacht, was du gesagt hast.«

»Ja?«

»Du weißt, was ich meine?«

»Katharina«, sagte Eley.

»Vielleicht werde ich es tun, weißt du. Sie mal anrufen.«

Eley nickte, während er sich aufrichtete. Er schlüpfte in sein Hemd, in die Jacke. »Wir müssen los. Denk an das Telefon.«

»Spezielle Wünsche?«

»Kein Internet. Irgendwas Billiges, ist nur für heute.«

Sie gingen zu der Metalltür, die auch auf der Innenseite Dellen aufwies. Rigal öffnete sie, helles, feines Licht strömte herein. »Du vertraust ihm?«

»Dem Botschafter?«

»Dem anderen.«

»Ja.« Dass er Madjer nach Bouzeguène gebracht hatte, rechnete Toumi ihm hoch an.

Er hatte angeboten, Eley noch in dieser Nacht zur marokkanischen Grenze zu fahren. Sechshundert Kilometer Autobahn, nur Eley und Toumi, ein hoher Mitarbeiter des Geheimdienstes, der keinerlei Misstrauen erregen würde. Die Grenze zwischen Algerien und Marokko war wegen der Auseinandersetzungen um Westsahara seit bald zwanzig Jahren geschlossen, der Übertritt auf legale Weise nicht möglich, weder zu Fuß, noch mit dem Auto, noch mit dem Zug. Toumi hatte gesagt, er werde etwas »arrangieren«, ihn über eine Route der zahlreichen Schmuggler nach Marokko bringen lassen. Eley zweifelte nicht daran, dass er dazu in der Lage war.

Blieb nur eine Frage, die wichtigste – ob er Amel noch einmal sehen würde.

Place Port Said, eines der Cafés unter den Arkaden, der Botschafter wartete schon. Steif saß er auf einem der uralten Metallstühle, die Miene düster und streng, die Aknenarben stachen deutlicher hervor als sonst. Eley sah ihm die Wut an, die Irritation, aber auch, wie unwohl er sich an einem Ort wie diesem fühlte, im Alltag Algiers nahe der Kasbah. Ein westlicher Diplomat im Anzug, der mit den zweifelhaftesten Politikern umzugehen wusste, nicht jedoch mit den Menschen von den Straßen Kairos oder Algiers.

Eley stellte den Espresso auf den Tisch, legte das Handy daneben, setzte sich. »Herr Botschafter.«

»Eley … Wo zum Henker waren Sie?«

»In Bouzeguène in der Kabylei. Bei Richter.«

Der Botschafter schüttelte den Kopf, als wollte er nicht glauben, was er da hörte, und nicht wissen, was noch kommen würde. »Ist er jetzt hier? In Algier?«

»Er ist tot. Das Militär hat ihn erschossen. Sie haben … viele Menschen erschossen, darunter Richter.«

»Um Gottes willen.« Der Botschafter stützte die Ellbogen auf den Tisch, legte die Hände vors Gesicht. An den dünnen weißen Haaren zerrte der Wind, ein Jackettsaum flatterte.

Eley trank, ließ ihm Zeit, sich zu sammeln. Seine Hand lag auf dem Telefon, den Fotos. Er hatte noch nicht entschieden, ob er sie ihm zeigen würde.

Am Straßenrand gegenüber stand der gepanzerte schwarze Dienstmercedes. Florian saß am Steuer, winkte flüchtig. Neben ihm war ein weiterer Mann zu sehen, ein Kollege der Bundespolizei. Einer zu viel für einen kurzen Ausflug ins Zentrum. Andererseits, dachte Eley, hatten sie auf die Polizeieskorte verzichtet.

Der Botschafter richtete sich auf, strich sich die Haare aus der Stirn. »Das Militär?«

»Bei einer *ratissage*.«

»Waren Sie dabei?«

»Ja.«

»Wie kommt es, dass Sie …« Der Botschafter starrte ihn mit harten Augen an.

Eley lachte betroffen. »Dass ich nicht erschossen wurde? Glück und ein bisschen Verstand. Misstrauen zur richtigen Zeit. Dass ich auf diplomatische Rücksichtnahme scheiße.«

»Ich wollte Sie nicht kränken.«

»Sie *können* mich nicht kränken. Sie sind ein Teil des Systems. Weil Sie so sind, wie Sie sind, können die so sein, wie sie sind.«

»Von wem sprechen Sie?«

»Le pouvoir.«

»Werden Sie nicht unverschämt, Eley.«

Sie schwiegen, atmeten durch. Es hatte keinen Sinn zu streiten.

Eley erzählte, was in Bouzeguène passiert war. Zeigte dem Botschafter die Fotos. Richters Leiche, die Brände, die zerstörten Gebäude, ein Mann mit erhobenem Gewehr, all die Toten, kaum mehr als dunkle Flecken auf dem von Steinbrocken und Erdreich übersäten Boden. Ein Lichtstrahl, der aus dem schwarzen Himmel zu kommen schien.

»Was sind das für Leute?«, flüsterte der Botschafter.

»Leute, die Algerien befreien oder ins Chaos stürzen werden.«

»Befreien?«

»So sehen sie es.«

»Und Sie sympathisieren mit ihnen?«

»Diese Leute sind für Richters Tod verantwortlich. Für Tonis Tod. Wie könnte ich mit ihnen sympathisieren?«

Der Botschafter nickte, während er das Telefon einsteckte. »Was mit den Fotos geschieht, wird in Berlin entschieden. Sie verstehen das sicher.«

»Nehmen Sie den Akku raus«, erwiderte Eley. »Die wissen sonst, dass ich in Algier bin.«

Während der Botschafter mit dem Telefon beschäftigt war, erhob Eley sich. Nur ein Test, aber es funktionierte – Florian und der Kollege sprangen aus dem Wagen, kamen herüber.

Er setzte sich wieder. »Auch darüber hat Berlin zu entscheiden?«

»Ganz recht«, sagte der Botschafter. »Sie wohnen für ein paar Tage in der Residenz und stehen den Algeriern dort für Fragen zur Verfügung. Wenn alles geklärt ist, verlassen Sie das Land.«

Florian und der Kollege waren zu ihnen getreten.

»Ich weiß, der Job«, sagte Eley.

»Ist manchmal scheiße, der Job«, sagte Florian.

»Hast du Essaouira gebucht?«

»Ein Wochenende im Januar.«

»Wird nicht reichen«, sagte Eley. »Essaouira ist …« Er zuckte mit den Schultern.

»Ich besorge Bier für heute Abend«, sagte Florian. »Wir trinken ein paar Flaschen, und du erzählst von Essaouira.«

Eley schüttelte den Kopf. »Ich komme nicht mit euch.« Er hielt ihm seinen Wohnungsschlüssel hin. »Kannst du dich um meine Sachen kümmern? Ich revanchiere mich in Berlin. Irgendwie.«

Florian nahm den Schlüssel, sah den Botschafter an.

»Sie müssen mit den Algeriern reden, Eley. Es ist zu vieles ungeklärt.«

»Die Algerier wissen, was passiert ist, Herr Botschafter.« Er lehnte sich vor. »Haben sie Ihnen von Deutschland erzählt?«

»Von Deutschland?«

»Madjers Bewegung plant dort einen Anschlag. Vielleicht der Gewehrtransport, vielleicht etwas anderes. Soudani weiß davon. Deshalb ist er nach Deutschland geflogen.«

»Ein *Anschlag?* Sind Sie sicher?«

»Ja«, log Eley.

»Und Sie können es verhindern?«

Eley stand auf.

Die nächste Lüge.

57

BERLIN

Um zwölf stellte die Staatssekretärin ein Ultimatum. Das Zeitfenster sei bis eins geöffnet. Bis eins seien sie und der Minister bereit, den nächsten Schritt mitzugehen. Doch wenn bis dahin kein Geständnis vorliege, werde man sich wieder auf andere wichtige Dinge konzentrieren.

»Verstanden«, sagte Prinz und legte auf.

Zeit für drastische Maßnahmen. Sie erhob sich, schlüpfte in die Kostümjacke und machte sich auf den Weg.

Ebert hockte eingesunken vor dem Computer, in der Bewegung erstarrt. Ein ungleicher Kampf, dachte Prinz, der eigentlich schon entschieden war. Wiebke Ebert wusste, dass sie verloren hatte, an ihrer Miene ließ sich ablesen, welche grauenhafte Zukunft sie sich ausmalte.

Nur der entscheidende Satz fehlte noch. Das eine, richtige Wort, das die Mauer zum Einsturz brachte.

Prinz hatte keine Ahnung, welches Wort das sein könnte. Also versuchte sie es mit einem Gegenstand.

Sie knallte die Patrone auf Eberts Schreibtisch. »Das haben mir Ihre Freunde gestern Nacht durch den Briefkastenschlitz geworfen, Frau Ebert. Heute Morgen haben sie mich angerufen, ein Mann, er hat geflüstert, dass ich aufpassen muss, dass sich jetzt andere um mich kümmern werden. Was bedeutet das? Sagen Sie es mir! Sie stecken mit diesen Kriminellen unter einer Decke. Sie lassen sich von ihnen den Urlaub bezahlen. Muss ich Angst haben? Wollen die mich verprügeln?« Sie hielt Ebert das goldfarbene Projektil vor die Augen. »Oder erschießen? Wollen mich Ihre Komplizen *umbringen?*«

Ebert starrte auf die Patrone.

Sah auf.

Erst kamen die Tränen. Und dann, endlich, das Geständnis.

58

PESSIN

Der Befreiungskrieg.

Alles war wieder da, war zurückgekehrt aus dem Vergessen. Fünfzig Jahre hatten nicht gereicht, die Bilder auszulöschen. Die Geräusche. Die Gerüche. Den Gestank des Blutes.

Dihias Blut im Wageninneren.

Er hatte den Gedanken nicht ertragen, dass der Geruch Übelkeit in ihm auslöste, wenn er nur die Autotür öffnete. Das Blut seines Herzens. Also hatte er das Auto verbrannt.

Benmedi schrak zusammen, als in seiner Erinnerung eines der Wagenfenster in den Flammen platzte.

Alles wieder da. Mit Djamels Brief war die Vergangenheit zurückgekehrt. Mit Djamels Fragen.

Er drückte die Zigarette im Aschenbecher aus, den er in der Hand hielt, und stellte ihn zu seinen Füßen vor die Bank. »Nicht gleich«, erwiderte er, den Blick auf die menschenleere Straße vor sich richtend. »Nicht schon 1954, sondern erst 1956. Im Frühjahr hat Mollet die Generalmobilmachung angeordnet … der neue sozialistische Ministerpräsident …«

Djamel nickte. »Guy Mollet.«

»Er hat immer gesagt, er will den Krieg beenden. Aber dann hat er noch mal zweihunderttausend Soldaten nach Algerien geschickt.«

»Und du bist in den Untergrund gegangen.«

»Ja. Mit vielen anderen.«

Benmedi erhob sich und ging ins Bad, um das Gesicht in kühles Wasser zu tauchen. Für einen Moment in der Gegenwart sein.

Er kehrte vors Haus zurück, ließ sich auf die Bank sinken, tauchte wieder ein in den Befreiungskrieg, in die Wissbegier des Jungen, der so vieles erfahren wollte, mit ernster Stimme eine Frage nach der anderen stellte – wie war der Alltag im Krieg, wo habt ihr euch versteckt, wie habt ihr die Anschläge geplant, wie hast du dich gefühlt, wenn du jemanden getötet hast, wie, wenn einer deiner Freunde getötet wurde, und Großmutter, seit wann war sie dabei, worüber habt ihr gesprochen, seid ihr jemals entdeckt worden, verhaftet worden …

Und Benmedi antwortete. Öffnete sich dem kalten Strom der Erinnerungen, verbarg den Schmerz und antwortete.

Später, als er sich ins Schlafzimmer zurückgezogen hatte, um sich vor dem Erntefest ein wenig auszuruhen, überkam ihn ein seltsames Gefühl. Ihm fiel ein Satz ein, den Pauline manchmal gesagt hatte, nach Begegnungen mit Stasi-Offizieren oder unangenehmen Vorgesetzten: *Da war mir richtig mulmig zumute, Youcef.*

Benmedi war mulmig zumute.

Nach fast zwanzig Jahren, in denen sie sich nicht gesehen hatten, kam sein algerischer Enkel zu Besuch und stellte Fragen nach dem Krieg. Nach dem Töten und Getötetwerden.

Am Nachmittag saßen sie am Küchentisch, tranken Kaffee, als Djamel wortlos aufstand, in sein Zimmer hochging und mit einer kleinen, schmutzig weißen Schachtel zurückkam. Er legte sie vor Benmedi und setzte sich wieder. Sie war nicht beschriftet, die Kanten abgegriffen. Dunklere Stellen zeigten, dass sie oft berührt worden war. Briefe oder Fotos, dachte Benmedi unruhig. Vielleicht Zeitungsartikel. Etwas Größeres hätte nicht hineingepasst.

Er wollte es nicht wissen. Hatte Angst vor noch mehr Schmerz. Vor noch mehr Fragen.

»Fotos. Vater hat sie aufgehoben.«

»Fotos«, wiederholte er.

Mouloud hatte sie bei den Sachen gefunden, die er zurückgelassen hatte, als er in die DDR gegangen war. Er erinnerte sich. Kleidung, Waffen, ein paar Bücher. Ein paar Fotos.

»Sie gehören dir. Ich schenke sie dir.« Vorsichtig schob er die Schachtel über den Küchentisch zu Djamel.

»Erklär sie mir.«

»Erklären?«

Djamel hob den Deckel an, nahm das oberste Foto heraus und legte es vor ihn. Eine von Dihias Aufnahmen von ihm und den Teamkameraden. Erst vor zwei Tagen hatte er Robin ein anderes der vier, fünf Fotos gezeigt, die sie damals gemacht hatte.

»Die FLN-Mannschaft«, sagte Djamel.

Benmedi griff nach den Zigaretten, versuchte, das Zittern der Finger zu verbergen. »Die Unabhängigkeitself, ja.«

»Wie lange hast du für sie gespielt?«

»Drei Jahre, bis 1961. Einmal hätte ich beinahe ein Tor geschossen, beim 11:0 gegen Jordanien.«

»Warum hast du aufgehört? Die Mannschaft wurde erst 1962 aufgelöst, nach der Unabhängigkeit.«

»Im Mai 1961 starb deine Großmutter. Danach wollte ich nicht mehr Fußball spielen.«

Djamel nahm die Fotos aus der Schachtel, suchte, legte eines auf den Tisch. Dihia, mit einer Maschinenpistole posierend, die dunklen Haare zu einem Zopf gebunden, der ihr über die Schulter hing, heller Pullover, langer dunkler Rock. Benmedi hatte das Foto gemacht, Spätsommer 1956. Außerhalb des Kamerasuchers hatten, ebenfalls mit MPs in den Händen, Zohra Drif und die anderen Frauen gestanden, die wenig später Bomben in der »Milk Bar« und an zwei anderen Orten in Algier platziert hatten.

»Wie schön sie war«, sagte Djamel.

Und verzweifelt und grausam, dachte Benmedi. Wie er selbst. »Hast du eine Freundin? Eine Frau?«

»Keine Frau.«

»Eine Freundin?«

Djamel wog den Kopf hin und her. »Eine Begleiterin.«

»Oh«, sagte Benmedi, »was ist das?«

»Eine Frau, die nicht zu nah ist und nicht zu fern.«

»So ... Hat sie einen Namen, deine Begleiterin?«

»Karima.«

»Und woher kennst du Karima?«

»Von der Universität.«

»Du sprichst nicht gern darüber?«

»Anderes ist wichtiger.« Djamel zeigte auf die Fotos.

»Aber das ist vergangen, Junge. Und es ist ... Es war falsch, weißt du.«

»Falsch? Dass ihr für die Unabhängigkeit gekämpft habt? Wie kann das falsch gewesen sein?«

»Nicht *dass* wir gekämpft haben, aber *wie* wir gekämpft haben. Du weißt sicher, was wir getan haben. Wir haben Frauen und Kinder getötet. Wir haben gefoltert. Unbewaffnete hingerichtet. Wir sind nachts aus unseren Löchern gekrochen und hinterrücks über die Franzosen und die Kollaborateure und die Juden hergefallen wie berauschte, gottlose Teufel.«

»Massus Fallschirmjäger haben es genauso gehalten.«

»Und nicht nur die«, sagte Benmedi mit einem Nicken. Er konzentrierte sich, um die passenden Wörter zu finden. »Trotzdem. Wenn man auf die falsche Weise für das Richtige kämpft, verliert man dann nicht den Anspruch, Teil des Richtigen zu sein? Ist man dann nicht Teil des Falschen?«

»Besatzer treten nicht ab, wenn man sie höflich dazu auffordert.«

Beschwichtigend berührte er Djamels Hand. »Es ist nur ein Gefühl. Mehr kann ich dazu nicht sagen. Das müssen andere tun, die klüger sind. Du zum Beispiel.«

»Vater hat niemanden getötet.«

»Er hat ja auch nicht gekämpft.«

»Er hat mit seinen Worten und seinem Glauben gekämpft. Deshalb haben sie ihn geholt.«

Benmedi drückte Djamels Hand, lehnte sich zurück, blies Rauch in Richtung Fenster. Als Kämpfer hatte er seinen Sohn nie gesehen. Mouloud war ein gebildeter, sanfter, humorvoller Mann gewesen, ein großer Theoretiker der Liebe, der Freiheit und des Korans, ja – aber kein Kämpfer.

Er musterte Djamel. Der Großvater, der Vater Kämpfer gegen die herrschenden Systeme. So schien er es zu empfinden.

Und er selbst? Der Enkel?

Djamel legte ein weiteres Foto auf den Tisch.

»Ein Kamerad, Ali«, sagte Benmedi, »er ist später unter der Folter der Franzosen gestorben.«

Sein Blick fiel auf die Schachtel. Noch etwas lag darin – eine Brille mit silberfarbenem Gestell. Eines der Gläser hatte einen Sprung.

Moulouds Brille? Er fragte nicht.

Das nächste Foto. Ein Vogel.

Benmedi schloss die Augen.

Er hatte vergessen, dass sie den Vogel fotografiert hatte.

Die letzten Sekunden.

»Ein Vogel, der nicht gesungen hat«, flüsterte er.

59

ALGIER

Eley hatte eine Stunde geschlafen, etwas gegessen, schließlich mit dem Telefon, das Lyon Rigal besorgt hatte, in Berlin angerufen.

Ein schäumender Harry Landrich.

Mich wegzudrücken, du verdammter …

Brichst in ein Hotelzimmer ein, spinnst du?

Du bist gefeuert!

Er stand auf, holte sich eine von Katharina Prinz' ausgetrockneten Zigaretten, ein Glas Wasser. »Harry«, sagte er, »die planen was in Deutschland.«

»Wer?«, knurrte Landrich.

»Die Gruppe, die Richter entführt hat.«

»AQM. Sprich es aus, Ralf. AQM. AQM hat Richter entführt. AQM plant was in Deutschland.«

Eley seufzte, wechselte das Telefon in die andere Hand, um den schmerzenden Rücken zu entlasten. Es erstaunte ihn, dass Harry Landrich und der Botschafter den Algeriern uneingeschränkt glaubten. Begierig griffen sie nach der einfachen, der gewohnten Antwort und versperrten sich der unbequemen, nur weil sie neue Fragen aufwerfen würde.

»Und wer soll dir das abkaufen?«

»Du, Harry.«

Landrich lachte zornig. Ein lautes Klatschen, eine Handfläche war auf beschichtetes Holz niedergegangen. »Und *was* plant AQM angeblich in Deutschland?«

Eley erzählte von seiner Vermutung. Meininger Rau spiele eine

Rolle, die Sturmgewehre, die bald nach Algerien transportiert würden. Vielleicht ein Anschlag, vielleicht … sonst was. Auch Soudani sei in Deutschland, vermutlich weil die Algerier Ähnliches befürchteten.

Landrich stöhnte. »Heilige Scheiße, du könntest sogar recht haben.« Das LKA Baden-Württemberg habe am Vormittag eine Anfrage von Meininger Rau erhalten, sie wollten Begleitschutz für einen Waffentransport. Eley hörte seine Finger über die Tastatur hetzen. »Samstag, zehn Uhr, Start Altniederndorf, Übernachtung auf einem Parkplatz bei Göttingen, Ziel Hamburger Hafen, Sondergenehmigung für Sonntag bewilligt.« Das LKA habe die Bitte abschlägig beschieden. Vonseiten des BKA und der deutschen Dienste lägen keine Terrorwarnungen vor, keine Erkenntnisse, dass al-Qaida in Deutschland einen Anschlag geplant habe.

»Vergiss al-Qaida endlich«, sagte Eley.

»Die werden Private buchen«, murmelte Landrich. »Private Schießfritzen gegen al-Qaida. Du meine Güte.«

»Ich glaub's einfach nicht, Harry.«

»Nicht wütend werden, Ralf. Ich bin wütend. Du bist der mit dem schlechten Gewissen.«

Eley drückte die Zigarette aus. »Also dann, Harry. Bis morgen in Berlin.«

»Gib mir was«, sagte Landrich. »Irgendwas. Irgendeinen Anhaltspunkt.«

»Sucht nicht nur in der Islamistenszene.«

»Ja, ja, schon klar.«

»Da ist … ein Name.«

»Ein Name?«

»Ja«, sagte Eley. »Djamel Benmedi.«

Wenig später kam Lyon Rigal zurück, führte mit einem unbestimmbaren Lächeln eine bis auf die Augenschlitze verschleierte Frau herein, und Eley dachte, dass es vor drei Jahren ganz ähnlich gewesen sein musste, Rigal und Katharina Prinz, und er stand auf und legte ihm flüchtig die Hand auf die Schulter, bevor er sich Amel zuwandte, die das Kopftuch löste und dann in seine Arme kam.

»Eine Stunde«, sagte Rigal, und Eley hörte, wie sich die Tür schloss.

Eine letzte Stunde.

Sie nutzten sie, um zu reden. Redeten schnell, ohne Atem zu holen, erzählten einander, was in Bouzeguène und Tamanrasset geschehen war, dann sprachen sie über Nebensächliches, Bedeutungsloses, was ihnen in den Sinn kam, taten alles, um keine Abschiedsstimmung aufkommen zu lassen. Warum miteinander schlafen, wenn es so vieles zu besprechen gab und sie doch auch am Wochenende miteinander schlafen konnten. Warum über die Vergangenheit reden, *weißt du noch, damals in den Bergen bei Blida,* wenn es noch so viel Gegenwart gab. Warum über die Zukunft, ihre Zukunft war Algier, zumindest bis Juli nächsten Jahres.

Über den Abschied.

Welchen Abschied?

Alles war wie immer.

Bis auf die Stimmen. In ihren Stimmen, dachte Eley, klang die Traurigkeit an.

Sie saßen auf der Matratze, er lehnte mit der unverletzten Schulter an der Wand, Amel mit dem Rücken an seiner Brust, sein rechter Arm um ihren Körper.

»Was ist das?« Sie deutete auf die Decke, die Rigal über den Stapel aus Waffen geworfen hatte.

»Er sammelt Waffen.«

»Schusswaffen?«

»Ja. Was er in den letzten Jahren in die Finger bekommen hat.«

»Was macht er noch mal?«

»Überwacht Waffenembargos, kartografiert und analysiert Waffen- und Munitionsfundorte und so weiter.«

»Und sammelt Waffen.«

»Na ja, als Buße, als Mahnung, als … ich weiß es nicht. Eine fixe Idee. Um in seinem Engagement gegen Kleinwaffen nicht nachzulassen.«

»Franzosen.« Sie lachte flüchtig. »Hundertdreißig Jahre lang unterdrücken sie uns, dann kommen sie zurück und wollen Buße leisten.«

»Was Toumi betrifft … Ich stehe in seiner Schuld.«

»Und er in deiner.«

»Ja. Ich wollte nur …«

»Ich werde ihn nicht denunzieren. Hast du das gemeint?«

»Mit anderen über ihn sprechen.«

»Werde ich nicht tun. Ich denunziere nicht.«

»Ich weiß«, sagte Eley.

»Aber ich werde mit *ihm* sprechen. Über seine … Revolution, was auch immer das sein soll. Sie werden Algerien ins Chaos stürzen, dasselbe Chaos wie in Ägypten, Libyen, in Syrien. Am Ende helfen sie nur den Islamisten, und wir haben wieder Krieg. Hast du mit Richters Frau gesprochen?«

»Nein, das macht der Botschafter.«

»Du solltest mit ihr reden. Sie wird wissen wollen, wie seine letzten Minuten waren.«

»In Deutschland.«

Sie wandte sich um, sah ihn mit großen Augen an. »Du fährst nach Deutschland?«

»Für ein paar Tage. Kommst du mit?«

»Ja«, sagte sie, »ich glaube, ich komme mit.«

»Lass uns über Marokko fahren. Ist ein bisschen …« Er brach ab, die Stimme streikte.

»Ja. Gute Idee.«

Dann sagte sie nichts mehr, und auch Eley schwieg, obwohl ihm so vieles durch den Kopf ging. Jetzt hätte er gern über die Vergangenheit geredet, um die Möglichkeit einer Zukunft zu beschwören, *weißt du noch, in den Bergen bei Blida, lass uns das irgendwann noch mal machen …*

Stattdessen starrte er stumm auf die Gänsehaut, die sich an Amels Nacken gebildet hatte und verschwand und sofort wiederkam und verschwand, bis Lyon Rigal plötzlich im Raum stand und sagte, es sei Zeit zu gehen.

60

PESSIN

Nein, dachte Djamel. Sie lebte.

Sie kannte den Weg durch die Minen, lief wie eine Antilope, ruhig und sicher, mit weiten Sprüngen. Und Kugeln konnten sie in der Nacht nicht finden, in der Nacht war Karima unsichtbar.

Bald, sagte er sich, würden sie von ihr hören.

Aber Yazid und all die anderen …

Der alte Zinedine. Hatte den ersten algerischen Krieg mitgemacht, den zweiten, hatte den dritten herbeigesehnt. *Drei Kriege braucht dieses Land, bis es frei ist,* hatte er gesagt. *Und wenn dafür nötig ist, dass ich zum Trappisten werde, werfe ich mir meinethalben eine Christenkutte über.*

Er hob den Blick, schaute über das Feld, das weit hinten an einer Baumreihe endete. In der Ferne bewegte sich ein Schatten, rannte und sprang, verschwand im Sonnenlicht.

Er steckte das Telefon ein und kehrte zu seinem Großvater zurück. »Aziz«, sagte er nur.

Der Großvater nickte.

Sie gingen weiter, am Ortsrand entlang. Immer wieder zeigte der Großvater auf ein Haus oder ein Tor, an dem eine seiner Kacheln mit Namen, arabischen Sinnsprüchen, Ornamenten hing.

»›In der Milde wohnt Schönheit‹«, las Djamel.

»Ein Lehrer, die Kinder sagen, er ist lieblos, ein alter, strenger Knochen. Jetzt strömt die Milde durchs Mauerwerk in sein Wohnzimmer.«

Sie lachten.

»Bleib doch bis Montag, Djamel.«

»Ich kann nicht.«

»Dann komm bald wieder. Im Frühling ist es sehr schön hier, weißt du.«

»Ja«, sagte Djamel.

»Du kommst im Frühling?«

»Ich komme.«

Am Ende der Straße ein schmuckloses Haus, eine größere Kachel neben der Tür, darauf standen ein Familienname und ein Ratschlag – *Muhammad sagte: Halt dich aus allem raus, was dich nichts angeht.*

Der Großvater hob die Schultern. »Gesine. Zu neugierig.«

Wieder lachten sie, aber es klang anders, dachte Djamel, schwer vom Gedanken an den Frühling, von der unbestimmten Ahnung, dass sie sich nicht wiedersehen würden.

Ein Stunde später schüttelte er in der Gaststätte »Pessiner« Hand um Hand, hörte Namen um Namen, wurde mit deutschen Gesichtern vertraut. Die neugierige Gesine war darunter, der lieblose Lehrer, die Bürgermeisterin Dani, die sein Blick in Verlegenheit zu bringen schien, ihre Tochter Jenny, eine stille, starke Frau, deren Blick ihn in Verlegenheit brachte. Viele wechselten ein paar Worte auf Englisch mit ihm. Andere kamen ihm verunsichert vor und sagten nur hallo.

Auch Robin war da. Der Großvater winkte ihm zu, rief etwas. »Ich habe gesagt, dass du ihn kennenlernen möchtest, dass du mit ihm Fußball spielen möchtest.«

Der Junge trat zögernd heran, sah hinter langen blonden Haaren zu ihm hoch und gab ihm flüchtig die Hand, eine Kinderhand, weich und unbestimmt. Djamel dachte, dass er sie gern festhalten, dem Jungen gern sagen würde, es sei nicht nötig, Angst zu haben, Angst sei ein schlechter Freund, Zuversicht und ein klarer Wille bessere. Doch die Hand entzog sich seiner rasch.

»Germany versus Algerien«, sagte der Junge ernst.

Djamel nickte. *»It's a pleasure to meet you. In Algeria they say, you play very good football.«*

Die Augen des Jungen weiteten sich, er ließ die Haare vors Gesicht gleiten, aber dann lachte er, und Djamel lachte mit ihm, genau wie die stille, starke Frau, Jenny, die noch neben ihnen stand. Er sah sie an, sie kam ihm jetzt zugleich stark und weich vor, im Gesicht und körperlich, und er fand sie auf eine alltägliche Weise schön.

Ein Mann drückte ihm eine Flasche Bier in die Hand. Djamel lächelte und gab die Flasche zurück, und der Mann verstand sofort und entschuldigte sich.

Sie setzten sich an einen der rechteckigen Tische, die in Nischen mit Trennwänden aus Holz standen, er, der Großvater, die Bürgermeisterin und Jenny und ein paar andere. Die Einrichtung der Gaststätte erinnerte ihn an manche algerische Restaurants oder Wohnungen, zu viel von allem, zu viel Stoff, zu viele Farben, zu viele Gemälde oder Fotos an den Wänden, zu viele Tische und Menschen und Stimmen. Es wurde immer lauter, der Saal füllte sich schnell. Eine Musikgruppe spielte deutsche Lieder, mehrere Männer, Jennys Mutter und zwei Pfarrer hielten Reden, dann spielte die Musikgruppe wieder, und die ganze Zeit über spürte er Jennys Oberschenkel an seinem und fragte sich, wie es sein konnte, dass er fast im selben Moment an Yazid und Zinedine und die anderen Toten denken konnte, an die über die nächtlichen Ebenen fliehende Karima – und an den weichen Körper einer Frau, die kaum ein Wort sagte und von der ihn zahllose Welten und die Trauer und der Zorn trennten.

Um zehn stand der Junge plötzlich neben ihm, den Ball in den Armen. Der Großvater sagte: »Er muss in einer Stunde ins Bett. Er will spielen.«

»*But it's dark outside.*«

Der Junge hielt einen Schlüssel hoch. »*I have light.*«

»Komm«, sagte der Großvater auf Algerisch. »Ich im Tor, du gegen den Jungen. Das wird ein Spiel! Ich sehe schon die Schlagzeilen der Zeitungen morgen: Deutschland gegen Algerien, ein Kampf auf Augenhöhe. Das Stadion von Pessin brodelt, Spannung pur. Im Tor Youcef Benmedi, eine Legende des FLN-Teams, der ersten algerischen Nationalmannschaft.«

Er schien es auf Deutsch zu wiederholen. Alle lachten.

Auch die beiden Frauen standen auf, Dani und Jenny, es hatte den Anschein, als wollten sie mitspielen. Zu fünft gingen sie hinaus, folgten stillen, dunklen Straßen. Nach ein paar Minuten kamen sie am Haus des Großvaters vorbei, das Dorf franste aus, die Lücken zwischen den Gebäuden wurden breiter. Rechts lag unter dem silbrigen Licht des Mondes ein Feld, und Djamel dachte wieder an Karima, er stellte sich vor, dass sie erschöpft zwischen Felsen Schutz gesucht hatte, um ein paar Stunden zu schlafen und am frühen Morgen weiterzulaufen.

»*The Street of the Youth*«, sagte Jenny und deutete mit dem Finger auf den Asphalt.

»*Nice name. Please say it in German.*«

»Straße der Jugend.«

Djamel lächelte. Er mochte es, wie sie sprach. Auch ihre Stimme war weich, wie alles an ihr stark und weich zu sein schien, so wie das Meer vielleicht, das Wasser des Meeres an einem ruhigen Sommertag, das einen warm und sanft umschloss.

»*And in your language?*«

Er sagte es auf Algerisch.

»Oh.« Sie lächelte.

Robin war ein paar Meter zur Seite gelaufen, spielte ihn an, und so schoben sie sich den Ball zu, während sie weitergingen, Robin und er und manchmal auch Jenny.

»What did you do in your youth?«

»Searching my father«, erwiderte er. *»And you?«*

»Visiting the grave of my father.«

»Poor kids.«

Sie lachten.

»Why did he die?«

»Because he was stupid. He drove his motorcycle against a tree. He was drunk. Why did your father, äh, vanish?«

»Long story. Algerian story.«

Sie hatten das »Stadion« erreicht, einen gepflegten Platz mit sechs Flutlichtmasten und ein paar Bänken entlang der Seitenlinien, kein Vergleich zum Stadion von Bologhine, doch der Belag aus echtem Gras, kein Kunstrasen.

Robin lief in das flache gelbe Vereinsheim, Sekunden später flammten die Flutlichter auf.

Sie spielten zwei gegen zwei, Jenny mit Robin, Djamel mit dem Großvater, im Tor stand Jennys Mutter. Djamel musste viel laufen, sein Großvater bewegte sich kaum, vom Straßenfußballer zum Standfußballer, sagte er bedauernd, das ist das Alter, das nagt an mir und macht die Beine wacklig, verzeih. Aber er gab präzise Vorlagen, und Djamel bemühte sich, nicht allzu viele davon zu verwerten.

Es fiel ihnen leicht, glaubwürdig zu verlieren. Jenny sperrte lustvoll die Wege für Robin frei, der für drei rannte und den Ball ein ums andere Mal mit größter Ruhe über die kleine Dani lupfte oder an ihr vorbei ins Tor schob, während Djamel sich lachend mit Jennys Händen abmühte, die ihn hielten, blockten, stießen.

»*Germany sixteen, Algeria eleven, so Algeria lost*«, sagte der Großvater um elf und steckte sich den Ball unter das Hemd.

»*Revenge tomorrow?*«, fragte Robin.

Das Rückspiel wurde per Handschlag besiegelt.

»*Let's stay*«, flüsterte Jenny, und Djamel nickte.

Sie saßen im Mittelkreis, die Flutlichter ausgeschaltet, der Schein des Mondes schimmernd über dem Gras. Djamel erzählte von den Spielen gegen die aus Bab el Oued, von Aziz, der von einem Pfosten zum anderen geflogen war, immer einen gemurmelten Spruch auf den Lippen, von seinem Vater, dem sie über die Mauer hatten helfen müssen, weil er dick und schwer geworden war. Auch im Stadion von Bologhine hatten keine Zuschauer auf den Rängen gesessen, außer den Toten vom europäischen Friedhof.

»Du hast da Tote sitzen gesehen?«

»Ja.«

»Wie sie euch zuschauen?«

»Sie waren Fußballexperten, dass konnte man sehen.«

Sie lachten leise.

Küssten sich.

»Komm«, sagte Jenny.

Sie kehrten ins Dorf zurück. Aus dem »Pessiner« drangen Stimmen, Gelächter und Musik. In der Nähe des Hauses, in dem Jenny und ihre Mutter lebten, kam ihnen der Großvater entgegen. Er ging auf der anderen Straßenseite, den Kopf gesenkt, in Gedanken versunken, schwerfällig, ein einsamer, alter Mann. Sie waren stehen geblieben, doch er bemerkte sie nicht. Djamel wollte zu ihm gehen und ihn aufmuntern, aber was hätte er schon sagen können?

Im Frühling komme ich wieder, Großvater.

Im Herbst besuchst du mich.

Doch vorher töte ich den Mann, der dir den Sohn und mir den Vater genommen hat.

Wenig später hatten sie das dunkle »Janke-Haus« erreicht, wie Jenny es nannte. Sie führte ihn zur fensterlosen Seitenwand. Etwa drei Quadratmeter davon zierten Kacheln des Großvaters, bunt auf weiß, eine akribisch an die andere gesetzt, beginnend mit der Ecke. Alle paar Wochen, sagte Jenny, komme eine neue dazu, bis eines Tages die ganze hässliche Wand hinter arabischen Ornamenten und Wörtern verschwunden sei; das zumindest sei Youcefs Ziel.

Djamel übersetzte ein paar der Wörter für sie: Liebe. Schönheit. Traum. Meine Augen. Heimat. Thüringen. Perfekt. Lächeln. Licht.

»Perfekt?«

»Ja.«

»Mama sagt das immer. ›Perfekt!‹«

»Und er schreibt es auf.«

Sie nahm seine Hand und zog ihn hinter das Haus, an das sich ein wilder, unübersichtlicher Garten anschloss. In einem Winkel stand zwischen zwei Obstbäumen eine winzige Hütte.

Sie öffnete die schmale Tür. »Als Kind wollte ich einen Ort, an dem die Welt in Ordnung ist. Hier darf nur rein, wer gute Gedanken hat. Schöne Gedanken.«

Im Mondlicht sah er die Konturen eines Sofas, Bücher und CDs lagen herum, ein Teppich, Kissen, auf einem umgedrehten Eimer standen Kerzen.

»Woran denkst du?«, fragte sie.

»An das warme Wasser des Meeres.«

»Oh. Ich denke an Sex.«

Djamel lächelte.

61

ALGERISCH-MAROKKANISCHE GRENZE

Drei Uhr morgens, sie saßen in Toumis Wagen, warteten am Rand einer nicht asphaltierten Straße. Vor ihnen führte ein Schotterfeld in die Dunkelheit. Im Licht der Scheinwerfer hatte Eley zahlreiche Pisten gesehen, die kreuz und quer über die unbefestigte Grenze nach Marokko verliefen. Schmugglerrouten.

Nicht weit von ihnen entfernt stand ein Streifenwagen. Toumis Leute, würden sich nicht rühren, wenn es so weit war.

Es, dachte er.

Das Ende seiner algerischen Zeit.

Er sah die Steinchen in Richters Händen vor sich. Die beiden Reihen auf dessen Bett, oben vier, darunter fünf.

Vier Tage, fünf Tote.

Vier Jahre, fünf hätten es werden sollen. Er konnte an nichts anderes mehr denken. Vier Jahre, fünf hätten es werden sollen.

Das und die Dunkelheit jenseits von Algerien.

»Sie kommen«, sagte Toumi.

Eley hatte den Wagen schon bemerkt. Ohne Licht rollte er langsam über das Schotterfeld auf sie zu. Fünfzig Meter vor ihnen blieb er stehen und wendete. Auf der Beifahrerseite stieg ein Mann aus. Keine Bremsleuchten, keine Innenraumbeleuchtung.

Die beiden Männer gehörten nicht zu Toumis Bewegung. Sie lebten in einem der Dörfer auf marokkanischer Seite, schmuggelten normalerweise Benzin oder Olivenöl, halfen nur manchmal, wenn Toumi jemanden einschleusen oder hinausbringen wollte.

Sie reichten sich die Hand.

»Danke«, sagte Eley.

Toumi lächelte matt. »Vielleicht sind wir ja doch Verbündete.«

»Vielleicht.«

»Machen Sie sich wegen Mademoiselle Samraoui keine Sorgen.«

Eley nickte, stieg aus und ging langsam auf das Auto der Schmuggler zu. Der Mann auf der Beifahrerseite winkte ihm, sich zu beeilen. Aber er hatte es nicht eilig. Nur vier Jahre, da zählte jede Sekunde.

Der Mann zischte ihm etwas zu, während er die Fondtür öffnete. Ein schwarzer Turbanschal verdeckte sein Gesicht fast vollständig. Im Wageninneren roch es durchdringend nach Benzin. Auch der Fahrer war vermummt.

Sie fuhren los. Hier, fernab größerer Straßen, war die Grenze nicht markiert. Minutenlang wusste er nicht, ob er Algerien schon verlassen hatte.

Nach einer Viertelstunde klopfte der Beifahrer dem anderen Mann auf die Schulter. Sie begannen zu reden, und Eley spürte ihre Erleichterung.

Er wandte sich um. Algerien war in der Nacht verschwunden.

V

Neuanfänge

62

BERLIN

Reinhold Wegner hatte eine schlaflose Nacht hinter sich. Um vier war er schließlich aufgestanden und hatte sich im Wohnzimmer zum elften Mal *Last Samurai* angesehen, den er liebte wie keinen anderen Film. Alles Wesentliche kam darin vor, alles, was man zu sein und zu haben sich nur wünschen konnte. Ein schöner Mann, eine schöne exotische Frau, niedliche Kinder. Helden der Vergangenheit, Helden der Zukunft. Die Ausstattung einer ganzen Armee mit modernen Waffen. Ein Untergang in Würde und Größe.

Die Möglichkeit der Wiederauferstehung.

Liebe.

Er streckte sich unauffällig. Mit schweren Lidern stand er am Panoramafenster seines Büros, keinen Zentimeter von der Scheibe entfernt, um sich an deren besänftigender Kühle zu laben. So wollte er untergehen, dachte er, wie Nathan Algren und Katsumoto. Aufrecht, generös, altruistisch.

Du willst das Haus in Dahlem? Gut.

Die Wohnung in Ischgl? Wird auf dich überschrieben.

Den BMW? Natürlich.

Den Jaguar für den Jungen? Dann soll es eben so sein.

Alles, was er noch brauchte, würde eines Tages schon kommen. Eine Hütte in einem blühenden Tal, eine schöne Japanerin im Wickelkleid.

Ein Pferd.

Er rieb sich die ausgetrockneten Augen und unterdrückte ein Gähnen. Die Lust zu lachen überkam ihn, er verschob es auf später. Mit Humor untergehen, das sollten ihm Algren und Katsumoto erst einmal nachmachen.

»Der Reichstag, General«, sagte er. »Daneben das Brandenburger Tor.«

»Der General kennt Berlin«, entgegnete Moussa nicht unfreundlich.

»Nur von Osten«, sagte Soudani, der an diesem Vormittag milder gestimmt zu sein schien als sonst.

Kein Wunder, dachte Wegner. Ein langer Abend in Dahlem, ein Tisch voller Speisen. Seine Frau, den Hermès-Schal um Hals und Schultern, hatte sich noch einmal selbst übertroffen. Ihre sanfte Stimme, ihre Höflichkeit, gepaart mit größter Aufmerksamkeit, die Soudani Raum gelassen hatte, von Erinnerungen an seine Kindheit in irgendeinem algerischen Wüstenkaff zu erzählen, von dem Lebensmotto, das ihn antreibe, einem Ausspruch ausgerechnet von Charles de Gaulles, wie er mit fast spitzbübischem Lächeln angemerkt hatte: »In unserer Zeit lohnt nur ein einziger Kampf, der um den Menschen; den Menschen gilt es zu retten, ihm das Leben zu geben, ihn zu entwickeln.«

Seine Frau war beeindruckt gewesen. *Was für ein schönes Motto!*

Auf den Menschen!, hatte Wegner gerufen und das Wasserglas erhoben.

Auf den Kampf um den Menschen!, hatte Soudani präzisiert.

Eine beinahe fröhliche Runde, selbst der sonst so herablassende Said Moussa hatte sich als kommunikativ erwiesen und eine halbe Stunde lang über algerische Literatur referiert und Gedichte rezitiert.

Wegner hatte seiner Frau zugelächelt und gedacht: Und auf solche Abende willst du verzichten?

Sie hatte das Lächeln erwidert. Aber sie hatte ihn nicht berührt. Nicht ein einziges Mal am ganzen Abend. Hatte nicht wie früher die Hand über seine Schulter, seinen Arm gleiten lassen, sie nicht auf sein Handgelenk gelegt, geschweige denn, im Wohnzimmer auf der Couch, leicht auf sein Knie. An seine Taille, wenn sie nebeneinander gestanden hatten.

Und Soudani hatte es bemerkt. Hatte erkannt, dass er, Wegner, im Untergang begriffen war, nur noch Gast im eigenen, einst für ewig gehaltenen Zuhause. Wissend waren die kleinen, harten Augen von ihm zu ihr geglitten, von ihr zu ihm, fast so, als hätten sie eine Verbindung herstellen oder erzwingen wollen, aber auch erkannt, dass es zu spät war. Seitdem lag in des Generals Soldatenblick ein Schimmer Mitgefühl, der Wegner zugleich beschämte und tröstete.

Soudani wandte sich vom Fenster ab. »Ein bemerkenswerter Teppich.«

»Ein Flokati. Griechisch. Dreitausend Gramm Wolle pro Quadratmeter. Wassergerieben. Selbst gemacht, sozusagen.« Wegner erzählte, wie er am Wasserbottich gestanden hatte, eine Stange in der Hand, um das Gewebe aus dem zerstörerischen Zentrum des Strudels herauszuhalten. »Sie wollen ihn? Nehmen Sie ihn.«

»Nein, vielen Dank.«

»Passt wunderbar zu Ihrer Uniform.«

»Er ist zu groß für meine Wohnung.«

Wegner lächelte erleichtert. Das, dachte er, war knapp gewesen.

Ein Fiepen erklang, das Telefon auf seinem Schreibtisch. Er wartete kurz, winkte dann ab und sagte: »Ich habe eine Reichstagsführung arrangiert. Nur Sie beide und ich. Hinterher Mittagessen mit einem der Vizepräsidenten des Bundestags und Herrn Dr. Riehle, Mitglied der Regierungsfraktion. Feiner Mann, Sie werden ihn schätzen. Ein Freund von Meininger Rau.«

Moussa schüttelte den Kopf. »Der General hat um dreizehn Uhr ein Treffen mit Seiner Exzellenz, unserem Botschafter.«

Soudani sagte etwas auf Algerisch.

»Das Treffen mit dem Botschafter wird auf morgen verschoben«, sagte Moussa.

Es klopfte, die Tür ging auf. Überrascht wandte Wegner sich um. Seine Sekretärin, weiß wie die Wand. Trat zur Seite, hob die Hand und deutete auf ihn.

Entlassen, dachte er. Noch heute.

Männer fluteten den Raum. Die einen trugen Kaufhaus-Anzüge oder billige Lederjacken, die anderen Polizeiuniformen. Einer in Zivil kam quer über den Flokati auf ihn zu, ein Schriftstück in der Hand, brummte den eigenen und Wegners Namen, während er graue Spuren auf dem zarten Weiß hinterließ.

Eher bräunliche.

»Nein, nicht, bitte nicht«, murmelte Wegner entsetzt.

Die Reichstagsführung war abgesagt. Das Mittagessen jedoch würde stattfinden. Zwei Stunden bis dahin, genug Zeit.

Wegner wusste, dass sie nichts finden würden. Es gab keine kompromittierenden Unterlagen. Zumindest nicht hier. Auch im PC war nichts gespeichert. E-Mails hatte er nie von hier geschrieben, nie über die offizielle Adresse.

Er musste es nur aussitzen.

Doch das war Qual genug. Die Scham ließ ihn Bäche schwitzen. Tränkte ihm das Unterhemd, an den Oberschenkeln bildeten sich erste Flecken auf der Anzughose. Vor den Augen Soudanis von einem schlecht gekleideten Staatsanwalt mit Schuppen auf den Sakkoschultern gedemütigt zu werden!

Nicht einmal vor dem General hatte der Kerl Halt gemacht.

Und wer sind die beiden?

Gäste aus Algerien.

Ah, Algérie. Passeporte et visa, s'il vous plaît.

Mittlerweile saß Wegner mit Soudani und Moussa auf der Couch und verfolgte, wie der Staatsanwalt und seine Truppen den Flokati malträtierten.

»Sicher kann man ihn reinigen lassen«, sagte Soudani.

Wegner nickte.

»Was im Wasser entstanden ist, wird Wasser nicht scheuen.«

Er überlegte, ob in diesem merkwürdigen Satz eine geheime Botschaft versteckt war. Ein Versprechen. *Wir werden diesen Staatsanwalt gefesselt aus dem Hubschrauber in die Bucht von Algier werfen. Wir werden auf Kanzlerin Merkel einwirken, dass er nach Liberia versetzt wird.* Etwas in dieser Art.

»Sie müssen die Sekretärin entlassen«, sagte Soudani.

Wegner sah durch die geöffnete Tür ins Vorzimmer. Sie lief wie aufgezogen herum, während Polizisten ihren Schreibtisch zerlegten, ein junges Ding aus Stuttgart, das ein baden-württembergischer Unionsabgeordneter in einem respektablen Job, vor allem aber in seiner Nähe wissen wollte.

»Ja«, wisperte er.

»Vorher kann sie sich um den Teppich kümmern.«

»Das mache ich lieber selbst.«

»Eine gute Entscheidung. Sie können ihr nicht mehr vertrauen. Heute Abend möchte ich Sie einladen. Ich werde kochen, algerisch. Essen Sie Hammel?«

»Hammel«, sagte Wegner mit einem Nicken.

»Wir essen zusammen und sprechen über die Demokratie. Ich weiß sehr viel darüber, ich werde sie Ihnen erklären. Hinterher werden Sie sich besser fühlen. Sie werden verstehen.«

Der Staatsanwalt kam herüber. »So«, brummte er. »Ihr Mobiltelefon, bitte.«

Welches?, dachte Wegner, bemüht, nicht in hysterisches Gelächter auszubrechen.

Er reichte ihm das Smartphone. »Wasserdicht«, sagte er.
»Das hoffe ich für Sie«, erwiderte der Staatsanwalt.

63

PESSIN

Ein dunkler Tag wie im kabylischen Winter, tief hingen schwarze Wolken über dem Land, hatten alles Licht hinausgepresst, immer wieder regnete es. Djamel stand an einer Bushaltestelle ein paar Hundert Meter außerhalb von Pessin, wartete. Er dachte an Jenny. Weich und warm, wie er es vermutet hatte. Ohne jede Angst hatte sie ihre Grenzen aufgegeben, sich ihm vollkommen ausgeliefert. Am frühen Morgen hatte er im Schein einer Kerzenflamme zugesehen, wie die Stärke in sie zurückgekehrt war.

Lächelnd hatte sie sich angezogen. »*This evening?*«

Er hatte genickt.

»*Stay, if you want.*«

Aber er war kurz nach ihr gegangen.

Endlich läutete sein Mobiltelefon.

»Rote Jacke mit Kapuze?«

»Ja«, sagte er.

Wenig später hielt ein Wagen vor ihm. Er stieg ein.

»Ich mag dieses Wetter«, sagte Aziz. »Es ist so … spektakulär und gewaltig. Allah hat sich aus der Welt zurückgezogen. Nur in einem solchen Wetter zeigt er sich noch.«

»Allah?«

Aziz lächelte und fuhr an. »Wer sonst?«

»Ich wusste nicht, dass du gläubig geworden bist.«

Vor einer nahen Abzweigung bedeutete er Aziz, die Bundesstraße zu verlassen. Sie kamen auf eine einspurige Allee, die an einem dunklen Tag wie diesem von Pessin aus nicht einsehbar war.

Aziz ließ den Wagen ausrollen, vor einem Baum kamen sie zum Stehen. »Er ist wütend, Allah. Er hat Schluckauf, hat zu viele Unverdauliche verspeist. Man muss nicht gläubig sein, um an Allah zu glauben.«

Djamel legte ihm die Hand auf den Arm. »Abderrahmane hat angerufen.« Er erzählte von Bouzeguène. Den Toten. Von Richter.

Aziz nahm sich eine Zigarette, öffnete das Fenster einen Spalt, als sie brannte. »Wie viele?«

»Neunundzwanzig. Dazu Richter.«

»Kannte ich einen?«

»Ich glaube nicht«, sagte Djamel.

Sie schwiegen lange, dann sprachen sie über Richters Tod. Sie waren unterschiedlicher Ansicht. Aziz sah darin eine schwere Hypothek. Wie sollten sie der Welt beweisen, dass sie ein demokratisches Algerien wollten, wenn sie für den Tod eines unschuldigen Deutschen verantwortlich waren?

»Die Armee ist verantwortlich«, sagte Djamel. »Außerdem war Richter eine AQMI-Geisel. Bouzeguène war ein AQMI-Versteck.«

»Wir müssen die Verantwortung übernehmen. Das gehört dazu. Die Wahrheit.«

»Zur Demokratie?«

Aziz nickte.

»Du bist einen Schritt zu weit«, sagte Djamel sanft und dachte: einen Schritt zu weit entfernt in Paris, in Frankreich.

Erst der Krieg, dann die Demokratie. Viele weitere unschuldige Menschen würden sterben, bis es so weit wäre. Vielleicht noch mehr Deutsche, in zwei Tagen.

Toumi und er waren sich einig gewesen, dass sich durch Bouzeguène an ihrem Plan für Samstag nichts geändert hatte. Im Gegenteil. Gerade jetzt mussten sie zurückschlagen. Für Verwirrung und Unruhe sorgen, auch im Ausland. Diesmal würde es kein Bekennerschreiben geben, keine Dschihadisten-Verkleidung. Sie würden die Regierung und die Dienste Algeriens für eine Weile im Ungewissen lassen. So würden sie sich den strategischen Vorteil, der durch Richters Tod verloren gegangen war, zurückholen. Und sie würden ihren Landsleuten in Algerien und der Welt zeigen, dass sich ein schlagkräftiger Widerstand gebildet hatte. Künftig würde es ihnen noch leichter fallen, Unterstützer und Kämpfer zu akquirieren. Dann, irgendwann in der Zukunft, würden sie die Stimme erheben. Männer wie Aziz würden als politisches Sprachrohr in Erscheinung treten. Eine Exilregierung bilden.

Aber noch standen sie am Anfang. Mit Richter hatte der Krieg begonnen. Am Samstag würde der zweite Schritt folgen.

»Ich muss zurück. Hast du die Waffen dabei?«

Aziz nahm eine Reisetasche vom Rücksitz, wühlte in Sportkleidung und zog schließlich zwei in T-Shirts eingeschlagene Pistolen heraus, dazu Schalldämpfer und Munition. Djamel legte die ungeladenen Waffen auf seine Oberschenkel, eine Glock 17 und eine P8 von Heckler & Koch. Mit beiden Modellen hatte er nie geschossen, er würde sie in der kommenden Nacht mit den Schalldämpfern im Wald testen, um sich mit ihnen vertraut zu machen.

»Malika holt dich morgen Nachmittag um fünf.«

»Nicht in Pessin. Mein Großvater denkt, ich fahre mit dir zurück.«

»Dann bleibe ich noch eine Nacht und …«

»Nein«, sagte Djamel. »Es ist sicherer für dich, wenn du heute fährst.« Er würde den Bus nach Nauen nehmen, Malika am dortigen Bahnhof treffen. Er steckte Waffen und Zubehör in die Taschen der Regenjacke, die ihm der Großvater geliehen hatte. Als er Aziz ansah, waren dessen Augen nachdenklich. »Mach dir keine Sorgen, alles wird klappen.«

»Ich weiß.«

»Was ist es dann?«

Aziz ließ die Fensterscheibe ganz herunter. Frische, feuchte Luft drang in den Innenraum. Regentropfen fielen auf den Fensterrahmen, seinen Anzugärmel. Er wandte sich Djamel wieder zu. »Soudani ist in Berlin, und wir wissen nicht, warum.«

Djamel versuchte zu verstehen. Von Toumi hatte er andere Informationen erhalten – Soudani wolle nach Altniederndorf, gewährleisten, dass der Transport ausreichend gesichert werde, selbst mitfahren. Von Berlin war keine Rede gewesen.

»Hast du gewusst, dass er kommt?«

»Nein«, sagte Djamel.

»Jedenfalls ist er hier.« Aziz zeigte ihm Handyfotos, die die in Altniederndorf stationierten Kameraden geschickt hatten. Drei Männer auf dem Parkplatz von Meininger Rau – Soudani, Said Moussa und ein Deutscher. Großaufnahmen des Deutschen. Sie stiegen in eine Mercedes-Limousine, der Deutsche fuhr.

»Ein Lobbyist aus Berlin«, sagte Aziz.

Fotos von einem Flughafen, Stuttgart. Die drei bei der Wagenrückgabe. So hatten sie den Deutschen identifiziert, über die Autovermietung.

»Wie heißt er?«

»Reinhold Wegner.«

»Schreib es mir auf.«

Djamel nahm das Telefon, während Aziz schrieb, betrachtete die übrigen Fotos. Ein elegantes, modernes Haus in der Abenddämmerung. Ein Jaguar traf ein, am Steuer der Deutsche. Soudani und Moussa beim Aussteigen.

»Berlin«, sagte Aziz, tippte mit dem Stift gegen das Handy. »Gestern Abend.« Malika habe die Fotos gemacht. Das Haus gehöre dem Lobbyisten, sie hätten dort gegessen, seien um Mitternacht von einem Taxi abgeholt worden.

Weitere Aufnahmen. Eine prächtige, alte Villa mit Erkern, einem Türmchen in einer Allee. Das Taxi beim Wegfahren, Soudani und Moussa, die auf das Vorgartentor der Villa zugingen. Sie schienen dort zu wohnen. Wie lange und weshalb – Aziz zuckte mit den Schultern. Djamel spürte seine Unruhe und sagte, es spiele keine Rolle, dass Soudani in Deutschland sei. Der Transport finde statt, alles andere sei nebensächlich. Aber auch er stellte sich Fragen, vor allem eine: Würde Soudani den Transport am Samstag doch nicht begleiten?

»Ist Malika bei ihnen?«

»Einer der anderen«, sagte Aziz.

Sie umarmten sich lange.

»Mach dir keine Sorgen«, sagte Djamel erneut.

Dann stieg er aus und sah Aziz nach, der wendete und auf die Bundesstraße abbog, um nach Paris zurückzukehren. Als der Wagen außer Sichtweite war, rief er Malika an und ließ sich die Adresse der Villa geben.

Sagte, sie sollten die Observierung des Generals abbrechen.

Über morastige Felder ging er zum Dorf zurück. Sein Blick glitt über das dunkelgraue Land, in dem wenige Stunden zuvor überraschend für eine Nacht ein anderes Leben denkbar gewesen war als jenes, in das er an einem Abend vor siebzehn Jahren gezwungen worden war.

Ein Leben nach dem Verlust. Ein Neubeginn.

Aber er wusste, dass er das nicht zulassen konnte.

Er hatte die Straße der Jugend erreicht, als Toumi erneut anrief.

Die offizielle Erklärung des Militärs: eine *ratissage* gegen ein AQMI-Versteck. Die Geisel von den Entführern ermordet. Alle dreißig Terroristen getötet.

»Dreißig?«, fragte Djamel.

»Ja.«

Er war stehen geblieben, ging jetzt weiter. In der Küche war Licht, er sah seinen Großvater unter dem Mekka-Schild am Herd stehen, eine Schürze umgebunden. Gedämpft drang klassische Musik an sein Ohr.

Er zog den Schlüssel aus der Hosentasche, trat ins Haus und schloss sachte die Tür, eine Hand blieb am Türblatt, strich über das lackierte Holz. Für einen Moment meinte er den Duft von Anis wahrzunehmen, aber er musste sich täuschen.

»Djamel?«, rief der Großvater.

Er antwortete nicht.

Dreißig Tote in den Bergen von Bouzeguène.

64

»Harry, Harry«, sagte Eley anerkennend.

Landrich grinste. »Ich hab's noch drauf, was?«

»Hab nie daran gezweifelt.«

Djamel Benmedi.

Eley sah auf den Ausdruck in seiner Hand hinab. Benmedi war am Montag in Paris angekommen. Als Aufenthaltsadresse hatte er die Wohnung eines Aziz Amrani genannt. Dort hatten die Pariser Kollegen am Nachmittag keinen der beiden angetroffen. Die Nachbarn hatten Amrani seit Montag nicht gesehen. Nach Auskunft der Mitarbeiter des Abgeordneten, in dessen Büro er arbeitete, hatte er die ganze Woche Urlaub.

Amrani und Benmedi waren verschwunden.

Harry Landrich hatte sich mit diesem Ergebnis nicht zufriedengegeben. Er hatte weitergesucht und einen Benmedi in Deutschland gefunden: Youcef, laut algerischer Botschaft Djamels Großvater. Wie einige Hundert andere algerische Vertragsarbeiter war er in den Siebzigern und Achtzigern im Gaskombinat Schwarze Pumpe in der Niederlausitz beschäftigt gewesen.

Eley hob den Kopf, sah zum Fenster von Landrichs Büro hinüber, gegen das der Regen trommelte. Hinter den Scheiben war es dunkel, ob von Wolken oder dem Abendhimmel ließ sich nicht sagen. Vor einer halben Stunde hatte er in der Dämmerung dort gestanden und hinuntergeschaut. Statt einer Bucht ein Fluss, statt eines Hafens ein S-Bahnhof, statt weißer Häuser eine fremde Stadt, und in der Ferne nicht Cap Matifou, sondern Plattenbauten.

Vier Jahre, dachte er, fünf hätten es werden sollen.

Sein Blick kehrte zu Landrich zurück, der noch immer grinste, der Rücken lang und gekrümmt, die Unterarme und die flachen Hände lagen auf dem Schreibtisch.

Auf der Fahrt von Tegel ins Referat hatte Landrich ihm die Leviten gelesen und eine kleine Liste derer vorgetragen, die ihn unverzüglich zu sprechen wünschten: die Staatsanwaltschaft Lüneburg, hohe Beamte des AA, der Leiter des Krisenreaktionszentrums, Kollegen vom BKA, ein paar mehr.

»Kannst du mir die Bürokraten morgen noch vom Leib halten?«

»Du willst nach Pessin?«

Eley unterdrückte ein Gähnen. »Und runter nach Altniederndorf.«

»Lass das andere machen. Ist nicht dein Job.«

»Ist es schon, Harry.« Abgesehen davon, dachte er, war er es Richter schuldig.

»Dein Job ist es, zu Kreuze zu kriechen.« Landrichs Kopf senkte sich ein Stück, die Hände schlossen sich. Das lange Gesicht war jetzt gestrafft.

Eley seufzte stumm. Ein weiterer Sturm zog auf.

»Ich weiß nicht, ob in der Geschichte des diplomatischen Dienstes jemals einer unserer Leute zur Persona non grata erklärt wurde, es ist auf jeden Fall ein absolutes Desaster. Viele verärgerte Menschen müssen sich deinetwegen bei vielen anderen verärgerten Menschen entschuldigen, und es ist noch nicht gesagt, dass außer dir nicht auch der eine oder andere von ihnen den Kopf verliert.«

»Du, Harry?«

»Durchaus möglich.«

»Das würde mir leid tun.«

»Hört euch den Arsch an.«

»Nicht wütend werden, Harry.«

Landrich klatschte die Handflächen auf den Tisch, im hohen Singsang äffte er ihn nach: »›Das würde mir leid tun.‹ Ist das so, Ralf?«

Eley ließ es über sich ergehen. Er konnte Landrich verstehen. Aus der deutschen Bürokratenperspektive zählten seine Gründe für das, was er getan hatte, nicht. Probleme, die nur gelöst werden konnten, indem man Regeln bräche, löste man, indem man sie anderen überließ, in diesem Fall den Algeriern. Man schickte vielleicht den einen oder anderen Minister, wie bei den Sahara-Entführungen 2003, versuchte, politisch auf die algerische Regierung einzuwirken. Alles andere jedoch blieb den Algeriern vorbehalten – obwohl man wusste, wie kompromisslos sie handelten. Pech für die Geiseln.

Er stand auf. »Du hast dir die Fotos angeschaut?«

Landrich nickte stumm.

»Was hast du darauf gesehen?«

»Das weißt du verdammt genau.«

»Wir haben Richter verloren, Harry. *Das* ist das Desaster. Alles andere interessiert mich nicht.«

»Du redest dich um Kopf und Kragen.«

»Ich bin müde, ich hab Hunger, ich hab mich seit zweieinhalb Tagen nicht umgezogen, und in meinen Schuhen sind marokkanische Kieselsteine, die mir die Fußsohlen durchlöchern. Was erwartest du von mir? Diplomatische Floskeln?«

»Mir kommen die Tränen.«

Eley unterdrückte den aufkeimenden Zorn. Er holte Landrichs Papierkorb, setzte sich wieder, streifte die Schuhe ab. Prasselnd fielen die marokkanischen Steinchen auf Altpapier.

»He«, sagte Landrich.

»Bin gleich wieder da«, sagte Eley. Er ging ins Erdgeschoss, zog sich eine Cola aus dem ersten Automaten, zwei Sandwiches aus dem zweiten. Er hatte seit Algier nichts gegessen, nur ein paar Reste bei Lyon Rigal am Nachmittag zuvor. Auf der dreistündigen Fahrt mit Toumis Schmugglern nach Nador an der Mittelmeerküste war ihm nicht nach Essen zumute gewesen, auf den Flügen nach Barcelona und Berlin hatte er zumeist geschlafen. In Tegel hatte der bebende Harry Landrich gewartet. *Essen? Spinnst du? Jetzt ist Beichten dran! Wenigstens siehst du wie ausgekotzt aus, das gefällt mir, das besänftigt mich ein bisschen.*

Er fuhr mit dem Lift nach oben, kehrte in Landrichs Büro zurück, aß und trank gierig, während der Chef zusah.

Am Nachmittag hatte Algier der Bundesregierung die offizielle Version der Ereignisse mitgeteilt. Richter sei beim Versuch der Armee, ihn zu befreien, von seinen AQMI-Entführern ermordet worden. Die Militäraktion sei trotzdem ein Erfolg gewesen. Dreißig Dschihadisten getötet, das Versteck in den kabylischen Bergen zerstört. Richters Leiche sei auf dem Weg nach Algier, wo sie zur Überführung nach Deutschland vorbereitet werde.

Das Auswärtige Amt hatte eine entsprechende Presseerklärung verschickt. Online war sie bereits überall zu lesen. Die Deutschen hatten hier ein »offenbar« eingefügt, dort ein »vermutlich«, ein »nach Informationen algerischer Behörden«. Es änderte nichts: al-Qaida, alles andere wäre zu problematisch gewesen. Richter bei einer *ratissage* aus Versehen vom Militär erschossen? Die Entführer keine Islamisten? Auch Algerien womöglich vor einem Arabischen Frühling? Einem Bürgerkrieg?

Undenkbar.

»Ich werde das Gefühl nicht los, dass du mir höchstens die Hälfte erzählt hast«, knurrte Landrich.

»Ein Viertel, Harry.«

Landrich lachte rau.

»Eines noch: Soudani.«

»Der General.«

Eley nickte kauend. »Tust du mir einen Gefallen?«

»Mein Leben besteht aus nichts anderem mehr.«

»Ruf den algerischen Botschafter an. Frag ihn, wo Soudani ist. General Ibrahim Soudani.«

Landrich tippte auf der Tastatur, sagte, die Botschaft sei längst geschlossen. Er langte nach dem Telefon. Eley hörte das Freizeichen, eine Bandansage. Landrich legte auf.

»Ist wichtig, Harry.«

Landrich seufzte, tippte wieder, verschickte Mails.

»Elbe Defence, Meininger Rau«, sagte Eley. »Ob Soudani bei ihnen ist.«

Landrich schrieb weitere Mails. »Noch was?«

»Ich brauche ein Auto.«

»Pessin?«

»Ja.«

Landrich stand auf, die Stirn gerunzelt, aber die Augen leuchteten. »Da fahren wir zusammen hin.«

65

BERLIN

Eine Stunde noch, dachte Katharina Prinz, dann würde sie nach Hause fahren und sich der Angst stellen.

Der Aufzug, das Treppenhaus. Der Briefkastenschlitz.

Vergangene Nacht war sie in Panik aufgewacht, weil sie geglaubt hatte, Schritte zu hören. Das Schaben von Metall gegen Metall. Sie hatte sich getäuscht.

Sie tastete nach dem Projektil in der Hosentasche, das sie wie einen Talisman mit sich herumtrug. Wie eine Erinnerung, um die Drohung nicht zu vergessen.

Verärgert dachte sie, dass es seinen ursprünglichen Zweck erfüllt hatte – ihr Angst einzujagen.

Sie verdrängte die Gedanken, versuchte, sich auf die Rede des Verteidigungsministers zu konzentrieren. Parlamentarischer Abend des Bundesverbandes der Deutschen Sicherheits- und Verteidigungsindustrie, Stelldichein von Rüstungsindustrie und Politik, gut zweihundert Gäste. Sie verabscheute Veranstaltungen wie diese, war nur gekommen, weil der Termin in Heinrich Zimmermanns Kalender verzeichnet war.

Und natürlich wegen der Angst.

Eine Stunde später hielt sie ein Glas Rotwein in der Hand, wanderte durch Grüppchen von Abgeordneten, Ministeriumsmitarbeitern, Angehörigen der Rüstungsindustrie und der Bundeswehr, Interessenvertretern, immer darauf bedacht, bekannten Gesichtern rechtzeitig auszuweichen. Sie hatte keine Lust auf Small Talk.

Alles außer Kontrolle in Algerien. Richter ermordet, Eley verschwunden.

Am Spätnachmittag war sie im Krisenreaktionszentrum gewesen, hatte die müden, mitgenommenen Gesichter gesehen. Die Ersten hatten ihren Schreibtisch geräumt. Sie gingen mit einem Gefühl, das sie eine Weile begleiten würde, eine Art bittere Enttäuschung. Über ein paar wenige Tage und Tausende Kilometer Distanz hatten sie eine Beziehung zu Richter entwickelt. Sie hatten Verantwortung für ihn übernommen. Hatten ihn verloren.

Und Eley? Richter war im Bezirk Tizi Ouzou getötet worden, Eley seit seiner Fahrt nach Tizi Ouzou verschwunden. Harry Landrich, den sie mehrfach angerufen hatte, wusste nicht, wo er war. Der Botschafter war heute früh nicht erreichbar gewesen.

Noch etwas war in Tizi Ouzou geschehen. In der Onlineausgabe eines Lokalblatts war von einer weiteren Militäraktion die Rede, in die auch die Polizei eingebunden gewesen sei. Ein »Ausländer«, vermutlich ein Deutscher, sei bereits am Dienstag um die Mittagszeit vor einem Café erschossen worden.

Dann, heute Morgen, die knappe Nachricht der Algerier bezüglich Richters Tod.

Sie leerte das Glas, hielt gleich darauf wieder ein volles in der Hand. Im letzten Moment drehte sie vor Mareike Roth-Albig und Ernst Friedrich Riehle ab. Beider Gesichter waren gerötet, die Stimmen gedämpft. Sie spürte ihre Aufregung noch aus zwei Metern Entfernung. Der Kampf gegen Meininger Rau war in die entscheidende Phase getreten.

Nach Wiebke Eberts Geständnis hatten die Staatssekretärin und der Minister bekräftigt, dass sie sich für den Widerruf der Genehmigung einsetzen würden. Sobald Ebert ihre Aussage am morgigen Freitag im Beisein ihres Rechtsanwalts, eines Staatsanwalts und von Beamten der zuständigen Kripodirektion wiederholt haben würde, ließe der Minister die Kollegen von BMWi und BMVg informieren.

Köpfe würden rollen, Karrieren enden.

Reinhold Wegner, der Ebert zufolge illegale Waffenexporte Meininger Raus in verschiedene Embargoländer ermöglicht hatte. Die Verantwortlichen bei Meininger Rau. Andere in der langen Kette der Beteiligten. Zwei, deren Fall ein mittleres Erdbeben auslösen würde: Riehle, immerhin stellvertretender Vorsitzender der CDU/CSU-Bundestagsfraktion, und Siegfried Berghammer, Parlamentarischer Staatssekretär im BMWi, die Wegner und Meininger Rau auf unterschiedliche Weise unterstützt hatten.

Sie schlenderte weiter, fühlte sich angenehm geisterhaft, als glitte sie unsichtbar durch die Menge. Inzwischen war sie froh, hier zu sein. Es erinnerte sie an früher, an den Anfang in Algier, den Besuch der Kanzlerin und das Entsetzen darüber, welche geringe Bedeutung demokratische Grundwerte wie Menschenrechte, die Würde des Einzelnen, Freiheit, das Recht auf Meinungsäußerung in der alltäglichen deutschen Außenwirtschaftspolitik hatten, wenn Vertragsabschlüsse winkten.

Demokratisch nach innen, nicht nach außen.

Unerheblich, wenn afrikanische Kindersoldaten mit dem G3 von Heckler & Koch schossen, wenn G36 in libyschen Depots auftauchten, wo sie nicht hätten auftauchen dürfen. Wenn Transportpanzer deutscher Herkunft in Kairo ein Dutzend Demonstranten zerquetschten wie im Oktober 2011 beim »Maspero-Massaker«. Henschel-Wehrtechnik, längst zu Rheinmetall gehörend, hatte den »Fahd« in den Achtzigern im Auftrag des ägyptischen Militärs konzipiert und die Lizenz verkauft. Mittlerweile hatten die Ägypter den Panzer entgegen der Endverbleibserklärung nach Sudan und Kongo exportiert, ohne dafür die notwendige Genehmigung der Bundesregierung einzuholen.

Immer weiter so, dachte sie.

An Abenden wie diesem wurde die Verstrickung von Politik und Rüstungswirtschaft offenbar. Man musste sich nur den BDSV selbst ansehen: der Hauptgeschäftsführer ein ehemaliger SPD-Staatssekretär in Land und Bund, der Geschäftsführer Oberstleutnant a. D. der Bundeswehr und einst im BMVg, in der Geschäftsführung außerdem ein stellvertretender CDU-Vorsitzender einer Kleinstadt. Bei anderen Lobbyverbänden sah es kaum anders aus.

Das dritte Glas Wein.

Dieses eine noch, dachte sie, dann würde der Mut reichen, um sich der Angst zu stellen.

Als es leer war und sie über ein viertes nachdachte, vibrierte ihr Telefon. Algier, die Botschaft. Sie nahm den Anruf an, während sie aus dem Saal eilte.

Der Botschafter selbst.

Eley lebte, war in Sicherheit.

»Er müsste mittlerweile in Berlin eingetroffen sein.«

»Vielen Dank, Herr Botschafter.«

»Allerdings gibt es ein Problem. Seine Version der Ereignisse unterscheidet sich von der offiziellen.«

»Ich verstehe.« Sie hatte das Foyer erreicht, arbeitete sich in ihren Mantel hinein.

»Reden Sie mit ihm. Vielleicht können Sie ihn zur Vernunft bringen.«

»Hat er denn recht?«

Der Botschafter lachte heiser. »Keine diplomatische Kategorie, wie Sie wissen. Letztlich zählt nur, dass Algerien nicht in die Luft fliegt, und wie Sie ebenfalls wissen, konnte die Regierung das bislang recht gut verhindern. In diesem Sinne: Nein, er hat nicht recht.«

Sie versprach, mit Eley zu reden. Dann stand sie draußen im

kalten Regen, überlegte, wo sie geparkt hatte. Die Funkfernbedienung half nicht, also lief sie einmal nach links, fand den Volvo nicht, dann nach rechts. Als sie endlich auf den Fahrersitz fiel, war sie vollkommen durchnässt.

Zehn, elf verdächtige Autos folgten ihr nach Kreuzberg.

Zwei warteten am Paul-Lincke-Ufer in zweiter Reihe.

Ein Mann ging ihr vom Parkplatz zum Haus nach.

Ein anderer stand rauchend in der Nähe des Eingangs.

Fluchend strich sie sich mit der Hand über die Stirn. Sie hatten es geschafft, hatten sie paranoid gemacht.

Sie nahm den Aufzug. Oben tastete sie mit klopfendem Herzen nach dem Lichtschalter. Noch im Dunkeln hörte sie Schritte auf der Treppe, zweiter oder dritter Stock, langsam, geduldig, vom Läufer gedämpft.

Die Lifttür schloss sich, der Aufzug entfernte sich nach unten. Endlich sprang die Deckenleuchte an. Sie drehte sich zur Wohnungstür um, schrak zurück. Die Tür war angelehnt. Durch den Schlitz drang Licht.

Keine Einbruchsspuren.

Die Schritte waren jetzt deutlicher zu hören. Vierter Stock. Näherten sich unablässig.

Sie zog das Handy hervor, wählte den Notruf. Während die Verbindung aufgebaut wurde, ging sie lautlos in die Wohnung und schloss die Tür. Ihr war eiskalt, Angst in jeder Körperfaser, aber sie spürte auch, dass die Automatismen funktionierten. Sie konnte klar denken, zielstrebig handeln.

Nur den, der da kam, nicht reinlassen.

Lautlos schloss sie die Tür.

Eine Stimme aus dem Hörer. Prinz nannte ihre Adresse, sagte, jemand sei in ihre Wohnung eingebrochen und vielleicht noch da. »Bleiben Sie bitte dran!«, flüsterte sie.

Als sie schwieg, hörte sie, dass die Schritte auf dem Weg ins oberste Stockwerk waren.

Der Treppenabsatz auf halber Höhe.

Vor ihrer Tür verharrten sie.

Der schmale Deckel des Briefschlitzes öffnete sich. Ein goldenes Projektil wurde hindurchgeschoben, fiel zu Boden, prallte dreimal ab, kullerte auf die Küche zu, blieb liegen.

Sie blickte auf die Türen, das Wohnzimmer, die Küche, rechts hinten das Bad. Niemand kam. Kein Geräusch aus dem Inneren der Wohnung.

Der draußen verharrte, wo er war.

Sie wollte sich eben in die Küche wagen, um ein Messer zu holen, als das Handy einen Anruf signalisierte. Die Durchwahl der Staatssekretärin.

Draußen entfernten sich die Schritte.

Sie nahm den Anruf an.

Wiebke Ebert war tot.

Hatte sich am frühen Abend in ihrer Wohnung erhängt.

66

PESSIN

Ein halbes Dutzend Streifen der Brandenburger Kollegen hatten sich in Ribbeck versammelt, dazu mehrere LKA-Beamte, Abteilung Staatsschutz, ein kleines SEK-Team. Eley informierte Wollkatsch, den Einsatzleiter, ein sommersprossiger Blonder, Sportler, musste Ende dreißig sein, sah aus wie Ende zwanzig.

»Also doch kein Al-Qaida-Mann?«

Landrichs Idee. *Sagst du »al-Qaida«, lassen sie alles stehen und liegen.*

»Wir wissen es nicht.«

»Die Anzugträger wollten kommen.«

»Kein guter Plan«, sagte Eley. »Rufen Sie an.«

Wollkatsch ging zu seinem Wagen, kam wenig später zurück. »Sie gehen wieder ins Bett.«

»Gut. Wollen Sie in Pessin dabei sein?«

Wollkatsch hob eine Hand. »Ist mein Land, oder?«

Sie stiegen in Landrichs Wagen, fuhren los, sieben Kilometer bis Pessin.

»Wo war das noch mal, Algerien?«, fragte Wollkatsch, der vorn saß.

Eley deutete nach links. »Da unten im Süden.«

Wollkatsch lotste sie durch Pessin, das schon zu schlafen schien, obwohl es nicht einmal halb zehn war.

»Die hatten gestern Erntefest, deswegen«, sagte er.

»Warte mal, Harry«, sagte Eley. Landrich blieb am Straßenrand stehen, mit ihm der Konvoi. »Da kommt das ganze Dorf zusammen?«

Wollkatsch nickte.

»Ruf den Bürgermeister an.«

»Bürgermeisterin.«

Eleys Blick streifte über die kleinen Einfamilienhäuser, die zum Teil weit hinter Zäunen und Bäumen standen, zu beiden Seiten der Sträßchen breite Grasstreifen. Viel Platz, viel Natur, das Leben scheinbar langsam und beschaulich.

Jetzt nicht mehr, natürlich.

Wollkatsch reichte ihm das Telefon. Eine dunkle, irritierte Frauenstimme, ein wenig heiser, Dani Janke. Ja, sagte sie, Djamel Benmedi sei da gewesen beim Fest, mit seinem Großvater.

»Erzählen Sie.«

Landrich und Wollkatsch warteten, die Köpfe halb zu ihm gewandt.

»Kein Wort zu irgendjemandem«, sagte Eley.

»Aber Sie müssen mich informieren, wenn Sie bei Youcef waren«, entgegnete Dani Janke.

Er gab das Telefon zurück. »Er war da. Später hat sie mit ihm und ein paar anderen Fußball gespielt. Nachts war die Tochter mit ihm allein. Freundlich, still, so melancholische Augen. Tut keiner Fliege was zuleide.«

Wollkatsch schüttelte den Kopf. »Frauen.«

»Hat sie ihn heute gesehen?«, fragte Landrich.

»Gegen Mittag, er ist spazieren gegangen, aus dem Dorf raus. Wie viele Straßensperren brauchen wir?«

»Drei.« Wollkatsch stieg aus, um die Schutzpolizisten zu instruieren. Einer der Streifenwagen wendete, zwei passierten sie. Wollkatsch stieg wieder ein. Sie fuhren in die Straße der Jugend, rollten am Spritzenhaus der Freiwilligen Feuerwehr vorbei, schmales

Türmchen, eine rote Tür, ein rotes Tor. Ein Spielzeughaus, dachte Eley.

Wollkatsch hob die Hand, das Haus an der nächsten Kreuzung. Ein Obergeschoss, von Efeu überwucherte Mauern, zwei Fenster im Erdgeschoss erleuchtet, eines gekippt, darunter stand eine Sitzbank.

Sie hielten, stiegen aus, es ging jetzt schnell, Wollkatsch schickte sechs Schutzpolizisten ums Haus, damit Hintertüren, Fenster, Kellertreppe gesichert waren, die SEK-Männer würden vorn reingehen. Als Eley zur Tür eilte, sah er durch das Küchenfenster einen alten Mann an einem Tisch sitzen, er rauchte, die andere Hand lag um eine Tasse. Der Großvater, Youcef Benmedi.

Erstarrt stand Benmedi kurz darauf in der Diele bei Eley und Landrich, während vermummte Männer auf der Suche nach seinem Enkel durchs Haus stürmten.

Dann kam Wollkatsch aus dem Obergeschoss, schüttelte den Kopf.

Sie saßen in der Küche, Eley gegenüber von Benmedi, der eine Zigarette nach der anderen rauchte, die Augen wässrig, der Kopf gesenkt. Seine Bewegungen waren langsam, als wären die Arme, die Hände, der Kopf ungeheuer schwer. Er sprach fast fließend Deutsch, hatte eine unbestimmbare ostdeutsche Einfärbung.

»Darf ich?«

Benmedi nickte, und Eley nahm sich eine Zigarette. Er hörte Wollkatsch leise stöhnen, konnte ihn verstehen, die Küche trotz des gekippten Fensters völlig verqualmt.

Benmedi hatte gesagt, sein Enkel sei am frühen Abend nach Berlin gefahren. Wohin, wisse er nicht. Mal in einer Bar sitzen, weißt du, in einen Klub gehen. Warte nicht, es wird spät.

»Obwohl er morgen abreist«, sagte Eley.

Benmedi nickte wieder.

»Sie haben ihm nicht geglaubt, richtig?«

»Dass er in eine Bar will?«

»Ja.«

»Warum hätte ich ihm nicht glauben sollen?«

Eley antwortete nicht.

»Er ist jung, und in Algerien gibt es wenige Bars. Außerdem ist er mein Enkel.«

Eleys Blick begegnete dem Landrichs, der kurz die Brauen hob. Sie spürten beide, dass Benmedi log. Nicht zugeben wollte, dass er Djamel nicht geglaubt hatte.

»Kennen Sie Sadek Madjer?«

»Nein.«

»Ibrahim Soudani? General Soudani.«

»Nein.« Benmedi kratzte sich die Augenbraue. »Ibrahim Soudani? Es gab einen Offizier, vor langer Zeit, der hieß so. Im Befreiungskrieg.«

»Das ist er.«

»Ich habe damals von ihm gehört. Seitdem nicht mehr.«

»Abderrahmane Toumi?«

Benmedi schüttelte den Kopf.

Eley wartete, begegnete erneut Landrichs Blick. Auch der Chef wartete. Benmedi hatte noch nicht gefragt, weshalb sie seinen Enkel suchten.

»Kennt Djamel jemanden in Berlin?«

»Nur Aziz.«

»Der Freund aus Paris, bei dem er wohnt. Der ihn hergefahren hat.«

»Ja.«

»Wir brauchen ein Foto Ihres Enkels«, sagte Landrich.

»Ich habe keines.«

Landrich ging hinaus, schloss die Küchentür. Er würde die Fahndungsmeldung rausgeben, Aziz Amrani und Djamel Benmedi, vermutlich in Berlin unterwegs. Und er würde die Franzosen bitten, Djamels Visumsantrag samt Foto zu mailen.

»Wo in Algerien lebt Ihr Enkel?«

»In Tizi Ouzou. Das ist ...« Benmedi hielt inne. »Ich weiß nicht mehr genau, wo das ist.«

»Hundertfünfzig Kilometer östlich von Algier. Ich war dort, vor zwei Tagen.«

»In Tizi Ouzou?«

»Ja. Ich habe die letzten vier Jahre in Algerien gearbeitet.«

»Was macht man als deutscher Polizist in Algerien?«

Eley erklärte es.

»Nicht schlecht«, murmelte Wollkatsch. »Könnte mir auch gefallen.«

»Worüber haben Sie mit Ihrem Enkel gesprochen?«

»Über die Familie. Seine Großmutter. Sie ist sehr früh gestorben, 1961. Über Deutschland. Er wollte alles wissen. Seit wann ich hier bin, wie es hier ist.«

»Haben Sie über Politik gesprochen?«

»Nein.«

»Ist Ihr Enkel politisch?«

»Ich glaube nicht. Er hat Wirtschaft studiert. Nein, für Politik interessiert er sich nicht.«

Eley hörte ein Auto vorfahren, sah aus dem Fenster, ein Streifenwagen. Wollkatsch war schon aufgestanden, ging zur Tür. Im selben Moment kam Landrich zurück. Er setzte sich mit einem Nicken, stützte die Ellbogen auf den Tisch.

»Interessieren *Sie* sich für Politik?«, fragte Eley.

»Früher einmal. Jetzt nicht mehr.«

»Während des Befreiungskrieges?«

»Ja.«

»Sie haben für den FLN gekämpft?«

Benmedi nickte.

»Sind Sie gläubig?«

»Nein. Warum?«

Eley deutete auf die Kachel an der Wand über dem Herd. »›Mekka‹«, erklärte er Landrich.

Wollkatsch kam mit einem Schriftstück zurück, hielt es vor Benmedi. »Ein Durchsuchungsbeschluss.«

Mit verwirrter Miene nahm Benmedi das Papier in beide Hände, die nach einem Moment zu zittern begannen, legte es schließlich auf den Tisch zurück.

Fragte auch jetzt nicht, weshalb sie seinen Enkel suchten.

Sie standen in dem Zimmer, in dem Djamel schlief, Benmedi, Eley, Landrich, sahen schweigend zu, wie Wollkatsch eine Reisetasche ausräumte und den Inhalt auf das Bett legte. Kleidung, ein Paar Schuhe, französische Zeitungen, Hygieneartikel. Nichts, was in irgendeiner Weise relevant gewesen wäre.

»Hatte er sonst etwas dabei?«, fragte Eley.

»Nein«, erwiderte Benmedi.

Wollkatsch räumte wieder ein, Landrich telefonierte. Eley ging mit Benmedi hinunter, sie setzten sich in die Küche. Benmedi musterte ihn lange, dann griff er nach einer flachen Schachtel, die auf dem Fenstersims lag, und schob sie vor ihn.

Zwei Dutzend Schwarz-weiß-Fotos. Djamels Großeltern, der Vater als Säugling. Das Fußballteam des FLN. Zohra Drif inmitten anderer bewaffneter Frauen.

Die Vergangenheit Algeriens.

Eley war nicht gewappnet, der Schmerz kam rau und überraschend. In den algerischen Gesichtern, den Straßen und Häusern in Schwarz-weiß war auch Amels Vergangenheit.

Eine Weile sagten sie nichts, hingen ihren Gedanken nach.

Schließlich langte Benmedi in die Schachtel, nahm sehr vorsichtig eine Brille heraus und legte sie auf den Tisch. »Sie gehörte meinem Sohn Mouloud. Djamels Vater. Sie wird mindestens zwanzig Jahre alt sein. Er hat sie an dem Abend verloren, als er verschwunden ist.«

»Verschwunden?«

Über Benmedis Wangen liefen Tränen, er schien es nicht zu bemerken. »Im September 1995. Djamel hat sie aufgehoben. So, wie er die Fotos aufgehoben hat.«

Mit flüchtiger Stimme, verborgen hinter einer wabernden Wand aus Zigarettenrauch, begann er zu erzählen – vom Befreiungskrieg, von Hass und Rache und Tod, dem Tod seiner Frau und, viele Jahre später, dem seines Sohnes, der ebenfalls ein Kämpfer gegen das herrschende System gewesen sei, nur mit anderen Waffen, der Güte, dem Koran, dem Intellekt.

Während er sprach, ließ er Eley nicht eine Sekunde aus den Augen, als wollte er ihm noch etwas erzählen, was in den Wörtern mitschwang, was er anders nicht aussprechen wollte oder konnte, weil er es vielleicht gar nicht wusste, sondern nur vermutete.

Als sich die Tür öffnete, Wollkatsch und Landrich eintraten, verstummte er. Doch Eley hatte verstanden.

Der Großvater im Widerstand, der Vater.

Der Enkel.

Wenig später verließen sie das Efeuhaus. Die Einsatzkräfte kehrten nach Brandenburg zurück, Eley, Landrich und Wollkatsch fuhren zu Dani Janke.

Auch die Tochter war da, Jenny, eine kleine, stämmige Frau

Ende zwanzig. Sie musste es nicht sagen, es war offensichtlich: Sie hatte sich Hals über Kopf in Djamel verliebt.

»Wenn Sie ihn kennen würden …«

»Ja«, unterbrach Eley sie. »Es tut mir leid.«

»Aber was für einen Anschlag denn?«, fragte die Mutter.

»Möglicherweise auf einen Waffentransport.«

»Nein«, sagte Jenny. »Sie kennen ihn nicht.«

»Ich habe seine Kameraden in Algerien kennengelernt. Sie haben zwei Deutsche entführt und einen von ihnen erschossen.«

Landrichs Telefon klingelte. Er verschwand im Flur, Eley hörte ihn sprechen, verstand akustisch nur ein Wort, »Exzellenz«. Der algerische Botschafter.

»Sie haben die Nacht mit ihm verbracht?«

»Ja.«

»Hat er Ihnen erzählt, dass er heute nach Berlin fährt?«

Jenny schüttelte den Kopf. Sie hatten vereinbart, sich am Abend zu treffen, *this evening*. Aber er war nicht gekommen. Sie weinte stumm, doch sie wirkte stabil, sie würde es überleben. Eher der Schreck, dachte Eley, als Verzweiflung.

Wollkatsch entschuldigte sich, fragte nach einer Toilette. Dani Janke führte ihn nach oben.

»Worüber haben Sie mit Djamel gesprochen?«

»Über seinen Vater, meinen Vater, über …«

»Was ist mit Ihrem Vater?«

»Er ist bei einem Unfall ums Leben gekommen, vor elf Jahren.«

»Und was hat er über seinen Vater erzählt?«

Wieder Amel, wieder Parallelen, andere diesmal, wieder das Trauma, das der algerischen Krankheit zugrunde lag, dem freiwilligen und dem verordneten Schweigen. Eine Neunzehnjährige, die sich auf vermummte Mörder stürzte, ein Elfjähriger, der Tag für Tag zum Gefängnis ging, in dem der verschleppte Vater angeblich inhaftiert, in Wirklichkeit wohl längst ums Leben gekommen war. Die Angst einer Tochter, einer Mutter, dass sich die furchtbare Nacht wiederholen könnte, die Sehnsucht eines Sohnes nach Gewissheit über das Schicksal des Vaters.

Landrich kam zurück, zog Eley beiseite. Sie traten in die kleine, überhitzte Küche, in der ein durchdringender Geruch nach Kartoffeln und Fleisch hing. Soudani sei in Berlin, sagte Landrich, allerdings wisse der Botschafter nicht, wo. »Ich verstehe immer noch nicht, warum das wichtig sein soll.«

»Alles ist jetzt wichtig«, sagte Eley.

»Könntest du dich bitte bemühen, dich klarer auszudrücken?«

Eley musste schmunzeln. Er gehe davon aus, erwiderte er, dass Soudani ahne, was Djamels Leute vorhätten. Also sei er vermutlich dort, wo sie seien.

»Die Gewehre sind im Süden«, sagte Landrich skeptisch. »Soudani ist in Berlin.«

»Vielleicht geht es ja gar nicht um die Gewehre.« Eley rieb sich die Schläfen, konnte nicht mehr klar denken. Es *musste* um die Gewehre gehen. Warum sonst hatten Toumis Leute Richter entführt? Er war bei Meininger Rau für den Verkauf der MRG 45 nach Algerien zuständig gewesen. In Kürze wurde in Deutschland die erste Tranche auf den Weg gebracht. Soudani, ebenfalls in das Geschäft involviert, war in Deutschland. Djamel, dessen Leute Richter entführt hatten, auch. Natürlich ging es um die Gewehre. »Wir müssen jemanden von Meininger Rau ans Telefon bekommen.«

»Ja«, sagte Landrich.

»Und finde raus, ob die in Berlin eine Niederlassung haben.«

»Hör mal, ich bin dein Chef, nicht dein Sekretär.«

»Ach, Harry«, sagte Eley, tätschelte ihm den Arm. Landrich seufzte und hob das Telefon.

Eley kehrte ins Wohnzimmer zurück.

»Kommen Sie«, sagte Dani Janke aufgeregt. Mutter und Tochter gingen voran, durch die Terrassentür in einen, soweit das in der Dunkelheit zu erkennen war, reichlich ungezähmten Garten, führten Eley zu einem Bretterverschlag.

»Da waren Sie mit ihm?«

Jenny nickte.

Eley schickte sie ins Haus zurück, bat sie, Wollkatsch zu holen, sicher war sicher, er selbst war nicht bewaffnet. Andererseits hätte es überhaupt keinen Sinn ergeben, wenn Djamel sich hier versteckt hätte. Und sie hatten keine Zeit.

Er öffnete die Tür, der Verschlag war leer.

Auf dem Rückweg zum Haus kam ihm Landrich entgegen. »Ein Büro Unter den Linden und eine Villa in Lichterfelde West«, sagte er.

»Die Villa«, sagte Eley.

67

BERLIN

Soudani, Moussa und der Deutsche.

Der General hatte gekocht, sie aßen im Wohnzimmer an einem runden Tisch. Der Deutsche wirkte angetrunken, er sprach mit gerötetem Gesicht und großen Gesten. Immer wieder hörte Djamel ihn durch die halb geöffnete Terrassentür lachen.

Er hatte eine Stunde im dichten Gebüsch zum Nachbargrundstück verbracht, die drei Männer beobachtet und seinen Entschluss überprüft: Soudani töten.

Es blieb dabei.

Ein seltsamer Gedanke: Er brauchte einen Toten, um Ruhe zu finden – die Leiche seines Vaters oder die Soudanis.

Den Vater beerdigen oder Soudani töten.

Er ging zum Swimmingpool und blieb im Dunkeln stehen, kaum fünfzehn Meter von der Glasfront entfernt. Anfangs hatte er warten wollen, bis der Deutsche gefahren war, Soudani und Moussa im Bett lagen. Doch dann war ihm die Alarmanlage aufgefallen. Er konnte nicht warten, musste ins Haus, solange die Terrassentür geöffnet war.

Auch der neue Plan war einfach. Soudani töten. Moussa, wenn es nicht anders ging. Den Deutschen fesseln und zusammen mit den Leichen einsperren, damit sie vor Samstag nicht gefunden wurden.

Rasch überprüfte er die Waffe, auf die er den Schalldämpfer geschraubt hatte. Zum Üben war keine Zeit geblieben. Es musste so gehen.

Über das nasse Gras lief er auf die drei Männer jenseits der Fensterscheibe zu. Moussa und der Deutsche saßen mit dem Gesicht zu ihm und bemerkten ihn gleichzeitig, als er die Terrasse erreicht hatte. Er stand schon fast im Zimmer, da sprang Moussa auf, eine Pistole in der Hand, aber er kam nicht mehr dazu, sie auf ihn zu richten, Djamel schoss zweimal, traf ihn ins Gesicht und in die Brust. Die Wand hinter ihm färbte sich rot. Während Moussa stürzte, seinen Stuhl dabei umriss, stieß der Deutsche ein hohes Wimmern aus, fast wie das Heulen eines verstörten Hundes. Den Kopf zwischen die Schultern gezogen, starrte er Djamel an.

Soudani hatte sich nicht bewegt. Jetzt legte er Gabel und Messer nieder und sagte auf Französisch: »Seien Sie bitte still.«

Das Wimmern brach ab.

Djamel trat in die Mitte des Zimmers, und Soudanis Blick erfasste ihn. Er kannte die wenigen Fotos, die es von dem General gab, auf allen trug er Uniform. Nun saß er im weißen Hemd vor ihm, die Ärmel fein säuberlich umgeschlagen, wirkte nicht wie ein Offizier, nur wie ein strenger alter Mann mit geröteten Augen und einer unendlich langen, komplizierten Geschichte.

Djamel zog den Stuhl vom Kopfende des Tisches heran, setzte sich schweigend. Er hatte mit einem Soldaten gerechnet, nicht mit einem alten Mann.

»Wenn Sie mich töten wollen, tun Sie es schnell«, sagte Soudani auf Algerisch. »Wenn nicht, verschwinden Sie.«

»Erst reden wir.«

»Reden …«, murmelte Soudani und wirkte plötzlich müde.

»So wie Sie mit meinem Vater reden wollten, Mouloud Benmedi, am siebenundzwanzigsten September 1995 in Algier, im Gefängnis von Serkadji.«

»Erwarten Sie nicht, dass ich mich erinnere.«

»Weil es zu viele waren, um sich zu erinnern?«

Soudani ballte die Faust. »Zu viele Terroristen.«

»Mein Vater war kein Terrorist. Er war harmlos, gutmütig, manchmal ein bisschen aufbrausend. Sein Fehler war, dass er sehr gläubig war. Das hat ihn verdächtig gemacht.«

»Sie waren alle harmlose, brave Muslime«, sagte Soudani. »Nachts haben sie den Terroristen in der Kasbah oder in den Vororten Geld und Waffen und Lebensmittel und Informationen gebracht. Irgendwann sind sie mit ihnen gegangen und haben selbst Bomben geworfen.«

»Nicht mein Vater.«

Soudani stieß ein Schnauben aus. »Das sagen alle Söhne.« Er nickte in Richtung des Deutschen, dessen Blick zwischen ihm und Djamel hin- und herflog. »Lassen Sie ihn gehen.«

»Noch nicht«, erwiderte Djamel.

»Excusez-moi?«, flüsterte der Deutsche.

Er beachtete ihn nicht. »Was haben Sie mit meinem Vater gemacht, General?«

»Wie gesagt, ich erinnere mich nicht.«

»Er war klein, ein bisschen dick, hatte einen Schnurrbart. Er war sehr kurzsichtig, und weil er seine Brille nicht dabei hatte im Serkadji, wird er dauernd die Augen zusammengekniffen und geblinzelt haben. Sie haben ihn und andere am Abend in der Rue Abdelaziz Hamoua geholt, einer Seitenstraße des Boulevard de l'Emir Khaled, der am Stadion von Bologhine vorbeiführt. Der Boulevard war in Richtung Stadt gesperrt, und …«

Soudani hob ungeduldig eine Hand. »Ich erinnere mich nicht. Aber ich erinnere mich an den einunddreißigsten August. Eine Bombe explodierte vor der Polizeidirektion in Bab el Oued.«

Djamel nickte, hörte seinen Vater flüstern: *Zehn Tote im August in Bab el Oued!*

»Vermutlich war Ihr Vater einer der Verdächtigen.«

»Sie kennen Ihre Feinde nicht, General.«

»Bringen wir es endlich hinter uns«, sagte Soudani.

»Ja«, sagte Djamel. Er hob die Pistole und drückte den Abzug durch. Die Kugel fuhr Soudani in die Schulter, die Wucht stieß ihn seitlich vom Stuhl. Fast geräuschlos kam er auf dem Boden auf. Seine Augen waren geschlossen, seine Lippen bewegten sich, er schien stumm zu beten.

Djamel stand auf, schoss ihm ins Herz.

Sah zu, wie er starb.

Die Lippen verharrten, die Lider glitten auf, der Blick leer. Ein paar Sekunden, das war alles. Ein paar Sekunden für siebzehn Jahre.

Er drehte sich um, blickte in die aufgerissenen Augen des Deutschen, der rasch die gespreizten Hände in seine Richtung streckte, als wollte er ihn beschwörend von sich fernhalten oder ihm nur zeigen, dass er keine Waffe hatte. *»You are Wegner?«*

Der Deutsche schüttelte den Kopf. *»No, no, no, I am Prinz, not Wegner. Prinz.«*

Djamel wandte sich wieder der Leiche Soudanis zu. Im Tod kam ihm der General winzig vor. Alle Macht und Härte waren aus seinem Körper gewichen. Er dachte, dass dies der wahre Soudani war, der Mann hinter der eisernen Fassade.

»I am not Wegner«, sagte der Deutsche atemlos. »Wegner wollte kommen, aber er … er ist nicht gekommen.«

Djamel beachtete ihn nicht. Er bückte sich zu der schmalen Leiche hinunter, roch den Urin und die Exkremente, die der Körper des strengen alten Mannes, der nicht mehr Soudani war, im Tod abgestoßen hatte.

Da zerrissen kurze Explosionen die Stille, eine rasend schnell nach der anderen, die vierte oder fünfte detonierte in seinem Nacken und stieß ihn hart nach vorn.

Er fing sich mit den Armen ab. Auf den Fersen hockend, versuchte er, den Kopf zu heben, doch es gelang ihm nicht.

Wie aus großer Entfernung zwei weitere Explosionen. Aus der Zimmerwand vor ihm platzte Mauerwerk.

Er sah den Deutschen, der nun doch eine Pistole in der Hand hielt, durchs Zimmer rennen, hinaus, in den Garten. Dann war er verschwunden. War … in den Swimmingpool gesprungen.

Djamel ließ sich zurücksinken. Das Tischbein hielt ihn aufrecht.

So saß er da und wartete auf das Ende und dachte, dass er jetzt nicht allein sein wollte, allein mit den Erinnerungen – siebzehn Jahre und ein paar Sekunden.

68

BERLIN

Eley spürte Djamel Benmedi. Spürte, dass sie zu spät kamen. Dann hörte er es auch.

Sie standen am Vorgartentor der Meininger-Rau-Villa in Lichterfelde West, Landrich und er, hatten eben klingeln wollen. »Warte«, sagte er und konzentrierte sich auf das Geräusch.

Ein Wimmern wie von einem Kind.

Er stieg über das Tor, eilte am Haus entlang, gefolgt von Landrich, der es auch zu spüren oder zu hören schien, das lange Gesicht glänzte plötzlich vor Schweiß, die Augen klein und wachsam.

Der Weg führte durch Gebüsch, das als Sichtschutz diente. Sie gelangten in einen Garten, an den Seiten Bäume, weitere Büsche, näher beim Haus ein Swimmingpool, von dem ein gekiester Weg zur Terrasse führte.

»Im Pool«, flüsterte Landrich, der seine Waffe gezogen hatte.

Eley nickte.

Mitten im Pool stand ein Mann. Nur der Kopf ragte aus dem Wasser. Er blickte in Richtung Villa, sah vermutlich nicht viel mehr als den Beckenrand. Das Wimmern stammte von ihm.

Drinnen, im hell erleuchteten Wohnzimmer, zwei am Boden liegende Männer, umgefallene Stühle, leuchtend rote Flecken an einer Wand. Ein dritter Mann, hinter dem Tisch.

Auch Landrich hatte es gesehen, Eley hörte ihn leise telefonieren. Geduckt lief er weiter. Am Schwimmbecken kniete er sich hin, flüsterte: »Ralf Eley, Bundeskriminalamt.«

Der Mann im Wasser blickte ihn an, das Wimmern brach ab.

»Sind Sie verletzt?«

Der Mann schüttelte den Kopf.

»Wie viele sind im Haus? Einer? Zwei?«

»Einer.«

»Ist er am Leben?«

»Ich weiß nicht.«

»Bewaffnet?«

»Ja.«

»Okay«, sagte Eley. »Kommen Sie raus. Hier, bei mir.«

Stumm schüttelte der Mann den Kopf.

Eley seufzte ungeduldig. »Wie heißen Sie?«

»Wegner. Reinhold. Fünfzehn Jahre SPD, dann … Ich …«

»Kommen Sie zu mir, Herr Wegner.«

»Ich kann nicht. Ich habe …«

Landrich trat zu Eley. »Gehen wir rein.«

»Ich habe ihn vielleicht erschossen«, sagte Wegner. »Mit Moussas Pistole, sie lag … Sie lag da. Unter dem Tisch.«

»Komm endlich«, sagte Landrich.

Wegner hob eine Hand, klopfte sich auf den Nacken. »Da habe ich ihn getroffen. Ich wollte nur, dass er … Ich wollte, dass er weggeht, aber ich glaube, ich habe ihn erschossen. Ich bin … ich kann nicht schießen, ich habe das noch nie gemacht. Ich habe geschossen, so oft es ging, damit er weggeht, und dabei habe ich ihn …« Wieder berührte er seinen Nacken. »Da habe ich ihn getroffen.«

»Wo ist Moussas Pistole?«, fragte Eley.

»Liegt da vorn«, sagte Landrich, auf die Terrasse deutend.

Eley erhob sich, und sie gingen auf das Wohnzimmer zu, vorsichtig, behielten die Liegenden im Blick. Er nahm Moussas Waffe mit einem Finger am Abzugsbügel hoch, ließ mit der anderen Hand das Magazin herausschnappen, es war leer.

»Bleib hinter mir«, sagte Landrich.

Sie traten über die Schwelle, näherten sich Djamel Benmedi, der auf der Seite lag, die Arme nach vorn gestreckt. Blut strömte rasend schnell aus seinem aufgeplatzten Hals.

Seine Augen blickten ihnen entgegen. Die Lider bewegten sich. Die Finger.

Mehr, dachte Eley, konnte er nicht bewegen.

»Soudani«, sagte er zu Landrich, deutete mit dem Kopf auf die Leichen. »Moussa.«

Landrich überprüfte bei beiden den Puls, schüttelte den Kopf.

Währenddessen war Eley zu Djamel getreten, hatte sich auf ein Knie niedergelassen. Er verstand nicht, weshalb. Warum Soudani? Es hatte doch keinen Sinn. Sein Tod schwächte *le pouvoir* nicht wesentlich.

»Je suis Eley«, sagte er.

Die Lider senkten sich langsam. *Ich kenne Sie. Ich habe von Ihnen gehört.*

Vielleicht, dachte Eley, bildete er sich das auch nur ein.

»Pourquoi, Djamel? Pourquoi Soudani?«

Die Lider schlossen sich, blieben zu, sekundenlang. Öffneten sich. Kein Wort. Er konnte nicht mehr sprechen.

Eley setzte sich auf den Boden, beugte sich zu Djamel. »Wegen Ihres Vaters? Mouloud?«

Die Lider, ganz langsam.

Ja?

Fern erklangen Martinshörner. Die Verstärkung, der Notarzt. Dann läutete ein Telefon. Er hörte Landrichs Stimme, sah auf.

Landrich sprach Französisch. Beendete das Gespräch. »Sie haben den anderen.«

Eley nickte. Aziz Amrani. »Nur Sie beide?«, fragte er Djamel. »Sie und Amrani? Oder sind noch andere beteiligt?«

Die Lider blieben unbewegt.

Landrich stand über ihm, blickte auf Djamel herunter. »Er wäre doch blöd, wenn er jetzt reden würde«, sagte er auf Deutsch.

»Ist noch jemand hier? In Berlin?«, fragte Eley.

Keine Reaktion.

»Djamel?«

»Vorbei«, sagte Landrich.

Eley schüttelte den Kopf. Er spürte Djamels Finger an einem Bein, sie bewegten sich, strichen kaum wahrnehmbar über sein Knie, wie in einem Krampf, oder als wollten sie den Kontakt nicht verlieren.

»Sind Sie wegen Soudani nach Deutschland gekommen, Djamel?«

Die Lider blieben starr.

»Natürlich«, sagte Landrich, deutete auf die Leichen, das Zimmer. Eley wusste, was er meinte. All dies war nicht zufällig geschehen.

Die Martinshörner waren verstummt, nur die hochdrehenden Motoren zu hören. Sie waren nicht mehr weit.

Noch immer bewegten sich Djamels Finger über sein Knie. Er nahm die starren, kalten Hände in seine, hielt sie. »Hören Sie mich, Djamel?«

Die Lider senkten sich, öffneten sich.

Ja.

Weil ihm nichts anderes einfiel, begann Eley, von Algier zu erzählen, seinem Algier – von der Wohnung am Hafen, dem Blick auf das gleißende Cap Matifou, den allmorgendlichen Espressi in der »Milk Bar«, von der Fahrt mit dem Bus hinauf nach El Biar zur Botschaft, den Ausflügen zu Notre-Dame d'Afrique in Bologhine oberhalb des europäischen Friedhofs und des kleinen Fußballstadions, von den anderen Gewohnheiten aus vier Jahren, und Djamel Benmedi blinzelte manchmal oder bewegte seine Finger kaum merklich, und so wusste Eley, dass er noch da war, noch zuhörte, und dass es richtig war, von Algier zu sprechen in diesen wenigen letzten Minuten.

69

BERLIN

Eineinhalb Stunden später betraten sie den BKA-Turm in Alt-Treptow. Die Gänge leer, irgendwo erahnte man ein paar Nachtdienstler.

Landrich warf sich auf seinen Schreibtischstuhl, tippte den Bericht. Erst war Eley drin, dann strich er ihn raus. Dann nahm er ihn wieder rein.

Knurrte: »Verflucht, was mache ich bloß mit dir?«

»Ach, Harry«, sagte Eley. Er stand am Fenster, blickte hinaus. Oben Dunkelheit, unten träge schimmernd die Stadt. Obwohl er sich mit Sternen nicht auskannte, kam ihm der Himmel fremd vor.

Das Telefon klingelte, endlich Meininger Rau, signalisierte Landrich. Irgendeine hilfreiche Polizistenseele in Altniederndorf hatte eine Privatadresse herausgefunden und so lange an einer Tür geklingelt, bis sie geöffnet worden war.

Landrich drückte die Lauttaste, stellte vor, Eley, Wintrich, der CEO.

Ein hohes, gepresstes Stimmchen, Wintrich hatte längst geschlafen, klang unsagbar müde und deplatziert im Wachsein. »Was um alles in der Welt ist denn passiert?«

»Bitte entschuldigen Sie«, sagte Landrich. »Die Umstän…«

»Soudani«, unterbrach Eley. »Er und Said Moussa wurden heute Abend in Berlin erschossen.«

»Was?«, hauchte Wintrich.

»Sie wussten, dass sie in Berlin sind?«

»Ich … Ja … *Erschossen?*«

»Warum waren sie hier?«

»Oh mein Gott.«

»Ja, ja«, sagte Eley ungeduldig.

Es dauerte eine Weile, bis Wintrich sich gefangen hatte und ihre Fragen beantworten konnte.

Eley bat ihn, die Auslieferung der Gewehre zu verschieben, nur um ein paar Wochen. Ein neuer, geheimer Termin, dann sei man auf der sicheren Seite. Wintrich willigte ein, das am Morgen mit seinen Experten und den algerischen Vertragspartnern zu besprechen.

»Wer ist das bei den Algeriern?«

Zögernd nannte Wintrich drei Namen, Offiziere, die Eley nicht kannte. Er fragte sich, ob einer von ihnen zu Madjers Gruppe gehörte. Ob die Namenlosen auch in der Armeeführung Leute sitzen hatten. »Ihre Security soll die Kameraaufzeichnungen auswerten«, sagte er.

Wintrich schwieg, Eley hörte ihn aufgeregt atmen.

»Die letzten sieben Tage. Vor allem die Außenkameras. Parkplatz, Straße und so weiter.«

»Ich verstehe«, sagte Wintrich.

»Welche Route nehmen die Lkws?«

»Die Details kenne ich nicht.«

»Das LKA Stuttgart wird Ihnen ein paar Leute schicken«, sagte Landrich, »wenn Sie die privaten Schießfritzen abbestellen.«

»Natürlich.«

Landrich bedankte sich, legte auf. Er saß da, den Blick auf seine Notizen gerichtet, und Eley hörte das Bürokratengehirn arbeiten. Knapp fünftausend Gewehre, die am Samstagmorgen das Werk in Altniederndorf verlassen sollten. Angeblich Warnungen der algerischen Dienste vor einem … ja, was? Einem Anschlag auf den

Transport? Keine Warnungen der deutschen Dienste. Dagegen: Djamel Benmedi und Aziz Amrani in Berlin, Soudani und Moussa von Benmedi in Berlin erschossen. War es das gewesen? Oder würde noch was kommen?

Der Zufall war das Problem. Soudani und Moussa waren am Mittwochmorgen vollkommen unerwartet in Altniederndorf aufgetaucht, wie Wintrich berichtet hatte. Genauso unerwartet hatten sie den Wunsch geäußert, nach Berlin zu fahren. Djamel jedoch war bereits am Dienstagnachmittag in Pessin eingetroffen. Also konnte er kaum geplant haben, Soudani in Berlin zu töten.

»Noch mal von vorn«, knurrte Landrich.

»Vergiss Richter nicht.«

»Richter?«

»Ihn zu entführen, weil sie Soudani töten wollten, ergibt keinen Sinn.«

»Nein.«

»Also.«

»Also was?«

»Sie wollen die Gewehre.«

»Aber das wäre blanker Irrsinn, Ralf. In Deutschland einen Waffentransport zu überfallen …«

»Selbst Soudani hat es offenbar für möglich gehalten.«

Landrich nickte skeptisch.

»Fünftausend fabrikneue Sturmgewehre, Harry. Wenn du eine Revolution planst, kannst du die gut brauchen. Und Richter kannte Details. Vielleicht nicht die Uhrzeit, aber den ungefähren Zeitpunkt, Route, Transportunternehmen, Begleitschutz oder nicht und so weiter. Alles wichtig, wenn man fünftausend fabrikneue Sturmgewehre klauen will.«

»Fünftausend Gewehre, dafür brauchst du vier, fünf Lkws.«

»Und ein Schiff.«

»Ein Raumschiff.«

»Leck mich, Harry.«

»Nur ein Scherz«, sagte Landrich.

Er hatte am Morgen einen Termin mit den Kollegen vom Staatsschutz. Später würde auch der Verfassungsschutz anwesend sein. Viele andere Bürokraten, die für Terrorismus zuständig waren. Eley war nicht eingeladen.

Natürlich nicht.

Sie würden Stunden damit verbringen, Informationen zu sammeln, sich miteinander auszutauschen, sich die Köpfe zu zerbrechen. Sie würden versuchen, Informationen von den Franzosen und den Algeriern zu bekommen, von den Amerikanern. Würden am Ende beschließen, für Samstagmorgen ein kleines Team aus Stuttgart nach Altniederndorf zu schicken, nur zur Sicherheit. Sie würden davon ausgehen, dass nichts geschah. Ein kleines Team konnte man vor den Controllern und den Medien rechtfertigen, wenn nichts geschah.

Eley starrte in den fremden Himmel und dachte an sein Büro in Algier. Das in Rom.

Ein kleines Büro, eine Ortskraft als Sekretärin, er. Niemand sonst. Kein Bürokraten- und Expertenheer. Keine Zeitfresser. Was richtig war, entschied nur er. Er konnte spinnen, sein Bauchgefühl kultivieren. Deshalb hatte er sich der jahrelangen Vorbereitung für Verbindungsbeamte unterzogen. Um ins Ausland zu gehen und – im Rahmen der Landesgesetze – sein eigener Herr zu sein.

Damit war nun Schluss. Das AA würde sofort Widerspruch einlegen, wollte Harry Landrich ihn jemals wieder in einer Auslandsvertretung unterbringen.

Harry Landrich würde ohnehin nicht wollen.

Er löste sich vom Fenster, ging zum Schreibtisch. »Montag um neun bin ich wieder hier. Falls mich jemand sprechen will.«

Landrich war beim Tippen, sah nicht auf. »Die Schlange wird bis auf die Straße reichen.«

»Ich habe Zeit.«

»Viel Zeit.«

»Ja.«

»Tut mir leid, Ralf. Hier geht nichts mehr.« Landrich hob den Blick. »Hier« hieß: das Referat, ihre Welt. Fünfzig Staaten, dreiundfünfzig Standorte, sechsundsechzig Verbindungsbeamte. Kein Platz mehr für Eley in dieser Welt.

Er nickte.

»Wird Zeit, dass du deine Wohnung hübsch machst«, sagte Landrich. »Oder umziehst. Ist ein bisschen klein, deine Wohnung, wenn du jetzt länger in Berlin bist.«

»Mal sehen«, sagte Eley.

»Mal sehen«, sagte Landrich, zuckte mit den Schultern.

An der Tür drehte Eley sich um. »Ich dachte an Rabat oder Tunis.«

Landrich grinste giftig. »Höchstens Tripolis. Oder … Wie heißt das da in Mali?«

»Bamako.«

»Das meine ich.«

»Wir haben kein Büro in Bamako.«

»Hab gehört, du arbeitest sowieso lieber in Hotelzimmern.«

»Ach, Harry.«

»Geh heim, Ralf, schlaf dich aus.«

Eley hob grüßend die Hand. »Lass unseren Leuten ausrichten, dass ich da unten in Altniederndorf rumschwirre. Dass sie mich nicht aus Versehen erschießen sollen.«

Sanft schloss er die Tür, trat kurz darauf in die Nacht hinaus, ging die eineinhalb Kilometer zu seiner winzigen Wohnung am Kiehlufer zu Fuß. Er dachte an den alten Benmedi, dem Wollkatsch die Nachricht vom Tod Djamels mittlerweile überbracht haben würde. Er nahm sich vor, ihn irgendwann in Pessin zu besuchen. In der verqualmten Küche sitzen, rauchen, über Algerien sprechen. Von Sadek Madjer und Abderrahmane Toumi erzählen, von Tizi Ouzou und Bouzeguène, damit Benmedi ein bisschen besser verstand, wer sein Enkel gewesen war.

Vielleicht von Amel erzählen, damit Benmedi verstand, wer *er* war.

Aber darum ging es nicht, dachte er.

Youcef Benmedi, ein Stückchen Algerien in Brandenburg.

70

BERLIN

Heinrich Zimmermanns Zustand war unverändert. Er lag, wie er vor drei Tagen gelegen hatte, den Kopf leicht zur Seite geneigt, die Hände auf der Bettdecke. Sauerstoffmaske, Schläuche, Sabber. Beutel voller Flüssigkeit. Wie gehabt.

Aber wenn man genau hinsah, wirkte das Gesicht weniger durchscheinend. Als wäre tief drinnen ein Hauch von Leben in ihn zurückgekehrt.

Wie sie sich nach dem Tag sehnte, an dem er die Augen öffnete. Mit ihr sprach.

Ein bitterer Rückschlag, Frau Prinz. Jetzt gilt es, die Fehler zu analysieren, damit so etwas nie wieder geschieht.

Von Schuld sollte man nicht sprechen, Frau Prinz. Von Verantwortung durchaus.

Schuld, Verantwortung.

Hätte sie nicht den Kampf gegen Meininger Rau aufgenommen, dann hätte Wiebke Ebert sich nicht das Leben genommen. Daran gab es keinen Zweifel. Doch was folgte daraus? Nie wieder kämpfen? Mögliche Folgen besser einschätzen?

Sie wusste es nicht.

Andere Konsequenzen waren längst eingetreten. Die Staatssekretärin hatte einen Schlussstrich gezogen. Die Kronzeugin lebte nicht mehr, also war der Kampf verloren, bevor er richtig begonnen hatte.

Zu heikel das Ganze, um es ohne Zeugin zu versuchen.

Zurück zu anderen wichtigen Dingen.

Und was aus Ihnen wird, na ja, wir werden sehen. Erst mal bleibt alles beim Alten.

Die Entwicklung abwarten. Die weiteren Presseberichte verfolgen. Irgendwann würde die Degradierung kommen, aber erst dann, wenn der Druck zu groß und ein Opfer gebraucht wurde.

Die Strategie der Macht.

Also »Bastard«, nicht »Mona«. Sie lächelte flüchtig.

Nach einer Nacht ohne Schlaf hatte sie frühmorgens beschlossen, den Diplomatischen Dienst zu verlassen. Vor wenigen Tagen war es ihr unvorstellbar vorgekommen, mit vierundvierzig auch nur im Privatleben neu anzufangen. Jetzt kam der Beruf dazu, und sie empfand es als Erleichterung. Die Möglichkeit, selbst zu entscheiden, machte sie frei. Unabhängig von den Strategen der Macht.

Doch all das änderte nichts. Ein Mensch hatte sich das Leben genommen.

Sie sah auf Zimmermanns Hand hinab. Wieder der Impuls, sie zu berühren, zu streicheln. Wieder konnte sie nicht. Jetzt erst recht nicht, nach allem, was geschehen war.

Sie haben doch ein sehr gutes Gespür dafür, was in einem Menschen vor sich geht, Frau Prinz. Haben Sie denn nicht gespürt, wie Frau Ebert sich fühlte?

Natürlich hatte sie es registriert.

Hätten Sie dann nicht Vorsorge treffen müssen?

Natürlich hätte sie. Irgendwie.

In ihrer Jackentasche vibrierte das Telefon. Mechanisch griff sie danach. Auf dem Display stand »Mona«.

Auch das eine Lehre. Sie war sich zu sicher gewesen.

Sie stand auf, sagte zu dem leblosen Gesicht: »Ich komme morgen wieder.«

Auf dem Gang nahm sie den Anruf an. Der Bastard, gehetzt,

fast hysterisch. »Ebert … Es ist nicht sicher, dass sie es selbst getan hat.«

Prinz verharrte, nickte schweigend, tief unten in ihrem Bewusstsein war eine Ahnung gewesen, sie hatte sie nicht zugelassen. Während sie mit sich selbst, mit der Angst um ihr Leben beschäftigt gewesen war, hatten *die* Wiebke Ebert getötet.

»Es ist nicht sicher«, wiederholte die Staatssekretärin.

Schlaftabletten, Alkohol, im CD-Player in Endlosschleife Elisa Gabbeis *Winter in Canada*. Ein zittriges »Ich kann nicht mehr« auf einem Stück Papier.

Aber vage Druckspuren an Armen und Hals. Sehr vage allerdings.

»Ich schicke Ihnen einen Wagen, Katharina.«

»Nein. Nein, danke.«

»Sie müssen jetzt aufpassen. Sie …«

»Ich kündige. Ich höre auf.«

»Von mir aus, das ist jetzt egal. Das Wichtigste ist jetzt …«

»Ja«, sagte Prinz und beendete die Verbindung.

Sie wartete vor dem Eingang zur Intensivstation, wo zahlreiche Ärzte, Schwestern, Pfleger herumeilten. Wieder die Angst, wieder funktionierten die Automatismen. Sie hatte sich auf den letzten einer Reihe von Plastikstühlen gesetzt. Linker Hand nur der Eingang zur Station, gut überschaubar also, rechts ein langer Gang, der andere Flure kreuzte, zahlreiche Türen.

Falls jemand kam, dann von dort.

Falls. Sie würden es nicht in der Öffentlichkeit versuchen.

Im Grunde glaubte sie ohnehin nicht, dass sie in Gefahr war. Es hätte doch keinen Sinn mehr gehabt. Sie hatten sie einschüchtern, vielleicht auch ablenken wollen, während sie planten, Wiebke Ebert zu töten.

Ein Rest Verunsicherung blieb.

Sie spürte Augen über sich gleiten, ein großer blonder Pfleger ging vorbei. Lächelte ihr zu. Sie lauschte auf seine Schritte. Schwer, geduldig.

Ruhig bleiben, dachte sie. Tief atmen.

Der Pfleger verschwand in der Intensivstation.

Dann näherte sich weit hinten im Gang ein dunkel gekleideter Mann, fiel sofort auf inmitten von all dem Weiß und Blau und Grün. Sie erhob sich, die Hände in den Manteltaschen, spürte, wie sich um die Nase herum der Druck der Erleichterung aufbaute.

Er hatte abgenommen, war so schmal im Gesicht, ernst. Ohne Hoffnung. Aber er lächelte.

Drei Küsschen, lieb gewonnene Gewohnheit. Sie wäre ihm beinahe um den Hals fallen, unterdrückte den Impuls, sagte stattdessen: »Du machst Sachen.«

»Und du«, erwiderte er. »Komm.«

Er führte sie ins Erdgeschoss, dann in einen weiten Innenhof, nicht in die Tiefgarage, wo sie geparkt hatte. In der Nähe der Ausfahrt leuchteten Rücklichter auf, ein neues Peugeot-Modell.

»Ich bringe dich in meine Wohnung«, sagte Eley, als sie im Wagen saßen. »Landrich schickt im Lauf des Vormittags jemanden vorbei, der sich um dich kümmert.« Er fuhr los.

»Und du?«

»Hab im Süden zu tun.«

»Im Süden?«

»Kopf runter, Katharina.«

Sie duckte sich unter den Fensterrahmen, kam sich lächerlich dabei vor. Aber Eley wirkte konzentriert, fast angespannt, und sie spürte, dass er ihre Angst ernst nahm.

»Okay«, sagte er ein paar Minuten später.

Sie richtete sich auf. »Wo im Süden?«

»Altniederndorf.«

»Meininger Rau?«

»Ja.«

Zwei Geschichten, erst die Eleys, knapp fünftausend MRG 45, vielleicht ein Anschlag; dann ihre, ausführlicher als am Telefon, Widerruf der Exportgenehmigung, die beiden Projektile, Wiebke Eberts Tod.

Als die Geschichten erzählt waren, hatten sie Neukölln erreicht.

»Noch was«, sagte Eley und erzählte die letzte Geschichte – Soudani und Said Moussa erschossen.

Leitungswasser und zehn Flaschen Grappa, etwas anderes war in Eleys Wohnung nicht zu finden, um das Zittern in den Griff zu bekommen.

Also Grappa.

Sie war auf einen Sessel gesunken, Eley hockte vor ihr auf den Fersen, die Arme verschränkt, musterte sie besorgt.

»Geht schon wieder«, sagte sie. »Verflucht, ist der gut.«

»Abschiedsgeschenk von den Carabinieri, damals in Rom.«

»Du nimmst Geschenke an? Gibt es eigentlich irgendeine Vorschrift, an die du dich hältst?«

Lächelnd stand er auf. »Ja, ich trage nachts in der Kasbah keine Burka.«

»Nicht«, sagte sie. »Falscher Moment für Erinnerungen.«

»Du solltest ihn anrufen.«

»Wie wär's, wenn wir über Amel reden?«

»Nein.«

Sie trank, ließ sich nachschenken. »Mit … Morden habe ich wirklich nicht gerechnet.«

»Wer rechnet schon damit?«

Eley hatte Kaffee gekocht, reichte ihr eine Tasse, mit Zucker, keine Milch, leider sei er noch nicht zum Einkaufen gekommen. Er lehnte sich an den Türrahmen und fuhr nachdenklich fort, die Morde an Soudani und Moussa hätten vermutlich mehr mit dem Mörder zu tun, Djamel Benmedi, als mit Meininger Rau und der Gewehrlieferung. Sie seien nicht geplant gewesen. Was bedeute, dass Benmedi andere, wohl persönliche Gründe gehabt habe, Soudani zu töten. Er zuckte mit den Achseln. »Ist nur so ein Gefühl.«

»Warum willst du dann nach Altniederndorf?«

»Ein anderes Gefühl.«

Er setzte sich auf den zweiten Sessel, wirkte deplatziert, ein Fremder, als hätte er nie verinnerlicht, dass er selbst die Sessel und alles andere gekauft und in die Wohnung gestellt hatte.

»Bleibst du, bis dein Kollege kommt?«, fragte sie.

»Natürlich.«

Ein paar Stunden Unruhe, dachte sie, dann hatte sie es durchgestanden. Sobald die wussten, dass die Genehmigung nicht widerrufen werden würde, war sie in Sicherheit.

Sie sah sich um. Zwei kleine, ranzige Zimmerchen, eine winzige Küche. Nur das Nötigste an Mobiliar, was man eben brauchte, wenn man für ein, zwei Wochen aus dem Ausland nach Hause kam und keine Familie hatte.

Ihr Blick begegnete seinem.

»Neuanfänge«, sagte sie.

»Ja«, sagte Eley.

71

ALTNIEDERNDORF

Keine Verschiebung möglich, der Transport würde stattfinden. Die Algerier wollten es so.

Eley hatte damit gerechnet.

Er war am Freitagabend in Altniederndorf eingetroffen, hatte in einer Pension übernachtet. Am frühen Samstagmorgen war er zum Firmengelände gefahren, das am Rand des Ortes im Tal lag, weitläufige Sichtbetonhallen, am Haupteingang ein rundes zweistöckiges Gebäude, der Bürotrakt, kaum Fenster, ein steinernes Bollwerk. Er hatte den Wagen auf dem Mitarbeiterparkplatz vor dem Haupttor abgestellt, die Umgebung beobachtet, während das Sonnenlicht langsam an den Hügelflanken nach unten kroch.

Nichts Auffälliges.

Aber das bedeutete nichts. Falls Madjers Leute das Gelände observierten, würden sie sich kaum zeigen.

Um neun rief er Toumi an.

»Darum ging es also? Um Soudani?«

Toumi seufzte. »Wir bedauern den Tod des Generals zutiefst. Ein großer Verlust für Algerien.« Er klang heiser, als hätte er zu viel geraucht, zu wenig geschlafen. Aber er hatte sich gut im Griff, fand Eley. Nach den Toten von Bouzeguène nun auch Djamel Benmedi – aber er musste Soudani »betrauern«. Wer wusste schon, ob die Leute aus dessen innerem Zirkel Verdacht gegen ihn geschöpft hatten.

»Kennen Sie die Details?«

»Noch nicht.«

Eley berichtete, was sich am Vorabend abgespielt hatte. Moussa erschossen, weil er eine Waffe auf Benmedi gerichtet hatte, Soudani regelrecht hingerichtet, die panische Reaktion des dritten Anwesenden. Toumi hörte schweigend zu, stellte keine Fragen, zu gefährlich.

»Offenbar war der General in Deutschland, weil es Hinweise gibt, dass der Transport angegriffen werden soll.«

»Welcher Transport, Monsieur Eley?«

»Die MRG-45-Sturmgewehre, Toumi. Viertausendachthundert Stück, verlassen in einer Stunde das Werk in Altniederndorf.«

»Der DDSE liegen keine Hinweise auf einen Angriff vor.«

»Hält sie es denn für möglich?«

»Nein. AQMI ist in Deutschland nicht aktiv.«

»Nicht AQMI. Andere. Die Namenlosen.«

»Von einer solchen Gruppierung habe ich nie gehört.«

»Richters Entführer. Die Vertreiber der Ungläubigen.«

»Diese Gruppe existiert nicht mehr, Monsieur Eley. Wir haben sie in Bouzeguène ausgelöscht.«

Eley hörte in Algerien ein Feuerzeug klicken, zündete sich ebenfalls eine Zigarette an.

Ein letzter Versuch. »Ich bin vor Ort, Toumi. In Altniederndorf. Schauen, was passiert.«

»Bestimmt verschwenden Sie Ihre Zeit.«

»Hab nichts Besseres zu tun.«

»Nein? Ich könnte mir in Deutschland vieles vorstellen, was interessanter ist.« Toumi lachte hastig.

Zwei Streifenwagen hielten vor dem Haupteingang von Meininger Rau. Eley beendete das Gespräch, stieg aus und ging hinüber. Die Osthänge der Hügel um Altniederndorf lagen im Licht, der Ort selbst und das Werk im Schatten, ein kühler, feuchter Wind ließ ihn frösteln. Fehlten noch die Kollegen vom LKA in

Stuttgart und die zwei Securitymänner der Firma, die den Transport ohnehin begleitet hätten.

Und natürlich die anderen. Die Namenlosen.

»Algier, ja?«, sagte Sandra Keller, eine der beiden LKA-Kollegen.

»Ja«, sagte Eley.

»Und, wie ist es da so?«

»Ach, weißt du …«

»Sehr muslimisch, nehme ich an.«

Eley nickte.

Er stand mit Keller – Hauptkommissarin, spezialisiert auf islamistischen Terrorismus, hessischer Dialekt – außerhalb des Firmengeländes am Tor, blickte auf den ersten Lkw, der langsam von der Rampe, wo die vier Lastzüge in den vergangenen Stunden beladen worden waren, auf sie zurollte.

»Ich war oft in Marokko«, sagte Keller. »Mit dem Geländewagen oder dem Motorrad durch die Wüste. Ist mir zu heiß geworden, man wird älter. Der Mann von damals ist auch abgesprungen.« Sie hob die Schultern, lächelte. Sie war Mitte vierzig, hatte schmale, spröde Lippen, ein hartes Gesicht, die Augen misstrauisch und distanziert. »Kennst du Marokko?«

»Essaouira«, sagte Eley.

»Hübsch da. Aber ein bisschen langweilig.«

Kellers Partner kam, Manfred, den Nachnamen hatte Eley vergessen, ein schnaufender, rotgesichtiger Mann, die Nase fast lilafarben.

»Fünfzehn Minuten«, brummte er.

»Und die Route?«

»Geben sie durch, wenn wir losgefahren sind.«

Eley fluchte.

Doch es gab im Grunde nur zwei Möglichkeiten. Ein paar Kilometer auf der B14 nach Norden Richtung Oberndorf, dann über bewaldete Hügel nach Osten, eine einspurige Straße, aber ausreichend breit, weit gezogene Kurven, nach zwanzig Kilometern auf die A81, über diese Strecke war er am Vorabend gekommen. Oder auf der B14 über Oberndorf hinaus, im Samstagsverkehr, immer wieder durch Ortschaften hindurch und später zur A81 hinüber.

Landrich kümmerte sich um die Begleiter in den anderen Bundesländern, Bayern, Hessen, Niedersachsen, Hamburg. Für die Übernachtung bei Göttingen zusätzlich Bereitschaftspolizei. Viele Telefonate, viele Bürokraten, die überzeugt werden mussten von einem, der selbst nicht so recht überzeugt war.

»Was ist mit den Fahrern?«, fragte Eley.

»Schon jahrelang dabei«, erwiderte Manfred. »Ein Pole, ein Bosnier, zwei Deutsche. Keine Araber.«

»Nur ein Fahrer pro Lkw?«, sagte Keller. »Sie müssen Pausen machen, und sie dürfen nicht länger als zehn Stunden am Tag fahren. Das wird bei siebenhundertfünfzig Kilometern nicht reichen.«

»Sie übernachten bei Göttingen«, sagte Eley.

»Da wird's passieren«, raunte Manfred. »Heute Nacht bei Göttingen. Hatte ich im Morgenurin.«

Keller sah Eley an, sagte nichts.

Dann zog sie Kaugummis aus der Tasche, bot ihm einen an. »Und jetzt erklär mir das Ganze noch mal.«

Gegen halb elf setzte sich der Konvoi in Bewegung: vorn ein Streifenwagen, dann Keller und Manfred, dann Eley in dem gemieteten Peugeot. Hinter den vier lediglich mit »Talheim Transport« beschrifteten Lastzügen folgten die beiden Sicherheitsleute von Meininger Rau und der zweite Streifenwagen.

Sie fuhren über eine Neckarbrücke, bogen auf die B14 ein.

Manfred rief an. Die Schutzpolizisten waren über die heutige Strecke informiert worden: nicht über Oberndorf, sondern über die Hügelstraße zur A81. »Ich frage mich die ganze Zeit, wie sie es machen werden. Klauen sie die Lkws? Laden sie die Kisten um?«

»Von vier Lkws in vier andere Lkws?« Eley sah Manfreds Kopf, er drehte ihn wie bei der Entspannungsgymnastik, von links nach rechts, von rechts nach links.

»Oder in acht kleinere. Oder sechzehn noch kleinere.« Manfred lachte, gutmütig zwar, aber der Spott war nicht zu überhören.

»Manfred, Manfred«, sagte Eley und unterbrach die Verbindung.

Der Kopf drehte sich halb, Grinsen, ein gereckter Daumen.

Kurz darauf verließen sie die B14, kamen für zwei Kilometer aus den Tälern heraus, plötzlich Sonnenschein, frisch besäte Felder, die winzigen Herbsthalme frühlingshaft grün, grelle Reflexe auf dem Chrom entgegenkommender Fahrzeuge.

Dann waren sie wieder im Schatten von Hügeln und Wäldern.

Sie verringerten das Tempo, passten sich den Lkws an, die jetzt selten schneller als vierzig fuhren. Die Straße stieg leicht an, linker Hand fiel der Hang ab, rechts wellte er sich nach oben. Ein paar Forstwege, schmale geteerte Sträßchen führten zu unsichtbaren Dörfern.

Eley fuhr mit offenem Fenster, rauchte. Neuanfänge, dachte er. Einkalkuliert bei einem wie ihm, der beschlossen hatte, alle vier oder fünf Jahre Stadt, Land, Kontinent zu wechseln.

Die Menschen.

Nur ein weiterer Neuanfang. Alles wie immer.

Das Telefon, die Lautsprecher knisterten, erneut Manfred. Er spielte den Aufgeregten. »Und?«

»Nichts«, sagte Eley, blieb gelassen.

»Kannst ja ein bisschen von Algerien erzählen inzwischen.«

Keller sagte etwas, Eley hörte nur ihre Stimme, verstand nichts.

»Ach nee, hast sie angesteckt.« Manfred kicherte.

»Was sagt sie?«

»Lauter, Sandy.«

»Kein Gegenverkehr mehr«, wiederholte Keller.

Sie hatte recht. Seit einer Weile kam ihnen kein Auto entgegen.

»Tataaa«, sang Manfred. »Die Spannung steigt.«

Eley scherte leicht aus, sah an dem Stuttgarter Daimler und dem Streifenwagen vorbei. Eine lang gezogene Kurve, danach zweihundert Meter gerade Straße. Kein Fahrzeug.

»Und jetzt?«, rief Keller.

»Werde ich was essen«, sagte Manfred.

»Nicht auflegen«, sagte Eley.

Er lenkte den Wagen ganz auf die Gegenfahrbahn, gab Gas, bedeutete Keller auf gleicher Höhe, dass er vorausfahren werde. Er sah sie nicken, beide Hände lagen am Lenkrad, sie wirkte angespannt. Dann war er an dem Daimler vorbei, überholte auch den Streifenwagen.

Er hörte Keller und Manfred sprechen, verstand nicht, was sie sagten.

Leichte Kurven, kürzere Geraden, kein Auto weit und breit. Dann raste er durch eine schärfere Krümmung, bremste im letzten Moment. Quer über der Straße lagen ein halbes Dutzend Baumstämme, frisch gefällt, die Stümpfe an der Böschung unmittelbar neben der Fahrbahn. Auch jenseits der Baumstämme keine Fahrzeuge. Sie mussten weiter vorn eine zweite Sperre errichtet haben.

»Sie sind hier, Keller«, rief er, »wir brauchen …«

Im selben Moment hörte er Schüsse. Keller schrie auf, aus den Lautsprechern drang das Kreischen von Bremsen, ein heftiger Knall, Glas splitterte. Dann war die Verbindung abgebrochen.

Er wendete, trat das Gaspedal durch.

Nach einem Kilometer sah er die Lkws, die zum Stehen gekommen waren, der erste Streifenwagen von der Straße verschwunden, irgendwo unten am Abhang brannte es, von dort weitere Schüsse, auch vom Ende des Konvois.

Kellers Wagen war gegen den Steinsockel des Hangs gekracht, die Fahrertür aufgesprungen, Airbags füllten den Innenraum. Sie hing im Gurt, bewegte sich nicht. Manfred war nicht zu sehen.

Vor dem ersten Lkw knieten die vier Fahrer. Maskierte legten ihnen Hand- und Fußfesseln an, zogen ihnen Mützen über den Kopf.

Eley sprang aus dem Auto, rannte in Kellers Richtung.

Da tauchte Manfred hinter dem Daimler auf, kroch brüllend zur Straßenmitte, die Waffe aus dem Holster zerrend. Bevor er auch nur zielen konnte, trafen ihn Kugeln, er kippte zur Seite. Eley sah ihn zittern wie unter einem Schüttelfrost, dann erschlaffte der Körper.

Er lief weiter.

Auch Keller war tot, die linke Wange weggeschossen.

Eley griff nach ihrer Pistole, obwohl er wusste, dass es ein Fehler war und keinen Sinn hatte, eine irrationale Wut trieb ihn an, Wut auf Toumi, dem er am Ende beinahe vertraut hätte, auf den freundlichen Madjer, auf Landrich und das Bürokratenheer, auf sich selbst, weil er es so weit hatte kommen lassen, Wut und plötzliche Verzweiflung, ein fremder Himmel, Algerien unsichtbar in der Dunkelheit, Amel aus seiner Welt verschwunden, als hätte es sie nie gegeben.

Noch während er sich vom Wagen löste, durchschlug eine Kugel seinen Waffenarm.

Er nahm die Pistole in die linke Hand, ging weiter. Fand kein Ziel, plötzlich waren die Angreifer fort, vielleicht sah er sie auch nur nicht mehr, der Schmerz trieb ihm Tränen in die Augen und machte ihn fast besinnungslos. Er blinzelte, sah die Lkw-Fahrer vor sich auf dem Asphalt, einer sprach in panischer Angst, Polnisch, immer dieselben paar Wörter, wie ein Gebet, konnte nicht aufhören. Weit hinten, beim letzten Lastzug, erkannte er Bewegungen, dort also waren sie, dachte er, aber dann rief eine Stimme aus der Nähe: *»Vous êtes Eley, n'est-ce pas?«*

Überrascht blieb er stehen.

»Weg mit der Waffe!«, rief die Stimme.

Er hob den Arm, schoss in die Richtung, aus der sie gekommen war.

Ein mächtiger Schlag gegen die Brust stieß ihn nach hinten. Er kam auf dem Hintern zu sitzen, konnte kaum atmen. Seine Sicht war plötzlich klar, da waren die Angreifer wieder, liefen herum, zerrten die Fahrer von der Straße, algerische Wörter flogen durch die Luft.

Ein Mann kniete sich neben ihn, die Augen über dem schwarzen Schal hart, die Stimme gleichgültig. »Sie wollten nicht hören«, sagte er auf Französisch.

»Nächstes Mal«, krächzte Eley, doch der Mann war schon weg.

Er ließ sich zur Seite sinken, dann auf den Rücken, sah Baumwipfel über sich, hörte jetzt nichts mehr, nur ein mächtiges Rauschen, das Rauschen eines Baches in den Bergen südlich von Algier zwischen Medea und Blida auf eintausend Metern Höhe. Er lag am Ufer des Baches, auf der Brust drückend schwer ein helles, lächelndes Gesicht, und blickte zu den kahlen Wipfeln der Zedern hinauf, die plötzlich eine andere Färbung annahmen, gelb wurden, alles wurde jetzt gelb, aber das spielte keine Rolle, er war sehr glücklich, er wohnte jetzt hier, in den gelben Bergen Algeriens.

72

»Zwei Mal noch«, sagte Hamit leise. »Drei Mal insgesamt.«

»Drei Mal«, sagte Benmedi.

Er tauchte den Waschlappen in die Schüssel mit warmem Seifenwasser, wrang ihn aus und strich damit erneut über den kalten, starren Körper. Sie hatten eine Decke und Handtücher auf den Küchentisch gelegt, Djamel darauf gebettet, der nackt war, bis auf einen weißen Verband um den Hals.

»Die Ohren nicht vergessen«, sagte Hamit.

Benmedi nickte. Wusch das Grauenhafte weg, das Djamel hatte hören müssen. Alles, was er hatte sehen müssen. Das Böse, das er gesagt hatte. Er machte mit den Schultern weiter, wusch alles Schlechte weg, all die Fehler, die der Junge begangen, das Leid, das er erlitten hatte. Die Fehler, die er selbst begangen hatte und die an Djamel haften geblieben waren.

Wusch all die schmerzhaften Erinnerungen weg.

Den Abend, an dem der Vater verschwunden war. Die Tage vor dem Serkadji. Die Jahre der Suche. All die anderen schlimmen Erinnerungen, über die sie nie gesprochen hatten.

Als Letztes wusch er die Füße, säuberte sie von allem Dreck, durch den der Junge hatte gehen müssen.

Er hielt inne, sein Blick kehrte zu dem fahlen Gesicht zurück. Im Tod, dachte er, war Djamel noch mehr Mouloud als im Leben. Obwohl er nicht mehr gestikulierte, nicht mehr lächelte, nicht mehr sprach. Jetzt waren es die Form der Augenbrauen, die weiche Rundung des Kinns, die Blässe.

Die Nachdenklichkeit.

Sogar die feinen Linien der Stirnfalten wie bei Mouloud.

»Noch mal«, sagte Hamit.

»So?«

Benmedi streifte den Waschlappen von der Hand und tunkte ihn ins Wasser. Er wrang ihn aus, zog ihn wieder über.

Wusch dem Mouloud den Dreck von der Haut.

Das Leid, das der rasende Vater ihm, ohne es zu wollen, ohne es zu verhindern, zugefügt hatte. Die Angst im Serkadji. All das Blut im Serkadji. Wusch ihm die Schmerzensschreie von den Lippen.

Hamits Stimme. »Möchten Sie eine Pause machen?«

»Nein«, flüsterte er.

Säuberte die kalte Haut von seinen Tränen.

Gemeinsam drehten sie den Toten auf den Bauch.

Wie vor zweiundfünfzig Jahren wusch er seinem Kind den Popo.

»Gut«, sagte er schließlich.

Hamit ging zur Vitrine und kam mit den Tüchern zurück. Benmedi schüttelte sie auf, sie rochen frisch, nach Laub, nach Herbst, er hatte sie am Vorabend in einer Regenpause auf die Wäscheleine im Garten gehängt und später gebügelt.

So viel Regen … Im Frühling musst du kommen, Djamel, da ist es schön hier.

Sie hüllten den Leichnam in das erste Tuch, dann in ein zweites, in ein drittes. Als sie fertig waren, zog Hamit seine Krawatte aus dem Hemdschlitz, rollte die Ärmel herunter und langte nach dem Sakko.

»Lass das, bitte«, sagte Benmedi.

»Was?«

»Das Anziehen. Das Fertigmachen.«

»Entschuldigung.«

»Es macht mich nervös.«

Hamit hängte das Sakko über die Stuhllehne, schlug die Ärmel wieder um.

»Man muss nicht hetzen«, sagte Benmedi.

»Nein.«

»Er ist ja dann für immer weg.«

»Aber nicht weit weg.«

»Nein, weit nicht.«

»Sie können ihn besuchen, wenn Sie Ihre Frau besuchen.«

»Ja«, sagte Benmedi.

Er blickte aus dem Fenster, sah Dani Janke und Jenny an der Straße vor dem Haus stehen, in Schwarz, Blumen in der Hand. Auch der Junge hatte kommen wollen, Robin, doch seine Eltern ließen ihn nicht.

Ja, sie waren Mörder, Enkel und Großvater Benmedi.

»Ist es in Ordnung, wenn ich draußen eine rauche?«, fragte Hamit.

»Natürlich.«

Benmedi setzte sich an den Tisch, strich mit der Hand über den verhüllten Körper, fand Djamels Arm. Er tastete nach seinen Fingern, hätte sie gern umfasst wie damals in Algier, als sie Hand in Hand durch die Straßen gegangen waren, ein Elfjähriger mit Ball und sein Großvater. Aber sie hatten die Tücher zu straff gewickelt, er kam nicht an die Finger.

So ließ er die Hand auf Djamels Arm liegen, der auf irgendeine Weise auch Moulouds Arm war, und bereitete sich auf den Abschied von seinem Sohn und seinem Enkel vor.

73

PARIS

Mitte März, die trüben, letzten Wochen des Winters. Dicht über den Häusern hingen aschgraue Wolken wie an den Tagen zuvor, als wären sie dort oben festgezurrt, leichter Nieselregen hatte eingesetzt. Wind trieb den Gestank von Abgasen und Moder heran, von schimmliger Feuchtigkeit, auf den Straßen und Dächern gegenüber schmutzige Reste von Eis und Schnee.

Eley saß auf einer Bank, sah zu, wie die Regentropfen auf dem Wasser der Seine aufschlugen. Allmählich wurde der Atem ruhiger.

Er kam noch nicht weit, konnte nur ein paar Hundert Meter gehen, dann musste er sich setzen. Aber es wurde besser, jeden Tag. Jeden Tag kam er ein Stückchen weiter, konnte er den Arm einen Millimeter höher heben. Abends, beim Einschlafen, glaubte er zu spüren, wie die Löcher in der Lunge, den Knochen, den Muskeln wieder um ein paar Fasern und Partikel mehr zusammenwuchsen.

Du solltest in eine Fernsehshow, Ralf. Was du alles spürst. Reden wir über die Zukunft.

Ich will nach Paris, Harry.

Sie wollen dich in Wiesbaden. Haben da eine neue Stelle für dich erfunden, Abteilungsleiterebene, »Der Auserwählte, der immer recht hat, bloß hört keiner auf ihn«. Langer Titel, vielleicht findest du eine hübsche Abkürzung.

Ich gehe nach Paris.

Ich kümmere mich drum.

Landrichs Gesicht war das Erste gewesen, was er gesehen hatte, nachdem er auf einer Rottweiler Intensivstation aufgewacht war. Die langen Züge von bitterem Gram und Sorge verzerrt.

Zwei Monate später hatte Landrich alles in die Wege geleitet. Im Mai würde Eley im Sicherheitsdienst der Botschaft in Paris anfangen. Mitte kommenden Jahres würde einer der beiden Verbindungsbeamten nach Deutschland zurückkehren. Eley würde die Stelle übernehmen.

Eley, dem die Welt der Verbindungsbeamten plötzlich wieder offenstand. Sah man von Algerien ab, natürlich.

Zahlreiche Anzugträger hatten ihn in der Rekonvaleszenz besucht und ihm die Hand geschüttelt. Obwohl er doch immer zu spät gekommen war. In Bouzeguène, in Pessin, bei Altniederndorf. Nichts hatte er verhindern können. Trotzdem war er seit Altniederndorf rehabilitiert.

Inoffiziell. Offiziell hatte sich nichts geändert. Die Namenlosen gab es nicht. Es gab nur AQM. In Algerien, in Deutschland.

Er stand auf, setzte seinen Weg in Richtung Notre-Dame fort, wie jeden Tag seit zwei Wochen, seit er in Paris war. Mit langsamen Schritten überquerte er die Kreuzung am Pont Saint-Michel, ging noch ein Stück am Fluss entlang, dann steuerte er die nächste Bank an, die Luft wurde schon wieder knapp.

Altniederndorf, eine Katastrophe. Fünf Tote. Sandra Keller, Manfred, drei Schutzpolizisten. Der vierte Uniformierte und die beiden Wachleute von Meininger Rau waren wie die Lkw-Fahrer unverletzt geblieben.

Der hinterste Lkw war zu drei Vierteln ausgeräumt, die Holzkisten mit den Gewehren auf mehrere Kleintransporter verteilt worden. Auf den Ladeflächen der anderen Lkws hatten sie Sprengstoff verteilt. Sie hatten die Gefangenen um die nächste Kurve getrieben, waren über Nebenstraßen und Forstwege in verschiedene Richtungen davongefahren. Dann hatten sie den Sprengstoff per

Funk gezündet. Ein Großteil der verbliebenen Gewehre war jetzt Schrott.

Und wo war ich, Harry?

Na, bei ihnen. Sie haben dich ein Stück mitgenommen, bis Dunningen, da haben sie dich vor einer Apotheke abgelegt. Wollten dir vielleicht noch ein paar Al-Qaida-Witze erzählen. Oder was glaubst du, warum sie dich mitgenommen haben?

Toumi, dachte er. Zog unbeirrt die Strippen, drüben in Algier. Hatte ihm das Leben gerettet. Machte möglich, was unmöglich zu sein schien.

Wegen Richter, wegen Madjer. Weil sie doch irgendwie Verbündete waren.

Der Regen war stärker geworden, auch der Wind. Eley schlug den Kragen der Jacke hoch und ging weiter. Notre-Dame tauchte hinter den Häusern auf, mit all den geraden Linien, dem Kastenförmigen so viel strenger als die freundliche afrikanische Namensschwester in Bologhine mit ihren Bögen und weichen Rundungen.

Neuanfänge.

Du läufst davon, Katharina.

Na und? Warum nicht? Warum darf ich nicht davonlaufen?

Weil es falsch ist.

Du bist so verdammt selbstgerecht. Liegst in deinem Scheißkrankenbett und verteilst blöde Ratschläge.

Ruf Lyon an.

Ich kann nicht. Ich muss weg. Allein sein.

Sie hatten Weihnachten und Neujahr zusammen verbracht. Anfang Januar war sie in die USA gegangen, um für ein paar Jahre an irgendeiner kleinen Universität in irgendeiner unbedeutenden Stadt Vorlesungen über die deutsche Außenpolitik zu halten.

Er wird Algerien bald verlassen. Lyon.

Du bist zum Kotzen, Ralf.

Er hatte Notre-Dame erreicht, ging an der Flanke entlang zu dem kleinen Park auf der Rückseite. Die Bäume der Alleen kahl, keine Drachenbäume, aber sie hatten, fand er, ähnlich sperrig-erstarrte Äste. Auf den Sandwegen Pfützen, Schneereste knirschten unter seinen Schuhen. In Doppelreihen standen Bänke unter den Bäumen, Lehne an Lehne. Er setzte sich.

In der ersten Märzhälfte, Monsieur Eley. Genauer lässt es sich nicht festlegen.

Toumi. Täuschte und schenkte. Ließ töten und ein Leben retten.

Ein Pkw, vier oder fünf Kleintransporter, den Reifenspuren nach zu urteilen. Die Kollegen hatten nicht lange gebraucht, um herauszufinden, was für Transporter. Eine Zeugin hatte sie draufgebracht. Vier Kilometer südlich des Tatorts hatte sie einen DHL-Wagen auf einem Forstweg aus dem Wald kommen gesehen.

Paketlaster, Ralf, das muss man sich mal vorstellen.

Die gelben?

Ja, die gelben. Die haben in der Nacht davor fünf gelbe DHL-Sprinter geklaut, kann man sich das vorstellen?

Einen der Sprinter hatten die Kollegen der Autobahnpolizei zwei Stunden nach dem Überfall bei Karlsruhe gestoppt. Die anderen vier hatten sie am Nachmittag gefunden, verteilt über Südwestdeutschland – und leer. Die Gewehre waren erneut umgeladen worden.

Wochen später hatte der französische Zoll zehn der Kisten mit insgesamt einhundert MRG 45 im Hafen von Marseille entdeckt. Von den anderen sechshundertzwanzig fabrikneuen Sturmgewehren fehlte bis zu diesem Tag jede Spur.

Eley vermutete, dass sie längst in Algerien gelandet waren, über Guinea-Bissau und die Kokainrouten des Sahel.

Aber es war zu früh für Toumi, Madjer und deren Namenlose, um loszuschlagen. Noch hielt *le pouvoir* die Zügel fest in Händen. Vielleicht, dachte er, nach der Präsidentschaftswahl 2014, wenn der Nachfolger des schwer kranken Bouteflika die ersten Fehler begangen haben würde.

Die Parklampen sprangen an, warfen warmes Licht. Er sah auf die Uhr, Viertel vor vier. Er würde bis fünf warten, wie jeden Tag seit zwei Wochen.

Von jetzt an keine Telefonate mehr, Monsieur Eley, hatte Toumi Anfang des Jahres gesagt. *Zu riskant. Sie müssen sich bis Mitte März gedulden. Sagen wir: nachmittags, gegen sechzehn Uhr.*

Erneut hatte Toumi seine Verbindungen genutzt: Mitte März wurden mehrere Stellen an der algerischen Botschaft in Paris neu besetzt.

Sogar bei der Wohnungssuche hatte er helfen lassen.

Altengerecht natürlich, ohne Schwellen.

Ein paar Kinder spielten Fußball. Matsch flog herum, Pfützen spritzten. Sie lachten. Rannten weiter.

Dann war es so weit.

Sie kam von der anderen Seite, von der Straße, trat aus dem Halbdunkel ins Licht der Lampen, und Eley stand auf und ging ihr entgegen.

Dank

Ich danke allen, die mich bei der Recherche für diesen Roman unterstützt haben, insbesondere *in Algier* u. a.: Andreas Zürn vom Goethe-Institut Algier; Dihia Wegmann von der Deutsch-Algerischen Handelskammer; dem Büro der Friedrich-Ebert-Stiftung (FES); *in Deutschland:* Radouane und Christine Belakhdar (YEDD e.V.); Jürgen Grässlin (Autor *Schwarzbuch Waffenhandel*); Rachid Ouaissa; Jan van Aken (MdB/Die Linke) und Paul Schäfer (ehem. MdB/Die Linke) sowie Christopher Steinmetz (Wissenschaftlicher Mitarbeiter); Christina Deckwirth (Lobby-Control); Armin Hasemann und Sara Brombart (FES); Dorothea Kerschgens (Vorstandsmitglied im Dachverband Kritische Aktionärinnen und Aktionäre e. V.); Claus Warnken vom Bundesministerium für Wirtschaft und Technologie, Referat VB 8 Ausfuhrkontrolle; außerdem Yassin Musharbash, Maciej Kujawa, Holger Anders (unabhängiger Waffenexperte, Deutschland), Algeria-Watch (Paris) sowie allen Personen und Institutionen, die nicht namentlich genannt werden wollten. Für etwaige Fehler trage ich selbst die Verantwortung.

FRANKREIC
PORTUGAL
SPANIEN
Barcelo
Mit
Atlantischer
Ozean
Boumerdès
Algier
Oran
Nador
Blida
Kaby
Casablanca
Ouarg
MAROKKO
Essaouira
ALGERIEN
S a h a
WESTSAHARA
Tamanrasset
MAURETANIEN
MALI

ITALIEN
Rom
GRIECHENLAND
Tunis
nstantine
TUNESIEN
Mittelmeer
Tripolis
Bengasi
LIBYEN
ÄGYPTEN
NIGER
TSCHAD

Glossar

(Die Namen fiktiver Personen, Orte und Organisationen sind kursiviert. Stand: 2013.)

Abdelkader	1808–1883, algerischer Freiheitskämpfer, Anführer miteinander verbündeter westalgerischer Berberstämme, leistete den französischen Truppen zwischen 1832 und 1847 Widerstand
Ah, vous êtes allé au Maroc … Avec la famille? Non, seul.	»Ah, Sie waren in Marokko … Mit der Familie?« »Nein, allein.«
Ahlan wa sahlan	hocharab., etwa: »Sei willkommen als Teil der Familie und habe einen leichten Weg«
Ahmed	*neben Toni der zweite Securitymann im Gästehaus des algerischen Verteidigungsministeriums in Constantine*
Ain Smara	Ort nahe Constantine, wo der »Fuchs«-Transportpanzer von Rheinmetall Algérie Spa. *und der »Atlas«-Spähpanzer von Elbe Algérie Spa.* gebaut werden
AK-47	meistgebautes und -verbreitetes Sturmgewehr; 1947 in der UdSSR entwickelt
Aktion Aufschrei: Stoppt den Waffenhandel	Kampagne zahlreicher Organisationen, Initiativen, Vereine und Privatpersonen gegen deutsche Rüstungsexporte; im Aktionsbündnis sind u.a. MISEREOR, Brot für die Welt und Attac vertreten.

Alger Centre — das (neue) Zentrum von Algier um die Rue Didouche Mourad

Algerien — »Demokratische Volksrepublik Algerien«, größtes Land Afrikas, an der Mittelmeerküste gelegen, Hauptstadt ist Algier. Gemeinsame Grenzen mit Tunesien, Libyen, Niger, Mali, Mauretanien, Westsahara und Marokko. Ab 1830 von Frankreich besetzt. 1848 annektierte Paris die algerische Mittelmeerregion (die Départements Oran, Algier und Constantine); die Algerier wurden französische Untertanen (»sujets français«), nicht jedoch Staatsbürger (»citoyens français«) wie die Hunderttausenden französischen sowie »eingebürgerten« spanischen, italienischen und jüdischen Siedler (erst 1944 erhielten auch die Muslime die vollen Bürgerrechte). Unabhängigkeit 1962 (s. »Algerienkrieg«); seit 1999 regiert in vierter Amtszeit Präsident Abdelaziz Bouteflika, der bei den Wahlen 2014 vermutlich nicht mehr antreten wird. Etwa zwei Drittel der Algerier sind Araber, ein Drittel Berber. Amtssprache ist Arabisch, eine wichtige Rolle spielt nach wie vor das Französische. Der Berberdialekt Tamazight ist seit 2002 neben dem Arabischen Nationalsprache.

Algerienkrieg — Unabhängigkeitskrieg größerer Teile der arabischen und berberischen Bevölkerung

	gegen die französische Herrschaft, v. a. von der Widerstandsbewegung Front de libération nationale (FLN) und ihrer Armée de libération nationale (ALN) gegen das französische Militär geführt, das im Verlauf des Krieges auf knapp 2 Mio. Mann aufgestockt wurde. Beginn 1954 mit der Gründung des FLN durch den späteren Präsidenten, Ahmed Ben Bella; Ende 1962 durch die Verträge von Évian, die Algerien die Unabhängigkeit brachten
Algerisch	arabischer Dialekt mit französischen, spanischen, türkischen, berberischen u. a. Lehnwörtern
Allah yehfadek	arab., »Gott möge Sie schützen.«
ALN	Armée de libération nationale, der militärische Arm der Widerstandsbewegung FLN
Al-Qaida im islamischen Maghreb	s. AQM
Altniederndorf	*Ort in Baden-Württemberg südlich von Oberndorf am Neckar; Sitz der Meininger Rau Gewehrfabrik 1889*
Amel	*s. Samraoui, Amel*
ANI	Agence Nouakchott d'information, mauretanische Nachrichtenagentur, der gute Kontakte zu AQM nachgesagt werden
Annaba	Stadt (und Provinz) im Nordosten Algeriens
Ansar Dine	»Unterstützer des Glaubens«, islamistische Terrorbewegung unter dem Kommando

des malischen Tuareg-Führers Iyad Ag Ghaly. Ansar Dine übernahm im Sommer 2012 im Zuge einer Tuareg-Rebellion zusammen mit AQM und MUJAO die Kontrolle über den Norden Malis (Kidal, Gao, Timbuktu) und herrschte dort nach den Gesetzen der Scharia, bis sie von der französischen und der malischen Armee zurückgedrängt wurde.

AQM, AQMI (frz.), AQIM (engl.) — Al-Qaida im islamischen Maghreb; algerische islamistische Terrorgruppe, geführt von Abdelmalek Droukdel. AQM nannte sich bis 2007 Groupe salafiste pour la prédication et le combat (»Salafistische Gruppe für das Gebet und den Kampf«). Die GSPC wurde 1998 von Hassan Hattab gegründet, der bis dahin der GIA angehört hatte, und war im Bürgerkrieg für ihre Grausamkeit bekannt. Die Entführung der 32 europäischen Sahara-Touristen 2003 wird der GSPC zugeschrieben, genauso (unter der Bezeichnung AQM) viele Attentate in Algier und Ostalgerien mit zahlreichen Toten sowie weitere Entführungen. Mit Ansar Dine und MUJAO eroberte AQM 2012 für einige Monate weite Teile Nordmalis. Der ehemalige AQM-Emir Mokhtar Belmokhtar und dessen Gruppe Die mit dem Blut unterschreiben überfielen im Januar 2013 ein Gasfeld bei In Aménas.

Armée de libération nationale	s. ALN
Arrêtez-vous.	»Bleiben Sie stehen.«
Atlas	*Spähpanzer des deutschen Rüstungskonzerns Elbe Defence Systems; wird von Elbe Algérie Spa. – einem Joint Venture von Elbe mit den algerischen Ministerien für Verteidigung und Industrie sowie einer Investmentgesellschaft aus den Vereinigten Arabischen Emiraten – im algerischen Ain Smara gebaut*
Aziz	*Aziz Amrani, Freund und Fußballkamerad von Djamel aus Kindertagen in Bologhine, seit vier Jahren in Paris lebend*
Bab el Oued	Stadtteil im Norden von Algier
BAFA	Bundesamt für Wirtschaft und Ausfuhrkontrolle, dem Bundesministerium für Wirtschaft und Technologie unterstellt, Sitz in Eschborn bei Frankfurt/Main; zuständig für die Erteilung von Exportgenehmigungen z.B. für Rüstungsgüter
Bamako	Hauptstadt von Mali
Barrage	frz., »Sperre«, »Damm«, hier: »Polizeisperre«
Basmala	»Im Namen Gottes.« Mit »die ganze Basmala« meint *Benmedi* die vollständige Anrufungsformel aus dem Koran, »Im Namen Gottes, des Erbarmers, des Barmherzigen«.
BDSV	Bundesverband der Deutschen Sicherheits- und Verteidigungsindustrie; Lobby-

	verband, 2009 gegründet u.a. von EADS, Rheinmetall, Diehl Defence und Krauss-Maffei Wegmann
Beauftragte für Nah- und Mittelostpolitik und Maghreb	Position von *Katharina Prinz* im Auswärtigen Amt. Die vier Beauftragten unterstehen dem Leiter der Politischen Abteilung.
Belmokhtar, Mokhtar	geb. 1972, ehemaliger algerischer AQM-Emir, gründete 2012 die Gruppe Die mit dem Blut unterschreiben, die für den Überfall auf ein Gasfeld bei In Aménas im Januar 2013 verantwortlich ist. Belmokhtar kämpfte in Afghanistan, wo er ein Auge verlor, später mit der GIA und der GSPC im algerischen Bürgerkrieg; finanzierte seinen Kampf durch Schmuggel, Waffenhandel, Entführungen; von zwei algerischen Gerichten zum Tode verurteilt; Spitznamen »Der Einäugige« und »Mr. Marlboro«
Bengasi	Stadt in Nordostlibyen, wo bei islamistischen Anschlägen auf das US-Konsulat am 11. und 12.9.2012 u.a. der amerikanische Botschafter ums Leben kam
Benhanafi, Ali	*Arzt in der kabylischen Gemeinde Bouzeguène, gehört zur Bewegung von Sadek Madjer*
Benmedi, Dihia	*erste Frau von Youcef Benmedi, 1961 im Algerienkrieg ums Leben gekommen; Großmutter von Djamel*
Benmedi, Djamel	*28, Enkel von Youcef, Sohn von Mouloud*

Benmedi, Mouloud — *geb. 1960, Vater von Djamel, Sohn von Youcef, im September 1995 vom algerischen Militär verschleppt, nie wieder aufgetaucht*

Benmedi, Pauline — *Deutsche, zweite Frau von Youcef Benmedi, 2002 gestorben*

Benmedi, Youcef — *74, Großvater von Djamel, Vater von Mouloud; kämpfte bis zum Tod seiner ersten Frau Dihia 1961 für den FLN, ging 1970 als Vertragsarbeiter in die DDR, wo er in der Schwarzen Pumpe bei Spremberg arbeitete. Heiratete die Kollegin Pauline und zog mit ihr 1990 in ihr Elternhaus im havelländischen Pessin; 1992–1994 mit Pauline in Algier bei Mouloud und Djamel, wegen der islamistischen Morde an Ausländern nach Deutschland zurückgekehrt*

Berber — nordafrikanische Ethnie, in Algerien vor allem in der Kabylei und in der Sahara-Region (Tuareg) wohnhaft. Etwa 30 Prozent der Algerier sind Berber.

Berber-Frühling — erstes Aufflammen der Berber-Proteste 1980 in der Kabylei, von der Polizei gewaltsam niedergeschlagen

Berghammer, Siegfried — *FDP, Parlamentarischer Staatssekretär im Bundesministerium für Wirtschaft und Technologie, Bundestagsabgeordneter in Rottweil-Tuttlingen, Freund von Meininger Rau und anderen schwäbischen Waffenproduzenten.*

Bien sûr, c'est un honneur pour nous. — »Natürlich, es ist uns eine Ehre.«

BKA	Bundeskriminalamt; Aufgabe des BKA u. a.: Koordination der Verbrechensbekämpfung auf nationaler und internationaler Ebene, Strafverfolgung bei Schwerkriminalität, Personenschutz. Das Referat »Verbindungsbeamtenwesen« befindet sich in Alt-Treptow in Berlin, Leiter ist *Harry Landrich*.
BMVg	Bundesministerium der Verteidigung
BMWi	Bundesministerium für Wirtschaft und Technologie
BND	Bundesnachrichtendienst; dem Bundeskanzleramt unterstellt, für die Auslandsaufklärung zuständig
BND-Resident	Mitarbeiter des BND an einer Auslandsbotschaft
Bologhine	Stadtteil im Norden von Algier
Boumedienne, Houari	1927–1978, während des Algerienkriegs Oberkommandierender der Grenzarmee, putschte sich 1965 mit Unterstützung der Armee gegen den ersten Präsidenten Algeriens, Ahmed Ben Bella, an die Macht; Staatschef bis 1978
Bouteflika, Abdelaziz	geb. 1937, seit 1999 algerischer Präsident; kämpfte im Algerienkrieg bei der ALN, wurde 1962 Minister für Jugend und Tourismus, 1963 Außenminister (bis 1979). 1983 der Unterschlagung von öffentlichen Geldern schuldig gesprochen; verbrachte einige Jahre im Exil, wurde dann amnestiert. 2002 gelang es ihm als Präsident,

	den Bürgerkrieg (s. »schwarzes Jahrzehnt«) zu beenden. 2009 konnte er sich dank einer Verfassungsänderung zum dritten Mal für das Präsidentenamt zur Wahl stellen. Er gewann mit 90 Prozent der Stimmen (die Opposition sprach von massivem Wahlbetrug). 2011 hob er auf Druck der Bevölkerung den Ausnahmezustand auf, der seit 1992 gegolten hatte. 2014 wurde er zum vierten Mal zum Präsidenten gewählt. Bouteflika steht für eine gewisse Stabilität in der algerischen Politik, gilt jedoch als »Mann der Militärs« und ist seit Jahren schwer krank.
Bouzeguène	Gemeinde im Bezirk Tizi Ouzou in der Kabylei, aus mehreren Dörfern bestehend
Bugeaud, Thomas	1784–1849, frz. General, schlug die Aufstände verschiedener algerischer Stämme nieder; ab 1840 Gouverneur von Algerien, später Mitglied der Pariser Nationalversammlung. Bugeaud gilt heute als brutaler, rücksichtsloser Kriegsherr, der auch Zivilisten nicht verschonte.
Bundessicherheitsrat (BSR)	Kabinettsausschuss, der für Export-Vorabgenehmigungen von zur Kriegsführung gedachten Rüstungsgütern zuständig ist, zu denen Anfragen aus dem Ausland vorliegen. Der BSR tagt geheim, entscheidet geheim und unterliegt keiner parlamentarischen Kontrolle. Er besteht aus neun festen Mitgliedern: Bundeskanzler (Vorsitz), Chef

	des Bundeskanzleramts, Minister des Auswärtigen, der Verteidigung, der Finanzen, der Justiz, des Inneren, der Wirtschaft, der wirtschaftlichen Zusammenarbeit und Entwicklung. Dazu kommen, falls nötig, Berater wie der Generalinspekteur der Bundeswehr oder andere Minister.
Bundesverband der Deutschen Sicherheits- und Verteidigungsindustrie	s. BDSV
Carlsen, Jens	*Pressesprecher des Auswärtigen Amtes, heimlicher »Komplize« von Katharina Prinz*
Cassidian	Tochterfirma von EADS
Choukran djazilan.	arab., »Danke schön.«
Club des Pins	gesicherte Wohnanlage mit Villen vieler mächtiger und/oder reicher Algerier, etwa 20 Kilometer westlich von Algier an der Küste gelegen
Comment vas-tu, mon ami?	»Wie geht's dir, mein Freund?«
Constantine	Stadt in Nordostalgerien
Darfur	Region im Westen des Sudan
DDSE	Direction de la documentation et de la sécurité extérieur, dem Militär zugeordneter algerischer Nachrichtendienst, der für die Terrorismusbekämpfung zuständig ist und von Mohamed Mediène geleitet wird. Anfang 2013 wurden die algerischen Geheimdienste neu organisiert, die DDSE untersteht jetzt direkt dem Präsidenten.
de Gaulle, Charles	1890–1970, frz. General, Präsident der

Fünften Republik von 1959 bis 1969. Im Zweiten Weltkrieg Widersacher der mit den Nationalsozialisten kollaborierenden Regierung Pétain. Unterzeichnete 1962 mit dem FLN die »Verträge von Évian«, die den Algerienkrieg beendeten. Gegner von de Gaulles Algerienpolitik verübten im August 1962 einen Mordanschlag auf ihn, der jedoch scheiterte (s. OAS).

Denkenheim — *Ort in Baden-Württemberg, etwa 10 Kilometer südöstlich von Rottweil, nahe Aldingen; ca. 10 000 Einwohner*

Diar-el-Mahçoul — Stadtteil von Algier, sozialer Brennpunkt

Die mit dem Blut unterschreiben — terroristische Zelle des ehemaligen AQM-Emirs Mokhtar Belmokhtar, auf Arabisch »Muwaqiun bi-l dam«; Ende 2012 gegründet, im Januar 2013 für den Überfall auf ein algerisches Erdgasfeld nahe In Aménas verantwortlich, bei dem 32 islamistische Kämpfer Hunderte Geiseln nahmen. Nach algerischen Angaben kamen im Verlauf der Kämpfe alle Angreifer und 39 Geiseln aus 10 Ländern ums Leben.

Djurdjura — Gebirgszug in der Kabylei, Teil des Tellatlas. Höchste Erhebung ist der Lalla Khedidja mit etwa 2300 Metern.

Drif, Zohra — geb. 1934, algerische Widerstandskämpferin, später Anwältin und Vizepräsidentin des Oberhauses des algerischen Parlaments. Als 20-jährige Jurastudentin platzierte sie im September 1956 für den FLN eine

	Bombe in der »Milk Bar«, durch die drei Franzosen getötet und zahlreiche Menschen verletzt wurden. 1958 zu 20 Jahren Haft verurteilt, 1962 von Charles de Gaulle begnadigt
Droukdel, Abdelmalek	geb. 1970, algerischer Führer (Emir) von AQM, bekannt unter dem Kriegsnamen »Wadoud«. Kämpfte in den 90ern in Afghanistan aufseiten der Taliban, nach seiner Rückkehr für die GSPC. Vor allem auf sein Betreiben hin wurde die GSPC Teil des internationalen Dschihad und benannte sich 2007 mit Einwilligung Osama bin Ladens in al-Qaida im islamischen Maghreb um.
DRS	Département du renseignement et de la sécurité, algerischer Militärgeheimdienst, seit 1990 geführt von Mohamed Mediène. Amnesty International wirft dem DRS u. a. Folter und illegale Verhaftungen vor. Die im Roman erwähnte DDSE ist eine von drei Abteilungen des DRS. Anfang 2013 wurden die algerischen Geheimdienste neu organisiert.
EADS	European Aeronautic Defence and Space Company, europäischer Rüstungs-, Luft- und Raumfahrtkonzern, Mutterfirma von Airbus (Flugzeuge), Cassidian (u.a. Verteidigungssysteme, -elektronik, Drohnen) und Eurocopter (Hubschrauber)
Ebert, Wiebke	*Anfang 50, Sekretärin im Referat »Export-*

	kontrolle« des Auswärtigen Amtes, mit allen Vorgängen in Bezug auf die Genehmigung von Rüstungsexporten vertraut; kennt den Meininger-Rau-Lobbyisten Reinhold Wegner zu gut, liebt Schiffsreisen
El Biar	wohlhabenderes, grünes Stadtviertel von Algier, auf den Hügeln gelegen, mit zahlreichen Botschaften, Residenzen und Wohnungen von Ausländern
El Watan	unabhängige, französischsprachige Tageszeitung Algeriens
Elbe Algérie Spa.	*Gemeinschaftsunternehmen von Elbe Defence Systems, den algerischen Ministerien für Verteidigung und Industrie sowie einer Investmentgesellschaft aus den Vereinigten Arabischen Emiraten*
Elbe Defence Systems	*einer der größten deutschen Rüstungskonzerne, Zentrale in Lüneburg, produziert u.a. Panzer (Spähpanzer »Atlas« für Algerien), Panzerhaubitzen und Waffenanlagen; Arbeitgeber von Peter Richter*
Eley, Ralf	*42, seit 2008 Verbindungsbeamter des BKA an der deutschen Botschaft in Algier, davor in derselben Funktion in Rom; liebt Amel Samraoui*
Endverbleibserklärung (EVE)	Der Export zahlreicher deutscher Rüstungsgüter wird nur dann genehmigt, wenn der ausländische Käufer eine EVE unterzeichnet. Dadurch soll gewährleistet sein, dass die Güter nicht in Drittländer weitergeleitet werden. Die Praxis hat ge-

	zeigt, dass die Einhaltung von EVEs von deutscher Seite kaum verlässlich kontrolliert werden kann.
Essaouira	Stadt an der marokk. Atlantikküste
Évian	s. »Verträge von Évian«
Exportgenehmigung	zuständig: Bundesamt für Wirtschaft und Ausfuhrkontrolle (BAFA). Gesetzliche Grundlagen für die Erteilung von Exportgenehmigungen sind neben europäischen Verordnungen das Außenwirtschaftsgesetz, die Außenwirtschaftsverordnung und das Kriegswaffenkontrollgesetz.
FIS	Front islamique du salut, »Islamische Heilsfront«; algerische islamistische Partei, die bei den ersten freien Wahlen in Algerien 1991 auf knapp 50 Prozent der Stimmen gekommen wäre. Noch vor Ende der Wahlen putschte deshalb das Militär. Die FIS wurde verboten, viele ihrer Mitglieder gingen in den Untergrund, der algerische Bürgerkrieg begann.
FLN	Front de libération nationale, »Nationale Befreiungsfront«, algerische (Regierungs-) Partei, 1954 von Ahmed Ben Bella als Widerstandsbewegung gegen Frankreich in Kairo gegründet. Führer des FLN unterzeichneten 1962 zusammen mit Charles de Gaulle die »Verträge von Évian«, die Algerien die Unabhängigkeit brachten. Seit dieser Zeit stellt der FLN den algerischen Präsidenten, über Ahmed

	Ben Bella (1962–1965), den Putschisten Houari Boumedienne (1965–1979) bis zu Abdelaziz Bouteflika (seit 1999). Politisch gilt der FLN als islamisch-sozialistisch; seit 2013 ist er assoziiertes Mitglied der Sozialistischen Internationale.
FLN-Fußballmannschaft	vom FLN gegründete, sogenannte »Unabhängigkeitself«, die zwischen 1958 und 1962 zahlreiche Länderspiele bestritt. Aufgabe des Teams war es, durch Fußball für die Sache des algerischen Widerstands zu werben. Mehrere in Frankreich aktive Spieler verließen ihre französischen Klubs buchstäblich über Nacht in Richtung Algerien, um für das FLN-Team zu spielen.
Florian	*Sicherheitsbeamter der Bundespolizei an der deutschen Botschaft in Algier*
FN Herstal	Fabrique National Herstal, belgischer Waffenproduzent, gegründet 1889, stellt u. a. Pistolen, Sturmgewehre und Maschinenpistolen her
Foued	*Angestellter im Sofitel, der Eley mit Informationen zu Phil versorgt*
Franco, Francisco	1892–1975, rechtsgerichteter spanischer Diktator, Staatschef von 1939 bis 1975. Putschte mit Teilen der Armee 1936 gegen die gewählte republikanische Regierung und löste damit den Spanischen Bürgerkrieg aus. Von den dt. Nationalsozialisten und den ital. Faschisten unterstützt, siegten die Franco-Truppen 1939.

Französische Doktrin	französische Strategie der asymmetrischen Kriegsführung zur Bekämpfung von Aufständischen; beinhaltete menschenrechtsverletzende Methoden wie Massenverhaftungen, extralegale Hinrichtungen, Verschwindenlassen, Folter und *ratissages* und kam erstmals im Algerienkrieg zum Einsatz. Später nutzten lateinamerikanische Diktaturen die Erfahrungen französischer Kriegsveteranen für den eigenen »Schmutzigen Krieg« gegen Oppositionelle und die aufbegehrende Bevölkerung.
Fremdenlegion	»Légion étrangère«, 1831 gegründet; Verband der französischen Streitkräfte, in dem ausländische Freiwillige dienen, während die Offiziere fast ausschließlich Franzosen waren/sind. Anfangs wurde die Fremdenlegion v.a. bei der Eroberung Nordafrikas eingesetzt, später kämpfte sie u.a. auch in Indochina sowie im Ersten und Zweiten Weltkrieg in Europa, außerdem mit etwa 35 000 Soldaten im Algerienkrieg (knapp die Hälfte davon Deutsche). Dort begingen viele Legionäre Menschenrechtsverletzungen.
Freunde Algeriens	*informelle Runde von in Algerien investierenden Unternehmen, dazu Politikern und Mitarbeitern verschiedener Ministerien; Sprecherin: Mareike Roth-Albig, BMWi*
Front de libération nationale	s. FLN

Fuchs	ursprünglich von Thyssen-Henschel entwickelter Transportpanzer von Rheinmetall MAN Military Vehicles; in der Spürpanzer-Version u. a. in die USA, die Türkei, nach Großbritannien, Griechenland, Israel, Venezuela und Saudi-Arabien verkauft. 2011 genehmigte der Bundessicherheitsrat den Verkauf von 54 »Fuchs«-Transportpanzern an Algerien, wo das Joint Venture Rheinmetall Algérie Spa. in Ain Smara nahe Constantine weitere 1200 »Füchse« produzieren wird.
G3	Sturmgewehr von Heckler & Koch, ab 1959 Standardwaffe der Bundeswehr. In rund 80 Länder exportiert; die Lizenz wurde von der Bundesregierung in verschiedene europäische Länder sowie u. a. nach Burma, Saudi-Arabien, Iran, Malaysia, Mexiko und Pakistan verkauft (Iran wiederum verkaufte nach Uganda und in den Sudan). Gesamtstückzahl: ca. 7 Mio.
G36	Sturmgewehr von Heckler & Koch, Nachfolger des G3, seit Ende der 90er Jahre Standardwaffe der Bundeswehr. Von HK in verschiedene europäische Länder sowie u. a. nach Ägypten, Saudi-Arabien und Malaysia verkauft; lizensierter Nachbau in Spanien und Saudi-Arabien. Außerdem wurden in mehreren Ländern, in die offiziell weder von HK noch von deren

	Kunden geliefert werden darf, G36 in nennenswerter Stückzahl entdeckt, darunter Georgien, Libyen und Mexiko (Exportverbot für vier Provinzen).
Gabbei, Elisa	1933–2010, israelische Sängerin. *Winter in Canada* war 1966 in der BRD ein großer Erfolg.
GIA	Groupe islamique armé, Bezeichnung für die verschiedenen, lose verbundenen Gruppen islamistischer Terroristen, die während des »schwarzen Jahrzehnts« (1992–2002) in Algerien den Staat bekämpften. GIA-Zellen waren auch in Frankreich aktiv. Die Morde an den sieben Mönchen aus Tibhirine werden offiziell der GIA zur Last gelegt.
Glock 17	sehr leichte, halb automatische Pistole des österreichischen Waffenherstellers Glock; weit verbreitet, auch bei deutschen Sicherheitskräften
Grenzarmee	auch Armee der Grenzen, jener Teil der ALN, der im Algerienkrieg auf tunesischem und marokkanischem Territorium stationiert war. Oberkommandierender der Armée des frontières war Houari Boumedienne, der 1965 den ersten Präsidenten, Ahmed Ben Bella, aus dem Amt putschte.
Große Moschee	im Bau befindliche Moschee im Osten Algiers, nach Mekka und Medina dereinst die drittgrößte der Welt. Im Gebetssaal

	sollen über 30 000 Menschen Platz finden, das Minarett wird mit 265 Metern das höchste weltweit. Auf dem Gelände, das für 120 000 Besucher ausgelegt ist, entstehen neben der Moschee weitere Gebäude, u. a. eine Bibliothek, ein Kulturzentrum, eine theologische Hochschule. Gesamtkosten: ca. 1 Mrd. Euro, Fläche: ca. 400 000 Quadratmeter. Grundsteinlegung war im November 2011, Fertigstellung soll 2016 sein. Mit der Planung wurde eine Arbeitsgemeinschaft aus einem Darmstädter Ingenieur- und einem Frankfurter Architektenbüro beauftragt, mit der Realisierung eine chinesische Baufirma.
Groupe salafiste pour la prédication et le combat	s. GSPC
Grunow, Roland	*Chef des Bundespräsidialamts, den Katharina Prinz spätabends im Hohenstaufenpark trifft*
GSPC	Groupe salafiste pour la prédication et le combat, früherer Name von al-Qaida im islamischen Maghreb, 2007 umbenannt. 1998 während des algerischen Bürgerkriegs gegründet, für zahlreiche Anschläge verantwortlich. Auch die Entführung der 32 Sahara-Reisenden aus Deutschland, Österreich, der Schweiz und den Niederlanden 2003 soll auf das Konto der GSPC gehen.

Hamit — *19, Muslim aus Spandau, arbeitet bei der Pessiner »Baufirma Petra Glisewitz«*

Hamza — *Mitte 40, aus Oran stammend, ehemaliger Fallschirmjäger der algerischen Armee, in den 90ern desertiert und nach Italien geflohen; später nach Paris gegangen, lebt mit seiner französischen Frau und seinem Sohn Noureddine in der Nähe von Metz. Einer der »Gruppenführer«, die für die Widerstandsbewegung von Sadek Madjer und Djamel Benmedi Auslandsalgerier rekrutieren*

Harki — Bezeichnung für jene ca. 200 000 muslimischen Algerier, die den Franzosen während des Befreiungskrieges als Hilfssoldaten, Milizen und Verwaltungsbeamte dienten, sich also nicht auf die Seite der Aufständischen schlugen. Zehntausende Harkis flohen 1962 nach Frankreich, um der brutalen Rache der FLN-Getreuen zu entgehen. Dort leben heute 500 000 bis 800 000 Harkis bzw. deren Nachfahren.

Hassi Messaoud — Zentrum der algerischen Öl- und Gasindustrie in der Sahara, wo 2001 etwa 100, von einem Imam aufgehetzte Algerier Jagd auf alleinstehende Wanderarbeiterinnen aus Nordalgerien machten, sie schlugen und/oder vergewaltigten. Mindestens 39 Opfer, nur rund ein Dutzend Verurteilungen

Hidschab	arab., »Schleier, Hülle«, Ganzkörperbedeckung muslimischer Frauen
HK	Abk. für »Heckler & Koch«
HK P2000	halb automatische Pistole von Heckler & Koch, die in mehreren Bundesländern als Polizeidienstwaffe verwendet wird
Human Rights Watch	internationale, unabhängige NGO mit Sitz in New York, 1978 gegründet, tritt für die Wahrung der Menschenrechte ein
Iranische G3 in Bosnien	Der britische Journalist Brian Johnson-Thomas berichtete, er habe 1994 beobachtet, wie auf einem Militärflugplatz der kroatischen Insel Krk als Teppiche deklarierte Kisten mit iranischen G3-Gewehren aus einem russischen Flugzeug in Lkws verladen wurden. Später habe er solche G3 im bosnischen Bihać gesehen. (DIE ZEIT, »Planet der Waffen«, 3.5.2007).
Islamische Heilsfront	s. FIS
Janke, Dani	*Anfang 50, ehrenamtliche Bürgermeisterin von Pessin*
Janke, Jenny	*Ende 20, Tochter von Dani Janke*
Jardin d'essai	Park und botanischer Garten im Stadtteil Hamma in Algier, 1832 gegründet, an der gleichnamigen U-Bahn-Station gelegen
Jeune Afrique	Internetseite mit Nachrichten zu Afrika; www.jeuneafrique.com
Joseph	*Abgesandter der liberianischen Regierung, interessiert sich für das MRG 45 von Meininger Rau*
Kabylei	Bergregion im Norden Algeriens, Heimat

	der kabylischen Berber; eine der ärmsten und am dichtesten besiedelten Gegenden des Landes. Städtische Zentren sind Tizi Ouzou und Bejaia. Die Kabylen fordern seit Jahrzehnten mehr politische und kulturelle Autonomie von der Landesregierung. Die Berbersprache Tamazight ist seit 2002 zweite Nationalsprache Algeriens.
Kachabia	traditionelle arab. Kleidung alg. Männer, knöchellang, oft mit Kapuze
Karima	*Mitglied der Widerstandsbewegung von Sadek Madjer; Djamel Benmedis »Begleiterin«*
Kasbah	arab. qasba, »Zitadelle/Festung«, je nach Region außerhalb oder in einer Stadt; in Algier Bezeichnung für das ganze arabisch-historische Zentrum
Katibat	frz. katiba, Regiment/Brigade einer terroristischen Gruppe, v.a. in Nordafrika verwendet; mehrere Dutzend bis 100 Kämpfer
Kriegswaffenkontrollgesetz (KrWaffG)	Laut »Ausführungsgesetz zu Artikel 26 Abs. 2 des Grundgesetzes« bedarf es für die Herstellung von zur Kriegsführung bestimmten Rüstungsgütern (Gegenstände, Stoffe, Organismen) einer Genehmigung (wie auch für deren Transport, Überlassung, Erwerb etc.) nach KrWaffG. Federführende Stelle ist hier das Bundesministerium für Wirtschaft und Technologie. Unter das Gesetz fallen z.B. ABC-Waffen, Kampfflugzeuge, -hubschrauber, Panzer

	und andere gepanzerte Fahrzeuge, Sturmgewehre, Maschinenpistolen und -gewehre, Handgranaten. Liegt die entsprechende Genehmigung vor, muss der Export vom BAFA bewilligt werden.
Landrich, Harry	*Leiter des Referats für Verbindungsbeamte des BKA, Chef von Ralf Eley*
Larbaâ Nath Irathen	Gemeinde in der Kabylei, ca. 30 000 Einwohner
Last Samurai	US-Film von 2003, u.a. mit Tom Cruise und Ken Watanabe, Regie: Edward Zwick, Originaltitel: The Last Samurai
Le pouvoir	frz., »die Macht«, Umschreibung der herrschenden Elite aus Politikern, Militärs, Geheimdienstlern und Ölmanagern im algerischen Volksmund
Liberia	Staat in Westafrika, Hauptstadt: Monrovia
Liebig, Carola	*Ende 30, Mitarbeiterin der Politischen Abteilung der deutschen Botschaft in Algier*
Lüden	*deutscher Hersteller von Pistolen und Gewehren*
Luseni	*Abgesandter der liberianischen Regierung, interessiert sich für das MRG 45 von Meininger Rau*
M16	amerikanisches Sturmgewehr von Colt Defence, seit 1967 Ordonnanzwaffe der US-Streitkräfte
MAC-50	französische Automatikpistole, zwischen 1950 und 1987 von den französischen Streitkräften benutzt

Madame Zohra	*Ende 60, Besitzerin des Restaurants »Zohra« in Algier, in dem Eley und Amel verkehren; angeblich eine Nichte der FLN-Attentäterin Zohra Drif*
Madjer, Sadek	*um die 50, Chauffeur in Diensten des algerischen Verteidigungsministeriums*
Maghreb	arab. al-maghrib, »der Westen«; im engeren Sinne Bezeichnung für Marokko, im weiteren für Marokko, Algerien und Tunesien, gelegentlich auch Libyen
Mali	südwestliches Nachbarland von Algerien, Hauptstadt ist Bamako. 2012 besetzten Kämpfer von AQM und MUJAO sowie der islamistischen Tuareg-Bewegung Ansar Dine und der religiös neutralen Tuareg-Organisation MNLA weite Teile Nordmalis. Sie erklärten die Region unter dem Namen »Azawad« für unabhängig und führten teilweise die Scharia ein. Begünstigt wurde die Krise zum einen durch einen Militärputsch gegen die Regierung in Bamako, der ein Machtvakuum zur Folge hatte. Zum anderen kehrten nach dem Fall des Gaddafi-Regimes zahlreiche Tuareg-Kämpfer der MNLA, die in Diensten Libyens gestanden hatten, schwer bewaffnet in ihre malische Heimat zurück und begannen mit der Eroberung einzelner Orte im Azawad. Die MNLA-Kämpfer wurden später von Ansar Dine und MUJAO vertrieben. Französischen und

	malischen Truppen gelang durch die »Opération Serval« im Januar 2013 die Rückeroberung der besetzten Gebiete.
Malika	*Mitglied der namenlosen Bewegung Sadek Madjers; in Berlin, später am Überfall auf den Gewehrtransport beteiligt*
Maspero-Massaker	gewaltsame Niederschlagung einer Demonstration überwiegend christlicher Kopten in Kairo vor dem Rundfunkgebäude »Maspero« im Oktober 2011, bei der 29 Teilnehmer getötet und über 300 verletzt wurden. Ein Dutzend Demonstranten wurde offenbar von bewusst in die Menge gelenkten »Fahd«-Radpanzern überrollt, einem von Thyssen-Henschel (heute Rheinmetall) entwickelten Panzer, der in Ägypten in Lizenz produziert wird. Nach Angaben des SPIEGEL vom 27.5.2013 wurden zwischen 2004 und 2012 außerdem Bauteile für den »Fahd« im Wert von 131 Mio. Euro aus Deutschland exportiert.
Massu, Jacques	1908–2002, frz. General, gewann mit seinen Soldaten die »Schlacht von Algerien«, allerdings unter Einsatz widerrechtlicher Methoden (»Französische Doktrin«)
Mauerstützer	volkstümliche Bezeichnung für die zahlreichen, zumeist jungen, arbeitslosen Männer, die tagsüber und abends im Zentrum von Algier einzeln oder in Gruppen an Häuserwänden stehen

Mediène, Mohamed	geb. 1939, algerischer General, während des Algerienkriegs in der ALN, der Armee des FLN; seit 1990 Leiter des DRS, des algerischen Militärgeheimdienstes, dem auch die im Roman erwähnte DDSE angehört
Meininger Rau Gewehrfabrik 1889	*in Altniederndorf ansässige Waffenfabrik, die u.a. das Sturmgewehr MRG 45 produziert und weltweit vertreibt*
Merkle, Sebi	*Inhaber eines Reisebüros in Altniederndorf*
Militärattaché	Angehöriger der Bundeswehr im Diplomatenstatus, der über das Auswärtige Amt an eine Botschaft entsandt wird und sich v. a. mit der Verteidigungs- und Militärpolitik des Gastlandes befasst bzw. darüber informiert. Im Roman hat *Oberst im Generalstab zu Geuyn* diesen Posten.
Milk Bar	bekanntes Café im Zentrum Algiers, in dem *Ralf Eley* morgens frühstückt. Die FLN-Kombattantin Zohra Drif platzierte im September 1956 eine Bombe im Innenraum der »Milk Bar«, die drei junge Franzosen tötete und zahlreiche weitere Menschen verletzte.
MNLA	Mouvement national pour la libération de l'Azawad, Tuareg-Bewegung, die für die Unabhängigkeit der nordmalischen Region Azawad kämpft
Mollet, Guy	1905–1975, französischer Politiker; Mitglied der Résistance, später langjähriger Parteichef der Sozialisten, 1956–1957

	Ministerpräsident; verdoppelte 1956 die französischen Truppen in Algerien von 200 000 auf 400 000
Monsieur? Puis-je vous aider?	»Monsieur? Kann ich Ihnen helfen?«
Merci, je cherche un blazer pour ma femme.	»Danke, ich suche einen Blazer für meine Frau.«
Les blazers sont là-bas.	»Die Blazer sind dort drüben.«
Aussi un pull-over.	»Und einen Pullover.«
En face de vous.	»Vor Ihnen.«
Moussa, Said	*Sekretär und Bodyguard von General Soudani, Mitglied des algerischen Geheimdienstes*
MP5	Maschinenpistole von Heckler & Koch, neben der israelischen Uzi die weltweit meistverbreitete MP
MRG 45	*Sturmgewehr der Meininger Rau Gewehrfabrik 1889, das u. a. nach Algerien exportiert wird*
MUJAO	Mouvement pour l'unicité et le jihad en Afrique de l'Ouest (»Bewegung für die Einheit und den Dschihad in Westafrika«), 2011 aus (der algerisch dominierten) AQM hervorgegangene, islamistische (und schwarzafrikanische) Terrorbewegung, deren Ziel die Verbreitung des Dschihad in Westafrika ist. Zusammen mit AQM und Ansar Dine übernahm MUJAO im Sommer 2012 kurzfristig die Kontrolle über den Norden Malis. Die Gruppe ist auch in Niger aktiv.

Mutaridu al-kuffar	*s. Vertreiber der Ungläubigen*
Namenlosen, die	*Bezeichnung, die Aziz Djamel für ihre Widerstandsbewegung vorschlägt*
Ne demande plus jamais.	»Frag nie wieder.«
NGO-Gesetz	Die algerische Regierung verabschiedete im Dezember 2011 ein neues Vereinsgesetz, das von der UNO kritisiert wurde. Demzufolge ist für die Gründung einer Organisation eine Genehmigung erforderlich, darf die NGO nicht gegen nationale Werte verstoßen oder die inneren Angelegenheiten Algeriens beeinträchtigen, außerdem kein Geld ausländischer Organisationen annehmen (nach NZZ, 5.5.2012). Aufgrund dieses Gesetzes schloss die SPD-nahe Friedrich-Ebert-Stiftung Mitte 2013 ihr Büro in Algier.
Niqab	fest sitzendes Kopftuch muslimischer Frauen, mit dem das Gesicht bis auf die Augen bedeckt wird
No compromise	Slogan von Heckler & Koch
Notre-Dame d'Afrique	röm.-kath. Basilika »Unserer Lieben Frau von Afrika« in Algier im Stadtteil Bologhine, 120 Meter über dem Meer gelegen; Marienwallfahrtskirche, ab 1860 im neobyzantinischen Stil mit arabischen und romanischen Elementen erbaut, 1872 geweiht; Apsisinschrift: »Notre Dame d'Afrique priez pour nous et pour les Musulmans« (»Unsere Liebe Frau von Afrika, bete für uns und für die Mus-

lime«). Die Basilika wird häufig als Gegenstück zur auf der anderen Seite des Mittelmeers liegenden Notre-Dame de la Garde in Marseille betrachtet. Sie ist vom Zentrum aus u.a. mit einer Seilbahn zu erreichen.

OAS — Organisation armée sécrète, Terrororganisation von für den Verbleib Algeriens bei Frankreich eintretenden Militärs und Algerienfranzosen, im Januar 1961 von französischen Offizieren und Politikern in Algier gegründet. Motto: »Algerien ist französisch und wird es bleiben.« Die OAS verübte 1962 zahlreiche Anschläge auf Muslime (mehrere Tausend Morde), aber auch gegen den französischen Staat, um die Unabhängigkeit Algeriens zu verhindern. 1961 scheiterte ein OAS-Putsch gegen die Militärführung in Algier, 1962 ein Mordanschlag auf den französischen Präsidenten Charles de Gaulle südlich von Paris durch 11 OAS-Attentäter. Die Exekution wichtiger OAS-Führer 1962 und 1963 brachte das Ende der Organisation.

Oberndorf am Neckar — Stadt in Baden-Württemberg, 80 Kilometer südwestlich von Stuttgart im Landkreis Rottweil, ca. 14000 Einwohner; Sitz von Heckler & Koch sowie dem Waffenhersteller Mauser (gehört seit 2004 zu Rheinmetall Waffe Munition)

Oran	im Westen von Algerien gelegen, ca. 700 000 Einwohner, zweitgrößte Stadt des Landes
Ost, Konrad	*53, Beamter im Auswärtigen Amt, Beauftragter für Exportkontrolle und Technologie, Abteilung 4, träumt vom Botschafterposten in Tokio*
Ouargla	Sahara-Stadt (und Provinz) in Zentralalgerien, 130 000 Einwohner, ca. 800 Kilometer südlich von Algier nahe den Ölfeldern von Hassi Messaoud gelegen
P8	Pistole von Heckler & Koch, Ordonnanzwaffe der Bundeswehr
Pakistan Ordnance Factories	regierungseigener pakistanischer Waffen- und Munitionshersteller, produziert u. a. in Lizenz das Sturmgewehr G3 und die Maschinenpistole MP5 (beide Heckler & Koch) sowie das Maschinengewehr MG3 (Rheinmetall)
Parlamentarischer Abend	Veranstaltung von Unternehmen, Organisationen, Berufs- und Interessenverbänden zum Informationsaustausch; eingeladen werden vorwiegend Abgeordnete, Verwaltungs- und Ministeriumsmitarbeiter.
Pessin	Dorf im brandenburgischen Havelland, 641 Einwohner. Die (evang.) Dorfkirche ist die älteste des Westhavellandes; sehenswert auch das Herrenhaus derer von Knoblauch. In Pessin lebt *Youcef Benmedi* mit zweijähriger Unterbrechung seit 1990.

Phil	*45, Philip Stewens, deutscher Waffenhändler, weithin bekannt als Phil*
Pieds-noirs	frz., »Schwarzfüße«, Bezeichnung für die Algerienfranzosen, jene europäischen Siedler, die sich seit 1830 in Algerien niedergelassen haben. Etwa die Hälfte stammte ursprünglich nicht aus Frankreich, sondern aus Spanien, Italien und Malta und wurde – wie die einheimischen Juden – eingebürgert. Um 1960 gab es ca. 1,4 Mio. Algerienfranzosen, von denen nach der Unabhängigkeit etwa 1 Mio. nach Frankreich flohen, weil der FLN Rache nahm: »La valise ou le cercueil«, »Koffer oder Sarg«, lautete die Drohung.
Place des Martyrs	Platz im Zentrum Algiers, von dem *Ralf Eley* einmal träumt
Place Port Said	Platz im Zentrum Algiers nahe dem Hafen, wo *Ralf Eley* sich mit *Lyon Rigal* trifft
Prinz, Katharina	*44, seit 2010 Beauftragte für Nah- und Mittelostpolitik und Maghreb in der Abteilung 3 des Auswärtigen Amtes; nach Heinrich Zimmermanns Schlaganfall kommissarische Leiterin der Abteilung 3. 2004–2006 Leiterin der Politischen Abteilung der Botschaft in Algier, dort 2008–2010 deutsche Botschafterin*
Puis-je? Mon fils!	»Darf ich? Mein Sohn!«
Qu'est ce qui se passe?	»Was ist los?«
Toujours rien.	»Immer noch nichts.«

Le portable!	»Das Handy!«
Dans ma chambre.	»In meinem Zimmer.«
Non, reste ici, on doit rester ensemble.	»Nein, bleib hier, wir müssen zusammen bleiben.«
Rabat	Hauptstadt von Marokko
Ratissage	frz., »Durchkämmung«; hier: Säuberungsaktion des Militärs gegen Terroristen und Widerstandskämpfer, bei der der Tod von Zivilisten und die Zerstörung ganzer Dörfer in Kauf genommen wird. Im Algerienkrieg eine berüchtigte Strategie v. a. der Fremdenlegion und Fallschirmjäger gegen FLN-Kämpfer, im heutigen Algerien der Armee gegen Dschihadisten
Rheinmetall Algérie Spa.	Joint Venture von Rheinmetall MAN Military Vehicles (RMMV) mit den algerischen Ministerien für Verteidigung und Industrie sowie der Investmentgesellschaft Aabar aus den Vereinigten Arabischen Emiraten. Soll in den nächsten Jahren in Ain Smara nahe Constantine 1200 »Fuchs«-Transportpanzer herstellen.
Rheinmetall MAN Military Vehicles (RMMV)	2010 gegründetes Unternehmen der Rheinmetall AG und der MAN Nutzfahrzeuge AG, das »die vollständige Palette der geschützten und ungeschützten Transport-, Führungs- und Funktionsfahrzeuge für die internationalen Streitkräfte abdeckt« (Homepage Rheinmetall Defence). Dazu gehört auch der »Fuchs«-Transportpanzer.

Richter, Peter	*48, bei Elbe Defence Systems als stellvertretender Vertriebsbeauftragter für Afrika im Bereich Wheeled Vehicles tätig; bis Mitte 2012 bei Meininger Rau und dort für das MRG-45-Geschäft mit Algerien zuständig*
Riehle, Ernst Friedrich	*stellvertretender Vorsitzender der CDU/CSU-Bundestagsfraktion, Bereich »Wirtschaft, Mittelstand, Tourismus, Petitionen«; Abgeordneter des Wahlkreises Rottweil-Tuttlingen; Freund von Meininger Rau*
Rigal, Lyon	*Ende 30, Franzose, in Algier lebend; NGO-Experte in Sachen Kleinwaffen, für die Überwachung von Waffenembargos und die Analyse von Waffen- und Munitionsfunden; kennt Katharina Prinz sehr gut*
Rischa	*Hacker und Internetexperte in Diensten Reinhold Wegners*
Robin	*11, Fußballhoffnung von Pessin, Linksaußen der D-Junioren Spielgemeinschaft Friesack/Pessin I*
Roth-Albig, Mareike	*Mitte 50, Referatsleiterin im BMWi und Sprecherin der »Freunde Algeriens«*
RPB 10	*reaktive Panzerbüchse von Elbe Defence Systems. Wegen Lieferschwierigkeiten erwirbt Algerien diese »Panzerfäuste« über den Waffenhändler Phil bei einem anderen arabischen Land.*
Sahara Media	mauretanische Presseagentur, die eine Tageszeitung sowie eine Homepage publiziert
Sahara-Entführungen	2003 wurden in der algerischen Sahara

mehrere Gruppen von Touristen aus Deutschland, Österreich, der Schweiz und den Niederlanden entführt, insgesamt 32 Personen. Verantwortlich war angeblich die Terrorgruppe GSPC. Eine Geisel starb an einem Hitzschlag, die anderen wurden im Verlauf von 6 Monaten befreit oder freigelassen. Die genauen Umstände der Entführung liegen noch immer im Dunkeln.

Samraoui, Amel — *35, Untersuchungsrichterin in Algier*

San-Siro-Stadion — s. Stadion von Bologhine

Sansal, Djaout, Mammeri — alg. Schriftsteller; Boualem Sansal, geb. 1949, Friedenspreis des Dt. Buchhandels (2011); Tahar Djaout (1954–1993), von der GIA ermordet, wie viele alg. Intellektuelle; Mouloud Mammeri (1917–1989), kabyl. Linguist

Scharia — allgemein die Gesetze, die in einer islamischen Gesellschaft gelten, basierend auf dem Koran und den Äußerungen und Handlungen Mohammeds. Religiöser, kultischer, ritueller und zwischenmenschlicher islamischer »Pflichtenkatalog«

Schlacht um Algier — im September 1956 mit dem FLN-Anschlag auf die »Milk Bar« und zwei andere Ziele in Algier beginnender Kampf vorwiegend in der Innenstadt und der Kasbah; von Morden, Massenverhaftungen, Folter und Entführungen geprägt; endete im Oktober 1957 mit einer Niederlage des FLN

Schneider	*BND-Resident an der deutschen Botschaft in Algier, zurzeit in Islamabad*
Schüring, Michael	*ehemaliger Lebensgefährte von Katharina Prinz*
Schwarze Pumpe	das »VEB Gaskombinat Schwarze Pumpe« zur Veredelung und Verwertung von Braunkohle nahe Spremberg in der Niederlausitz, 1990 stillgelegt, später von Vattenfall übernommen
Schwarzer Frühling	Bei Demonstrationen von kabylischen Berbern für mehr Rechte und den folgenden Auseinandersetzungen mit der Polizei kamen im Frühjahr 2001 130 Zivilisten ums Leben.
Schwarzes Jahrzehnt	die Jahre zwischen 1992 und 2002, als in Algerien eine Art Bürgerkrieg zwischen Militär und islamistischen Terrorgruppen herrschte, die unter der Bezeichnung Groupe islamique armée (GIA) zusammengefasst wurden. Weil der Sieg der islamistischen Partei Islamische Heilsfront (FIS) bei der Parlamentswahl 1991 abzusehen war, brach das algerische Militär die Wahlen im Januar 1992 ab und übernahm die Macht. Während die FIS später um friedliche Lösungen bemüht war, führten die GIA und nach ihrer Gründung 1998 die GSPC den Kampf auf brutale Weise weiter. Auch das Militär spielte keine rühmliche Rolle, es ist von Massakern an der Zivilbevölkerung, *ratissages,* extra-

legalen Hinrichtungen usw. die Rede. Der Krieg kostete zwischen 150000 und 200000 Menschen das Leben und hat große Teile der algerischen Gesellschaft bis heute traumatisiert. 2006 erließ die Regierung auf Basis eines Referendums ein international kritisiertes »Gesetz für Frieden und nationale Versöhnung«, das die islamistischen Täter amnestierte und die Angehörigen der Sicherheitskräfte trotz zahlreicher Menschenrechtsverletzungen vor juristischer Verfolgung schützte. Versuche, staatliche Kräfte dennoch zur Verantwortung zu ziehen, können mit Haftstrafen geahndet werden. Die Familien der (überwiegend bei Militäraktionen) »Verschwundenen« erhalten eine Entschädigung, wenn sie den betreffenden Angehörigen zum Terroristen erklären.

Sehitlik-Moschee — Moschee in Berlin-Kreuzberg, 2005 eröffnet

Seriat — Gruppe von 3 bis 10 Widerstandskämpfern bzw. Terroristen; eigtl. das islamische Gesetz, die Scharia. AQM benutzt immer wieder solche Begriffe, um die islam. Ideologie zu betonen.

Serkadji — Gefängnis in Algier, früher »Barberousse« genannt; oberhalb der Kasbah gelegen

Sétif — Stadt im Nordosten Algeriens. In Sétif fand am 8. Mai 1945 eine Kundgebung anlässlich des Weltkriegsendes statt, bei der auch Forderungen nach der Unabhängigkeit Algeriens laut wurden. Als Gendarmen die Proteste niederschlagen wollten, geriet die Menge außer Kontrolle und begann, Jagd auf die in Sétif lebenden Franzosen zu machen. Im Laufe einer Woche kamen etwa 100 Pieds-noirs ums Leben. Siedlermilizen, Armee und Polizei antworteten darauf mit großer Brutalität. Bis Ende Mai starben bei diesen, »Massaker von Sétif« genannten Ereignissen mehrere Zehntausend Muslime – darunter der Vater von *Youcef Benmedi.*

Simon	*BKA-Kollege von Ralf Eley, der mit Peter Richters Ehefrau und Töchtern nach Algier fliegt*
Sobich	*Reinhold Wegners Experte für Gesichtserkennung*
Sofitel Algiers Hamma Garden	Fünf-Sterne-Hotel in Algier, unmittelbar an den Jardin d'essai angrenzend
Soudani, Ibrahim	*Ende 70, algerischer General, Mitarbeiter des Verteidigungsministeriums, Mitglied von »le pouvoir« und Vertrauter von* Geheimdienstchef Mohamed Mediène; *mit anderen zuständig für Rüstungsgeschäfte wie den Kauf der MRG-45-Sturmgewehre*
Staatssekretär, Staatsminister	Ein Parlamentarischer Staatssekretär eines Bundesministeriums (im Auswärtigen Amt »Staatsminister«) vertritt den Minister bei dessen Abwesenheit im Bundestag, hat im Ministerium selbst aber keine we-

	sentliche Funktion. Der (beamtete) Staatssekretär dagegen leitet das Haus im Sinne des Ministers.
Stadion von Bologhine	Fußballstadion von USM Alger im Stadtteil Bologhine; offiziell »Stade Omar Hamadi«, auch »kleines San Siro« genannt nach dem San-Siro-Stadion in Mailand (heute Giuseppe-Meazza-Stadion)
Steve	*CIA-Agent mit Schriftsteller-Tarnung; richtiger Name: Scott Deveraux*
Stewens, Philip	*s. Phil*
Stiftung Wissenschaft und Politik (SWP)	1962 in München gegründete Stiftung, die Bundesregierung und Bundestag bezüglich Außen- und Sicherheitspolitik berät; seit 2001 in Berlin ansässig
SWOT-Analyse	Gegenüberstellung von Strengths (Stärken), Weaknesses (Schwächen), Opportunities (Möglichkeiten) und Threats (Risiken); Instument der strategischen Planung in Unternehmen, in den 60er Jahren an der Harvard Business School entwickelt
Talheim Transport	*Transportfirma aus Frankfurt/Main, deren Lkws Meininger Rau anmietet*
Tamanrasset	Oasenstadt in der südalgerischen Wüste, 76000 Einwohner, die meisten davon Tuareg
Taqbaylit	Berberdialekt, in der Kabylei gesprochen
Targia	Tuareg-Frau (Mann: Targi)
Taylor, Charles	geb. 1948, 1997–2003 Präsident Liberias; Kriegsherr im Bürgerkrieg, 2012 vom

	Sondergerichtshof für Sierra Leone in Den Haag zu 50 Jahren Haft verurteilt
Téléphérique	In Algier gibt es vier solcher Seilbahnen; sie fahren vom Zentrum auf die Hügel hoch. Die erste wurde 1965 in Betrieb genommen, die anderen in den 80er Jahren. Ein *téléphérique* verbindet die Talstation Bologhine mit Notre-Dame d'Afrique (insgesamt 240 Meter lang).
Tellatlas	»Kleiner Atlas«, Teil des Atlasgebirges entlang der Mittelmeerküste Marokkos, Algeriens und Tunesiens
ThyssenKrupp	deutsches Rüstungs-, Stahl- und Technologieunternehmen; liefert Kriegsschiffe nach Algerien, laut Jane's Navy International vier Fregatten vom Typ MEKO A-200
Tibhirine	nordalgerisches Dorf im Atlasgebirge, in dessen Nähe sich das 1938 gegründete Trappistenkloster Notre-Dame de l'Atlas befindet. 1996 wurden 7 der 9 Mönche von Bewaffneten entführt und ermordet. Später fand man ihre Köpfe, nicht aber die Körper. Eine GIA-Gruppe hatte sich zu der Tat bekannt, mittlerweile scheint jedoch erwiesen, dass der algerische Geheimdienst und das Militär involviert waren. Möglicherweise diente die Entführung dem Zweck, die Welt gegen die islamistischen Widerstandskämpfer einzunehmen. Das Kloster steht heute leer. Der französische Spielfilm »Von Men-

	schen und Göttern« (2010) erzählt die Geschichte der Entführung.
Tizi Ouzou	»Hügel der Ginster«, Stadt in Nordalgerien, Zentrum der Kabylei, ca. 90 000 Einwohner, überwiegend Berber
Toni	*Securitymann im Gästehaus des algerischen Verteidigungsministeriums in Constantine*
Toumi, Abderrahmane	*Anfang/Mitte 30, Angehöriger des militärischen Nachrichtendienstes DDSE*
Trabendistes	frz., fliegende Händler in Algier, die zumeist illegal am Straßenrand Waren anbieten
Transparency International	internationale NGO in Berlin, analysiert und bekämpft die weltweite Korruption in Wirtschaft und Politik
Trappisten	röm.-kath. Mönchsorden, offiziell »Zisterzienser von der strengeren Observanz« genannt
Tripolis	Hauptstadt von Libyen
Tuareg	Berbervolk in der Sahara und im Sahel, Hauptsiedlungsgebiete: Algerien, Niger und Mali
Tunis	Hauptstadt von Tunesien
Ulmer & Tann	*deutscher Hersteller von Pistolen und Gewehren; wurde von Meininger Rau aus einem geplanten Geschäft mit Algerien gedrängt*
Unabhängigkeitskrieg	s. Algerienkrieg
Verbindungsbeamte des Bundeskriminalamts	Angehörige des BKA, die an einer deutschen Botschaft im Ausland als Diplomaten angesiedelt sind (in 50 Staaten gibt es

insgesamt 66 deutsche BKA-Verbindungsbeamte). Ursprünglich als »Vorverlagerung der Abwehrlinie« zur Bekämpfung des Rauschgifthandels entsandt, hat der VB nun auch andere Aufgabenbereiche (u.a. allgemeine Kriminalitätslage, Terrorismus, Migration). Im Rahmen der Gesetze des Gastlandes analysiert, beobachtet, informiert er, initiiert und/oder unterstützt Ermittlungen.

Verträge von Évian — am 18.3.1962 im französischen Ort Évian-les-Bains am Genfer See unterzeichnetes Waffenstillstandsabkommen zwischen Frankreich und dem FLN, das den Algerienkrieg beendete und ein Referendum über die algerische Unabhängigkeit ermöglichte

Vertreiber der Ungläubigen — *arab. »Mutaridu al-kuffar«; so bezeichnen sich die Entführer Peter Richters, um eine Nähe zu al-Qaida vorzutäuschen.*

Vorabgenehmigung durch den Bundessicherheitsrat — Anfragen ausländischer Interessenten, die für den Kriegseinsatz bestimmte deutsche Rüstungsgüter erwerben wollen, müssen vom BSR vorabgenehmigt werden. Erst dann können Verträge unterzeichnet und die nötigen Anträge auf Produktion und Export gestellt werden.

Vous êtes Eley, n'est-ce pas? — »Sie sind Eley, richtig?«

Walther P5 — Pistole des deutschen Waffenherstellers Walther (Ulm und Arnsberg)

Wegner, Reinhold	*50, Interessenvertreter der Meininger Rau Gewehrfabrik 1889, verheiratet, ein Sohn*
Westsahara	einst spanisch besetzter Staat zwischen Atlantik und Sahara, dessen größter Teil von Marokko annektiert wurde. Den östlichen Teil (an der Grenze zu Algerien) kontrolliert die Befreiungsbewegung Frente Polisario, deren Hauptquartier im algerischen Tindouf liegt, wo um die 150 000 Flüchtlinge aus Westsahara in Lagern leben.
Wintrich, Gerhard	*Ingenieur, CEO der Meininger Rau Gewehrfabrik 1889*
Wollkatsch	*Kripo Brandenburg, leitet den Einsatz in Pessin*
Ya si-Mouloud	arab. Anrede, »o Herr Mouloud«
Yazid	*der »Mann aus dem Steinhaus«, Mitglied von Sadek Madjers Bewegung*
Zimmermann, Heinrich	*58, Leiter der Abteilung 3 (»Politische Abteilung«) im Auswärtigen Amt, Förderer und Kritiker von Katharina Prinz; liegt nach einem Schlaganfall im Koma*
Zinedine	*alter Mann im Trappistenhabit, Mitglied von Sadek Madjers Bewegung*
zu Geuyn, Oberst	*deutscher Militärattaché an der Botschaft in Algier*